TEMERAIRE
4

Empire of Ivory
by Naomi Novik

Copyright © 2007 by Temeraire LLC
This translation published by arrangement with Ballantine Books, an imprint of
Random House Publishing Group, a division of Random House, Inc.
All rights reserved.

Korean translation copyright © 2008 by Woongjin Thinkbig Co., Ltd.
Korean translation rights arranged with Ballantine Books through EYA(Eric Yang Agency).

TEMERAIRE
테메레르
Empire of Ivory 4

상아의 제국

나오미 노빅 장편소설 | 공보경 옮김

- 등장인물과 용 · 6
- 1807년 유럽 · 아프리카 지도 · 8

제1부 · 11
제2부 · 191
제3부 · 421

시포 출루카 들라미니의 〈츠와나 왕국 간략사〉
3권(1838년)에서 발췌 · 543

지은이의 말 · 550
옮긴이의 말 · 552
연대표 · 556

✦ 등장인물과 용

영국

치료약을 구하러 아프리카로 떠나는 용과 비행사들
릴리(롱윙 품종. 암컷) – 캐서린 대령
테메레르(셀레스티얼 품종. 수컷) – 로렌스 대령
막시무스(리갈 코퍼 품종. 수컷) – 버클리 대령
둘시아(그레이 코퍼 품종. 암컷) – 체너리 대령
메소리아(옐로 리퍼 품종. 암컷) – 서튼 대령
임모르탈리스(옐로 리퍼 품종. 수컷) – 리틀 대령
니티두스(파스칼 블루 품종. 수컷) – 워렌 대령

영국에 남아 있는 주요 용과 비행사들
옵베르사리아(앵글윙 품종. 암컷) – 렌튼 대장
엑시디움(롱윙 품종. 수컷) – 제인 준장
이스키에르카(카지리크 품종. 암컷) – 존 그랜비 대령
펠리시타(옐로 리퍼 품종. 테메레르와 교미. 암컷) – 브로딘 대령
볼라틸루스(그레일링 품종. 수컷) – 랭포드 제임스 대령
셀록시아(그레일링 품종. 암컷) – 믹스 대령
셀레리타스(라간 호수 기지의 훈련 교관. 수컷)
그 외 야생용 아르카디, 몰나르, 린지, 게르니, 헤르타즈, 레스터 등등.

기타 인물
윌리엄 윌버포스 노예무역 폐지 운동을 이끌어가고 있는 영국의 하원 의원.
앨런데일 경 로렌스의 부친으로, 윌버포스 의원과 뜻을 같이하여 노예무역 폐지 운동을 하고 있다.
넬슨 경 트라팔가르 전투를 비롯한 수차례의 해전에서 영국을 승리로 이끈 전쟁영웅. 큰 부상을 극복하고 살아남았다. 노예무역에 찬성하는 입장을 견지하고 있다.
토머스 라일리 함장 릴리의 편대를 아프리카까지 싣고 갔다가 영국으로 돌아오는 얼리전스 호의 함장.
그레이 중장 케이프 식민지의 임시 총독.
토머스 그렌빌 경 해군본부 위원회 수석의원. 윌리엄 윈덤 그렌빌 영국 수상의 동생.
멀그레이브 경 그렌빌 경의 뒤를 이어 해군본부 위원회 수석의원이 된 인물.
타르케 영국인 아버지와 네팔인 어머니를 둔 혼혈. 순수 영국인이 아니라는 이유로 아버지의 재산을 물려받지 못한 채 떠돌이 생활을 하고 있다. 야생용들을 영국 공군에 소속시킨 일등공신.

아프리카

코이 족 케이프타운 부근에 거주하고 있는 아프리카 부족.

카피르 족 스벨렌담 마을 근처에 거주하고 있는 아프리카 부족.

코사 족 해안 지역에 거주하고 있는 아프리카 부족. 그 부족 출신인 드마니와 시포는 로렌스의 설득으로 전염병 치료약을 찾는 일을 돕는다.

소토-츠와나 족 아프리카 남부 내륙에 거주하고 있는 아프리카 부족. 잠베지 강의 모시 오아 툰야 폭포를 본거지로 하고 있으며 용과 부족민이 환생을 통해 친족 관계로 얽혀 있다고 믿는다. 용인 모카찬 왕과 인간인 모슈슈 왕자가 부족을 지휘하고 있다.

모카찬 왕 츠와나 왕국을 다스리는 용. 암컷으로 몸통은 황금빛이 도는 구리색이고 날개 안쪽에 고상한 보라색 줄이 들어가 있다. 용으로 환생한 모슈슈 왕자의 아버지.

케펜체 츠와나 왕국의 용. 수컷으로 몸통은 적갈색이고 날개에는 노란색과 회색 점이 박혀 있다. 용으로 환생한 한나의 증조할아버지.

조사이아 에라스무스 룬다 족 출신. 복음주의파 목사. 여섯 살 때 납치당해 자메이카로 끌려가 노예 생활을 하다가 자유민이 되었다. 선교를 위해 가족과 함께 아프리카로 향한다.

한나 에라스무스 츠와나 부족 출신. 어렸을 때 이름은 리타보. 아홉 살 때 납치당해 브라질로 끌려가 노예 생활을 하다가 운 좋게 해방되어 에라스무스와 결혼했다. 에라스무스 목사와의 사이에 두 딸을 두고 있다.

프랑스

나폴레옹 보나파르트 프랑스 혁명기의 군인이자 정치가로 프랑스 제1저정의 황제 나폴레옹 1세로 즉위한 인물. 리엔을 곁에 두고 유럽을 정복하면서 호시탐탐 영국을 침략할 기회를 엿보고 있다.

루이 조셉 드 기네 나폴레옹의 지시로 중국 베이징에 파견되었던 프랑스 대사. 현재 파리에서 외교 업무를 맡아 하고 있다.

리엔(셀레스티얼 품종. 암컷) 테메레르의 사촌누이. 비행사인 용싱 왕자의 사망을 테메레르의 탓으로 여기고 복수를 다짐하며 나폴레옹을 돕고 있다.

소비뇽(플랑 비트 품종. 암컷) 소년 비행사를 태우고 영국 해안에 정찰을 나왔다가 테메레르에게 붙잡혀 포로가 된다. 영국 용들이 앓고 있는 전염병에 감염된다.

✠ 1807년 유럽 지도

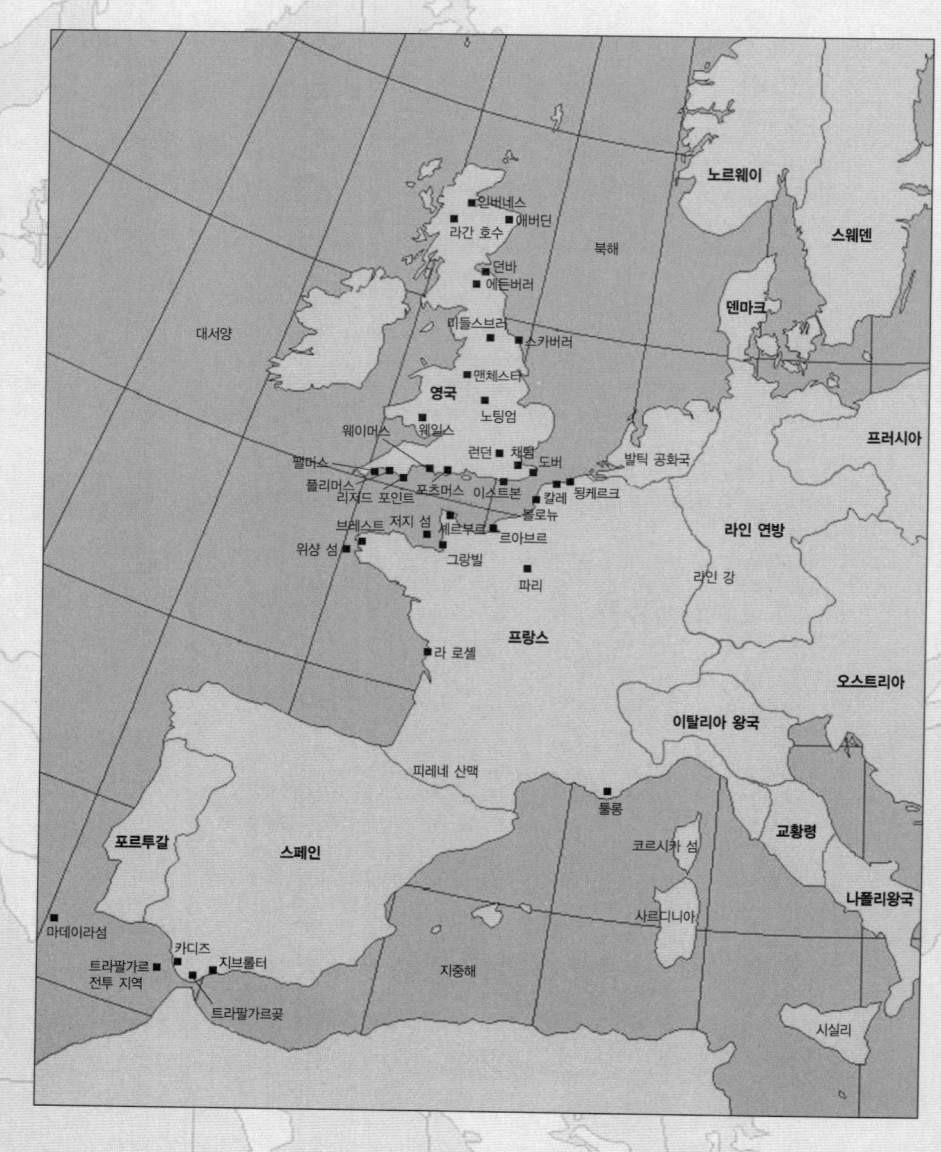

✤ 1807년 유럽·아프리카 지도

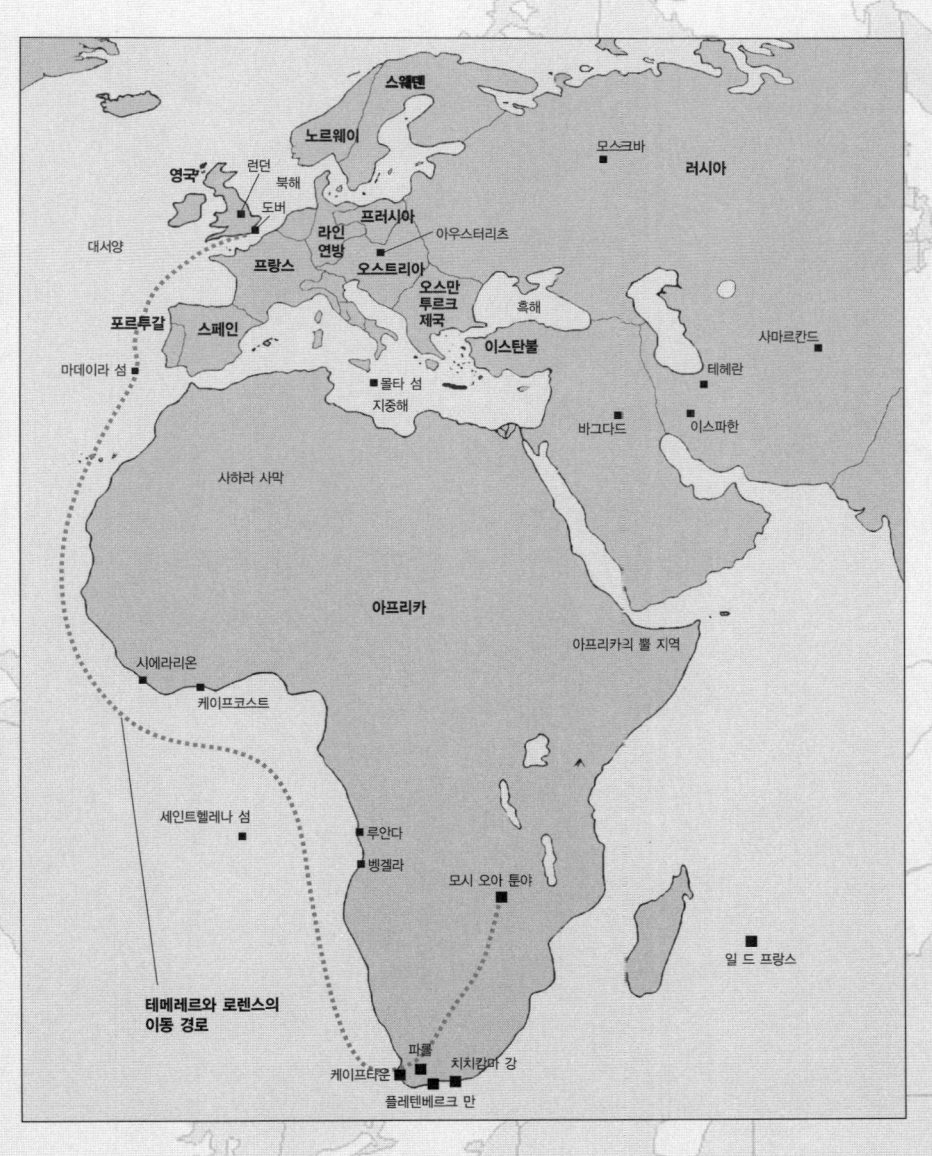

제1부

"지원군 올려보내, 빌어먹을! 다 올라 오라고 해, 당장!"

로렌스는 캘로웨이에게 사납게 소리쳤다. 사실 죄 없는 캘로웨이에게 욕을 할 것까지는 없었다. 포수(砲手) 캘로웨이는 두 손이 시커멓게 되도록 쉴 새 없이 조명탄을 쏘았다. 섬광분이 흘러내린 손가락은 피부가 갈라지고 빨갛게 껍질이 벗겨져 있었다. 섬광분을 털어낼 틈도 없이 조명탄에 불을 붙인 탓이었다.

또다시 돌진해 온 프랑스의 소형 용 한 마리가 테메레르의 옆구리를 날카롭게 할퀴었다. 비단으로 만든 수송용 안장 끈 일부가 잘려나가자 테메레르의 옆구리 쪽에 붙어 있던 프러시아 군인 다섯 명이 비명을 지르며 떨어졌다. 랜턴 빛 너머로 사라진 그들을 검은 바다가 집어삼켰다. 단치히 시의 저택에서 징발한, 비단을 꼬아 만든 기다란 밧줄이 바람에 펄럭이며 그 뒤를 따랐다. 밧줄의 잘린 단면에서 실이 풀려 공중에 길게 꼬리를 늘어뜨렸다. 수송용 안장에 악착같이 매달려 있는 나머지 프러

시아 군인들은 고통스런 신음을 내질렀고 곧이어 독일어로 나지막하게 욕설 섞인 불만을 터뜨렸다.

단치히 시에서 프랑스 군에 포위되어 있던 자신들을 구출해준 테메레르 일행에 대한 고마움은 프러시아 군인들의 마음속에서 어느덧 사라지고 있었다. 그들은 사흘 내내 얼음처럼 차가운 비를 맞으며 비행 중이었다. 음식이라고는 단치히 시에서 탈출할 당시 다급하게 주머니에 쑤셔 넣은 것이 전부였고, 네덜란드 쪽 해안을 따라 길게 뻗은 차가운 습지에 잠시 착륙하여 겨우 몇 시간 눈을 붙였을 뿐이었다. 그리고 순찰을 나온 저 프랑스 용들에게 어젯밤부터 줄곧 괴롭힘을 당하고 있는 것이다. 프러시아 군인들은 극도의 공황 상태에 빠져 있어 무슨 짓을 저지를지 알 수 없었다. 테메레르의 몸에 탑승하고 있는 프러시아 군인들은 대부분 권총과 소총, 칼을 지니고 있었고 그 수가 백 명이 넘었다. 그에 비해 영국인 승무원은 삼십 명도 채 되지 않았다.

로렌스는 영국 쪽에서 아군 용들이 조명탄을 보고 날아와주기를 기대하며 망원경으로 다시 한 번 하늘을 둘러보았다. 테메레르 일행은 영국 쪽 해변에서 충분히 보일 만한 위치에서 날고 있었고 구름도 끼지 않아 시계도 충분히 확보되어 있었다. 망원경을 통해 스코틀랜드 해안을 따라 불을 밝힌 횃불들과 작은 항구들이 보였다. 그 밑에는 파도가 점점 거세게 몰아치고 있었다. 이쪽에서 발사한 조명탄을 에든버러 공군 기지에서도 보았을 것인데 지원 나오는 아군 용은 한 마리도 없었다. 조명탄이 발사된 이유를 알아보기 위해 우편배달 용이라도 내보냈어야 옳았다.

캘로웨이가 머리 쪽을 휘감은 잿빛 연기 사이로 콜록콜록 기침을 하며 말했다.

"대령님, 이게 마지막 조명탄입니다."

조명탄이 씨잉 소리를 내며 하늘 높이 날아오르고 있었다. 머리 위에서 조용히 터진 섬광분이 하얀 연기 위로 빛을 드리웠다. 사방에서 날고 있는 용들의 비늘이 그 빛을 받아 반짝거렸다. 테메레르는 몸 색깔이 까매서 별로 달라질 게 없었지만, 조명탄의 창백한 푸른빛을 받은 야생용들의 화려한 가죽은 흐릿한 잿빛으로 변했다. 밤하늘은 온통 용들의 날갯짓으로 가득했다. 열두 마리의 프랑스 용들이 머리를 돌려 뒤를 돌아보는 순간, 그들의 동공이 가늘게 빛났다. 공군을 태운 그 프랑스 용들은 물러갈 생각을 하지 않았고 순찰 나온 프랑스 소형 용들마저 테메레르와 야생용들을 향해 빠르게 날아오고 있었다.

조명탄 빛이 번쩍인 뒤, 벼락이 치는 듯한 폭발음이 들려오면서 빛은 사라지고 다시 어둠이 그 자리를 대신했다. 로렌스는 열까지 세고, 또다시 열을 세었다. 하지만 영국 해변 쪽에서는 아무런 반응도 없었다.

프랑스 용 포 드 시엘이 한층 대담하게 공격을 하기 시작했다. 테메레르는 그 작은 수컷 용을 향해 앞발을 휘둘렀으나 빗나가고 말았다. 몸에 태우고 있는 사람들을 떨어뜨릴까 봐 빠르게 움직일 수가 없었던 것이다. 포 드 시엘은 여유 있게 피하더니 빙 돌아서 다음 공격 기회를 노렸다.

테메레르가 뒤를 돌아보며 말했다.

"로렌스, 어째서 영국에서 용들이 도와주러 오지 않는 거지? 에든버러에는 빅토리아투스도 있을 텐데. 전에 빅트리아투스가 부상을 입었을 때 우리가 도와줬으니 당연히 와줘야 하는 거잖아. 다른 때 같으면 아군 용의 도움 없이도 저 작은 용들을 물리칠 수 있겠지만……."

테메레르는 관절에서 우두둑 소리가 나도록 목을 쭉 뻗으며 덧붙였다.

"지금은 이렇게 사람들을 많이 태우고 있으니 마음껏 움직일 수가 없어."

그 말은 현재 상황을 매우 낙관적으로 해석한 것이었다. 이대로라면 테메레르와 야생용들은 자신의 몸조차 지킬 수 없을 것이다. 무엇보다 옆구리 이곳저곳에 작은 상처를 입어 피를 흘리고 있는 테메레르가 가장 큰 부상을 입을 터였다. 발 디딜 틈도 없이 프러시아 군인들을 잔뜩 태웠기 때문에 승무원들이 옆구리 쪽으로 내려가 부상당한 부위에 붕대를 감을 수도 없었다.

로렌스도 더 나은 대답을 해줄 수 없는 상황이라 확신 없는 목소리로 말했다.

"야생용들을 모두 데리고 영국 해변 쪽으로 계속 이동해. 프랑스 용들이 해변까지 따라 들어오진 못할 테니까."

영국에서 그리 멀지 않은 이곳까지 프랑스 순찰 용들이 접근하고 있는데도 영국에서 아무런 반격도 하지 않다니. 프랑스 용들의 맹공격 속에서 겁에 질리고 기진맥진한 천여 명의 프러시아 군인들을 영국 해변에 무사히 상륙시킬 수 있을지, 로렌스는 자신이 없었다.

"노력해볼게. 야생용들이 자꾸만 가던 길을 멈추고 적군들과 싸우려고 해서 문제지만."

테메레르는 지친 목소리로 대답한 후, 뒤따라오고 있는 야생용들에게 로렌스의 말을 전했다. 카라코룸 산맥 출신의 아르카디와 야생 용들은 프랑스 소형 용들의 연이은 공격에 있는 대로 짜증이 나 있었다. 그래서 영국 해변 쪽으로 날아가다 말고 계속 방향을 돌려 프랑스 순찰 용들을 쫓아가곤 했다. 야생용들이 휙휙 방향을 바꿀 때마다 수송용 안장에 매달려 있던 프러시아 군인들 중에서 운 나쁜 이들이 바다로 추락했다. 그렇게 추락하는 자의 수가 적군의 공격으로 바다로 떨어지는 수보다도 많았다. 하지만 야생용들이 부주의하게 방향 전환을 하는 것은 무슨 악의가 있어서가 아니라 인간들을 몸에 태우는 것에 익숙하지 않아서였다. 카라코룸 산맥 부근에서 본 인간이라고는 양떼나 소떼를 지키는 목동들밖에 없으니, 야생용들은 지금 등에 태운 프러시아 군인들을 익숙하지 않은 짐 정도로밖에 여기고 있질 않았다. 악의가 있건 없건 이대로라면 야생용들이 태운 프러시아 군인들은 거개가 떨어져나가고 말 것이다. 테메레르는 야생용들에게 끊임없이 주의를 일깨워주는 수밖에 별도리가 없었다. 테메레르는 일렬로 날아가는 일행의 위쪽에서 정지 비행을 하면서 어르기도 하고 쉿쉿 소리를 내어 위협하기도 하며 야생용들에게 영국 해변으로 날아가라고 재촉했다.

"안 돼, 그러지 마, 게르니!"

테메레르는 이렇게 소리치며 푸른색에 흰색이 섞인 몸통의 작은 야생용에게 날아가 등을 찰싹 때렸다. 암컷 야생용 게르니가 밑으로 강하하여 '샤슈르 보시페르' 품종의 프랑스 용을 찍어 누르고 있었던 것이다. 사나운 사냥꾼이라는 뜻을 지닌 샤슈르 보시페르는 체중이 4톤에 못 미치는 작은 우편배달 용이었다. 마찬가지로 소형 용인 게르니가 위에서 찍어 누르자 샤슈르 보시페르는 그 무게를 이기지 못하고 미친 듯이 날개를 퍼덕이며 고도를 떨어뜨리고 있었다. 게르니는 그 프랑스 용의 목에 이빨을 박아 넣고 세차게 앞뒤로 흔들어 댔다. 그동안 게르니의 안장에 매달린 프러시아 군인들은 프랑스 공군들의 머리를 발로 마구 밟아댔으나 움직일 틈도 없이 빽빽하게 수송용 안장에 매달려 있는 터라 아래에서 프랑스 공군들이 총을 쏘는 족족 맞아 죽어갔다.

샤슈르 보시페르에게서 게르니를 떼어놓으려고 하는 동안 테메레르는 주변 경계를 잠시 늦추었고, 포 드 시엘이 그 틈을 타 대담하게 테메레르의 등을 공격했다. 로렌스의 자리 가까이에 포 드 시엘의 구부러진 발톱이 박혔다. 그 발톱에 테메레르의 검붉은 피가 묻어 반짝거렸다. 로렌스가 쥐고 있던 권총으로 쏘려는 순간 포 드 시엘은 뒤로 재빨리 물러났다.

테메레르의 등에 단단히 묶여 있던 이스키에르카가 사납게 버둥거리며 소리쳤다.

"아, 나도 싸울래, 나도!"

어린 카지리크 용 이스키에르카는 언젠가는 적에게 큰 위협이 될 수 있겠지만 아직 알에서 부화한 지 한 달도 되지 않았다. 너무 어리고 제대로 훈련도 받지 않았기 때문에 섣불리 공격에 나섰다가는 큰 위험에 처할 것이었다. 테메레르의 승무원들이 가죽 끈과 사슬로 이스키에르카를 고정시키며 얌전히 있으라고 타일렀지만 이스키에르카는 들은 척도 하지 않았다. 지난 며칠간 먹이를 규칙적으로 먹지 못했는데도 이스키에르카는 몸길이가 1.5미터 더 늘어서 가죽 끈과 사슬로도 고정시키기가 쉽지 않았다.

이스키에르카의 비행사 존 그랜비가 필사적으로 말렸다.

"얌전히 좀 있어, 제발!"

그랜비는 가죽 끈 위로 온몸을 내던져 이스키에르카의 머리를 누르려고 안간힘을 썼다. 이스키에르카가 버둥거리며 몸을 이리저리 흔드는 바람에 테메레르의 양어깨에 자리 잡은 어린 망꾼 앨런과 할리는 이스키에르카와 그랜비에게 부딪쳐 추락할 위험에 처해 있었다. 로렌스는 안장에 연결된 죔쇠를 풀고 테메레르의 목 아래 튀어나온 단단한 근육에 발꿈치를 기댄 채 일어섰다. 이스키에르카의 몸부림에 그랜비의 몸이 크게 휘둘린 순간 로렌스는 얼른 자신의 하네스 끈으로 그랜비의 몸을 잡아 가까스로 가죽 안장에 고정시켰다. 팽팽하게 당겨진 하네스 끈이 바이올린 현처럼 부르르 떨었다.

몸을 결박한 끈과 사슬에서 벗어나려고 머리까지 옆으로 뒤틀며 이스키에르카가 고집스럽게 소리쳤다.

"내가 저 프랑스 용을 막을 수 있단 말이야!"

이스키에르카는 적을 향해 다시 한 번 몸을 쭉 뻗으며 불을 내뿜었다. 소형 용이지만 이스키에르카보다 몸집이 몇 배는 더 크고 전투 경험도 많은 포 드 시엘은 작은 불꽃 쇼에 겁을 먹기는커녕 야유를 퍼부었다. 포 드 시엘은 점이 박힌 갈색 배를 이스키에르카에게 내밀어 보이면서 어디 또 불을 뿜어보라며 놀려댔다.

"으윽!"

분노한 이스키에르카는 몸을 둥글게 꼬면서 세게 힘을 주었다. 길고 구불구불한 몸통을 따라 튀어나온 가느다란 가시 돌기에서 증기가 후욱 뿜어져 나왔다. 이스키에르카가 있는 힘껏 뒷다리에 힘을 주고 일어서자 몸을 고정시키던 가죽 끈이 결국 찢겨져 나가고 말았다. 로렌스는 얼른 그랜비의 가슴 쪽으로 손을 뻗었다. 그랜비는 이스키에르카의 두꺼운 목 끈에 의지한 채 공중에서 허우적거리고 있었다. 이스키에르카가 포 드 시엘에게 담황색의 가느다란 불을 뿜었다. 주변 공기가 순식간에 뜨거워지면서 뒤틀리며 오그라들었고 밤하늘에 사나운 불 깃발이 드리워졌다.

하지만 동쪽에서 강한 바람이 불어오고 있었다. 포 드 시엘은 영리하게도 바람이 불어오는 쪽에 위치해 있어 불세례를 받지 않았다. 포 드 시엘이 날개를 접고 고도를 낮추며 얼른 불을 피하자 그 불은 강풍을 맞아 휘어지며 테메레르의 옆구리로 밀려들었다. 게르니에게 비행 대열로 돌아오라고 야단을 치고 있던 테메레르는 깜짝 놀라 비명을 지르며 몸을 뒤틀었다. 윤기 나는 검은 가죽에 불꽃이 확 흩어졌다. 비단과 리넨으로 만든 수송용 안장과 밧줄에 하마터면 불이 붙을 뻔했다.

"Verfluchtes Untier! Wir werden noch alle verbrennen(저주받을 괴물아! 우릴 다 태워 죽일 작정이냐)."

프러시아 장교들 중 한 명이 목쉰 소리로 이스키에르카에게 악을 썼다. 그리고 탄약통을 꺼내더니 권총을 장전하려고 떨리는 손으로 탄약대 안을 더듬었다.

로렌스는 확성기로 그 프러시아 장교에게 소리쳤다.

"그만하면 됐으니 권총 치우시오!"

헨리 페리스 중위를 비롯한 등 쪽 승무원 두 명이 그 장교의 손에서 권총을 빼앗기 위해 안장과 연결된 개인 하네스 끈을 풀고 밑으로 내려갔다. 프러시아 군인들은 좀처럼 길을 내주지 않았다. 그들은 분노와 적의를 담아 페리스 중위와 등 쪽 승무원들을 팔꿈치와 엉덩이로 확 밀쳤다.

프로이센 군인들이 소리 높여 불만을 터뜨리는 가운데, 앞쪽에 자리 잡고 있던 릭스 대위가 소총병들에게 명령을 내렸다.

"발사!"

소총에서 밝은 빛이 터져 나오며 총알이 발사되고 쓴 유황 냄새가 진동했다. 포 드 시엘은 짧게 비명을 지르더니 괴상하게 날갯짓을 하며 방향을 바꿨다. 날개가 약간 찢어지면서 피가 흘러나오고 있었다. 총알 하나가 운 좋게도 날개 관절 주변의 얇은 막을 관통하여 거친 가죽을 뚫고 살을 찢은 것이다.

일시적으로 공격이 멈추자 프로이센 군인들 중 일부가 테메레르의 등 쪽으로 올라오기 시작했다. 테메레르의 승무원들이 위치해 있는 가죽 안장에 매달리는 편이 비단으로 만든 수송용 안장보다는 안전하리라 판단한 것이다. 하지만 그들이 전부 올라와 매달릴 경우 가죽 안장은 그 무게를 견뎌내지 못할 터였다. 좀쇠가 벌어지고 가죽 끈이 찢겨 나가면 가죽 안장이 벗겨지면서 테메레르의 날개를 휘감을 것이고, 그렇게 되면 전원이 곧장 바다로 추락할 게 뻔했다.

로렌스는 새로 장전한 권총을 허리춤에 질러 넣은 후 칼을 뽑으며 일어섰다. 그는 테메레르와 승무원들의 목숨이 위험에 처할 것임을 알면서도 이 프로이센 군인들을 단치히 시에서 탈출시켰다. 최대한 안전하게 프로이센 군인들을 영국 해변에 착륙시키고 싶었다. 하지만 두려움 때문에 이성을 잃은 그들이 테메레르까지 위험에 빠지게 만드는 것은 두고 볼 수가 없었다.

로렌스가 지시를 내렸다.

"앨런, 할리. 너희가 먼저 소총병들이 있는 곳으로 가서 릭스에게 내 명령을 전해. 프로이센 군인들이 당장 제자리로 돌아가지 않으면 수송용 안장을 모두 끊어버리라고 해. 너희도 안장 끈에 고리를 확실하게 걸면서 이동하도록. 나도 곧 뒤따라가겠다."

그랜비도 따라오려 하자 로렌스가 덧붙였다.

"자네는 이스키에르카와 함께 여기 있어."

프랑스 용이 뒤로 물러나자 이스키에르카도 잠시 얌전해졌지만 샐쭉하게 토라져 똬리를 틀고 투덜거리고 있었다.

그랜비는 칼을 뽑아 들었다.

"아, 예! 그렇지만 말썽쟁이들을 다루는 일이라면 제게 맡겨주십시오."

이스키에르카의 비행사가 된 뒤로 그랜비는 권총을 소지하지 않고 있었다. 이스키에르카 때문에 권총의 화약에 불이 붙기라도 하면 큰일이었다.

로렌스는 그 문제로 그랜비와 언쟁을 벌여도 될지 확신이 서지 않았다. 그랜비는 더 이상 로렌스의 직속 부관이 아니었고 공군 복무 경력만 따지자면 로렌스보다 경험이 많았다. 그랜비는 앞장서서 테메레르의 등을 가로질렀고 일곱 살 때부터 공군 훈련을 받아온 이답게 확고하게 발걸음을 옮겼다. 한 걸음씩 앞으로 이동할 때마다 로렌스는 몸에 착용한 하네스의 끈을 앞으로 내밀었고 그랜비는 그 끈을 받아 안장 고리에 걸어주었다. 그랜비가 한 손으로 익숙하게 그 일을 해주었기 때문에 두 사람은 훨씬 빠르게 이동할 수 있었다.

페리스와 등 쪽 승무원 두 명은 프러시아 군인들과 마구 뒤엉켜 몸싸움을 벌이고 있었다. 그들 셋은 프러시아 군인들 사이에 파묻혀 거의 모습이 보이지 않았다. 등 쪽 승무원 마틴의 노란 머리카락이 위로 삐죽 올라와 있어 그나마 위치를 파악할 수 있었다. 프러시아 군인들은 불가능한 탈출을 꿈꾸며 서로를 때리고 발로 차고 있었다. 이러다가 폭동이라도 일으킬 것 같았다. 프로시아 군인들이 발버둥을 치며 가죽 안장으로 기어올라 오려고 할수록 수송용 안장의 각 매듭이 팽팽하게 당겨지면서 틈이 벌어져 고리와의 연결 부위가 점점 헐거워졌다.

로렌스는 그들 중 한 명에게 다가갔다. 젊은 프로시아 군인이 눈을 휘둥그렇게 떴다. 그자의 얼굴은 바람에 빨갛게 변해 있었고 털이 무성한 코밑수염은 땀에 축축이 젖어 있었다. 그자는 이미 죔쇠가 벌어지고 있는데도 맹목적으로 위쪽의 가죽 안장을 향해 손을 뻗고 있었다. 그러다가는 수송용 안장 고리에서마저 미끄러져 추락할 판이었다.

로렌스는 제일 가까이에 있는 수송용 안장의 빈 고리 하나를 가리키며 소리쳤다.

"당장 원위치로 돌아가!"

그가 위쪽 안장 끈을 잡은 그 젊은 군인의 손을 밀어내는 순간 귓속이 윙윙 울렸다. 잘 익은 시큼한 체리 향기가 나는 것 같기도 했다. 로렌스는 무릎을 꿇으며 천천히 이마에 손을 갖다 댔다. 젖어 있었다. 하네스 끈이 가죽 안장의 고리에 연결되어 있어 추락하지는 않았지만 그의 체중을 버티느라 끈이 팽팽하게 당겨지면서 갈비뼈를 압박했다. 젊은 군인이 들고 있던 술병으로 로렌스의 이마를 강타한 것이다. 술병이 부서지면서 그 안에 든 술이 로렌스의 뺨을 타고 흘러내렸다.

본능적으로 대처한 덕분에 로렌스는 목숨을 건질 수 있었다. 그 프로시아 군인이 또다시 술병으로 가격하려는 순간 로렌스는 팔을 들어 올려 막으면서 술병을 그자의 얼굴 쪽으로 쳐냈다. 군인은 독일어로 무슨 말인가를 내뱉으며 손에서 술병을 놓았다. 그리고 둘은 잠시 몸싸움을 벌였다. 로렌스가 그자의 허리띠를 움켜잡고 들어 올려 테메레르의 옆구리에서 밀어냈다. 그자는 두 팔을 벌리고 무엇이든 움켜잡으려고 허우적거렸다. 그 모습을 멍하니 쳐다보던 로렌스는 돌연 정신을 차리고 그자에게 손을 내밀었다. 하지만 이미 늦었다. 그 젊은 프러시아 군인은 두 팔을 벌린 채 테메레르의 옆구리 아래쪽에 세게 부딪치고는 곧 시야에서 사라졌다.

다행히 머리를 심하게 다치지는 않았지만 로렌스는 속이 메슥거리고 기운이 빠졌다. 테메레르는 다시 야생용들을 몰고 영국 해변으로 날아가기 시작했다. 바람이 점점 거세지고 있었다. 로렌스는 경련이 가시고 두 손을 움직일 수 있을 때까지 기다렸다가 다시 안장을 잡고 올라왔다. 여전히 프러시아 군인들은 악착같이 위로 기어 올라오고 있었다. 그랜비가 막고 있기는 했지만 수적으로 상대가 되지 않았다. 프러시아 군인들은 그랜비뿐만 아니라 자기네들끼리도 서로 밀어대고 있었다. 그 프러시아 군인들 중 하나가 가죽 안장의 끈을 움켜쥐려고 안간힘을 쓰다가 위치를 잘못 잡아 미끄러지면서 밑에 있던 동료들의 몸에 세게 부딪쳤다. 그들은 사지가 뒤엉킨 채 수송용 안장의 느슨한 고리 안쪽으로 한꺼번에 떨어졌다. 곧이어 그들의 뼈가 둔탁하게 부서지는 소리가 들려왔다. 마치 배고픈 자가 게걸스럽게 구운 닭고기의 몸통을 잡아 뜯는 것 같은 소리였다.

그 바람에 그랜비도 미끄러지면서 안장 끈에 매달린 채 공중에 붕 떴다. 게처럼 옆으로 걸어간 로렌스는 중심을 잡으려고 애쓰는 그랜비를 도와 일으켜 세워주었다. 저 아래로 시커먼 바다에 허옇게 떠 있는 파도 거품이 보였다. 테메레르는 점점 고도를 낮추며 해변으로 접근하고 있었다.

안장을 딛고 일어선 그랜비가 숨을 헐떡이며 말했다.

"빌어먹을 포 드 시엘이 다시 우리 쪽으로 오고 있습니다."

그 프랑스 용의 다친 날개 부위에는 허연 붕대가 감겨 있었다. 붕대를 감은 위치도 괴상하고 상처에 비해 붕대가 쓸데없이 컸다. 포 드 시엘은 비행하는 모양새가 영 불편해 보였으나 용감하게 달려들고 있었다. 탑승한 프러시아 군인들의 발악으로 테메레르의 방어력이 현저히 떨어진 틈을 놓치지 않기 위해서였다. 포 드 시엘과 프랑스 공군들은 테메레르의 수송용 안장을 확 잡아당길 계획인 듯했다. 그렇게 되면 미친 듯이 기어오르는 프러시아 군인들도 한꺼번에 바다로 떨어지고 말 것이다. 모처럼 취약점을 드러낸 테메레르 같은 헤비급 용을 추락시킬 기회이니만큼 포 드 시엘로서는 웬만한 위험을 무릅쓸 만했다.

마침내 로렌스는 참담한 마음으로 나지막하게 지시를 내렸다.

"아무래도 프러시아 군인들을 떨어뜨려야겠다.'

그리고 그는 고개를 들어 수송용 안장과 가죽 안장이 연결된 부위를 살펴보았다. 몇 분만 더 버티면 영국 해안에 안전하게 착륙할 수 있는데 이대로 백여 명의 프러시아 군인들을 죽음으로 몰아넣자니 마음이 편치 않았다. 칼크로이트 장군을 볼 면목도 없을 터였다. 칼크로이트 장군의 젊은 부관 몇 명이 테메레르의 수송용 안장에 탑승해 있었는데, 그들은 다른 프러시아 군인들을 진정시키려고 나름대로 최선을 다하고 있었다.

릭스와 그의 소총병들이 일제 사격을 가하려는 순간, 가까이 다가

왔던 포 드 시엘은 총알을 피하기 위해 잠시 뒤로 물러나, 가장 효과적으로 공격할 틈을 노리고 있었다. 그 순간 이스키에르카가 몸을 일으키고 또다시 불을 뿜어냈다. 이번에는 테메레르가 맞바람을 맞으며 날고 있었기 때문에 그 불이 옆구리 쪽으로 향하지는 않았다. 하지만 테메레르의 등에 올라와 있는 자들은 모두 불길을 피하기 위해 바짝 엎드려야 했다. 그렇지만 불은 포 드 시엘에게 닿을 정도로 길게 뻗어나가지 못했다.

테메레르의 등 쪽 승무원들이 모두 엎드려 있는 것을 보고 포 드 시엘이 다시 한 번 달려들었다. 그러자 이스키에르카가 또다시 불을 뿜는 바람에 소총병들은 일어서서 총을 쏠 수가 없었다.

"맙소사."

그랜비가 이렇게 내뱉으며 이스키에르카를 잡아 앉히려는 순간, 천둥이라도 치듯 나지막하게 우르릉 울리는 소리가 들려왔다. 저 아래 해변에서 둥글고 붉은 입들이 쫙 벌어지며 연기와 불꽃을 연이어 뿜어냈다. 영국 해변의 포병중대가 대포를 쏘고 있었다. 이십사 파운드 구형(球形) 포탄이 테메레르 곁을 휙 지나는 모습이 이스키에르카가 뱉어낸 노란 불길에 비쳐 보였다. 포탄은 포 드 시엘의 가슴에 명중했다. 포탄이 갈비뼈를 관통하는 순간 포 드 시엘은 종이가 구겨지듯 날개를 접고 찌부러지며 해변의 바위를 향해 추락했다. 그들은 이미 해변 위쪽을 날고 있었던 것이다. 저 앞에 두툼한 털로 뒤덮인 양떼가 눈 덮인 초원을 가로질러 달아나고 있었다.

작고 평화로운 항구 도시 던바 사람들은 용들이 자기네 마을에 떼를 지어 착륙하자 두려움에 떨면서도 크게 고무되어 있었다. 두 달전 설치해놓고 거의 쓸 일이 없어 방치되어 있던 대포로 적들을 물리쳤기 때문이었다. 우편배달을 하는 프랑스의 소형 용 여섯 마리를 프랑스로 쫓아버리고 포 드 시엘 한 마리를 죽였으며 그랑 슈발리에 한 마리와 플람므 드 글로와 여러 마리를 죽였으니 그럴 만도 했다. 마을 사람들은 모이기만 하면 그 얘기를 했고 그 지역 민병대는 흡족한 얼굴로 거들먹거리며 거리를 돌아다녔다.

하지만 아르카디가 자기네 양을 네 마리나 잡아먹고 나머지 야생용들도 그만큼은 아니지만 가축을 멋대로 잡아먹자 마을 사람들은 점차 기분이 언짢아졌다. 테메레르도 소 두 마리를 잡아먹었다. 스코틀랜드 고지대 특유의 노란 털이 수북하게 자란 소였는데, 로렌스가 갔을 때 테메레르는 이미 발굽과 뿔까지 전부 먹어치운 뒤였다. 로렌스에게는 그저 운 좋게 발견해서 먹은 거라고 둘러댔다.

"아주 맛있었어."

테메레르는 미안해하며 이렇게 말하고는 고개를 돌리고 이빨 사이에 낀 털 뭉치를 슬그머니 뱉어냈다.

로렌스는 고된 비행을 한 용들을 굶주리게 할 생각은 전혀 없었기에 이번만큼은 사유 재산에 대한 원칙에 기꺼이 예외를 두기로 마음먹었다. 농부 몇 명이 찾아와 불만을 제기하면서 가축 값을 물어달라고 했다. 끝없이 먹어대는 야생용들의 먹이 값을 로렌스가 전부 댈 수는 없었다. 창밖에서 전투가 진행되는 동안 난로 앞에 앉아 휘파람이나 불고 있었던 해군본부에서 그 비용을 지불해야 마땅했다. 그들이 관장하는 공군에서 지원군을 보내주지 않아 죽어 나간 프러시아 군인들을 생각하더라도 마땅히 그래야 했다.

항의하러 온 농부들에게 로렌스는 차분히 말했다.

"장기간 외상을 지지는 않을 겁니다. 조만간 에든버러에서 소식이 오면 가축 값을 지불하고 여길 떠나 에든버러 공군 기지로 이동할 예정입니다."

그리고 그는 급사에게 편지를 주어 곧장 에든버러로 말을 타고 가게 했다.

던바 사람들은 용보다는 핏기 하나 없는 얼굴에 비참한 몰골을 한 프러시아 군인들에게 더 친절을 베풀었다. 마지막 탈출자 중에 끼어 있던 칼크로이트 장군은 제대로 거동을 할 수 없어 해먹에 실린 채 아르카디의 등에서 내려왔다. 수염 아래로 보이는 얼굴은 창백했고 병색이 완연했다. 마을 의사는 잠시 망설이더니 칼크로이트 장군의 몸에서 대야 한가득 피를 뽑아내고는 제일 가까운 농가로 가서 몸을 따뜻이 하며 브랜디와 뜨거운 물을 마시라고 처방했다.

많은 프러시아 군인들이 그보다 훨씬 비참한 모습으로 안장에서 땅바닥으로 내려졌다. 찢어진 안장에 사지가 뒤엉킨 시체들. 초록색으로 변한 그 시체들 중 일부는 프랑스 용의 공격에 죽임을 당한 것이었고, 일부는 겁에 질려 날뛰는 동료들에게 밟히거나 갈증과 공포로 죽은 것이었다. 테메레르와 야생용들의 몸에 탑승한 채 영국으로 도망쳐 온 천여 명의 프러시아 군인들 중 예순세 명 그날 오후에 매장되었다. 사람들은 얼어붙은 땅을 힘겹게 곡괭이로 파서 길고 얕은 구덩이를 만들고 시신들을 묻었다. 그 시신 중 일부는 이름조차 알 수 없었다. 살아남은 이들은 초라한 제복을 입고 지저분한 얼굴로 조용히 장례식에 참석했다. 야생용들은 영어로 된 애도사를 알아듣지 못했지만 경의를 표하는 뜻으로 멀찌감치 앉아 장례식을 지켜보았다.

몇 시간 후 에든버러에서 명령서가 도착했다. 하지만 내용이 너무 괴상해서 로렌스는 이해하기가 힘들었다. 논리적인 문투로 시작된 그 명령서에는 프러시아 군인들을 던바에 머물게 하고 용들만 에든버러로 데려오라는 내용이 적혀 있었다. 칼크로이트 장군을 비롯한 프러시아 장교들을 초대하겠다는 말은 어디에도 적혀 있지 않았다. 오히려 프러시아 장교들을 한 명도 데려와선 안 된다고 쓰여 있었다. 또한 테메레르는 물론 이스키에르카와 야생용들도 널찍하고 편안한 에든버러 기지 안으로 데리고 들어와서는 안 되며, 밤 동안 에든버러 기지 주변의 거리에서 재우고, 다음 날 아침 로렌스 혼자 에든버러 기지로 들어와 그곳 공군 대장에게 보고를 하라는 것이었다.

로렌스는 당황한 속내를 드러내지 않으려고 조심하면서 프러시아 군 상급 장교 사이베를링 소령에게 그 명령서의 내용을 전해주었다. 거짓말은 하지 않고, 영국 해군본부가 칼크로이트 장군이 병상에서 일어난 후 공식적인 환영회를 하기로 했다는 식으로 둘러댔다.

"아, 또다시 날아가야 하는 거야?"

억지로 몸을 일으킨 테메레르는 꾸벅꾸벅 졸고 있는 야생용들에게 다가가 코끝으로 쿡쿡 찔러 그들을 깨웠다. 야생용들은 점심을 먹은 뒤 거의 기절하다시피 잠이 들어 있었다.

로렌스는 테메레르와 이스키에르카, 야생용들을 데리고 에든버러를 향해 천천히 날아갔다. 겨울이라 낮이 점점 짧아지고 있었다. 문득 크리스마스까지 일주일밖에 남지 않았다는 사실이 떠올랐다. 에든버러에 도착했을 때는 날이 완전히 어두워져 깜깜한 하늘을 배경으로 에든버러 기지의 성이 봉홧불처럼 빛나고 있었다. 창문에 불이 켜 있고 돌벽에 햇불의 조명이 비친 탓이었다. 높은 바위 언덕에 위치한 에든버러 성 아래로 어두운 그림자가 깔린 넓은 연병장이 보였다. 에든버러 성 주변에는 중세에 지어진 낡고 좁은 건물들이 바짝 붙어 서 있었다.

테메레르는 정지 비행을 하며 걱정스런 눈으로 좁고 구불구불한 에든버러 거리를 내려다보았다. 첨탑이 많고 지붕도 뾰족해서 용들이 내려 쉴 공간이 거의 없었다. 마치 판 위에 뾰족한 창 여러 개를 잔뜩 꽂아놓은 모양새였다. 테메레르는 주저하며 말했다.

"마땅한 착륙 지점이 보이질 않아. 저 건물들 중 하나를 부술지도 모르겠어. 사람들은 거리를 왜 이렇게 좁게 만들어놓은 거지? 베이징처럼 거리를 널찍하게 해놓았으면 착륙하기도 훨씬 편할 텐데."

로렌스도 인내심이 점점 바닥나고 있었다.

"내려가다가 다칠 것 같으면 굳이 여기 착륙할 필요 없이 던바로 돌아가자. 말도 안 되는 명령 따위 엿이나 먹으라지."

그러나 테메레르는 장식용 벽돌 몇 개를 부수기는 했지만 오래된 성당의 광장에 무사히 착륙했다. 테메레르보다 덩치가 훨씬 작은 야생용들은 그다지 힘들이지 않고 땅에 내려섰다. 야생용들은 양과 소가 있는 들판에서 이 도시로 옮겨온 것이 마음에 들지 않아 투덜거리며 의심스런 눈으로 주변을 둘러보았다. 그때 아르카디가 몸을 낮추고 어느 집의 열린 창문 너머 텅 빈 방을 들여다보며 테메레르에게 이상하다는 투로 질문을 했다. 그러자 테메레르는 좀더 편한 위치에 꼬리를 내려놓으며 로렌스에게 물었다.

"저기가 사람들이 잠을 자는 곳 맞지, 로렌스? 누각처럼 생긴 저 건물들 말이야. 보석 같은 멋진 물건을 팔기도 하고. 그런데 왜 사람이 한 명도 안 보이지?"

용들이 오고 있다는 소식에 일찌감치 도망쳤을 터였다. 에든버러에서 제일 부유한 축에 드는 상인들도 오늘 밤은 어느 지저분한 여관에서 잠을 자겠지. 이 도시의 다른 구역에서 찾을 수 있는 잠자리는 그런 곳밖에 없을 테니까.

마침내 용들은 나름대로 편하게 자리를 잡고 누웠다. 산맥의 동굴에서 잠을 자는 데 익숙했던 야생용들은 부드럽고 둥글둥글한 자갈이 깔린 길이 마음에 드는 눈치였다. 한쪽 골목에 머리를 집어넣고 꼬리는 그 뒤의 다른 골목에 집어넣은 테메레르는 로렌스를 안심시키려고 애썼다.

"거리에서 자는 건 아무렇지 않아, 로렌스. 정말이야. 바닥에 물기도 없어. 게다가 아침에 일어나서 구경하면 재미있을 거야."

하지만 로렌스는 기분이 좋지 않았다. 고작 이런 대접을 받으려고 일 년 가까이 고향을 등지고 지구를 반 바퀴나 돌아서 임무를 수행하고 돌아온 것이 아니었다. 전투 중에는 물론 편안한 잠자리를 기대할 수 없으니 거친 곳에서 노숙을 할 수도 있고, 머리를 들이밀고 누울 수만 있다면 외양간도 감지덕지였다. 하지만 쓰레기로 시커멓게 얼룩진 거리의 차갑고 비위생적인 돌바닥에 소중한 용들이 짐짝처럼 부려져 있어야 한다는 것은 도저히 납득할 수 없었다. 에든버러 시 외곽의 탁 트인 농장이라도 배정해주어야 마땅했다.

그러나 이러한 조치는 용에게 무슨 억하심정이 있어서가 아니라, 용을 고등하기는 하지만 감정을 배려할 필요까지는 없는, 다루기 불편한 가축쯤으로 여기는 몰상식함에서 비롯된 발상일 터였다. 이제야 이곳이 그런 생각이 뿌리 깊게 박힌 영국임을 뼈저리게 느낄 수 있었다. 용이 사회의 일원으로 당당하게 대접받는 중국과는 너무나도 대조되는 분위기였다.
　로렌스는 테메레르의 머리가 놓여 있는 골목에 위치한 어느 집 안으로 들어가 침낭을 펼쳤다. 열린 창문을 통해 테메레르와 얘기를 나눌 수 있었다.
　테메레르가 논리적으로 말했다.
　"흠, 영국이 원래 이런 곳인 줄은 알고 있었으니까 새삼 놀랄 것도 없어, 로렌스. 내가 영국으로 돌아온 건 나 자신의 안위를 위해서가 아니라 친구들의 생활환경을 개선하기 위해서였어. 내 몸 편한 것만 추구했다면 차라리 중국에 남는 게 나았지……. 그렇다고 여기서 내 누각을 갖고 싶지 않다는 뜻은 아니지만. 그저 친구들도 나처럼 자유를 누리기 바랄 뿐이야. 다이어, 내 이빨 사이에 낀 연골 조각 좀 빼줘. 발톱을 넣어 후벼도 뺄 수가 없어."
　테메레르의 등에서 졸고 있던 다이어가 움찔하고 일어나 짐 보따리에서 작은 곡괭이를 꺼내 들고 내려왔다. 그리고 테메레르의 입 안으로 연골 찌꺼기를 빼내러 들어갔다.
　로렌스가 말했다.
　"네게 누각을 허락하는 사람들이 많아져야 용들이 자유를 얻게 될 가능성도 높아지겠지. 너를 절망시키려고 하는 말은 아니야. 절대 절망해선 안 되지. 다만, 나는 적어도 여길 떠날 때보다는 나은 대접을 받기를 바랐어. 용의 생활환경을 개선하자는 우리의 주장을 관철하기 위해서도 물질적인 지원은 필수적이니까."
　테메레르는 다이어가 입 밖으로 걸어 나오길 기다렸다가 말했다.
　"이곳 용들에게 용 누각의 장점에 대해 설명을 잘 해줘야겠지."
　로렌스의 생각엔 용들에게도 그런 주장이 쉽게 먹혀들 것 같지가 않았다.
테메레르가 말을 이었다.
"우선 막시무스랑 릴리를 만나서 얘기해보려고. 그 녀석들은 내 주장을 지지해줄 거야. 그리고 엑시디움도 설득해야지. 전투 경험이 많은 엑시디움이 직접 용 누각의 장점을 이야기하면 다른 용들도 좀 더 수월하게 납득할 테니까. 다들 내 주장의 타당성을 깨닫게 될 거야."
그러더니 분노가 치미는지 목소리를 낮추며 덧붙였다.
"그들은 에로이카와 그 동료들처럼 멍청하진 않을 테니까."
처음에 프러시아 용들은 좀더 폭 넓은 자유와 교육의 장점에 대해 이야기하는 테메레르를 비웃었고, 엄격한 군율을 중시하는 자기네 전통이 훨씬 낫다고 반박했다. 그런 생각은 프러시아 비행사와 승무원들도 마찬가지였다. 게다가 프러시아 용들은 테메레르가 중국에서 살며 익힌 사색하는 습관을 놓고 나약해빠진 짓을 한다며 놀려대기까지 했었다.
"비관적인 말을 좀 해야 할 것 같구나, 테메레르. 영국 용들을 설득해서 너와 같은 생각을 하게 만든다 해도 상황이 크게 달라지지 않을 수도 있어. 용들은 의회에 집단적으로 영향력을 행사할 수 없을 테니까."
"그럴지도 모르지. 그래도 우리가 다 같이 의회로 몰려가면 회의에 참석할 수 있을지도 모르잖아."
참석 자체가 불가능할 텐데 굳게 확신하는 말투였다.
로렌스는 테메레르를 한참 설득한 끝에 덧붙였다.
"정치적인 변화를 촉진시킬 수 있는 영향력을 지닌 사람들이 네 주장에 공감하게 만드는 방법을 찾아보자. 이런 문제라면 아버지에게 조언을 구하면 좋을 텐데, 내가 아버지와 사이가 좋지 않아서 유감이구나."

테메레르는 얼굴 주변의 막을 힘없이 늘어뜨렸다.

"유감스러워할 필요 없어. 어차피 당신 아버지는 우릴 도우려 하지 않을 테니까. 그분 없이도 우리끼리 잘해낼 수 있어."

테메레르는 어떤 이유에서든 로렌스에게 차갑게 구는 사람을 증오했고, 공군에 대한 앨런데일 경의 반감을 자신에 대한 반감으로 해석했다. 서로 직접 만난 적은 없지만 테메레르는 로렌스를 자신과 따로 떼어놓고 생각하려는 앨런데일 경을 좋지 않게 생각하고 있었다.

로렌스가 말했다.

"내 아버지는 반평생 정치 활동을 해오셨어."

그의 아버지가 중점을 두고 있는 것은 노예무역 폐지 운동이었다. 그 운동은 처음부터 많은 이에게 비웃음을 샀는데, 용의 권익 신장을 주장했다가는 테메레르도 그런 식의 비웃음을 사고 말 것이었다.

로렌스는 생각 끝에 말을 이었다.

"아버지의 조언은 우리에게 아주 큰 도움이 될 거야. 그러니 최대한 아버지와 화해해서 이 문제에 대해 조언을 구해봐야지."

그러자 테메레르가 중얼거렸다.

"그 물건은 그냥 내가 계속 갖고 있고 싶은데."

그 물건이란 로렌스가 아버지와 화해하기 위해 중국에서 구입한 붉은 꽃병을 말하는 것이었다. 그 우아한 꽃병은 그들과 함께 팔천여 킬로미터를 여행했고 어느새 테메레르는 그 꽃병을 자신만의 보물로 여기고 있었다. 로렌스가 짤막한 사과의 편지를 동봉하여 그 꽃병을 앨런데일 경에게 보내려 하자 테메레르는 한숨을 푹 쉬었다.

하지만 로렌스는 앞으로 직면하게 될 난제들로 머릿속이 복잡해서 테메레르의 한숨도 알아채지 못했다. 용권(龍權) 신장 운동은 너무나도 광대하고 복잡한 것이라 로렌스 자신도 감당하기 어려울 정도였다.

로렌스가 어렸을 때 윌리엄 윌버포스 씨가 아버지의 정치적 동료로서 그의 집을 방문한 적이 있었다. 당시 윌버포스는 노예무역제도에 반대하여 그 제도를 철폐하기 위한 정치 활동을 막 시작한 참이었다. 로렌스보다 훨씬 나은 능력과 부, 권력을 지닌 윌버포스와 그 정치적 동지들은 노예무역제도 폐지를 위해 부단한 노력을 기울였지만, 지난 이십 년간 수백만 명이 넘는 아프리카 흑인들이 고향 해안에서 사슬에 묶인 채 노예로 팔려갔고 노예무역제도는 여전히 굳건하게 유지되고 있었다.

테메레르는 1805년 알에서 부화했다. 아무리 뛰어난 지능을 지니고 있다 해도 아직 어린 용이니 윌버포스 등이 현재의 정치적인 입지를 이루기까지 지루할 정도로 오랜 싸움을 벌여왔다는 것을 이해하기 힘들 터였다. 아무리 도덕적이고 정당하며 이 사회에 꼭 필요한 주장이라 해도 자신들의 이익에 반하는 것이면 사람들은 결코 수용하려 들지 않으니까. 로렌스는 더 이상 테메레르의 마음을 무겁게 하는 말을 하고 싶지 않아서 잘 자라고 하고는 창문을 닫았다. 잠든 테메레르의 입김으로 창문 유리가 부르르 떨리기 시작했다. 저 성벽 너머 에든버러 공군 기지까지의 거리가 중국에서 영국까지의 기나긴 여정보다도 멀게 느껴졌다.

아침이 되었는데도 에든버러 거리는 괴상할 정도로 조용했다. 오래된 잿빛 자갈길 위에 늘어져 자고 있는 용들 말고는 아무도 없었다. 테메레르는 시커멓게 그을음이 낀 성당 앞에 몸통을 누이고 꼬리는 그 뒤의 골목에 끼운 채 자고 있었다. 맑고 차갑고 아주 파란 하늘에 계단처럼 층층이 늘어선 구름 조각들이 바다를 향해 나아가고 있었다. 분홍색과 오렌지색이 희미하게 섞인 아침 햇살이 거리의 돌바닥을 비추었다.

로렌스가 집 밖으로 나와보니 깨어 있는 사람은 타르케뿐이었다. 타르케는 추위 때문에 몸을 웅크린 채 어느 우아한 집의 좁은 문간에 앉아 있었다. 타르케의 등 뒤로 묵직한 현관문이 열려 있었다. 그 현관문 너머로 인기척 없는 내부의 홀과 벽걸이 융단이 들여다보였다. 하얗게 김이 피어오르는 찻잔을 들고 있던 타르케가 물었다.

"차 한잔 드릴까요? 집주인이 있었어도 차 내놓는 걸 꺼리지 않았을 겁니다."

"아뇨, 기지로 들어가봐야 해서요."

조금 전 에든버러 기지에서 훈련생 하나가 찾아와 당장 회의에 참석해야 한다며 로렌스를 깨웠다. 어젯밤 늦게 에든버러에 도착했는데 이렇게 일찍 회의 참석을 요구하다니 이런 무례가 또 있을까 싶었다. 더 어이가 없는 것은 그 훈련생이 배고픈 용들의 먹이로 내줄 가축에 대해 아무런 말도 해줄 수 없다고 한 점이었다. 야생용들이 잠에서 깨면 뭐라고 떠들어댈지, 로렌스는 생각하고 싶지도 않았다.

"걱정하실 것 없습니다. 저희들끼리 알아서 챙겨먹을 테니까요."

타르케의 말은 전혀 위로가 되지 않았다. 타르케는 마시려고 들고 있던 차를 로렌스에게 내주었다. 로렌스는 한숨을 쉬며 차를 받아

마셨다. 고맙게도 향이 강하고 뜨거웠다. 로렌스는 잔을 돌려주며 타르케의 표정을 살폈다. 타르케는 입 꼬리 한쪽을 치켜올린 특유의 표정을 지으며 성당의 광장 너머를 바라보고 있었다.

로렌스가 물었다.

"괜찮습니까?"

그동안 로렌스는 테메레르 걱정을 하느라 부하들을 거의 신경 쓰지 못하고 있었다. 그러나 타르케의 존재는 결코 당연시해서는 안 되는 것이었다.

"아, 그럼요. 고향에 돌아왔으니까요. 마지막으로 영국에 왔을 때 이후로 꽤 시간이 흘렀지요. 그래도 저기 있는 항소법원은 여전히 익숙하게 느껴지는군요."

타르케는 광장 너머 에든버러 의사당 쪽을 고갯짓으로 가리켰다. 그 안에 자리 잡은 스코틀랜드의 최고민사재판소인 항소법원은 사람들에게 절망이나 떠안기고 끝없이 소송을 질질 끌며 절차 문제와 부동산을 놓고 늘 언쟁이 벌어지는 악명 높은 곳이었다. 지금은 사무 변호사와 판사, 소송인 들이 모두 용들을 피해 달아나고 없었다. 바람에 날려 와 테메레르의 옆구리에 하얀 거즈처럼 들러붙은 종잇조각들이 마치 이 도시의 오래된 유물처럼 느껴졌다. 로렌스가 알기로 타르케의 아버지는 상당한 재산가였으나 타르케는 그 재산을 한 푼도 물려받지 못했다. 네팔 여인의 아들로 태어났으니 영국 법원에서 합당한 권리를 주장할 수 없었을 것이고 재산 관련 소송이 진행될 당시 영어도 유창하지 못했다고 하니 더더욱 무시를 당했을 터였.

그래서인지 타르케는 영국에 돌아와서도 그다지 기쁜 얼굴이 아니었다. 이곳을 진정 고향으로 생각하는지도 알 수 없었다.

"혹시……."

주저하며 입을 연 로렌스는 계약 기간을 좀더 연장할 수 있겠느냐고 어색하게 물어보았다. 지금까지 타르케가 수행한 서비스, 즉 중국에서 오래된 실크로드를 거쳐 오스만투르크 제국까지 안내해준 일에 대해서는 이미 대금 지급이 이루어진 상태였지만, 그 뒤로 야생용들을 데려온 일에 대해서는 포상금을 지불해야 했다. 하지만 로렌스가 사재(私財)를 털어서 주기에는 그 금액이 너무 많았다. 야생용들이 영국 공군 내에서 자리를 잡을 때까지는 공군 본부에서도 포상금 지급을 미룰 것이었다. 무엇보다 야생용들의 그 괴상하고 어미 변화가 다양한 언어를 제대로 구사할 줄 아는 자는 테메레르를 제외하고 타르케밖에 없었다.

로렌스가 덧붙였다.

"타르케 씨만 괜찮다면 도버 기지의 렌튼 대장과 포상금 지급에 관해 논의해보려고 합니다만."

야생용을 공군으로 들인 것은 전례가 없는 일이라 정해진 규정도 없었고, 로렌스 일행이 지금 이곳에서 받는 푸대접으로 미루어 짐작해보건대 에든버러의 공군 대장과 포상금 문제를 논의하기엔 무리가 있을 듯했다.

타르케는 어깨를 으쓱하더니, 광장 한구석에서 안절부절못하며 로렌스를 기다리고 있는 어린 훈련생을 턱 끝으로 가리켰다.

"전령이 점점 초조해지는 모양입니다."

훈련생은 로렌스를 데리고 언덕을 올라가 에든버러 기지 문 앞에 이르렀다. 거기서부터 붉은 외투를 입은 해병대원이 로렌스를 공군 대장 사무실로 안내했다. 두 사람은 구불구불 이어지는 길을 따라 중세풍의 석조 안마당을 지나서 본부 건물로 들어갔다. 흐릿한 햇살이 비쳐드는 건물 내부는 아직 이른 아침이라 돌아다니는 이도 없었고 부산스러운 분위기도 아니었다. 공군 대장 사무실 문은 열려 있었다. 로렌스는 어깨를 곧게 펴고 뻣뻣하게 걸어 들어갔다. 미간에 마뜩잖은 주름을 지은 로렌스의 얼굴은 냉랭하고 경직된 표정이었다. 그는 벽에 시선을 고정한 채 입을 열었다.

"보고드리러 왔습니다."

그런 뒤 시선을 내려 그곳 대장의 얼굴을 본 순간 로렌스는 깜짝 놀랐다.

"렌튼 대장님?"

"그래, 로렌스. 와서 앉게."

렌튼은 경비병을 내보내고 방문을 닫게 했다. 책으로 둘러싸인 곰팡내 나는 사무실이었다. 책상에는 작은 지도 한 장과 서류 몇 장밖에 없었다. 렌튼은 잠시 침묵을 지키며 앉아 있다가 입을 열었다.

"자네를 다시 보게 되니 아주 반갑구먼. 정말 좋아. 좋고말고."

그의 모습이 많이 달라져서 로렌스는 큰 충격을 받았다. 마지막으로 보았을 때 이후로 십 년은 더 늙은 것 같았다. 머리카락이 하얗게 세고 눈동자는 흐릿하고 축축했으며 턱 아래 살이 축 늘어져 주름이 잡혀 있었다.

로렌스는 몹시 유감스러웠다.

"건강에 이상이라도 생기신 겁니까?"

왜 렌튼 대장이 도버 기지에서 북쪽의 한산한 데든버러 기지로 전임해 왔는지 이유를 알 만했다. 무슨 병이 이토록 렌튼 대장을 망가뜨린 것인지, 현재 렌튼 대장 대신 누가 도버 기지를 지휘하고 있는

지 궁금했다.

"아……."

렌튼은 손사래를 치며 말을 하려다가 이내 입을 다물었다. 그리고 잠시 후 말했다.

"자네, 아직 아무 소식도 듣지 못한 게로구먼. 그래, 그렇겠지. 우린 비밀이 새어 나가지 않도록 극도로 조심하고 있으니까."

로렌스는 새삼 다시 화가 치밀었다.

"예, 대장님. 아무 소식도 못 들었습니다. 전혀요. 동맹국인 프러시아는 영국 공군에서 무슨 소식 온 게 없느냐고 제게 매일같이 물었습니다. 더 이상 그 질문을 할 필요가 없어질 때까지요."

로렌스는 프러시아 장군들에게 개인적으로 확언을 했었다. 영국 공군은 반드시 약속을 지킬 것이며, 영국 용 스무 마리가 조만간 프러시아에 도착할 것이라고. 그 용들이 와주었으면 프러시아가 나폴레옹에게 그처럼 처참한 패배를 당하지는 않았을 터였다. 로렌스와 테메레르, 승무원들은 영국 용 스무 마리를 대신해서 프러시아에 남아 목숨을 걸어 가며 희망 없는 전투를 계속해야 했다. 그리고 영국 용들은 끝끝내 모습을 나타내지 않았다.

렌튼 대장은 대답 대신 고개를 끄덕이며 혼잣말처럼 중얼거렸다.

"그래, 자네 말이 맞아. 물론 그렇지."

그리고 책상 위를 손가락으로 톡톡 두드렸다. 눈은 서류를 보고 있었으나 무언가 다른 생각에 골몰한 모습이었다.

로렌스가 날카롭게 덧붙였다.

"대장님, 어떻게 그토록 잔인하게 프러시아를 배신하고 근시안적인 결정을 내리실 수 있었는지 도저히 이해가 되지 않습니다. 약속대로 용 스무 마리만 보내주었으면 프러시아가 나폴레옹을 이길 수도 있었습니다."

렌튼 대장이 고개를 들었다.

"뭐라고? 아, 로렌스. 그 점에 대해서는 나도 동의하네. 그럼, 그렇고말고. 진작 사실을 알려주지 못해 미안하게 생각하고 있어. 하지만 어쩔 수 없었네. 보내주고 싶어도 보낼 용이 없었으니까."

빅토리아투스의 양 옆구리가 천천히 규칙적으로 크게 부풀어 올랐다가 가라앉았다. 활짝 벌어진 콧구멍은 붉게 충혈되어 있고 가장자리에 콧물이 두껍게 말라붙었으며 입가에는 분홍색 침이 거품 상태로 말라붙어 있었다. 두 눈을 감고 있었으나 몇 번 숨을 쉰 후에는 기진맥진한 채로 눈을 가느다랗게 뜨곤 했다. 하지만 이미 흐릿해진 두 눈은 아무것도 보지 못하는 상태였다. 빅토리아투스가 힘없이 기침을 터뜨리자 땅바닥이 곧 피로 얼룩졌다. 그리고 다시 축 늘어지며 꾸벅꾸벅 졸았다. 빅토리아투스의 비행사 리처드 클락 대령은 그 옆에 놓인 야전 침대에 누워 있었다. 지저분한 리넨 셔츠에 면도도 하지 않은 모습으로, 한쪽 팔은 햇빛을 막기 위해 두 눈에 대고 다른 쪽 팔은 용의 앞발에 대고 있었다. 로렌스와 렌튼 대장이 가까이 다가갔지만 클락 대령은 미동도 하지 않았다.

몇 분 후 렌튼 대장이 로렌스의 팔을 살짝 잡으며 말했다.

"자, 그만 가세."

렌튼 대장은 지팡이에 몸을 의지하여 천천히 방향을 돌렸다. 그리고 로렌스와 함께 푸른 언덕을 지나 다시 본부 건물로 들어갔다. 렌튼 대장의 사무실로 돌아가는 동안 로렌스는 복도가 더 이상 평화롭게 느껴지지 않았다. 돌이킬 수 없는 어둠 아래 죽은 듯 가라앉아 있는 것만 같았다.

렌튼 대장이 와인 잔을 내밀었으나 로렌스는 도저히 마실 수가 없었다. 충격이 너무 커서 마실 것을 입에 댈 생각조차 하지 못했다.

창밖의 기지 앞마당을 내다보며 렌튼 대장이 말했다.

"폐병의 일종이라더군."

앞마당에는 빅토리아투스와 열두 마리의 대형 용들이 줄줄이 누워 있었고 오래된 방풍벽과 쌓아 올린 나뭇가지들, 담쟁이덩굴로 뒤덮인 바위들이 사이사이에 놓여 있었다.

"병이 얼마나 멀리 퍼진 겁니까?"

"영국 전역에. 도버 기지와 포츠머스 기지, 미들스브러 기지, 웨일스 사육장과 핼리팩스 사육장, 지브롤터에 이르기까지. 우편배달 용들이 순환 근무를 하는 곳에는 다 퍼져나갔어. 전부 다."

렌튼 대장은 창문에서 시선을 떼고 돌아서서 의자에 앉으며 말을 이었다.

"우린 멍청하기 짝이 없었지. 저 병을 감기일 뿐이라고 생각했으니."

"얼리전스 호가 희망봉을 돌아 동쪽으로 가기 전에 저도 얘기를 들었습니다. 저 병이 퍼져나간 것이 그렇게 오래되었습니까?"

"1805년 9월 핼리팩스에서 처음 발병했네. 의사들 말로는 아메리카 대륙에서 영국으로 온 덩치 큰 인디언 품종의 용에게서 시작되었다더군. 그 인디언 용은 핼리팩스에서 영국으로 용 수송선을 타고 왔는데, 그때 수송선을 같이 타고 도버 기지로 돌아온 용들이 제일 먼저 그 병에 감염됐어. 공군들은 그 인디언 용을 웨일스의 사육장으로 보냈고 그곳에서 본격적으로 감염이 시작되었지. 그런데 정작 그 인디언 용은 아주 멀쩡해. 기침이나 재채기 한번 하지 않고 있지. 감염을 피해 아일랜드에 따로 모아둔 새끼 용 몇 마리를 제외하고, 현재 영국에서 건강하게 남아 있는 거의 유일한 용이야."

렌튼 대장이 잠시 말을 멈춘 사이 로렌스는 야생용 얘기를 꺼냈다.

"우리가 야생용 스무 마리를 데려왔다는 것은 알고 계시지요?"

"그래. 그 용들이 어디에서 왔다고 했지? 투르케스탄? 자네 편지를 내가 제대로 이해한 게 맞다면, 그 용들이 산적이었다고 한 것 같은데?"

"자기네 영토를 지키려고 애쓰다 보니 그렇게 된 겁니다. 예의가 깍듯한 편은 아니지만 그렇다고 악의 같은 걸 품을 녀석들은 아닙니다. 물론 스무 마리 정도로 영국 전체를 방어하기엔 무리가 있겠지만 말입니다. 어쨌든 그 병에 치료법이 있지 않겠습니까? 분명 있을 겁니다."

렌튼 대장은 고개를 저었다.

"처음엔 기존의 치료약으로 어느 정도 효과가 있는 듯했어. 우유술(뜨거운 우유에 술, 설탕, 향료를 넣은 것—옮긴이 주)을 먹이니 기침이 다소 잦아들더라고. 식욕이 많이 떨어지기는 했지만 비행을 할 수는 있었어. 원래 용들에게 감기는 별것 아닌 병이니까. 그런데 이 감기가 이상하게 너무 오래가는 거야. 시간이 지나자 우유술로도 효과를 볼 수가 없었네……. 점점 악화되기 시작했지."

렌튼 대장은 잠시 입을 다물었다가 한참 후 힘겹게 말을 이었다.

"옵베르사리아도 죽었어."

"맙소사! 대장님, 그런 애통한 일이. 상심이 크시겠습니다."

렌튼 대장으로서는 이만저만한 슬픔이 아니었을 것이다. 옵베르사리아는 렌튼 대장과 사십 년 넘게 비행을 해왔고, 지난 십 년간 도버 기지의 대장 용으로서 임무 수행을 해왔다. 비교적 젊은 용이지만 알도 네 개나 낳았다. 영국에서는 타의 추종을 불허할 정도로 가장 뛰어난 비행술을 지닌 용이기도 했다.

로렌스의 말을 듣지 못한 듯 렌튼 대장은 멍하니 말을 이었다.

"어디 보자. 그래, 지난 8월에 죽었지. 인라크리마스가 먼저 가고 옵베르사리아가 죽은 뒤 미나시투스가 그 뒤를 따랐어. 용들 중 일부는 증상이 심하게 악화되었거든. 어린 용들은 그나마 잘 버티고 있고 늙은 용들도 그럭저럭 명을 이어가고 있지만, 그 중간 나이의 용들이 대부분 죽어나가고 있어. 어떤 용이 먼저 가든 무슨 상관이겠나. 이대로라면 결국 다 죽고 말 텐데."

2

케인스가 말했다.

"죄송합니다, 로렌스 대령님. 총상을 치료하고 붕대를 감는 일은 멍청이도 할 수 있는 일입니다. 그러니 총상 치료 정도는 대령님이 저 대신 하셔도 될 겁니다. 각 공군 기지의 격리 구역마다 병든 용들로 넘쳐나는데 제가 영국에서 제일 건강한 용 곁에 머무는 것은 말이 안 됩니다."

"자네 뜻은 잘 알겠네, 케인스. 더 길게 얘기할 필요 없어. 그래도 도버까지는 우리와 함께 가는 게 어떻겠나?"

"아뇨. 에든버러 기지의 격리 구역에 있는 빅토리아투스가 이번 주를 넘기지 못할 것 같으니 대기하고 있다가 애로우 박사와 함께 해부를 진행할 생각입니다."

케인스의 현실적인 말이 그 순간 잔인하게 들려 로렌스는 움찔했다. 케인스가 말을 이었다.

"해부를 해보면 그 전염병의 특성을 파악하는 데 도움이 될 겁니다. 우편배달 업무를 하는 용들이 기지를 순환하니 그중 한 마리를 타고 나중에 도버에서 합류하겠습니다."

"그렇게 하게."

로렌스는 케인스와 악수를 나눴다.

"조만간 우리와 다시 비행을 하게 되길 바라네."

그러자 케인스는 특유의 신랄한 말투로 대답했다.

"그런 것은 바라지 않는 편이 좋지요. 격리 구역에 수용된 용들이 조만간 모두 죽는다면 모를까, 심각한 상태의 용이 없어야 제가 다시 테메레르 담당의로 합류할 수 있을 겁니다."

이미 더 우울해질 것도 없을 정도로 마음이 울적했지만 로렌스는 기운이 한층 쭉 빠지는 느낌이었다. 케인스를 여기 두고 가는 것은 참으로 유감스러웠다. 물론 대부분의 용 의사는 해군의 군의관들과는 달리 무능한 자가 거의 없었다. 케인스가 자신의 일을 멍청이도 할 수 있는 일이라 말하긴 했지만, 케인스의 후임자도 영 엉터리일 리는 없었다. 하지만 케인스가 성격이 좀 특이하긴 해도 용기와 분별력을 지닌 훌륭한 용 의사이기에 그와 헤어지자니 마음이 좋지 않았다. 테메레르도 울적해할 것이었다.

케인스의 소식을 듣자마자 테메레르가 로렌스에게 물었다.

"다친 거야? 어디 아프대?"

"아니, 테메레르. 케인스는 달리 해야 할 일이 있대. 그는 상급 용 의사잖아. 전염병으로 고통받는 네 친구들을 돌보려는 거니까 네가 이해해야지."

"흠, 그래. 막시무스나 릴리도 케인스가 돌보아주는 편이 좋을 테니까."

테메레르는 살짝 토라진 목소리로 말을 하고는 발톱으로 땅바닥을 박박 그었다. 그리고 말을 이었다.

"막시무스와 릴리를 조만간 만날 수 있을까? 그 녀석들은 그렇게 많이 아프진 않을 거야. 중국에도 가봤지만 막시무스처럼 큰 용은 없었어. 그러니 막시무스는 곧 병이 나을 거야."

로렌스는 안타깝지만 최악의 소식을 전할 수밖에 없었다.

"그게, 그렇지가 않아. 아픈 용들 중에 회복된 용은 하나도 없었어. 그러니 너도 격리 구역 근처에는 가까이 가지 않게 아주 조심해야 돼."

"이해가 안 돼. 병이 낫지 않는다면 도대체······."

로렌스는 시선을 돌렸다. 테메레르가 그 상황을 단박에 받아들이긴 어려울 터였다. 용은 워낙 튼튼한 생물이고 어떤 품종이든 대부분 수명이 백 년 이상이었다. 그러니 테메레르도 막시무스와 릴리가 전쟁 중에 죽지 않는 이상 인간보다 훨씬 오래 살 것이라 생각하고 있을 것이었다.

마침내 테메레르는 당황한 목소리로 말했다.

"하지만 난 그 녀석들에게 할 말이 아주 많은데······. 녀석들을 위해 돌아온 거란 말이야. 용들도 글을 읽고 쓸 수 있고 재산을 가질 수도 있다고, 전투 말고 다른 일을 할 수도 있다고 가르쳐줘야 하는데."

"내가 대신 편지를 써줄게. 안부 인사도 담아서 보내자. 그 용들은 너와 함께 있는 것보다 네가 병에 감염되지 않고 안전한 상태라는 것을 알면 더욱 좋아할 거다."

하지만 테메레르는 아무런 대답도 없이 고개를 가슴께까지 푹 숙였다. 잠시 후 로렌스가 말했다.

"그들 가까이에 머물면서 매일 편지를 보내면 되지. 주어진 임무를 충실히 수행하면서 말이다."

테메레르는 몹시 씁쓸해하며 말했다.

"순찰 임무 말이구나. 순찰보다 더 지루한 편대 비행도 해야 되겠지. 친구들이 전부 병들었는데 우리가 할 수 있는 일이 아무것도 없다니."

로렌스는 고개를 숙이고 자신의 허벅지를 내려다보았다. 그곳에는 새로 받은 명령서가 방수포에 싸인 다른 서류뭉치와 함께 놓여 있었다. 그 명령서의 내용은 테메레르에게 아무런 위안이 되지 못할 것이다. 즉시 도버로 가라는 간결한 내용이 적혀 있었으니까. 도버에 도착하면 테메레르의 예상대로 순찰과 편대 비행을 진력나게 해야 할 것이었다.

로렌스는 착륙하자마자 도버 기지의 본부 건물로 걸어갔다. 그러나 새로 부임한 공군 대장의 사무실로 곧장 들어가지 못하고 복도에서 삼십 분 넘게 기다리며 두꺼운 떡갈나무 방문 너머로 또렷하게 새어나오는 고함 소리를 듣고 있자니 기분이 영 좋지 않았다. 안에서 목청 높여 소리치는 이들 중에는 제인 롤랜드도 있었다. 그녀에게 대답하는 목소리들이 영 생소했다. 그러다가 별안간 방문이 벌컥 열렸다. 로렌스는 얼른 자리에서 일어나 차려 자세를 취했다. 해군 외투를 입은 키 큰 남자 하나가 흥분한 기색으로 성큼성큼 걸어 나왔다. 구레나룻을 기른 뺨 아래쪽이 벌겋게 상기되어 있었다. 그자는 로렌스를 한번 사납게 쏘아보고는 그대로 지나갔다.

"들어오게, 로렌스. 들어와."

안에서 제인이 부르자 로렌스는 사무실 안으로 들어갔다. 새 공군 대장인 듯한 나이 든 남자가 제인과 함께 서 있었다. 로렌스는 그 남자가 검은색 프록코트에 무릎까지 오는 반바지를 입고 죔쇠 달린 신발을 신은 모습을 보고 다소 놀랐다. 그것은 용 의사들이 입는 복장이었다.

제인이 로렌스에게 말했다.

"이쪽은 와핑 박사. 이분과 초면인 걸로 알고 있네. 와핑 박사님, 이쪽은 테메레르의 비행사 로렌스 대령입니다."

"인사드리겠습니다."

로렌스는 이렇게 말하며 당황한 표정을 감추기 위해 한쪽 다리를 깊이 숙여 인사했다. 일반인들의 개념에서 볼 때, 용들이 전부 격리구역에 수용되어 있는 상황이니 용 의사가 도버 기지 대장이 되어 지휘를 맡는 것은 당연한 일일 터였다. 처지가 불우해진 어느 집안을 돕기 위해 그 집안의 오랜 친구가 나서는 것처럼, 해군 군의관이 전시의 병원선(病院船) 지휘를 맡는 것처럼 말이다.

와핑 박사가 말했다.

"로렌스 대령, 이렇게 만나게 되어 영광이군요. 대장님, 그럼 저는 이만 나가보겠습니다. 저 때문에 이런 꼴사나운 장면을 연출하게 돼서 죄송스럽습니다."

그러자 제인이 말했다.

"무슨 그런 소리를 하십니까. 식료품 관리 위원회 놈들은 하나같이 목을 매달아야 마땅한 악당들인데요. 나 같으면 저런 놈들을 당장 교수형에 처해버릴 텐데 말이죠. 아무튼 좋은 하루 보내세요."

와핑 박사가 사무실을 나가고 문을 닫자 제인은 로렌스를 돌아보며 말했다.
"불쌍한 용들이 새가 모이를 먹듯이 조금씩밖에 먹이를 못 먹는 상황인데도 식료품 관리 위원회 놈들은 고작 병들거나 말라빠진 가축이나 보내주고 있어. 이게 말이 되나, 로렌스? 자네에게 이런 식으로 환영 인사를 하게 되다니 유감이야."

제인은 로렌스의 양어깨를 잡고 두 볼에 소리 나게 입을 맞춘 뒤 말을 이었다.

"몰골이 말이 아니로군. 외투는 어쩌다가 그렇게 됐어? 와인 한 잔 하겠나?"

그녀는 대답을 기다리지도 않고 잔 두 개에 와인을 따랐다. 로렌스는 멍하니 잔을 받아 들었다.

제인이 말했다.

"자네가 보낸 편지를 읽어서 어떤 일을 겪었는지는 웬만큼 알고 있어. 답장을 하지 않은 것에 대해서는 용서해주게, 로렌스. 중요한 비밀이 누설될 우려가 있어서 답장을 하지 않는 편이 나았거든."

"아, 예, 물론 그랬겠지요."

로렌스는 벽난로 앞 의자에 제인과 나란히 앉았다. 의자 팔걸이에 걸쳐 있는 제인의 외투가 눈에 띄었다. 외투의 양어깨에는 공군 대장의 직위를 나타내는 금색 줄 네 개가 붙어 있고, 가슴팍은 끈과 단추로 멋지게 장식되어 있었다. 제인의 얼굴도 다소 변했다. 좋지 못한 쪽으로. 체중이 많이 준 듯했고 짧게 자른 짙은 색 머리카락은 드문드문 세어 있었다.

"흠, 내 꼴도 말이 아니지."

제인은 우울하게 말하고는 로렌스가 유감의 뜻을 나타내려 하자

웃음을 터뜨렸다.

"아니, 그다지 슬플 것도 없어. 지금은 다들 이렇게 기운이 빠져 있으니까. 어쩔 수 없지. 에든버러 기지에서 가엾은 렌튼 대장을 만나봤겠지? 옵베르사리아가 죽고 나서 꿋꿋하게 잘 버티시더니 삼 주일 뒤에 졸중으로 침실 바닥에 쓰러지셨어. 일주일 동안 우물거리는 소리를 내는 것 말고는 말도 제대로 못 하셨지. 그 뒤로 많이 호전되시기는 했지만 여전히 기운을 회복하지 못하고 계셔."

"안타까운 일입니다. 그래도 진급 축배는 들어야겠지요."

애써 분위기를 바꾸며 로렌스는 대장으로 진급한 제인을 위해 축배를 들었다.

"고맙네, 사랑스런 내 전우. 다른 때 같으면 나도 이 진급에 대해 자랑스러워했겠지. 줄줄이 곤혹스러운 일들이 닥치지만 않았으면. 공군 내부에서는 내 진급에 대해 별말이 없는데, 해군본부의 멍청이들을 상대하자니 쉽지가 않아. 나에 대해 이미 여러 차례 듣고 오는 것일 텐데도 여전히 내 앞에만 서면 편히 웃지도 않고 당황스러워하거든. 그들이 입대하기 전부터 난 용을 탔는데 말이야. 가까이 와서 숙녀를 대하듯 내 손에 입을 맞추지 않으면 내가 그들을 매질이라도 할 것처럼 쳐다본다니까."

로렌스는 그런 해군들의 반응이 이해가 되었다.

"아마 적응하기가 쉽지 않을 겁니다. 해군본부에서는 아마……."

로렌스는 민감하고 위험스러운 영역에 대해 언급하고 있음을 깨닫고 입을 다물었다. 영국에서는 가장 치명적인 능력을 지닌 롱윙들을 설득하여 공군으로 복무하게 하기 위해 여군을 쓰고 있었고, 그 문제에 대해서는 어느 누구도 감히 논란을 제기할 수 없었다. 롱윙은 여성만을 비행사로 받아들이므로 공군에서 여군의 존재는 필수적이었다. 좋은 가문에서 태어난 여성이 사교계에 입문하지도 못하고 위험천만한 군복무를 해야 하는 현실이 로렌스는 안타까웠다. 그러나 현재 영국 공군에서 복무 중인 여군들은 모두 어렸을 때부터 공군 기지에서 자라면서 훈련을 받아온 이들이었다. 롱윙의 여성 비행사들은 효율적인 작전 수행을 위해 각 편대의 리더가 되어 편대원인 다른 남성 비행사들에게 명령을 내렸다. 그러나 이는 일반적인 장성 계급과는 달랐다. 그런 만큼 영국에서 가장 규모가 크고 중요도도 높은 도버 기지를 여군인 제인이 지휘한다는 것은 매우 이례적인 일일 터였다.

제인이 말했다.

"해군본부에서는 나를 이곳 공군 대장으로 진급시키고 싶어하지 않았지만 달리 선택의 여지가 없었어. 포틀랜드가 지브롤터를 떠나 이리로 올 수 없었거든. 포틀랜드의 용 라에티피캇이 전염병 때문에 체력이 크게 떨어져서 뱃멀미를 견뎌낼 수가 없었어. 결국 나와 샌더슨을 놓고 결정을 해야 했는데 샌더슨은 공군 대장을 맡기엔 역부족이었지. 지금도 방구석에 처박혀서 여자처럼 울어대고 있으니까. 그런 자가 아니모시아를 타고 해전에 아홉 번이나 참전한 노장이라니, 믿을 수 있겠나?"

제인은 헝클어진 짧은 머리를 손으로 쓰다듬어 넘기며 한숨을 쉬었다.

"아니, 로렌스. 방금 한 말은 귀담아 듣지 마. 내가 요즘 신경이 곤두서서 그래. 사실 샌더슨의 용 아니모시아가 요즘 상태가 좋질 않아."

로렌스는 조심스럽게 물었다.

"엑시디움은요?"

"늙었지만 워낙 강한 녀석이라서 체력이 떨어졌을 때 힘을 아껴 쓰는 법을 잘 알고 있지. 식욕이 없어도 억지로 먹이를 먹고 있어. 한동안은 버텨낼 수 있을 거야. 벌써 백 년 가까이 공군에서 복무했지. 그 나이의 용들은 대부분 퇴역해서 사육장에서 지내고 있어."

제인은 씁쓸한 미소를 지으며 말을 이었다.

"어쩌겠나, 용기를 내야지. 이제 즐거운 얘기를 해보자고. 자네가 야생용 스무 마리를 데려왔다던데, 그놈들이 공군에서 쓸모가 있을지 직접 가서 봐야겠어."

똬리를 튼 채 잠이 든 이스키에르카는 바늘처럼 뾰족한 수많은 가시돌기에서 희미한 증기를 뿜어내고 있었다. 로렌스와 함께 온 제인이 뱀처럼 기다란 이스키에르카의 몸을 살펴보는 동안 그랜비가 말했다.

"아직 덩치가 작습니다. 제가 제대로 감독하지 못하고 있는 탓도 있고요. 죄송합니다."

이스키에르카는 이미 자신만의 보금자리를 만들어놓은 상태였다. 다른 이들은 괴로워했지만 자신은 그 보금자리에 매우 흡족해했다. 테메레르의 공터 바로 옆 공터에 발톱으로 땅을 파서 깊은 구덩이를 만들고 그 안을 재로 채워 넣었다. 그 재는 공터 주변에 자라는 어린 나무 스물네 그루를 뿌리째 뽑아서 구덩이 안에 넣고 불을 붙여 만든 것이었다. 그리고 재 안에 뭉우리돌을 여러 개 넣고 불을 붙여 벌겋게 달군 뒤 그 위에 누워 편안하게 자고 있었다. 나무에 붙인 불과 그 불에서 나온 연기가 기지 근처의 농가에서까지 보일 정도라, 이스키에르카가 도버 기지에 도착한 지 몇 시간도 채 지나지 않았는데 벌써부터 지역 주민들의 항의가 빗발치고 있었다.

제인은 꾸벅꾸벅 졸고 있는 이스키에르카의 옆구리를 쓰다듬으며 말했다.

"아무리 항의해봤자 그들도 결국 이 불 뿜는 용의 신세를 지게 되어 있어. 전투 중에 우리가 도착한 걸 알면 해군들은 이 용의 이름을 부르며 환호할 걸세. 잘했어. 아주 잘해주었네. 이제 진급을 확정지을 수 있게 되어 기쁘군, 그랜비 대령. 그랜비에게 직접 새 견장을 달아주겠나, 로렌스?"

로렌스의 승무원들은 이스키에르카의 보금자리 주변에 퍼져나간 깜부기불을 밟아 끄느라 이미 그 주변에 모여 있었다. 구덩이에서 튀어나온 그 불꽃들을 그냥 두었다가는 도버 기지 전체를 태워버리고 말 테니까. 승무원들은 온통 재투성이였고 피곤에 절어 있었으나 따로 지시받은 사항이 없어서 아직 그곳에 머물고 있었다. 페리스는 눈치껏 나지막한 지시를 내리며 승무원들을 줄지어 서게 했다. 로렌스는 금색 줄 두 개가 달린 견장을 그랜비의 양어깨에 달아주었다.

"제군들."

제인의 말을 신호로 승무원들은 양볼이 상기된 그랜비에게 만세 삼창을 불러주었다. 차분하지만 진심이 담긴 축하였다. 페리스와 릭스는 앞으로 나아가 그랜비와 악수를 나누었다.

약소하게 진급식이 끝나자 제인이 그랜비에게 말했다.

"아직 용이 어리긴 하지만 미리 승무원을 배정해줌세."

로렌스와 그랜비를 따라 야생용들이 있는 곳으로 걸어가며 제인이 말을 이었다.

"슬프게도 현재 공군 내에는 인력이 남아돌고 있어. 성장에 문제가 없도록 잘 지켜보면서 이스키에르카가 하루에 두 번 이상 꼭 먹이를 먹게 해. 깨어 있는 동안에는 롱윙의 비행법을 익히게 하고. 롱윙들이 자기 몸에 독을 묻힐 위험을 지니고 있듯이 이스키에르카도 실수로 제 몸을 그슬릴지 모르거든. 굳이 체험을 통해 교훈을 얻게 할 필요는 없지."

그랜비는 고개를 끄덕였다. 그는 제인을 대장으로 따르는 것을 전혀 이상하게 여기지 않는 듯했다. 야생용들에게 영향력을 행사할 수 있는 사람이 공군 내에 아직 아무도 없어서 조금 더 이곳에 머물기로 한 타르케도 마찬가지였다. 야생용들 곁에 있던 타르케는 로렌스에게 호기심 어린 눈빛을 보내긴 했지만 별다른 말은 하지 않았다. 그저 재미있어하는 표정이었다. 이스키에르카의 공터에 있을 때 제인이 새로 공군에 합류한 야생용들을 보러 가고 싶다고 말했기 때문에 로렌스는 타르케에게 미리 주의를 당부할 틈도 없었다. 하지만 타르케는 공군 대장 복장을 하고 공터로 걸어 들어오는 제인을 보고도 놀라지 않았다. 그저 정중하게 허리를 굽혀 인사를 한 뒤 차분하게 야생용들을 제인에게 소개했다.

아르카디와 그 부하들이 쓰는 공터는 이스키에르카의 공터보다는 덜 지저분했다. 야생용들은 주변의 나무들을 넘어뜨려 공터에 잔뜩 쌓아놓았다. 여기보다 훨씬 광대하고 기온이 낮은 파미르 고원에서 살던 용들이라 영국의 12월 추위쯤은 별것 아니었으나 공기 중에 습기가 너무 많다며 투덜거렸다. 야생용들은 자기들 앞으로 다가온 여자가 이곳 대장임을 알게 되자마자, 공군 복무 조건으로 매일 소를 한 마리씩 배급받기로 했는데 그 약속을 이행할 것이냐고 따져 물었다.

타르케가 그들의 말을 제인에게 통역해주었다.

"소를 먹지 못하는 날이 있을 경우, 그날 배급분을 계산에서 빼서 나중에 추가로 먹을 수 있게 해줘야 한답니다."

제인은 웃음을 터뜨렸다. 그런 협상을 하게 되어 기분이 나쁘기는 커녕 재미있어하는 표정이었다.

"언제든 먹고 싶은 만큼 실컷 소를 먹을 수 있다고 전하게. 그래도 의심을 풀 수 없다면 기록표를 만들어주지. 여기 있는 통나무를 하나씩 가져다가 축사 근처에 놓아두고 소를 한 마리씩 배급받을 때마다 표시를 해두라고 해. 그리고 다른 가축으로 대체할 때의 조건에 대해서도 물어봐주게. 식단을 달리해야 할 때도 있는데, 그럴 때 소 한 마리 대신 돼지 두 마리 혹은 양 두 마리를 받아도 되겠는지 말이야."

야생용들은 저희끼리 머리를 맞대고 두르자크 어로 중얼중얼 쉭쉭 휘리릭 소리를 내며 의논을 했다. 마침내 그 불협화음이 잦아들고 아르카디가 돌아서더니 기꺼이 그 조건에 합의하겠다고 선언했다. 다만, 염소의 경우 세 마리로 해줘야겠다고 덧붙였다. 야생용들이 살던 곳의 염소는 몸집이 작고 살이 별로 없는 편이라 그 가치를 돼지나 양보다 낮게 평가한 것이었다.

제인은 고개를 숙이며 합의가 이루어졌음을 알렸다. 그러자 아르카디도 매우 흡족한 표정으로 고개를 숙였다. 한쪽 눈에서 목까지 이어지는 붉은 반점 때문에 아르카디는 마치 안대를 찬 해적 같은 모습이었다.

제인은 로렌스 및 여러 장교들과 함께 본부 사무실로 돌아가면서 말했다.

"악당들처럼 용의주도하군. 그래도 비행 능력만큼은 뛰어날 것 같으니 다행이야. 억센 근육을 지녔으니 자기네와 체중이 같거나 조금 더 많이 나가는 적들과도 충분히 맞설 수 있을 것 같아. 저 녀석들의 배를 채워줄 수 있어서 나도 기분이 좋군."

"아뇨, 대령님. 아무 문제 없습니다."

사전 통고도 없이 갑자기 들어와 숙소 배정을 요청했음에도, 본부 건물을 관리하는 집사는 나지막하게 대답하며 토렌스와 그 휘하의 장교들이 머물 방을 안내해주었다. 빈방이 많아 방 배정에 어려움이 없는 모양이었다. 현재 대부분의 비행사와 공군 장교 들은 추위와 습기에도 불구하고 자신들이 담당하고 있는 병든 용들과 함께 격리 구역에서 야영을 하고 있었다. 프랑스와 스페인 함대를 무찌르기 위해 도버 기지의 거의 모든 편대가 남쪽으로 향했던 때, 트라팔가르 전투 참전을 위해 용들이 썰물처럼 기지를 빠져나갔던 그때만큼은 아니었지만 본부 건물은 거의 비어 있다시피 조용하고 스산했다.

모두 그랜비의 건강을 위해 장교 휴게실에 모여 축배를 들었으나 파티는 일찍 파했다. 로렌스는 그 방에 오래 머물고 싶지 않았다. 비참한 몰골의 장교 몇 명이 방구석에 놓인 시커먼 탁자 주변에 말없이 앉아 있었다. 나이 든 비행사 하나는 안락의자의 팔걸이에 기댄 채 코를 골며 자고 있었다. 그 비행사의 팔꿈치 쪽에 놓인 텅 빈 브랜디 술병이 보였다. 로렌스는 자기 방으로 돌아와 벽난로 근처에 앉아 혼자 점심을 먹었다. 양쪽 옆방이 모두 비어 있어 공기가 쉬이 데워지질 않았다.

조용히 문 두드리는 소리가 들렸다. 제인이거나 테메레르의 전갈을 가져온 부하일 거라 예상하고 문을 연 로렌스는 문 앞에 타르케가 서 있자 깜짝 놀랐다.

"어서 들어와요. 방 안 꼴이 엉망인 걸 이해해주었으면 합니다."

짐 정리를 하지 않아 방 안이 어수선했다. 지금 로렌스가 입고 있는 화장복은 다른 비행사의 옷장에서 입지 않는 옷을 빌려온 것이라 허리둘레가 크고 구김도 많이 가 있었다.

"작별 인사를 하러 왔습니다."

로렌스가 거북한 표정으로 이유를 묻자 타르케는 고개를 저으며 말했다.

"아뇨, 불만이 있어서가 아닙니다. 다만 나는 대령님의 부대에 정식으로 소속된 사람도 아니고, 단순히 통역사로 여기 머물고 싶진 않습니다. 통역사 역할은 금방 진력이 나버리거든요."

"제인 롤랜드 대장과 의논을 해봐야 할 텐데…… 수수료 문제 말입니다……."

로렌스는 말끝을 흐렸다. 어떻게 해야 좋을지, 특히 공군 내에서 그런 문제는 어떤 식으로 처리되는 것인지 알 수가 없었다. 공군에서는 육군이나 해군보다 형식을 덜 중요시하기는 하지만, 타르케에게 수수료로 정확히 얼마를 내줄 수 있을지 확답을 할 수가 없었다.

타르케가 말했다.

"대장님과는 이미 얘기를 끝냈고 돈도 받았습니다. 물론 대령님이 말씀하신 조건대로는 아닙니다만. 아무튼 투르케스탄으로 돌아가서 야생용들을 더 데려올 생각입니다. 이번에 영국에 온 야생용들과 비슷한 조건을 내세워 영국 공군에 복무하는 것이 어떻겠냐고 설 득해보려 합니다."

그보다는 이미 데려온 야생용들을 관리 가능한 상태로 만드는 편이 더 나을 것 같았다. 타르케가 떠나고 나면 야성용들은 더더욱 말을 듣지 않을 테니까. 하지만 반대할 수가 없었다. 늘 돌아다니며 살아온 사람이니 한곳에 머무는 게 쉽지 않을 것이고 무엇보다 임시 고용 통역사로 일하는 것은 타르케의 자존심이 허락하지 않을 것이었다.

"무사 귀환을 위해 기도하겠습니다."

로렌스는 이렇게 말하며 포트와인 한 잔을 내밀었고 그와 함께 점심을 먹었다.

다음 날 아침, 제인이 사무실로 찾아온 로렌스에게 말했다.

"참 특이한 친구를 데려왔더군, 로렌스. 해군본부에서 꽥꽥거리지만 않았다면 그자의 몸무게만큼 금을 내주고 싶은 심정이었어. 야생용 스무 마리가 숲에서 나와 공군이 되다니. 멀린(중세 아서 왕 전설과 로맨스에 나오는 수수께끼의 마법사이자 현자 ─ 옮긴이 주)이나 성패트릭(385~461. 아일랜드의 사도(使徒)로 불리는 가톨릭 성인 ─ 옮긴이 주)과 비슷하지 않은가? 물론 자네의 공적을 무시하는 것은 아니니 날 배은망덕한 인간으로 취급하진 말아주게. 하긴 자네가 투덜거린다고 해도 할 말이 없지. 저 귀여운 산적 야생용들이 우리에게 와 준 것도 기적이지만 나폴레옹이 유럽 대륙을 마구 정복하는 상황에서 자네가 이스키에르카와 용알 하나를 무사히 가져온 것도 엄청난 기적이니까. 현재 우리가 처한 상황이 급박하니만큼, 나로선 아무리 성질이 괴팍하고 체격이 앙상한 야생용들이라 해도 더 데려올 수만

있다면 대환영이야."

탁자에는 유럽 지도가 펼쳐져 있고 용의 위치를 나타내는 표시기들이 프로이센의 예전 서부 국경선에서 러시아의 발치까지 늘어서 있었다.

제인의 훈련생 중 하나가 두 사람을 위해 와인을 따라주었다. 잠시 후 제인이 다시 입을 열었다.

"예나에서 바르샤바까지 삼 주 만에 정복하다니. 자네가 직접 가져온 소식이 아니었다면 난 절대 믿지 못했을 걸세. 나중에 해군을 통해 그 소식이 사실이라는 것을 확인받지 못했다면 어쩌면 자네를 의사에게 보내 정신 감정을 받게 했을지도 몰라."

로렌스는 고개를 끄덕였다.

"나폴레옹의 공중전 전술은 예전과는 확연히 달라졌습니다. 그 점에 대해서도 드릴 말씀이 많습니다. 현재 우리가 쓰고 있는 편대 비행 방식으로는 그를 대적할 수가 없습니다. 나폴레옹은 예나에서도 프로이센 군의 행보를 환히 꿰뚫고 있었습니다. 당장 대응책을 마련해서 그의 새로운 전법에 맞서야 합니다."

하지만 제인은 고개를 저었다.

"현재 비행이 가능한 영국 용은 사십 마리도 채 되지 않는다는 것, 알고 있나? 그리고 나폴레옹이 돌지 않은 이상 백 마리도 안 되는 용들을 데리고 영국 해협을 건너오진 않을 걸세. 그래도 만일 건너온다면 그는 우리한테 대단한 전술을 쓸 것도 없이 곧장 승전하게 되겠지. 우리에겐 새로운 비행법을 익힐 만한 용도 남아 있지 않으니까."

이대로라면 영국에 어마어마한 재앙이 닥칠 수도 있다는 생각에 로렌스는 할 말을 잃었다. 지금 영국은 용 사십 마리로 영국 해협의 해안선을 순찰하고, 봉쇄 작전을 수행 중인 군함까지 보호하고 있었다.

"지금 우리에게 필요한 것은 시간이야. 전염병을 피해 아일랜드에 따로 보호 중인 새끼 용이 열두 마리 정도 있어. 앞으로 육 개월 내에 스물네 개의 알이 부화할 예정이고. 최대한 많은 알을 서둘러 부화시킬 생각이라네. 우리 친구 나폴레옹이 앞으로 일 년만 기다려 준다면 상황이 우리에게 좀더 우호적으로 바뀔 수도 있어. 해변에 추가로 배치한 포병중대도 그동안 자리를 잡을 것이고 어린 용들도 자라날 테니까. 자네들이 데려온 야생용들도 제대로 된 공군 모양새를 갖추게 될 거야. 테메레르와 그 불 뿜는 용의 실력 향상은 말할 것도 없겠지."

로렌스는 용 모형을 내려다보며 나지막하게 물었다.

"과연 나폴레옹이 일 년이나 기다려주겠습니까?"

용 사십 마리로 영국 해협의 해안을 모두 지키기엔 역부족이었다. 무엇보다 나폴레옹의 군대는 용들이 직접 육군 수송 작전에 투입되고 있으므로 그 이동 속도가 대단히 빨랐다.

"나폴레옹이 영국에서 벌어지고 있는 이 비참한 상황을 알게 된다면 물론 단 일 분도 지체하려 하지 않겠지. 하지만 당분간은 괜찮을 걸세……. 나폴레옹이 바르샤바에서 아주 좋은 친구를 한 명 사귀고 있다더군. 폴란드인 백작 부인인데 아주 절세미인이래. 러시아 황제의 누이와 결혼할 생각이라는 소리도 들리더라고. 나폴레옹의 연애가 술술 잘 풀려 그가 바르샤바에서 느긋하게 시간을 보내길 기원하는 수밖에. 그가 분별력이 있는 자라면 낮이 짧고 밤이 긴 겨울을 틈타 영국 해협을 건너려고 할 텐데, 이미 동지가 지나서 밤이 짧아지고 있어. 하지만 우리의 방어력이 약해졌다는 사실을 알게 된다면 여자들이고 뭐고 팽개치고 번개처럼 영국 해협 쪽으로 돌아오겠지. 그러니 우린 내부 사정이 밖으로 알려지지 않게 최대한 조심해야 해. 일 년이면 우리에게도 최소한의 대책이 생길 테니까. 그때까지는 비밀을 철저히 지켜야지……."

로렌스가 앞으로 수행해야 할 임무에 대해 말해주자 테메레르는 절망적인 어조로 말을 내뱉었다.

"아, 그놈의 순찰 업무!"

"미안하다, 테메레르. 정말 미안해. 하지만 친구들을 도우려면 그들을 대신해서 순찰 업무도 맡지 않으면 안 돼."

테메레르는 맥 빠진 얼굴로 시무룩하게 입을 다물었다. 로렌스는 테메레르의 기운을 북돋아주려고 덧붙였다.

"그렇다고 네 주장을 펼치는 게 불가능한 것은 아니야. 내 어머니를 비롯해 최고의 조언을 해줄 만한 지인들에게 편지를 써서 앞으로 우리가 어떻게 해야 할지 알려달라고……."

테메레르는 비참한 표정으로 말허리를 잘랐다.

"그게 다 무슨 소용이야. 친구들은 전부 병이 들었고 지금 내가 그들을 위해 해줄 수 있는 게 아무것도 없는데. 친구들이 한 시간도 비행을 할 수가 없으니 런던의 국회 의사당을 방문할 수 있게 된다고 해도 회의에 참석할 수가 없잖아. 게다가 아르카디는 우리 용들에게 자유를 달라고 같이 외쳐줄 놈이 아니야. 그가 원하는 건 오직 소뿐이니까. 우린 이대로 순찰이나 편대 비행만 지겹도록 해야겠지."

순찰을 위해 이륙한 뒤에도 테메레르의 우울한 기분은 풀리지 않았다. 그들 뒤를 따르는 야생용 열두 마리는 하늘에 적군이 있는지 없는지 신경을 쓰기보다는 저희들끼리 실랑이를 벌이는 데 정신이 팔려 있었다. 테메레르도 그들을 타이를 기분이 아닌 듯했다. 타르케가 떠난 뒤 불운한 장교 몇 명이 야생용들에게 배정되었지만 용들을 통제하는 것은 거의 포기하다시피 한 상태였다.

용들이 대부분 병으로 몸져누운 상황이라 지상 근무 중인 장교들이 많아, 야생용들을 맡을 장교의 수는 부족하지 않았다. 그중 언어에 재능이 있는 젊은 장교들이 야생용들을 맡게 된 것이었다. 야생용들은 모두 나이가 꽤 많아서 새로운 언어를 익히기가 쉽지 않아 장교들이 야생용 언어를 배워야 했다. 그 장교들은 휘리릭 끌끌 소리를 내며 두르자크 어의 음절을 서투르게 따라 배웠다. 처음에는 그들이 두르자크 어를 배우는 소리가 웃기기도 하고 재미도 있었으나 점점 귀에 거슬렸다. 그래도 다들 참을 수밖에 없었다. 테메레르 말고는 두르자크 어를 유창하게 할 줄 아는 이가 없었으니까. 로렌스가 거느린 어린 장교들 중 몇 명만이 이스탄불로 가는 길에 그 언어를 조금 배워 쓸 줄 알 뿐이었다.

로렌스는 가뜩이나 데리고 있던 승무원 수가 많이 줄었는데 두르자크 어를 할 줄 아는 장교 몇 명을 야생용들에게 내주어야 했다. 소총병 던과 배 쪽 승무원 위클리도 그런 이유로 야생용들을 맡게 되었다. 그들은 야생용들에게 기본적인 신호를 이해시킬 정도로 두르자크 어를 구사할 줄 알았고, 말도 안 되는 지시를 내릴 정도로 나이가 어리지도 않았기에 아르카디를 타게 되었다. 지시의 권위를 세우기 위해 꽤 높은 계급으로 진급까지 했다. 하지만 태어나자마자 안장을 얹는 경우와는 달리 그들은 용과 자연스러운 유대감을 형성하지 못했다. 아르카디는 장교들의 지시대로 행동하기보다는 자신의 변덕스러운 충동에 따르는 경우가 더 많았다. 특히 순찰이랍시고 바다 위를 비행하는 것은 바보 같은 짓이라고 아르카디는 이미 결론을 내렸다. 이성을 가진 용이라면 바다 같은 쓸모없는 구역엔 관심을 갖지 않는다는 이유에서였다. 또한 언제든 재밋거리를 찾아 비행 중에 제멋대로 방향을 틀 가능성이 매우 높았다.

제인은 야생용들이 첫 정찰 비행을 할 이동 항로를 정해주었다. 해안선을 따라 육지에 가까운 바다 위를 비행하는 것이므로 그다지 위험할 일은 없었으나 해안의 절벽이 야생용들의 흥미를 끌었다. 포츠머스 주변에서 부산스럽게 움직이는 여러 척의 배에도 관심을 보였는데, 테메레르가 순찰을 계속해야 한다고 재촉하지 않았으면 아마 구경하러 항구 가까이 갔을 터였다. 테메레르와 야생용들은 사우샘프턴을 지나 웨이머스를 향해 느긋하게 서쪽으로 날아갔다. 야생용들은 신나게 공중제비를 돌면서 높은 곳까지 획 날아오르곤 했다. 예전에 그들이 살던 곳이 지구상에서 제일 높은 산맥이 아니었다면 그 정도로 고도를 높였을 때 현기증이 나고 속이 울렁거렸을 것이었다. 야생용들은 어마어마한 고도까지 올라갔다가 어리석고 위험하게 곧장 급강하를 하여 수면 가까이까지 내려와 사방으로 물보라를 튀겼다. 쓸데없는 정력 낭비였다. 하지만 예전에 비해 부족함 없이 잘 먹으며 지내고 있었으므로 힘이 넘치는 게 사실이었다. 차라리 비행을 하면서 에너지를 쏟는 것이 말썽을 피우는 것보다는 나았다. 물론 야생용들에 탑승한 장교들은 안장에 매달려 버티느라 속이 말이 아니었겠지만.

"이제부터 다 같이 물고기 사냥을 할 거야."

테메레르가 머리를 돌려 로렌스에게 이렇게 말하는 순간, 느닷없이 게르니가 위쪽에서 비명을 질렀다. 테메레르는 얼른 몸을 비스듬히 틀면서 고도를 낮추었다. 세상이 빙글빙글 도는 듯했다. 프랑스 용 페셰르 라예 한 마리가 그들 곁을 빠른 속도로 스쳐 지나갔다. 그 프랑스 용의 등에서 샴페인 마개가 튀듯 펑펑 소리가 나면서 테메레르와 야생용들을 향해 소총이 발사되었다.

"위치로!"

페리스의 고함과 함께 테메레르의 승무원들은 서둘러 전투태세에 돌입했다. 테메레르가 방향 전환을 했다가 다시 고도를 높이는 동안 배 쪽 승무원들은 저 아래에서 다시 공격 준비에 나서는 페셰르 라예를 향해 폭탄을 던졌다. 아르카디를 필두로 한 야생용들은 몹시 흥분한 채 공중을 선회하면서 서로에게 날카롭게 소리를 질렀다. 그리고 낮게 깔린 구름 속에 숨어 있다가 모습을 드러낸 프랑스의 라이트급 용 여섯 마리와 맞붙었다. 그들 중 페셰르 라예가 제일 몸집이 컸고 나머지는 라이트급이거나 우편배달 업무를 하는 소형 용들이었다. 수로 보나 체중으로 보나 열세인데 영국 해안 쪽에 이렇게 가까이까지 날아오다니 무모한 짓이 아닐 수 없었다.

저 프랑스 용들이 모험을 좋아하는 성격이라 이런 무모한 짓을 하는 것인지는 확실히 알 수 없었으나, 로렌스는 다소 짐작 가는 바가 있었다. 지난번 테메레르가 이스키에르카와 프로이센 군인들을 몸에 태우고 야생용들을 거느리며 영국으로 돌아올 적에 프랑스 용들과 접전이 있었는데, 그때 영국 쪽에서 지원 나온 용이 한 마리도 없었다. 그날 접전 끝에 프랑스로 돌아간 용들은 분명 상부에 그 사실을 보고했을 것이고, 그래서 지금 이렇게 겁도 없이 영국 해안 가까이까지 온 것일 터였다.

테메레르는 급강하 중에 고개를 뒤로 돌리며 말했다.

"로렌스, 내가 저 페셰르 라예를 쫓을게. 아르카디와 야생용들이 나머지 적들을 맡을 거야."

야생용들은 접전에 재능이 있었고 두려움도 별로 없는 성격들이었다. 몸집이 작은 적들을 야생용들에게 맡기는 것은 큰 무리가 없겠다 싶어 로렌스는 확성기를 입에 대고 소리쳤다.

"계속 공격하라! 적들이 해변 가까이 가지 못하게 서둘러 유인해……."

로렌스가 명령을 내리는 와중에 저 밑에서 쿵쿵 하고 대포 발사되는 소리가 들려왔다.

페셰르 라예는 기습을 하기엔 자신들이 수적으로 크게 열세라는 점, 테메레르가 훨씬 속도가 빠르고 체급도 높은 용이라는 점을 분명히 인식했을 터였다. 운에 맡기고 모험을 하는 것은 한 번으로 족했는지 페셰르 라예와 그 비행사는 이내 수면 가까이 급강하하면서 빠른 속도로 후퇴하기 시작했다. 페셰르 라예의 소총병들은 퇴로 확보를 위해 계속 후면으로 일제 사격을 퍼부어댔다. 테메레르는 그 뒤를 바짝 쫓지 않고 느긋하게 따라갔다.

야생용들의 분노에 찬 울음소리가 들려와 로렌스는 위쪽으로 시선을 돌렸다. 소리만 들릴 뿐 모습은 보이지 않았다. 야생용들이 그들에게 유리한 곳, 즉 공기가 희박한 높은 곳으로 프랑스 용들을 유인한 것이다.

"빌어먹을 내 망원경 어디 있나?"

로렌스의 말에 앨런이 얼른 망원경을 대령했다. 야생용들은 날카롭게 목쉰 소리를 내지르며 프랑스 용들에게 달려들었다가 멀어지기를 반복하고 있었다. 적들을 갖고 놀 뿐 실질적인 싸움은 거의 하려 들지 않는 듯했다. 수적인 우월성을 전제로 한 그런 식의 위협이 야생 상태에서 라이벌 관계에 있는 다른 용 패거리를 멀리 쫓아버리는 데는 효율적일지 몰라도, 프랑스 용들은 그 정도로 쉽게 주의가 분산될 만큼 만만한 상대가 아니었다. 로렌스가 지켜보는 동안 야생용들과 싸우던 작은 포 드 시엘 다섯 마리는 점차 좁은 편대 형으로 집결했다가 야생용들이 모여 있는 곳을 거침없이 뚫고 지나갔다.

허세를 부리고 있던 야생용들은 포 드 시엘의 스총병들이 발사한 총알을 미처 피하지 못했고 몇 마리가 총에 맞아 날카로운 비명을 내질렀다. 테메레르는 서둘러 고도를 높이기 시작했다. 급히 공기를 들이마시느라 양 옆구리가 강풍 든 돛처럼 팽팽하게 부풀었다. 하지만 급격히 고도를 높이는 일은 쉽지 않았고 지금 야생용들이 있는 곳까지 올라갈 경우 작은 프랑스 용에 비해 불리한 입장이 될 수도 있었다.

로렌스는 터너에게 소리쳤다.

"소총을 쏘아 밑으로 내려오라고 야생용들에게 신호를 보내."

그들이 곧장 말을 들을 것이라고는 바라지도 않았으나, 뜻밖에도 야생용들은 터너가 깃발을 꺼내 들자마자 얼른 밑으로 내려와 테메레르 주변에 모여들었다.

아르카디는 나지막하게 성난 숨을 고르며 적들을 향해 악악거렸다. 그러다가 걱정스런 표정으로 제일 큰 부상을 입은 직속 부하 린지를 코끝으로 쿡 찔러보기도 했다. 린지의 진회색 가죽은 시커먼 피로 얼룩져 있었다. 조금 전 프랑스 공군들이 던진 폭탄 여러 개가 린지를 향해 떨어졌고 그중 하나가 오른쪽 날개에 비스듬히 맞으면서 부드러운 날개의 막과 두 개의 등뼈에 길고 날카로운 상처를 남겼다. 린지는 힘겹게 날갯짓을 하며 간신히 떠 있는 상태였다.

야생용들이 마치 공터에 모여 있듯 테메레르 주변 가까이에서 날고 있어서 로렌스는 굳이 확성기를 쓸 것도 없이 소리쳤다.

"린지를 해변으로 데리고 내려가!"

그리고 테메레르에게 지시했다.

"야생용들에게 적의 폭탄 및 소총의 사정거리 내에 들어가면 안 된다고 말해. 저 녀석들이 저렇게 뜨거운 맛을 보고 교훈을 얻게 되었으니 내 마음도 좋질 않구나. 일단은……."

하지만 로렌스는 더 이상 말을 이어가지 못했다. 프랑스 용들이 화살촉 모양으로 편대를 이루며 다시 공격을 개시한 것이다. 야생용들은 로렌스가 내린 첫 번째 지시에 따라 옆으로 넓게 흩어진 채 린지를 데리고 해변으로 내려가는 중이었다.

프랑스 용들은 곧 각개 전투에 돌입했다. 다 함께 덤벼도 테메레르를 이길 수 없다는 것을 잘 알기에, 야생용들과 근거리를 유지하며 신의 바람 공격을 피해보려는 심산이었다. 오늘의 접전은 저 프랑스 용들로서도 매우 특이한 경험이었을 것이다. 포 드 시엘은 전투에 나서는 프랑스 용들 중 체급이 가장 낮은데, 지금 싸움이 붙은 야생용들에 비하면 헤비급이라 해도 좋을 정도였다. 날개 길이와 몸 길이는 비슷하지만 포 드 시엘은 가슴팍에 근육이 발달하여 두툼한데 비해 야생용은 가슴 부위에 살이 별로 없고 배도 홀쭉했다.

이제 야생용들도 좀더 조심스럽게 움직이긴 했으나 동료가 큰 부상을 입고 각자 작은 부상으로 몸이 따끔거리니 잔뜩 성질이 나 있었다. 야생용들은 빠르게 돌진하는 비행 방식을 보다 효율적으로 사용해, 앞으로 나아가는 척하여 적의 일제 사격을 유도하고는 뒤로 휙 물러났다가 잠시 후에 실제로 공격을 가하곤 했다.

 야생용들 중에서 제일 몸집이 작은 게르니와 얼룩덜룩한 색깔의 레스터가 포 드 시엘 한 마리를 집중적으로 공격했다. 그리고 그들보다 동작이 빠른 헤르타즈가 그 주변을 날아다니며 발톱이 적의 피로 시커멓게 물들도록 포 드 시엘을 할퀴었다. 나머지 야생용들도 적과 맞붙어 잘 싸우고 있었다. 하지만 로렌스는 곧 그들에게 다가올 위험을 감지했다. 테메레르도 위험한 상황임을 간파하고 두르자크 어로 소리쳤다.

 "아르카디! 네즈 슬리 타콤……."
 그러다가 테메레르는 뒤로 물러나며 말했다.
 "로렌스, 저들이 내 말을 듣질 않아."
 "그래, 저러다가는 또다시 적들에게 호되게 당하고 말 거다."
 언뜻 보면 프랑스 용들은 야생용들과 각개로 싸우고 있는 듯했지만 실은 교묘하게 자기네끼리 등을 대고 한곳에 모이고 있었다. 그러다가 때가 되면 편대 비행을 하며 일제 사격을 퍼부으려는 전략이었다.
 로렌스가 테메레르에게 물었다.
 "적들이 어느 정도 모였을 때 확 흩어놓을 수 있겠어?"
 테메레르는 정지 비행을 하면서 꼬리를 휘휘 젓더니 걱정스런 목소리로 대답했다.
 "친구들을 다치게 하지 않으면서 그게 가능할지 모르겠어. 적과 아군이 바짝 붙어 날고 있고, 야생용들 중 일부는 신의 바람의 충격을 견뎌내기엔 몸집이 너무 작아."

그때 페리스가 의견을 내놓았다.

"대령님, 이런 말씀 드리는 것을 용서해주십시오. 지금까지 저희는 총을 맞느니 찰과상을 당하는 편이 낫다고 교육을 받아왔습니다. 테메레르가 조심만 하면 야생용들도 기껏해야 기절만 할 뿐 큰 부상을 입지는 않을 겁니다. 이렇게 근거리에 있으니 몇 마리가 기절해도 테메레르가 등에 싣고 착륙하면 됩니다."

"좋아, 고맙네, 페리스."

로렌스도 페리스와 같은 생각이긴 했으나 아쉬움이 남았다. 영국에 활동 가능한 용의 수가 크게 줄어든 상황에서 그랜비가 이스키에르카의 비행사가 된 건 물론 기쁜 일이었다. 그러나 로렌스는 약식으로밖에 공군 훈련을 받지 못했기에 이처럼 비행 중에 난제가 발생할 때마다 그랜비의 부재가 더욱 아쉽게 느껴졌다. 페리스는 종종 영웅적으로 행동하며 상황 판단을 내리는 경향이 있었다. 영국을 떠나 중국으로 향할 무렵 페리스는 로렌스의 제3사관이었고 계급은 소위였다. 그 뒤로 일 년도 채 지나지 않아 대위로 진급하고 로렌스의 직속 부관이 되었으나 이제 겨우 열아홉 살이니 자신감을 갖고 비행사를 보좌하는 것은 무리일 수밖에 없었다.

테메레르는 고개를 숙이고 숨을 깊이 들이마셨다. 그리고 한곳에 모여 있는 용들을 향해 빠른 속도로 나아갔다. 방심한 채 모여 있는 비둘기 떼를 습격하는 고양이처럼, 테메레르는 신의 바람을 쓰지 않고 몸으로 적군과 아군을 사방으로 흩어놓았다. 야생용들은 몹시 흥분하여 계속 정신 사납게 아우성을 쳐댔으나 프랑스 용들은 금방 정신을 차렸다. 그들의 리더인 페셰르 라예의 등에서 신호용 깃발이 휘날리자 포 드 시엘들은 다 같이 방향을 바꿔 프랑스 쪽으로 달아나기 시작했다.

　아르카디와 야생용들은 적들을 추격하지 않고 기쁨의 환성을 지르며 테메레르 주변에서 까불거렸다. 그들은 테메레르에게 어떻게 자기네까지 옆으로 밀쳐낼 수가 있냐고 투덜거리면서도 자기네의 승리와 적의 패주에 대해 의기양양하게 떠들어댔다. 아르카디는 테메레르가 질투에 불타 간섭하기는 했지만 자기네가 끝끝내 잘 싸워 승리를 이끌어냈다고 선언했다.

　"그건 사실이 아니야. 내가 아니었으면 너희는 거의 초주검이 됐을 거다."

　테메레르는 이렇게 말하고는 야생용들에게 등을 돌리고 지상으로 내려가기 시작했다. 성질이 나서 목 주변의 막까지 빳빳하게 서 있었다.

　내려와서 보니 먼저 착륙한 린지가 들판 한가운데서 다친 날개를 혀로 핥으며 앉아 있었다. 풀 위에 피 묻은 하얀 양털 뭉치가 놓여 있는 것으로 보아 마음을 달래기 위해 주변의 양을 한 마리 잡아먹은 모양이었다. 로렌스는 이번만은 린지의 도둑질을 눈감아주기로 했다. 아르카디는 린지를 구해낸 영웅 행세를 하면서, 앞뒤로 몸을 움직이며 적과의 싸움에 대해 길게 사설을 늘어놓기 시작했다. 로렌스가 대충 알아들은 바로는, 수백 마리의 용과 맞붙은 그 잔인한 싸움은 이 주일간 계속되었고 결국 아르카디 혼자서 그 적들을 모두 섬멸했다는 것이었다. 테메레르는 코웃음을 치며 경멸의 뜻으로 꼬리를 휙휙 내저었다. 하지만 다른 야생용들은 아르카디의 사설에 박수를 치며 즐거워했고 종종 몸을 훌쩍 날리며 자신들의 고귀한 공적을 그 사설에 끼워넣곤 했다.

로렌스는 테메레르의 등에서 내려왔다. 케인스의 후임으로 온 용의사 도싯이 린지의 상처를 살펴보고 있었다. 도싯은 마른 체격에 신경이 예민한 청년으로 안경을 썼고 말을 더듬는 버릇이 있었다.

로렌스가 도싯에게 다가가 물었다.

"도버까지 날아서 돌아갈 수 있을 것 같나?"

대충 보기에도 린지의 다친 날개는 껍질이 흉측하게 벗겨져 있었다. 그런데도 린지는 도싯에게 다친 날개를 제대로 펼쳐 보이지 않고 자꾸만 뒤로 물러났다. 도싯은 린지가 아르카디의 사설에 마음을 빼앗긴 틈을 타서 날개의 상처 부위를 살펴본 후 로렌스의 질문에 답했다.

"아뇨. 하루 꼬박 누워 쉬면서 습포제 처방을 받아야 합니다. 지금 당장 할 필요는 없지만 날개에 박힌 총알도 속히 빼내야 합니다. 웨이머스 공중 기지 바깥에 우편배달 업무를 하는 용들이 사용하는 착륙장이 하나 있습니다. 그 착륙장은 일반 항로에서 벗어나 있어 전염병균에 감염되어 있지 않을 테니 린지를 그리로 데려가면 좋을 듯합니다."

도싯은 린지의 날개를 손에서 놓고 물기 어린 두 눈을 깜박였다. 로렌스는 도싯이 웬일로 말도 더듬지 않고 편안하고 권위 있게 소견을 말하자 놀라서 멍하니 쳐다보다가 말했다.

"좋아. 페리스, 지도 가지고 있나?"

페리스는 지도가 들어 있는 가죽 주머니를 만지작거리다가 곧장 대답했다. 지도를 꺼낼 것도 없이 위치를 알고 있기 때문이었다.

"예, 대령님. 만을 가로질러 이십 킬로미터 정도 직진하면 웨이머스 공군 기지가 나옵니다."

로렌스는 고개를 끄덕였다.

"테메레르가 린지를 등에 태우고 가면 되겠군."

린지는 체중이 얼마 안 나가기 때문에 등에서 불안하게 뒤척거리지만 않는다면 웨이머스까지 싣고 가는 데 큰 문제는 없었다. 그런데 아르카디가 별안간 질투를 하며 자기가 린지를 등에 지고 가겠다고 나섰다. 하지만 불가능한 일이었다. 린지의 체중이 저보다 몇 톤 더 나가니 린지를 등에 지고서는 일 미터도 전진할 수 없을 터였다.

린지가 등에 업혀 가는 것을 불안해하자 테메레르가 말했다.

"어리석게 굴지 마. 네가 나를 물지만 않으면 널 떨어뜨릴 일은 없어. 잠자코 엎드려 있기만 해. 금방 도착할 테니까."

3

그들은 황혼이 깔릴 무렵이 되어서야 웨이머스 공군 기지 부근의 착륙장에 도착했다. 가는 길도 영 편치가 않았다. 린지가 테메레르의 등에서 내려 나머지 길은 혼자 날아가겠다고 대여섯 번이나 고집을 부린 것이다. 그러다가 실수로 테메레르를 두 번이나 할퀴었고 불안하게 몸을 뒤척이다가 등 쪽 승무원 두 명을 옆으로 휙 밀쳐냈다. 그 승무원들은 카라비너로 안장에 몸을 고정해둔 덕분에 목숨을 건질 수 있었다. 웨이머스의 우편배달 용 착륙장에 도착하자마자 그 두 승무원은 동료들의 부축을 받으며 바닥으로 내려왔다. 여기저기 살이 긁힌 채 메스꺼움을 호소하는 그 둘을 나머지 승무원들이 착륙장의 작은 막사로 데려가 브랜디를 마시게 해주었다.

한 손에 칼을 든 도싯이 몸에 박힌 총알을 빼주려고 다가가자 린지는 옆걸음질로 슬금슬금 피하면서 자기는 멀쩡하다고 우겨댔다. 린지가 계속 그런 식으로 치료를 거부하고 도싯을 피하자 짜증이 치민 테메레르는 나지막하게 으르렁거렸다. 그 울림이 단단하게 얼어붙은 마른땅에 울려 퍼지자 린지는 두려움에 떨며 땅바닥에 몸을 바짝 붙였다. 그제야 도싯은 린지의 머리 위쪽에 랜턴을 매달고 총알을 빼낼 수 있었다.

마지막 세 번째 총알을 빼내며 도싯이 로렌스에게 말했다.

"다 됐습니다. 이제 신선한 고기를 섭취하고 밤에 푹 자게 두면 됩니다."

도싯은 피 묻은 총알 세 개가 담긴 작은 대야를 들고 린지의 어깨에서 내려오며 마땅찮은 목소리로 덧붙였다.

"그런데 땅이 너무 딱딱하네요."

대야에 담긴 총알들이 달그락거렸다. 테메레르가 피곤에 지친 목소리로 말했다.

"소 한 마리 먹고 잠잘 수만 있다면 여기가 영국에서 제일 딱딱한 땅이라고 해도 상관없어."

도싯이 테메레르의 얕은 상처에 습포제를 발라주는 동안 로렌스는 앞으로 쭉 내민 테메레르의 주둥이를 쓰다듬어주었다. 테메레르는 소를 크게 쭉 찢어서 발굽에서 뿔까지 먹어치웠고 마지막으로 남은 뒷다리와 궁둥이 부위의 고기는 머리를 뒤로 젖혀 목구멍으로 넘겼다. 갖은 설득 끝에 착륙장으로 소떼를 몰고 온 농부가 그 소름 끼치는 광경을 보고 입을 딱 벌렸다. 같이 온 그의 두 아들도 눈이 튀어나올 정도로 충격을 받은 모습이었다. 로렌스는 농부의 멍하니 벌린 손에 금화 몇 개를 더 쥐여주고 농부와 그 아들들을 서둘러 돌려보냈다. 용들이 살벌하게 먹이를 먹는 모습에 대한 생생한 목격담이 퍼져나가면 테메레르가 영국에서 펼치고자 하는 용권 신장 운동에 도움이 되지 않을 것이므로.

야생용들은 부상당한 린지의 주변을 에워싸서 외풍을 막아주고, 서로의 다리를 베개 삼아 드러누웠다. 그중에서도 특히 몸집이 작은 녀석들은 테메레르가 잠이 들자마자 그 등에 자리를 잡고 누웠다.

노숙을 하기엔 몹시 추운 날씨였다. 하지만 순찰을 돌려고 나온 터라 천막도 챙겨 오지 않았고 비행사의 공간을 따로 확보하기엔 막사가 너무 비좁아서 로렌스는 부하들에게 막사를 쓰게 하고 밖으로 나왔다. 부근에 호텔이 있는지 알아보고 그리로 가서 묵을 생각이었다. 호텔이 없더라도 일단 마을로 들어가 도버 기지에 소식을 전해야 했다. 안 그러면 큰일이라도 생긴 줄 알고 걱정들을 할 테니까. 하지만 야생용들이 자기네를 담당하게 된 장교들과 익숙해지지 않은 상태라 그들끼리 두고 가자니 마음이 놓이질 않았다.

로렌스가 웨이머스 기지 부근에 묵을 만한 호텔이 있는지 묻자 페리스가 뜻밖의 제안을 했다.

"괜찮으시다면 제 가족이 이곳 웨이머스에 살고 있으니 저희 집으로 가서 묵으시면 어떻겠습니까? 대령님이 와주신다면 제 어머니도 무척 기뻐하실 겁니다."

페리스는 아무렇지 않게 초대를 해놓고 돌연 불안한 눈빛으로 덧붙였다.

"물론 먼저 어머니께 방문을 알리는 전갈을 보내겠습니다."

"멋진 제안이군, 페리스. 자네 어머니를 성가시게 하는 일만 아니라면 고맙게 받아들이겠네."

로렌스는 페리스가 속으로 전전긍긍하는 것을 알아챘다. 그저 예의상 초대를 한 것일 수도 있었다. 어쩌면 페리스의 가족은 어느 집 다락방에 옹색하게 모여 살고 있으며 먹을거리라고는 약간의 빵 부스러기밖에 없을지도 몰랐다. 로렌스가 데리고 있는 어린 장교들은 대부분 몰락한 가문 출신이었다. 그래서 그들은 로렌스의 집안에 대해서도 실제보다 더 부풀려 엄청나게 대단한 가문으로 생각하고 있었다. 로렌스의 부친 앨런데일 경이 꽤 넓은 영지를 소유하고 있기는 하지만 로렌스는 해군에 몸담은 이래로 집에 머문 날이 모두 합해 삼 개월도 되지 않았다. 어머니를 제외하고는 그의 가족 중 그 점에 대해 안타까워하는 이도 없었다. 그래서 로렌스도 대저택의 침대보다는 선실의 그물 침대가 더 익숙했다.

로렌스는 페리스가 안된 생각이 들어 초대를 거절할까 싶기도 했지만 마을에서 다른 숙박 시설을 찾기도 쉽지 않을 터였다. 게다가 너무 피곤해서 다락방이든 어디든 상관없고 빵 부스러기로 허기를 면해도 괜찮다는 심정이라 굳이 그의 제안을 물리치지 않기로 했다. 그리고 낮에 일어난 소동을 생각하면 자꾸만 기운이 빠졌다. 예상대로 야생용들은 명령을 제대로 따르지 않고 멋대로 움직였다. 이런 녀석들을 데리고 영국 해협을 지키는 일은 아무래도 불가능할 것 같았다. 군기가 바짝 들어가 있고 잘 정비된 영국 공군 편대와는 비교도 할 수 없는 수준이었다. 영국 공군 용들이 아파 드러누워 있다는 점이 더욱 안타깝게 느껴졌다.

페리스는 집으로 전갈을 보낸 후 사륜마차를 불렀다. 로렌스는 간단한 소지품을 꾸려 들고 용들이 머물고 있는 곳을 떠나 페리스와 함께 길고 좁은 길을 따라 내려갔다. 착륙장과 이어져 있는 기지 문 밖에 이르자 대기 중인 사륜마차가 보였다.

이십 분쯤 지나자 마차는 웨이머스 변두리로 들어섰다. 그런데 시간이 갈수록 페리스가 점점 주눅이 드는 모습을 보이더니 급기야 얼굴까지 창백해졌다. 마차의 진동 때문에 멀미를 심하게 하는 사람으로 보일 정도였다. 하지만 페리스는 비행 중에 천둥을 만나거나 바다에서 태풍에 휩싸였을 때에도 늘 침착한 모습을 보여주었다. 그러니 이 편안하고·진동도 그리 심하지 않은 사륜마차에서 멀미를 할 리가 없었다. 잠시 후 마차는 양 옆에 나무들이 빽빽이 늘어선 길로 들어섰다. 그 숲을 지나 페리스의 집이 전방에 보이자 로렌스는 페리스의 집에 대해 자신이 잘못 생각하고 있었음을 알게 되었다. 첨탑이 위로 길게 뻗어 올라간, 거대한 고딕 양식의 저택이었다. 수백 년 동안 자라난 담쟁이덩굴 안쪽으로 세월의 흐름에 시커멓게 변한 석재가 살짝 보였다. 창문마다 불이 켜 있어 집 앞의 탁 트인 잔디밭을 따라 구불구불 흐르는 작은 조경용 개울에 아름다운 황금빛이 비치고 있었다.

마차가 덜그럭거리며 다리를 건너가는 동안 로렌스가 말했다.

"대단히 멋진 집이군, 페리스. 집에 자주 들르지 못하는 게 유감이겠어. 자네 가족은 이 집에서 산 지 오래되었나?"

페리스는 멍하니 고개를 들고 대답했다.

"아, 예. 꽤 오래되었습니다. 십자군 기사라던가 누군가가 저 집을 지었다는데, 이름은 모르겠습니다."

로렌스는 머뭇거리다가 한마디 했다.

"나는 내가 하는 일에 대해 아버지와 의견이 달라서 유감스럽게도 집에 자주 들르지 않고 있다네."

"제 아버지는 돌아가셨습니다."

잠시 후 페리스는 자신이 대화에 어울리지 않는 말을 했음을 깨닫고는 애써 덧붙였다.

"저는 형 앨버트와 잘 안 맞습니다. 형은 저보다 열 살이나 많아서 우리는 서로 대화도 거의 없이 데면데면하게 지내고 있습니다."

"아, 그렇군."

그 말을 들으니 오랜만에 집에 들르게 된 페리스가 왜 저렇게 주눅 든 표정인지 알 것도 같았다.

늦은 시간임에도 전혀 부족함 없는 환영 인사가 그들을 기다리고 있었다. 마차를 타고 오면서 로렌스는 그 집 가족들에게 무시당할 각오를 하고 있었다. 가족들 눈에 띄지 않게 각자 방으로 들어가 잠이나 잘 생각이었다. 그런 모욕을 당한대도 별로 상관없다고 생각했을 정도로 몹시 피곤했다. 그러나 예상과 달리 제복 입은 하인 열두 명이 랜턴을 들고 현관 앞 도로에 도열해 있었고 두 명은 마차 앞에 놓을 임시 계단을 들고 서 있었다. 마차가 현관 앞으로 다가가자 추운 날씨인데도 나머지 하인들까지 전부 밖으로 나와 로렌스와 페리스를 맞이했다. 허식으로밖에는 볼 수 없는 모습이었다.

마차가 현관을 향해 다가가는 동안 페리스가 불쑥 말했다.

"대령님…… 제 어머니가 무슨 말씀을 하시더라도…… 마음에 두지 마시고……."

제복 입은 하인이 마차 문을 열자 페리스는 경고의 말을 하다 말고 입을 다물었다.

그들은 하인의 안내를 받아 응접실로 들어갔다. 그 집 가족이 모두 모여 있었다. 수는 많지 않았지만 다들 고상한 분위기였다. 일 년씩 사교계에서 떠나 있곤 하는 로렌스로서는 최신 유행 패션을 볼 수 있는 기회였다. 여자들은 모두 특이한 옷을 입었고 신사들 몇몇은 눈에 띄게 세련된 복장을 하고 있었다. 로렌스는 그들의 차림새를 무의식적으로 주목했다. 자신이 먼지투성이 긴 바지에 앞 술이 달린 군용 장화를 신고 있었기 때문일 수도 있었다. 하지만 그 외에 무릎 밑에서 홀친 보수적인 반바지 차림의 신사들은 그다지 신경이 쓰이지 않았다. 군인도 두 명 보였다. 그중 해병대 대령은 기다란 얼굴에 상처 자국이 나 있고 피부가 햇볕에 그을려 있어 왠지 익숙한 느낌이었다. 어쩌면 어느 군함에서 로렌스와 함께 식사를 했던 사람인지도 몰랐다. 다른 한 명은 붉은 제복 차림의 키 큰 육군 대위로, 여윈 얼굴에 푸른 눈을 지닌 자였다.

"헨리, 내 아들! 널 보니 너무나 기쁘구나!"

의자에 앉아 있던 키 큰 노부인이 벌떡 일어나 두 손을 앞으로 벌리며 페리스에게 환영의 뜻을 표했다. 높은 이마와 불그스름한 갈색 머리카락, 머리를 꼿꼿이 세워 목을 길어 보이게 하는 버릇까지 페리스와 똑같았다.

"어머니."

페리스는 어색하게 말하며 허리를 굽히고 그녀가 내민 뺨에 입을 맞추었다. 그리고 말을 이었다.

"로렌스 대령님을 소개해드리겠습니다. 대령님, 이쪽은 제 어머니 캐서린 시모어 부인입니다."

캐서린 부인은 로렌스에게 한 손을 내밀며 말했다.

"로렌스 대령, 이렇게 만나게 되어 무척 반갑군요."

로렌스는 깍듯이 한쪽 무릎을 굽히며 인사했다.

"부인, 저녁 시간을 방해해서 죄송합니다. 이런 지저분한 차림새로 올 수밖에 없었던 점을 용서해주십시오."

"이 집에선 영국 공군 장교라면 언제든 대환영입니다, 대령. 낮이

든 밤이든 상관없어요. 사전 예고 없이 찾아왔다 해도 환영받을 것입니다."

그 말에 로렌스는 무어라고 답해야 할지 가늠이 안 되었다. 강도짓을 하러 온 것이 아닌 이상 사전 예고도 없이 남의 집을 방문하는 것은 로렌스에게 있을 수 없는 일이었다. 지금도 늦은 시간에 방문한 것이기는 하지만 미리 전갈을 보냈고 이 집 아들과 함께 왔으니 크게 예의에 벗어나는 행동은 아니었다. 그러니 방금 캐서린 부인의 말은 적절하지 않았다. 하지만 분명 초대를 받아 왔고 도착해서 환영까지 받았으니 그 말의 의미를 달리 해석할 필요는 없을 듯했다. 로렌스는 모호하게 답했다.

"친절에 감사드립니다."

그 집 가족 모두가 그녀처럼 감정을 풍부하게 드러낸 것은 아니었다. 헨리 페리스의 큰형 앨버트 페리스, 즉 현재의 시모어 경은 굽 높은 신발을 신고 차분하게 서 있었다. 로렌스가 집이 훌륭하다고 칭찬하자 시모어 경은 이 집의 이름이 '하이텀 사원'이며 찰스 2세(재위 1660년~1685년 — 옮긴이 주) 때부터 자기네 가문의 소유가 되었다고 설명해주었다. 아울러 자신의 가문은 오래전 기사에서 시작하여 준남작, 남작으로 꾸준히 신분을 높여 현재에 이르렀다고 덧붙였다.

"훌륭한 가문이군요."

로렌스는 이렇게만 대답했을 뿐 자신의 가문을 내세우진 않았다. 아무리 좋은 가문 출신이라도 현재 직업이 공군 비행사이면 세상 사람들 눈에 그리 좋게 보이지 않는다는 것을 잘 알기 때문이었다. 한편으로는 왜 이런 집안에서 아들을 공군에 보낸 것인지 의아했다.

부동산을 저당 잡혀서 살림이 쪼들리는 것 같아 보이지도 않는데. 하긴 겉으로 봐서는 알 수 없는 일이기는 했다. 이렇게 쓸데없이 많은 하인을 거느리며 사는 것만 보아도 꽤 낭비가 심한 듯하니, 어쩌면 빚을 내가며 이런 생활을 유지하는지도 몰랐다.

곧 만찬이 시작된다는 말에 로렌스는 깜짝 놀랐다. 식은 음식으로 대충 저녁을 먹게 될 것이라 생각했고, 그마저도 빨리 받지는 못하리라 예상하고 있었기 때문이다.

캐서린 부인이 큰 소리로 말했다.

"아, 이상하게 생각할 것 없어요. 시골에 살고 있기는 하지만 우리는 최신 유행을 따르면서 도시와 같은 시간대로 생활하니까요. 런던에서 찾아오는 친구들이 많은데 저녁을 일찍 먹으면 그 친구들이 반도 먹지 못하고 남겼다가 나중에 다시 음식을 찾거든요. 자, 격식 차릴 것 없이 편하게 앉읍시다. 듣고 싶은 얘기가 많으니 헨리 너는 내 왼쪽에 앉아라. 로렌스 대령은 시모어 부인과 함께 내 오른쪽에 앉으세요."

캐서린 부인이 막내아들을 위해 예외를 두기로 결정하지 않았다면 로렌스가 앉기로 한 자리는 큰아들 시모어 경의 자리였다. 로렌스는 어쩔 수 없이 정중하게 절을 하며 한쪽 팔을 내밀었다. 캐서린 부인의 며느리이자 시모어 경의 아내인 시모어 부인은 잠시 난색을 표하다가 마지못해 로렌스의 팔에 손을 얹었다. 로렌스는 머뭇거리는 그녀의 표정을 못 본 체했다.

두 번째 코스 요리가 나온 후 캐서린 부인이 오른쪽에 앉은 로렌스에게 말했다.

"헨리는 우리 집 막내랍니다. 우리 가문은 대대로 둘째 아들은 육군에, 셋째 아들은 공군에 보내고 있어요. 그런 전통이 변함없이 이어지길 바라고 있지요."

캐서린 부인의 눈길이 미치는 방향으로 짐작건대, 그 말은 며느리인 시모어 부인 들으라고 한 말인 듯했다. 하지만 시모어 부인은 들은 척도 하지 않은 채 오른쪽에 앉은 육군 대위, 즉 헨리 페리스의 둘째 형 리처드 페리스와 얘기를 나누고 있었다.

캐서린 부인이 말을 이었다.

"대령의 집안도 우리와 같은 전통을 고수하면서 막내를 공군에 보내는가 보군요. 그런 집안의 신사를 만나게 되다니 반갑기 그지없네요, 로렌스 대령."

해군에서 공군으로 소속을 바꾼 일로 분노한 아버지에게 집에서 내쫓기다시피 한 로렌스로서는 그런 칭찬을 듣고 있기가 거북스러웠다. 그는 어색해하며 대답했다.

"부인, 죄송합니다만 우리 가문이 그런 칭찬을 받을 만한 전통을 갖고 있지 않음을 고백해야겠군요. 우리 가문에서 차남 이하의 아들들은 성직자의 길을 택하고 있습니다. 하지만 저는 바다의 매력에 사로잡힌지라 애초에 다른 직업은 생각할 수도 없었지요."

로렌스는 우연히 테메레르가 들어 있던 알을 획득하게 되어 해군에서 공군으로 소속이 바뀐 과정도 설명했다. 하지만 캐서린 부인은 확고한 어조로 말했다.

"그래도 내가 한 말을 주워 담고 싶진 않군요. 집안의 제대로 된 가르침을 받았으니 대령이 맡겨진 국방의 임무를 훌륭히 수행하고 있는 것일 테지요. 우리 같은 상류 계급 가문들 중 대부분이 공군을 천시하는 것은 참으로 부끄러운 일입니다. 그런 풍조에는 절대 따를 수가 없어요."

캐서린 부인이 결연하게 목청을 높여 말하는 동안 하인들이 접시를 치우고 새 요리를 내왔다. 로렌스는 식탁에 둘러앉은 이들이 앞서 나온 요리에 거의 손을 대지 않았음을 알아챘다. 맛이 뛰어났는데도 먹지 않는 것을 보니, 원래 저녁을 늦게 먹는다는 캐서린 부인의 말은 거짓인 모양이었다. 다들 이미 저녁을 먹은 것이다. 로렌스는 다음 코스 요리들이 식탁 위에 차려지는 모습을 조용히 지켜보았다. 숙녀들은 단 한 조각도 입에 넣지 않고 요리를 포크로 찍어대기만 했다. 신사들 중에서는 프레일 해군 대령만 그나마 좀 먹는 편이었다. 프레일 대령은 로렌스와 시선이 마주치자 슬쩍 한쪽 눈을 찡긋하고는 대식가처럼 리듬을 타며 음식을 입에 넣었다. 앞에 차려진 요리를 그냥 내보내지 않는 직업군인다운 모습이었다.

만일 페리스가 로렌스를 비롯해 많은 군인들을 이끌고 늦은 시간에 집을 방문한 것이라면 여주인인 캐서린 부인이 페리스 일행의 편의를 위해 저녁식사 시간을 늦춘다거나 혹은 따로 두 번째 저녁식사를 차려내는 것은 충분히 있을 수 있는 일이었다. 하지만 다들 이미 저녁을 먹었는데, 페리스와 로렌스의 감정이 상할까 봐 거짓말을 해가며 온 가족과 손님들까지 다시 식탁 앞에 앉혀놓는 것은 여주인으로서 훌륭한 처신이 아니었다. 그 뒤로도 여러 차례 다음 코스 요리가 나오는 동안 로렌스는 아무도 그 요리를 반기지 않는다는 걸 의식하면서 불편하기 짝이 없는 마음으로 식사를 해야 했다. 페리스도 고개를 숙인 채 조금씩밖에 먹지 않았다. 평소에는 열아홉 살이라는 나이에 맞게 식사를 막 끝낸 뒤에도 식탐을 부리는 녀석인데 말이다. 숙녀들이 응접실로 나가자 시모어 경은 예의상 로렌스에게 포트

와인과 담배를 권했다. 하지만 로렌스는 내키지 않아 제일 작은 잔 하나만 받아 들었다. 그리고 시모어 경과 함께 숙녀들이 있는 곳으로 합류했다. 두 번째 저녁식사가 끝난 지 삼십 분도 채 지나지 않았건만 대부분 난롯가에 축 늘어져 있었다.

카드놀이를 하자거나 피아노 연주를 제안하는 이는 아무도 없었고, 답답한 분위기 속에서 나지막한 대화만 오갔다. 그러자 캐서린 부인이 신경을 곤두세우며 갑자기 활기찬 목소리로 주의를 환기시켰다.

"오늘은 정말 따분한 분위기군요! 로렌스 대령이 우리 집 모임을 얼마나 지루하게 생각하겠어요. 그나저나 이곳 도싯서에 자주 와보진 않은 것 같군요, 대령."

로렌스가 대답했다.

"그럴 만한 기회가 없었습니다, 부인. 삼촌께서 윔본 근처에 사시기는 하지만 수년간 방문한 적이 없습니다."

"아! 그렇다면 대령도 브랜섬 부인의 가족과 아는 사이일지 모르겠군요."

자신의 이름이 언급되자 꾸벅꾸벅 졸고 있던 브랜섬 부인이 졸린 음성으로 무뚝뚝하게 말했다.

"그럴 리는 없을 텐데요."

로렌스가 캐서린 부인에게 말했다.

"아닙니다, 부인. 삼촌은 평소 교류가 있는 정치인들 외에 다른 이들은 잘 만나지 않는 편이시거든요. 저도 지난 몇 년간 군 복무에 바빠 좀더 폭넓은 사교를 즐길 기회가 없었습니다."

"대신 좋은 경험을 많이 했겠지요! 용을 타고 여행하는 것처럼 멋진 일이 또 있을까. 배를 타고 가다가 강풍에 휘말려 침몰할 위험도 없고, 훨씬 빠르기도 할 테니까요."

그러자 리처드 페리스가 동생 헨리 페리스를 팔꿈치로 쿡 찌르며 끼어들었다.

"하하, 배 대신 타고 다니는 그 용이 여행에 진력이 나서 대령 일행을 잡아먹지 않는다면 그렇겠죠."

캐서린 부인이 소리쳤다.

"리처드, 그런 말도 안 되는 소릴 하다니! 그럴 위험이 어디 있다는 거냐! 당장 취소하거라. 손님께서 언짢아하시잖니."

당황한 로렌스가 말했다.

"괜찮습니다, 부인."

농담으로 웃어넘길 만한 말인데 캐서린 부인이 정색을 하고 리처드를 나무라는 바람에 분위기가 한층 무겁게 가라앉았다. 그녀의 과장되고 가식적인 칭찬보다 방금 전 리처드의 농담이 듣기 편했는데.

"친절하게도 양해해주는군요. 물론 리처드는 농담으로 그런 말을 한 것이지만, 사교계에서 얼마나 많은 사람이 그런 말들을 하고 그것을 사실로 믿는지 알면 기분이 오싹해질 겁니다. 용을 두려워하다니 참으로 못난 자들이지요."

캐서린 부인의 말에 로렌스가 답했다.

"사람들이 용을 두려워하는 것은 현재 영국의 일반적인 상황 때문이라고 봅니다. 인가에서 멀리 떨어진 공군 기지에 용들을 따로 수용하고 있으니 사람들이 용을 두려움의 대상으로 볼밖에요."

"아니 그럼 용들을 어디에 수용해야 한단 말입니까? 마을 광장에 살게 해야 한다는 겁니까?"

시모어 경이 재미있다는 듯 물었다. 두 번째 저녁식사에서 집주인 노릇을 힘겹게 수행하느라 얼굴이 벌겋게 상기되어 있던 그는 껄껄 웃으며 포트와인을 한 잔 더 쭉 들이켰고 그러다가 사레가 들려 콜록거렸다.

로렌스가 말했다.

"중국에서는 용들이 거리를 자유롭게 돌아다닙니다. 용들이 잠을 자는 누각은 사람들이 사는 집과 나란히 세워져 있고요. 런던에 저택들이 줄지어 서 있는 것처럼 말입니다."

브랜섬 부인이 몸서리를 치며 말했다.

"세상에. 나 같으면 밤새 한숨도 못 잘 텐데. 무시무시한 풍습이군요."

시모어 경은 미간에 주름을 잡으며 의견을 내놓았다.

"내가 보기에도 굉장히 특이한 제도인 듯합니다. 말들이 어떻게 그런 상황을 견디겠습니까? 바람이 용들이 머무는 곳을 지나 불어오기라도 하는 날엔 이 마을에 사는 내 마부는 말과 마차를 몰고 이 킬로미터 밖까지 나가 있어야 할 겁니다. 용 냄새에 말들이 겁을 먹고 날뛸 테니까요."

로렌스는 그들이 잘못 생각하고 있다면서, 중국의 도시에서는 훈련받은 기병대 말들을 제외하고 다른 말은 거의 눈에 띄지 않았다고 알려주었다.

"그곳 사람들은 말이 없어도 전혀 불편함 없이 살고 있습니다. 노새가 끄는 수레도 있고, 살아 있는 역마차 구실을 하며 벌어먹고 사는 용들도 있으니까요. 지체 높은 이들은 작은 용을 타고 다니더군요. 여러분이 상상하는 것보다 이동 속도가 훨씬 빠릅니다. 나폴레옹은 군대 내에서 이미 그런 운송 방식을 도입했습니다."

시모어 경이 말했다.

"아, 나폴레옹이야 그렇다 쳐도 우리는 분별 있는 생활 방식을 유지하고 있으니 그렇게 살 수야 없지요. 그나저나 축하해야 할 일이 하나 있습니다. 전에는 소작인들이 순찰 도는 용들 때문에 괴롭다며 늘 불만을 터뜨렸었습니다. 그런 불만을 듣지 않고 넘어가는 달이 없었지요. 용들이 공중을 날아다니는 바람에 소들이 까무러치면서 사방에 그걸 싸댄다고……."

시모어 경은 숙녀들 앞에서 차마 입에 올리기 민망한 단어라는 듯 손사래를 치며 말을 이었다.

"……그런데 지난 육 개월간은 전혀 그런 불평이 없었습니다. 그래서 공군에서 순찰 항로를 변경했나 보다고 생각했지요. 진작 그렇게 해줬어야지 말입니다. 의회에 그 문제를 제기하려고 벼르고 있던 참이었거든요."

로렌스는 순찰 횟수가 줄어든 이유를 잘 알고 있기에 시모어 경의 발언에 정중하게 답할 자신이 없었다. 그래서 대답 대신, 잔에 와인을 더 따라야겠다는 핑계를 대며 잠시 그 자리를 떠났다.

로렌스는 와인 잔을 들고 벽난로에서 제일 멀리 떨어진 창가로 갔다. 시원한 틈새 바람이라도 맞으며 기분을 전환하고 싶었다. 시모어 부인도 같은 이유에서인지 그 창문 아래 의자에 앉아 와인 잔을 옆으로 치워놓고 부채를 부치고 있었다. 로렌스가 옆으로 다가가 서자 시모어 부인은 침묵을 지키고 있기가 민망한지 애써 말을 걸었다.

"어쩔 수 없이 해군에서 공군으로 옮기셨다죠? 참 힘들었겠어요.

그래도 해군은 공군보다 입대 시기가 좀 늦지 않은가요?"

"열두 살 때 입대했습니다, 부인."

"아! 그래도 가끔은 집에 들르셨을 것 아니에요. 그렇죠? 열두 살과 일곱 살은 엄연히 다르죠, 다르고말고요. 어쨌든 모친께서는 열두 살밖에 안 된 대령님을 집에서 떠나보내고 싶지 않으셨을 거예요."

로렌스는 잠시 머뭇거렸다. 캐서린 부인을 비롯해 응접실에 있는 이들 대부분이 졸린 기색 없이 그와 시모어 부인의 대화에 신경을 쓰고 있는 듯해서였다.

로렌스는 최대한 감정적 표현을 자제하며 대답했다.

"다행히 복무 중에 고급 선원실에서 편안히 지낼 수 있었습니다. 집에는 자주 가지 않았습니다. 물론 어머니 입장에선 어린 자식을 떠나보내는 일이 쉽지 않았을 겁니다."

그런데 캐서린 부인이 별안간 그들의 대화에 끼어들었다.

"쉽지 않지요! 당연히 어렵지요! 왜 아니겠어요? 하지만 아들이 입대할 용기만 있다면 우리도 용기를 내서 아들을 군대에 보내야 합니다. 내키지도 않는데 마지못해 희생하듯 입대시켜서는 안 돼요. 애가 더 커서 입대하면 군 생활에 그만큼 적응하기가 힘들 것 아니겠어요?"

그러자 시모어 부인은 냉소를 머금은 채 받아쳤다.

"아이를 궁핍한 군 생활에 적응시키고 오물과 추위에 견디는 법을 가르치기 위해 돼지우리에서 잠을 자게 하다가는 결국 자식이 굶어 죽는 꼴까지 보게 될걸요. 그게 과연 자식을 위하는 일인지 모르겠군요."

주변에서 나지막하게 이어지던 대화가 삽시간에 잦아들었다. 캐서린 부인의 두 뺨이 벌겋게 상기되었다. 그 상황에서도 시모어 경은 벽난로 앞에 앉아 코를 골며 자고 있었다. 가엾은 페리스는 반대편 창가 쪽으로 물러나 아무것도 보이지 않는 캄캄한 마당만 내다보고 있었다.

로렌스는 자신이 언쟁을 촉발한 것 같아 분위기를 바꿔보려고 다시 입을 열었다.

"제가 한마디 하자면 공군이라는 직업의 위험성은 다소 과장된 면이 없지 않습니다. 일상생활 자체가 다른 직업보다 위험하다거나 혐오스러운 것은 아니니까요. 제 경험에 비춰 말씀드리자면 해군도 공군만큼이나 복무하기가 쉽지 않습니다. 여기 계신 리처드 페리스 육군 대위와 프레일 해군 대령께서 제 말이 틀리지 않다는 것을 증명해줄 겁니다."

그리고 로렌스는 그 두 신사를 향해 잔을 들어 보였다. 프레일 대령이 유쾌한 어조로 로렌스의 말에 맞장구를 쳤다.

"옳소, 옳은 말입니다. 공군들만 고생을 하는 게 아니라 우리 해군들도 힘들게 복무하고 있으니 우리에게도 여러분의 동정심을 똑같이 나눠주셔야 마땅합니다. 게다가 공군들은 늘 제일 먼저 새 소식을 전해 들으니 우리보다 아는 것도 많습니다. 로렌스 대령, 지금 유럽 대륙은 상황이 어떻게 돌아가고 있습니까? 러시아 인들을 고향으로 쫓아 보낸 나폴레옹이 또다시 영국 침공을 준비하고 있습니까?"

브랜섬 부인이 나섰다.

"아, 그 괴물 얘기는 꺼내지도 말아요. 그자가 불쌍한 프러시아 왕비한테 저지른 짓에 대해 들었는데, 그런 무시무시한 얘기는 내 평생 살면서 처음 들어봤어요. 왕비의 두 아들을 볼모로 삼아 파리로 데려갔다더군요!"

그 말에 얼굴이 상기되어 있던 시모어 부인이 내뱉듯 말했다.

"프러시아 왕비의 마음은 정말 괴로울 거예요. 어떤 어머니가 그 고통을 견딜 수 있겠어요! 나 같으면 심장이 갈가리 찢어질 텐데."

잠시 후 로렌스는 어색한 침묵을 깨고 브랜섬 부인에게 말했다.

"저도 마음이 아픕니다. 프러시아 왕자들은 아주 용감한 아이들이었지요."

캐서린 부인이 나섰다.

"헨리한테 들으니 로렌스 대령이 영광스럽게도 그 왕자들뿐만 아니라 왕비까지 직접 만나 뵈었다고 하더군요. 그러니 더 잘 아시겠지만, 아무리 마음이 아파도 프러시아 왕비는 아들들에게 겁쟁이처럼 어미의 치맛자락 뒤에 숨으라고 하진 않았을 겁니다."

로렌스는 말없이 캐서린 부인에게 고개를 숙여 보였다. 시모어 부인은 창밖에 시선을 두고 신경질적으로 부채질만 해댔다. 그들의 대화는 어색하게 조금 더 이어지다가 말았다. 로렌스는 내일 아침 일찍 돌아가봐야 하니 이만 실례하겠다며 그 자리를 빠져나왔다.

로렌스는 하인의 안내를 받아 멋진 방으로 들어갔다. 서둘러 치우고 정리한 티가 확연했다. 세숫대야 옆에 쓰던 빗이 놓여 있는 것을 보니 그날 저녁까지 누군가 이 방을 쓰고 있었던 모양이었다. 이 집 가족들이 자신에게 과도하게 신경을 써주고 있음이 새삼 느껴지자 로렌스는 고개를 절레절레 저었다. 자기 때문에 다른 방으로 옮겨야 했을 다른 손님에게도 미안한 마음이 들었다.

십오 분쯤 지났을까, 누군가 머뭇거리며 방문을 두드렸다. 로렌스가 들어오라고 하자 페리스는 조심스럽게 방 안으로 들어와 명확한 이유를 들지 않고 그저 죄송하다고 말했다. 그러더니 불안하게 커튼을 만지작거리며 덧붙였다.

"형수가 그 문제로 더 이상 힘들어하지 않기를 바랄 뿐입니다. 일곱 살 때 제가 공군에 입대하기 싫다며 울어댔었는데 그 모습을 형수가 아직 잊지 못하고 있는 겁니다."

페리스는 로렌스의 시선을 피하기 위해 창밖을 바라보며 말을 이었다.

"그땐 그저 집을 떠나는 게 무서웠습니다. 어린애였으니까요. 하지만 지금은 아무렇지 않습니다. 어떤 이유로도 공군을 떠나지 않을 겁니다."

안녕히 주무시라고 인사를 하며 페리스가 방을 나간 뒤 로렌스는 비통한 상념에 잠겼다. 이렇게 전전긍긍하고 숨 막히는 환영 만찬보다 자신의 아버지처럼 대놓고 냉정하고 적대적으로 대해주는 편이 차라리 낫겠다는 생각이 들었다.

페리스가 방을 나간 후 제복 입은 하인 중 한 명이 옷시중을 들려고 방문을 두드렸다. 하지만 그 하인이 해줄 일은 없었다. 로렌스는 혼자 옷을 갈아입는 데 익숙해 있어서 이미 외투를 벗어놓았고 장화도 구석에 가져다놓았다. 그래도 하인이 그 장화를 닦아 오겠다고 하자 기꺼이 그러라고 했다.

십오 분쯤 잤을까. 마당의 개집에서 개 짖는 소리가 시끌벅적하게 들리고 말들이 미친 듯이 울어대어 로렌스는 잠이 깼다. 얼른 일어나 창가로 가보니 저 멀리 마구간에 불이 켜지고 있었다. 먼 하늘에서 맑고 가느다란 휘파람 소리가 희미하게 들려왔다.

로렌스가 종을 울리자 장화를 가지고 나갔던 하인이 달려왔다.

"내 장화 가져오고, 사람들한테 집 밖으로 나오지 말라고 전해."

로렌스는 대충 옷을 입고 장화를 신은 후 목도리를 둘렀다. 그리고 조명탄을 손에 쥔 채 아래층으로 내려갔다. 하인 몇 명이 저택 앞마당에 모여 있는 것을 보고 로렌스가 소리쳤다.

"거기 서 있지 말고 비켜. 용들이 착륙할 자리가 필요해."

'용'이라는 말을 듣자마자 하인들은 순식간에 마당을 비웠다. 신호용 조명탄과 촛불을 들고 달려 나온 페리스가 무릎을 꿇고 조명탄을 쏘아 올렸다. 조명탄은 푸른빛과 함께 쉬익 소리를 내며 날아올라 높은 곳에서 터졌다. 구름 한 점 없는 밤하늘엔 얇게 썬 조각 같은 달만 걸려 있었다. 곧이어 조금 더 크게 휘파람 소리가 들려왔다. 맑게 울려 퍼지는 게르니의 목소리였다. 이윽고 게르니가 날개를 퍼덕이며 마당에 착륙했다.

리처드가 조심스럽게 현관 앞 계단에서 마당으로 내려서며 물었다.

"헨리, 저게 네가 타는 용이냐? 너와 동료들은 전부 어디에 앉는 거냐?"

게르니는 그 저택 이층 창문에 머리가 닿지 않을 정도로 몸집이 작아서 바짝 붙어 앉아야 겨우 네다섯 명이 탑승할 수 있을 정도였다. 용에 대해 이렇게 표현하기는 좀 그렇지만, 푸른색에 흰색이 섞인 게르니의 몸통은 도자기처럼 곱고 우아했다. 탐이라서 발톱과 이빨도 덜 날카로워 보였다. 그 집 손님들은 여전히 파티복 차림인 이들도 있고 아닌 이들도 있었는데, 그중 몇 명이 겁내지 않고 현관 앞으로 다가와 게르니를 쳐다보았다. 로렌스는 다소 마음이 놓였다.

리처드의 질문에 게르니는 머리를 곧추세우고는 두르자크 어로 무언가 묻는 말을 했다. 하지만 아무도 알아들을 수 없는 언어였다. 잠시 뒤 게르니는 뒷다리를 세우고 자기 귀에만 들리는 어떤 소리에 날카롭게 소리쳐 대답했다.

곧 좀더 깊게 울려 퍼지는 목소리가 하늘에서 들려왔고, 잠시 후 테메레르가 게르니의 뒤쪽 넓은 잔디밭에 내려섰다. 흑요석처럼 까맣고 윤기 나는 수천 개의 비늘에 램프 불이 비쳐 반짝거렸고, 먼지와 작은 자갈이 사방으로 날리며 저택 벽에 부딪쳐 타닥타닥 튀었다. 저택 지붕보다 훨씬 키가 큰 테메레르가 머리를 아래쪽으로 굽히며 말했다.

"서둘러 출발해야 해, 로렌스. 우편배달 용이 와서 급한 메시지를 전해줬는데 프랑스 용 플레르 드 뉘가 불로뉴 부근의 영국 군함들을 괴롭히고 있대. 일단 아르카디와 야생용들을 그리로 보냈어. 하지만 그들이 나 없이도 플레르 드 뉘를 잘 쫓아버릴 수 있을지 모르겠어."

"나도 못 믿겠다."

로렌스는 이렇게 대답하고는 리처드 페리스 대위와 작별의 악수를 나누려고 돌아섰다. 그런데 리처드는 물론 밖에 나와 있던 그 집 가족과 손님들이 보이질 않았다. 마당에는 페리스와 게르니뿐이었다. 어느새 현관문이 단단히 닫혀 있고 창문에는 덧문까지 내려져 있었다. 로렌스가 일행을 데리고 그 집을 떠날 때 아무도 문을 열지 않았다.

도버 기지에 있는 테메레르의 공터에서 로렌스의 보고를 들은 제인이 말했다.

"흠, 어쩔 수 없는 상황이니 실수만 안 하면 돼."

로렌스와 테메레르, 야생용들은 웨이머스 부근에서 벌어진 첫 번째 접전에 이어 불로뉴 쪽에서 접근한 플레르 드 뉘를 쫓아 보낸 뒤 겨우 몇 시간 눈을 붙였다. 그리고 또다시 프랑스 용이 접근했다는 소식에 플리머스로 날아갔다. 그런데 그들이 플리머스 부근에 도착했을 무렵에는 이미 프랑스의 우편배달 용이 수평선 너머로 멀찌감치 달아나고 있었다. 최근 플리머스 해안에 자리를 잡은 포병중대가 주황색 포화를 내뿜으며 대포를 쏘아 적을 쫓아버린 것이었다.

로렌스가 말했다.

"제대로 공격을 하려고 온 놈들은 하나도 없었습니다. 적들이 도발한 접전에서도 마찬가지였고요. 만일 우리한테 이겼다고 해도 워낙 작은 용들이니 영국 해안 가까이에 오래 남아 있지도 못했을 겁니다. 프랑스로 방향을 돌리기도 전에 포병대가 쏜 대포에 맞아 해변으로 추락했을 테니까요."

도버 기지로 돌아오는 길에 로렌스는 피곤에 지친 부하들을 재우고 자신도 한두 번 눈을 감고 졸았다. 테메레르도 몹시 지쳐 있어서 도버 기지의 공터에 착륙하자마자 두 날개를 등에 붙이고 축 늘어졌다.

제인이 말했다.

"그래. 녀석들은 우리의 방어 상태가 온전한지 보러 온 거야. 예전보다 훨씬 공격적으로 정찰을 나오고 있기는 하지만. 놈들이 우리 쪽 상황을 의심하고 있는 것 같아 걱정이 되는군. 예전에 프랑스 용들이 자네 일행을 쫓아 스코틀랜드 가까이까지 왔을 때 영국에서 지원 나간 용이 한 마리도 없었잖아. 결국 적들은 비참하게 쫓겨 가긴 했지만 바보가 아닌 이상 그 점을 무심히 보아 넘기진 않았겠지. 프랑스 용 한 마리가 영국 시골 지역으로 날아 들어와 공군 기지의 격리 구역 위를 훑어보면 그걸로 우린 끝장나는 거야. 영국 내에 자기네들을 막을 용이 없다는 것을 단박에 알아차릴 테니까."

"지금까지 어떻게 놈들이 의심하지 않게 해오신 겁니까? 제대로 순찰을 도는 영국 용이 없다는 걸 알아차리고도 남았을 텐데."

"속임수를 쓰면서 그럭저럭 버텨왔지. 맑은 날 아픈 용들을 단거리 순찰에 내보내서 멀리서도 그 모습을 볼 수 있게 했어. 장거리 비행은 무리지만 아직 영국 용들 다수가 하늘을 날 수는 있으니까. 잠시 동안이지만 전투도 가능해. 하지만 금방 지치고 오한이 밀려들지. 그렇게 잠깐 순찰을 돌고 오면 뼈까지 쑤신다고 투덜거려. 겨울이 오니 상황은 더욱 악화되고 있어."

테메레르는 감정이 격해지는지 머리를 치켜들었다.

"아! 차가운 땅바닥에 누워 있으니 건강이 나빠질 수밖에요! 추위를 느끼는 건 당연하죠. 이렇게 딱딱하게 얼어붙은 땅에 누워 있으면 나도 추운데. 물론 나는 병에 걸리진 않았지만요."

제인이 말했다.

"테메레르, 할 수만 있다면 여름을 불러오고 싶어. 그렇지만 맨땅 말고는 용들을 재울 만한 곳이 없잖아."

"누각을 지어주면 되잖아요."

"누각?"

로렌스는 작은 선원용 사물함을 뒤져 중국에서 가져온 묵직한 꾸러미를 제인에게 건넸다. 그 꾸러미는 방수포로 겹겹이 싼 뒤 삼끈으로 묶은 것으로, 겉은 시커멓게 변색되어 있었지만 방수포를 벗기자 안쪽은 깨끗했다. 로렌스는 그 안에서 용 누각의 설계도가 그려진 얇고 고운 중국식 종이를 꺼냈다.

"해군본부에서 자금 지원을 해줄지 모르겠군."

제인은 무미건조하게 말하며 비판적이기보다는 사려 깊은 눈으로 그 설계도를 살펴보았다.

"잘 만들어진 구조물이로군. 이런 누각을 지으면 용들이 축축한 땅에 누워 있는 것보다 훨씬 편하게 쉴 수 있겠어. 내가 듣기로 라간 호수 기지의 용들은 지하의 목욕탕에서 온기가 올라와 그나마 사정이 낫다고 하더군. 격리 구역의 모래 구덩이 안에 들어가 있는 롱윙들도 맨땅에 있는 것보다는 덜 추워하는 것 같고. 물론 롱윙들은 모래 구덩이를 질색하지만."

테메레르가 말했다.

"누각을 지어주고 입맛을 돋우는 요리를 해 먹이면 용들의 몸 상태가 곧 좋아질 거예요. 전에 나도 감기에 걸린 적이 있는데 중국인들이 해준 요리를 먹자 입맛이 돌아왔거든요."

로렌스도 거들었다.

"그랬습니다. 그 요리를 먹기 전까지 테메레르는 계속 식욕을 잃은 상태였지요. 감기 때문에 냄새나 맛을 잘 모르고 있다가 강한 양념으로 요리한 먹이를 먹자 입맛이 돌아온 거라고 케인스가 말하더군요."

그러자 제인이 말했다.

"흠, 양념한 요리는 공급이 가능하겠어. 여기저기서 금화를 좀 쥐어짜서 양념을 조달해 용들에게 먹여봐야지. 요즘 훈련을 제대로 할 수가 없어서 화약 구입에 들어가던 예산이 절반이나 남았거든. 물론 그 돈으로 이백 마리나 되는 용들에게 양념한 먹이를 장기간 공급하긴 어렵지. 그만한 분량의 요리를 해낼 요리사들을 어디서 구해야 할지도 모르겠고. 그래도 용들의 식욕이 되살아나고 병에 차도를 보이면, 해군본부 녀석들을 설득해서 장기간 필요한 자금을 지원받을 수도 있을 거야."

4

꿍쑤는 용들의 식욕을 돋우는 일에 적극적으로 나섰다. 그는 통에 든 향신료를 모두 솥에 쏟아 붓고 가장 자극적인 맛을 내는 후추를 아낌없이 사용하여 양념을 만들었다. 평소 축사에서 소를 끌어다가 도살해서 용들에게 가져다주는 일만 하던 가축 담당자들은 꿍쑤의 요청으로 그 솥을 큰 국자로 젓는 일을 맡게 되었다. 솥에서 풍겨 나오는 지독하게 매운 냄새 때문에 가축 담당자들은 아주 죽을 맛이었다. 그래도 그 양념은 곧 효과를 발휘했다. 매운 양념을 바른 고기를 섭취한 용들은 날고기를 먹을 때에 비해 식욕이 조금씩 살아나기 시작했다. 입맛이 점차 돌아오는지 대부분 꾸벅꾸벅 졸면서도 배가 고프다고 했다. 그러나 양념을 만드는 데 사용되는 재료는 쉽게 구할 수 없는 것이었다. 도버 상인들을 통해 양념 재료를 들여오고는 있었지만 꿍쑤는 그 재료들을 살펴본 뒤 탐탁지 않은 얼굴로 고개를 절레절레 저었다. 하지만 그만한 재료들을 들여오는 데만도 어마어마한 비용이 들어갔다.

제인은 로렌스를 방으로 불러 함께 점심을 먹으며 말했다.

"로렌스, 내가 아무래도 초라한 편법을 좀 써야 할 것 같으니 이해해주길 바라. 용 누각을 지으려면 해군본부에서 자금을 지원받아야 하는데 자네가 가서 얘길 해주었으면 좋겠어. 엑시디움을 여기 혼자 두고 자리를 오래 비울 수가 없어서 그래. 계속 재채기를 해대는 녀석을 데리고 런던으로 갈 수도 없고. 자네와 테메레르가 런던의 해군본부에 가 있는 동안 여기 있는 용들을 데리고 두 번 정도 순찰을 돌게 할게. 모처럼 테메레르도 순찰을 좀 쉽게 하자고. 뭐? 아니, 천만다행히도 전에 자네를 괴롭혔던 바함 경은 해군본부 위원회 수석 의원 자리에서 물러나고 수상의 동생 토머스 그렌빌이 그 자리를 맡고 있어. 내가 알기로 그렌빌 수석 의원은 나쁜 사람은 아니야. 해군본부 위원회 사람들이 대부분 그렇듯 용에 대해서는 쥐뿔도 모르지만."

그날 저녁 늦게 제인은 침대 옆에 놓인 와인 잔을 집어 들고 로렌스의 팔에 기대 누웠다. 로렌스는 침대에 등을 대고 누워 눈을 반쯤 감고 가쁜 숨을 고르고 있었다. 그의 양어깨에 땀이 맺혀 있었다. 제인은 점심식사 때 하던 얘기를 마저 했다.

"이건 자네한테만 하는 말이지만, 쉬운 길을 두고 굳이 내가 나서서 그렌빌을 설득하려고 애쓸 필요는 없다 싶어. 나를 대장으로 진급시키는 문제를 놓고 그렌빌은 어쩔 수 없이 포이스 대장의 의견을 수용하기는 했지만 내게 지시를 내리는 것 자체를 불편해하고 있거든. 나는 그런 점을 이용해서 내가 독단적으로 처리할 수 없는 지시 사항을 여섯 개나 이행시켰지. 그렌빌이 나를 불러 얘기하는 것을 불편해했기에 망정이지, 미리 알았다면 분명 반대하고 나섰을 거야.

이번에 자네가 가서 얘기하더라도 그를 설득해서 지원을 받아내는 것은 쉽지 않을 거야. 그래도 나보다는 자네가 얘기하면 좀 낫겠지."

하지만 제인의 예상과 달리 일은 잘 풀려나가지 않았다. 로렌스가 아니라 제인이 찾아왔으면 적어도 그렌빌의 비서가 수석 의원 사무실 안으로 들어가지도 못하게 막지는 않았을 것이다. 키가 크고 마른 체격에 깐깐해 보이는 비서는 짜증을 억누르며 말했다.

"예, 예. 방금 말씀하신 숫자가 여기 적혀 있군요. 소 배급량을 늘려드렸는데, 그동안 병에 차도가 생긴 용이 있었습니까? 그에 관해서는 말씀이 없으시군요. 비행이 가능하게 된 용은 몇 마리이고 비행 시간은 얼마로 늘었습니까?"

로렌스는 기분이 언짢았다. 마치 밧줄과 돛베를 교체한 후 배의 성능이 얼마나 좋아졌느냐고 묻는 듯한 말투였기 때문이었다. 그래도 차도를 보인 용이 있다고 거짓말을 할 수는 없었다.

"의사들은 몸을 따뜻하게만 해주어도 병의 진전을 크게 늦출 수 있다고 했습니다. 그것만으로도 큰 효과를 보는 겁니다. 또한 용 누각을 지으면……."

비서는 고개를 절레절레 저었다.

"그 용 누각이라는 것이 용들의 상태를 호전시킬 수 있다는 증거가 없으면 어떤 긍정적인 약속도 해드릴 수가 없습니다. 해변에 대포도 더 설치해야 하거든요. 용이 꽤 비싸다고 생각하시는 모양인데 대포 값도 만만치 않습니다."

"용들이 누각에서 편안히 쉬면서 남아 있는 힘을 비축할 수 있으면 그것만으로도 용 누각의 효과는 충분한 것 아닙니까?"

로렌스는 좌절감이 밀려드는 것을 느끼며 덧붙였다.

"견디다 못한 용들이 공군 복무를 포기하고 우리를 떠나는 것보다는 낫지요. 용은 기병대 말이 아니라 생각할 줄 아는 생물이란 말입니다."

비서는 더 들을 것도 없다는 투로 말했다.

"아, 감상적인 생각을 갖고 계시군요. 하지만 로렌스 대령님, 유감이지만 그렌빌 각하께서는 오늘 바쁘십니다. 대령님이 보고서를 제출하셨으니 그렌빌 각하께서 답변을 해주실 것입니다. 시간이 있으시면 말이죠. 다음 주쯤 면담 약속을 잡아드릴 수도 있습니다만."

로렌스는 그 무례한 태도에 한마디 해주려다가 간신히 눌러 참았다. 제인이 온 것보다 훨씬 나쁜 결과가 초래된 것 같아 울적했다. 앞마당으로 나온 그는 최근 공작 작위를 받은 넬슨 경을 보고도 침울한 기분이 풀리지 않았다. 정복을 갖춰 입은 넬슨 경은 피부에 붙어 있는 메달들로 한층 위엄 있게 보였다. 그 메달들은 트라팔가르 전투에서 불을 뿜는 스페인 용이 넬슨이 타고 있던 기함에 불을 붙였을 때 그 열기로 녹아 살에 달라붙은 것이었다. 당시 넬슨은 심각한 화상을 입어 살아날 가망이 거의 없었고 초기에는 사망한 것으로 잘못 알려지기도 했으나 다행히 부상을 극복하고 자리에서 일어났다. 로렌스는 많이 회복된 넬슨의 모습을 보자 반가웠다. 턱에서부터 목을 지나 외투의 목깃 안쪽으로 불그스름한 화상 자국이 보였지만 넬슨 경은 전혀 개의치 않고 그를 둘러싼 몇몇 장교들에게 성한 한쪽 팔을 활기차게 흔들며 얘기를 하고 있었다.

장교들은 경의를 표하는 뜻으로 일정한 거리를 두고 서서 넬슨 경의 말을 경청하고 있었다. 로렌스는 거리로 나가기 위해 조그맣게 양해의 말을 중얼거리며 그들 사이로 지나갔다. 다른 때 같으면 로렌스도 그곳에 서서 넬슨 경의 얘기를 들었을 테지만 오늘은 그럴 기분이 아니었다. 거리로 나서자 반쯤 얼어붙은 얼음과 오물이 장화에 들러붙어 발이 차가워졌다. 그는 런던 기지로 돌아가고 있었다. 테메레르에게 울적한 소식을 전해주기 위해.

테메레르가 로렌스에게 말했다.
"하지만 그렌빌에게 접근할 방법이 있을 거야. 병의 진전을 늦출 방법이 있는 이상, 친구들의 상태가 악화되어가는 것을 그냥 두고 볼 수만은 없어."
"현재 가능한 범위 내에서 할 수 있는 일을 하면서 조금씩 범위를 넓혀가야 해. 먹이로 나오는 고기를 굽거나 끓여서 먹게 하면 약간 효과를 볼 수도 있을 것이고. 절망할 필요 없어. 꿍쑤가 솜씨를 발휘해서 용들의 식욕을 잘 북돋워줄 거다."

테메레르는 분노했다.
"그 그렌빌이라는 작자는 밤마다 쇠고기를 날걸로 먹고 맨땅에서 자진 않을걸. 그자가 과연 가죽이 그대로 붙어 있고 소금도 뿌리지 않은 쇠고기를 먹겠느냔 말이야. 그런 식으로 일주일만 생활해보고 우리의 요구를 거절하라고 해."

테메레르는 공터 가장자리의 가지와 잎사귀가 다 떨어진 나무 위쪽에 대고 위험스럽게 꼬리를 휙휙 내저었다.

그렌빌은 그렇게 조악하게 생활할 사람이 아니었다. 집에서 매일 편안하게 만찬을 즐기며 살 것이다. 로렌스는 에밀리 롤랜드에게 종이를 가져오라고 한 뒤 서둘러 편지를 몇 통 써서 보냈다. 아직 회기가 시작되지 않았지만 그의 가족 말고도 회기 시작 전에 미리 런던에 와 있을 만한 지인들이 십여 명 정도 있었다.

하지만 로렌스는 테메레르가 지나치게 큰 희망을 가질까 봐 미리 말해두었다.

"그렌빌과 만날 가능성은 별로 없어. 만난다고 하더라도 그가 내 얘기에 귀를 기울일 가능성은 더욱 희박하지."

사교 모임에서 그렌빌을 만나볼 생각이었다. 하지만 마음 한구석으로 내키지 않는 부분이 있었다. 사람들은 공군 비행사 외투를 입은 자신을 아무 생각 없는 말로 모욕할 텐데 그때 치미는 화를 잘 참아낼 수 있을지 지금으로서는 자신이 없었다. 그런 모임은 즐겁다기보다는 고역에 가까웠다. 그런데 점심을 먹기 한 시간 전에 해군 시절 리앤더 호의 하급장교실에서 같이 지냈던 전우에게서 답장이 왔다. 오래전 함장이 되었고 지금은 하원의원이 된 그 전우는 그날 밤 라이틀리 부인의 파티에서 그렌빌을 만나기로 했다고 알려주었다. 라이틀리 부인은 로렌스의 어머니와 친분이 있는 사이였다.

대저택 밖에서 어이없는 충돌 사고가 발생했다. 양쪽에서 오던 대형 사륜마차 두 대가 서로 길을 양보하지 않으려 하다가 충돌하여 좁은 길을 틀어막아버린 것이다. 결국 어느 쪽도 꼼짝 못하게 되고 말았다. 로렌스는 구식 가마를 타고 오길 잘했다는 생각이 들었다. 공군 기지 근처에 마차를 대려는 마부가 없어 어쩔 수 없이 가마를 타고 온 것이긴 하지만 말이다. 덕분에 로렌스는 구정물이 튀지 않은 깨끗한 옷차림으로 저택의 계단을 오를 수 있었다. 초록색 공군용 외투는 새것인 데다 길이도 잘 맞았다. 리넨 셔츠도 흠 잡힐 정도는 아니었고 무릎까지 오는 반바지와 긴 양말도 하얗고 깔끔했다. 적어도 겉모습만은 남부끄럽지 않았다.

현관으로 다가간 로렌스가 초대장을 내밀자 하인이 그 집 여주인에게 안내를 해주었다. 여주인은 일전에 로렌스의 어머니가 주최한 만찬 모임에서 딱 한 번 만난 적 있는 라이틀리 부인이었다.

그녀는 형식적으로 로렌스에게 손을 내밀며 말했다.

"어머니는 무고하시니? 지금쯤 시골에 가 계시겠구나?"

그러더니 남편에게 그를 데려가 소개했다.

"라이틀리 경, 이쪽은 윌리엄 로렌스 대령이라그, 앨런데일 경의 아들이에요."

라이틀리 경은 조금 전 파티장으로 들어온 어떤 신사와 얘기를 나누고 있던 참이었다. 로렌스를 소개하는 소리를 듣고 그 신사는 깜짝 놀라 돌아서더니 외무부에서 근무하는 브로튼이라며 로렌스에게 굳이 자기소개를 했다.

브로튼은 몹시 반가워하며 로렌스의 손을 덥석 잡았다.

"로렌스 대령님, 우선 축하부터 드려야겠군요. 아니 왕자 전하라고 불러드려야 하나요, 하하!"

로렌스가 얼른 그를 말렸다.

"무슨 그런 말씀을……."

라이틀리 부인이 깜짝 놀라며 그 이유를 설명해달라고 하는 바람에 로렌스는 더 이상 브로튼의 입을 막을 수 없었다.

브로튼이 말했다.

"오늘 이 파티에 중국 왕자께서 왕림하신 겁니다, 라이틀리 부인. 여기서 이렇게 뵙게 되다니 정말 대단한 영광입니다, 로렌스 대령님. 해먼드 씨가 보내온 편지에서 그 소식을 읽었습니다. 외무부에서는 그 편지를 너덜너덜해질 때까지 읽고 또 읽으면서 몹시 기뻐했지요. 서로 그 얘기를 몇 번씩 해도 질리지가 않더군요. 로렌스 대령님이 중국의 왕자가 되었으니 나폴레옹은 약이 올라서 이를 갈고 있을 겁니다!"

이미 얘기가 다 나왔으니 로렌스도 어쩔 수 없었다.

"저는 특별히 한 일도 없습니다. 그저 해먼드 씨가 하라는 대로 한 것뿐입니다. 입양은 단지 형식적인 절차에 불과했으니까요."

브로튼이 꺼낸 얘기에 라이틀리 부인을 비롯해 대여섯 명 정도의 손님들이 큰 관심을 보였다. 브로튼은 로렌스가 청나라 가경제의 양자로 입적된 일에 대해 화려한 미사여구와 과장을 섞어가며 부정확한 정보를 마구 주워섬겼다. 하지만 로렌스의 양자 입적은 중국인들의 체면을 세워주기 위한 절차일 뿐 실질적인 의미는 없었다. 중국 황실의 일원만이 셀레스티얼의 파트너가 될 수 있는 특권을 보유하므로, 중국인들 입장에선 자기네들의 체면을 구기지 않으면서 공식적으로 로렌스와 테메레르가 계속 파트너 관계를 유지할 수 있게 허락해줄 구실이 필요했다. 그리고 로렌스가 중국을 떠나는 순간 중국인들은 그의 존재를 속 시원히 잊었을 것이다. 로렌스는 양자 입적을 구실로 어떤 이익을 볼 생각이 전혀 없었다. 그저 무사히 고향으로 돌아왔으니 된 것이었다.

이른 시간인 데다가 마차 충돌 사고 때문에 아직 저택 안으로 들어오지 못한 손님들이 많아 파티장 안은 비교적 조용한 편이었다. 그래서 손님들은 중국 얘기가 나오자 다들 관심을 갖고 모여들었다. 이국의 모습에 대해 환상을 갖고 있는 그들이 로렌스의 얘기를 있는 그대로 들을 리 만무했다. 어느새 로렌스는 자기가 이 파티에서 화제의 인물로 떠오르고 있음을 알아챘다. 라이틀리 부인도 로렌스를 오랜 친구의 아들이라기보다는 그날 파티의 인기인으로 만들어가고 있었다.

당장 그곳을 떠나고 싶었으나 그렌빌이 아직 오지 않은 터라 그럴 수도 없었다. 라이틀리 부인은 로렌스를 데리고 파티장 안을 돌아다니며 사람들에게 중국 황제의 양자가 된 인물이라고 소개했고 로렌스는 당황스러웠으나 마음을 굳게 먹고 참았다. 그는 라이틀리 부인이 사람들에게 그런 식으로 자신을 소개할 때마다 거듭 말해야 했다.

"아뇨, 황위 계승 순위에는 올라 있지 않습니다."

중국에 있을 때 그는 중국 글자도 모르는 야만인 취급을 받았었는데, 지금 이 광경을 보면 중국인들이 어떤 반응을 보일까.

애초에 로렌스는 이 파티에서 춤을 출 생각은 하지도 않았다. 영국 사교계는 아직 공군을 존경받을 만한 직업으로 인식하고 있지 않았다. 그런 만큼 로렌스는 어느 집 아가씨가 이 파티에서 좋은 결혼 상대자를 만날 수 있는 기회를 빼앗고 싶지 않았고, 샤프롱(사교계에 나가는 젊은 여성의 보호자 — 옮긴이 주) 역할을 하겠다고 나섰다가 거부당하는 수모를 겪고 싶지도 않았다. 그런데 첫 번째 춤이 시작되기 전, 라이틀리 부인은 로렌스를 어느 아가씨에게 데려가 좋은 파트너가 될 거라며 소개했다. 로렌스는 크게 놀랐지만 상대에게 춤을 청하지 않고 가만히 있을 수도 없었다. 로렌스의 춤 상대가 된 루카스 양은 토실토실한 몸집의 매력적인 소녀로 이런 사교 파티에 두세번쯤 나와 본 듯했다. 로렌스는 무도회를 즐기는 그녀와 부담 없이 유쾌하게 대화를 나눌 수 있었다.

춤이 시작되고 얼마 지나지 않아 루카스 양이 말했다.
"잘 추시네요!"
칭찬이라기보다는 뜻밖이라 놀란 듯한 말투였다. 그리고 루카스 양은 중국의 궁전에 사는 숙녀들에 대해 갖가지 질문을 해댔는데 그런 질문에는 로렌스도 답을 할 수 없었다. 중국의 궁전에서 숙녀들의 모습을 본 적이 없기 때문이었다. 대신 그는 중국에서 본 연극에 대한 얘기로 루카스 양을 기쁘게 해주었다. 연극이 끝날 무렵 칼을 맞았기 때문에 뒷부분은 기억이 잘 나질 않았다. 게다가 그 연극은 중국어로 진행된 것이라 내용을 정확히 이해할 수도 없었다.

루카스 양은 하트퍼드셔에 살고 있다는 가족에 관한 얘기와 하프 연주에 대한 고민을 털어놓았다. 물론 하프 얘기를 꺼낸 것은 로렌스에게 언젠가 그녀의 하프 연주를 듣고 싶다는 대답을 유도하기 위해서였다. 그리고 바로 손아래 여동생이 다음 시즌에 사교계 데뷔를 할 거라는 말도 했다. 그 말을 듣고 로렌스는 루카스 양이 열아홉 살이라는 것을 짐작할 수 있었다. 문득 캐서린 하코트가 그 나이 때 릴리의 비행사로서 도버 전투에 참전했다는 사실이 떠올랐다. 모슬린 드레스를 입고 미소를 짓고 있는 루카스 양을 바라보며 로렌스는 놀라움과 공허함이 뒤섞인 기분이 들었다. 마치 루카스 양이 현실에 존재하지 않는 사람처럼 느껴져 그는 시선을 다른 곳으로 돌렸다. 예전에 로렌스는 캐서린과 버클리에게 각각 편지를 보냈었다. 테메레르가 써달라는 말과 자신이 하고픈 말을 담아서. 하지만 답장은 오지 않았다. 그러니 그동안 그 비행사들은 물론 용들도 어떻게 지내고 있는지 알 수가 없었다.

음악이 끝나자 로렌스는 정중하게 양해를 구하며 루카스 양을 그녀의 어머니에게 인계했다. 사람들에게 자신이 괜찮은 파트너임을 보여주려면 예의 바르게 상대를 바꿔가며 춤을 추어야 했다. 거의 밤 열한 시가 다 되어서야 그렌빌이 신사 몇 명을 대동하고 파티장 안으로 들어왔다.

로렌스는 그렌빌에게 다가서며 굳은 얼굴로 말했다.

"저는 내일 도버로 돌아갈 것이니 런던에서 의원님을 길게 골치 아프게 할 일은 없을 겁니다."

로렌스는 원래 정식 소개도 없이 다른 이에게 말을 거는 행동을 질색했다. 수년 전에 한 번 서로 인사를 나눈 사이인지라 이처럼 별다른 소개 절차 없이 그렌빌에게 말을 건 것이다.

그렌빌은 막연히 기억을 더듬으며 대답했다.

"아, 로렌스 대령."

그 자리에 서 있는 것이 영 내키지 않는 표정이었다. 사실 그렌빌은 그리 대단한 정치인은 아니었다. 그가 해군본부 위원회 수석 의원 자리를 맡게 된 것은 정치적 역량이 뛰어나거나 야망이 높아서가 아니라 그의 형이 윌리엄 윈덤 그렌빌 영국 수상이기 때문이었다. 민간인들도 듣고 있기 때문에 로렌스는 최대한 일반적인 용어를 써가며 용 누각 건축에 필요한 자금 문제를 언급했다. 특히 영국 용들이 전염병을 앓고 있다는 것을 민간인들이 알아서는 안 되기 때문에 그 부분은 언급을 피했다. 민간인들이 그 사실을 알게 되면 적들의 귀에 들어가는 것은 시간문제였다.

별다른 열정 없이 듣는 둥 마는 둥 하는 그렌빌에게 로렌스가 말했다.

"전투 중에 죽거나 몸이 불편해지거나 부상당한 용들을 위해 용 누각을 지으려 하는데 자금 지원이 필요합니다. 현재 보유하고 있는 용들뿐만 아니라 그 새끼들까지 우리 공군을 위해 계속적으로 복무하게 하고 건강한 용들의 사기를 진작시키기 위해서도 필요하고요. 누각은 실질적인 필요에 부응하는 시설이며, 중국의 예를 보더라도 용들에게 상당한 편익을 제공하는 것으로 증명된 바 있습니다. 아시다시피 중국인들은 용에 관한 한 세계 최고로 알려져 있지요."

"물론 그렇지. 해군본부에서는 우리 용감한 해군과 공군, 선량한 용들의 안녕과 복지를 최우선으로 하고 있어."

상투적인 단어의 나열에 불과한 공허한 말이었다. 부상당한 군인들이 누워 있는 병원을 한 번이라도 방문해봤다면, 적어도 용감한 해군들에게 배급되는 식량을 몇 번이라도 먹어봤다면 그런 말이 쉽게 나오진 않았을 것이다. 용감한 해군들은 주로 썩은 고기와 바구미 낀 건빵을 먹고 와인 대신 식초처럼 시어 꼬부라진 음료를 마시고 있었으니까. 해군 시절 로렌스는 말도 안 되는 야비한 근거에 의거하여 연금도 받지 못한 채 어렵게 생활하고 있는 퇴역군인 및 사망한 동료의 미망인들에게 생활비를 지원했었다.

로렌스가 물었다.

"그 말씀을 저희 계획대로 할 수 있게 지원해주신다는 뜻으로 받아들여도 되겠습니까?"

체면 때문에라도 곧장 거절할 수 없게 만드는 질문이었다. 하지만 그렌빌은 그 질문에 걸려들지 않고 잘도 빠져나갔다. 대놓고 거부하진 않았지만 아무런 약속도 하지 않은 것이다.

"실행에 옮기기에 앞서 우린 그 제안의 세부 사항을 좀더 폭넓게 검토해보아야 하네, 대령. 우리가 보유한 최고 수준의 의사들에게 자문도 구해봐야 하고."

 그렌빌은 그런 식으로 계속 공허한 말들을 주절거리다가 어떤 신사가 다가오자 그쪽으로 고개를 돌리며 그 신사와 다른 얘기를 나누기 시작했다. 더 이상 말하기 싫으니 그만 가보라는 뜻이었다. 로렌스는 그렌빌이 아무런 조치도 취해주지 않을 것임을 직감할 수 있었다.

 다음 날 아침 흐릿하게 동이 트기 시작할 무렵, 로렌스는 다리를 절며 런던 공군 기지로 돌아왔다. 테메레르는 세로로 찢어진 동공을 반쯤 내보인 채 꼬리를 천천히 앞뒤로 흔들며 깊이 잠들어 있었다. 승무원들은 막사 안에 들어가 있거나 테메레르의 옆구리에 기대어 자고 있었다. 그렇게 자는 것은 보기에는 좋지 않지만 막사 안쪽보다 더 따뜻했다. 로렌스는 공터에 딸린 오두막으로 들어가 침대에 앉았다. 그리고 발에 꽉 끼어 있는 쇠 달린 신발을 벗기 시작했다. 발의 살갗이 벗겨져서 몹시 따끔거렸다. 아직 새 신발이라 뻣뻣한 탓이었다.

 아침이 밝은 뒤에도 공터는 고요했다. 로렌스가 자금 확보에 대한 약속을 받아내지 못했다는 소식은 이미 기지 안에 퍼져 있었다. 테메레르에게만 알려주었을 뿐인데 말이다. 어젯밤 로렌스는 부하들에게 일시 휴가를 주었다. 부하들의 핏발 선 눈과 거칠어진 얼굴을 보니 휴가를 실컷 즐긴 모양이었다. 기운이 없고 지친 기색들이라 부하들이 포리지(오트밀에 우유나 물을 부어 만든 죽 — 옮긴이 주)가 든 커다란 솥을 불에서 내려 들고 오는 동안 로렌스는 걱정스런 눈으로 그들을 지켜보았다. 부하들은 솥에 든 죽을 떠서 아침을 먹었다.

양파를 넣어 삶은 부드러운 송아지 고기로 아침을 먹은 테메레르는 커다란 다리뼈로 이빨을 쑤시고 그 뼈를 바닥에 내려놓으며 말했다.

"로렌스, 해군본부에서 자금을 대주지 않아도 누각을 지을 생각이야?"

"그래."

비행사는 일반적으로 포상금을 많이 받지 못했다. 공군까지 총괄하는 해군본부에서 적국의 군함이나 상선 포획에 비해 용 포획에 포상금을 적게 매기기 때문이었다. 배에 비해 용은 포획을 해 와도 실제 사용 가능 여부가 불투명하고 유지비도 많이 든다는 이유에서였다. 하지만 로렌스는 해군 시절 꽤 많은 포상금을 모아두었고 연봉만으로도 필요한 것을 사는 데 부족함이 없었기 때문에 남은 포상금이 꽤 많았다.

"비용이 얼마나 들지는 상인들과 의논해봐야겠지. 재료를 저렴한 것으로 쓰고 크기도 좀 줄이면 네가 머물 수 있는 누각 하나쯤은 충분히 지을 수 있어."

그러자 테메레르는 결연하고 당당하게 말했다.

"생각을 해봤는데, 그 누각을 격리 구역 안에 지었으면 좋겠어. 도버에 있는 내 공터에 지을 필요 없이. 막시무스랑 릴리가 좀더 편안하게 지냈으면 좋겠거든."

로렌스는 깜짝 놀랐다. 일반적으로 용은 자기 소유의 물건을 지위의 상징으로 여기기 때문에 다른 용에게 양보하기는커녕 혹시라도 빼앗길까 봐 경계하는 특성이 있었다.

"그 말이 진심이라면 대단히 고귀한 생각을 했구나, 테메레르."

테메레르는 다리뼈를 만지작거리며 갈팡질팡하는 모습을 보이다가 마침내 결심을 굳혔는지 덧붙였다.

"용 누각을 하나 지어놓으면 해군본부에서도 그 효과를 직접 눈으로 확인하게 되겠지. 그럼 용 누각을 여러 개 지을 수 있게 자금 지원을 해줄 것이고. 그럼 나도 더 멋진 누각을 받게 될 거야. 다들 멋진 누각을 갖고 있는데 나만 작고 초라한 누각을 갖고 있으면 즐겁지가 않으니까."

그 생각을 하자 기분이 좋아졌는지 테메레르는 만족스러운 표정으로 다리뼈를 오도독 씹었다.

향이 강한 차를 곁들여 아침을 먹고 기운을 차린 승무원들은 도버 기지로 돌아가기 위해 테메레르에게 천천히 안장을 입히기 시작했다. 로렌스가 따로 불러 조용히 한마디 하자 페리스는 안장의 죔쇠까지 일일이 확인했다. 도버 기지로 가져갈 우편물을 받아 들고 에밀리와 함께 기지 문 쪽에서 공터로 걸어오던 다이어가 로렌스에게 말했다.

"대령님, 어떤 신사 분들이 이리로 오고 있는데요."

테메레르는 누가 왔는지 보려고 고개를 들었다. 로렌스의 아버지 앨런데일 경이 몸집이 작고 날씬하며 검소한 차림의 신사 한 명을 대동하고 기지 안으로 걸어 들어오고 있었다. 그들은 호기심 어린 눈으로 자신들을 쳐다보는 테메레르의 커다란 머리를 올려다보더니 걸음을 멈추었다. 로렌스는 잠이 부족해서 상황 파악이 빨리 되지 않았는데 차라리 그게 다행이다 싶었다. 국왕 폐하께서 이곳을 방문했다고 해도 이보다 더 놀라지는 않았을 것이다. 차라리 국왕 폐하의 방문을 받는 편이 나았다. 아버지가 이곳까지 찾아온 이유가 무엇인지 어느 정도 짐작이 되었다. 어제 파티에 참석했던 부모님의 지인 중 누군가가 로렌스가 가경제의 양자로 입적되었다는 소식을 떠벌렸고 그 말이 아버지의 귀에 들어간 게 분명했다. 당시 정치적 상황이 어떠했든 간에 로렌스가 그런 제안을 받아들였다는 것만으로도 앨런데일 경은 그를 비난하려 들 것이었다. 그를 나무라는 모습을 보고 테메레르가 보일 반응도 걱정이었지만, 무엇보다 다른 장교들과 승무원들 앞에서 아버지에게 야단을 맞고 싶지는 않았다.

로렌스는 에밀리에게 들고 있던 잔을 내주고 얼른 자신의 옷매무새를 살폈다. 아침 기온이 쌀쌀해서 외투와 목도리를 착용한 것이 천만다행이었다.

로렌스는 공터를 가로질러 걸어가 아버지와 악수를 나누며 말했다.
"이렇게 찾아주시니 영광입니다. 차라도 한잔 드릴까요?"
"아니, 아침 먹으면서 마시고 왔다."

앨런데일 경은 테메레르에게 시선을 고정한 채 이렇게 대답하고는 고개를 휙 돌리며 함께 온 신사를 로렌스에게 소개했다. 그 신사는 노예무역 폐지 운동가인 윌리엄 윌버포스 하원의원이었다.

로렌스는 아주 오래전에 윌버포스 의원을 만난 적이 있었다. 수십 년이 흐르는 동안 얼굴에 주름살이 깊어져 있었으나 로렌스가 기억하는 인자한 인상은 여전했다. 따뜻하고 상냥한 성품이 깃든 입매와 온화한 눈빛도 그대로였다. 공적으로 노예무역 폐지 운동에 헌신하고 있는 것만 봐도 윌버포스의 인품을 짐작할 수 있었다. 윌버포스는 지금 걱정스런 표정으로 테메레르를 올려다보고 있었다. 이십 년 동안 지저분한 런던의 공기를 마시며 끊임없이 정치 싸움을 하다 보니 건강은 망가졌을망정 성격은 그대로인 듯했다. 의회의 술책과 서인도 제도의 이해관계가 그의 앞길을 가로막았으나 그는 결코 포기하지 않고 노예무역 폐지를 비롯해 여러 부문에 걸친 단호한 개혁을 주장하고 있었다.

테메레르의 용권 신장 운동을 촉진하는 데 적절한 조언을 해줄 사람으로 윌버포스만 한 이가 없었다. 상황이 지금 같지 않았다면 로렌스는 늘 바라던 대로 아버지와 화해를 하기 위해 운이라도 띄웠을 터였다. 그런데 지금 이 상황은 이해가 되질 않았다. 호기심이 동한 윌버포스 의원이 용을 만나게 해달라고 부탁한 것이 아니라면 아버지가 굳이 그를 대동하고 이곳까지 찾아올 이유가 없었다.

그런데 테메레르를 올려다보는 윌버포스 의원의 얼굴엔 별다른 감흥이 엿보이질 않았다. 윌버포스가 물었다.

"차 한잔 마시고 싶은데, 가져다줄 수 있겠나?"

그리고 잠시 머뭇거리다가 로렌스에게 나지막하게 물었다.

"그런데 저 짐승은 길들여진 것인가?"

그러자 속삭이며 주고받는 대화를 엿듣는 데 도가 튼 테메레르가 화를 냈다.

"난 길들여진 짐승 따위가 아닙니다. 하지만 질문하신 뜻이 이거라면 말씀드리죠. 당신을 해칠 생각은 없습니다. 차라리 말에게 밟힐까 봐 걱정하는 편이 나을 겁니다."

그리고 짜증을 부리며 꼬리를 자기 옆구리에 대고 휙 쳤다. 그 바람에 등에 올라가 여행용 천막을 치고 있던 등 쪽 승무원 두 명이 휙 미끄러져 떨어졌다. 방금 테메레르는 말과 모순되는 행동을 하고 말았지만 윌버포스는 테메레르가 말을 하고 있다는 사실에 정신이 팔려 그 점을 알아차리지 못한 듯했다.

테메레르와 조금 더 대화를 나눠본 후 윌버포스가 말했다.

"용이 우리 인간들조차 제대로 갖추지 못한 뛰어난 분별력을 지니고 있다니 참으로 놀라워. 기적이라고 불러도 좋을 정도야. 그런데 이제 보니 이륙 준비를 하고 있는 것 같구나. 그렇다면 너와 로렌스 대령에게 실례를 무릅쓰고……."

윌버포스는 테메레르에게 살짝 고개를 숙여 보인 후 로렌스에게 말했다.

"곧장 본론으로 들어가 여길 찾아온 용건을 얘기해야겠군. 로렌스 대령, 우린 도움을 요청하려고 왔네."

"편하게 말씀하십시오."

로렌스는 에밀리와 다이어에게 오두막에서 의자를 가지고 나오라고 했다. 오두막 안은 손님을 맞기엔 너무 초라했다. 두 훈련생이 의자를 가지고 나오자 로렌스는 아침 요리를 하기 위해 피워둔 모닥불 근처에 의자를 놓도록 지시한 후 아버지와 윌버포스 의원에게 권했다.

윌버포스가 의자에 앉으며 말했다.

"우선 명확히 해두어야 할 점이 있는데, 그분이 이 국가를 위해 해오신 공적을 부정하거나 그 공적에 대한 보상을 아까워하는 이는 아무도 없다는 걸세. 널리 대중의 존경심을 받고 있는 것은 말할 것도 없고……."

앨런데일 경이 부정적인 어조로 끼어들었다.

"그게 아니라 대중의 맹목적인 숭배를 받고 있다고 해야겠지. 그리고 엄밀히 말해 대다수가 그를 숭배하는 것도 아니야. 그런데도 그자가 이 나라의 상원의원들에게 미치고 있는 영향력은 소름이 끼칠 정도로 대단하지. 그가 매일 바다에 나가 있지 않다는 점이야말로 재앙이야."

그 대화를 듣고 있던 로렌스는 잠시 후에야 그들이 말하고 있는 자가 바로 넬슨 경임을 알아차렸다. 윌버포스가 손으로 아래턱을 문지르며 로렌스에게 말했다.

"이런, 실례를 했군. 우리끼리 그 문제에 대해 한참 논의하던 참이라 이렇게 두서없이 그 얘기를 꺼냈고 말았네. 노여무역제도 철폐와 관련하여 우리가 어떤 어려움에 직면해 있는지 자네도 잘 알 걸세."

"예, 알고 있습니다."

윌버포스는 두 번이나 노예무역제도를 철폐시킬 뻔했었다. 그중 첫 번째 기회가 눈앞에 다가왔을 때, 하원에서 통과된 노예무역제도 철폐 법안을 상원이 증거 부족을 이유로 반대했다. 그리고 두 번째로 그 법안이 제출되었을 때 상원은 법안을 통과시키기는 했으나 완전 철폐가 아닌 '점진적인' 철폐로 문구를 수정하여 법안 자체를 유명무실하게 만들어버렸다. 그로부터 십오 년이 지난 지금도 노예무역제도는 여전히 철폐될 기미를 보이지 않았다. 당시 한창이던 프랑스 혁명으로 인해 영국에서도 '자유'를 주장하기가 편치 않은 상황이었고 노예무역 상인들은 프랑스 자코뱅 당의 위협을 들먹이며 영국 내 노예무역 폐지론자들의 입을 틀어막았다. 결국 지난 수년간 노예무역 폐지는 전혀 이루어지지 않고 있었다.

윌버포스가 말했다.

"금년 마지막 회기에 우리는 결정적인 성과를 올릴 뻔했어. 새로 건조된 배들이 노예무역에 사용되지 못하게 하는 법안을 통과시킬 계획이었거든. 법안 통과에 필요한 득표수도 확보한 상태였는데 시골에서 요양 중이던 넬슨이 나타났지. 얼마 전 병상에서 일어난 넬슨은 그 법안에 대해 의회에서 반대 연설을 했고 그 결과 상원에서 법안이 부결되고 말았어."

하긴 놀랄 일도 아니었다. 노예무역을 찬성하는 넬슨 경의 의견은 공적인 자리에서 이미 여러 차례 표명된 바 있었다. 대다수의 해군 장교들과 마찬가지로 넬슨은 노예제도가 비록 사악한 것이기는 하지만 영국 해군들을 훈련하는 데 필요하고 영국 무역의 토대가 된다는 이유로 찬성하고 있었다. 넬슨은 노예무역 폐지론자들이야말로 영국의 해군력을 부식시키고 식민지에 대한 영국의 영향력을 위협하는 광신도와 망상가의 집단이라고 몰아붙였다. 아울러 노예제도와 해군력, 식민지를 현 상태로 유지함으로써 영국은 나폴레옹의 위협에 굳건히 대처할 수 있다고 주장했다.

로렌스가 말했다.

"그것 참 유감이군요. 대단히 유감스러운 일입니다. 하지만 제가 무슨 도움을 드릴 수 있을지 모르겠군요. 제가 넬슨 경과 별다른 친분이 있는 것도 아니고. 잘 아는 사이라면 어떻게든 노예무역을 반대하는 쪽으로 넬슨 경을 설득해볼 수도 있겠습니다만……."

윌버포스가 말했다.

"아니, 아닐세. 우리가 바라는 것은 그런 게 아니야. 넬슨 경은 그 주제에 대해 아주 단호하게 자신의 입장을 표명했다네. 대단한 영향력을 지닌 넬슨 경의 친구들과 넬슨 경이 빚을 지고 있는 채권자들 다수가 노예소유주로서 노예무역에 관여하고 있거든. 그런 상황에 처해 있으면 아무리 훌륭하고 현명한 사람이라도 노예무역을 지지

하는 타락한 입장에 설 수밖에 없겠지."

월버포스는 사람들의 관심과 존경을 받고 있는 이를 넬슨 경의 상대로 내세울 계획이라고 했다. 그러나 앨런데일 경은 영 내키지 않는 표정이었다. 월버포스가 에둘러 하는 말 속에서 로렌스는 그들이 넬슨의 상대로 내세우려는 자가 바로 자신임을 깨달았다. 최근 해외 임무를 성공적으로 마치고 돌아왔고 중국 황제의 양자가 되어 양국의 외교관계를 돈독히 하는 데 기여한 공적이 있다는 이유에서였다. 양자 입적 건으로 아버지에게 비난을 받을 줄 알았는데 의외였다.

월버포스가 계속해서 말했다.

"사람들은 자네가 최근 겪은 모험에 관심을 가질 걸세. 전장에서 나폴레옹과 맞서 싸운 장교인 만큼 자네의 말은 권위가 있어. 그러니 넬슨 경의 주장에 반론을 펼쳐주게. 자네가 나서서 노예무역이 결국 이 나라를 망치고 말 것이라는 주장을 펼친다면 설득력이 있을 거라고 보네."

로렌스는 월버포스의 뜻에 따를 수 없음을 유감스럽게 여겨야 할지, 자신이 현재 그런 일을 맡기 힘든 입장임을 다행이라 여겨야 할지 확신이 서지 않았다.

"의원님, 저는 그 정도로 존경받을 만한 인물이 아니고 확신도 부족해서 그런 역할을 맡기에 적합하지 않습니다. 게다가 현역 장교 신분이라 제 마음대로 시간을 쓸 수가 없으니 그 제안에 따르기는 어렵겠습니다."

그러자 월버포스는 온화한 말투로 지적했다.

"하지만 자네는 지금 런던에 와 있지 않은가. 도버에 주둔하는 동안에도 며칠 휴가는 낼 수 있을 것으로 보네만."

그 말에 반론을 펴려면 용들의 전염병에 대해 밝힐 수밖에 없었으나 그것은 해군본부의 상급 장교들과 공군들만이 알고 있는 비밀이었다.

윌버포스가 계속해서 말했다.

"쉽지 않은 제안이라는 건 나도 잘 아네, 대령. 하지만 우리는 하느님의 일을 하고 있어. 이 일을 위해 하느님께서 자네라는 도구를 내주셨으니 망설이지 않고 쓰려고 하는 걸세."

앨런데일 경은 의자 팔걸이에 손가락을 탁탁 두드리다가 퉁명스럽게 내뱉었다.

"맙소사, 로렌스. 그냥 만찬회에 한두 번 참석해주면 되는데 사소한 이유를 들어 거절할 것까진 없지 않느냐. 물론 자신에 대해 과장된 칭찬을 듣고 있기가 거북하겠지만, 너는 그보다 훨씬 심한 모욕도 견디며 대단한 일을 했다고 하던데. 지금 우리가 하는 요청은 상대도 되지 않을 정도로 대단한 일이라고, 어젯밤 파티에 참석했던 사람에게 얘기 전해 들었다……."

"로렌스에게 그런 식으로 말씀하지 마세요."

별안간 테메레르가 냉랭한 말투로 끼어들자 앨런데일 경과 윌버포스는 움찔했다. 그들은 얘기에 열중하느라 테메레르가 듣고 있다는 것도 알아차리지 못하고 있었다.

테메레르가 말을 이었다.

"지난주에 우린 네 번이나 프랑스 용들을 쫓았고 아홉 번이나 순찰을 돌았습니다. 몹시 지친 상태지만 우리가 이곳 런던까지 온 것은 친구들이 아파 누워 있기 때문이에요. 친구들이 추운 곳에서 제대로 먹지도 못하고 죽어가고 있는데 해군본부에서 아무런 조치도 취해주지 않고 있으니까요."

화가 난 테메레르는 격렬한 어조로 말을 맺었다. 본능적으로 신의 바람이 작동되면서 목구멍 안쪽에서 위협적으로 나지막하게 울리는 소리가 났다. 테메레르가 입을 다문 후에도 그 울림은 한동안 이어졌다. 잠시 다들 아무 말도 하지 못했다. 그러다가 윌버포스가 신중하게 입을 열었다.

"이 문제에 있어서 우리가 엇갈린 주장을 할 필요는 없겠어. 우리 쪽 주장을 펼치는 와중에 자네들의 주장도 같이 펼칠 기회를 마련할 수 있겠다는 생각이 드네."

윌버포스는 조금 전 앨런데일 경이 말한 만찬회, 즉 사교 모임 겸 무도회에 로렌스를 참석시키고 그 모임에서 자선 모금을 하자고 제안했다.

"병이 나거나 부상당한 용들, 즉 트라팔가르 전투와 도버 전투에 참전했던 노병들을 위한 기금을 그 파티에서 마련하자는 걸세……. 아픈 용들 중에 그 두 전투에 참전했던 용들이 있나?"

윌버포스의 물음에 로렌스가 대답했다.

"있습니다."

로렌스는 참전한 용들의 이름을 전부 언급하지 않고 일단 테메레르의 이름만 말했다.

윌버포스가 고개를 끄덕였다.

"나폴레옹이 유럽 대륙에서 전승을 거듭하고 있는 이 암울한 시기에 그 노병들의 이름을 언급하며 모금을 하면 사람들의 마음을 움직일 수 있을 걸세. 그 모금과 함께 자네를 영국의 영웅으로 내세우면 자네의 발언도 넬슨 못지않게 큰 영향력을 갖게 될 테지."

로렌스는 자신을 그런 식으로 치켜세우는 말을 듣고 있기가 거북스러웠다. 어찌 감히 넬슨 경과 필적할 만한 인물로 사람들 앞에 나설 수 있겠는가. 넬슨은 네 차례나 위대한 해전을 이끌면서 나폴레옹의 해군을 섬멸했으며 영국의 제해권을 확립했다. 전투에서 명예와 용맹이 무엇인지 보여주고 뛰어난 공적을 세워 공작 작위까지 받은 분이 아닌가. 체면치레를 위한 구실과 정치적인 계책에 의해 이국의 왕자로 입적된 자신과는 비교할 수도 없었다.

로렌스는 격한 반응을 보이지 않으려고 자제하며 말했다.

"의원님, 그런 말씀 말아주십시오. 저를 그분과 나란히 놓고 비교한다는 것 자체가 어불성설입니다."

테메레르가 나섰다.

"뭐가 어불성설이야. 노예무역에 찬성한다면 그 넬슨이라는 자도 훌륭한 사람은 아닌 거잖아. 아무리 많은 전투에서 승리했어도 로렌스의 반도 못 따라와. 케이프타운에서 본 노예들처럼 불쌍하고 처참한 모습은 한 번도 본 적이 없어. 우리 친구들뿐만 아니라 그 흑인들을 도울 수 있다면 난 대찬성이야."

로렌스가 당황해서 아무 말도 못 한 반면 윌버포스는 매우 만족스러워했다.

"용도 이처럼 노예들을 안타깝게 생각하는데 같은 인간으로서 어찌 그들을 가엾게 여기지 않을 수 있겠나."

그러더니 앨런데일 경을 돌아보며 재미있어하는 표정으로 말을 이었다.

"지금 우리가 앉아 있는 바로 이 자리에서 파티를 열어야겠습니다. 그럼 사람들에게 훨씬 큰 감동을 주고 결과도 더 좋겠지요. 넬슨 경이 바로 앞에 서 있는 용의 주장에 반박을 할 수 있을지도 한번 보고 싶군요."

"이 겨울에 야외에서 파티를 하자고?"

그러자 테메레르가 열정적으로 제안했다.

"중국에서 보았던 것처럼 만찬회를 열면 돼요. 긴 탁자를 놓고 그 밑에 석탄 난로를 넣어 따뜻하게 하고요. 공터 주변의 나무를 일부 뽑아서 공간을 더 넓히면 좋을 것 같은데 그건 나한테 맡겨주세요. 남아 있는 나무에 큰 비단을 빙 둘러 걸쳐놓으면 누각의 벽처럼 보일 겁니다. 바람도 막아줄 것이고요."

로렌스는 파티 참석을 운명으로 받아들이고 체념하면서 듣고만 있었다. 윌버포스는 의자에서 일어나 테메레르가 흙바닥에 발톱으로 그린 그림을 바라보며 말했다.

"멋진 생각이야. 그렇게 꾸며놓으면 동양적인 느낌이 물씬 풍기겠어. 그런 분위기가 필요하지."

앨런데일 경이 말했다.

"흠, 자네 생각이 그렇다면 나도 찬성할밖에. 파티 참석자가 대여섯은 넘을지 걱정스럽긴 하지만 어쨌든 사교계의 큰 화젯거리가 되긴 하겠군."

제인은 어떻게든 파티를 피하고 싶었던 로렌스의 마지막 희망을 꺾어버리며 말했다.

"가끔 하룻밤 정도는 휴가를 내줄 수 있어. 현재 우편배달 용들의 상태가 좋지 않아 정찰을 내보낼 수가 없어서 우리의 정보력이 많이 약화된 상태긴 하지만, 봉쇄 작전을 수행 중인 우리 해군이 프랑스

어부들을 상대로 나름대로 정보를 수집하고 있거든. 어부들이 프랑스 내륙에서 해안 쪽으로 군사 이동의 기미는 없는 것 같다고 했다는군. 물론 그 어부들이 거짓말하는 것일 수도 있지. 그렇지만 나폴레옹이 해안 쪽으로 군대를 이동시켰다면 식량 배급 문제로 그 부근 생선 가격이 오르고 용들의 먹이로 공급되는 가축 값도 오를 테니 우리도 눈치를 챌 수 있어."

하녀가 차를 가지고 들어오자 제인이 직접 로렌스에게 차를 따라주었다. 그리고 해군본부에서 자금 지원을 거부한 일에 대해 언급했다.

"너무 속상해하진 마. 자네가 참석하기로 한 그 파티가 우리에게 도움이 될 거야. 포이스 대장이 보낸 편지를 보니 퇴역한 상급 장교들이 우릴 위해 돈을 좀 모았다고 하더라고. 그리 많은 금액은 아니지만 파티에서 좀더 큰 기금이 마련될 때까지 가엾은 용들에게 후추를 공급할 수 있을 정도는 돼."

런던 기지에서 개최될 파티에 참석하러 가기 전에 로렌스는 도버 기지의 용 누각 건설을 위한 준비 작업에 착수했다. 우선 상당한 금액의 돈을 수수료로 먼저 지급하고 비교적 담이 센 상인들과 건축기사 몇 명을 설득하여 도버 기지로 데려왔다. 로렌스는 기지 입구까지 승무원들을 대동하고 나가 상인과 건축기사들을 맞이한 뒤 그들을 테메레르의 공터로 데려왔다. 테메레르는 최대한 덜 위협적으로 보이도록 18톤짜리 몸뚱이를 잔뜩 웅크리고 얼굴 주변의 막도 목에 착 늘어뜨리고 있었다. 하지만 막상 누각 공사에 대한 논의가 시작되자 대화에 끼어들어 한마디씩 거들었다. 로렌스가 중국식 측량 단위를 영국식으로 어떻게 변환해야 하는지 잘 몰랐기 때문에 테메레르의 조언은 누각 공사에 필수적이었다.

바로 옆 공터에서 지내며 누각 공사에 대해 많은 얘기를 엿들은 이스키에르카가 공터 사이를 가로막고 있는 숲을 꿈틀거리며 지나 테메레르의 공터로 들어왔다. 눈보라를 날리듯 재를 사방으로 훌훌 날리며 등장한 이스키에르카가 딸꾹질 끝에 불을 확 뿜고 등의 가시돌기에서 수증기를 무럭무럭 피워내자 상인들과 건축기사들은 겁에 질렸다.

이스키에르카가 테메레르에게 소리쳤다.

"나도 누각 갖고 싶어! 나도 누각 안에 들어가서 자고 싶단 말이야! 이런 차가운 흙바닥은 싫어!"

"흠, 넌 안 돼. 이번에 건설되는 누각은 아픈 친구들이 쓸 거야. 게다가 넌 누각을 지을 만한 자금도 없잖아."

"나도 자금을 얻으면 되지. 그 자금이라는 거 어디서 구하는 건데? 어떻게 생겼어?"

테메레르는 백금에 진주로 장식된 펜던트를 자랑스럽게 문지르며 말했다.

"이런 게 바로 자금이야. 로렌스가 전투 끝에 배를 나포해서 이걸 나한테 줬어."

"오! 그거 쉽네. 그랜비, 우리도 배를 나포하러 가자. 나도 누각 갖고 싶어."

이스키에르카가 부러뜨린 나뭇가지와 울타리를 따라 테메레르의 공터로 들어온 그랜비는 난처한 얼굴로 로렌스에게 고개 숙여 사과한 후 말했다.

"맙소사, 넌 누각에서 살 수 없어. 바보 같은 소리 하지 마. 누각은 나무로 짓는 건데 넌 그걸 단숨에 태워버리고 말 거다."

그러자 이스키에르카는 머리를 홱 돌리고는 눈을 휘둥그렇게 뜨고 있는 상인들 중 한 명에게 물었다.

"돌로 지으면 안 돼?"

도버 기지에서 살기 시작하면서 규칙적으로 먹이를 섭취한 이스키에르카는 몸길이가 3.5미터가량 더 길어졌다. 카지리크 품종답게 몸통이 가늘고 길면서 구불구불한 편이었다. 테메레르 옆에 있으니 정원을 기어 다니는 뱀처럼 작아 보이긴 했으나, 근거리에서 보면 결코 마음을 놓을 만한 모습은 아니었다. 불을 만들어내는 내장 기관에서 쉭쉭 부글부글 소리가 나고 척추의 가시돌기에서 차가운 공기 중으로 하얀 수증기가 뿜어져 나오고 있었다.

아무도 대답을 못 하는 가운데 상인들과 함께 온 '로일'이라는 이름의 나이 지긋한 건축기사가 말했다.

"돌? 안 돼. 돌은 힘들어. 벽돌로 짓는 것이 훨씬 실용적이지."

로일은 지독한 근시라 보석 상인들이 쓰는 소형 확대경으로 설계도를 살펴보는 중이었다. 고개를 숙인 채 축축한 푸른 눈에 설계도를 바짝 들이대고 있던 로일이 말을 이었다.

"그런데 이 바보 같은 동양식 지붕은 좀 그런데. 굳이 이런 지붕을 올려야 되나?"

테메레르가 대답했다.

"바보 같은 동양식 지붕이 아니에요. 얼마나 우아한데. 이건 내 어머니가 쓰시는 누각의 설계도이니 최고로 멋진 양식이란 말입니다."

"횃불잡이 소년이라도 고용해서 겨우내 지붕에 쌓인 눈을 치우게 해야 할걸. 이런 지붕은 두 계절도 버텨내질 못해. 품질 좋은 슬레이트 지붕을 올리는 편이 낫지. 내 생각이 맞지 않소, 커터 씨?"

그러나 커터는 의견을 내놓을 상황이 아니었다. 그는 여차하면 도망칠 생각으로 공터 가장자리의 숲 쪽으로 바짝 둘러나 있었다. 그럴 줄 알고 로렌스는 미리 지상요원들을 공터 가장자리에 배치해두었다. 그렇지 않았으면 커터는 분명 달아나고 말았을 것이다.

대답 소리가 들리지 않자 로일은 눈을 껌벅이며 고개를 돌렸다. 로렌스가 로일에게 말했다.

"멋지고 합리적인 공사를 위해 많은 조언 부탁드립니다. 테메레르, 영국은 중국보다 훨씬 습도가 높아. 그러니 우리 형편에 맞게 설계를 수정해야 해."

테메레르는 모서리 끝이 위로 올라가 있는 지붕과 밝은 색으로 칠이 된 나무 벽을 원했지만 어쩔 수 없었다.

"알았어. 할 수 없지."

이스키에르카는 나름대로 머리를 굴려 자금을 획득할 계획을 세우기 시작했다.

"배를 나포해서 불을 붙여도 괜찮은 거야? 아니면 꼭 그 배를 이리로 가지고 돌아와야 해?"

그리고 다음 날 아침, 이스키에르카는 첫 해적질의 성과물을 그랜비에게 보여주었다. 밤사이 도버 항구에서 작은 어선 한 척을 훔쳐 온 것이다. 그 일로 혼이 나자 이스키에르카는 뿌루퉁하게 말을 내뱉었다.

"쳇, 꼭 프랑스 배여야 한다고는 말 안 했잖아."

그러고는 샐쭉하게 토라져서 똬리를 틀었다. 결국 그날 밤 게르니가 그 어선을 도버 항구에 도로 가져다놓아야 했다. 밤사이 사라졌던 어선이 다시 항구에 돌아와 있으니 그 어선 주인은 깜짝 놀라고 당황했을 것이다.

"로렌스, 우리도 프랑스 배를 나포해서 자금을 좀더 마련해야 하지 않을까?"

이스키에르카가 저지른 실수를 수습하고 막 돌아온 로렌스는 테메레르가 이렇게 진지하게 묻자 기가 막혔다.

"영국 해협에서 봉쇄 작전을 수행 중인 우리 해군이 프랑스 쪽 항구에서 적함들이 한 발짝도 나오지 못하게 막고 있어. 우리가 사략선(전시에 적선을 나포하는 면허를 가진 민간 무장선—옮긴이 주)도 아니고 영국 해협을 돌아다니며 노략질을 할 순 없지. 그런 일에 네 귀중한 목숨을 내걸 순 없어. 게다가 네가 그렇게 군기 빠진 행동을 하는 모습을 보이면 아르카디와 그 부하들은 영국을 방어하는 일 따윈 집어치우고 곧장 널 따라할 거다. 이스키에르카도 얼씨구나 따라할 테고."

그날 저녁 본부 건물의 장교 휴게실에서 로렌스, 제인과 함께 와인을 마시던 그랜비가 지친 얼굴로 말을 꺼냈다.

"이스키에르카를 어떻게 다루어야 할지 모르겠습니다. 알 속에 있을 때 우리 손에 이끌려 이리저리 돌아다니고 부화한 뒤에도 온갖 소동을 겪어서 그런지 성격이 제멋대로거든요. 하지만 이제 시간이 어느 정도 지났으니 제 말을 좀 들어야 하는데 계속 관리가 불가능한 상태입니다. 이러다가 어느 날 아침 도버 항구 전체가 불에 활활 타고 있다는 소식이 들려올지도 모르겠습니다. 이 도시를 다 태워버리면 굳이 여길 지키려고 안간힘을 쓸 필요 없겠다는 생각을 그 녀석이 하고 있더라고요. 안장을 완전히 채울 때까지 얌전히 앉아 있지도 않습니다."

제인은 와인 병을 그랜비 쪽으로 밀어주며 말했다.

"걱정 마. 내일 내가 가서 새끼 용 다루는 법을 직접 보여주지. 이스키에르카는 정식 임무를 수행하기엔 아직 어리지만 그 넘치는 에너지를 쓸데없는 데 낭비하게 할 필요는 없을 것 같아. 그런데 부하들은 뽑았나, 그랜비?"

"특별히 반대하지 않으신다면 리스고를 제 직속 부관으로 데리고 있으려 합니다. 하퍼를 소총병 지휘관 겸 제2사관으로 하고요. 이스키에르카의 몸집이 얼마만큼 커질지 몰라서 부하를 너무 많이 뽑아두지 않을 생각입니다."

제인이 온화하게 말했다.

"그래, 나중에 인원이 너무 많아 쳐내고 싶진 않겠지. 승무원들도 이스키에르카에게 정이 들어 다른 용에게 가고 싶지 않다고 할지도 모르고. 그런 상황이 닥치면 처신하기가 참 곤란하지. 나도 잘 알아. 하지만 이스키에르카가 승무원도 없이 저렇게 멋대로 굴게 내버려둘 수는 없어. 로를 배 쪽 승무원 지휘관으로 데려가게. 로는 나이가 많아 퇴역할 때가 다 되었으니 나중에 그만두게 해도 무리가 없을 거야. 워낙 차분한 성격이라 이스키에르카가 난리를 피워도 눈 하나 깜짝하지 않을 걸세."

그랜비는 고개를 살짝 숙이며 긍정의 뜻을 표했다. 그리고 다음 날 아침 제인은 제복에 메달을 전부 달고 공군 비행사들이 좀처럼 착용하지 않는 깃털 달린 군모까지 쓴 채 위풍당당하게 이스키에르카의 공터로 걸어 들어왔다. 제인의 허리춤엔 금도금한 사브르 검과 권총까지 채워져 있었다. 그랜비는 새로 뽑은 승무원들을 모두 공터에 집합시켜놓았고 제인이 다가오자 다 같이 받들어총 인사를 올렸다. 흥분한 이스키에르카는 몸을 똘똘 말고 앉아 있었고 야생용들과 테메레르도 숲 너머로 목을 길게 빼고 구경했다.

제인은 모자를 겨드랑이 아래 끼우고 어린 카지리크 용을 단호한 눈길로 바라보며 말했다.

"흠, 이스키에르카. 네 비행사에게 들으니 네가 이제 정식 복무를 할 때가 되었다고 하더구나. 그런데 네가 명령에 따르지 않는다는 보고도 있던데 어찌 된 일이지? 명령을 따르지 않는 용을 전투에 내보낼 수는 없어."

"아! 그건 사실이 아니에요! 나도 누구 못지않게 명령을 잘 따를 수 있다고요. 그런데 아무도 내게 멋진 명령을 내려주질 않아요. 싸우지도 말고 그저 얌전히 앉아서 하루 세 번 꼬박꼬박 먹이를 먹으라고만 하고. 멍청한 소는 더 이상 먹기도 싫어요!"

이스키에르카는 우울하게 마지막 말을 덧붙였다. 야생용들은 자기네에게 소속된 장교들의 입을 통해 방금 이스키에르카의 말을 전해 듣고는 소가 싫다니 말도 안 된다며 나지막하게 웅성거렸다.

잠시 후 웅성거림이 잦아들자 제인이 다시 입을 열었다.

"우린 재미있는 명령뿐만 아니라 따분한 명령에도 따라야 해. 네가 말을 잘 들을 때까지 그랜비 대령이 언제까지고 이 공터에 죽치고 앉아 기다려줄까? 아마도 테메레르에게 돌아가서 전투에 참여하려고 하겠지."

그러자 이스키에르카는 눈을 휘둥그렇게 뜨면서 마치 용광로처럼 가시돌기에서 수증기를 쉭쉭 뿜어냈다. 그리고 온몸으로 그랜비를 두 번 칭칭 감았다. 그랜비는 찜통에 들어간 바닷가재처럼 푹 삶아질 처지가 되었다. 이스키에르카가 그랜비에게 애원했다.

"나를 떠나지 마! 안 떠날 거지, 그렇지? 나도 테메레르처럼 잘 싸울게. 그리고 아무리 멍청한 명령이라도 따를 거야."

그러더니 서둘러 단서를 달았다.

"재미있는 명령도 같이 내려주기만 한다면."

습기에 젖은 머리카락이 이마와 목에 들러붙은 채 그랜비는 콜록거리며 말했다.

"앞으로는 이스키에르카도 지시에 잘 따를 것입니다, 대장님."

그리고 구슬픈 목소리로 덧붙였다.

"안달복달하지 마, 이스키에르카. 옷이 이렇게 푹 젖어도 난 널 절대 떠나지 않을 테니까."

제인은 짐짓 인상을 찡그리고 고민하는 척을 하며 말했다.

"흠, 그랜비 대령이 네 편을 드니 한 번 더 기회를 주겠다, 이스키에르카. 첫 임무가 담긴 지시서 여기 있네, 그랜비 대령. 물론 이스키에르카가 자네를 풀어주고 안장을 채우는 동안 얌전히 있어야 이 임무를 수행하는 것이 가능하겠지만."

그러자 이스키에르카는 단박에 그랜비를 풀어주고는 지상요원들이 안장을 얹을 수 있게 몸을 곧게 뻗었다. 그리고 붉은 봉인이 붙어 있고 노란 술이 달린 두툼한 봉투를 보려고 고개를 살짝 숙였다. 공군 내에서는 지시서를 그런 봉투에 담아 전달하는 것을 대부분 생략하고 있었으나 이번만은 예외였다. 화려하고 권위 있는 문장으로 작성된 그 지시서에는 영국 해협의 건지 섬까지 빠른 속도로 한 시간가량 순찰을 돌고 돌아오라는 내용이 적혀 있었다.

지시서의 내용을 읽어준 후 제인은 이스키에르카가 듣지 못하게 목소리를 낮춰 그랜비에게 덧붙여 말했다.

"건지 섬의 코넷 성에 오래된 돌무더기가 하나 있어. 흑색화약에 맞아 무너진 탑인데 이스키에르카를 그리로 데려가서 그 돌무더기가 프랑스 군의 전초 기지라고 말하게. 이스키에르카가 공중에서 목표 지점에 불을 쏠 수 있게 말이야."

이스키에르카에게 안장을 채우는 과정은 복잡하기 그지없었다. 척추에 비쭉비쭉 불규칙적으로 솟아오른 가시 돌기에서 수증기가 자주 뿜어져 나와 가죽이 물기로 미끈거렸다. 지상요원들은 그 자리에서 짧은 가죽 끈과 죔쇠를 추가로 동원하여 안장을 몸에 맞게 조정해야 했다. 잘못하면 가죽 끈과 죔쇠가 뒤엉키기 때문에 조심해야 했다. 사정이 이러하니 이스키에르카가 안장 차는 일을 지켜워하는 것도 무리가 아니었다. 그래도 곧 첫 임무를 수행하러 간다는 기대감과 지켜보는 이들의 눈이 있어 이스키에르카는 좀더 인내심을 발휘했다. 마침내 안장이 다 채워지자 그랜비가 한시름 놓으며 말했다.

"자, 제대로 채워진 것 같구나. 헐거운 데가 없는지 몸을 흔들어 봐, 이스키에르카."

이스키에르카는 흡족한 표정으로 몸을 이리저리 뒤틀고 날개를 퍼덕이면서 안장을 살펴보았다. 이스키에르카가 몇 분간 계속 그런 식으로 몸을 흔들어대고 있자 테메레르가 슬쩍 알려주었다.

"편안하게 잘 장착되었으면 '안장이 잘 채워졌습니다'라고 말해야지."

그러자 이스키에르카는 자세를 바로잡으며 말했다.

"아, 알았어. 안장이 잘 채워졌습니다. 자, 이제 출발하자!"

다행히 이스키에르카의 태도는 약간 개선되었다. 물론 완전히 협

조적으로 바뀌었다고는 할 수 없었다. 버려진 낡은 요새라든가 새두어 마리 말고 좀더 공격적으로 도전해 오는 적을 만나고 싶어서 그랜비가 지시한 것보다 순찰 범위를 넓혀 멀리까지 날아가곤 했으니까.

나중에 그랜비가 로렌스에게 말했다.

"조금씩 훈련을 받기 시작했고 먹이도 잘 먹고 있으니 그것만으로도 꽤 성과를 올린 것 같습니다. 지금 우리를 움찔거리게 만드는 만큼 나중에 프랑스의 개구리 놈들을 경악하게 만들겠죠. 로렌스 대령님, 코넷 성에 있는 우리 영국군과 논의한 끝에 돌탑에 돛베 조각을 걸어두기로 했습니다. 이스키에르카가 그걸 목표로 삼아 불을 뿜는 연습을 하게 하려고요. 그런데 이번에 보니 칠십 미터 상공에서도 목표물에 정확하게 불을 붙이더군요. 칠십 미터면 플람므 드 글로와의 화염 발사 길이의 두 배입니다. 그리고 오 분 정도 쉬지 않고 불을 쏟아내더라고요. 그 긴 시간 동안 어떻게 숨을 참고 계속 불을 뿜을 수 있는지 모르겠습니다."

프랑스 용들이 계속 영국 해안 부근을 정찰하면서 영국 용들을 괴롭히고 있었으므로 그랜비는 이스키에르카가 적군과 접전을 벌이지 않도록 각별히 주의해야 했다. 제인은 아픈 용들을 순찰 업무에 참여시켜 테메레르와 야생용들이 쉴 틈을 만들어주었다. 아픈 용들이 순찰을 도는 동안 테메레르와 야생용들은 적의 출현을 알리는 경고용 조명탄이 솟아오를 때까지 절벽 위에 앉아 쉬었다. 공중에 소총 신호가 발사되면 바로 출동하여 적의 습격에 대응해야 하므로 쉬는 동안에도 귀도 쫑긋 세우고 있었다. 지난 이 즈일간, 테메레르는 소규모 집단을 이루어 달려드는 프랑스 용들과 네 번 이상 맞붙어 싸웠다. 테메레르가 몇 시간 눈을 붙이는 동안 제인은 아르카디와 야생용들을 시험 삼아 단독으로 순찰을 내보내보았다. 야생용들은 포병중대가 주둔 중인 도버 해안을 지나 내륙으로 들어오려는 포 드 시엘 한 마리를 간신히 쫓아 보냈다. 포 드 시엘이 팔백 미터만 더 내륙으로 들어왔으면 병든 용들이 누워 있는 격리 구역을 목격했을 수도 있었다.

아슬아슬하게 이긴 야생용들은 테메레르 없이 자기네끼리 승리를 거두었다는 사실에 몹시 기뻐하면서 도버 기지로 돌아왔다. 제인은 그 기회를 놓치지 않고 아르카디에게 기다란 메달을 상으로 내려주었다. 아르카디의 이름을 새겨 넣은 커다란 만찬용 접시를 놋쇠 사슬에 달아 만든 메달이었다. 그래도 멋진 금색이 될 때까지 윤을 낸 접시인지라 그 메달을 목에 걸자 아르카디는 감격하여 아무 말도 하지 못 했다. 하지만 말문이 막힌 것은 잠시 뿐, 곧 입에서 기쁨의 노래가 터져 나왔다. 아르카디는 동료들에게 돌아가며 상으로 받은 메달을 자랑했다. 테메레르도 피할 수 없었다. 결국 테메레르는 신경이 곤두서서 자신의 공터로 위엄 있게 물러나 평소보다 더 열심히 펜던트를 문질러 윤을 냈다.

로렌스가 테메레르를 달래며 말했다.

"네 것과는 비교가 안 돼. 저 메달은 앞으로 더 열심히 복무하도록 격려하는 차원에서 내준 자질구레한 장신구일 뿐이니까."

"아, 물론이지. 내 것이 훨씬 좋은 거야. 놋쇠처럼 흔한 장신구 따원 갖고 싶지도 않아."

테메레르는 오만하게 말하더니 잠시 후 중얼거리며 덧붙였다.

"그래도 아르카디의 메달이 엄청 크긴 하더라."

다음 날 로렌스는 야생용들이 아무 말썽도 피우지 않고 아침 순찰을 잘 돌고 왔다고 보고하러 갔다. 야생용들은 전보다 훨씬 열정적으로 순찰을 돌았고 다른 때와 달리 적을 더 많이 만나지 못해 실망하는 모습까지 보였다.

제인이 말했다.

"싼값에 녀석들 마음을 사로잡았군. 우리 바람대로 잘해주고 있어."

지친 목소리였다. 로렌스는 제인의 얼굴을 살피며 브랜디를 잔에 약간 따라서 가져다주었다. 제인은 창가에 서서 야생용들을 내다보았다. 야생용들은 점심을 먹은 후 자기네들에게 배정된 공터 위 하늘에서 까불거리며 놀고 있었다.

"고마워."

제인은 잔을 받아 들기만 하고 입에 대지 않다가 불쑥 말했다.

"콘테레니스가 죽었어. 이 전염병으로 죽은 첫 번째 롱윙이 된 셈이지. 끔찍한 일이야."

제인은 의자에 축 늘어지듯 앉으며 고개를 푹 숙였다.

"용 의사 말이 콘테레니스는 심한 오한과 함께 폐에 출혈이 생겼대. 기침도 쉬지 않고 해서 뿔에서 독이 계속 흘러나왔어. 그 독은 조금씩 입 주변의 가죽을 녹인 끝에 턱뼈까지 드러나게 만들었지."

제인은 잠시 말을 멈추었다가 계속했다.

"결국 오늘 아침 비행사인 가든리가 안락사시켰어."

로렌스는 옆에 놓인 의자에 앉았다. 어떤 말로도 위로가 되지 않을 것이었다. 잠시 후 제인은 브랜디를 마시고 잔을 내려놓았다. 그리고 다음 날 순찰 일정을 논의하기 위해 지도를 펼쳐둔 책상으로 돌아갔다.

며칠 뒤 런던 기지에서 있을 파티 때문에 걱정하던 로렌스는 겨우 그런 것에 신경 쓴 자신을 부끄러워하며 제인의 사무실에서 물러나왔다. 아픈 용들을 조금이라도 편하게 해줄 수 있다면 자신의 자존심이 구겨지는 것쯤은 개의치 않기로 했다.

……그리고 한 가지 제안을 하자면, 자네가 동양적인 분위기를 풍기는 의상을 입고 오면 좋겠네. 그럼 사람들 눈에 확 띌 테니 우리 일에도 매우 효과적일 걸세. 동인도 회사에서 일했던 중국인 몇몇을 항구에서 찾아 수고비를 넉넉히 쳐주고 임시 하인으로 고용해두었네. 그들이 그날 저녁 파티에서 우릴 위해 일해줄 걸세. 제대로 훈련을 받은 하인은 아니지만 주방에서 접시를 나르는 일 정도는 할 수 있을 테니까. 무엇보다 용 앞에서 놀라는 모습을 보이지 말라고 엄격히 지시를 해두었네. 그들이 내 말을 제대로 알아들었기를 바랄 뿐이네. 그렇지만 막상 파티장 안에서 펼쳐지는 광경을 보고 그 중국인들이 어떤 반응을 보일지 걱정되는군. 그들이 의연하게 행동하도록 미리 잘 가르쳐두고 싶은데, 자네가 좀더 일찍 와서 나를 도와줄 수 있다면 좋겠어.

로렌스는 한숨만 쉬고 앉아 있을 생각은 없었다. 그는 윌버포스 의원이 보내온 편지를 접어 넣은 후 훈련병을 시켜 재봉사에게 중국 외투를 보내 깨끗이 손질토록 했다. 그리고 제인에게 몇 시간 일찍 런던 기지의 파티장으로 출발하겠다고 허락을 구했다. 로렌스와 테메레르가 파티장 안으로 들어서자마자 중국인들은 크게 동요하면서 하던 일을 멈추고 달려와 중국 황실의 상징인 셀레스티얼에게 합당한 예를 갖추기 위해 테메레르의 발치에 엎드려 인사를 올렸다. 하지만 자수를 놓은 값비싼 비단으로 파티장을 장식하고 있던 영국 인부들은 그렇게 공손하질 않아서 테메레르가 나타나자마자 모조리 도망쳐버렸다. 나뭇가지에 반쯤 걸린 비단이 땅바닥에 질질 끌리고 있었다.

로렌스에게 인사를 하려고 다가오던 윌버포스는 그 광경을 보고 당황하여 소리쳤다. 그러나 테메레르는 아무렇지 않게 중국인들에게 파티 준비에 관한 세부 사항을 지시했고 중국인들은 곧장 그 지시에 따랐다. 승무원들이 나선 끝에 손님을 맞기에 부족함이 없도록 때맞춰 파티장 장식을 멋지게 끝마칠 수 있었다. 종이로 만든 중국식 등롱을 대신해 청동으로 만든 램프를 나뭇가지에 걸었고 기다란 식탁을 따라 일정한 간격으로 작은 석탄 난로를 설치했다.

준비 상황을 점검하러 일찌감치 파티장에 도착한 앨런데일 경이 비관적인 어조로 로렌스에게 말했다.

"눈만 오지 않으면 그럭저럭 파티를 열 수 있겠구나. 네 어머니가 같이 오지 못해 유감이다. 만삭인 엘리자베스가 방에 누워 있으니 혼자 두고 올 수가 없다고 하더구나."

엘리자베스는 로렌스의 큰형수로 곧 다섯째 아이를 출산할 예정이었다.

밤이 되자 한층 추워졌지만 눈 내릴 기미 없이 맑은 날씨였다. 손님들이 조심스럽게 파티장 안으로 들어오기 시작했다. 손님들은 기다란 식탁 맨 끝에 편안히 앉아 있는 테메레르와 최대한 먼 거리를 유지하면서 오페라용 망원경으로 테메레르의 모습을 구경했다. 로렌스의 장교들은 제일 좋은 외투와 바지를 입고 굳은 자세로 테메레르 곁에 서 있었다. 옷이 깔끔해서 다행이었다. 로렌스는 오랜 해외여행으로 망가진 장교들의 군복을 도버에 있는 솜씨 좋은 재단사에게 보내 수선하게 했다. 물론 로렌스가 수선비 일체를 부담했다.

승무원들 중 기분 좋은 얼굴을 하고 있는 것은 에밀리뿐이었다. 그날 파티를 위해 가운 형식의 비단 드레스를 처음으로 입어본 에밀리는 소녀용 장갑을 끼고 어머니에게 받은 진주 목걸이를 한 채 의기양양하게 돌아다녔다. 치맛자락 끝이 발에 밟혀도 개의치 않는 모습이었다.

제인이 말했다.

"시간이 없어서 치마를 입고 숙녀처럼 얌전히 걷는 법을 못 가르쳤지만 걱정할 것 없어, 로렌스. 아무도 이상하게 생각하지 않을 테니까. 나도 저런 모습으로 열두 번도 넘게 파티장에서 사람들과 어울렸는데 아무도 나를 비행사가 아닐까 하고 의심하지 않았으니까. 그래도 걱정이 되면 사람들한테 저 애를 자네 조카라고 해."

"그런 말을 하지는 않을 겁니다. 아버지께서 이 파티에 와 계신데 자신의 손자, 손녀를 못 알아보실 리 없으니까요."

사람들에게 에밀리를 조카라고 거짓으로 소개했다가는 아버지가 그 애를 로렌스의 친자식으로 의심할 것이 뻔했다. 하지만 그는 제인에게 굳이 그 말을 하지는 않았다. 그저 에밀리를 테메레르의 곁에 줄곧 붙여두어야겠다고 마음먹었다. 그곳에 있으면 그나마 사람들이 가까이 와서 누구냐고 캐물을 일이 없을 테니까. 윌버포스 의원이 어떤 말로 설득해도 손님들은 테메레르와 가급적 멀리 떨어져 있으려고 할 것이었다.

그런데 윌버포스 의원은 가장 달갑지 않은 형태로 사람들을 설득하기 시작했다.

"자, 여기 용 바로 옆에서 아무렇지 않게 서 있는 이 소녀를 보십시오. 부인, 훈련받은 정식 비행사만큼은 아니어도 이 어린 소녀보다는 용을 덜 겁내시리라 생각합니다만."

그 말에 앨런데일 경이 고개를 돌려 놀란 눈으로 에밀리를 쳐다보자 로렌스는 가슴이 철렁했다. 가장 우려하던 상황이 벌어지고 만 것이다. 앨런데일 경은 주저 없이 에밀리에게 다가가 이런저런 질문을 했다. 에밀리 또한 아무런 거리낌 없이 소녀다운 맑은 목소리로 대답했다.

"아, 저는 매일 로렌스 대령님한테 가르침을 받고 있어요. 대령님이 미적분을 싫어하셔서 요즘은 테메레르한테 수학을 배우고 있지만요. 사실 저는 수학보다는 펜싱 연습을 하는 게 더 좋아요."

에밀리는 사람들이 자기 말에 웃음을 터뜨리자 영문을 모르겠다는 표정이었다. 설득 끝에 그 커다란 식탁 쪽으로 가까이 다가온 귀부인 두 명이 에밀리에게 귀엽다고 한마디씩 했다.

윌버포스가 나지막하게 말했다.

"대단하군, 로렌스 대령. 어디서 저런 아이를 데려왔나?"

로렌스의 대답도 기다리지 않고 윌버포스는 용기를 내어 테메레르 가까이 다가온 신사 몇 명에게 걸어가 말을 걸었다. 그리고 그 신사들이 체면 때문에라도 머뭇거리는 모습을 보이지 못하도록, 아무개 부인도 조금 전 테메레르 곁에 갔었다면서 가까이 가보라고 설득했다.

테메레르는 그날 파티에 온 손님들 모두에게 지대한 관심을 보였는데, 특히 보석으로 치장한 귀부인들을 감탄의 눈길로 바라보았다. 그러다가 카스트로크 후작 부인에게 프로시아 왕비보다도 훨씬 아름답다고 말하여 그 부인을 기쁘게 해주었다. 예전에 테메레르와 만났을 때 프로시아 왕비는 간소한 여행복 차림이었던 반면, 지금 이 카스트로크 후작 부인은 나이가 많아 목주름이 선명한데도 금 바탕에 에메랄드가 박힌 화려한 목걸이를 가슴께에 보란 듯이 드리우고 있었던 것이다.

몇몇 신사들이 테메레르에게 간단한 셈을 해보라고 요구했다. 테메레르는 눈을 깜박거리다가 답을 얘기하고는, 이것이 파티에서 보통 하는 게임이냐면서 그럼 자신도 답례로 수학 문제를 내야 하냐고 물었다.

"다이어, 내 모래 석판 좀 갖다줘."

테메레르의 요구에 다이어는 곧장 모래 석판을 가져다주었다. 테메레르는 석판에 발톱으로 작은 도형을 그려 피타고라스의 정리에 관한 문제를 냈다. 파티에 참석한 신사들은 대부분 카드놀이에 필요한 수준의 계산밖에 할 줄 모르는 터라 당황한 모습들이었다.

"이건 아주 쉬운 문제인데."

테메레르는 혼란스러운 표정으로 이렇게 말하고는 자기가 사람들의 농담을 잘못 알아들은 것이냐고 로렌스에게 물었다. 그러다가 셀레스티얼 용의 신체 구조를 자세히 보기 위해 테메레르에게 가까이 다가온 어떤 신사가 그 문제를 풀었다. 그는 영국왕립협회 회원이었다.

사람들은 테메레르가 하인들과 중국어로 얘기를 하고 몇몇 손님들과 유창한 프랑스어로 대화를 나누자 점차 테메레르에게 매료되었다. 게다가 테메레르가 사람을 잡아먹거나 밟아 뭉개지도 않는 걸 보고 점점 많은 이들이 두려움을 떨쳐내고 가까이 다가왔다. 곧 로렌스는 손님들의 관심 밖으로 밀려났다. 그 바람에 아버지와 어색하게 대화를 나눠야 하는 상황이 오지만 않았어도 로렌스는 그런 무관심을 반겼을 것이다. 앨런데일 경은 로렌스에게 에밀리의 모친에 대해 간단히 물었다. 그 질문을 회피했다가는 떳떳지 못한 짓이라도 한 것 같은 인상을 줄 수 있었다. 그렇다고 에밀리가 도버에 거주하는 상류 계급 여성인 제인 롤랜드의 친딸이며, 그 애의 교육을 자기가 전담하고 있다고 사실대로 말했다가는 더 큰 오해를 살 것이었다. 앨런데일 경이 대놓고 물어보지 않는 이상 그 오해를 바로잡을 기회가 없을 수도 있었다.

앨런데일 경은 에둘러서 말했다.

"이런 환경에서 지내면서도 행동거지가 반듯한 아이더구나. 앞으로 부족함 없이 자라길 바라는 마음에서 하는 말인데, 저 애가 성장한 뒤에 남부끄럽지 않은 환경을 갖추기 힘들어진다면 네 어머니와 내가 기꺼이 후원을 해줄 수도 있다."

로렌스는 그런 인심 좋은 제안이 불필요하다는 점을 알려주고자 했지만, 여군의 존재에 대한 비밀을 누설하지 않기 위해 이렇게만 말했다.

"앞으로 큰 어려움 없이 자랄 수 있게 도와줄 친구들이 있습니다. 미래에 대한 대비책도 이미 마련되어 있고요."

로렌스는 자세한 얘기는 하지 않았다. 에밀리의 교양 교육에 문제가 없다는 말을 듣자 앨런데일 경은 더 자세한 질문은 하지 않았다.

다행이었다. 에밀리는 장차 공군 기지에서 계속 군사 훈련을 받으며 자라게 될 텐데 그것이 앨런데일 경의 기준에는 합당치 않은 일로 여겨질 게 분명했다. 잠시 후 문득 우울한 생각이 머릿속에 떠올랐다. 엑시디움이 전염병으로 죽으면 에밀리는 물려받을 용이 없게 되어 비행사 자리를 보장받을 수 없게 될 터였다. 라간 호수 기지에서 부화를 기다리고 있는 롱윙 알들이 몇 개 있기는 하지만, 새로 태어날 롱윙에 비해 공군에 복무 중인 여군의 수가 더 많아 그 알을 새로 배정받는 일도 여의치 않을 게 분명했다.

　로렌스는 윌버포스 의원이 부르는 것 같다고 핑계를 대며 그 자리를 떠났다. 로렌스가 다가가자 윌버포스는 반갑게 맞으며 그의 팔을 잡고 다른 손님들 사이를 지나 자신이 아는 거물급 인사들에게 인사시켰다. 손님들 대부분은 파티도 즐기고 용도 구경할 겸 해서 온 사람들로, 좀더 명확히 말하자면 용을 보고 왔다고 다른 사람들에게 자랑하기 위해 온 자들이었다. 그들은 상류 사회 신사들로 파티장에 들어오기 전부터 이미 거나하게 술이 취한 상태였고 비좁은 파티장에서 시끌벅적하게 떠들어댔다. 그런 틈에서 술에 취해 있지도 않고 옷차림과 태도가 정갈한 사람들이 눈에 띄었다. 그들은 노예무역 폐지 운동을 펼치고 있는 신사 숙녀들과 복음주의파 신도들이었다. 그들이 배포한 소책자가 땅바닥 여기저기에 떨어져 있고 발에 밟혀 더럽혀져 있었다.

　그날 파티에는 애국자들도 꽤 많았다. 진정한 애국심을 지닌 자들도 있지만 단순히 '트라팔가르 전투' 관련 기부자 명단에 자신의 이름을 올리고 싶은 자들도 있었다. 윌버포스는 트라팔가르 전투 참전 용사들을 위한 기부자 명단을 신문에 실을 계획이었다. 물론 그 용사들이 사람인지 용인지에 대해서는 따로 언급되지 않을 테지만, 파티장에서 사람들은 술을 마시며 열정적으로 각자의 정치적 견해를 피력했고 열띤 토론도 여러 건 진행되었다.

그중 뚱뚱하고 얼굴이 벌건 신사 하나가 노예무역 폐지에 관한 소책자를 열심히 나눠주고 있는 창백한 얼굴의 젊은 숙녀에게 큰 소리로 말하는 모습이 눈에 띄었다. 윌버포스는 그 신사가 브리스톨 지역의 하원의원이라고 로렌스에게 알려주었다.

"이건 다 헛소리요. 노예 수송 방식은 완벽하게 위생적일 수밖에 없소. 노예상인들도 이익을 보려면 상품인 노예를 온전하게 실어 와야 할 테니까 말이오. 그리고 흑인들은 그리스도교의 나라로 오게 된 것을 감사해할 거요. 이교도를 버리고 그리스도교로 개종하게 되니 얼마나 잘된 일이냔 말이오."

그 젊은 숙녀 대신, 뒤쪽에 서서 소책자 나눠주는 일을 돕고 있던 흑인 신사가 그 말을 받아쳤다.

"아프리카로 복음을 전해야 할 필요성에 대해 그처럼 훌륭한 근거를 들어 말씀하시니 참으로 대단하십니다."

그 흑인 신사는 검은 얼굴 한옆에 가죽 끈만 한 두께의 기다란 상처가 나 있고 양 소맷자락 아래 손목에도 이랑처럼 툭 불거진 상처자국이 나 있었다. 새까만 피부에 난 그 상처는 옅은 분홍색이라 눈에 확 띄었다.

브리스톨 지역 하원의원은 노예무역 희생자의 면전에 대고 노예무역의 타당성을 역설할 만큼 철면피는 아니었는지 말없이 뒤로 물러섰다. 그저 정식 소개도 받지 않은 상태에서 상대가 자신에게 말을 걸었다는 사실에 짐짓 화가 난 표정을 지으면서. 그러나 윌버포스가 때를 놓치지 않고 앞으로 나서며 그 하원의원에게 말했다.

"아, 바서스트 씨, 얼마 전 자메이카에서 오신 조사이아 에라스무스 목사를 소개해드리죠."

에라스무스가 고개를 숙여 인사하자 바서스트는 짧게 고개만 까딱하고는 알아들을 수 없는 변명을 주절거리며 서둘러 그 자리를 떠났다.

복음주의파 목사 에라스무스는 로렌스와 악수를 나누며 말했다.

"곧 선교를 하러 내 고향 아프리카로 돌아갈 생각입니다."

아프리카에 살던 에라스무스는 여섯 살 때 납치당해 바서스트가 말한 위생적인 수송 방식에 의해 자메이카로 끌려갔다. 발목과 손목에 족쇄가 채워지고 다른 흑인들과 사슬로 연결된 채 겨우 몸을 누일 수 있는 비좁은 곳에 갇혀서 말이다.

에라스무스를 소개받으며 테메레르가 나지막하게 말했다.

"사슬에 묶이는 거, 정말 기분이 나빴습니다. 폭풍이 끝나면 사슬을 제거하리란 걸 알았기에 망정이지 안 그랬으면 당장 끊어버렸을 겁니다."

그러나 테메레르가 말한 사슬은 노예들이 차고 있는 사슬과는 용도가 달랐다. 사흘째 계속되는 태풍에서 테메레르가 바다로 휩쓸려 가지 않게 갑판에 고정해두는 역할을 한 것이니까. 다만, 케이프코스트 항구에서 흑인들이 노예로 끌려가는 잔인한 장면을 목격한 뒤 태풍 속에서 사슬에 묶였던 터라 그 기억이 쉽게 지워지지 않는 모양이었다.

에라스무스는 별다른 감정 동요 없이 말했다.

"우리들 중 일부는 사슬과 족쇄를 끊었지. 그리 단단하게 만들어진 족쇄는 아니었거든. 하지만 족쇄를 풀어도 도망칠 곳이 없었어. 망망대해로 뛰어들어 상어 먹이가 될 수밖에 없었지. 우린 날개가 없으니까."

에라스무스의 목소리엔 원한이 깃들어 있지 않았다. 테메레르가 노예상인들이야말로 바다로 처넣어야 할 놈들이라고 으르렁거리자 에라스무스는 고개를 저었다.

"악을 악으로 갚으면 안 돼. 그들의 잘못에 대한 판단은 주님께서 하시는 것이니까. 나는 고향으로 돌아가 친구들에게 하느님의 말씀을 전하는 것으로써 노예상인들의 죄악을 구제할 생각이란다. 우리 모두 그리스도 안에서 형제가 된다면 노예상인과 그들의 먹이가 되는 아프리카 흑인 모두 구원을 받을 수 있을 테니까. 그렇게 되면 노예무역도 오래 지속되진 못할 거다."

다분히 그리스도교적인 말에 테메레르는 의아한 표정이었다. 에라스무스가 그 자리를 떠난 후 테메레르가 로렌스에게 말했다.

"나 같으면 노예상인들을 가만두지 않을 텐데. 신이라는 게 존재한다면 좀더 빨리 그놈들을 심판했어야 하는 거잖아."

그 신성모독적인 발언을 윌버포스 의원이 들었을까 싶어 로렌스는 얼굴이 창백해졌다. 다행히 윌버포스는 기다란 공터 끝에서 들려오는 와자지껄한 소리에 관심이 가 있었다. 그쪽에 사람들이 모여들고 있었다.

넬슨 경이 친구들을 데리고 파티장으로 들어선 것이다. 그들 중 몇 명은 해군 장교라 로렌스와도 아는 사이였다. 넬슨 경이 앨런데일 경에게 인사를 하는 모습을 바라보며 윌버포스가 로렌스에게 말했다.

"드디어 오신 모양이군. 초대는 했지만 진짜 올 줄은 몰랐는데. 초대장을 자네 이름으로 보냈거든. 미안하지만 잠깐 실례하겠네. 이 파티를 빛내주러 오셨으니 기쁘긴 하지만, 그동안 저분이 노예무역에 찬성하는 발언을 너무 많이 하셔서 나와 편하게 대화를 나눌 수 있을지 모르겠어."

로렌스와 비교하며 수군거리는 말을 들었을 텐데 넬슨 경은 전혀 언짢아하는 기색이 아니었다. 로렌스는 다소 마음이 놓였다. 넬슨 경이 매우 온화한 표정으로 로렌스에게 성한 손을 내밀며 말했다.

"윌리엄 로렌스. 이게 얼마만인가. 1798년에 뱅가드 호에서 같이 점심을 먹었던 것으로 기억하는데, 거기가 아부키르만 앞이었지. 아주 오래되었군. 바로 엊그제 일 같은데!"

"그렇습니다, 각하. 기억해주시니 영광일 따름입니다."

넬슨 경은 로렌스에게 테메레르를 소개해달라고 했다. 테메레르는 '넬슨'이라는 이름을 듣자마자 얼굴 주변의 막을 험악하게 펼쳤다. 로렌스가 걱정스러운 어조로 말했다.

"넬슨 각하를 반갑게 맞이하길 바란다, 테메레르. 친절하게도 이곳까지 오셔서 우리 손님이 되어주셨어."

테메레르는 약삭빠른 편이 아닌지라 로렌스가 친절하게 대하라는 뜻으로 한 말을 알아듣지 못하고 차갑게 쏘아붙였다.

"몸에 붙은 그 일그러진 메달들은 뭡니까? 아주 보기 흉하군요."

방금 그 말은 모욕을 주려고 한 말이었는데 넬슨은 오히려 반가워하는 표정이었다. 넬슨은 기존의 업적을 이야기하기보다 앞으로 거둘 승리에 더 신경을 쓰는 성격이라, 그가 병상에서 일어나기 전부터 대중들이 수도 없이 곱씹어 이야기했던 전투에 대해 또다시 말하고 싶어하진 않았다. 그러나 그는 상세한 내용을 알지 못하는 이 덩치 큰 청중과 당시 전투에 대해 논의하는 것만큼은 기쁘게 생각하는 듯했다.

"음, 트라팔가르 전투에서 스페인의 불을 뿜는 용이 수고를 해준 덕분에 우리 배에 불이 붙었거든."

넬슨은 식탁 주변의 수많은 빈 의자 중 하나를 끌어당겨 앉은 후, 당시 군함의 위치를 표시하기 위해 작고 둥근 빵 여러 개를 식탁보 위에 늘어놓았다.

저도 모르게 흥미를 느낀 테메레르는 식탁보 위에 늘어놓은 군함 배치도를 자세히 보려고 머리를 앞으로 내밀었다. 설명을 들으려고 모여들었던 구경꾼들은 일시에 몇 걸음 뒤로 물러섰으나 넬슨은 움찔하지도 않았다. 넬슨은 포크로 스페인 용의 움직임을 묘사하면서 자세한 내용을 이야기해주었다. 특히 이런 말을 함으로써 테메레르의 호감을 샀다.

"그때 네가 그 전투에 참전했었어야 했는데. 너라면 분명 그 스페인 용을 별 어려움 없이 쫓아버렸을 텐데 말이다."

"나도 그렇게 생각합니다."

테메레르는 거리낌 없이 말하고는 이번에는 좀더 감탄하는 표정으로 넬슨의 몸에 녹아 붙은 메달을 바라보았다.

"그런데 해군본부에서 메달을 새로 내주지 않는 건가요? 그리 보기 좋질 않은데요."

"흠, 이렇게 녹아 붙은 것이 오히려 더욱 명예롭게 생각돼서 말이지. 굳이 새로 메달을 내달라고 하지 않았어. 참, 로렌스 대령, 전에 관보에 난 보고서를 읽었는데 이 용이 얼마 전에 프랑스의 발레리호를 단번에 침몰시켰다더군. 맞나?"

로렌스가 주저하며 대답했다.

"예, 넬슨 각하. 작년에 얼리전스 호의 토머스 라일리 함장이 보낸 보고서를 읽으신 모양이군요."

그 보고서는 당시 사건을 다소 축소해서 기재한 것이었다. 로렌스는 테메레르가 지닌 '신의 바람'이라는 능력을 늘 자랑스러워했지만 이 자리에 모인 민간인들이 그 사건에 대해 들으면 테메레르를 새삼 두려워할 것이 분명했다. 아울러 이제는 프랑스도 테메레르 같은 셀레스티얼 품종의 용을 보유하고 있으며, 영국 군함도 무시무시한 신의 바람에 피해를 입을 수 있다는 것을 알게 되면 더욱 공포에 질릴 터였다.

넬슨이 말했다.

"대단해. 정말 놀라워. 그 배가 슬루프형 포함(돛대가 하나인 범선으로 상갑판에만 함포를 장비한 소형 군함. 6급 미만에 해당—옮긴이 주)이었나?"

로렌스는 더욱 머뭇거리며 대답했다.

"그보다 큰 프리깃 함(돛대가 세 개이며 상하의 갑판에 28~60문의 대포를 갖춘 목조 전함. 4, 5급에 해당—옮긴이 주)이었습니다······. 48문짜리요."

잠시 침묵이 흐른 뒤 테메레르가 말했다.

"선원들은 불쌍하지만 그 배에 대해서는 유감스럽다는 생각이 안 듭니다. 한밤중에 우릴 급습한 것이니 그리 고상한 짓은 못 되지요. 그 배와 함께 온 프랑스 용은 야행성이라 밤에도 시야가 확보되어 있었지만 나는 그렇지를 못했으니까요."

주변에 모인 다른 손님들이 고개를 끄덕이며 중얼거리는 가운데,

잠시 놀라서 입을 다물었던 넬슨이 말했다.

"맞는 말이야. 축하할 일이로군. 아무래도 자네들의 현 주둔지에 관해 해군본부 측과 얘기를 해봐야겠어, 로렌스 대령. 지금 해안에서 순찰 업무를 하고 있다지, 맞나? 자원 낭비야, 말도 안 되는 낭비지. 해군본부로 편지를 보낼 걸세. 그런데 자네 용이 전열함(전열을 유지할 수 있을 만큼 강력한 무장과 방어력을 갖춘 대형 함선. 1~3급에 해당—옮긴이 주)에 대해서도 같은 공격력을 발휘할 수 있을 것 같은가?"

주둔지 변경이 불가능한 이유를 설명하려면 용의 전염병에 대해 언급할 수밖에 없는데 그것은 기밀 사항이었다. 그래서 로렌스는 그저 관심에 감사드린다며 모호하게 대답할 수밖에 없었다.

잠시 후 넬슨은 주변에 모여드는 사람들에게 정중하게 고개를 끄덕여 인사를 하면서 다른 자리로 이동했다. 앨런데일 경은 테메레르와 윌버포스, 로렌스 쪽으로 다가와 조금 전 넬슨 경이 한 말에 대해 듣고 이렇게 평했다.

"영리한 수작이로군. 너를 영국 땅에서 멀리 보내려고 하는 걸 보니 이번 파티가 우리 생각대로 잘 흘러가고 있는 것 같구나."

로렌스는 무뚝뚝하게 말했다.

"그건 좀 잘못 보신 것 같습니다. 넬슨 경이 우리의 주둔지를 변경하려는 것은 다른 불순한 의도가 있어서가 아닐 겁니다. 그저 테메레르의 능력을 최대한으로 활용하기 위해서겠죠."

테메레르가 끼어들었다.

"해변을 따라 왔다갔다만 하는 건 정말 지루해. 우리가 굳이 도버 부근에 있어야 하는 게 아니라면, 불을 뿜는 용과 싸우는 것 같은 좀

더 재미있는 일을 하고 싶어. 물론 지금 맡고 있는 임무도 잘 이행해야겠지만."

테메레르는 곰곰이 생각에 잠긴 투로 덧붙여 말하고는 다른 손님들에게 관심을 돌렸다. 이제 훨씬 많은 사람이 넬슨 경을 본받아 테메레르와 얘기를 나누려고 모여들고 있었다. 그날의 파티는 성공적이었다.

다음 날 아침, 도버 기지로 돌아갈 채비를 하는데 테메레르가 물었다.

"로렌스, 도버로 돌아갈 때 격리 구역 위로 날아가면서 누각 공사가 어떻게 진행되고 있는지 보면 안 될까?"

"공사가 그리 많이 진행되진 않았을 텐데."

테메레르의 궁극적인 목적이 격리 구역 안에 있는 막시무스와 릴리를 살피기 위해서임은 굳이 물어보지 않고도 알 수 있었다. 그동안 로렌스는 막시무스와 릴리, 그리고 그들의 비행사에게 여러 통의 편지를 보냈으나 답장을 받지 못했다. 테메레르도 점점 초조해하면서 친구들의 안부를 묻기 시작했다. 막시무스와 릴리가 병으로 크게 쇠약해진 모습을 보면 테메레르가 어떤 반응을 보일지 걱정스러웠다. 하지만 어떤 말로 테메레르의 마음을 돌려야 할지 알 수가 없었다.

테메레르는 의기양양하게 말했다.

"공사를 단계별로 잘 살펴봐야 해. 그래야 인부들이 실수를 저지르더라도 초기에 바로잡을 수 있지."

이 정도면 반박할 수 없는 이유 아니냐는 듯한 말투였다. 결국 로렌스는 도싯을 따로 조용히 불러 물어보았다.

"공기 중으로도 감염될 수 있나? 격리 구역 위를 날아갈 경우 감염의 우려가 있는지 묻는 걸세."

"아뇨, 병든 용들과 충분히 거리를 두고 있으면 괜찮을 겁니다. 체액을 통해 감염되는 병인 것으로 알고 있습니다. 그러니 병든 용이 재채기나 기침을 할 때 주변에 있지 않는 이상, 공중을 날아가는 것만으로는 감염 가능성이 그리 크진 않을 겁니다."

도싯이 질문에 대해 충분히 숙고하지 않고 곧장 답을 내뱉자 로렌스는 아무래도 안심이 되지 않았다.

결국 로렌스는 테메레르에게 격리 구역 상공을 날아갈 때 고도를 충분히 높게 유지하겠다는 약속을 받아냈다. 그렇게 하면 막시무스나 릴리의 황폐해진 모습을 자세히 볼 수 없을 것이고 공중에서 아픈 용과 마주칠 우려도 적기 때문이었다.

"약속할게."

테메레르는 이렇게 말하고는 머뭇거리며 덧붙였다.

"그냥 누각 공사 현장만 살필 거야. 다른 용들한테는 별로 관심 없어."

"약속 꼭 지켜, 테메레르. 안 그랬다간 도싯이 다시는 격리 구역 상공을 방문하지 못하게 금지해버릴 테니까. 그리고 아픈 용들은 편안히 쉬어야 하니 방해하면 안 돼."

로렌스가 타당한 이유를 들어 설득하자 마침내 테메레르는 한숨을 푹 내쉬더니 동의했다.

프랑스 군에게 건재함을 과시하기 위해 아픈 용들이 단시간 순찰을 돌고 있기는 해도 도버 기지의 공터로 가는 도중 다른 용을 만날 가능성은 거의 없었다. 대낮이지만 구름이 잔뜩 끼어 황량했다. 도버 기지를 향해 날아가는 동안 영국 해협 쪽에서 안개 같은 비바람이 불어왔다. 이처럼 날씨가 궂으니 아픈 용들은 더더욱 순찰을 나오지 않을 것이었다.

도버 안쪽에 위치한 격리 구역 주변에는 연기를 피워내는 횃불과 커다란 붉은 깃발이 꽂혀 있었다. 인적 하나 없는 그 완만한 목초지에서 용들은 바람을 막아줄 아무런 장치도 없이 여기저기 흩어져 누워 있었다. 겨울바람에 깃발들이 펄럭였고 용들은 체온 유지를 위해 몸을 잔뜩 웅크린 채였다. 테메레르가 격리 구역 쪽으로 다가가는 동안 하늘에 점 세 개가 떴다. 빠른 속도로 커지는 그 점들은 자세히 보니 세 마리의 용이었다. 앞에서 날아가는 작은 용 한 마리를 그보다 큰 용 두 마리가 쫓고 있었다.

테메레르가 말했다.

"로렌스, 저건 도버 기지의 아욱토리타스와 카에리페라야. 확실해. 그런데 앞에서 날아가고 있는 작은 용은 누군지 모르겠어. 저런 품종은 본 적이 없어."

로렌스의 망원경을 빌려 들여다본 후 페리스가 말했다.

"아, 제길. 저건 프랑스의 '플랑 비트' 품종의 용입니다."

그 용 세 마리는 격리 구역 바로 위를 날아가고 있었다. 안개 낀 날씨였지만 플랑 비트 암컷은 비참하게 웅크린 병든 용들의 모습과 그 주변에 흩뿌려진 선명한 핏자국들을 보았을 것이다. 아욱토리타스와 카에리페라는 기진맥진하여 점점 속도와 고도가 떨어지고 있었다. 그 작은 프랑스 용은 화살처럼 빠르게 방향을 틀며 영국 용들을 피했고, 힘차게 날개를 치며 격리 구역 경계선을 벗어나 영국 해협 쪽으로 날아갔다. 거의 최고 속도를 내고 있는 듯 보였다.

로렌스가 지시를 내렸다.

"저 프랑스 용을 뒤쫓아, 테메레르."

그들은 곧 추격에 돌입했다. 테메레르가 거대한 날개를 한 번 칠 동안 플랑 비트는 날개를 다섯 번씩 쳤으나 간격이 점점 좁혀지고 있었다.

살을 에듯 차가운 바람을 맞으며 페리스가 소리쳤다.

"플랑 비트는 근거리 우편배달 용이라서 속도는 번개처럼 빠르지만 지구력이 딸립니다. 프랑스 놈들은 밤을 틈타 저 용을 보트에 태워 영국 해안 가까이까지 실어 왔을 겁니다. 프랑스까지 도로 날아가려면 힘을 비축해둬야 하니까요."

로렌스는 목소리를 아끼기 위해 고개만 끄덕였다. 나폴레옹은 큰 용이 침투하기 힘든 지역을 정탐하고자 저 작은 전령 용을 보낸 것이다.

로렌스가 확성기를 들어 입에 대고 소리쳤다.

"멈춰라!"

소용없었다. 방금 한 말을 강조하기 위해 플랑 비트의 코앞에 조명탄을 쏘았으니 신호를 못 보았을 리도 없고 오해할 여지도 없었지만 그 작은 프랑스 용은 속도를 줄이지 않았다. 플랑 비트의 비행사는 에밀리나 다이어 또래의 소년이었다. 소년이 거대하고 검은 날개를 퍼덕이며 집어삼킬 듯 추격해오는 테메레르를 돌아본 순간, 로렌스는 망원경을 통해 그 소년의 겁에 질린 창백한 얼굴을 볼 수 있었다. 소년 비행사는 몸에 걸친 하네스와 쇔쇠를 벗어던지며 자신의 용에게 격려의 말을 하고 있었다. 신발은 물론 칼과 권총이 끼워진 허리띠도 던져버렸다. 빙글빙글 돌며 떨어지는 칼과 권총이 햇빛을 받아 반짝거렸다. 평소 애지중지하던 물건이었을 것이다. 비행사의 행동을 보고 더욱 힘을 낸 플랑 비트가 다시 힘을 내어 날개를 치며 테메레르와 거리를 벌려나갔다. 플랑 비트는 워낙 속도가 빠른 데다가 맞바람에 유리한 작은 덩치였기에 현재로선 큰 어려움 없이 앞서 나가고 있었다.

로렌스는 망원경을 밑으로 내리며 단호하게 말했다.

"저 용을 지상으로 끌어내려야 한다."

로렌스는 신의 바람이 적군의 주요 전투 용들과 무장 군인들에게 어떤 효과를 발휘하는지 익히 보아 알고 있었다. 저 작은 용과 비행사가 신의 바람을 맞으면 어떤 부상을 입을지는 생각하고 싶지도, 보고 싶지도 않았다. 그러나 이 나라 국방이 우선이었다.

"테메레르, 저들을 잡아야 해. 이대로 프랑스로 달아나게 해선 안 된다."

테메레르는 로렌스가 소리를 들을 수 있도록 머리를 살짝 돌린 채 내키지 않는 목소리로 대답했다.

"로렌스, 저 용은 몸집이 너무 작아."

테메레르는 최대한 힘을 내어 추격했지만 이대로라면 적을 놓칠 것이었다.

"우리 승무원을 저 용의 등에 옮겨 타게 할 수는 없어. 덩치가 너무 작고 동작이 빠른 용이라 그 등에 올라타게 했다간 죽고 말 테니까. 저 용이 항복하지 않으려 하니 추락시켜야 해. 저대로 달아나게 해선 안 된다. 당장 붙잡아."

테메레르는 몸서리를 치고는 결연히 심호흡을 한 뒤 신의 바람을 내질렀다. 그러나 그 작은 용에게 정통으로 내지른 것이 아니라 용의 머리 위쪽으로 쏟아냈다. 플랑 비트는 깜짝 놀라 날카로운 비명을 지르며 항로를 반대로 돌리기라도 할 듯 날개를 뒤로 쳤고, 비행 속도도 현저히 떨어지면서 거의 멈추다시피 했다. 테메레르는 순간적으로 속도를 크게 올리며 플랑 비트의 등 쪽으로 다가가 날개를 접으며 하강했다. 그리고 플랑 비트의 몸을 잡아 지상으로 끌어내렸다. 지상에는 부드러운 담황색 모래가 완만한 언덕을 이루며 쌓여 있었다. 작은 프랑스 용은 그 모래 언덕에 부딪치며 나뒹굴었고 뒤이어 테메레르가 세찬 바람을 일으키며 착륙했다. 주변에 대양의 파도가 치듯 엄청난 먼지 구름이 일었다.

그들은 백여 미터를 미끄러져 갔다. 로렌스는 눈을 뜰 수가 없었고 날아드는 모래를 막기 위해 입을 틀어막았다. 테메레르가 불쾌해하며 쉭쉭거렸고 프랑스 용은 비명을 내질렀다.

"하! Je vous ai attrapé. Il ne faut pas pleurer(잡았다. 징징거리지 마)."

테메레르는 플랑 비트에게 의기양양하게 말하더니 별안간 주변의 누군가에게 조심스럽게 사과했다.

"아, 미안합니다. 정말 미안해요."

로렌스는 요란하게 재채기를 하면서 얼굴과 콧구멍에 붙은 잔모래를 닦아냈다. 따끔거리는 모래를 닦아내고 눈을 떠보니 어떤 롱윙의 세로로 찢어진, 불타는 듯한 주황색 눈이 바로 앞에 있었다. 엑시디움이었다.

엑시디움은 얼른 머리를 돌리고 옆으로 독을 흩뿌리면서 재채기를 했다. 모래에 독이 스며들면서 쉬이익 하고 연기가 피어올랐다.

로렌스의 가슴에 두려움이 엄습했다. 엑시디움이 거대한 머리를 다시 앞으로 돌리며 거칠게 갈라지는 목소리로 테메레르에게 말했다.

"이게 무슨 짓이냐? 넌 여기 오면 안 돼."

모래 구름이 서서히 가라앉으며 엑시디움 주변에 자리 잡고 누워 있는 롱윙 여섯 마리가 보였다. 엑시디움 바로 옆에 누워 있던 릴리도 무슨 일인가 싶어 날개 밖으로 머리를 내밀었다. 그 롱윙들은 모래 구덩이 안에서 잔뜩 웅크린 채 누워 있었다. 그곳은 바로 병든 롱윙들이 격리되어 있는 구역이었다.

5

테메레르와 로렌스는 소비뇽과 함께 초원의 검역 구역에 머물게 되었다. 평소 우편배달 일을 하는 플랑 비트 품종의 작은 암컷 용 소비뇽은 지금 비행사의 위로도 받지 못하는 상황이었다. 소비뇽이 얌전히 지시를 따랐지만 영국군은 소년 비행사를 쇠고랑을 채워 끌고 갔다. 비행사가 끌려가는 동안 소비뇽은 비참하게 울었다. 테메레르는 내키지 않는 얼굴로 소비뇽의 등을 거대한 발톱으로 찍어 눌러 꼼짝 못하게 하고 있었다.

비행사가 끌려간 후 서글프게 엎드려 있는 소비뇽에게 테메레르는 먹이를 좀 먹으라고 권했다.

"Voici un joli cochon. Votre capitaine s'inquiétera s'il apprend que vous ne mangez pas, vraiment(이 돼지 꽤 맛있어. 네가 아무것도 안 먹는 걸 알면 네 비행사도 걱정할 거다)."

테메레르는 꿀쑤가 진주황색 양념을 발라 쇠꼬챙이에 꿰어 구운 돼지 한 마리를 코끝으로 소비뇽에게 밀어주었다. 소비뇽은 몇 입 먹어보더니, 테메레르가 à la Chinois(중국식)로 요리한 돼지라고 설명하자 이내 게걸스럽게 먹기 시작했다. 소비뇽은 순진하게도 마치 자기가 'comme la Reine Blanche(백색의 여왕처럼 — 옮긴이 주)' 먹고 있는 것 같다고 말했다. 백색의 여왕이란 리엔을 말하는 것이었다. 소비뇽과 몇 마디 나눠본 후 로렌스는 테메레르의 적 룽티엔리엔이 파리에 머물고 있으며 나폴레옹의 참모 회의에도 깊숙이 관여하고 있다는 것을 알아냈다. 소비뇽은 리엔을 영웅처럼 숭배하고 있었다. 그러나 달리 아는 바는 없는지 어떤 말로 유도해도 비밀 계획을 말하려 하지 않았다. 하지만 굳이 소비뇽의 입을 통해 듣지 않아도 리엔이 나폴레옹의 침략 전쟁을 부추기고 있을 것이라는 점, 특히 나폴레옹의 관심을 영국에 묶어두려고 애쓰고 있을 것이라는 점을 알 수 있었다.

기분이 상한 테메레르가 투덜거렸다.

"소비뇽이 그러는데 나폴레옹이 거리를 넓히는 공사를 하고 있대. 리엔이 파리를 자유롭게 활보할 수 있게 하기 위해서. 게다가 자기가 살고 있는 궁전 옆에 용 누각도 지어줬다나 봐. 리엔은 파리에서 원하는 걸 전부 얻었는데 우린 용 누각 지원금도 못 받아 이렇게 생고생을 하고 있으니 이런 부당한 경우가 어디 있어."

로렌스는 멍하게 아무렇게나 대답했다. 테메레르가 빅토리아투스처럼 비참하게 각혈을 하다가 죽을지도 모르는데 용 누각이니 뭐니 하는 문제가 머릿속에 들어올 리 없었다. 테메레르가 그런 식으로 죽으면 원한에 사무친 리엔이 계획했던 것보다 훨씬 끔찍한 최후를 맞게 되는 것이었다. "자네들은 룽윙들과 몇 분밖에 같이 있지 않았으니 희망을 잃지 말게"라고 할 뿐, 제인은 더 이상 어떤 위로의 말도 해주질 않았다. 로렌스는 테메레르의 사형 집행일이 확정되기라도 한 것 같은 기분이었다. 롱윙들이 거의 일 년간 격리되어 있던 그 모래 구덩이는 전염병균이 득실거리는 곳이었다. 산에 가까운 독성분과 전염병균이 모래 안에 함께 묻혀 있어 그 주변은 악취가 진동했다.

그제야 로렌스는 왜 그동안 편대 동료들을 만날 수 없었는지, 버클리와 하코트가 왜 편지에 답장을 하지 않았는지 이해가 되었다. 그랜비는 딱 한 번 면회를 왔다. 로렌스는 그와 형식적인 말 대여섯 마디밖에 나눌 수 없었다. 그랜비는 건강한 이스키에르카에 대한 얘기를 의식적으로 피했고 로렌스는 테메레르가 전염병에 감염되었을지도 모른다는 얘기는 입 밖에도 내지 않았다. 테메레르가 그 얘기를 듣고 자기처럼 절망할까 봐 우려되어서였다.

그런데 정작 테메레르는 체력이 강하니 괜찮다며 별로 걱정을 하지 않았다. 언제 발병할지 모르는데 그런 자신감마저 빼앗고 싶지 않아 로렌스는 희망을 꺾을 만한 말은 하지 않았다.

나흘째 되던 날 아침, 잠에서 깬 소비뇽이 말했다.

"Je ne me sens pas bien(냄새를 잘 맡을 수가 없어요)."

그러더니 거하게 재채기를 했다. 곧 소비뇽은 다른 병든 용들이 머무는 격리 구역으로 옮아갔고, 테메레르와 로렌스만 검역 구역에 남아 전염병의 첫 증상이 나타나기를 기다리고 있었다.

그 뒤로 제인은 매일 찾아와 로렌스가 듣고 싶어 하는 위로의 말을 실컷 해주었고 괴로울 때 마시라고 브랜디도 가져다주었다. 그러던 어느 날 제인은 마지못해 입을 뗐다.

"불쑥 이런 얘기를 꺼내서 정말 미안해, 로렌스. 혹시 테메레르가 번식에 대해 생각하고 있는지, 알고 있나?"

"번식이라."

로렌스는 씁쓸하게 읊조리며 시선을 돌렸다. 영국 공군이 세상에서 가장 진귀한 셀레스티얼의 혈통을 보존해두려고 하는 것은 어쩌면 당연한 일이었다. 테메레르를 어렵게 영국 공군 소속으로 유지시킨 데다가 이제 적도 같은 품종의 용을 보유하고 있으니까. 하지만 로렌스에게 그 말은 그 무엇과도 바꿀 수 없는 소중한 테메레르를 대신할 존재를 만들라는 소리로 들렸다.

제인이 온화하게 말했다.

"자네 심정 이해하지만 테메레르가 발병할 경우에 대비해야 해. 몸이 아프기 시작하면 용들은 대부분 번식에 소극적이 되어버리거든. 탓할 수도 없는 노릇이지."

꿋꿋하게 견디는 제인 앞에서 로렌스는 가책을 느꼈다. 제인은 엑시디움이 병으로 힘들어하는 모습을 지켜보면서 가슴이 찢어질 텐데 겉으로 내색하지 않고 있었다. 그런 그녀 앞에서 개인적인 감정을 내세우며 반대할 수는 없었다. 무엇보다 진실을 감출 수도, 거짓말을 할 수도 없기에 결국 사실대로 털어놓았다.

"베이징에 있을 때 테메레르는 룽티엔치엔의 시중을 드는 임페리얼 암컷과 사귀었습니다."

"흠, 그 말을 들으니 기쁘군. 병균에 노출된 것이 확실하니 최대한 교미를 서둘러야겠어. 오늘밤이라도 당장 시작할 수 있는지 테메레르에게 물어봐야겠네. 펠리시타라는 용이 있는데 전염병에 걸리긴 했지만 건강이 크게 나빠지지 않았거든. 이틀 전에 배 속에 알이 또 하나 생긴 것 같다고 비행사한테 말했다더라고. 옐로 리퍼 품종에 미들급에 불과하지만 병이 나기 전에 알을 두 개나 낳아준 훌륭한 용이야. 제정신인 사육사라면 옐로 리퍼와 셀레스티얼을 교미시키려 하지 않겠지만 지금으로서는 셀레스티얼의 혈통을 보존하는 것이 급선무니까 어쩔 수 없어. 현재 알을 낳을 수 있는 암컷 용도 많질 않고."

그 문제에 대해 로렌스가 의견을 묻자 테메레르는 당황했다.

"한 번도 본 적 없는 용이잖아. 왜 내가 그 용하고 교미를 해야 하는데?"

"중매결혼이랑 비슷한 거라고 생각하면 돼."

사실 어떻게 설명해야 할지 알 수가 없었다. 테메레르가 짝짓기가 가능한 나이이고 훌륭한 종마 구실을 할 수 있는 것도 사실이지만 로렌스의 생각에 이것은 너무나 상스러운 제안이었다. 서로 무엇을 좋아하는지 물어보지 않고 사전에 만남도 갖지 않은 채 곧장 교미를 해야 하다니. 로렌스가 불쑥 덧붙였다.

"하고 싶지 않으면 안 해도 돼."

자기도 그런 제안이 내키지 않으니 테메레르에게도 강요하고 싶지 않았다.

"흠, 그게 꼭 싫다는 건 아니고. 그 암컷 용이 그렇게 교미를 원한다면 응할 수도 있어. 온종일 이렇게 놀며 앉아 있는 것도 지루하던 참이니까."

그리고 테메레르는 거리낌 없이 덧붙였다.

"다만 왜 그 용이 나와 교미를 하고 싶어하는지 이해가 안 돼."

로렌스가 테메레르의 대답을 들려주자 제인은 웃음을 터뜨렸다. 그녀는 검역 구역 안의 공터로 들어와 직접 테메레르에게 설명해주었다.

"너와 교미를 해서 너의 혈통을 이어받은 알을 낳고 싶어하는 거야, 테메레르."

"아."

테메레르는 그 대답에 만족하며 가슴을 쭉 펴고 얼굴 주변의 막을 세웠다. 그리고 정중하게 머리를 숙이며 선언했다.

"그렇다면 응하겠습니다."

제인이 돌아가자마자 테메레르는 목욕을 시켜달라고 했고 평소에 쓸 일이 없어 치워두었던 중국식 발톱 씌우개도 끼워달라고 요구했다.

두 용이 교미를 하는 동안 펠리시타의 비행사 브로딘이 로렌스에게 말했다.

"펠리시타는 자신이 이런 쪽으로라도 쓸모가 있어 기쁘다고 하더군요. 눈물이 나려고 하네요."

짙은 갈색 머리카락의 웨일즈 사람 브로딘은 로렌스보다 몇 살 많지 않은 나이였지만 얼굴에 주름이 깊게 새겨지고 굳은 표정이라서 우악스러워 보이는 인상이었다. 그들은 두 용이 저희들 좋은 방식대로 알아서 하도록 펠리시타의 공터 안에 남겨두고 밖으로 나왔다. 들리는 소리로 짐작건대 테메레르와 펠리시타는 상당한 체격 차이에도 불구하고 열정적으로 교미에 몰두하고 있었다.

브로딘은 씁쓸해하며 덧붙였다.

"펠리시타에 대해서는 불만을 가질 게 없었습니다. 내가 보기엔 영국 공군 용의 십 퍼센트 내에 드는 훌륭한 용이니까요. 의사들 말이 병의 진전 속도가 지금 같기만 하면 앞으로 십 년 정도는 더 살 거라더군요."

로렌스와 마주 보고 앉은 브로딘은 와인을 잔에 가득 따른 뒤 술병을 탁자 중간에 놓았다. 그 옆에 아직 개봉하지 않은 두 번째, 세 번째 술병이 놓여 있었다. 그들은 몇 마디 나누지 않고 밤늦도록 술만 마셨다. 두 사람은 잔 위로 점점 고개를 숙이며 늘어졌다. 마침내 공터 안이 조용해지고 두 용의 움직임에 맞춰 흔들리던 미루나무들도 잠잠해졌다. 로렌스는 깊이 잠든 것은 아니었지만 몸을 움직일 수도 없고 머리를 들 수조차 없었다. 망연자실한 기분이 담요처럼 그를 둘러싸 질식할 것만 같았다. 세상이 아련하게 멀어지고 시간 개념도 사라져갔다.

새벽 한두 시경, 브로딘이 의자에 앉아 졸고 있는 로렌스를 깨우며 피곤한 목소리로 물었다.

"내일 다시 보는 거죠?"

로렌스는 의자에서 일어나 어깨를 쭉 펴며 밤새 뭉친 근육을 풀었다.

"그래야겠죠."

멍하니 두 손을 내려다보던 로렌스는 깜짝 놀라고 말았다. 손이 부들부들 떨리고 있었다.

로렌스는 테메레르를 데리러 펠리시타의 공터로 들어갔다. 곧 발병할지도 모르는 상황에서도 즐거워하고 있는 테메레르를 보자 로렌스가 자신도 모르게 나무라는 눈빛을 보낸 모양이었다. 잘난 척하면서 매우 만족스러워하던 테메레르는 다소 부끄러워하는 모습을 보였다. 하지만 자신의 공터로 돌아와 드러누운 뒤에는 잠기운이 가득하면서도 들뜬 목소리로 말했다.

"펠리시타는 이미 알을 두 개나 낳았대, 로렌스. 이번에도 또 낳을 수 있을 것 같다고 하더라고. 그리고 내가 교미가 처음인 줄 전혀 모르겠더래."

"처음이었어? 넌 메이하고……."

막상 이렇게 묻고 나니 바보 같은 질문이란 생각이 들어 로렌스는 입을 다물었다. 테메레르는 긴 얘기는 하지 않고 간단히 말했다.

"그건 알을 낳는 일과는 관계없었어. 엄연히 다르지."

테메레르는 꼬리로 몸을 감고 잠이 들었다. 로렌스는 머릿속이 더욱 혼란스러워졌으나 더 이상 캐물을 수가 없었다.

다음 날 저녁에도 로렌스는 테메레르를 펠리시타의 공터로 데려다주고, 공터에 딸린 브로딘의 오두막으로 들어갔다. 탁자 위에 놓인 술병을 쳐다보았으나 술을 마시고 싶진 않았다. 로렌스는 관심을 다른 데로 돌리기 위해 브로딘과 이런저런 얘기를 나누었다. 중국과 오스만투르크의 관습, 중국으로의 바다 여행, 프러시아에서 벌어진 전쟁과 예나의 대전투에 이르기까지. 테메레르의 등에서 지켜보았던 터라 로렌스는 당시 전투 상황을 상세하게 기억하고 있었다.

마음속의 걱정을 덜어내려고 그런 얘기를 꺼냈지만 오히려 더 심란해졌다. 군기가 잔뜩 들어가 있던 프러시아 군대의 위치를 표시하기 위해 탁자 위에 호두 껍데기를 이리저리 늘어놓았는데 얘기를 하는 동안 그 호두 껍데기를 하나하나 치워내야 했기 때문이었다. 프러시아 군은 거듭 패전을 하며 후퇴했으니까. 의자 등받이에 몸을 기대고 로렌스를 마주 쳐다보던 브로딘이 불안한 얼굴로 의자에서 일어나 오두막 안을 서성거리며 말했다.

"영국 용 일부라도 싸울 수 있을 때 전투를 치르는 편이 나으니 차라리 나폴레옹이 얼른 쳐들어왔으면 좋겠습니다. 당장 나폴레옹의 군대와 싸움이 붙으면 우리가 이길 수 있다는 쪽에 9펜스 걸겠습니다."

나폴레옹의 침공을 바라다니 무시무시한 발언이었다. 그 말에는 용을 전염병으로 서서히 죽게 하느니 차라리 단번에 죽게 만드는 편이 낫다는 바람이 담겨 있었다. 그런 생각은 지옥에 떨어질 대죄이며 극도의 이기주의였다. 물론 그 전투에서 영국 용들이 모두 죽게 될 거라는 뜻은 아니겠지만 말이다. 로렌스는 자신의 내면에도 그런 것을 바라는 마음이 있지 않을까 싶어 속이 편치 않았다.

"그런 말을 하면 안 됩니다. 용들은 죽음을 두려워하지 않으니까요. 죽음을 겁내 움츠러들도록 용들을 가르치면 안 된다고 하느님께서도 말씀하셨잖습니까."

브로딘은 우울한 얼굴로 짧게 웃으며 받아쳤다.

"그렇다고 용들이 두려움을 모를 거라고 생각하십니까? 마지막 순간에는 렌튼 대장도 옵베르사리아의 새로운 면모를 보았지요. 자기 손으로 옵베르사리아를 알 밖으로 꺼내 사십 년을 함께 지내왔는데 말입니다. 마지막에 옵베르사리아는 물을 마시고 그만 쉬고 싶다고 울부짖었지만, 렌튼은 아무것도 해줄 수 없었습니다. 나를 이교도에 인간 말종이라 여겨도 좋습니다. 펠리시타가 전장에서 깨끗이 죽음을 맞게 해줄 수 있다면 나는 하느님이든 나폴레옹이든 검은 악마든 상관없이 감사를 드릴 겁니다."

브로딘은 잔에 술을 따라 들이켰다. 로렌스도 탁자 위로 손을 뻗어 술병을 집었다.

나중에 제인이 로렌스에게 말했다.

"사육사들 말로는 이 주일간 계속 교미를 하게 해야 한다는데, 테메레르가 더 해준다면 우리야 좋지."

잠을 거의 자지 못한 로렌스는 다음 날 아침 기다시피 침대에서 나왔다. 밤새 브로딘의 오두막에서 와인을 마셨고 방으로 돌아와서도 걱정스러운 마음에 새벽까지 혼자 술잔을 기울였던 것이다. 낮 동안에는 굳이 지금 하지 않아도 되는 안장 수리 작업을 감독하거나 에밀리와 다이어에게 공부를 가르쳤고 저녁이 되면 다시 테메레르를 펠리시타의 공터로 데려갔다. 그런 일을 두 번 더 반복하고 닷새째 되던 날, 로렌스가 멍하니 체스 판을 들여다보고 있는데 브로딘이 문득 고개를 들며 물었다.

"그런데 테메레르가 아직 기침을 안 하지 않았습니까?"

테메레르는 신중하게 말했다.

"목이 약간 깔깔한 것 같기도 해."

로렌스는 의자에 앉은 채 머리를 무릎까지 푹 숙였다. 갑작스러운 희망이 양어깨를 내리누르는 듯하여 감당하기 어려웠다. 케인스와 도싯은 원숭이처럼 테메레르의 몸으로 기어 올라가 종이로 만든 커다란 깔때기를 가슴팍에 대고 폐의 소리를 들어보았다. 그리고 테메레르의 입 안에 머리를 들이밀고 혀를 검사했다. 혀는 얼룩 하나 없는 깨끗한 붉은색으로 멀쩡했다.

마침내 케인스가 의료 기구가 들어 있는 가방 쪽으로 몸을 돌리며 말했다.

"어쨌든 피는 좀 뽑아봐야겠습니다."

테메레르는 케인스가 들고 있는 무시무시하게 구부러진 외과용 칼을 피해 슬금슬금 옆걸음질을 하며 항의했다.

"난 완벽하게 건강하잖아. 아프지도 않은데 왜 억지로 피를 뽑아 가며 치료를 해야 해? 누가 보면 용 의사가 참 할 일도 없나 보다고 할걸."

테메레르는 왈칵 성질까지 냈으나 케인스가 아픈 용들을 위한 고귀한 봉사로 생각하라며 타이르자 어쩔 수 없이 앞발을 내밀었다.

하지만 케인스는 열 번도 넘게 허탕을 쳤다. 테메레르가 마지막 순간에 움찔거리며 발을 뒤로 빼곤 했던 것이다. 결국 로렌스가 나서서 채혈을 하는 동안 다른 곳을 보고 있으라고 테메레르를 달랬다. 도싯이 들고 있던 대야가 피로 가득 차자 케인스는 "다 됐다"며 피를 빼기 위해 칼로 쨴 자리에 불에 달군 외과용 인두를 갖다 댔다.

도싯과 케인스는 피가 담겨 수증기가 무럭무럭 피어나는 대야를 들어 옮기기 시작했다. 로렌스가 그들을 쫓아가서 진찰 소견을 물었다.

케인스가 대답했다.

"예, 물론 멀쩡합니다. 제가 아는 한 앞으로도 괜찮을 겁니다. 지금은 그 이유를 알 수가 없습니다. 가서 검사를 해봐야겠습니다."

케인스와 도싯이 물러가자 로렌스는 갑자기 기운이 쭉 빠지는 느낌이었다. 교수형 집행을 기다리고 있다가 아슬아슬하게 살아난 기분이랄까. 이 주일 동안 가슴속에 쌓아 왔던 두려움이 일시에 사라지고 마음이 놓였다.

테메레르는 피를 뽑은 자리에 코를 대고 냄새를 맡아보며 투덜거렸다.

"칼로 째는 건 정말이지 기분 나빠. 피를 뽑아 가져가는 게 무슨 소용이 있는지도 모르겠고."

하지만 로렌스는 기쁨을 감출 길이 없었다. 기쁨을 억누르느라 오히려 괴상한 표정을 짓고 있는 로렌스를 보고 깜짝 놀란 테메레르가 그를 코끝으로 툭 치며 말했다.

"로렌스? 로렌스, 걱정하지 마. 이거 하나도 안 아파. 봐, 피도 벌써 멈췄잖아."

케인스의 보고를 끝까지 듣지도 않고 제인은 얼굴에 활기가 넘치더니 결연하게 서류를 작성하기 시작했다. 평소와 대조되는 그 모습을 보자 지금까지 그녀가 얼마나 큰 슬픔 속에서 지쳐 있었는지 짐작할 수 있었다.

현미경으로 혈액 표본을 비교 검사하다가 곧장 공군 대장 사무실로 온 터라 손톱 밑에 시커먼 피가 말라붙어 있는 케인스가 신경을 곤두세우며 말했다.

"아직 소동을 벌일 단계는 아닙니다. 확실한 증거도 확보하지 못한 상태란 말입니다. 다른 용과 달리 테메레르가 발병하지 않은 것은 셀레스티얼 품종 고유의 특성 혹은 개별적인 특징 때문일 수도 있습니다. 면역 테스트를 해볼 가치는 있지만 큰 기대를 할 만한 사항은 아니라고 봅니다."

케인스의 항의는 별 효과가 없었다. 제인은 쉬지 않고 서류를 작성하고 있었다. 케인스는 그녀가 쥐고 있는 펜이라도 빼앗아버리고 싶은 표정이었다.

제인은 고개도 들지 않고 말했다.

"허튼소리 마. 지금 우리에게 필요한 건 바로 약간의 소동이니까. 자네는 지금까지 써온 중에서 가장 고무적인 어투로 보고서를 작성하도록 해. 해군본부 측이 꼼짝 못하고 우리 요구에 따를 수 있도록 말이야."

"지금으로서는 해군본부 측에 어떤 말도 할 수가 없습니다. 근거 없는 희망을 얘기할 생각도 없고요. 어쩌면 테메레르는 처음부터 그 전염병에 걸리지 않았을 수도 있고 셀레스티얼 품종이 원래 그 병에 면역력을 갖고 있을 수도 있습니다. 작년에 테메레르가 앓았던 감기가 우연히 전염병과 증상만 같은 것이었는지도 모르고요."

테메레르가 작년에 걸렸던 감기가 이 전염병일 가능성은 희박했다. 중국으로 가던 도중에 테메레르는 잠깐 몸이 아팠다. 케이프타운에 도착하고 일주일 정도 증상이 계속 심해지다가 그 뒤로 점점 나아졌고 콧물만 좀 훌쩍거리다가 완쾌되었다. 그래서 케인스는 테메레르가 지금 전염병에 면역력을 갖게 된 것이 오래전 중국으로 가는 도중에 그 전염병을 한번 앓았기 때문일 수 있다고 추측하고 있었다. 케인스의 추측이 맞는다고 해도 어쩌다가 그 병이 나았는지는 알 수가 없었다. 치료약이 있다 해도 찾기 쉽지 않을 것이고, 어떻게든 치료약을 찾아도 너무 늦지 않게 영국으로 가져와 수많은 병든 용들을 구할 수 있을지는 미지수였다.

케인스는 까다롭게 덧붙였다.

"치료약이라는 것이 아예 존재하지 않을지도 모릅니다. 그저 폐병에 걸린 환자를 따뜻한 지역에 머물게 하면 증세가 일시적으로 호전되기는 합니다만."

제인이 말했다.

"치료에 도움 되는 것이 기후든 물이든 음식이든 상관없어. 치료를 위해 영국 용들을 전부 배에 실어 아프리카로 보내야 한다면 그렇게라도 해야지. 치료 가능성이 조금이라도 있다니 기쁘군. 그러니 그 희망을 꺾는 짓은 하지 말아주게."

얼마 전까지 절망에 빠져 있었는데 이제 작은 희망이 생겼으니 가능한 모든 수단을 동원해서라도 치료법을 찾아보려는 것이었다.

제인은 급하게 휘갈겨 써서 겨우 그 내용을 알아볼 수 있는 명령서를 로렌스에게 내주며 덧붙였다.

"로렌스, 자네는 테메레르와 함께 아프리카로 출발해. 또다시 자네들을 해외로 내보내고 싶진 않지만 상황이 이러니 어쩔 수 없지. 병에 걸렸을 때 어떤 먹이가 입맛에 맞았는지, 어떤 먹이가 그 병의 치료에 도움이 되었는지 알아내려면 테메레르의 기억에 의존할 수밖에 없어. 자네들이 돌아올 때까지 야생용들에게 그럭저럭 순찰을 돌게 할 거야. 얼마 전에 스파이 짓을 하러 들어온 프랑스 용도 붙잡아 놓았으니 천만다행이지. 정찰에 실패했으니 당분간은 나폴레옹도 다른 용을 이쪽으로 보내지 않겠지. 그리고 테메레르가 소속된 편대원들을 모두 데려가게. 제일 먼저 그 전염병에 걸린 용들이라서 치료가 시급해. 하느님의 도움으로 자네가 그들을 잘 치료해서 데려오면 좋겠어. 병이 어느 정도 호전이 돼서 돌아온 용들이 영국해협을 지키는 동안 다른 용들을 아프리카로 보내 치료받도록 하면 되니까."

"그럼 지금 당장 막시무스랑 릴리를 만나도 되는 거죠?"

테메레르는 기뻐하며 이렇게 말하더니 제인의 대답도 기다리지 않고 당장 만나러 가겠노라고 고집을 부렸다. 잠시 후 로렌스와 테메레르는 막시무스가 잠들어 있는 초라한 공터 바깥쪽에 착륙했다. 그 소리를 듣고 버클리가 오두막 밖으로 성큼성큼 걸어 나왔다. 그는 로렌스의 두 팔을 잡고 세차게 흔들며 말했다.

"오, 맙소사, 제발 사실이라고 말해주십시오. 그게 빌어먹을 헛소리가 아니라고 말입니다."

로렌스가 사실이라고 말하자 버클리는 우는 얼굴을 보이지 않으려고 몸을 옆으로 돌렸다. 로렌스는 못 본 척했다. 그런데 테메레르가 버클리의 웅크린 어깨 너머를 살피려 하자 로렌스가 주의를 딴 데로 돌렸다.

"테메레르, 네 안장이 좀 헐거워 보이는데. 왼쪽 옆구리 쪽 말이야. 한번 확인해봐."

"지난주에 펠로우스가 수선해줬는데."

테메레르는 머리를 돌려 로렌스가 말한 부분에 코를 갖다 댔다. 그리고 그쪽 안장 끈을 이빨로 살짝 물고 당겨보더니 말했다.

"아니, 아주 완벽한 상태야. 조금도 헐겁지 않아."

마음을 추스른 버클리가 아무렇지 않은 듯 끼어들었다.

"흠, 어디 보자, 테메레르. 중국으로 출발할 때보다 키가 3.5미터는 더 큰 것 같구나, 아닌가? 로렌스 대령도 신수가 훤해 보이십니다. 거지꼴로 돌아올 줄 알았는데."

로렌스는 버클리의 손을 잡으며 대답했다.

"영국으로 돌아왔을 때는 그랬지요. 거지가 따로 없었으니까요."

하지만 로렌스는 버클리에게 인사치레라도 좋아 보인다는 말을 할 수가 없었다. 한눈에 봐도 돌덩이 여섯 개만큼의 체중이 빠진 버클리는 영 다른 사람 같았다. 뺨까지 움푹 패어 있었다.

막시무스의 모습은 훨씬 처참했다. 커다란 비늘로 덮이고 붉은색과 황금색이 섞인 가죽이 살이 급격히 빠지면서 극 아래쪽에 겹겹이 접혔고, 가슴뼈가 툭 튀어나왔으며 늘어진 가슴 가죽을 양 어깨뼈가 천막 기둥처럼 힘겹게 떠받치고 있었다. 쇠약해진 양 옆구리 안쪽에 공기주머니로 추정되는 기관이 툭 불거져 나와 있었다. 눈은 거의 감겨 있고 뼈가 두드러지도록 살이 빠진 입 안쪽에서 가늘고 거친 숨소리가 새어나왔다. 턱 아래는 콧물이 잔뜩 고여 있고 콧구멍은 마른 콧물로 뒤덮여 있었다.

버클리가 쉰 목소리로 말했다.

"조금 있다가 잠이 깨어 테메레르와 대령을 보면 반가워할 겁니다. 겨우 잠이 든 상태라서 지금은 깨우고 싶지 않군요. 망할 놈의 감기 때문에 잠을 거의 못 자고 있거든요. 예전에 비해 먹이도 사분의 일 정도밖에 못 먹고 있고요."

버클리와 로렌스의 뒤를 따라 공터로 들어온 테메레르는 주변을 경계하는 뱀처럼 목을 꼿꼿이 세운 채 조용히 웅크리고 앉았다. 크윽 크윽 거친 숨을 쉬며 자고 있는 막시무스에게 시선을 고정한 채 큰 눈을 깜박이지도 않았다. 로렌스와 버클리는 아프리카로의 바다 여행에 대해 나지막하게 얘기를 나누었다.

로렌스가 말했다.

"지난번에 갔을 때 보니 영국에서 케이프타운까지 삼 개월도 채 안 걸리더군요. 출발 직후 영국 해협에서 접전이 있어서 그 때문에 시간이 다소 지체되었으니 그 점을 감안해야 할 겁니다."

"아무리 오래 걸린다 해도 여기 이렇게 누워 있는 것보다는 아프리카로 가는 편이 낫겠지요. 가다가 다 같이 물에 빠져 죽는 한이 있더라도 말입니다. 아침까지 짐을 싸놓겠습니다. 이 굼벵이 녀석의 목구멍 안으로 내가 직접 소떼를 몰고 들어가더라도 이번만은 먹이를 꼭 잘 먹여둬야겠습니다."

"우리 어디 가는 거야?"

막시무스는 자다 말고 잔뜩 잠긴 목소리로 이렇게 묻고는 머리를 옆으로 돌려 낮고 깊은 기침을 여러 차례 했다. 그리고 나뭇잎으로 덮인 작은 구덩이에 가래를 뱉어냈다. 앞발로 두 눈을 차례로 비벼 잔뜩 낀 눈곱을 떼어낸 막시무스는 앞에 있는 테메레르를 보고 서서히 표정이 밝아지더니 머리를 들었다.

"너 돌아왔구나. 중국은 재미있었어?"

"어, 응. 그래. 하지만 너희들 모두 아파 누워 있는데 나만 여기 없었던 게 마음에 걸려. 정말 미안해."

테메레르는 이렇게 말하고는 비참하게 머리를 푹 숙였다.

"그냥 감기인데 뭘."

막시무스는 또다시 한바탕 기침을 한 후 아무렇지 않게 덧붙였다. "곧 다시 건강해질 거야. 분명해. 그저 좀 피곤한 것뿐이야."

막시무스는 도로 눈을 감고 혼수상태에 빠지듯 다시 잠이 들었다. 날갯짓 소리에 깨지 않도록 테메레르는 날아오르는 대신 조용히 공터 밖으로 걸어 나갔다. 버클리는 로렌스를 공터 박까지 데려다주며 무겁게 입을 열었다.

"리갈 코퍼들이 제일 지독하게 앓고 있습니다. 빌어먹을 체중 때문이지요. 식욕이 떨어져 통 먹질 않으니 근육을 지탱할 수가 없고 그러다가 호흡까지 불가능해지는 겁니다. 이미 이 병으로 리갈 코퍼 네 마리가 죽었습니다. 치료약을 찾아내지 못하면 라에티피캇도 다 가오는 여름을 살아서 맞지 못할 겁니다."

라에티피캇보다 막시무스가 먼저 가진 않겠지만 곧 뒤따라 죽게 될 거라는 말은 굳이 입 밖에 내지 않았다. 당연한 수순일 테니까.
테메레르가 힘주어 말했다.
"우린 치료약을 찾아낼 겁니다. 무슨 일이 있어도, 꼭, 반드시요."

로렌스는 그랜비와 악수를 나누며 말했다.
"우리가 귀국했을 때 자네와 자네 용 모두 건강하길 바라네."
그들 뒤로 승무원들은 항해를 위한 막바지 준비를 하느라 부산하게 움직이고 있었다. 순풍이 불어준다면 그들은 내일 저녁 썰물을 타고 아프리카로 출발할 예정이었다. 그러려면 아침까지는 승선이 완료되어 있어야 했다. 이번에는 용 수송선에 탑승할 용이 한두 마리가 아니었고 승무원 수도 훨씬 많았다. 에밀리와 다이어는 낡은 선원용 사물함에 로렌스의 옷을 부지런히 접어 넣고 있었다. 그 사물함은 중국까지 갔다가 돌아오는 동안에도 망가지지 않고 잘 버텨주었다. 페리스가 돌연 날카롭게 소리쳤다.
"앨런, 그 술병 갖고 탈 생각 하지 마. 당장 쏟아버려, 알았어?"
지난 일 년의 여정 중에 사망한 승무원들을 대신해 제인은 꽤 많은 공군들을 로렌스의 휘하에 새로 배정해주었다. 그들 중 괜찮은 인재들을 고르고 기준에 못 미치는 자들은 다른 이들로 교체하라고 보낸 것인데, 로렌스는 지난 이 주일간 테메레르의 건강 상태를 걱정하느라 정신이 없었고 그전에는 할 일이 너무 많아서 그 승무원들을 찬찬히 살펴볼 여유가 없었다. 그러다가 이렇게 갑자기 아프리카로 출발하게 되었으니 누굴 고르고 말고 할 형편도 안 되어 로렌스는 주어진 승무원들을 그대로 데려가기로 했다. 그래도 성품을 익히 알고 그 속내까지 잘 아는 자, 믿고 의지할 수 있는 그랜비에게 도버 기지를 맡기고 가게 되어 다행이다 싶었다.

그랜비가 로렌스에게 말했다.

"돌아오셨을 때 여기는 아주 난리가 나 있을지도 모릅니다. 영국의 절반이 불에 활활 타고 아르카디와 그 부하 녀석들이 폐허 속에서 불에 소를 구우며 축하의 노래를 부르겠죠. 분명 그럴걸요."

안장 점검을 위해 등에서 이리저리 뛰어다니는 안장 담당자들을 떨어뜨리지 않으려고 조심스럽게 머리를 뒤로 돌리며 테메레르가 끼어들었다.

"아르카디에게 내 말 똑똑히 전해줘. 부하들이랑 다 같이 정신 똑바로 차리고 임무 수행 잘 하라고, 우린 금방 돌아올 테니까. 메달 하나 얻었다고 여길 자기가 모두 접수했다고 착각하지 말라고 해."

테메레르는 뿌루퉁하게 말을 맺었다.

로렌스와 그랜비가 차를 마시며 느긋하게 대화를 나누고 있는데 어린 훈련생 하나가 로렌스를 찾아왔다.

"말씀 중에 죄송합니다만 어떤 신사 분이 로렌스 대령님을 만나러 본부 건물에 와 있습니다."

이어 그 훈련생은 놀란 어조로 덧붙였다.

"그게…… 흑인 신사 분입니다."

로렌스는 누가 찾아왔다는 것인지 의아했지만 서둘러 그랜비에게 작별 인사를 하고 본부 건물로 향했다.

장교 휴게실로 들어갔을 때 그는 자기를 찾아온 손님이 누구인지 단박에 알아볼 수 있었다. 그 신사의 이름이 곧장 기억나지 않아 잠시 헤매기는 했다. 에라스무스 목사. 이 주일 전 런던 기지의 파티에서 윌버포스 하원의원에게 소개를 받은 선교사였다. 그 파티가 있은

지 이 주일밖에 안 지났는데 시간이 참 빨리 간다 싶었다.

하인이 에라스무스에게 음료를 가져다주지 않은 것을 알아채고 로렌스는 하인을 손짓해서 부른 후 에라스무스에게 말했다.

"어서 오십시오, 목사님. 우리가 지금 이렇게 경황이 없습니다. 내일 출항을 할 예정이거든요. 와인 한잔 드릴까요?"

"차 한잔만 주시면 됩니다. 고맙습니다. 바쁘실 줄 알면서도, 이렇게 정신없을 때 예고도 없이 찾아와 죄송합니다. 대령님이 보낸 사과의 편지가 오늘 아침 윌버포스 하원의원에게 도착했더군요. 내가 그 옆에 있었지요. 아프리카로 떠나게 되어 더는 도움을 줄 수 없게 되었다고 쓰셨더군요. 그래서 이렇게 대령님을 찾아온 겁니다. 아프리카로 같이 데려가달라는 부탁을 드리려고요."

로렌스는 곧장 대답할 수가 없었다. 물론 로렌스는 전례에 따라 손님들 몇 명 정도는 용 수송선에 태울 수 있었다. 그런 문제라면 용을 거느린 비행사는 용 수송선의 함장과 같은 특권을 누리고 있었다. 그러나 이 문제는 그렇게 단순하질 않았다.

그들이 타고 갈 용 수송선이 바로 얼리전스 호이기 때문이었다. 얼리전스 호의 함장은 로렌스의 절친한 친구이자 해군 시절 직속 부관이었던 라일리였다. 라일리의 가문은 서인도 제도에 거대한 농장을 보유하고 있었고 그 농장의 일꾼은 아프리카 흑인 노예들이었다. 라일리의 재산 중 적지 않은 부분이 바로 그 농장에서 비롯된 것이었다. 라일리의 아버지가 자메이카에도 농장을 일부 갖고 있다고 했으니, 어쩌면 에라스무스도 라일리 집안의 농장에서 노예로 일을 했었는지도 모를 일이었다. 거기까지 생각이 미치자 로렌스는 가슴이 철렁했다.

같이 배를 타고 먼 길을 가다 보면 극심한 정치적 견해차로 편치 않은 분위기가 조성될 수 있었다. 예전에도 로렌스는 은연중에 노예 무역 관습을 비판하는 발언을 했다가 라일리와 한동안 사이가 서먹했었다. 이번에 에라스무스 목사를 손님으로 배에 태우게 되면 노예무역 문제에 대한 갈등을 유지하겠다는 뜻으로 비춰질 수도 있고, 고의적으로 함장인 라일리를 모욕하려는 듯한 인상을 줄 수도 있었다.

생각 끝에 로렌스가 말했다.

"목사님, 전에 루안다에서 납치되었다고 말씀하셨지요? 우리는 루안다보다 훨씬 남쪽에 있는 케이프타운으로 갈 예정입니다. 케이프타운은 목사님의 고향이 아니잖습니까?"

"배를 얻어 타고 가는 자가 뭘 가리겠습니까? 그동안 아프리카로 가는 길을 열어달라고 하느님께 기도를 드렸습니다. 그 응답으로 케이프타운으로 가는 길을 열어주셨으니 마다할 수 없지요."

에라스무스는 더 이상 간청하지 않고 대답을 기다렸다. 그의 검은 눈동자는 탁자 너머에 앉은 로렌스를 조용히 응시하고 있었다. 마침내 로렌스는 결단을 내렸다.

"기꺼이 손님으로 맞이하겠습니다, 목사님. 출항 전에 여행 준비를 마치실 수 있을지 모르겠군요. 내일 석수(汐水)를 놓치면 안 되는지라."

에라스무스는 의자에서 일어나 로렌스의 손을 잡고 힘차게 흔들었다.

"고맙습니다, 대령님. 걱정하실 것 없습니다. 태워주실 줄 믿고 아내가 이미 짐을 꾸려두었습니다. 지금쯤 세속의 물건들을 챙겨가지고 이리로 오고 있을 겁니다. 짐은 그리 많지 않습니다."

"그럼 내일 아침 도버 항구에서 뵙기로 하지요."

화창한 겨울 아침, 얼리전스 호는 로렌스 일행을 기다리고 있었다. 뭉툭한 돛대에는 돛이 걸려 있지 않고 중간 돛대와 활대는 갑판 위에 뉘어 있는 데다 뱃머리의 큰 닻과 작은 닻에 연결된 거대한 사슬이 물속으로 잡아 늘여져 있어 배가 기묘하게 작아 보였다. 파도를 타고 배가 조금씩 흔들릴 때마다 나지막하게 삐걱삐걱 소리가 났다. 얼리전스 호는 사 주 전 도버 항구로 들어왔다. 로렌스와 테메레르가 영국에 도착한 것과 거의 같은 시기였다. 결국 얼리전스 호를 타고 해로로 왔어도 비슷한 시기에 영국에 도착했을 터였다.

테메레르의 등에서 로렌스가 내려오자마자 라일리는 환영의 뜻으로 그의 손을 잡고 힘차게 악수를 했다.

"육로로 왔는데도 시간이 많이 지체되었다고 투덜거리실 것 없습니다. 저는 대령님이 히말라야 고개를 넘다 시체가 되지 않고 이렇게 살아오신 것만 봐도 기쁘기 한량없습니다. 불을 뿜는 용까지 데리고 오셨다고 하더군요. 예, 저도 그 소식 들었습니다. 해군들이 그 소식을 듣고 온통 흥분해 있으니 제 귀에 안 들어올 리가 없지요. 아마 요즘 봉쇄 작전을 수행 중인 영국 군함들은 차례로 건지 섬 쪽으로 구경을 갔다 오고 있을 겁니다. 그 용이 오래된 돌무더기에 불을 뿜는 모습을 망원경으로 보려고 말이죠. 어쨌든 다시 같이 바다를 여행하게 돼서 반갑습니다. 이번에는 손님이 더 많다고 하더군요. 모쪼록 대령님 일행이 다들 편안한 여행을 하시길 바랍니다. 이번에는 용이 모두 일곱 마리라고 하던데, 맞습니까?"

라일리가 몹시 상냥하게 반겨주고 걱정을 해주는 바람에 로렌스는 에라스무스 목사에 대해 미리 말하지 않은 점이 마음에 걸렸다.

"그래. 이 용 수송선이 가득 차겠지. 라일리 함장, 한 가지 얘기해 둘 것이 있는데 이번에 내가 손님을 한 분 모시고 가기로 했네. 그 손님의 가족도 동반하기로 했어. 그분은 선교사인데 어제 오후에 나를 찾아와 케이프타운까지 태워다달라고 부탁을 하시더군. 참고로 그분은 자유민이라네."

로렌스는 '자유민'이라는 단어를 입에 올리자마자 아차 싶었다. 좀더 완곡한 표현으로 소개를 했어야 했는데. 괜히 찔려서 솔직하게 털어놓는다고 한 것이 분위기만 더 어색하게 만들고 말았다. 라일리가 아무런 대꾸도 하지 않자 로렌스가 덧붙였다.

"미리 얘기를 했어야 했는데 미안하네."

"알겠습니다. 물론 대령님은 누구든 이 배에 초대하실 권리가 있으니까요."

라일리는 간단히 말하고는 모자 끝에 손을 대고 인사를 한 후 가버렸다.

잠시 후 얼리전스 호에 올라타는 에라스무스 신부에게 라일리는 인사도 건네지 않았다. 예의를 차리는 척도 하지 않았다. 로렌스는 그가 초대한 손님이자 목사인 에라스무스에게 라일리가 무례하게 대하자 기분이 언짢아졌다. 게다가 목사의 부인이 어린 두 딸과 함께 작고 초라한 보트를 타고 얼리전스 호 가까이 다가왔을 때 라일리는 그녀들에게 밧줄 달린 의자도 내려주지 않았다. 로렌스는 더 이상 참을 수가 없었다. 그는 난간 너머로 몸을 기울이며 에라스무스 부인에게 말했다.

"부인, 걱정 마시고 자녀분들을 잘 잡고 계십시오. 곧 이 배에 승선시켜드리겠습니다. 부디 놀라지는 말아주십시오."

그리고 로렌스는 몸을 일으키며 테메레르에게 말했다.

"테메레르, 저 부인이 타고 있는 보트를 들어서 이 갑판에 내려놔."

"아, 알았어. 조심해서 할게."

테메레르는 난간 너머로 몸을 기울였다. 체중이 많이 줄기는 했어도 여전히 몸집이 엄청나게 큰 막시무스가 반대쪽 용갑판에 누워 있기 때문에 얼리전스 호는 별로 기울어지지도 않았다. 테메레르는 앞발로 그 보트를 조심스럽게 잡고 바다에서 들어 올렸다. 보트에 타고 있던 선원들이 경악하며 악을 써댔지만 에라스무스의 두 딸은 금욕적인 얼굴의 어머니에게 꼭 달라붙어 아무 소리도 내지 않았다. 에라스무스 부인은 전혀 두려워하는 기색이 없었다. 그 소란은 오래가지 않았다. 테메레르가 보트를 곧 용갑판에 내려놓았으니까.

로렌스가 손을 내밀자 에라스무스 부인은 말없이 그 손을 잡고 용갑판으로 내려왔다. 그리고 그녀는 보트로 다시 몸을 돌려 두 딸을 차례로 안아 내린 후 커다란 짐 가방과 손가방을 들어 용갑판에 내려놓았다. 단호한 표정의 에라스무스 부인은 키가 큰 편이었고 남편보다 체격이 좋았으며 피부색도 더 검었다. 머리에는 민무늬의 하얀 손수건을 썼다. 하얀 에이프런 드레스를 입은 그녀의 두 딸은 다른 이들에게 방해가 되지 않게 얌전히 있으라는 말을 듣고 서로 손을 꼭 잡은 채 조용히 서 있었다.

이 배에 자기네 또래의 아이가 있다는 것을 알면 좀 마음을 놓을까 싶어 로렌스는 에밀리에게 나지막하게 말했다.

"롤랜드, 우리 손님들을 선실로 안내해드려."

이제는 에밀리의 성별을 감추는 것 자체를 포기해야 할 듯했다. 일 년 남짓 시간이 흐르는 동안 에밀리는 점점 몸에 변화가 뚜렷해졌고 특히 어머니인 제인의 굴곡 있는 체형을 닮아가고 있어 더 이상 남의 눈을 속이기가 불가능할 정도였다. 이제부터는 곤란한 상황이 생기더라도 최선을 다해 타개해나갈 수밖에 없었다. 하지만 에라스무스 가족은 선교를 위해 아프리카에 남을 것이므로 그들이 에밀리의 존재와 공군에 대해 어떻게 생각할지는 걱정할 필요가 없었다.

에밀리는 두 소녀를 선실로 안내하며 쾌활하게 말했다.

"걱정할 거 없어. 용들은 더더욱 겁낼 필요 없고. 지난번 바다를 여행할 때 끔찍한 폭풍이 좀 불긴 했지만 말이야."

그다지 위로가 되는 조언은 아니었다. 두 흑인 소녀는 순순히 에밀리의 뒤를 따라 그들에게 배정된 선실로 내려갔다.

로렌스는 고개를 돌려 라일리의 부하인 프랭스 소위를 쳐다보았다. 프랭스는 에라스무스 부인과 딸들이 타고 온 보트에서 선원들을 지휘하고 있었는데 테메레르가 용들이 누워 있는 용갑판 한가운데에 그 보트를 내려놓자 입이 딱 붙어 있었다.

"테메레르가 그 보트를 난간 너머로 다시 내려줄 걸세."

로렌스가 이렇게 말했으나 프랭스는 몇 마디 하다가 얼버무릴 뿐이었다. 미안한 마음이 들어 로렌스가 덧붙였다.

"자네가 항구에서 사람들을 더 실어 와야 할 테니까 말이야."

마침내 프랭스가 동의 표시를 하자 테메레르는 그 보트를 들어 다시 난간 너머 바다에 띄웠다.

로렌스는 갑판 아래 선실로 내려갔다. 큰 선실을 칸막이로 나눠 다른 여섯 명의 비행사와 나눠 써야 하므로 전에 탔을 때에 비해 방

크기가 확 줄어 있었다. 그래도 로렌스의 선실은 제일 앞쪽이라 뱃머리 쪽 창문까지 달려 있으니 해군 시절 머물렀던 수많은 선실들보다 훨씬 나았다. 로렌스는 오래 기다릴 필요도 없었다. 라일리가 곧 갑판 아래로 내려와 선실 문을 두드렸던 것이다. 문이 열린 상태인데도 굳이 노크를 한 라일리는 잠깐 얘기 좀 할 수 있겠냐고 물었다.

"그래."

로렌스는 소지품을 정리해주고 있던 어린 훈련생에게 말했다.

"다이어, 가서 테메레르가 뭐 필요한 게 없는지 살펴보고 오늘 해야 할 공부를 하도록."

라일리와 단둘이 얘기하고 싶었다.

선실 문이 닫히자 라일리가 굳은 표정으로 입을 열었다.

"선실이 마음에 드셨으면 합니다."

"……마음에 들어."

로렌스는 언쟁을 하고 싶은 생각이 없었다. 하지만 라일리가 따지러 온 것이라면 할 말은 할 생각이었다.

"이런 말을 하게 돼서 유감입니다."

그러나 유감보다는 분노로 창백해진 얼굴이었다.

"정말이지 유감입니다만 도저히 믿기 어려운 보고를 받았습니다. 내 눈으로 보지 못했다면 모를까……."

라일리는 아직 언성을 높이지 않은 상태였다. 그런데 별안간 선실 문이 열리고 캐서린 하코트 대령이 방 안으로 머리를 들이밀었다.

"실례합니다. 이십 분 동안 계속 찾아다녔어요, 라일리 함장님. 배가 엄청 넓더군요. 그게 뭐 불만이라는 뜻은 아니고요. 아무튼 우릴 태워주셔서 무척 감사드리고 있습니다."

라일리는 캐서린의 머리 위쪽에 시선을 둔 채 더듬거리며 모호하고 정중하게 대답을 했다. 예전에 처음 만났을 때 라일리는 캐서린 하코트가 여자라는 걸 알아채지 못했었는데 하루도 채 지나지 않아, 영국 해협 부근에서 접전이 있은 바로 다음 날 그 사실을 알게 되었다. 캐서린은 제인보다 몸이 호리호리했고 머리카락은 뒤로 당겨 묶은 뒤 땋아서 늘어뜨렸으며 넓적하고 쾌활한 얼굴, 햇빛과 바람에 갈색이 되고 주근깨까지 박힌 사자코를 지니고 있었다. 외모가 그런지라 특별히 눈여겨보지 않으면 소년처럼 보였다. 그런데 예전에 중국으로 갈 때 캐서린이 여자라는 것을 알게 된 라일리는 큰 충격을 받았고 그 사실에 반감을 드러냈었다.

라일리는 당황스러운 표정으로 더듬거리며 캐서린에게 말했다.
"부디 편안히 지내시길…… 배정받은 선실에서 말입니다……."
라일리가 어색해하며 말을 삼가고 있다는 것을 의식하지 못하는 것인지 일부러 못 본 척하는 것인지 몰라도 캐서린은 활기차게 대답했다.

"아, 선원들이 내 가방을 화물칸에 실어놓았더라고요. 언젠가 꺼낼 수 있겠죠 뭐. 그건 상관없어요. 문제는 기름 섞인 모래통을 어디에 두느냐 하는 거예요. 릴리의 머리를 괴어놓는데 쓰는 건데 그 통들을 어디에 보관해야 할지 모르겠어서 계속 함장님을 찾아다녔어요. 릴리가 재채기를 할 때마다 모래통을 얼른 바꿔줘야 하기 때문에 그 통들을 용갑판 근처에 두어야 하거든요."

롱윙의 뿔에서 새어나오는 독이 잘못해서 갑판에 튀었다가는 선체까지 녹이고 들어가 이 배를 침몰시킬 수도 있었다. 이 배의 함장인 라일리에게 그것은 그 무엇보다 다급한 문제였다. 라일리는 거북해하던 태도를 버리고 캐서린과 그 문제를 논의했다. 그들은 모래통들을 용갑판 바로 밑에 있는 요리실에 보관하기로 결정했다. 문제가 해결되자 캐서린은 고개를 끄덕이고 감사를 표한 후 덧붙였다.

"우리랑 같이 저녁식사 하실래요, 함장님?"

로렌스보다 어린 캐서린이 그런 초대를 한다는 것이 외부인의 눈에는 부자연스럽게 보일지 몰라도 식사 초대는 편대 지휘관의 특권이었다. 테메레르가 소속된 편대는 릴리를 중심으로 하고 있으므로 엄밀히 말해 캐서린은 로렌스의 상관이었다. 테메레르가 일 년 넘게 독립적으로 활동해왔기 때문에 로렌스도 그 사실을 거의 잊고 지내고 있었다.

비공식적인 식사 초대이므로 거절해도 무례는 아닌지라 라일리는 정중하게 사양했다.

"초대해주셔서 감사합니다. 그런데 오늘 밤은 갑판에 나가 있어야 해서 힘들겠습니다."

캐서린은 알았다고 대답하고 고개를 살짝 숙여 인사한 후 방에서 나갔다. 로렌스는 또다시 라일리와 단둘이 있게 되었다.

처음의 분노가 희석되어 언쟁을 다시 시작하기가 어색했다. 그래도 두 사람은 점잖게 몇 마디 나눈 끝에 애써 하던 얘기로 돌아갔다.

"그러니까 대령님, 앞으로는 이 배의 선원과 보트에 마음대로 손을 대지 말아주십시오. 이런 말을 해서 유감입니다만 노골적인 간섭은 받고 싶지 않습니다. 어떤 식으로든 용에게 이 배의 선원과 보트를 멋대로 다뤄도 좋다고 허락하거나 권고해서는 안 되며……."

부하들에게 목청 높여 명령을 내리는 데 익숙한 두 사람은 곧 언성이 높아지기 시작했다. 친한 사이이기는 하지만 사안이 사안인 만큼 민감하게 반응할 수밖에 없었다.

"이 문제에 있어서 무엇을 우선시해야 하는지 모르겠다고 하시지는 않으시겠죠. 변명의 여지가 없습니다. 대령님은 자신의 임무에 대해 아주 잘 알고 계실 테니까요. 대령님은 내 허락도 없이 용에게 선원들이 타고 있는 보트를 집어 올리게 하셨습니다. 밧줄 달린 의자를 난간 너머로 내려달라고 나한테 요청하셨어야죠. 하다못해 그물이라도 내려달라고······."

"체계가 잘 잡혀 있는 이 배에서 내가 왜 굳이 그런 요청을 했어야 하는지 모르겠군. 숙녀 분이 승선하려 하는데······."

"숙녀라는 용어에 대해 우리는 서로 다르게 이해하고 있는 것 같군요."

라일리는 빈정거리며 반박했으나 그 말이 자신의 입에서 나오는 순간 당황한 모습이었다. 로렌스는 라일리가 물러설 틈을 주지 않고 화를 내며 받아쳤다.

"자네가 그런 비신사적이고 이기적인 동기로 숙녀 분을 배려하지 않은 것이라니 참으로 유감이로군. 자네 같은 신사가 어떻게 목사의 부인이자 두 아이의 어머니인 그 여성의 인격과 품성에 대해 그처럼 모욕적인 발언을 할 수 있나? 그 숙녀는 자네와 초면이고 자네의 비웃음을 살 만한 어떤 짓도 하지 않았어. 자네의 양심에 비춰 생각해 보면 잘 알 수 있을······."

그때 또다시 노크도 없이 선실 문이 벌컥 열리고 버클리가 문 안으로 머리를 들이밀었다. 로렌스와 라일리는 사생활과 배에서의 예의를 깡그리 무시하는 그 태도에 화가 치밀어 일시에 입을 다물었다. 버클리는 두 남자의 성난 눈빛은 아랑곳하지도 않았다. 도버 기지에서 얼리전스 호까지 짧은 비행을 한 막시무스가 밤새 끙끙 앓는 바람에 덩달아 거의 잠을 자지 못했고 면도도 못 해 수척한 모습이었다. 버클리가 퉁명스럽게 내뱉었다.

"둘이 싸우는 소리가 갑판에서 다 들립니다. 조금 있으면 테메레르가 갑판의 널빤지를 뜯어내고 이 방으로 코를 들이밀지도 모릅니다. 차라리 서로 몇 대 치고받더라도 이쯤에서 싸움을 끝내세요."

그 말은 다 큰 어른에게 할 수 있는 말이 아니라 어린 남학생들에게나 해야 어울릴 모욕적인 충고였다. 버클리가 대놓고 비난하자 두 사람은 거기서 언쟁을 끝냈다. 라일리는 이만 실례하겠다고 말하고는 방에서 나가버렸다.

한참 후 좁은 선실 안을 사납게 서성이며 화를 누그러뜨린 로렌스가 캐서린에게 말했다.

"캐서린 대령이 라일리 함장과 우리 비행사들 사이에서 중재인 노릇을 좀 해줘야겠습니다. 원래 내가 그 역할을 맡기로 우리끼리 합의했었는데 지금 분위기가 이렇게 나빠져서……."

캐서린은 얼른 말허리를 잘랐다.

"물론이죠, 로렌스. 더 이상 다른 말은 하지 않아도 돼요."

로렌스는 동료 비행사들이 배에서의 예절에 대해 무지 상태라는 사실에 절망했다. 배에서는 다른 이의 대화 소리가 들리더라도 못 들은 척하는 것이 예의였다. 로렌스는 해군 시절을 거쳤기 때문에 그 점을 잘 알았으나 동료 비행사들은 그렇지가 못했다. 그는 캐서린이 아무렇지 않게 하는 말에 어떻게 대답해야 좋을지 갈피를 잡을 수가 없었다. 캐서린이 계속해서 말했다.

"따로 라일리 함장에게 점심식사를 대접할 생각이에요. 우리 비행사들 모두 참석하는 게 아니라 나만 라일리 함장과 따로 식사를 할 거니까 큰 어려움은 없을 거예요. 대령님도 라일리 함장과 얼른 화해하세요. 앞으로 삼 개월을 함께 항해할 텐데 그렇게 싸워서 좋을 게 뭐 있겠어요? 그 문제로 계속 소문이 퍼져나가게 하실 작정이 아니라면 말이에요."

로렌스도 얼리전스 호 내에서 쓸데없는 소문이 퍼져나가는 것을 원치 않았다. 그러나 캐서린의 낙관적인 바람은 이루어지기 힘든 것이었다. 라일리와의 언쟁 중에 용서할 수 없는 말들이 많이 오간 것은 아니지만 쉽게 잊히지 않을 말들을 서로에게 쏟아냈었다. 다시 돌이켜 생각하고 싶지도 않았다. 배 안에서 아예 안 보고 지낼 수는 없으니 어떻게든 관계 회복을 위해 노력을 하긴 하겠지만 예전 같은 깊은 동지애를 회복하기는 어려울 듯했다. 라일리를 여전히 직속 부하 대하듯 하고 있는 자신에게 문제가 있을 수도 있었다. 라일리와의 친분을 필요 이상 과대평가하고 있는지도 모를 일이었다.

선원들이 닻을 올릴 준비를 하는 동안 로렌스는 용갑판으로 올라가 테메레르 옆에 앉았다. 이상하게도 선원들의 고함 소리와 경고의 말들이 낯설게 느껴졌다. 영영 해군 생활과 단절되어버린 것 같기도 하고, 자신이 해군이었던 적조차 없는 것 같은 기분이었다.

"저길 좀 봐, 로렌스."

테메레르가 항구 남쪽을 가리켰다. 도버 기지에서 하늘로 날아오르는 한 무리의 용들이 보였다. 규모가 얼마 되지 않는 그 용들은 제멋대로 날개를 치며 날고 있었다. 비행 방향으로 짐작건대 셰르부르 쪽으로 가고 있는 듯했다. 망원경을 가지고 있지 않아 육안으로 보니 새떼보다 조금 더 커 보일 뿐이라 그 용들의 몸 색깔은 구분할 수가 없었다. 그런데 그중 한 마리가 작은 화염을 입에서 확 쏟아냈다. 주황색을 띤 불꽃이 푸른 하늘을 가로지르며 뻗어나갔다. 이스키에르카가 처음으로 진짜 순찰을 돌기 위해 야생용 몇 마리와 함께 이륙한 것이다. 로렌스는 자신들이 얼마나 다급한 상황을 뒤로하고 아프리카로 출발하는 것인지 절실히 느낄 수 있었다.

테메레르도 얼른 출발하고 싶어 초조해하며 물었다.

"곧 출항할 수 있을까, 로렌스? 항해 속도를 더 내야 한다면 내가 이 배를 앞에서 잡아 끌어줄 수도 있는데."

테메레르는 머리를 뒤로 돌려 둘시아를 쳐다보았다. 테메레르의 등에 누운 둘시아는 눈도 뜨지 않은 채 계속 기침을 하고 있었다.

릴리는 모래가 가득 담긴 커다란 나무통에 독이 나오는 뿔을 묻어놓고 누워 있었다. 그래도 릴리와 둘시아는 다른 편대원들보다 상태가 나은 편이었다. 도버 기지에서 얼리전스 호까지 수차례 쉬어가며 몹시 힘겹게 날아온 막시무스는 용갑판 한쪽을 차지하고 누워 잠들어 있었다. 출항을 위한 막바지 작업을 하느라 그 주변이 몹시 부산스러운데도 아주 곯아떨어진 상태였다. 니티두스는 기진맥진하여 막시무스의 옆구리에 기대 누워 있었다. 예전 같으면 막시무스의 등에 편안하게 누워 있을 텐데 요즘은 막시무스의 상태가 좋지 않아 그럴 수가 없었다. 용갑판 한가운데 자리 잡은 릴리의 양옆에 엎드려 있는 임모르탈리스와 메소리아는 황금색이던 가죽 색깔이 병 때문에 우유 커스터드(우유에 계란, 설탕, 향료를 넣고 만든 과자—옮긴이 주)처럼 흐릿한 레몬색으로 변해 있었다.

테메레르가 또다시 한마디 했다.

"내가 저 닻을 끌어 올려주는 편이 훨씬 빠를 것 같아."

선원들은 중간 돛대와 활대를 세운 뒤 이제 작은 닻을 밧줄로 끌어당기고 있는 중이었다. 사백 명이 넘는 선원들이 4중으로 된 거대한 캡스턴(닻이나 무거운 짐 등을 감아올리는 장치—옮긴이 주)에 매달려 용을 쓰고 있었다. 작은 닻을 다 올린 뒤에는 엄청난 무게를 지닌 뱃머리의 큰 닻을 당겨 올려야 할 것이다. 갑판에서 일하는 선원들은 한겨울인데도 대부분 웃통을 벗고 일하고 있었다. 물론 테메레르가 도와주면 닻을 금방 올릴 수 있겠지만 해군들이 그것을 어떻게 받아들일지 알 수가 없었다.

"그냥 둬. 괜히 나서봤자 방해만 될지도 몰라. 우리 도움 없이도 자기네들끼리 더 빨리 해낼 거다."

어차피 출항 작업을 도울 수도 없으니, 로렌스는 테메레르의 옆구리에 손을 대며 먼바다로 시선을 돌려버렸다.

제2부

6

"우엑."

테메레르는 괴상한 소리를 내며 몸을 앞으로 확 기울이더니 땅바닥에 거하게 구토를 했다. 시큼한 냄새가 코를 찌르는 누런 토사물에는 바나나 잎과 염소의 뿔, 코코넛 껍질, 기다랗게 꼬아 놓은 밧줄 같은 초록색 해초 등이 섞여 있고 부서진 동물 뼈와 가죽 조각도 드문드문 보였다.

그 토사물 세례를 아슬아슬하게 피하며 뒤로 물러난 로렌스는 괴상한 재료들을 처방약이랍시고 테메레르에게 먹인 두 용 의사를 향해 날카롭게 고함을 쳤다.

"케인스! 당장 꺼져! 이 쓸모없는 약도 모조리 갖다 버리고!"

그러나 케인스는 조심스럽게 다가와 허리를 굽히고 솥에 담긴 재료의 냄새를 맡으며 말했다.

"아뇨, 버리면 안 됩니다. 처방을 기록해야 하니 도로 가져가겠습니다. 과식으로 인한 구토가 아니라면 설사약을 먹여야 할지도 모르겠습니다. 어때, 테메레르, 배가 아프진 않았어?"

테메레르는 나지막하게 끙끙거리며 괜찮다고 대답하더니 눈을 감았다. 위장에 들어 있던 내용물을 쏟아낸 테메레르는 토사물을 피해 뒤로 물러나 축 늘어져 누워 있었다. 늦여름만큼이나 뜨거운 날씨여서 토사물에서 비위에 거슬리는 허연 김이 무럭무럭 피어올랐다. 손수건으로 코와 입을 막은 로렌스는 머뭇거리고 있는 지상요원들에게 손짓으로 쓰레기를 치울 때 쓰는 삽을 들고 당장 토사물을 묻으라고 지시했다.

도싯은 막대로 솥 안을 뒤적거리다가 가장자리가 가시처럼 삐죽삐죽한 모양의 꽃 찌꺼기를 건져 올리며 멍한 표정으로 말했다.

"구토를 한 것이 이 프로테아 꽃 때문일지도 모르겠습니다. 전에는 이 꽃을 요리 재료로 쓴 적이 없는 것 같거든요. 케이프 식민지의 초목은 식물계에서도 매우 독특한 양상을 갖고 있습니다. 아이들을 보내 표본을 좀더 가져오라고 해야겠어요."

"자네 호기심을 충족시켜줄 수 있어 무척 기쁘군. 그래, 그건 테메레르가 한 번도 먹어본 적이 없는 꽃이야. 테메레르의 몸에 또 탈이 나지 않도록, 어떻게 하면 효과적으로 치료약을 찾아낼 수 있는지나 더 연구해봐."

로렌스는 부하들 앞에서 분노와 좌절감을 더 드러내 보이고 싶지 않아 꾹 참고 테메레르 곁으로 걸어갔다. 로렌스가 천천히 주둥이를 쓰다듬어주자 테메레르는 아무렇지도 않다는 걸 보여주려고 얼굴 주변의 막을 씰룩거렸다.

로렌스가 지시했다.

"에밀리, 다이어랑 같이 가서 부두 아래 바닷물 좀 퍼 와."

두 훈련생이 물을 퍼 오자 로렌스는 그 차가운 물에 천을 적셔 테메레르의 주둥이와 턱을 닦아주었다.

케이프타운에 도착한 지 이틀째 되는 날이었다. 어제와 오늘 두 용 의사는 테메레르에게 이것저것을 먹이면서 실험을 하고 있었다. 우연히 치료약을 발견할 수도 있으므로 테메레르는 의사들이 가져오는 것은 무엇이든 냄새를 맡거나 삼켜보았다. 그리고 전에 케이프타운에 왔을 때 무엇을 먹었는지 머릿속에 떠올리며 기억을 더듬어보고 있었지만 이렇다 할 진전이 없었다. 용 의사들이 뭐라고 변명하든 로렌스는 이번 실험도 완전한 실패임을 직감하고 있었다.

용 의사들은 그 지역에서 나는 엉터리 치료약을 테메레르에게 계속 먹이고 있었다. 그런 재료들이 전염병을 낫게 하는 약이라는 뚜렷한 근거도 없는데, 계속 이런 식으로 나가다가는 테메레르의 건강이 크게 상할 수도 있었다. 하지만 치료약을 찾는 일이 워낙 다급하니 그들을 무턱대고 막을 수도 없었다.

"이제 훨씬 나아졌어."

테메레르는 이렇게 말하면서도 기진맥진하여 눈조차 뜨질 못했다. 다음 날도 테메레르는 아무것도 못 먹겠다고 했다. 그러다가 생각에 잠긴 표정으로 덧붙였다.

"크게 번거롭지 않다면 차를 좀 마시고 싶은데.'

꿍쑤는 곧 일주일치 찻잎을 모두 넣어 어마어마한 분량의 차를 끓였다. 꿍쑤가 질색을 했지만 승무원들은 벽돌만 한 설탕 덩어리를 차에 넣어 식혔고 테메레르는 그 차를 아주 맛있게 마셨다. 차를 마신 후 테메레르는 이제 기운이 펄펄 난다면서 용감하게 외쳤다. 그러나 그날 구한 식재료가 잔뜩 든 그물 가방과 보따리를 짊어진 에밀리와 다이어가 헐떡거리며 연병장으로 뛰어오자 얼굴빛이 어두워졌다. 십 미터 앞에서도 그 가방과 보따리에서 나는 고약한 냄새를 맡을 수 있었다.

"흠, 어디 볼까."

케인스는 이렇게 말하며 꿍쑤와 함께 그 재료들을 뒤적거렸다.

두 아이는 그 지역에서 나는 채소를 엄청나게 많이 사 왔는데, 감자 비슷한 모양의 아주 크고 기다란 과일도 섞여 있었다. 꿍쑤는 미심쩍어하면서 그 과일을 집어 들고 땅바닥에 힘껏 던져보았다. 그러나 껍질이 어찌나 단단한지 금도 가지 않았다. 꿍쑤는 그 과일을 들고 총독 관저 겸 기지로 쓰이는 성안으로 들어갔다. 그리고 대장장이에게 그 과일을 모루 위에 놓고 두들겨 깨달라고 요청했다.

에밀리가 말했다.

"소시지나무에서 딴 거예요. 아직 덜 익어서 딱딱한 걸지도 몰라요. 그리고 말레이 노점상한테서 화지야오(花椒. 산초나무 열매를 뜻하는 중국어―옮긴이 주)를 약간 구입했어요."

그리고 로렌스에게 작은 바구니에 담긴 고추씨를 보여주었다. 화지야오는 테메레르가 엄청나게 좋아하는 양념 재료였다.

로렌스가 두 아이에게 물었다.

"그 버섯은 없었나?"

지난번 여기 왔을 때 테메레르에게 먹인 그 버섯은 악취가 어찌나 대단한지, 그것으로 요리를 하는 동안에는 성안에 사람이 살 수 없을 정도였다. 그러나 로렌스는 해군 출신답게 맛이 고약한 약일수록 효과가 있다는 믿음을 갖고 있었던지라 그 버섯에 은근히 기대를 걸고 있었다. 제정신인 사람이라면 그 버섯을 요리해서 먹을 리가 없으니 어딘가에서 재배중일 리는 없고 야생에서 자라고 있을 것이었다. 그러니 아무리 돈을 많이 주겠다고 해도 시장에서는 그 버섯을 구할 수가 없는 것이다.

다이어가 높은 목소리로 말했다.

"영어를 좀 할 줄 아는 남자애가 있어서 그 버섯을 우리한테 가져오면 금화로 사례금을 주겠다고 말해놨어요."

전에 여기 왔을 때 한 무리의 원주민 아이들이 호기심에서 그 버섯을 가지고 온 적이 있었다.

도싯은 화지야오를 손가락으로 휘저어 검사하면서 제안했다.

"이 화지야오를 토착 과일과 섞어서 먹이면 도겠어요. 여러 가지 요리에 사용해도 될 것 같고요."

케인스는 코웃음을 치더니 손에 묻은 가루를 탁탁 털고 허리를 폈다. 그는 꿍쑤에게 고개를 저어 보이고는 도싯에게 말했다.

"아니, 하루 더 속을 달래게 해야 돼. 속을 뒤집어놓는 이 재료들은 다 치워. 병증 완화에 도움이 되는 것은 이 지역의 더운 기후뿐이라는 생각이 점점 굳어지고 있어."

케인스는 채소를 뒤적거릴 때 썼던 막대기로 땅바닥을 쿡쿡 찔러 보았다. 땅이 바짝 말라 있어서 막대기는 몇 센티미터밖에 들어가지 않았다. 짤막한 노란색 풀들이 자라고 있었는데 뿌리가 거미줄처럼 얇고 길게 뒤엉켜서 흙을 단단히 움켜잡고 있었다. 아직 3월 초인데도 날씨는 한여름 같았다. 한낮에 기온이 최고로 치솟으면 그 열기로 뜨겁게 달궈진 땅이 희미하게 반짝거렸다.

속을 달래며 꾸벅꾸벅 졸던 테메레르는 케인스의 말에 눈을 살짝 뜨고 미심쩍어하는 말투로 말했다.

"기온이 높아서 기분이 좋기는 한데, 라간 호수 기지 안마당이 여기보다 더 뜨끈뜨끈했어."

　다른 용들이 도착하기 전에 조금이라도 더 빨리 치료약을 찾아보려고 했는데 아직까지 별 성과를 얻지 못하고 있었다.

　며칠 후 얼리전스 호가 케이프타운에 입항하기 전까지, 로렌스와 테메레르는 승무원들하고만 조용히 지낼 수 있었다. 얼리전스 호에서 케이프 식민지까지 충분히 날아갈 만하다는 판단이 섰을 때 로렌스는 용 의사들과 승무원 몇 명, 식량을 테메레르의 몸에 싣고 먼저 케이프타운으로 출발했다. 치료약을 찾는 일을 조금이라도 서두르기 위해서라는 이유를 대면서.

　물론 그것은 핑계가 아니었다. 로렌스 일행이 받은 명령서에는 '한시도 지체하지 말고'라는 문구가 쓰여 있었고, 끊이지 않는 막시무스의 목쉰 기침 소리가 그들의 마음을 재촉했으니까. 하지만 무엇보다 라일리 함장과 사이가 좋지 않아 분위기가 냉랭했기 때문에 한시라도 빨리 배를 떠나고 싶었고, 마침내 얼리전스 호를 벗어나게 되자 로렌스는 속이 후련했다.

　얼리전스 호에서 로렌스는 여러 차례 라일리와 화해를 시도했었다. 항해를 시작한 지 삼 주쯤 지났을 때, 갑판 아래서 그는 우연히 라일리와 스쳐 지나가게 되었다. 로렌스가 모자를 벗으며 인사했지만 라일리는 모자 끝에 살짝 손을 대기만 하고 옆으로 휙 지나갔다. 로렌스를 보자 또다시 울컥 화가 치미는지 얼굴까지 벌게진 모습이었다. 그 뒤로 일주일 동안 분위기가 더욱 냉랭해져서 로렌스는 라일리에게 배에서 잡은 젖염소 고기를 같이 먹자는 제안을 할 수가 없었다. 결국 물기가 빠진 젖염소 고기는 용들의 입으로 들어갔다.

그 후 로렌스는 다시 한 번 화해 분위기를 조성해야겠다 싶어서 갑판에 올라갔을 때 캐서린에게 말했다.

"함장과 그 휘하의 장교들을 점심식사에 초대하는 것이 어떻겠습니까?"

일부러 주변에 있는 해군들이 다 듣게 목청을 높여 말했는데, 그래야 라일리에게 초대장을 보냈을 때 그것이 화해 제의라는 것을 명확하게 알아챌 것이기 때문이었다. 초대를 받은 라일리는 해군 장교들을 이끌고 공군들이 머무는 구역으로 왔다. 그러나 캐서린이 말을 건넬 때를 제외하고 라일리는 식사 내내 조용히 접시만 내려다보며 고개도 들지 않았다. 함장이 그러하니 그 밑의 해군 장교들도 공군 비행사들이 말을 건네지 않으면 입을 열지 않았다. 젊은 공군 장교들까지도 선상 예절에 어긋날까 봐 자유분방한 태도를 삼가고 굳은 얼굴로 식사를 하고 있어서 식탁 분위기는 몹시 거북스럽고 조용했다.

장교 급들이 사이가 좋지 않자 일반 선원들도 공군들에게 적대적으로 대하기 시작했다. 용에 대한 두려움 때문에 그런 감정을 크게 드러내지 않을 뿐, 그들이 혐오스러워한다는 것을 느낌으로 알 수 있었다. 로렌스, 테메레르와 예전에 중국까지 함께 갔던 선원들도 마찬가지였다. 그때는 얼리전스 호에 탑승한 용이 테메레르뿐이었지만 지금은 일곱 마리나 되었고, 그중 여섯 마리가 시도 때도 없이 발작적으로 기침을 하고 재채기를 해서, 용이란 무시무시하고 예측할 수 없는 동물이라는 편견이 더욱 굳어져가고 있었다. 가엾은 용들은 기침과 재채기로 몹시 괴로워하면서 체력이 소진되어가고 있었는데, 선원들은 용에 대한 두려움 때문에 둥갑판에 위치한 앞 돛대에는 좀처럼 올라가려고 하지 않았다.

해군 장교들도 앞 돛대에 올라가지 않으려고 뭉그적거리는 선원들을 나무라지 않은 채 방치했고, 급기야는 일이 터지고 말았다. 아프리카 대륙 해안을 따라 남쪽으로 내려가는 도중에 얼리전스 호는 불어오는 바람을 제대로 잡지 못했다. 용갑판에서 꿈지럭대던 선원들이 뱃머리의 삼각형 돛과 앞 돛대의 가운데 지삭에 치는 삼각형 돛을 제 때 바꿔 달지 못한 것이다. 결국 바람 불어오는 쪽으로 서둘러 뱃머리를 돌려야 했다. 급격한 방향 전환은 용들의 몸 상태에 악영향을 미쳐 기침이 더욱 심해졌다. 게다가 배에 구멍이 뚫릴 뻔했는데, 테메레르의 등에 누워 있던 니티두스가 용갑판으로 굴러 떨어지면서 릴리의 머리를 옆으로 홱 밀쳐내고 만 것이다.

그 바람에 릴리가 뿔을 묻어두고 있던 모래통이 뒤집어지고 기름 섞인 모래가 용갑판 너머 바다로 좌르르 쏟아졌다.

캐서린이 다급하게 외쳤다.

"난간 너머로, 릴리! 난간 너머로 머리를 내밀어!"

릴리의 승무원들도 고함을 질러댔고 그중 한 명이 새 모래통을 가지러 갑판 아래 요리실로 달려갔다. 릴리는 간신히 힘을 내서 몸을 앞으로 끌고 가 얼리전스 호의 난간을 위태위태하게 붙잡고 그 너머로 머리를 내밀었다. 터져 나오려는 기침을 참느라 어깨까지 잔뜩 웅크린 상태였다. 결국 릴리의 뿔에서 독이 흘러나와 타르를 칠한 뱃전에 묻으면서 치이익 소리와 함께 시커멓고 가느다란 연기가 피어올랐다. 얼리전스 호가 바람 불어오는 쪽으로 방향을 돌리고 있는 중이라 뿔에서 흘러나온 독이 바람에 날려 뱃전에 뿌려진 것이었다.

걱정이 된 테메레르가 날개를 반쯤 펼치며 릴리에게 물었다.

"여기서 좀 떨어진 곳으로 데려가줄까? 내 등에 업힐래?"

하지만 뿔에서 산에 가까운 독이 방울방울 떨어지고 있으니 그것은 너무나도 위험한 제안이었다.

로렌스가 소리쳤다.

"테메레르, 여기 이 부분을 부술 수 있겠어?"

용갑판의 널빤지 일부를 발톱으로 떼어내보라고 한 뜻이었는데, 테메레르는 그곳에 대고 입을 벌리더니 기묘한 고함 소리를 천천히 쏟아냈다. 약한 신의 바람을 맞고 널빤지 네 개가 쪼개지면서 둥그렇게 구멍이 났다. 쪼개진 나뭇조각들이 머리 위로 쏟아지자 요리실에 있던 요리사들은 깜짝 놀라 바닥에 엎드리며 머리를 감싸 쥐었다. 널빤지를 조금 더 뜯어내자 구멍이 넓어졌고 테메레르는 그 안으로 앞발을 쑥 집어넣어 모래통을 집어 올렸다. 모래통을 턱 밑에 대주자 그제야 릴리는 한참 동안 콜록콜록 기침을 했다. 억지로 참고 있었던 탓에 기침이 더욱 심해졌다. 기름 섞인 모래에서 쉬이익 소리가 나면서 연기가 나고 산 냄새가 풍겼다. 용갑판에 뻥 뚫린 구멍 주변에는 쪼개진 널빤지가 삐죽삐죽 튀어나와 있어 용들이 움직이다가 배를 찔릴 위험이 있었다. 다만, 요리실 안에서 무럭무럭 피어오르는 수증기를 직접 쏘이게 되니 용들은 몸을 따뜻하게 할 수가 있었다.

화가 치민 로렌스는 목소리를 낮추지도 않고 내뱉었다.

"이런 웃기는 경우를 다 봤나. 차라리 프랑스 배를 타고 말지."

얼리전스 호 같은 대형 용 수송선은 구식으로 방향 전환을 해야 했다. 용이 일곱 마리나 타고 있어 내리누르는 무게가 상당한 데다가 맞바람까지 맞고 있는데 그렇게 경솔하게 방향을 돌려서는 안 되는 것이었다. 후갑판에 모습을 나타낸 라일리도 배 전체에 쩌렁쩌렁하게 울리도록 선원들에게 성난 고함을 질러대고, 갑판 사관인 오웬스에게 상황 보고를 명한 후 부하들에게 새로이 지시를 내렸다. 그 와중에 로렌스가 불만을 터뜨리자 라일리는 잠시 입을 다물었다가 하던 말을 간단히 마무리한 후 휙 돌아섰다.

그날 하루가 끝날 무렵, 캐서린이 용갑판을 떠나 갑판 아래로 내려가려는데 라일리가 그녀를 붙잡고 뻣뻣하게 경직된 사과의 말을 건넸다. 로렌스가 보기에는 비행사들 모두에게 미안하단 말을 하기가 싫어서 대표로 캐서린에게만 사과를 하려고 일부러 그때를 고른 듯했다. 캐서린의 얼굴은 연기와 그을음으로 더러워져 있었고 뛰어다니느라 땋은 머리도 풀려 있었다. 릴리가 나무로 된 모래통의 날 선 가장자리에 다칠까 봐 턱 밑에 괴어주느라 외투도 입지 않은 채였다. 라일리가 불러 세우자 캐서린은 갑판 승강구를 내려가려고 굽혔던 허리를 펴고 흘러내린 머리카락을 손으로 쓸어 넘겼다. 땋은 머리가 모두 풀려 바람에 휘날렸다. 당황한 라일리는 신중하게 준비한 사과의 말도 제대로 못 하고 두서없이 중얼거렸다.

"죄송하다는 말씀을 드리려고…… 이번 일은 매우 유감스럽게 생각하며……."

피곤에 지친 캐서린이 말허리를 잘랐다.

"예, 당연하죠. 앞으로는 조심해주세요. 내일 당장 목수들을 불러다가 부서진 용갑판을 수리해주시고요. 그럼 안녕히 주무세요."

할 말이 끝나자 캐서린은 라일리 곁을 지나 갑판 아래로 내려갔다. 그녀가 원래 화가 났을 때 속내를 사교적으로 에둘러 표현할 줄 모르는 사람이기도 했지만, 지금은 몹시 피곤해서 어서 잠자리에 들고 싶은 마음에 그렇게 말한 것이었다. 하지만 평소 친분이 없던 사람에겐 날카롭게 질책하는 것으로 들릴 수도 있었다. 라일리는 면구스러운 표정이었다.

다음 날 아침, 비행사들이 기상하기도 전에 라일리 함장의 지시를 받은 얼리전스 호의 목수들이 총동원되어 용갑판을 수리하기 시작했다. 그들은 일하느라 땀을 뻘뻘 흘리면서도 투덜거리지 않았다. 그리고 용들이 잠에서 깨어 자신들이 하는 일을 흥미롭게 지켜보는 동안에도 용에 대한 두려움을 겉으로 드러내지 않았다. 그날 저녁까지 목수들은 부서진 용갑판을 말끔하게 수리해놓았을 뿐만 아니라, 지난번 같은 불상사가 또다시 발생할 경우 요리실에서 바로 모래통을 꺼낼 수 있도록 그 자리에 뚜껑을 만들어놓았다.

일찌감치 그런 식으로 손을 썼더라면 어제 같은 일도 없었을 것을. 그러나 캐서린의 생각은 달랐다.

"흠, 멋지게 잘 만들어놓았네요. 라일리 함장에게 고맙다는 인사라도 해야겠어요."

캐서린은 이렇게 말하며 로렌스를 흘끗 쳐다보았다. 하지만 로렌스는 캐서린을 대신해서 라일리에게 감사 인사를 건넬 마음이 없었다. 결국 캐서린은 라일리 함장을 점심식사에 초대했고, 로렌스는 핑계를 대며 그 자리에 불참했다.

갈등이 해결될 기미는 전혀 보이지 않았다. 목적지에 도착할 때까지 로렌스와 라일리는 냉랭하게 지냈다. 갑판 위나 아래에서 스쳐지나갈 때도 간단히 모자를 만지며 인사를 나눌 뿐이었다. 사실 그렇게나마 서로 얼굴을 대할 기회도 많지 않았다. 해군 장교들의 숙소는 고물 쪽에, 공군 장교들의 숙소는 뱃머리 쪽에 위치하고 있었으니까. 함장과 사이가 좋지 않으니 항해 내내 로렌스도 마음이 편치 않았다. 로렌스 밑에서 복무한 적이 없는 해군 장교들은 완전히 라일리의 편에 서서 로렌스를 껄끄럽게 여기며 냉랭하게 굴었다. 로렌스는 해군 장교와 선원들에게 기분 나쁠 정도로 모욕적이고 차가운 대우를 받았다. 그러다보니 라일리와의 언쟁으로 입은 마음의 상처가 나날이 깊어져 갔고 라일리의 적대적인 태도에 대한 분노도 점점 커져갔다.

그래도 좋은 점이 하나 있었다. 얼리전스 호에서 해군들과 어울릴 일이 아예 없어지면서 로렌스는 공군 비행사들과 더 가깝게 지내게 되었고 그들의 자유로운 기질에 동화되어갔다. 이번에는 명목상으로만 공군이 아니라 명실상부한 공군으로서 항해를 하게 된 것이다. 그것은 매우 색다른 경험이었다. 뜻밖에도 로렌스는 공군 생활이 체질에 더 잘 맞는다는 것을 알게 되었다.

배에서는 공군들이 할 일이 거의 없었다. 정오까지 용들에게 먹일 가축을 도살한 후, 최대한 용들을 귀찮게 하지 않는 범위 내에서 용갑판을 닦음돌로 닦아내고 어린 장교들의 공부를 봐주는 것까지 끝마치고 나면 잠자리에 들 때까지 자유 시간이었다. 물론 용들로 가득한 용갑판과 갑판 아래 선실에서 누리는 자유일 뿐이었지만.

항해가 시작되고 사흘 정도 지났을 때, 로렌스는 선실에서 편지를 쓰고 있었다. 해군 시절에는 늘 이렇게 편지를 썼는데 육지에서는 거의 편지를 쓰지 않고 지냈다. 갑자기 체너리 대령이 선실 문을 열고 물었다.

"선실 칸막이벽을 치우고 방을 넓게 쓰는 게 어떻겠습니까, 로렌스? 카드놀이용 탁자를 놓으려고 하는데 공간이 협소해서요."

의외의 요청이었지만 로렌스는 선선히 동의했다. 칸막이를 치우고 나자 공간이 훨씬 넓어져서 좋았다. 동료들이 카드놀이를 하면서 떠드는 소리를 들으며 편지를 쓰는 것도 나쁘지 않았다. 그 뒤로 비행사들은 아침에 일어나 옷을 입고 나면 서로에게 물어볼 것도 없이 칸막이를 치웠고 밤에 잠잘 때에만 도로 칸막이를 세웠다.

매끼마다 식사도 여럿이 함께하기 시작했다. 캐서린이 분위기를 주도하는 가운데 공군 장교들은 엄격한 예의 따위는 집어치우고 편안하게 대화를 나누며 쾌활하고 시끌벅적하게 식사를 했다. 식탁의 중간 이하 자리는 하급 장교들 차지였는데 그들은 계급 순이 아니라 먼저 오는 순서대로 대충대충 자리에 앉았다. 식사를 마치고 나면 다들 용갑판으로 올라가 국왕 폐하께 충성을 맹세하며 건배를 했다. 그리고 각자의 용들 곁에 서서 커피를 마시거나 담배를 피웠다. 그때쯤 테메레르를 제외한 용들은 기침이 덜 나게 우유술을 마신 뒤라 꾸벅꾸벅 졸곤 했다. 저녁 시간에는 날씨가 선선해져서 우유술도 별 효과를 내지는 못했다. 식사를 한 후 로렌스는 테메레르에게 책을 읽어주었는데 가끔은 라틴어나 프랑스어로 된 책을 읽어주기도 했다. 외국어로 된 책일 경우 테메레르는 로렌스가 읽어주는 내용을 다른 용들에게 영어로 통역해주었다.

지금까지 로렌스는 테메레르가 특별한 존재라서 학문에 대한 관심도 유별난 것이라고 생각해왔다. 그래서 처음에는 다른 용들의 지적 수준에 맞게 비교적 쉬운 문학 작품을 읽어주었는데 그게 몇 권 안 되는지라 얼마 후부터는 어쩔 수 없이 테메레르가 열렬히 좋아하는 수학과 과학 논문을 읽어주어야 했다. 그 논문의 내용은 로렌스도 이해하기 버거운 수준이었다. 그런데 예상 외로 용들은 그런 논문에도 관심을 보였다. 어느 날, 로렌스가 기하학에 관한 엄청나게 지루한 논문을 읽어 내려가고 있을 때 메소리아가 잠이 쏟아지는 목소리로 끼어들었다. 로렌스는 깜짝 놀랐다.

"그 부분은 대충 넘겨요. 답이 맞으니 굳이 그 과정까지 증명할 필요는 없잖아요."

대권항법이론(大圈航法理論) 부분을 말하는 것이었다. 용들은 지도상에서 직선으로 표시되는 항로보다 곡선으로 표시되는 항로를 택하는 것이 실질적으로 최단 항로라는 것을 별 어려움 없이 이해하고 있었다. 해군 시절 로렌스는 대위 진급 시험을 준비하느라 그 이론을 배워야 했는데, 당시 잘 이해가 되질 않아 거의 일주일 동안 붙들고 씨름을 했었다.

다음 날 저녁, 로렌스가 기하학 논문을 읽어주고 있을 때 니티두스와 둘시아가 테메레르와 논쟁을 벌이기 시작했다. 그것은 유클리드의 공준(公準)에 관한 논문이었는데, 용들의 의견이 엇갈리는 부분은 바로 평행선 공준(평행한 두 직선은 결코 만나지 않는다는 공준인데, 직관적으로 자명하지 않아 증명을 요구하는 명제로 여겨졌고 그에 대한 논의의 결과 비유클리드 기하학이라는 새로운 기하학 구조가 탄생하게 된다—옮긴이 주)에 관한 내용이었다. 니티두스와 둘시아는 그 공준이 말이 안 된다고 주장했다. 그러자 테메레르가 반박했다.

"그 공준이 반드시 옳다는 게 아니라, 그 공준을 받아들여야 다른 이론으로 파생이 가능하다는 거예요. 과학의 모든 가설이 그 공준에 기반을 두고 있으니까."

짜증이 난 니티두스는 날개를 퍼덕거리더니 막시무스의 옆구리에 대고 꼬리를 탁 치며 말했다.

"애초에 잘못된 공준인데 그게 어떻게 쓸모가 있을 수 있어!"

다행히 막시무스는 잠에서 깨지 않고 조그맣게 투덜거리다가 말았다. 테메레르가 차분하게 말했다.

"그 공준이 틀렸다는 게 아니라 다른 명제들처럼 명확하지 않은 것뿐이라니까요."

니티두스는 고집스럽게 우겨댔다.

"그 공준은 틀렸어. 완전히 틀린 거라고."

둘시아는 좀더 차분하게 테메레르의 주장에 반박했다.

"잘 생각해보면 알 수 있잖아. 너는 도버에서 출발하고 나는 런던에서 약간 남쪽으로 내려간 지점에서 동시에 출발한다고 가정해보자고. 너와 나는 같은 위도상에 있는 것이지. 우리는 각자의 위치에서 직선을 유지하며 북쪽으로 날아가는 거야. 그럼 항로를 잘못 잡지 않은 이상 우리는 북극에서 만나게 되어 있어. 그러니 평행선 두 개가 절대 만날 수 없다고 주장하는 것은 논리적으로 맞질 않아."

테메레르는 앞발로 이마를 긁적이며 말했다.

"흠, 그 말은 맞아요. 그렇지만 모든 유용한 계산법과 수학 이론이 그 평행선 공준에서 비롯되었다는 점을 생각하면 그 공준을 받아들일 수밖에 없어요. 내 생각에는 이 얼리전스 호는 물론이고 모든 배의 설계가 기본적으로 그 공준에서 나온 것 같으니까요."

신경질적인 성격의 니티두스는 테메레르의 말을 듣고 매우 미심쩍은 눈으로 얼리전스 호를 둘러보았다. 테메레르가 설명을 계속했다.

"한편으로는 그런 가설 없이 혹은 정반대의 가설을 세우고 생각해볼 수도 있을 것 같네요……."

그리고 용들은 머리를 맞대고 테메레르의 모래 석판을 들여다보며 자기네 나름대로 기하학 가설을 세우기 시작했다. 부정확하다고 생각되는 원칙들을 과감히 버리고 새로운 이론을 정립하는 게임이었는데, 용들은 평소 다른 놀이를 할 때보다 훨씬 더 몰입하고 있었다. 나름대로 독창적인 가설을 세우고 성과가 나오기 시작하자 용들은 박수를 쳐가며 즐거워했다.

공군 장교들도 그 게임에 관심을 갖기 시작했다. 공군들 중에는 글씨를 잘 쓰는 사람이 거의 없어서 로렌스가 서기 노릇을 하게 되었다. 용들이 머릿속으로 생각하는 이론을 빠르게 확대해나가기 시작하자 로렌스는 그들이 말하는 것을 혼자서 다 받아 적기 벅찰 정도였다. 용들은 지적인 호기심 때문이기도 했지만 무엇보다도 작업한 내용을 자기네 눈으로 보고 싶어했다. 결국 용들은 로렌스가 받아 쓴 내용을 책으로 만들어 한 권씩 소장했으면 좋겠다고 말했다. 테메레르가 귀중한 보석을 다루듯, 용들은 그 책을 소중하게 간직할 생각이었다.

캐서린이 릴리에게 말했다.

"로렌스 대령이 너희한테 읽어주는 책처럼 근사하게 제본해서 멋진 책으로 만들어줄게. 대신 매일 먹이를 조금이라도 더 먹어야 해. 자, 여기 있는 이 다랑어를 몇 조각이라도 더 먹어봐."

지금까지 먹이를 더 먹으라고 해도 거부하던 릴리는 캐서린이 그런 말로 달래자 순순히 따랐다. 릴리는 생색내듯 말했다.

"흠, 그럼 조금만 더 먹을게. 대신 저 책처럼 금으로 된 경첩도 달아줘야 해."

로렌스는 공군들과 친분이 점점 두터워지고 있어 좋기는 했지만 그들과의 친분을 더 선호하게 된 것이 현 상황에 대한 나약한 순응이 아닐까 싶어 자괴감이 들기도 했다. 공군들은 바다 여행에 흥미를 갖게 되면서 선상 생활에 용기도 생겼고, 나름대로 쾌활하게 지내려 노력하고 있었다. 용들은 기침이 심해지면서 점점 폐가 상해갔다. 비행사들은 아침마다 갑판에 올라가서 승무원들을 지휘하여 밤새 용들이 뱉어놓은 피 섞인 가래와 콧물을 치우게 했다. 그리고 밤이면 갑판 위에서 들려오는 가르랑거리는 가래 소리와 지친 기침 소리를 들으며 억지로 선실에 누워 잠을 청했다. 그런 상황만 아니었으면 날씨도 좋으니 꽤 유쾌한 항해가 되었을 것이다. 비행사들은 불안한 마음을 달래기 위해 일부러 더 크게 웃고 떠들며 지냈다. 진짜 즐거운 일이 있어서 그럴 때도 있었지만 대부분은 마음에 엄습하는 두려움에 맞서기 위해서였다. 로마가 불타는 동안 악기를 연주하고 노래를 부르던 자의 심정이 이와 같았으리라.

공군들만 마음이 불편한 것은 아니었다. 라일리는 에라스무스 목사를 얼리전스 호에 승선시킨 것에 대해 몹시 탐탁지 않게 여기고 있었다. 그것은 정치적인 이유 때문만은 아니었다. 얼리전스 호에는 에라스무스 가족 말고도 수많은 승객들이 타고 있었는데, 라일리는 내키지 않았지만 해군본부의 지시에 따라 그 승객들을 이 배에 태워야 했다. 승객들 중 일부는 마데이라 섬에서 내려 서인도 제도나 핼리팩스로 가는 다른 배로 갈아탔고, 일부는 케이프 식민지로 정착하러 가는 중이었으며, 나머지는 인도로 가려는 자들이었다. 로렌스는 잘 알지도 못하는 사람들에 대해 부정적으로 생각하고 싶지는 않았지만, 그 승객들이 프랑스의 영국 침공을 두려워하여 조국을 버리고 떠나는 자들이 아닐까 하는 의심이 들었다.

그런 의심이 사실이라는 증거도 일부 확보할 수 있었다. 승객들이 신선한 공기를 마시기 위해 후갑판으로 올라와 바람 불어오는 쪽에 서서 얘기를 나누고 있을 때 그곳을 지나가던 로렌스가 우연히 그들의 대화를 들은 것이다. 승객들은 전쟁이 끝나고 평화가 찾아올 가능성에 대해 논의 중이었고 두려움 가득한 목소리로 나폴레옹의 이름을 언급했다. 사실 그런 일반 승객들이 머무는 후갑판 아래 구역은 용갑판과 구별되는 곳이라 로렌스는 그들과 직접 대화를 나눌 기회가 거의 없었다. 그 승객들도 굳이 공군들과 친분을 쌓으려고 하지 않았다. 로렌스는 에라스무스 목사와 몇 차례 점심식사를 함께하면서 승객들의 속내를 전해 들을 수 있었다. 에라스무스는 다른 승객들이 하는 말을 주워 옮기지는 않으나 로렌스에게 이런 질문을 했다.

"대령님, 프랑스가 또다시 영국을 침공할 거라고 보십니까?"

목사는 평소 일반 승객들과 함께 점심을 먹으며 그들이 나누는 얘기를 듣고 있었기에 자연스럽게 그런 질문을 한 것이었다.

"나폴레옹이야 물론 그러고 싶겠지요. 전제군주이니 군대도 마음대로 움직일 수 있을 테고요. 첫 영국 침공에서 철저하게 패배했는데 또 무모하게 쳐들어올지는 알 수 없지만, 만일 쳐들어온다고 해도 우리 영국군에게 격퇴당할 겁니다."

순전히 애국심에 바탕을 둔 과장된 예측이었으나, 조만간 나폴레옹이 영국을 치러 온다고 할 때 승전 가능성이 전혀 없다고는 말할 수 없었다.

"그런 말을 들으니 마음이 놓입니다."

에라스무스는 이렇게 말한 후 신중하게 덧붙였다.

"프랑스 혁명에서 비롯된 자유와 형제애의 숭고한 약속이 피와 부의 탐닉 속에서 삽시간에 무너지는 것을 보았습니다. 그런 모습들을 보면서 인간이 원죄를 가진 존재라는 것을 다시 한 번 상기하게 되더군요. 인간은 부패에서 태어난 존재라, 하느님의 영광을 위해 애쓰지 않고 하느님의 계율에 따르지 않는다면 세상의 부정의에 맞서 이길 수가 없습니다."

로렌스는 찔리는 구석이 있어 그 말에 선뜻 동의하지 못했다. 대신 목사에게 끓인 자두 요리를 먹어보라며 요리 접시를 건네주었다. 지난 일 년간 로렌스는 예배에 참석한 적이 없었다. 군목(軍牧)인 브리튼이 얼리전스 호에서 일요 예배를 집전하고 있었지만 설교가 몹시 단조롭고 진지함도 결여되어 있어 아무런 감화도 느낄 수가 없었다. 그래서 일요일 예배 시간이 다가오면 로렌스는 브리튼이 예배 보러 오라고 말하지 못하도록 일부러 테메레르 곁에 앉아 있었다.

로렌스는 종종 마음을 어지럽히던 질문을 꺼냈다.

"그런데 에라스무스 목사님, 용도 원죄를 갖고 태어난다고 보십니까?"

지금까지 로렌스는 테메레르가 성경에 관심을 갖도록 하려고 애썼지만 성공하지 못했다. 한 번 성경을 읽은 뒤 테메레르는 철저하게 불경스러운 질문을 해댔고 로렌스는 그로 인해 큰 재앙이 닥칠지도 모른다는 미신적인 생각에 사로잡혀 성경에 대한 논의를 아예 그만두었던 것이다.

에라스무스는 잠시 생각하더니 용에게는 원죄가 없다는 의견을 내놓았다.

"아담과 이브 외에 선악과를 먹은 존재가 있다면 성경에 기록되어 있겠지요. 그리고 용이 뱀과 모습이 비슷하기는 하지만 차이점이 있습니다. 하느님께서는 이브를 유혹해 선악과를 먹게 한 뱀에게 죽을 때까지 땅바닥을 기어 다니며 살라는 형벌을 내리셨습니다. 그런데 용은 하늘을 날아다니니 땅에 배를 대고 기어 다니는 뱀과는 엄연히 다른 존재인 것입니다."

에라스무스가 분명하게 말을 해주자 로렌스는 마음이 한결 가벼워졌다.

그날 저녁 로렌스는 갑판으로 올라가 테메레르에게 먹이를 좀더 먹으라고 권했다. 테메레르는 전염병에 걸린 것도 아닌데 점점 축 늘어지고 있었다. 다른 용들이 병들어 제대로 먹지 못하고 있는데 그 옆에서 무얼 먹기가 민망했던지 먹이를 거부하기 시작한 것이다. 로렌스가 달래고 설득해도 소용없었다. 그런 날이 거듭되자 꿍쑤가 갑판으로 올라와 한바탕 화려한 중국어를 쏟아냈다. 로렌스는 여섯 마디 중 한 마디도 겨우 알아들을까 말까 했지만 테메레르는 전부 다 알아들었다. 테메레르가 더 이상 자기가 만든 요리를 먹지 않으려 하니 그런 수치가 또 없다며 테메레르의 요리사 직을 사임하겠다는 것이었다. 그리고 그 이유를 장황하게 늘어놓았다. 요리를 거부당했으니 자신의 명예는 물론 그의 스승과 가족의 명예까지 바닥으로 떨어졌고 그 명예를 회복하기도 어려운 지경이니 완전히 실패자로 낙인 찍히기 전에 기회가 되는 대로 고향으로 돌아가겠다는 얘기였다.

"요리 맛은 아주 좋아. 그저 지금은 배가 고프지 않아서 그래."

테메레르가 항변했지만 꿍쑤는 그 말이 자신을 생각해주는 핑계일 뿐이라고 외쳐댔다.

"아무리 입맛이 없어도 제 요리를 먹으면 식욕이 살아나야 그게 좋은 요리란 말입니다!"

"사실 식욕이 없는 것은 아니고……."

테메레르는 아파 누워 있는 편대원들을 안타까운 눈으로 바라보며 한숨을 쉬었다. 로렌스가 나지막하게 말했다.

"테메레르, 네가 배를 곯는다고 해서 저들에게 이득이 될 건 없어. 오히려 해만 끼치지. 케이프 식민지에 도착해서 치료약을 찾으려면 넌 건강한 체력을 유지해야 돼."

"나도 알아. 하지만 다들 제대로 못 먹고 늘어져 잠만 자는데 혼자 꾸역꾸역 먹으려니까 마음이 안 편해. 꼭 그들 뒤에서 먹이를 훔쳐 먹고 있는 것 같은 기분이 든단 말이야."

로렌스는 당황스러웠다. 지금까지 테메레르는 동료들보다 많이 먹는 것을 미안해하기는커녕 다른 용들의 눈길을 피해 저 먹을 것을 따로 챙겨놓곤 했기 때문이다. 테메레르의 고백을 듣고 난 뒤부터 로렌스와 꿍쑤는 낮에 다른 용들이 깨어 있는 동안에는 테메레르에게 먹이를 조금만 주기로 했다. 그러자 테메레르는 먹이 먹는 것을 크게 꺼리지 않게 되었다. 다른 용들은 여전히 잘 먹지 못하고 있었지만.

로렌스뿐만 아니라 테메레르도 그들이 처한 상황이 영 마음에 들지 않는 얼굴이었다. 남쪽으로 나아갈수록 불쾌한 기분은 점점 더해 갔다. 라일리 함장은 최대한 항구에서 멀찌감치 떨어진 항로를 유지하면서 케이프코스트, 루안다, 벵겔라 항구에 들르지 않았다. 멀리서 보면 하얀 돛을 단 배들이 북적거리는 그 항구들은 더없이 활기차 보였다. 그러나 배 주변에 상어떼가 버글거리는 것을 보면 그 배들이 얼마나 끔찍한 무역을 하고 있는지 짐작할 수 있었다. 상어떼는 훈련받은 개들처럼 항구를 드나드는 노예선들을 이리저리 쫓아 다니고 있었다.

별안간 에라스무스 목사의 부인 한나가 물었다.

"저 항구 도시의 이름은 뭐죠?"

한나는 바람을 좀 쏘이려고 나온 것이었다. 그녀의 두 딸은 어머니의 시선이 다른 곳을 향하고 있는 틈을 타서 양산을 같이 쓰고 갑판을 왔다갔다하며 귀부인 흉내를 내고 있었다.

갑자기 말을 걸어 놀랐지만 로렌스는 차분히 대답했다.

"벵겔라입니다."

항해를 시작한 지 두 달이 다 되어가도록 한나는 로렌스에게 직접 말을 건 적이 없었다. 평소에도 고개를 살짝 숙인 채 지냈고 목소리도 나지막했으며 결코 나서는 법이 없었다. 간혹 입을 열 때 들어보면 영어에 포르투갈어 억양이 강하게 들어가 있는 것을 알 수 있었다. 에라스무스 목사에게 들은 바로는, 한나는 결혼 직전에야 노예 신분에서 벗어날 수 있었다고 했다. 하지만 그것은 주인이 관대함을 베풀어서가 아니라 불운한 사고가 일어났기 때문이었다. 한나의 주인이었던 자는 브라질의 지주였는데 사업차 어느 상선을 타고 프랑스로 가다가 대서양에서 다른 배에게 공격을 당했다. 그 상선은 영국의 포츠머스 항구로 끌려갔고, 그 일로 그자가 데리고 있던 노예들이 모두 해방된 것이었다.

두 손으로 난간을 붙잡고 서 있는 한나는 키가 매우 컸고 체격이 곧았다. 그녀는 갑판 위에서 별로 비틀거리지도 않았기 때문에 누군가의 부축을 받으며 다닐 필요도 없었다. 한나는 한참 동안 항구 쪽을 쳐다보며 서 있었고, 산보놀이에 싫증이 난 그녀의 두 딸은 귀부인 흉내를 그만두고 양산도 팽개친 채 에밀리와 다이어를 따라 밧줄을 기어오르며 놀고 있었다.

로렌스가 알기로 엄청나게 많은 노예선이 흑인들을 잡아다가 벵겔라 항구에서 브라질로 실어 갔다. 로렌스는 갑판 아래로 데려다주겠다는 뜻으로 말없이 한쪽 팔을 내밀었다. 한나가 항구에서 시선을 거두자 로렌스는 그녀에게 다과를 들겠냐고 권했다. 한나는 고개를 저으며 두 제안을 모두 사양한 뒤 나지막하게 두 딸에게 밧줄에서 내려오라고 했다. 두 아이는 당황한 모습으로 하던 놀이를 그만두고 어머니를 따라 갑판 아래로 내려갔다.

벵겔라를 지나자 더 이상 노예무역항은 볼 수 없었다. 그 아래 남쪽 지역에서는 노예무역에 대한 원주민들의 적대감이 대단했고 해안 분위기도 살벌했기 때문이다. 그러나 얼리전스 호의 분위기는 좀처럼 나아지지 않았다. 로렌스와 테메레르는 그런 숨막히는 분위기에서 잠시나마 벗어나기 위해 종종 해안 가까이까지 날아갔다. 라일리 함장이 수심이 얕은 해안 쪽으로는 배를 몰아가지 않았기 때문에 그대로 용갑판에만 앉아 있다가는 해안 구경을 전혀 할 수가 없었다. 해안 안쪽에는 빽빽하게 숲이 우거져 있고 노란 바위와 모래가 바다를 향해 쏟아져 내려가고 있었다. 해안에 나른하게 누워 있는 바다표범, 끝없이 펼쳐진 오렌지색 사막. 그 사막과 가까운 해안에는 두꺼운 안개가 잔뜩 끼어 있어서 선원들은 각별히 조심해야 했다. 안개가 짙은 곳을 지날 때 당직 사관은 한 시간마다 한 번씩 선원들을 불러 수심을 측정하게 했다. 안개 속에서 그들의 목소리가 먹먹하고 괴상하게 들렸다. 마치 아주 멀리서 들려오는 것처럼. 해변에는 흑인 남자 몇 명이 자주 모습을 드러냈는데 그들은 교대를 서 가며 의심스러운 눈초리로 얼리전스 호 쪽을 살폈다. 주의 깊게 지켜보는 그들의 눈길이 느껴졌다. 얼리전스 호는 남쪽으로 항해를 계속했다. 날카롭게 지저귀는 새소리 외에 해변에서는 아무 소리도 들리지 않았다.

벵겔라 항구 부근을 지난 지 한 달 정도 지난 어느 날, 얼리전스 호에서 느껴지는 중압감을 참다못한 테메레르가 로렌스에게 제안했다.

"우리끼리 먼저 케이프타운으로 가는 게 좋을 것 같아. 이대로 배를 타고 가는 것보다 그 편이 더 빨라."

그러나 내륙을 가로질러 케이프타운으로 가는 것은 너무 위험했다. 아프리카 내륙은 야생 밀림이 우거져 있어 관통이 불가능하다고 알려져 있었다. 예전에 해안의 항로에서 이탈해 내륙으로 들어갔던 우편배달 용 몇 마리는 지금까지도 생사를 알 수 없었다. 하지만 로렌스도 이 배를 얼른 떠나고 싶었고 치료약을 찾는 것이 이 여행의 목적인 만큼 최대한 서둘러야 하므로 테메레르의 제안을 진지하게 고려해보았다.

마침내 로렌스는 케이프타운까지 하루 만에 날아갈 수 있는 곳에 이르면 얼리전스 호에 다른 용들을 남겨두고 먼저 출발해야겠다고 마음을 굳혔다. 종일 쉬지 않고 날아가야 하니 힘이 들겠지만 그 편이 나을 듯했다. 로렌스가 그 조건을 내걸며 체력을 길러두라고 하자 그때부터 테메레르는 먹이도 잘 먹고 얼리전스 호 주변을 빙글빙글 도는 길고 지루한 비행 훈련도 마다하지 않았다. 먼저 출발하겠다는 로렌스의 말에 아무도 반대하지 않았다. 비행사들은 한시라도 빨리 치료약을 찾을 수 있기를 간절히 바라고 있었으니까. 캐서린은 약간 걱정스러운 목소리로 이렇게만 말했다.

"안전하게 목적지까지 날아갈 수만 있으면 그렇게 하세요."

로렌스는 라일리를 찾아가 목적지까지 하루 비행 거리만큼 가까워지면 먼저 출발하겠다고 공식적으로 알렸다. 라일리는 책상 위에 놓인 지도에 시선을 고정한 채 고개도 들지 않고 대답했다.

"뜻대로 하십시오."

로렌스는 라일리가 자기와 눈을 마주치고 싶지 않아서 지도를 보며 항로 계산을 하는 척하고 있다는 것을 알았다. 라일리는 종이에 직접 쓰지 않고서는 암산만으로 항로 계산을 하지 못하는 사람이었으니까.

로렌스는 페리스를 불러 지시를 내리며 덧붙였다.

"승무원들을 다 데리고 가진 않을 거다."

얼리전스 호에 남아서 나머지 승무원들을 지휘하라는 말에 페리스는 낯빛이 어두워졌지만 로렌스의 결정에 항의하지는 않았다. 케인스와 도싯, 꿍쑤는 당연히 데려가야 했다. 지난번 항해 때 용싱 왕자의 요리사들이 케이프타운 지역에서 나는 식재료로 열심히 요리를 해서 테메레르에게 먹였기 때문에, 용 의사들은 꿍쑤가 테메레르의 조언에 따라 그 요리를 재현할 경우 치료약을 찾을 수 있을지도 모른다는 희망을 갖고 있었다.

"그곳 재료를 가지고 그 요리사들이 썼던 방법대로 요리를 할 수 있겠나?"

로렌스가 묻자 꿍쑤는 즉시 반발하면서 중국에서는 남쪽 지방 요리와 북쪽 지방 요리가 확연히 다르다고 말했다. 당황한 로렌스에게 꿍쑤는 목청을 높여가며 지역주의를 드러냈다.

"아주 똑같이 만들 수는 없겠지만, 보잘것없는 솜씨나마 최대한 발휘해보겠습니다. 참고로 말씀드리자면 북쪽 지방 요리가 원래 남쪽 지방 요리보다 훨씬 못합니다."

꿍쑤의 조수 노릇을 하며 시장에서 재료를 사 오는 일을 맡을 사람이 필요하므로 에밀리와 다이어도 데려가기로 했다. 두 훈련생은 체중도 가벼우니 테메레르에게도 별로 부담이 되지 않을 터였다. 금화가 든 상자와 칼, 권총, 깨끗한 셔츠 한 장, 긴 양말 한 짝도 챙겨 넣었다. 무게를 가늠해보기 위해 승무원들과 짐을 몸에 싣자 테메레르가 말했다.

"무게가 하나도 안 느껴져. 며칠이라도 계속 날 수 있을 것 같아."

테메레르는 얼른 출발하고 싶어 몸이 근질거리는 눈치였다. 로렌스는 신중을 기하기 위해 일주일간 더 얼리전스 호에 머물렀다. 마침내 케이프타운까지 삼백이십여 킬로미터를 남겨놓은 지점에 이르렀다. 하루종일 날아가야 하는 거리였지만 불가능하지는 않았다.

로렌스는 결정을 내렸다.

"내일 아침에 날씨만 괜찮으면 출발하기로 하지."

그리고 거절하리라 예상하면서도 에라스무스 목사에게 버클리 대령의 초대에 응할 것인지 물었다.

"버클리 대령이 목사님만 괜찮으시다면 자기 손님으로 계속 얼리전스 호에 머물게 해드리겠다고 하더군요."

사실 버클리는 로렌스에게 그보다는 덜 고상하게 "아, 물론이죠. 그 초대라는 것이 빌어먹게도 형식적인 절차에 불과한 것이지만, 목사 가족을 난간 너머로 던져버릴 수는 없지 않습니까? 안 그래요, 다들?" 하고 말했었다.

로렌스는 하던 말을 계속했다.

"그렇지만 목사님은 제 손님이니 저와 함께 선발대로 가셔도 됩니다."

에라스무스는 아내를 돌아보며 물었다.

"한나, 당신 괜찮겠소?"

브라질식 포르투갈어로 쓰여 있는 작은 책을 조그맣게 소리 내어 읽고 있던 한나가 고개를 들었다.

"괜찮아요."

테메레르의 등에 올라탈 때도 한나는 전혀 겁내는 기색이 없었다. 그녀는 두 딸이 불안해하지 않도록 품에 꼭 끌어안으며 조용히 자리에 앉았다.

"케이프타운에서 만나세."

로렌스는 페리스에게 이렇게 말하고 캐서린에게 경례를 했다. 용 갑판에서 이륙한 테메레르는 신선한 바람을 가로지르며 깨끗한 대양 위로 훨훨 날았다.

밤새 날아서 새벽녘이 되어서야 테메레르는 테이블 만(灣)을 넘어 케이프타운에 도착했다. 얼핏 보면 요새 벽처럼 보이는, 정상이 평평한 테이블 산이 도시 뒤쪽에서 뿌옇게 황금빛을 내며 서 있었다. 가로 줄무늬가 새겨진 테이블 산의 바위, 그리고 양옆에 보초처럼 서 있는 작고 뾰족한 산봉우리에 햇빛이 비치고 있었다. 산비탈 아래 위치한 초승달 모양의 평지에는 건물이 잔뜩 들어선 마을이 있고 해변 중앙에는 총독 관저로 사용되는 '희망성'이 보였다. 위에서 보니 성의 외벽은 별 모양이고 외벽 안에 버터처럼 노란 지붕이 씌워진 오각형의 요새가 있었다. 테메레르가 접근하자 이른 아침 햇살을 받아 반짝거리는 요새의 대포가 바람 불어가는 쪽으로 환영의 예포를 쏘아 올렸다.

테메레르는 성 바로 옆에 있는 연병장에 착륙했다. 그 연병장은 용의 몸길이를 기준으로 했을 때 대양의 파도가 치는 모래사장에서 몇 용신(龍身)밖에 떨어져 있지 않았다. 만조 때 강풍이 불면 연병장 가까이까지 파도가 밀려들 테지만 한편 생각하면 한여름 같은 무더위를 식혀줄 수 있을 테니 나름 장점도 있었다. 요새 내부에 있는 안마당은 비상시에 용 몇 마리를 수용할 수 있을 정도의 넓이였다. 그러나 평소에 용이 그 안에 머물면 성의 막사에 주둔하고 있는 육군들이 불편해할 것이었다. 게다가 지난번 중국으로 가던 도중에 들렀던 때 이후로 연병장이 크게 넓어져서 테메레르도 연병장에 머무는 편이 더 편할 듯했다. 전염병으로 체력이 크게 떨어진 영국의 우편 배달 용들은 더 이상 이 머나먼 남쪽까지 급보를 전하러 오지 않았다. 대신 속도가 빠른 소형 범선이 얼리전스 호보다 먼저 출발하여 케이프 식민지의 임시 총독인 그레이 중장에게 급보를 전해주었다. 그 급보에는 릴리 편대의 도착을 알리는 내용과 그 편대가 케이프타운으로 오고 있는 다급한 사유가 적혀 있었다. 급보를 받고 그레이 중장은 편대의 용들을 모두 수용할 수 있게 연병장을 넓히고 그 주변에 야트막한 울타리까지 세워두었다.

그레이 중장이 로렌스에게 말했다.

"저 울타리 때문에 크게 성가시진 않을 걸세. 밖에서 들여다보려는 자들의 눈길과 저 빌어먹을 소음을 조금이나마 막아줄 테니까."

용 편대가 오고 있음을 알게 된 뒤로 성 밖에서 항의하고 있는 식민지 이주민들의 고함 소리를 말하는 것이었다. 그레이 중장이 말을 이었다.

"일행보다 먼저 오길 잘했어. 용 일곱 마리가 한꺼번에 몰려오는 것보다 일단 한 마리가 먼저 와서 주민들에게 익숙해질 시간을 주는 게 나으니까. 저렇게 항의하는 걸 보면 꼭 용 편대에 대해서는 들어본 적도 없는 사람들 같단 말이야."

그레이 중장이 케이프 식민지에 온 것은 1807년 1월이었다. 그는 임시 총독일 뿐이라 정식 총독인 캘러든 백작이 부임해 오면 그 자리에서 물러나게 되어 있었다. 말 그대로 임시 직책이라 운신하기도 거북스러웠고 강력한 권위를 내세울 수도 없었다. 용 편대의 도착 말고도 해결해야 할 온갖 성가신 문제들이 산적해 있었다. 마을 사람들은 영국 정부가 케이프 식민지를 차지한 것을 탐탁지 않게 여기고 있었다. 그들이 알아서 각자 농장을 만들고 시골 지역은 물론 해변까지 소유지를 넓혀나가고 있는데, 영국 정부가 괜히 끼어들어 그들의 독립적인 생활을 방해하고 있다고 생각했다. 그들은 아프리카 대륙의 야생 지역까지 소유지의 경계선을 점점 넓혀나갔다. 그런 위험까지 감수하며 생활하는 만큼 정부의 간섭 없는 독립성을 누릴 자격이 충분하다고 생각하는 것이다.

마을 사람들은 용 편대가 케이프타운으로 오는 것도 숨겨진 저의가 있기 때문일 거라 의심하고 있었다. 영국의 용 편대가 왜 이곳까지 오는지 알려지지 않았기 때문에 더욱 미심쩍어하는 분위기였다. 케이프 식민지 형성 초기에 노예들을 싸게 살 수 있었던 까닭에 이곳 이주민들과 그 가족들은 육체노동을 천시했고, 농장과 포도밭, 가축 관리를 모두 노예들에게 시키고 있었다. 그들은 확보 가능한 수보다 훨씬 많은 노예가 필요했기 때문에 케이프 식민지에서는 해외로 노예를 수출하지 않았다. 오히려 말레이 사람들을 노예로 사 왔고 간혹 서인도 제도의 흑인 노예들을 사 오기도 했다. 그래도 모자라는 인원은 원주민인 코이 부족으로 채웠는데, 코이 부족민들은 엄밀히 말해 노예가 아니었지만 노예와 다를 바 없는 속박을 당했고 터무니없이 적은 급료를 받았다.

자기네가 수적으로 크게 열세라는 것을 알기에 이주민들은 노예와 원주민들을 가혹한 규제와 마구잡이 형벌로 다스리며 지배 체제를 공고히 해왔다. 케이프 식민지 1차 점령(영국은 나폴레옹 전쟁(1797~1803) 때 네덜란드의 케이프 식민지를 점령했다[1차 점령] 그 후 네덜란드에 되돌려주었다. 그러다가 1806년에 아시아 항로의 보급기지로서 의의를 가진 케이프타운을 또다시 점령했다[2차 점령] — 옮긴이 주) 당시 영국 정부는 노예 고문 행위를 금지했는데 그때 이주민들은 영국 정부에 큰 반감을 가졌고 그런 감정은 여전히 남아 있었다. 마을 외곽 지역에서는 요즘도 목매달아 처형한 노예의 시체를 교수대에 그대로 매달아두는 야만적인 관습이 남아 있었는데, 그것은 불복종의 대가가 무엇인지를 노예들에게 확실히 알리기 위해서였다.

이주민들은 영국에서 펼쳐지고 있는 노예무역 폐지 운동에 대해서도 잘 알고 있었다. 그들은 그 운동 때문에 앞으로 노예들을 사 들여올 수 없게 될지도 모른다는 생각을 하며 몹시 분노하고 있었다. 그들 사이에서 로렌스의 부친 앨런데일 경은 노예무역 폐지 운동의 주동자 중 한 명으로 널리 알려져 있었다.

그레이 중장은 피곤에 지친 목소리로 로렌스에게 말했다.

"그런 점만으로도 충분히 위협적인데 대령 일행은 흑인 선교사까지 대동하고 왔어. 이제 마을 사람들 중 절반은 영국에서 노예무역이 이미 철폐되었다 여기고 있고, 나머지 절반은 그들이 부리는 노예들이 당장 해방이 되어 침대에서 자고 있는 자기네를 죽이러 올지 모른다며 걱정하고 있지. 자네 일행이 여기 온 것도 노예 해방에 힘을 보태주기 위해서라 생각들을 하더군. 당장 그 에라스무스 목사를 만나야겠네. 좀더 조용히 지내라고 경고를 해줘야겠어. 그가 지금까지 길을 다니다가 칼에 맞지 않은 게 기적이니까."

에라스무스 목사와 그의 아내 한나는 런던선교회 소유의 작은 집에서 살고 있었다. 전에 거주하던 이가 말라리아로 사망하면서 버려진 그 집은 거의 폐허에 가까웠다. 주변에 학교나 성당도 하나 없이 그 평범하고 작은 집뿐이었다. 집 주변에는 제멋대로 가지를 뻗은 초라한 나무 몇 그루와 채소를 기를 수 있는 헐벗은 땅이 조금 있었다. 한나는 그 땅에서 두 딸과 젊은 원주민 여자 몇 명에게 토마토 심는 법을 가르치는 중이었다.

로렌스와 그레이 중장이 걸어오는 모습을 보고 한나는 허리를 펴고 일어섰다. 같이 있던 두 딸과 여자들에게 하던 일을 계속하라고 나지막이 이른 후 한나는 로렌스와 그레이를 집 안으로 데리고 들어갔다.

네덜란드 식으로 지어진 그 집은 두꺼운 흙벽과 겉으로 노출된 커다란 나무 들보가 초가지붕을 떠받치는 구조였다. 창틀과 현관문은 회칠이 되어 있었고 환기를 위해 모두 열어놓은 상태였다. 집 안 쪽은 기다란 방 하나뿐이었는데 그 방에 칸막이를 세워 세 구역으로 나눠놓았다. 그중 한 방에 십여 명의 원주민 소년들이 바닥에 주저앉아 있었다. 에라스무스는 방 한가운데 앉아서 소년들에게 석판에 쓰여 있는 알파벳을 가르치고 있었다.

로렌스와 그레이가 들어서자 에라스무스는 바닥에서 일어나 인사를 했다. 그리고 소년들을 잠시 밖으로 내보내 놀게 했다. 거리로 뛰어나간 소년들은 신이 나서 함성을 질러댔다. 같이 들어왔던 한나는 부엌으로 들어갔고 곧이어 주전자와 찻잔 달가닥거리는 소리가 들려왔다.

그레이 중장은 거리로 뛰쳐나간 소년들의 뒷모습을 바라보며 당황한 목소리로 말했다.

"오신 지 사흘밖에 안 되었는데 벌써 성과를 올리고 계신 모양입니다, 목사님."

에라스무스가 만족스러운 표정으로 대답했다.

"이곳 원주민들은 배움과 복음에 목말라 있습니다. 부모들은 밤이 되어야 집에 돌아오지요. 낮에는 들판에 일을 하러 나가야 하니까요. 우리는 첫 예배도 드렸습니다."

에라스무스는 앉으라고 권했지만 방 안에 의자가 두 개뿐이라 거북스러워서 다들 선 채로 얘기를 나누었다.

그레이가 말했다.

"찾아온 용건을 말씀드리겠습니다. 유감스럽게도 벌써 항의가 들어왔습니다. 항의 말입니다."

에라스무스가 아무 말도 하지 않았지만 그레이는 주저하며 말을 이었다.

"우리 영국이 이 식민지를 점령한 것이 아직 얼마 되지 않았다는 것을 잘 알고 계실 겁니다, 목사님. 이곳 이주민들은 다루기가 쉽지 않습니다. 각자 농장과 부동산을 소유한 데다가 스스로 운명의 개척자라 여기는 자들이니까요. 한마디로…… 그런 독립적인 정서가 팽배한 곳이니 선교의 강도를 낮추시는 편이 좋겠습니다. 학생들을 저렇게 많이 데리고 계실 필요도 없어요……. 학생 수를 서너 명 정도로 줄이는 것이 합당합니다. 나머지는 일터로 돌려보내십시오. 학생들의 노동력을 낭비하는 짓이라고 이주민들이 항의를 하니 드리는 말씀입니다."

그레이의 말이 끝날 때까지 잠자코 듣고 있던 에라스무스가 입을 열었다.

"처신하기 힘든 직책을 맡고 계시다는 것 잘 압니다. 어려운 자리지요. 하지만 그 말씀에는 따를 수 없습니다."

그레이는 다음 말이 이어지기를 기다렸으나 에라스무스는 더 이상 아무 말도 하지 않았다. 협상의 여지가 없다는 뜻이었다. 그레이는 무력감을 느끼며 로렌스를 쳐다보고는 다시 에라스무스 쪽으로 시선을 돌렸다.

"목사님, 솔직히 말씀드리죠. 계속 지금처럼 선교를 하시면 앞으로 안전을 보장해드릴 수가 없습니다. 그 점을 유념하셔야 합니다."

에라스무스는 미소를 지으며 확고하게 대답했다.

"저는 여기 안전을 추구하러 온 것이 아니라 하느님의 말씀을 전하러 왔습니다."

그때 한나가 고개를 살짝 숙인 채 찻주전자와 잔이 담긴 쟁반을 들고 방으로 들어와 차를 따랐다. 그레이가 말했다.

"남편 분을 좀 말리셔야겠습니다, 부인. 자녀들의 안전도 생각하셔야지요."

그 말에 한나는 고개를 들었다. 밖에서 일할 때 쓰고 있던 손수건을 벗어놓은 터라 고개를 들자 이마가 고스란히 드러났다. 이마에는 추상적인 무늬의 오래된 문신이 새겨져 있었고 그 위에 예전 주인 이름의 머리글자가 낙인찍혀 있었다. 낙인은 흐릿해져 있었지만 충분히 글자를 알아볼 수 있을 정도였다.

한나는 남편을 바라보았다. 에라스무스가 나지막하게 말했다.

"우리는 하느님과 그분의 뜻을 믿어야 하오, 한나."

그러자 한나는 고개를 끄덕인 후 그레이의 질문에 대답하지 않고 조용히 정원으로 나갔다. 더 이상 할 말이 없어진 그레이는 한숨을 푹 쉬며 그 집을 나섰다. 그레이가 우울한 목소리로 중얼거렸다.

"이 집 앞에 경비병이라도 세워둬야겠군."

남동쪽에서 불어온 습기를 잔뜩 머금은 바람이 테이블 산을 담요처럼 짙은 구름으로 뒤덮었다. 저녁이 되자 구름이 서서히 걷혔고 다음 날 오후쯤에는 성의 망꾼이 항구로 접근 중인 얼리전스 호를 발견하고 신호용 소총을 쏘아 올렸다. 그 무렵 마을은 의심과 적의가 팽배한 분위기였으므로 얼리전스 호의 출현은 주민들을 동요하게 만들기에 충분했다.

로렌스는 그레이 중장의 초대를 받아 성 꼭대기에 있는 쾌적하고 시원한 곁방으로 올라갔다. 그곳에서 내려다보니 마을 사람들 입장에서 저 얼리전스 호가 얼마나 압도적인 존재인지 알 수 있었다. 선체의 크기만 해도 어마어마한 데다가 성난 표정으로 포문 밖을 내다보고 있는 32파운드 대포들의 공허한 눈구멍도 매우 위협적으로 보였다. 멀리서 보니 용갑판에 누워 있는 용들의 머리와 꼬리가 이리저리 뒤얽혀 있어 정확히 몇 마리인지 헤아리기도 어려웠다.

얼리전스 호가 천천히 항구로 들어오자 다른 배들은 모조리 난쟁이가 되었다. 얼리전스 호에서 요새를 향해 예포를 쏘자 마을 전체에 팽팽한 긴장감과 침묵이 깔렸다. 천둥처럼 울려 퍼지는 요란한 대포 소리가 테이블 산 절벽에 반사되면서 안개처럼 천천히 마을을 뒤덮었다. 로렌스의 입 안에 대포 연기의 씁쓸한 맛이 돌았다. 얼리전스 호에서 닻을 내리기 시작할 무렵, 마을 여자들과 아이들은 거리에서 모습을 감추었다.

얼리전스 호가 무적처럼 보였기 때문에 로렌스는 오히려 더 마음이 편치 않았다. 그는 해변으로 내려가 보트를 타고 직접 노를 저어 얼리전스 호로 다가갔다. 용갑판에서 연병장으로 용들을 옮기는 작업을 돕기 위해서였다. 용갑판에 누운 채 오랜 항해를 하느라 용들은 몸이 많이 굳어져 있었다. 얼리전스 호가 빠른 속도로 목적지에 도착하기는 했지만 두 달여를 그렇게 여행하다 보니 용들의 체력도 바닥이 난 것이다. 모래사장을 지나 몇 걸음만 더 가면 희망성이 있고 그 옆이 연병장이었으나 그 짧은 거리를 비행하는 것조차 쉽지 않을 터였다.

다른 용들이 좀더 편하게 움직일 수 있도록 제일 몸집이 작은 니티두스와 둘시아가 먼저 이륙했다. 심호흡을 하고 갑판에서 날아오른 두 용은 짧은 날개를 느릿느릿 퍼덕였으나 고도를 거의 높이지 못했다. 야트막한 연병장 울타리에 배가 거의 닿을 정도로 낮게 날아 겨우 안으로 들어온 두 용은 날개를 뒤로 접지도 못한 채 따뜻한 땅바닥에 쓰러지듯 몸을 뉘었다. 다음은 메소리아와 임모르탈리스

차례였다. 그 용들은 기진맥진한 상태로 겨우 뒷다리를 세우고 일어났지만 날아오르지를 못했다. 연병장에서 걱정스럽게 지켜보고 있던 테메레르가 소리쳤다.

"기다려요. 내가 가서 날라줄게요."

테메레르는 메소리아와 임모르탈리스를 차례로 등에 업고 연병장으로 옮겼다. 두 용이 균형을 잡기 위해 발톱으로 등을 잡아 작은 상처가 났지만 아랑곳하지 않았다.

릴리는 갑판에 누워 있는 막시무스를 코끝으로 살짝 찔렀다. 막시무스는 눈도 뜨지 않고 잠에 취한 목소리로 말했다.

"알았어. 너 먼저 가. 곧 뒤따라갈게."

릴리는 막시무스를 두고 먼저 가는 것이 내키지 않는지 걱정스럽게 그르릉 소리를 냈다. 캐서린이 옆에서 릴리를 달랬다.

"막시무스는 잘 건너올 테니까 걱정하지 마."

한참 설득한 끝에야 캐서린은 릴리가 연병장으로 건너갈 준비를 하도록 만들 수 있었다. 우선 머리에 망을 씌우고 그 망에 커다란 금속 쟁반을 연결한 후 턱 아래에 받쳤다. 쟁반에는 기름 섞인 모래가 잔뜩 들어 있었다.

배웅하러 갑판에 나온 라일리에게 캐서린이 손을 내밀었다.

"그동안 고마웠어요, 톰. 조만간 다 같이 영국으로 돌아갈 수 있기를 바랄 뿐이에요. 그럼 육지에서 봅시다."

라일리는 캐서린의 손을 어색하게 잡고 그 위로 허리를 굽혔다. 경례도 아니고 악수도 아닌 어중간한 인사였다. 우물쭈물 뒤로 물러난 라일리는 로렌스 쪽으로는 아예 눈길도 주지 않았다.

캐서린은 장화 신은 발로 난간을 밟고 릴리의 등으로 훌쩍 뛰어올랐다. 캐서린이 안장에 몸을 단단히 고정시킨 것을 확인하자 릴리는 거대한 날개를 펼쳤다. 릴리의 품종 이름이 롱윙인 것은 바로 그 긴 날개 때문이었다. 몸통이 검푸른 색인 릴리는 날개 가장자리에 검정과 흰색 줄무늬가 있었고 날개 끝으로 갈수록 오래된 마멀레이드 같은 진한 주황색을 띠었다. 그 기다란 두 날개가 햇빛을 받자 무지개처럼 빛났다. 완전히 펼친 날개는 몸길이의 두 배나 되었다. 그래서 일단 이륙한 뒤에는 힘들게 날개를 퍼덕일 필요 없이 그대로 활공하여 연병장으로 들어갈 수 있었다.

릴리는 쟁반에 담은 모래를 거의 흘리지 않았고 성의 흉벽이나 부두에 독을 떨어뜨리지도 않은 채 무사히 짧은 비행을 마쳤다. 이제 갑판에 남은 용은 막시무스뿐이었다. 버클리가 나지막하게 막시무스에게 말을 걸었다. 거대한 리갈 코퍼 막시무스는 크게 한숨을 쉬며 힘겹게 몸을 일으켰다. 그 충격에 얼리전스 호가 약간 흔들렸다. 막시무스는 천천히 비틀거리며 용갑판 가장자리로 걸음을 옮긴 뒤 또다시 한숨을 쉬었다. 날개를 약간 펼치자 잔뜩 뭉친 어깨 근육에서 투두둑 소리가 났다. 그러나 막시무스는 끝내 날아오르지 못하고 날개를 접으며 머리를 푹 숙이고 말았다.

해안에서 테메레르가 제안했다.

"내가 도와줄게."

업어서 나르는 것은 불가능했다. 체중이 많이 줄기는 했지만 여전히 막시무스는 테메레르보다 무게가 두 배나 나갔다.

"나 혼자 할 수 있어."

막시무스는 목쉰 소리로 대답하고 머리를 숙이며 기침을 하더니 난간 너머로 초록빛이 도는 가래를 뱉었다. 하지만 날개를 펼칠 엄두도 내지 못하고 있었다.

초조해진 테메레르는 공중에 꼬리를 휘휘 내젓다가 마침내 결심을 하고 바다로 풍덩 뛰어들어 얼리전스 호까지 헤엄쳐 갔다. 테메레르는 두 앞발을 얼리전스 호의 난간에 걸쳐놓고 그 안으로 머리를 들이밀며 말했다.

"별로 멀지도 않으니까 물로 들어와. 나랑 같이 해변까지 헤엄쳐서 가자."

버클리는 케인스를 쳐다보며 의견을 물었다. 케인스가 말했다.

"바닷물에 몸을 담그는 것은 득이 되면 됐지 해될 건 없습니다. 수온도 따뜻하니까요. 연중 이맘때의 일조량을 따져보았을 때, 앞으로 네 시간 정도 해가 더 비칠 테니 해변에서 충분히 물기를 말릴 수 있을 겁니다."

"흠, 그렇다면 테메레르랑 같이 헤엄쳐서 가."

버클리는 거친 목소리로 말하며 막시무스의 옆구리를 쓰다듬은 후 뒤로 물러섰다. 막시무스는 어색하게 몸을 웅크려 몸의 사분의 일 정도를 바다에 밀어 넣었다. 그 반동으로 얼리전스 호가 기울어지면서 거대한 닻줄이 삐거억 소리를 냈고, 삼 미터 정도의 파도가 확 일었다가 가라앉으면서 테이블 만에 정박해 있던 작은 배들을 전복시킬 뻔했다.

마침내 바다에 온몸을 담근 막시무스는 위로 떠올랐다가 가라앉았다가 하면서 머리를 흔들어 물을 털어냈다. 몇 번 발로 물을 젓다가 멈추었는데, 기낭의 부력 때문에 물 위에 계속 떠 있을 수 있었다. 그래도 막시무스는 불안해하며 기우뚱거렸다.

"내게 기대. 같이 해변으로 가자."

테메레르는 이렇게 말하며 막시무스를 부축해주었다. 두 용은 천천히 해변을 향해 물을 저어갔다. 마침내 발이 바닥에 닿으면서 물밑에 깔려 있던 하얀 모래가 먼지처럼 확 번져나갔다. 막시무스는 아직 물에 반쯤 잠겨 있었지만 바다에 발이 닿자 잠시 움직임을 멈추고 쉬었다. 파도가 막시무스의 옆구리에 찰싹찰싹 부딪쳤다.

막시무스는 콜록거리며 말했다.

"물속에 들어오니까 기분이 좋아. 여기서는 그나마 덜 피곤하다."

이제 해변으로 올라가야 하는데 그것이 쉽지가 않았다. 막시무스는 테메레르의 부축과 밀려드는 파도의 힘에 의지하여 배를 바닥에 대고 기다시피 하면서 마지막 십여 미터를 힘겹게 나아갔다.

겨우 해변으로 올라서자마자 막시무스는 축 늘어져버렸다. 꿍쑤는 힘들게 뭍으로 올라온 용들의 식욕을 자극하기 위해 하루종일 먹이를 준비해두었는데, 그중에서도 제일 맛좋은 부위의 고기를 골라 막시무스에게 먹이로 가져다주었다. 그 지역에서 나는 지방이 많고 부드러운 소를 꼬챙이에 꿰어 후추와 소금을 잔뜩 뿌리고 불에 구운 것이었다. 전염병으로 미각과 후각이 둔해진 용들의 입맛을 돋워주기 위해 일부러 아주 강한 맛이 나게 양념을 했다. 이어서 약한 불에 끓인 내장 요리도 용들에게 먹였다.

막시무스는 고기를 조금밖에 먹지 못했고 승무원들이 커다란 통에 담아온 물을 몇 모금 들이켰다. 그리고 다시 기침을 하며 나른하게 늘어져서 밤새 해변에서 잠을 잤다. 대양에서 밀려온 파도에 막시무스의 꼬리가 밧줄에 묶어둔 보트처럼 이리저리 흔들렸다. 새벽녘이 되어서야 막시무스는 겨우 다시 정신을 차렸다. 버클리와 승무원들이 막시무스를 달래 어린 녹나무들이 늘어서 있는 연병장 가장자리로 데려갔다. 그곳은 햇볕이 잘 들면서도 나무 그늘이 드리워져 시원하게 쉴 수도 있는 제일 좋은 자리였다. 연병장 근처에는 우물이 있어서 필요할 때는 언제든지 물을 퍼서 용들에게 먹일 수 있었다.

막시무스를 녹나무 아래 데려다놓은 후 버클리는 모자를 벗고 물통 쪽으로 걸어갔다. 그는 허리를 굽히고 손으로 물을 두 번 퍼서 마신 후 벌겋게 달아오르고 땀이 흐르는 얼굴도 대충 씻었다. 그가 로렌스 쪽으로 고개를 돌리며 말했다.

"좋은 곳이군요. 여기에서라면 막시무스도 편히 쉴 수 있겠지요……."

버클리는 더 이상 말을 잇지 못하고 입을 다물어버렸다. 성안으로 들어간 버클리와 로렌스는 다른 비행사들과 함께 말없이 아침을 먹었다. 비행사들은 막시무스 문제를 놓고 논의를 벌이지 않았다. 논의를 할 필요도 없었다. 병이 낫지 않으면 막시무스는 절대 여길 떠날 수 없으니, 어쩌면 이곳이 막시무스의 무덤이 될 수도 있었다.

7

얼리전스 호를 타고 오는 동안 공군들은 매일같이 날짜를 헤아렸다. 그렇게 안달을 하다가 겨우 케이프타운에 도착했건만 이곳에서 공군들은 하릴없이 앉아서 용 의사들의 소견을 기다릴 수밖에 없는 처지였다. 용 의사들은 세밀하게 실험을 거듭할 뿐 어떤 결론도 내놓지 않았다. 그저 계속해서 그 지역에서 나는 괴상한 식재료를 들여와 테메레르에게 먹였고, 가끔은 아픈 용들 중 한 마리에게 먹여보기도 했다. 실험 끝에 효과가 없는 것으로 판명된 재료들은 내다 버렸다. 아직까지는 전혀 성과를 내지 못하고 있었다.

얼마 후 또다시 테메레르의 소화 기관에 무리를 주는 일이 발생했다. 속이 뒤집힌 테메레르는 용들이 공동으로 쓰는 변소 구덩이에 토사물을 게워놓았다. 그 구덩이가 가득 차버리자 승무원들은 흙으로 덮고 새로 구덩이를 팠다. 흙으로 덮인 변소 자리에는 밝은 분홍색 꽃이 달린 짙은 색 잡초가 무성하게 돋아났다. 뿌리가 어찌나 단단히 박혀 있는지 승무원들이 아무리 세게 잡아당

겨도 뽑아낼 수가 없었다. 그 꽃에 몰려든 말벌들은 자기네 영역을 지키고자 사납게 날아다녔다.

로렌스는 식재료 실험이 건성으로 이루어지고 있다는 인상을 받았으나 생각을 입 밖에 내지 않고 지켜보았다. 케인스는 이곳의 더운 기후가 용들의 병증 완화에 효과를 나타낼 때까지 기다리면서, 그동안 공군들의 주의를 식재료 실험으로 돌려놓으려는 듯했다. 그래도 도싯은 실험 내용을 꾸준히 성실하게 기록하면서 하루에 세 번 회진을 돌았고 감정이 섞이지 않은 건조한 목소리로 지난 번 진찰 이후 용이 기침을 몇 번 했느냐, 통증은 얼마나 느꼈느냐, 먹이는 얼마나 먹었느냐 등을 비행사들에게 물었다. 마지막 질문에 대한 대답은 언제나 '별로 많이 먹지 못했다'였다.

케이프타운에 온 지 일주일쯤 지났을 무렵, 도싯은 워렌 대령에게 니티두스의 상태를 묻고는 수첩을 덮고 케인스 및 다른 용 의사들과 따로 모여 조용히 의논을 했다.

카드놀이 탁자에 둘러앉아 있는 비행사들 쪽으로 걸어오며 워렌이 말했다.

"저 의사들은 물론 대단히 똑똑한 사람들이긴 합니다만, 계속 저렇게 자기네끼리 비밀 모의를 하고 우리에게는 한마디도 안 해주니 답답하기 그지없군요. 속이 터져서 저들의 얼굴에 주먹이라도 날리고 싶은 심정입니다."

비행사들은 낮 동안 시간을 때우려고 카드를 펼쳐놓고 있기는 했지만 사실 카드놀이에는 별 관심이 없었다. 그런데 워렌이 그런 말을 하자 모두 카드에서 시선을 떼고 구석에 서서 비밀스럽게 논의를 하고 있는 용 의사들을 쳐다보았다.

그 뒤로 이틀 동안 케인스는 비행사들을 이리저리 피해 다녔다. 하지만 비행사들이 계속 쫓아다니며 꼬치꼬치 캐묻자 마침내 내키지 않는다는 투로 보고를 했다.

"아직 어떤 소견을 내놓기는 이른 단계입니다."

그래도 그는 기후 탓인지 병증이 다소 완화되어 용들의 식욕과 기운이 약간 되살아났고 기침도 덜해졌다고 말해주었다. 그 말에 비행사들은 미리 축하의 잔을 들었다.

리틀 대령이 로렌스에게 나지막하게 물었다.

"영국 공군 소속 용들을 모두 이리로 데려오는 것이 쉽지는 않겠지요. 현재 우리가 보유하고 있는 용 수송선이 몇 척이나 되는지 아십니까?"

"리오네스 호가 건선거에서 수리를 마치고 나왔다면 모두 일곱 척일 겁니다."

로렌스는 잠시 입을 다물었다가 힘주어 덧붙였다.

"그렇지만 백 문짜리 군함을 케이프타운으로 향하게 만들 수는 없을 겁니다. 용들을 전방으로 이송하는 것이 용 수송선의 본래 목적이니까요."

맞는 말이었다. 전투 때문이 아니라면 영국 정부는 용들을 용 수송선으로 실어 나르는 데 소요되는 비용과 어려움을 감당하려 하지 않을 테니까.

로렌스가 말을 이었다.

"대신 지브롤터에서 용들을 바지선에 태워 해안을 따라 케이프타운까지 오게 할 수는 있을 겁니다. 프랑스 군이 접근하지 못하도록 바지선 주변에 소형 범선들을 배치해 호위하면서 말입니다."

그럴듯한 생각이었고 현실적으로 완전히 불가능한 것도 아니었으나 공군 소속의 용들을 모두 바지선에 실어 나를 수는 없었다. 릴리의 편대는 이미 케이프타운에 와 있으니 이곳 기후 덕분에 병이 나아 영국으로 돌아갈 수 있을지도 모르지만, 현재 영국에 머물고 있는 용들 중 이곳으로 와서 요양할 수 있는 용은 절반도 되지 않을 것이었다.

체너리 대령이 시비조로 끼어들었다.

"아무것도 안 하는 것보다는 낫지 않겠습니까. 자기 용을 케이프타운으로 데려갈 수만 있다면 그 기회를 마다할 비행사는 없을 겁니다."

그러나 그 기회는 모든 용에게 고르게 주어지지 않을 것이 뻔했다. 헤비급이고 그 수도 많지 않은 롱윙과 리갈 코퍼를 구하기 위해서라면 영국 정부는 비용과 노력을 아끼지 않을 것이다. 그러나 흔한 옐로 리퍼나 부화 속도가 빠른 윈체스터, 비행사들마저 세상을 떠난 늙은 용들, 체력이 약하거나 비행 기술이 미숙한 용들에 대해서는 냉정한 정치적 계산에 따라 굳이 애써 살릴 필요 없다고 판단하겠지. 그럼 그 용들은 공군 기지에서 제일 멀리 떨어진 격리 구역에 수용된 채 무관심 속에서 비참하게 죽어갈 것이다. 비행사들도 다들 그 점을 알고 있기에 다시 분위기가 가라앉았다. 서튼 대령과 리틀 대령의 얼굴이 제일 어두웠다. 그들의 용은 둘 다 옐로 리퍼였고 더구나 메소리아는 마흔 살이었다.

비행사들은 영국에 두고 온 나머지 용들에 대해 죄책감을 느꼈으나 겨우 첫 희망을 갖게 된 터라 의욕을 잃지 않았다. 그날 밤 비행사들은 잠도 자지 않고 각자의 용이 기침하는 횟수를 헤아렸다. 도싯이 수첩에 그 수를 기록할 수 있게 하기 위해서였다. 다음 날 아침, 워렌 대령은 니티두스를 달래서 운동 삼아 비행을 하게 했다. 니티두스의 체력이 소진되어 연병장으로 다시 돌아오지 못할 수도 있기 때문에 테메레르와 로렌스가 동반했다. 날아가는 동안 니티두스는 숨이 차서 거친 숨을 몰아쉬었고 자주 기침을 했다.

멀리까지 가지는 않았다. 주민들이 방목지를 넓히고 목재를 마련하느라 들판과 산허리까지 나무를 모조리 베어내어 왜소한 풀들만 자라는 지역이 저 밑에 보였다. 테이블 산 기슭과 그 산에 딸린 봉우리에 이르자 비탈의 경사가 급해졌다. 계단 모양의 언덕에 드문드문 자리한 회색과 노란색이 섞인 바윗덩어리들을 자세히 보니 오래된 돌벽처럼 풀과 초록색 이끼, 진흙이 잔뜩 들러붙어 있었다. 테메레르와 니티두스는 깎아지른 듯한 절벽이 드리운 그늘 아래, 잡목이 듬성듬성 자라고 있는 산기슭에 내려 쉬었다. 용들이 착륙하자 덤불 속에 있던 작은 동물들이 허둥지둥 달아났다. 그 동물들은 갈색 오소리처럼 몸집이 작고 털이 많았다.

테메레르는 목을 길게 빼고 고개를 이리저리 돌리며 기다란 산등성이와 테이블 산의 정상을 올려다보았다. 테이블 산의 정상은 칼로 매끈하게 잘라낸 듯 평평했다.

"산 모양 진짜 특이하다."

테메레르의 말에 니티두스는 별 감흥 없이 졸린 목소리로 대꾸했다.

"그래, 아주 특이하다. 날씨 한번 지독하게 덥구나."

니티두스는 낮잠을 자려고 날개 밑으로 머리를 집어넣었다. 그들은 니티두스가 햇빛을 받으며 자게 내버려두었다. 테메레르도 하품을 하고는 잠이 들었다. 로렌스와 워렌은 바닥이 깊은 그릇처럼 보이는 항구 앞 만(灣)을 내려다보며 나란히 서 있었다. 그 만은 곧장 대양으로 이어졌다. 여기서 보니 얼리전스 호는 마치 개미떼 사이에 놓인 장난감 배처럼 보였다. 희망성도 멀찌감치 보였는데, 깔끔한 오각형 건물의 지붕이 노란색이라 짙은 색 땅과 대비를 이루었다. 그 옆 연병장에 한 무더기씩 누워 있는 용들도 여기서 보니 아주 작아 보였다.

워렌은 장갑을 벗고 손등으로 이마의 땀을 닦아냈다. 손에 묻어 있던 얼룩이 이마에 자국을 남겼다.

"로렌스 대령이 만약 우리 입장이라면 해군으로 다시 돌아가겠군요. 아닙니까?"

"해군에서 나를 다시 받아준다면 그렇겠죠."

"기병대 장교 자리를 돈 주고 살 수도 있을 겁니다. 나폴레옹이 정복 전쟁을 계속하는 한 영국 내에서 군인 수요는 줄지 않을 테니까요. 물론 해군과 육군을 비교하긴 좀 그렇습니다만."

잠시 침묵이 흘렀다. 지금 저 해변에 머물고 있는 공군들은 담당 용이 죽으면 그 후의 삶에 대해 괴로운 선택을 해야만 할 것이다.

워렌이 말을 이었다.

"로렌스, 그 라일리라는 친구 말입니다. 어떤 사람입니까? 평소 인품이 어떤지 알고 싶군요. 물론 대령이 그와 언쟁을 했다는 것은 알고 있습니다만."

뜻밖의 질문이라 로렌스는 놀랐지만 망설임 없이 대답했다.

"신사이고, 내가 아는 이들 중 제일 훌륭한 장교 중 한 사람입니다. 개인적으로는 그에 대해 특별히 부정적으로 언급할 만한 말은 없습니다."

로렌스는 워렌이 왜 그런 질문을 했는지 궁금했다. 언젠가 용들을 영국으로 다시 싣고 가야 하기 때문에 얼리전스 호는 저 아래 항구에 정박 중이었다. 라일리는 성으로 들어와 그레이 중장과 여러 차례 점심식사를 함께했다. 그럴 때마다 로렌스는 불참했으나 캐서린을 비롯한 다른 비행사들은 여러 번 참석했다. 어쩌면 라일리와 같이 식사를 하던 중에 말다툼이 발생했었는지도 모른다. 로렌스는 워렌이 자세한 얘기를 해주리라 기대했지만 워렌은 고개만 끄덕일 뿐이었다. 잠시 후 워렌은 여길 떠나 영국으로 향하기 전에 바람의 방향이 바뀔 가능성이 있는지 궁금하다며 화제를 돌렸다. 결국 로렌스는 궁금증을 해소할 수 없었다. 다시 라일리와 화해하기 힘들겠다는 생각이 들자 그와 언쟁을 했던 일이 새삼 더 유감스럽게 느껴졌다. 라일리와의 우정도 이제 완전히 깨져버리고 만 것인가.

연병장으로 돌아갈 준비를 하는 동안, 테메레르가 스무 걸음 내에 있는 사람에게만 들릴 정도로 목소리를 낮추며 로렌스에게 물었다.

"니티두스의 상태가 전보다 나아진 것 같지 않아?"

로렌스는 그런 것 같다고 대답했다. 빈말이 아니라 진심이었다. 연병장으로 돌아온 뒤 라이트급 용 니티두스는 예전에 건강했을 때처럼 염소를 두 마리나 먹어치우고 잠이 들었다.

그러나 다음 날 니티두스는 운동을 못 가겠다고 했다. 대신 둘시아를 데리고 운동을 나갔는데 둘시아는 어제 니티두스가 날아갔던 거리의 절반밖에 가지 못하고 쉬어야겠다며 들판에 착륙했다. 연병장으로 돌아온 후 둘시아의 비행사 체너리는 큰 잔에 위스키를 따라 마시며 말했다.

"그래도 운동하고 와서 한 살 난 송아지 한 마리를 다 먹었으니, 좋은 징조가 아니고 뭐겠습니까? 지난 육 개월 동안 둘시아는 그렇게 많이 먹은 적이 없었습니다."

다음 날, 니티두스와 둘시아는 설득 끝에 간신히 몸을 일으켰지만 결국 도저히 운동을 못 가겠다며 도로 주저앉았다.

"날씨가 너무 더워."

니티두스가 이렇게 투덜거리며 마실 물이나 더 갖다달라고 청했다.

둘시아는 애처로운 목소리로 체너리에게 말했다.

"괜찮다면 조금만 더 자고 싶어."

케인스는 둘시아의 가슴에 컵을 대고 소리를 들어보더니 허리를 펴고 고개를 저었다. 나머지 용들은 이미 잠든 상태라 진찰을 할 수가 없었다. 대신 케인스는 그동안 비행사들이 세어둔 각 용의 기침 횟수를 점검해보았다. 확실히 기침 횟수는 줄었지만 눈에 띌 만큼은 아니었다. 면밀히 관찰해보면 기침이 줄어든 대신 용들이 점점 무기력하게 늘어지고 있다는 것을 알 수 있을 터였다. 이 지역의 강렬한 열기 속에서 용들은 계속 잠에 취해 있었고 움직이는 것조차 싫어했다. 새로운 환경에 대한 흥미도 떨어진 상태였다. 뭍으로 올라온 용들의 입맛이 약간 살아난 것은 병이 낫고 있어서가 아니라 항해 기간 중에 워낙 식욕이 떨어진 채로 지낸 탓에 상대적으로 나아진 듯 보이는 것뿐이었다.

메소리아의 비행사 서튼 대령은 어깨가 축 처진 채 식탁 앞에 앉아서 혼잣말처럼 중얼거렸다. 그런데 목소리가 워낙 커서 주변에 다 들렸다.

"후회 안 해. 절대로. 이런 상황에서 후회를 한다면 말이 안 되지."

메소리아의 병을 치료하러 여기까지 오기는 했지만 영국에서 죽어가고 있는 수많은 용들이 머릿속에 떠오르자 마음이 괴로워진 모양이었다. 리틀도 창백한 얼굴로 비탄에 잠긴 채 앉아 있었다. 보다 못한 체너리가 리틀을 천막으로 데리고 들어가 잠이 들 때까지 럼주를 마시게 했다.

케이프타운에 온 지 이 주일이 지났을 때 케인스가 비행사들에게 진찰 소견을 내놓았다.

"병의 진전 속도가 더뎌졌습니다. 여기 온 것이 영 쓸데없는 짓은 아니었던 모양입니다."

그러나 이제 그 말은 비행사들에게 별로 위안이 되지 못했다.

그날 로렌스는 테메레르를 데리고 이륙하여 밤새 해변에 머물렀다. 동료 비행사들이 건강한 테메레르와 병든 자기 용을 비교하며 괴로워하지 않게 배려한 것이었다. 서튼과 리틀이 힘들어하자 로렌스는 죄책감을 느꼈고 한편 부끄럽기도 했다. 만약에라도 그는 테메레르의 건강과 나머지 용들의 건강을 바꿀 생각은 추호도 없었다. 동료 비행사들이 자신의 입장이었어도 마찬가지일 것이다. 로렌스는 아직까지 전염병 치료약을 찾아내지 못한 이유가 자신의 그런 이기적인 마음 때문이 아닐까 하는 비이성적인 생각이 들어 기분이 개운치 않았다.

아침에 보니 못 보던 배가 항구에 정박해 있었다. 밤에 입항한 모양이었다. 급보를 가지고 온 그 배는 속도가 빠른 소형 범선 피오나호였다. 다 같이 아침식사를 하는 자리에서 캐서린이 천천히 봉투를 열고 편지에 적힌 이름을 읽어 내려갔다. 아욱토리타스, 프르릭수스, 라우다빌리스, 레푸그나티스. 새해 들어 사망한 영국 용들의 이름이었다.

로렌스는 어머니가 보낸 편지를 전해 받았다. 그 내용은 이랬다.

너무나도 비통하구나. 법안 통과에 또다시 실패했으니 앞으로 최소한 일 년, 혹은 그보다 긴 세월을 이 슬픔 속에서 지내야겠지. 하원에서 통과된 노예무역 폐지 법안이 상원에서 또 부결되었어. 우리가 최선의 노력을 다했고 윌버포스 의원도 대단히 훌륭한 연설을 했는데 말이다. 인간으로서 영혼이 있는 자라면 누구나 그 연설에 감동받았을 게다. 신문도 우리 편에 서서 이 통탄할 만한 사건에 분노를 표하고 있어. 타임스에도 이런 기사가 실렸어. '미래를 생각하지 않는 자들이나 오늘 밤 편히 잠을 잘 수 있을 것이다. 미래를 생각하는 자라면 죽어서 안식을 찾기 위해서라도 이 잘못된 제도의 철폐를 위해 노력해야 한다. 현세에서가 아니면 내세에서라도 이 고통과 슬픔의 죄악을 갚아야 한다는 사실을 잘 알고 있을 테니까.' 이렇게 비난의 목소리를 높이면서…….

로렌스는 편지를 접어 외투 주머니 안에 넣었다. 더 이상 읽고 싶지가 않았다. 다들 입을 굳게 다물어버려 식당 안에는 침묵이 흘렀다. 성의 막사는 릴리의 편대에 소속된 공군들을 모두 수용하고도 남을 정도로 컸지만 비행사들은 약속이나 한 듯 모두 각자의 아픈 용들 곁에 붙어 지냈다. 비행사들이 그러니 그 밑의 장교와 병사들도 막사에서 지낼 수 없어 연병장 주변에 크고 작은 천막을 여러 개 쳐놓고 그 안에서 살았다. 천막은 가끔 내리는 비를 막아주기 때문에 유용했다. 일 년 전 이곳을 방문했던 테메레르를 기억하는 마을 아이들 중 몇 명이 몰래 연병장 안으로 침입하곤 했다. 그나마 공군들이 공터에 나와 지내고 있어 아이들은 멋대로 연병장을 돌아다니지는 못했지만 담력 놀이를 한다며 서로를 연병장 안으로 뛰어 들어가게 부추겼다. 그런 식으로 해서 한 아이가 겁쟁이가 아님을 보여주려고 잠든 용들 사이로 미친 듯이 뛰어 들어왔다가 도로 울타리 밖으로 달아나곤 했다. 그렇게 담력을 증명하면 다른 아이들에게 박수를 받았다.

아이들의 놀이는 점점 대담해졌다. 어느 날 오후, 마을 소년 하나가 연병장 안으로 달려 들어와 메소리아의 옆구리를 탁 쳤다. 모처럼 깊이 잠들었던 메소리아는 깜짝 놀라 머리를 치켜들고 콧김을 내뿜었다. 잠이 확 깬 것이다. 소년은 뒷걸음질을 치다가 넘어졌고 바닥에 엉덩이를 댄 채 뒤로 슬금슬금 물러났다. 메소리아보다 훨씬 크게 놀란 모습이었다. 결국 아이들의 장난질을 참고 있던 서튼의 인내심이 바닥을 쳤다.

카드놀이를 하던 서튼은 자리에서 벌떡 일어나 그 꼬마 녀석의 팔을 붙잡아 일으켰다. 그리고 그의 훈련생에게 지시했다.

"회초리 가져와, 올든."

서튼은 소년을 연병장 가장자리 쪽으로 끌고 가서 회초리로 찰싹찰싹 때렸다. 사방으로 흩어진 아이들이 연병장에서 약간 떨어진 덤불 뒤에 숨어 서튼을 내다보았다. 붙들린 아이가 아우성을 치다가 훌쩍훌쩍 울기 시작하자 그제야 서튼은 아이를 놓아주고 카드놀이를 하던 탁자로 돌아왔다.

"실례했습니다, 여러분."

비행사들은 다시 산만하게 카드놀이를 재개했다. 그날은 더 이상 꼬마들의 습격이 없었다.

다음 날 새벽이 조금 지난 시각에 시끌벅적한 소리가 들려 로렌스는 벌떡 일어났다. 천막 밖으로 나가보니 연병장 출입문 앞에서 두 무리의 아이들이 엉겨 붙어 주먹질과 발길질을 하며 싸우고 있었다. 아이들은 서로 다른 언어로 상대를 향해 악을 써댔다. 말레이 아이들과 꾀죄죄한 몰골의 네덜란드 아이들이 한 패이고, 그들보다 몸집이 작은 원주민 흑인 아이들, 즉 코이 족 아이들이 다른 한 패였다. 그 두 패거리는 모두 툭하면 연병장 안으로 뛰어 들어와 용들을 놀라게 하던 녀석들이었다. 아이들이 싸우는 소리에 용들은 잠에서 깨 버렸고 평소보다 한 시간이나 빨리 한바탕 기침을 쏟아냈다. 어젯밤 몹시 앓았던 막시무스가 끙끙거리며 무거운 한숨을 내쉬었다. 서튼 대령은 얼굴이 붉으락푸르락하며 천막 밖으로 뛰어나왔다. 버클리 대령도 엄청나게 화가 난 표정이었다. 페리스가 얼른 두 팔을 벌리고 가로막지 않았다면 버클리는 칼의 납작한 면으로 시끄럽게 구는 아이들을 후려쳤을 것이었다. 그런데 난투를 벌이고 있는 아이들 틈에서 에밀리와 다이어가 기어 나왔다.

에밀리는 피가 줄줄 흐르는 코를 한 손으로 틀어막으며 말했다.

"소란을 피우려고 한 건 아니고요. 저 애들이 뭔가를 가져왔다고 해서요."

지난 수주일간 숲을 뒤지고 다녔던 아이들이 하필 같은 시간에 거대 버섯을 몇 개 찾아 가져온 것이다. 두 패거리로 나뉜 아이들은 자기네가 먼저 버섯을 팔 거라며 싸우고 있었다. 버섯은 갓의 지름이 육십 센티미터가 넘었고 솥에 넣고 끓이지도 않았는데 냄새가 하늘을 찌를 정도로 고약했다.

로렌스가 목청을 높이며 지시했다.

"페리스, 아이들에게 줄을 서라고 해. 버섯 값을 모두 지불해줄 테니까 난리 칠 필요 없다고도 전하고."

안심을 시켰지만 성난 아이들을 떼어놓는 데는 다소 시간이 걸렸다. 두 패거리의 아이들은 언어가 달라 말은 통하지 않아도 서로에게 쏟아내는 악다구니가 욕이라는 것 정도는 눈치 채고 있기에 쉽게 화를 가라앉히지 못했다. 아이들은 승무원들이 강제로 떼어놓은 뒤에도 서로를 발로 차고 팔을 휘둘렀다. 그러다가 별안간 동작을 멈췄다. 잠이 깬 테메레르가 야트막한 담장 너머로 머리를 내밀고는 아이들이 멱살잡이를 하느라 풀밭에 내려놓은 버섯에 코를 대고 냄새를 맡고 있었던 것이다.

"아, 음."

테메레르가 소리를 내며 입맛을 다셨다. 아이들은 허세를 부리느라 잠든 용들 사이를 뛰어다니곤 했지만 감히 테메레르의 코앞에서 버섯을 뒤로 끌어당기는 짓은 하지 못했다. 대신 아이들은 마치 강도라도 당하고 있는 것처럼 항의의 뜻으로 악을 써댔다. 결국 아이들은 로렌스가 내주는 금화를 받아 들고 나서야 입을 다물었다. 로렌스는 양쪽에 똑같은 액수로 금화를 나눠주었는데 네덜란드와 말레이 아이들은 자기네가 가져온 버섯이 더 큰 것이었다며 투덜거렸다. 코이 족 아이들이 가져온 버섯은 갓이 두 개밖에 없지만 자기네가 가져온 버섯은 줄기 하나에 갓도 세 개나 달려 있고 크기도 훨씬 크다는 것이었다. 하지만 서튼이 날카로운 눈빛으로 쏘아보자 아이들은 조용히 입을 다물었다.

"버섯을 더 가져오면 또 금화를 주마."

로렌스가 말했지만 실망한 아이들은 약이 오른 얼굴로 로렌스의 닫힌 지갑을 쳐다보았다. 연병장에서 물러간 아이들은 같은 패거리끼리 모여서 금화를 어떻게 나눌지 언쟁을 벌였다.

손수건으로 입을 틀어막고 아이들이 가져온 버섯을 검사하던 캐서린이 미심쩍은 투로 테메레르에게 물었다.

"이걸 어떻게 먹어?"

그 버섯은 영국인들의 식용 버섯보다 훨씬 크고 한쪽으로 기울어진 모양새였으며 갓도 괴상하게 부풀어 올라 있고, 물고기 배처럼 허연 바탕에 여기저기 갈색 점이 박혀 있었다.

"이 버섯 확실히 기억나. 아주 맛있었어."

꿍쑤가 그 버섯들을 가져가는 모습을 테메레르는 몹시 아쉬운 눈길로 바라보았다. 꿍쑤는 버섯을 두 팔로 덥석 안지 못하고, 아주 기다란 막대기 두 개로 집어서 최대한 코에서 멀리 떨어뜨린 채 들고 갔다.

지난번의 경험으로 성안에서 저 버섯을 요리하면 난리가 난다는 것을 아는 로렌스는 성안의 주방을 사용하지 말고 야외에서 요리하라고 지시했다. 꿍쑤는 승무원들을 지휘하여 연병장 한구석 공터에 모닥불을 피우고 그 옆에 말뚝을 세운 뒤 큰 쇠솥을 모닥불 위에 걸게 했다. 그리고 말뚝 옆에 사다리를 세우고 올라서서 손잡이가 아주 긴 나무 국자로 솥 안을 휘휘 저었다.

"붉은 고추 열매를 넣는 게 좋겠어. 아니, 푸른 고추 열매였던가. 확실히 기억이 안 나네."

조언을 하던 테메레르가 미안해하며 말을 맺었다. 꿍쑤는 지난번에 테메레르가 이곳에서 먹었던 버섯 죽을 재현하기 위해 한참 동안 양념 통을 들여다보며 고심했다.

그 모습을 보고 케인스가 어깨를 으쓱하며 한마디 툭 던졌다.

"그냥 버섯을 넣고 푹 끓이면 돼. 일 년 전에 요리사 다섯 명이 만들었던 것과 똑같은 양념을 해 넣으려면 차라리 이대로 짐을 싸서 영국으로 돌아가는 편이 나아."

꿍쑤와 공군들은 아침 내내 버섯 죽을 끓였다. 테메레르는 와인 향을 음미하듯 솥을 들여다보고 냄새를 맡으며 이런저런 조언을 했다. 한참 뒤 솥 가장자리에 혀를 대어 한 입 먹어보고는 바로 이 맛이라고 선언했다.

"이 정도면 아주 비슷해. 맛이 끝내줘."

테메레르가 이렇게 덧붙였지만 주변에는 아무도 없었다. 다들 콧구멍을 틀어막은 채 공터 가장자리로 물러나 있었다. 불쌍한 캐서린은 도저히 못 참겠는지 덤불 뒤에서 헛구역질을 하고 있었다.

공군들은 코를 틀어막고 막시무스를 솥 쪽으로 데려갔다. 막시무스는 버섯 죽을 아주 맛있게 먹었고 마지막에는 솥을 앞발로 잡고 기울여 안에 남은 건더기까지 핥아먹었다. 그리고 졸음이 쏟아지는지 꾸벅꾸벅 졸다가 별안간 쾌활하게 몸을 일으키더니 버클리가 먹으라고 가져다놓은 부드러운 새끼 염소 고기를 전부 먹어치웠다. 그 고기는 버클리가 큰 기대 없이 혹시나 해서 가져다놓은 먹이였는데 막시무스는 그걸 다 먹은 후 더 먹고 싶다고 했다. 하지만 버클리가 승무원들을 불러 고기를 더 준비하는 동안 막시무스는 잠들고 말았다.

버클리는 추가로 가져온 염소 고기를 먹이려고 막시무스를 깨우려 했다. 막시무스의 용 의사 게이터스도 깨워서 먹여도 된다고 동의했다. 그런데 테메레르의 용 의사 도싯이 강하게 반대하고 나섰다. 버섯 죽의 효과를 제대로 나타나게 하려면 소화 기관에 다른 먹을거리를 들이면 안 된다는 것이 도싯의 생각이었다. 도싯은 처음에 먹였던 새끼 염소 고기도 먹이지 않는 편이 좋았다고 했다. 게이터스와 도싯은 그 문제를 놓고 나지막한 목소리로 열을 올리며 논쟁을 벌이기 시작했다. 마침내 케인스가 나서서 둘을 제압하며 결론을 내렸다.

"지금은 그냥 자게 둬. 잠에서 깨어난 뒤에 버섯 죽을 먹게 하고 다른 고기도 실컷 먹여. 막시무스의 경우 체력을 유지하려면 줄어든 체중을 정상치로 회복하는 게 무엇보다 중요하니까. 내일부터는 그동안 살이 약간 오른 둘시아에게도 버섯 죽을 먹이도록. 막시무스와 달리 둘시아에겐 다른 먹이는 주지 말고."

슬픈 표정으로 빈 솥에 코를 박고 냄새를 맡고 있던 테메레르가 기억을 더듬으며 말했다.

"전에 나는 버섯 죽이랑 쇠고기를 같이 먹었어. 아니, 영양 몇 마리였던가? 고기에서 나온 기름이 버섯 죽에 엄청 많이 들어 있던 기억이 나. 그래, 맞아. 확실히 쇠고기였어."

테메레르가 말한 소는 이 지역 고유 품종으로 어깨의 혹을 비롯해 머리부터 사분의 일 지점까지 특이하게도 기름이 아주 많았다.

그 거대 버섯은 전에 여기 왔을 때 테메레르가 먹었던 바로 그것이었다. 케인스는 얼마 안 되는 버섯을 잘라 사흘간 연속으로 막시무스와 둘시아에게 먹였다. 결국 아이들이 가져왔던 버섯은 하나도 남지 않게 되었다. 로렌스가 기억하기로 전에 테메레르는 그 버섯으로 만든 죽을 먹고 엄청 좋았는데, 막시무스도 같은 반응을 보이고 있었다. 사흘째 되는 날, 버섯 죽을 먹고 난 둘시아가 갑자기 몹시 흥분하더니 당장 장거리 비행을 다녀오겠다고 고집을 부렸다. 물론 운동을 하는 것이 몸에 좋기는 하지만 아직은 체력이 완전히 회복되지 않아 장거리 비행은 무리였다.

둘시아는 두 날개를 활짝 펼치고 외쳤다.

"충분히 가능해! 난 다 나았어! 다 나았다고!"

그리고 자기를 진정시키려고 쫓아다니는 용 의사들을 밟지 않으려 조심하면서도 뒷다리로 연병장을 풀쩍풀쩍 뛰어다녔다. 체너리 대령은 둘시아를 달랠 형편이 아니었다. 처음에 가졌던 희망이 좌절된 후 체너리는 리틀과 함께 늘 술에 취해 살다시피 했다. 하긴 그래야 케인스가 한번씩 던지는 비관적인 말들을 견딜 수 있었을 것이다. 얼리전스 호를 타고 있는 상황이었으면 아마 괴로움을 견디다 못해 난간 너머로 몸을 던졌을지도 모를 일이었다.

마침내 승무원들은 구운 양 두 마리로 둘시아를 유혹해서 멋대로 날아가지 못하게 하는 데 성공했다. 꿍쑤가 그 지역 특산물인 매운 콩꼬투리로 만든 양념을 발라 구운 양고기였다. 테메레르도 그 콩꼬투리 양념을 무척 좋아했다. 이번에는 아무도 둘시아에게 고기를 먹게 하면 안 된다고 반대하지 않았다. 평소 깔끔하게 먹이를 먹던 둘시아는 흥이 나서 고깃점을 사방으로 튀겨가며 순식간에 양고기를 씹어 삼켰다.

테메레르는 부러운 눈으로 둘시아를 바라보았다. 그렇게도 좋아하는 버섯 죽을 한 입도 먹지 못해서이기도 했고, 그동안 과도하게 식재료 실험에 응한 탓에 속이 민감해져서 매운 양념을 바른 고기를 먹을 수 없기 때문이기도 했다. 케인스는 양념을 바르지 않고 불에 굽기만 한 고기를 테메레르에게 먹게 했다. 이미 입맛이 고급이 되었으니 그런 고기가 맛있을 리 없었지만 그래도 애써 태연한 척하며 테메레르는 케인스에게 말했다.

"흠, 어쨌든 드디어 치료약을 찾아낸 거네, 그렇지?"

식사를 마친 둘시아는 쓰러지듯 잠이 들었고 곧 요란하게 코를 골기 시작했다. 숨을 내쉴 때마다 코에서 가느다랗게 씨근거리는 소리가 났다. 이곳 기후 덕분에 몸 상태가 조금 좋아지기는 했지만 막힌 코가 뚫리지 않아 최근까지도 입으로 숨을 쉬었던 것이다. 케인스는 로렌스 곁으로 다가와 기다란 통나무에 나란히 걸터앉았다. 그리고 벌겋게 상기된 얼굴에 묻은 땀을 손수건으로 닦아내며 투덜댔다.

"아직 치료약을 찾았다고 자신하기는 이릅니다. 전에도 너무 빨리 축배를 들었다가 실망한 적이 있지 않습니까? 아직 폐 소리가 깨끗하질 않아요."

어제 밤사이 두꺼운 구름이 몰려오더니 저녁부터 비가 내리기 시작했다. 빗소리에 잠이 깬 공군들은 벌떡 일어나 회색 빗속으로 달려 나갔다. 땅이 질척하게 젖었는데도 공기는 여전히 숨 막히게 더웠고 습기 때문에 피부가 끈적끈적했다. 둘시아의 상태는 다시 나빠진 듯했다. 낮 동안 까불거리며 뛰어다닌 탓에 축 늘어져 누워 있었다. 다른 병든 용들도 전보다 기침 횟수가 더 늘었다. 멀쩡한 테메레르조차 한숨을 쉬며 몸을 떨었고, 조금이라도 비를 덜 맞으려고 몸을 움츠리면서 뼈와 근육이 움푹 들어간 곳에 빗물이 모일 때마다 한 번씩 몸을 털어주었다.

"중국이 그립다."

테메레르는 이렇게 중얼거리며 젖어버린 먹이를 앞발톱으로 쿡

쿡 찍어댔다. 비 때문에 꿍쑤가 영양의 고기를 깨끗하게 썰지 못해 모양새가 깔끔하지 못했다.

다음 날 아침까지도 비가 계속되자 공군들은 아침을 먹기 위해 성안으로 들어갔다. 아침식사가 차려진 식탁 앞에서 캐서린이 로렌스에게 커피 잔을 건네며 말했다.

"분명 버섯이 더 있을 거예요. 우린 그걸 꼭 찾아내야 해요, 로렌스."

로렌스는 침울한 얼굴로 잔을 받아 들고 비행사들 사이에 자리를 잡고 앉았다. 다들 말없이 먹기만 했다. 포크로 접시 찍는 소리만 달그락달그락 들릴 뿐. 소금 그릇을 동료에게 건네는 이도, 건네달라고 청하는 이도 없었다. 활기차고 쾌활한 성격의 체너리조차 술에 절어서 누군가에게 흠씬 두들겨 맞기라도 한 것처럼 눈 밑이 시커멓게 변해 있었다. 버클리는 아예 아침을 먹으러 오지도 않았다.

그때 케인스가 바닥에 발을 굴러 진흙을 털어내며 식당으로 들어왔다. 비에 젖은 그의 외투에 희끄무레한 점액이 군데군데 묻어 있었다. 케인스가 무겁게 입을 열었다.

"많이 호전됐습니다. 버섯을 더 확보해야겠어요."

비행사들은 그의 말뜻이 잘 이해되지 않아 멍하니 쳐다보았다. 케인스는 강렬한 눈빛으로 비행사들을 마주 쳐다보며 마지못해 다시 말했다.

"막시무스가 다시 코로 숨을 쉬기 시작했습니다."

그러자 비행사들은 포크를 팽개치고 문밖으로 우르르 달려 나갔다.

케인스는 쓸데없이 큰 희망을 주는 것을 질색하는 성격이라 더 긍정적인 답변을 기대하는 비행사들의 질문에는 일절 대답하지 않았다. 그러나 막시무스의 머리 옆에 늘어선 비행사들은 그 콧구멍에서 천천히 뿜어져 나오는 숨소리를 똑똑히 들을 수 있었다. 둘시아의 막혔던 콧구멍도 뚫려 있었다. 두 용은 아직 기침을 했지만 비행사들이 듣기에도 그 소리는 예전과 완전히 달랐다. 폐에서 끝없이 가래가 끓어오르는 기침이 아니라 조금 있으면 곧 나을 것 같은 마른 기침이었다. 비행사들은 긍정적인 쪽으로 서로를 설득해가며 위안을 얻었다.

도싯은 여전히 하루도 빼놓지 않고 기침 수 등을 기록했고 다른 용 의사들과 함께 각종 식재료로 실험을 계속해나갔다. 그들은 초록색 바나나와 코코넛 과육으로 커스터드를 만들어 릴리에게 먹였는데 릴리는 한 입 먹어보더니 도저히 못 먹겠다고 했다. 메소리아를 달래 모로 눕히고 불붙인 초를 가슴께에 대고 한참 촛농을 떨어뜨려보기도 했다. 폐에 열을 가하는 치료법이었는데 그저 가죽에 촛농을 온통 발라놓았을 뿐 별다른 효과를 거두지 못했다. 그러던 어느 날, 머리가 하얗게 센 코이 족 노파 하나가 자기 키만 한 세탁물 통을 질질 끌고 연병장 문 앞으로 다가왔다. 그 통에는 원숭이 간으로 만든 약이 가득 차 있었다. 노파가 더듬거리며 네덜란드어로 하는 말을 들으니 그 간이 어떤 병에든 잘 듣는 탁월한 치료약이라는 것이었다. 용 의사들은 시험 삼아 임모르탈리스에게 원숭이 간을 먹여보았는데 임모르탈리스는 한 입 먹어보고는 못 먹겠다며 고개를 돌려버렸다. 그런데 별안간 다가온 둘시아가 통에 남아 있던 간을 전부 먹어버려 용 의사들은 어쩔 수 없이 노파에게 돈을 주어야 했다. 둘시아는 그걸 다 먹고도 양이 차지 않는지 아쉬워하는 눈빛이었다.
 입맛이 돌아오면서 둘시아의 식욕은 급속도로 늘어갔다. 기침 횟수도 줄어드는 추세였고 버섯 죽을 먹기 시작한 지 닷새째 되는 날부터는 가끔 마른기침을 하는 것 외에 병중이 모두 사라졌다. 막시무스는 둘시아보다 기침이 오래갔다. 둘시아와 막시무스에게 버섯 죽을 먹이기 시작한 지 일주일째 되던 날 밤, 잠을 자던 공군들은 연병장 밖에서 들려오는 끔찍한 비명 소리와 환히 밝혀지는 횃불에 놀라 퍼뜩 잠에서 깼다. 깜짝 놀라 천막 밖으로 뛰어 나가보니 막시무스가 연병장 안으로 살금살금 들어오고 있었다. 덩치가 너무 커서 남들 눈에 띄지 않고 몰래 들어오는 것은 애초에 불가능했고 피 묻은 입에는 씹다 만 소 한 마리가 물려 있었다. 조심조심 들어오던 막시무스는 들켰음을 깨닫자 물고 있던 소를 통째로 꿀떡 삼켰다. 그러고는 공군들이 따져 물어도 무슨 소리를 하는 건지 모르겠다는 식으로 시치미를 뗐다. 자기는 그저 잠깐 일어나 다리를 쭉 펴고 편한 자세로 다시 누워 자려고 한 것뿐이라 주장했다. 그러나 막시무스의 꼬리 뒤 쪽으로 소의 피가 점점이 뿌려져 있었고 그 끝에 반쯤 무너진 소 우리와 망가진 울타리가 훤히 보였다. 귀하디 귀한 소들을 도둑맞은 소 주인들은 분노와 상실감으로 분통을 터뜨리고 있었.

 공군들이 증거를 들이대자 결국 막시무스는 실토했다.
 "바람이 바뀌면서 냄새가 코에 확 와 닿는데 너무 맛있겠더라고. 굽거나 양념을 바르지 않은 신선한 쇠고기를 먹어본 지가 너무 오랜만이라서 그만."
 버클리는 성난 기색 하나 없이 오히려 대견하다는 듯 막시무스를 쓰다듬으며 말했다.

"이 미련한 놈아. 누가 보면 우리가 일부러 널 굶기기라도 한 줄 알겠다. 내일 소를 두 마리 더 가져다줄게."

밤사이 턱수염이 자라 한층 지저분해 보이는 케인스도 막시무스에게 다가와 딱딱거렸다.

"한밤중에 배를 채우려고 이렇게 사자처럼 돌아다닐 것 같으면 앞으로 낮에 먹이를 안 먹겠다는 소린 입 밖에 내지도 마."

일주일 내내 용들의 몸 상태를 살피느라 밤을 새운 케인스는 어제야 비로소 일찍 잠자리에 들 수 있었던 것이다. 케인스가 말을 이었다.

"누구에게든 배가 고프다고 말했으면 소를 잡아다 주었을 것 아니야."

"버클리를 깨우고 싶지가 않았어. 요즘 버클리는 잘 먹지도 못한단 말이야."

사실 케이프타운에 도착한 이래로 버클리는 돌덩이 두 개만큼 체중이 더 빠진 상태였다. 그런데 막시무스가 막상 그 부분을 언급하자 버클리는 침을 튀겨가며 아니라고 부정했다.

그 후로 승무원들은 막시무스에게 평범한 영국식 먹이, 즉 갓 도살한 쇠고기를 주었다. 가끔은 고기에 소금을 약간 쳐서 주기도 했다. 막시무스는 그 지역에서 파는 가축들을 빠른 속도로 먹어치웠고 금화 지갑도 나날이 얇아져갔다. 가축으로는 막시무스의 먹이를 대기가 힘들 지경이 되어 결국 테메레르가 사냥에 나서야 했다. 테메레르는 케이프타운 북쪽으로 날아가 거대한 들소들을 잡아왔다. 그런데 막시무스는 들소가 별로 맛이 없다며 투덜거렸다.

그 무렵부터 케인스는 찌푸렸던 인상을 조금씩 폈다. 용들이 회복되는 모습을 보고 기운이 차린 공군들은 냄새 고약한 거대 버섯을 좀더 찾아내려고 주변 숲을 온통 뒤지고 다녔다. 마을 아이들은 버섯 찾기 놀이에 흥미를 잃었는지 더 이상 버섯을 가져오지 않았다. 로렌스를 비롯한 비행사들이 지갑을 열어 보이며 온갖 보상을 약속했지만 아이들은 더 이상 버섯 찾기에 시간을 쏟고 싶어하지 않았다.

"우리끼리 할 수 있을 거예요."

캐서린은 이렇게 말했지만 자신이 없는 말투였다. 아침이 밝자 로렌스와 체너리는 지금까지 철저히 탐색하지 못했던 지역을 다시 한 번 꼼꼼히 뒤져보기 위해 팀을 꾸렸다. 그들이 찾는 버섯과 변종 버섯을 구분하려면 도싯도 데려가야 했다. 다른 비행사들은 아픈 용의 곁을 떠나고 싶어하지 않는 눈치였고, 버클리는 따라가겠다고 했지만 그동안 체력이 형편없이 떨어져서 숲을 헤집고 다니는 것은 무리였다.

체너리가 명랑하게 말했다.

"그럴 필요 없습니다, 버클리. 우리끼리 잘 찾아보고 올게요. 막시무스랑 여기 머물면서 많이 먹고 쉬고 계세요. 막시무스 말이 맞습니다. 다시 살을 좀 찌우실 필요가 있어요."

둘시아가 회복된 뒤부터 체너리는 기분이 아주 좋아져서 옆에서 부추기는 사람이라도 있었다면 식탁에 뛰어 올라가 노래라도 부를 태세였다.

잠시 후 체너리는 괴상한 차림을 하고 천막 밖으로 나왔다. 땀이 얼굴로 흘러내리는 것을 막기 위해 목도리를 이마에 질끈 동여맸고 외투도 입지 않았으며, 성의 무기고에서 얻은 묵직하고 오래된 기병대용 사브르 검을 허리춤에 찬 모습이었다. 공터로 걸어 나오는 체너리의 모습은 마치 해적 같았다. 그에 반해 로렌스는 외투를 입고 목도리까지 둘렀으며 모자도 착용한 채였다. 체너리와 로렌스는 서로를 의아한 눈초리로 훑어보았다. 다만 로렌스는 체너리가 겸연쩍어할까 봐 대놓고 이상한 표정으로 쳐다보지는 않았다.

테메레르와 둘시아는 테이블 산을 뒤로하고 후미진 만을 넘어 북쪽으로 날아갔다. 저 아래 정박해 있는 얼리전스 호가 어느새 시야에서 사라졌다. 그들은 초록색 풀밭 사이로 흐르는 여울과 부채꼴 모양의 흐릿한 금빛 모래사장을 지나 북동쪽으로 방향을 바꾸며 내륙으로 향했다. 전방의 비옥한 중심부에 기다란 산등성이가 튀어 나와 있었다. 그것은 카스틸베르크 산으로 훨씬 내륙에서부터 이어 내려온 거대 산맥의 외곽 줄기였다.

체너리를 태운 둘시아는 신호용 깃발을 신나게 흔들며 앞장서서 날아갔다. 둘시아는 촌락과 점점 광막해지는 황무지의 넓은 길을 지나면서 점점 속도를 높였고 훨훨 날개를 치더니 소리쳐 불러도 들리지 않을 정도까지 테메레르와 거리를 벌렸다. 그 상태로 점심시간이 될 때까지 날아가던 둘시아는 카스틸베르크 산을 넘어 십육 킬로미터쯤 더 가다가 강둑이 보이자 마지못해 착륙했다.

로렌스는 여기서 멈추지 말고 더 날아가자는 말을 하고 싶지가 않았다. 그 거대 버섯이 케이프 식민지에서만 나는 토착 품종이라면 여기서 더 멀리 날아가봤자 별 소용이 없을 테니까. 지금까지 지나온 이 부근 지역에 대해서도 그들은 아는 바가 전혀 없었다. 둘시아는 태양을 향해 양 날개를 펼친 채 흐르는 강물에 주둥이를 대고 물을 마셨다. 목으로 꿀꺽꿀꺽 물 넘어가는 모습이 보였다. 둘시아가 목을 뒤로 젖히고 신나게 물을 뿜어대자 체너리는 소년처럼 깔깔거리고 웃으며 둘시아의 앞다리에 뺨을 갖다 댔다.

날개를 접고 앉은 테메레르가 머리를 꼿꼿이 세우고 귀를 기울이더니 호기심 어린 말투로 물었다.

"저게 사자 소리야?"

덤불 속에서 성난 짐승의 으르렁거리는 소리가 들려왔다. 북과 바순의 울림 같기도 하고 천둥소리 같기도 한 용의 울부짖음과는 확실히 다른, 깊게 씨근대는 울부짖음이었다. 자신의 영역을 침범한 자들에게 경계의 소리를 내는 것이었다.

테메레르가 계속해서 말했다.

"한 번도 사자를 본 적이 없는데."

하지만 이번에도 사자를 보기는 힘들 것이었다. 영역을 침범당해 아무리 화가 났어도 사자가 용의 공격 범위 내에 모습을 드러낼 리 없으니까.

둘시아가 걱정스러운 얼굴로 물었다.

"사자라는 게 아주 큰 동물인가? 아무래도 다들 우리와 함께 있는 게 좋겠어."

소총병들이 함께 가니 문제없다고 해도 비행사와 승무원들끼리 부근 숲을 헤집고 다니는 것이 둘시아와 테메레르가 보기엔 영 불안한 모양이었다.

체너리가 둘시아에게 말했다.

"네 등에 타고 공중을 날면서 어떻게 버섯을 찾을 수 있겠어? 여기서 푹 쉬면서 뭐라도 먹고 있어. 금방 돌아올게. 사자들을 만나도 우리끼리 해결할 수 있어. 소총병을 여섯 명이나 데리고 가는데 뭐가 걱정이야."

"사자가 일곱 마리면 어떻게 해?"

"우리도 권총을 쏘면 되지."

체너리는 유쾌하게 말한 후 둘시아를 안심시켜주려고 권총을 새로 장전하는 모습까지 보여주었다.

로렌스가 테메레르에게 말했다.

"내가 장담하는데 사자는 우리 곁에 얼씬도 못 할 거다. 위협용으로 소총을 한 번만 쏴도 그 소리에 놀라 달아날 테니까. 그리고 너희가 필요한 경우가 생기면 조명탄을 쏘아 올릴게."

"알았어. 대신 정말 조심해야 돼."

테메레르는 걱정스러운 목소리로 말하고는 어쩔 수 없다 싶은지 앞다리에 머리를 대고 엎드렸다.

체너리는 낡은 사브르 검으로 기다란 수풀을 베며 앞으로 나아갔다. 도싯의 말에 따르면 원래 버섯류는 시원하고 축축한 흙에서 자란다고 했다. 로렌스와 체너리 등이 다가오는 소리를 듣고 날쌘한 영양과 새들이 일찌감치 멀리 달아났다. 대단한 청각이었다. 풀숲은 지독하게 무성했고 틈새마다 은색 가시나무 덤불이 들어차 있었다. 길이가 칠팔 센티미터나 되고 끝이 바늘처럼 뾰족한 덤불 가시가 풍성한 푸른 잎사귀 사이에 교활하게 숨어 있는가 하면 덩굴 줄기는 로렌스 일행의 몸에 수시로 들러붙었다. 그들은 풀과 나뭇가지를 쳐내며 계속 전진했고, 어느 순간 덤불숲을 가로지르는 길이 나왔다. 대형 동물들이 밟아 다져놓은 길이었는데, 뒤쪽으로 줄기의 껍질이 벗겨져 피처럼 붉은 속살이 드러난 나무들이 늘어서 있었다. 잠시나마 편하게 걸을 수 있었다. 그러나 도싯은 그 길을 만든 동물들과 맞닥뜨릴 가능성이 있다며 그 길을 따라 오래 걸으면 위험하다고 했다. 아마도 코끼리일 가능성이 제일 높았다. 또한 도싯은 이런 탁 트인 길에서는 버섯을 찾기 어렵다며 수풀 안쪽을 뒤져야 한다고 조언했다.

점심시간쯤 되자 다들 더위에 지친 기색이 완연했다. 몸 곳곳이 가시에 긁혀 상처투성이였다. 나침반이 없었으면 완전히 길을 잃고 말았을 것이었다. 그때 아직 어리고 체격이 날씬해서 그나마 상태가 나은 다이어가 갑자기 승리의 함성을 내질렀다. 바닥에 납작 엎드린 채 가시덤불 밑으로 기어 들어갔던 다이어는 거대 버섯을 손에 쥐고 꿈틀거리며 덤불 밖으로 빠져나왔다. 고목 밑동에 자라고 있던 거대 버섯 하나를 발견한 것이다.

그 버섯은 비교적 작고 진흙이 붙어 있었으며 갓이 두 개밖에 없었지만, 종일 고생한 끝에 발견한 것이어서 모두 다시 기운이 났다. 그들은 다이어에게 만세를 불러주고 그로그 주를 잔에 따라 나눠 마셨다. 그리고 다시 덤불 속을 뒤지기 시작했다.

덤불을 칼로 쳐내느라 헉헉거리며 체너리가 말했다.

"앞으로도 계속 이런 식으로 버섯을 찾아다녀야 한다고 하면, 영국 용들에게 전부 먹일 분량만큼을 채집하는 데 얼마나 걸릴 것 같습니……."

그 말이 채 끝나기도 전에 빽빽한 덤불 너머에서 뜨거운 기름이 담긴 냄비에 물방울을 떨어뜨리는 것 같은 타닥타닥 소리가 들려왔다. 소화불량에 걸린 듯한 짐승의 신음 소리와 나지막한 기침 소리도 들렸다. 릭스가 덤불 쪽으로 다가서자 도싯이 말을 더듬으며 경고했다.

"조……조심…… 조심하십시오. 어……어쩌면…….."

직속 부관 리블리가 손을 내밀자 체너리는 그의 손에 자기 칼을 쥐어주었다. 리블리는 덤불에 뒤엉켜 자라는 이끼를 칼로 쳐냈고 릭스는 가지를 두 손으로 잡고 양옆으로 확 벌렸다. 그 너머에서 거대한 머리가 로렌스 일행을 가만히 쳐다보고 있었다. 조약돌 같은 회색 가죽, 주둥이 끄트머리에 위아래로 나란히 박혀 있는 거대한 뿔두 개, 작고 까만 데다 강렬하게 반들거리는 돼지 같은 눈, 손도끼처럼 생긴 괴상한 입. 그 짐승은 명상에라도 잠긴 듯 찬찬히 입 안에 든 먹이를 씹고 있었다. 체격은 용에 비할 정도는 아니었고 황소나 그 지역 들소와 비슷했다. 하지만 갑옷이라도 입은 것처럼 가죽이 단단해 보여 한층 강한 인상을 주었다.

"저게 코끼리인가요?"

릭스가 일행 쪽으로 고개를 돌리며 목쉰 소리로 묻는 순간, 그 짐승은 콧김을 뿜으며 달려오기 시작했다. 덤불이 단숨에 양옆으로 흩어졌다. 체격이 큰 동물치고는 놀랄 만큼 빠른 속도였다. 그 짐승은 고개를 숙여 뿔 두 개가 적을 향하게 한 채 돌진하고 있었다. 로렌스 일행은 혼란에 빠져 고함과 비명을 질러댔다. 그 와중에도 로렌스는 겨우 정신을 차리고 다이어와 에밀리의 옷깃을 잡아 나무가 서 있는 쪽으로 끌어당겼다. 그는 권총과 칼을 꺼내 들려고 허리춤을 손으로 더듬었다. 그러나 그 짐승은 미친 듯이 앞으로 돌진하여 멀찌감치 달려가버렸다. 로렌스를 비롯한 공군들이 총이나 칼을 쓸 틈도 없었다.

도싯이 차분하게 입을 열었다.

"코뿔소네요. 지독한 근시이고 발끈하는 성질이 있다고 책에 나와 있더군요. 로렌스 대령님, 목도리 좀 풀어 주시겠습니까?"

고개를 돌려보니 체너리의 허벅지에 굵고 뾰족한 나뭇가지가 박혀 있었고, 그 자리에서 피가 콸콸 쏟아져 나오고 있었다. 도싯은 섬세하게 층을 이룬 용의 날개 막을 수술할 때 쓰는 대형 외과용 절단도를 손에 쥐고 그 끝을 솜씨 좋게 놀려 체너리의 반바지를 쭉 찢었다. 그리고 피가 솟아나는 혈관을 익숙하게 봉합한 후 로렌스의 목도리로 상처 부위를 둘둘 감았다. 그동안 로렌스는 나머지 공군들에게 지시하여 입고 있던 외투와 나뭇가지를 이용해 임시 들것을 만들게 했다.

체너리가 기운 빠진 목소리로 말했다.

"그저 좀 긁힌 것뿐이니 용들을 놀라게 하진 마십시오."

하지만 도싯은 이대로는 안 되겠다며 고개를 저었다. 로렌스는 체너리의 뜻을 따르지 않기로 결정하고 총을 들어 하늘을 향해 조명탄을 발사했다. 그리고 체너리에게 말했다.

"가만히 누워 있어요. 용들이 금방 올 겁니다."

그 말이 끝나자마자 거대한 용의 날개가 그들 머리 위를 뒤덮었다. 새까만 몸통이 태양을 등지고 있어서 윤곽선이 눈이 부시게 번쩍거려 똑바로 쳐다볼 수가 없었다. 테메레르가 착륙하자 그 밑에 있던 나무의 줄기와 가지가 무게를 견디지 못하고 산산이 부서졌다. 이윽고 테메레르가 로렌스와 공군들 쪽으로 머리를 가까이 들이밀고는 킁킁거리며 냄새를 맡았다. 붉은색 머리통, 윗입술에 줄줄이 박혀 있는 상아색 엄니 열 개. 그 용은 테메레르가 아니었다.

"주여, 우리를 굽어 살펴주시길."

자기도 모르게 이렇게 중얼거리며 로렌스는 허리춤의 권총을 향해 다시 손을 뻗었다. 그 수컷 용은 체격이 테메레르 못지않았다. 로렌스가 지금까지 보아온 어떤 야생용들보다도 훨씬 컸다. 어깨 근육이 잘 발달해 있고 등줄기에는 이중으로 가시 돌기가 나 있었으며 진흙 같은 적갈색 몸통과 날개에는 노란색과 회색 점이 아무렇게나 박혀 있었다.

로렌스가 지시했다.

"조명탄을 한 발 더 쏴, 릭스. 한 발 더⋯⋯."

릭스가 쏜 조명탄이 그들 머리 위로 솟아올라 푸른빛을 내며 터지자 야생용은 흥분해서 날개를 퍼덕거렸다. 용이 로렌스 일행 쪽으로 머리를 휙 돌렸다. 증오에 찬 녹황색 동공이 가늘어지면서 거대한 이빨이 드러났다. 때마침 숲을 가로질러 날아온 둘시아가 악을 썼다.

"체너리! 체너리!"

그리고 둘시아는 저보다 몸집이 훨씬 큰 야생용에게 달려들어 머리통을 발톱으로 할퀴었다. 갑자기 작은 용에게 공격을 당하자 당황한 적갈색 용은 잠시 움찔했지만 곧 놀라운 속도로 반격에 나섰다. 그 용은 둘시아의 날개 앞쪽 언저리를 입으로 물고 위아래로 세차게 흔들었다. 둘시아가 고통스러운 비명을 내질렀다. 이만하면 교훈을 얻었으려니 하고 그 용은 둘시아를 놓아주었는데, 둘시아는 곧장 이빨을 드러내고 다시 달려들었다. 날개 막을 타고 거미줄처럼 피가 흘러내렸지만 머뭇거리지도 않았다.

그러나 적갈색 용은 빽빽한 숲 쪽으로 몇 발자국 물러나더니 나무 몇 그루를 궁둥이로 깔아뭉개고 앉았다. 그 용은 당황한 표정으로 둘시아를 향해 쉭쉭거렸다. 둘시아는 체너리와 로렌스 등이 있는 곳과 야생용 사이에 버티고 서서 두 날개를 펼치고 뒷다리를 곧추세우며 발톱을 세웠다. 최대한 몸집을 크게 보이려는 것이었다. 거대한 덩치의 야생용 앞에 서 있는 둘시아는 마치 장난감 같았다. 야생용은 둘시아를 공격하는 대신 그 자리에 앉아서 당황한 표정으로 앞발에 코를 문질렀다. 로렌스는 테메레르가 저보다 몸집이 작은 용과는 싸우지 않으려고 하는 모습을 자주 보았다. 본능적으로 체급 차이를 인식하고 있기 때문이었다. 마찬가지로 작은 용들도 지원군이 있어 적과 동등하게 싸울 만한 여건이 조성되지 않는 한 저보다 큰 용에게 싸움을 걸지 않았다. 지금 둘시아가 무리하게 나서고 있는 것은 오직 비행사인 체너리를 지키기 위해서였다.

이윽고 그들 머리 위로 테메레르의 그림자가 드리워졌다. 야생용이 머리를 홱 치켜들었다. 상대가 될 만한 새로운 적이 나타났음을 감지한 야생용은 어깨에 힘을 주며 날아올랐다. 로렌스는 고개를 위로 쳐들고 살펴보았지만 햇빛 때문에 공중에서 벌어지는 싸움이 잘 보이지 않았다. 둘시아는 체너리가 부상당해 누워 있는 모습을 보고 안절부절못했다. 둘시아가 걱정하며 자꾸만 앞으로 다가오자 도싯이 둘시아의 가슴팍을 손으로 툭 치며 말했다.

"그만. 체너리 대령을 어서 네 몸에 싣자. 똑바로 눕힌 채 이동해야 하니 배 쪽 삭구에 싣는 게 좋겠어."

도싯의 지휘로 승무원들은 임시 들것을 안장의 배 쪽 삭구에 연결시켰다.

그동안 공중에서는 야생용이 끓는 주전자처럼 쉭쉭 끌끌 소리를 내면서 짧은 호를 그리며 테메레르의 주변을 빠른 속도로 맴돌고 있었다. 테메레르는 중국 용 특유의 정지 비행을 하다가 얼굴 주변의 막을 세우며 숨을 깊이 들이마셨다. 두려움을 느낀 야생용은 날개를 치며 뒤로 물러나 테메레르와 간격을 벌렸다. 이윽고 천둥이 울리듯 무시무시한 포효가 테메레르의 입에서 쏟아져 나왔다. 그 진동으로 주변의 나무에 붙어 있던 오래된 잎사귀와 가지들이 싸락눈처럼 쏟아져 내렸다. 소시지 모양의 못생긴 나무 열매가 로렌스와 공군들이 서 있는 곳에 떨어지면서 땅바닥을 깊이 파냈다. 그 열매가 어깨를 살짝 치고 바닥으로 떨어지자 체너리의 부하인 하야트 중위가 깜짝 놀라 욕설을 내뱉었다. 로렌스는 얼굴에 묻은 먼지와 꽃가루를 털어 낸 후 눈을 가늘게 뜨며 위를 올려다보았다. 신의 바람의 무서움을 알게 된 야생용은 잠시 머뭇거리다가 주춤거리며 물러났고 곧 시야에서 사라졌다.

승무원들은 체너리를 싣는 작업을 서둘러 마무리했다. 공군들을 모두 태운 둘시아와 테메레르는 곧장 케이프타운을 향해 날아가기 시작했다. 가는 동안에도 둘시아는 체너리의 상태를 확인하느라 수도 없이 머리를 숙여 배 쪽을 살폈다. 승무원들은 우울한 표정으로 성 안마당에 체너리를 내려놓은 후 들것째로 성안으로 데리고 들어갔다. 체너리는 열이 펄펄 나고 잔뜩 흥분한 상태였다. 그레이 중장의 주치의가 체너리를 진찰하는 동안 로렌스는 그날의 수확물인 초라한 버섯 하나를 케인스에게 건넸다.

케인스는 침울한 표정으로 그 버섯을 살폈다.

"니티두스에게 먹이겠습니다. 야생용이 사람들에게 그렇게 가까이 접근하다니 앞으로 조심해야겠습니다. 작은 용을 타고 다니는 것이 좋겠군요. 체너리 대령이 부상을 당해서 당분간은 둘시아를 데리고 갈 수 없을 테니 몸집이 작은 니티두스를 회복시켜야겠습니다."

"그 버섯은 덤불 아래 숨어서 자라고 있었어. 용의 등에 올라탄 채로 숲 위를 날아다니면 버섯을 어떻게 찾나?"

로렌스의 말에 케인스가 날카롭게 받아쳤다.

"코뿔소에게 밟히거나 야생용에게 잡아먹히는 것보다 낫지요. 버섯을 확보하는 과정에서 용을 희생시킬 수는 없습니다. 용을 죽게 만드는 것이 아니라 건강하게 만드는 것이 우리 목표니까요."

그리고 케인스는 성큼성큼 걸어가 꿍쑤에게 버섯을 넘겨주고 비행사들에게 자신의 결정을 알렸다. 니티두스의 비행사 워렌이 마른침을 삼키며 그리 크지 않은 목소리로 말했다.

"릴리에게 먼저 먹게 하는 게 좋을 텐데요."

그러자 캐서린이 단호하게 말했다.

"맙소사, 용 의사가 결정한 내용에 대해 왈가왈부할 필요 없습니다. 케인스 박사가 니티두스로 결정을 내렸으니 따릅시다."

케인스는 캐서린에게 나지막하게 말했다.

"버섯의 양이 충분하면 버섯 죽을 얼마나 더 희석해서 써도 되는지 확인할 수 있을 텐데, 지금은 버섯이 하나뿐이니 몸집이 작은 니티두스를 회복시켜서 버섯을 더 구해 오게 하는 편이 낫습니다. 릴리는 체격이 크니 버섯 하나로는 회복되기 힘들 테니까요. 막시무스도 아직 수주일을 힘들이지 않고 날아다닐 정도로는 체력이 회복되지 않았고요."

"충분히 이해해요, 케인스 박사. 그 문제에 대해서는 더 이상 언급하지 않는 게 좋겠습니다."

결국 니티두스가 버섯 죽을 먹게 되었고 릴리는 고통스러운 기침을 계속해야 했다. 캐서린은 밤새 릴리 곁을 지키며 주둥이를 쓰다

들어주었다. 릴리의 뿔에서 독액이 튈 위험이 있는데도 상관하지 않았다.

8

이 주일이 지나도록 버섯을 하나도 찾지 못하자 캐서린은 절망했다. 몇 개 존재하지 않던 그 버섯을 이미 다 채집한 것 같다고 캐서린이 말하자 도싯은 목소리를 높였다.

"그럴 리 없습니다…… 그럴 리가 없어요!"

니티두스는 처음부터 다른 용들보다 병증이 깊지 않아서 버섯 죽을 먹기 시작하면서 둘시아보다 훨씬 빠른 속도로 회복되고 있었다. 하지만 신경질적인 기질 탓에 투덜거리고 보채는 것은 다른 용들보다 심했다. 목에서 가래가 없어진 뒤에도 일부러 기침을 쥐어짜내곤 했다.

버섯 죽을 먹기 시작한 지 일주일째 되던 날에도 니티두스는 목구멍이 따끔거린다느니 어깨가 결린다느니 하면서 초조하게 말했다.

"오늘 아침부터 다시 머리가 무거워진 것 같아."

그러자 케인스가 말했다.

"적절한 운동도 안 하고 그렇게 수개월째 뒹굴뒹굴하고 있으면 앞으로도 계속 삭신이 쑤실 거다. 내일부터 니티두스를 데리고 비행을 하고 오세요, 워렌 대령님. 계속 저렇게 구시렁대게 둘 필요 없습니다."

케인스는 워렌에게 이렇게 덧붙여 말한 뒤 성큼성큼 걸어가버렸다.

케인스의 허락이 떨어지자 로렌스와 워렌은 체너리의 부상으로 잠시 중단되었던 버섯 채집을 재개했다. 이번에는 탐색 범위를 케이프 식민지 주변 지역으로 한정하고 그 안을 면밀하게 뒤지기로 했다. 이 주일 넘게 숲을 헤집고 다녔지만 아무런 수확도 올리지 못했다. 다행히 야생용을 맞닥뜨리지는 않았다. 거대 버섯과 모양이 약간 다른 변종 버섯 몇 개를 겨우 찾아오긴 했는데, 그것들은 독성이 있는 것으로 드러났다. 변종 버섯 두 개를 끓여서 도싯이 실험용으로 잡아두었던 털투성이 토착 쥐들에게 먹였는데 죽고 만 것이다.

케인스는 곱슬곱슬한 털이 붙은 채 죽어 있는 작은 쥐의 몸통을 막대로 쿡쿡 찔러보면서 고개를 저었다.

"큰일 날 뻔했군. 그 변종 버섯을 곧장 테메레르에게 먹이지 않은 게 천만 다행이지."

캐서린이 물었다.

"그럼 이제 어떻게 해야 하죠? 더 이상 그 버섯을 찾을 수 없다면……."

그러자 도싯이 확신을 갖고 대답했다.

"분명 더 있을 겁니다."

그 무렵 도싯은 매일 시장을 돌면서 시장 상인들과 노점상들에게 연필과 잉크로 상세히 그린 버섯 그림을 보여주고 있었다. 상인들은 고집스럽게 매일 찾아오는 도싯에게 들볶이다 못해 짜증이 났다. 결국 그중 코이 족 상인 하나가 통역을 해줄 에라스무스 신부를 대동하고 성의 연병장을 찾아왔다. 시장 상인들을 그단 괴롭히라는 뜻으로 버섯 찾기에 도움을 주려고 온 것이다. 그 코이 족 상인이 구사할 줄 아는 네덜란드 어와 영어는 물품 매매에 필요한 1부터 10까지의 숫자 정도밖에 되지 않았다.

에라스무스 신부가 통역을 해주었다.

"케이프 식민지에는 원래 그 버섯이 거의 없다고 하는군요. 방금 이 상인이 한 말을 내가 제대로 알아들은 거라면, 코사 족은……"

그때 코이 족 상인이 끼어들어 '코사'라는 부족 명을 다시 말해주었는데, 첫 음절에 혀 차는 소리가 들어가는 특이한 발음이었다. 로렌스가 듣기에는 발음법이 두르자크 어와 비슷해서 인간의 혀로 내기에는 매우 어려운 발음인 것 같았다.

에라스무스는 그 '코사'라는 이름을 제대로 발음하려고 애썼지만 결국 실패하고 하던 설명을 계속해나갔다.

"어쨌든 이 상인의 말로는 여기서 한참 떨어진 해안 쪽에 거주하는 코사 족이 내륙에 사는 부족들과 거래를 하고 있으니, 그 버섯이 자라는 곳을 알지도 모른답니다."

그 정보를 토대로 조사를 해본 결과, 로렌스는 내륙에 사는 부족들과 접촉하는 일이 결코 쉽지 않다는 것을 알게 되었다. 케이프 식민지에서 제일 가까운 지역에 거주했던 부족들은 팔 년 전 네덜란드 이주민들에게 집중 공격을 당해 내륙으로 밀려갔다. 먼저 도발한 적도 없건만 원주민들은 이주민들에게 무차별 공격을 당했고 결국 휴전 협정을 맺기는 했지만 그 조약은 이주민들의 편의에 따라 수시로 깨지고 있는 형편이었다. 그래도 네덜란드 이주민 마을과 원주민 마을의 경계 지역에서는 아직 약간의 상거래가 이루어지고 있다고 했다.

로렌스는 케이프 식민지에서 제일 오래된 이주민 마을인 스벨렌담 마을을 찾아갔다. 그 마을의 주요 인사인 리츠가 더듬거리는 독일어로 말했다.

"우린 한 달에 두 번 꼴로 소를 한 마리 이상씩 원주민들에게 도둑맞고 있습니다. 휴전 협정서에 서명을 했는데도 말입니다."

스벨렌담 마을은 이주민들이 내륙 제일 가까운 지역까지 밀고 들어가 만든 마을이었다. 산이 마을을 둘러싸고 있어서 그나마 야생용들의 습격을 덜 받는 편이었다. 벽에 백색 도료를 바른 깔끔한 주택들이 곳곳에 세워져 있고 그 주변에는 포도밭과 농장이 있으며 중무장을 한 농가도 드문드문 보였다. 이주민들은 산을 넘어 종종 급습하는 야생용들을 막기 위해 마을 중앙에 소형 요새를 만들고 그 안에 6파운드 포 2문을 설치했다. 그들은 자기네에게 쫓겨나 내륙으로 들어간 원주민 부족들에 대해서도 분노를 품고 있었다.

리츠가 계속해서 말했다.

"카피르 족들은 지독한 악질입니다. 어떤 이교도적인 별칭을 갖다 붙여도 마땅한 놈들이에요. 그놈들과는 어떤 식의 거래도 해서는 안 됩니다. 아주 야만적이라서 대령님 일행에게 도움을 주기보다는 자고 있을 때 급습해서 죽이려 들 겁니다."

마을 변두리에 착륙해서 자기들을 지켜보고 있는 테메레르의 위세에 눌려 할 수 없이 입을 연 리츠는 더 이상은 도움이 될 만한 얘기를 들려주지 않았다. 리츠가 입을 굳게 다물고 앉아 회계 장부만 들여다보고 있자 로렌스도 그 이상 캐물을 수가 없었다.

로렌스가 다가가자 테메레르는 마을의 소 우리에 들어 있는 소들을 경탄스런 눈빛으로 바라보며 말했다.

"저 소들 진짜 맛있게 생겼어. 달리 거래하는 방법을 몰라서 그럴지도 모르니 야생용들을 비난하면 안 돼. 어차피 저 소들이 하는 일이라고는 우리 안에서 빈둥거리며 앉아 있는 것뿐이잖아. 그나저나 이주민들이 도와주지 않으면 코사 족을 어떻게 찾지?"

야생용들에게 소를 빼앗기며 살고 있는 이곳 이주민들처럼 코사 족도 야생용들에게 마찬가지로 피해를 입고 있을 테니 용을 경계할 것이 분명했다. 그러니 코사 족을 만나는 일은 결코 쉽지 않을 것이었다. 대안을 찾기 위해 케이프타운으로 돌아온 로렌스는 그레이 중장에게 리즈의 반응에 대해 보고했다. 그레이 중장은 코웃음을 치며 말했다.

"그래. 코사 족을 찾아내더라도 그들도 역시 자네에게 마찬가지 불만 사항을 털어놓을 걸세. 이주민들과 원주민들은 서로의 우리에서 끝도 없이 소를 훔치고 있으니까. 양측의 공통점은 단 하나, 야생용들에 대한 불만이 날이 갈수록 커져가고 있다는 것뿐이지. 참으로 처리 곤란한 문제야. 이주민들은 좀더 넓은 방목지를 갖고 싶어하는데 그것이 여의치 않으니까 야생용들의 피해가 없는 지역의 땅을 얻기 위해 원주민들과 싸움을 벌일 수밖에 없어."

"야생용을 막을 방법은 없습니까?"

사실 로렌스는 야생용들을 정확히 어떻게 관리해야 하는지는 잘 몰랐다. 영국에서는 대부분의 야생용들을 설득하여 사육장 안에 살게 하면서 매일 규칙적으로 먹이를 제공하고 있었으나 이곳은 사정이 달랐다.

"없어. 야생에서 얼마든지 먹이를 조달할 수 있기 때문에 사육장을 지어 그 안에 살게 할 수도 없고, 이주민들을 건드리지 못하게 막을 수도 없지. 이주민들도 여러 차례 실험을 해봤어. 매년 성급한 젊은이들 몇 명이 농장을 넓히겠다며 내륙으로 밀고 들어가곤 했지. 하지만 결국 아무런 이득도 얻지 못했어."

그레이는 어깨를 으쓱하더니 말을 이었다.

"그 젊은이들 대부분이 살아서 돌아오질 못했거든. 이주민들은 정부 측이 알고도 손 놓고 있다며 욕하지만, 내륙 진출에 비용이 어마어마하게 들고 어려움도 많이 따른다는 걸 몰라서들 하는 소리지. 용 여섯 마리로 구성된 공군 편대 하나와 포병 중대 둘 정도를 보유하지 않고서는 우리도 이주민들의 내륙 개간을 지원할 수가 없어."

로렌스는 고개를 끄덕였다. 현재 해군본부에서는 케이프타운에 그 정도 규모의 지원군을 보내줄 수가 없었다. 적어도 가까운 시일 내에는 불가능했다. 영국 공군 전력을 무너뜨리고 있는 전염병 때문이 아니더라도, 영국의 주요 부대는 모두 프랑스와의 전쟁에 동원되고 있으니까.

그레이 중장에게 보고를 끝내고 연병장으로 돌아온 로렌스는 캐서린에게 별로 성과를 올리지 못했다고 침울한 얼굴로 보고했다. 그러자 캐서린이 말했다.

"우리끼리 최선을 다해서 알아보는 수밖에 없겠네요. 에라스무스 목사님은 원주민 말을 할 줄 아시니 우리에게 도움을 주실 수 있을 거예요. 코이 족 상인에게 좀더 자세히 물어보면 코사 족이 사는 곳을 알아낼 수도 있겠죠."

다음 날 아침 로렌스는 버클리와 함께 에라스무스 목사의 집으로 찾아갔다. 그곳은 전에 왔을 때에 비해 많이 달라져 있었다. 집 주변의 공터는 토마토와 후추나무로 가득한 멋진 채소밭이 되어 있었다. 박스형의 수수한 검정 치마를 입은 코이 족 소녀 몇 명은 토마토 줄기를 말뚝에 끈으로 묶고 있었고, 그 외에 다른 소녀들은 커다란 자귀나무 아래 모여 앉아 부지런히 바느질을 하는 중이었다. 에라스무스 부인과 또 다른 백인 선교사 숙녀가 번갈아가며 성경에 기록된 내용을 코이 족 언어로 통역해서 소녀들에게 들려주고 있었다.

집 안은 온통 학생들 차지였다. 학생들은 석판 조각에 열심히 글씨 쓰는 연습을 하고 있었다. 종이 값이 너무 비싸서 연습용으로 쓸 수가 없어 석판에 쓰고 있는 것이었다. 집 안에 따로 얘기를 나눌 만한 방이 없어서 에라스무스는 로렌스와 버클리를 데리고 집 밖으로 나갔다.

"이곳까지 배에 태워주신 은혜는 잊지 않고 있습니다, 대령님. 도움을 드릴 수만 있다면 나도 무척 기쁠 겁니다. 그런데 코이 족 언어와 코사 족 언어는 비슷하면서도 많이 다릅니다. 프랑스 어와 독일 어처럼요. 게다가 나는 아직 코이 족 언어에 유창하지가 않습니다. 한나가 나보다 훨씬 낫지요. 우리 부부는 납치당하기 전에 썼던 부족어를 아직 조금은 기억하고 있습니다만 훨씬 북쪽 지역에 거주하는 부족 출신이라서 그 부족어는 별로 쓸모가 없을 겁니다."

버클리가 불쑥 나섰다.

"그래도 목사님이라면 우리들보다는 원주민들과 말이 잘 통할 겁니다. 원주민들에게 우리가 원하는 것이 무엇인지 알려주는 것은 그리 어렵지도 않아요. 버섯 조각을 약간 떼어 가지고 가서 그걸 코앞에 흔들어대면 알 테니까요."

로렌스가 말했다.

"코사 족은 한때 코이 족과 이웃해서 살았으니 코이 족 말을 할 줄 아는 사람이 몇 명은 있을 겁니다. 그런 사람들을 통해 목사님이 얘기를 해보실 수 있지 않을까요? 그저 한번 물어나 봐달라고 부탁드리는 겁니다. 버섯을 찾지 못하면 우린 완전히 끝장입니다."

채소밭으로 들어가는 문 앞에서 걸음을 멈춘 에라스무스는 소녀들에게 성경을 읽어주고 있는 아내를 물끄러미 바라보며 나지막하고 사려 깊은 목소리로 말했다.

"코사 족에게 복음을 전한 선교사가 아직은 없는 것으로 알고 있습니다."

이주민들은 내륙 안쪽으로 크게 밀고 들어가지는 못했지만 케이프타운을 중심으로 동쪽 해안을 따라 점진적으로 농장을 늘려가고 있었다. 케이프타운을 출발해 이틀을 꼬박 날아가자 저 아래 치치캄마 강이 보였다. 그 강은 네덜란드 이주민 마을과 코사 족 영토를 나누는 개념상의 경계선이었다. 강 부근에 있는 플레텐베르크 만 쪽에는 이주민들이 사는 집이 보이지 않았다. 식민지 마을 외곽의 경계선에서 다섯 걸음만 가면 덤불이 무성하게 우거져 있는데 그 덤불 뒤에서 코사 족이 그네들을 지켜보고 있다고 이주민들이 멋대로 상상하기 때문이었다. 이주민들과의 마지막 싸움에서 패배한 코사 족은 치치캄마 강 너머로 밀려났고, 양측은 휴전 협정서에서 편의상 치치캄마 강을 경계선으로 정한 채 살아가고 있었다.

테메레르는 해안선을 따라 계속해서 날아갔다. 부드럽게 곡선을 그리는 기묘하고 아름다운 절벽들이 줄지어 있었다. 절벽마다 푸른 초목이 우거져 있고 절벽 아래쪽에는 군데군데 이끼가 낀 밝은 빨강과 크림색, 갈색 바위들이 바다로 쏟아져 내려올 듯 서 있었다. 황금색 모래사장, 이리저리 흩어져 놀고 있는 땅딸막한 펭귄들. 펭귄들은 자기네 몸집이 너무 작아서 용들이 먹이로 삼지 않는다는 것을 아는지 테메레르가 지나가는데도 별로 놀라지 않았다. 케이프타운을 출발한 지 이틀째 되던 날, 테메레르는 좁은 입구를 사이에 두고 대양과 접해 있는 나이스나 석호 위를 가로질렀다. 그리고 그날 저녁 치치캄마 강의 강둑에 착륙했다. 내륙을 향해 구불구불 이어지는 치치캄마 강의 양옆에는 푸른 숲이 무성하게 우거져 있었다.

그리고 다음 날 아침, 치치캄마 강을 가로지르기 전에 승무원들은 커다란 흰 천을 말뚝 두 개에 매달고 그것을 각각 테메레르의 양 날개 가장자리에 고정시켰다. 도발이 아니라 협상을 하러 왔다는 것을 코사 족에게 알리기 위함이었다. 준비를 마친 후 테메레르는 로렌스와 승무원들, 에라스무스 부부를 태우고 강 건너 코사 족 영토로 조심스럽게 날아 들어갔다. 공터 가운데로 물살이 빠르고 좁은 개울이 지나고 있었고 공터 앞쪽은 코사 족 마을이었다. 테메레르는 공터 뒤쪽에 자리를 잡았다. 마을 주변에 성벽이 세워져 있는 것도 아니라서, 개울을 사이에 두고 공터 뒤쪽에 머무는 것이 부족민들에게 덜 위협적으로 보일 것 같아서였다.

로렌스는 정보를 얻어내기 위해 상당량의 금화와 이 지역에서 물물 교환 시 흔히 사용되는 잡다한 물건들을 가져왔다. 그중에서 제일 값나가는 물건은 별보배조개 껍데기를 비단실로 꿰어 만든 목걸이였다. 아프리카 대륙 일부 지역에서는 별보배조개 껍데기가 화폐로 통용되고 있었다. 지역에 따라서는 보석류에 준하는 가치를 갖는 것으로 평가받기도 했다. 하지만 껍데기 색깔이 무지개처럼 화려하지도 않고 반짝거리지도 않아서, 까치처럼 반짝이는 물건을 좋아라 하는 테메레르는 그 조개에 별로 관심을 보이지 않았다. 테메레르의 눈길을 사로잡은 것은 캐서린이 필요할 때 쓰라며 내놓은 가느다란 진주 목걸이였다.

승무원들은 목걸이를 비롯한 잡다한 물건들을 커다란 담요 위에 늘어놓고 개울가에 가까이 가져다두었다. 코사 부족민들이 보고 반응을 보일 때까지 기다리는 동안 테메레르는 덜 무섭게 보이도록 최대한 몸을 바짝 웅크리고 엎드려 있었다. 개울 너머에서 승무원들이 시끌벅적하게 떠들었지만 부족민들은 코빼기도 보이지 않았다. 치치캄마 강까지 오는 데 꼬박 이틀이 걸렸다. 그 정도로 광대한 지역이니 이곳을 오가는 이들도 많을 터였다. 코사 부족은 로렌스 일행도 그저 잠시 머물다 갈 자들이려니 여기고 별 관심을 보이지 않는 듯했다.

그날 밤 테메레르와 로렌스 등은 모두 강둑에서 잠을 잤다. 그다음 날에도 코사 족 마을에서는 아무런 움직임이 없었다. 사냥을 나간 테메레르는 점심때쯤 영양 네 마리를 잡아가지고 돌아왔다. 승무원들은 그 영양들을 꼬챙이에 꿰어 구웠으나 맛이 형편없었다. 꿍쑤가 아직 앓고 있는 다른 용들에게 먹이를 만들어주기 위해 연병장에 남은 터라, 앨런이 모닥불 위에 가로놓인 꼬챙이를 돌리는 일을 맡았는데 자꾸 다른 생각을 하다가 꼬챙이 돌리는 것을 잊는 바람에 고기 한쪽은 시커멓게 타고 다른 한쪽은 덜 익은 상태가 되고 말았다. 영양고기를 받아 든 테메레르는 인상을 찡그리며 얼굴 주변의 막을 축 늘어뜨렸다. 로렌스는 요즘따라 테메레르의 입맛이 엄청 까다로워진다 싶어 걱정이었다. 공군에 복무하는 용이 미식가가 되는 것은 결코 바람직하지 않은 일이었다.

셋째 날도 지루하게 시작되었다. 아침부터 공기가 후텁지근하고 끈적끈적해서 다들 축 늘어진 채 말이 없었다. 에밀리와 다이어는 따분해하는 얼굴로 석판에 글씨를 끼적거리는 시늉을 했고 로렌스는 졸음이 쏟아져서 한번씩 자리에서 일어나 주변을 서성거렸다. 테메레르는 입을 크게 벌리고 하품을 하더니 머리를 바닥에 대고 코를 골기 시작했다. 정오를 지나 오후 한 시쯤 되었을 때 그들은 버터 바른 빵과 약간의 그로그 주로 점심을 때웠다. 다들 더위에 늘어져서 전날 저녁을 부실하게 먹었는데도 별로 식욕이 없었다. 이윽고 태양이 지평선 너머로 느릿느릿 넘어가기 시작했다. 낮이 참 길었다.

로렌스가 한나에게 그로그 주를 한 잔 더 가져다주며 물었다.

"불편한 데는 없으십니까?"

로렌스는 공터에 착륙하자마자 승무원들에게 지시하여 바닥에 비행용 천막을 치게 하고 한나를 그 안에 머물게 했다. 지금 그녀의 두 딸은 성에서 일하는 하녀가 맡아주고 있었다. 고개를 살짝 숙이고 그로그 주가 담긴 컵을 받아 든 한나는 언제나 그렇듯이 본인의 안위에는 별 관심이 없었다. 세상 곳곳을 돌아다니며 살아야 하는 선교사의 아내로서는 바람직한 기질이었지만, 토렌스는 그녀를 이곳까지 데려와 무자비한 한낮의 더위에 지치게 만드는 것이 교양 없는 행동으로 여겨져서 마음이 편치 않았다. 공군이 아닌 이상 용을 타고 비행하는 것이 기분 좋을 리 없을 텐데 한나는 불평 한마디 하지 않았고 두려움을 내색하지도 않았다. 천막의 가죽마저 녹여버릴 듯 햇볕이 잔인하게 내리쪼이고 있는데 한나는 듯깃이 높고 소매가 손목까지 내려오는 짙은 색의 긴 원피스를 입고 흐트러짐 없이 앉아 있었다.

로렌스가 말했다.

"이렇게 고생하시게 해서 죄송합니다. 내일까지도 개울 너머에서 아무 반응이 없으면 저들과의 접촉이 실패로 돌아간 것으로 간주하고 성으로 돌아갈 생각입니다."

"좋은 결과가 있기를 기도드릴 뿐입니다."

한나는 낮고 침착한 목소리로 이렇게 대답하고는 고개를 숙였다.

황혼이 깔리면서 모기들이 앵앵거리기 시작했다. 모기떼는 테메레르 곁으로 오지 않았으나 파리들은 용과 사람을 가리지 않고 극성맞게 날아와 들러붙었다. 해가 지면서 숲의 윤곽이 흐릿해질 무렵 테메레르가 움찔하면서 말했다.

"로렌스, 저기 누가 오고 있어."

개울 너머에서 풀이 살랑살랑 흔들리더니 아주 날씬한 남자 한 명이 강둑 끝에서 어슴푸레한 빛을 받으며 모습을 드러냈다. 민머리에 담요로 대충 중요 부위만 가린 그 남자는 삽 모양의 좁은 창날이 달린 길고 가느다란 창을 쥐고 있었다. 다른 쪽 어깨에는 바짝 마른 영양 한 마리를 지고 있었다. 남자는 테메레르를 경계의 눈초리로 쳐다볼 뿐, 개울 가까이 오지는 않았다. 그저 목을 길게 빼고 담요 위에 놓여 있는 물건들을 조용히 훑어보고 있었다.

"목사님, 저와 함께 좀 가주셔야겠습니다."

로렌스가 나지막하게 말하며 앞으로 나섰다. 따라오라고 지시를 내리지도 않았는데 페리스가 고집스럽게 쫓아왔다. 로렌스는 담요로 다가가 정교하게 만든 별보배조개 목걸이를 집어 들었다. 짙은

색과 옅은 색 별보배조개 껍데기를 번갈아가며 끼우고 중간 중간에 금 구슬을 꿰어 예닐곱 줄로 만든 목걸이였다.

로렌스는 에라스무스, 페리스를 대동하고 개울을 건너갔다. 수심이 얕아서 물이 장화 위쪽까지 닿지도 않았다. 로렌스는 코사 족 사냥꾼의 창을 눈여겨보면서 티 나지 않게 권총의 끝부분에 한 손을 슬쩍 갖다 댔다. 일단 이 개울을 건너면 로렌스와 에라스무스, 페리스는 코사 족에게 공격받기 쉬운 위치에 놓이게 도었다.

그런데 로렌스 일행이 개울 밖으로 올라서자마자 그 사냥꾼은 숲쪽으로 슬금슬금 물러났다. 하늘도 어둑어둑하고 덤불까지 등지고 있는 까닭에 사냥꾼의 모습이 뚜렷하게 보이지 않았다. 여차하면 덤불 너머 숲 속으로 도망쳐버릴 생각인 듯했다. 로렌스 쪽은 세 명이고 사냥꾼은 혼자이니 어쩌면 겁을 먹은 것일 수도 있었다. 개울 너머에서 테메레르가 마치 고양이처럼 궁둥이를 바닥에 붙이고 허리를 꼿꼿이 세운 채 앉아 걱정스러운 눈으로 지켜보고 있으니 아마 두려움이 더할 것이었다.

페리스가 말했다.

"대령님, 제가 하겠습니다."

페리스가 하도 간곡하게 말해서 로렌스는 어쩔 수 없이 쥐고 있던 별보배조개 목걸이를 넘겨주었다. 페리스는 두 손 위에 목걸이를 올려놓은 채 조심스럽게 사냥꾼 쪽으로 다가갔다. 사냥꾼은 머뭇거렸으나 분명 유혹에 흔들리고 있었다. 마침내 사냥꾼은 어깨에 메고 있던 영양을 주저하며 내밀었다. 비싼 목걸이를 받고 영양을 내주는 것이 공정한 거래가 아니라는 생각 때문인지 사냥꾼은 다소 위축된 모습이었다.

페리스는 영양을 원하는 게 아니라는 뜻으로 고개를 가로저어 보였다. 그때 갑자기 사냥꾼 등 뒤의 덤불에서 부스럭거리는 소리가 났다. 페리스는 순식간에 표정이 굳어졌다. 그러나 덤불의 나뭇잎을 헤치고 호기심 어린 커다란 눈으로 그들을 내다보고 있는 것은 예닐곱 살도 안 되어 보이는 어린 남자아이였다. 사냥꾼이 고개를 뒤로 돌리고는 그 아이에게 무슨 말인가를 했다. 날카로운 말투인 것으로 보아 꾸짖는 모양인데 중간에 목소리가 꺾어지면서 이상한 소리가 나서 다소 우습게 들렸다. 자세히 보니 그 사냥꾼은 어른이 아니라 소년이었다. 덤불 뒤에 숨어 있는 꼬마와 몇 살 차이밖에 나지 않아 보였다.

어린 꼬마는 얼른 덤불 뒤로 모습을 감췄고 벌어졌던 덤불 틈새가 다시 모아졌다. 소년 사냥꾼은 고개를 돌려 도전적이면서도 조심스러운 표정으로 페리스를 마주 쳐다보았다. 창을 어찌나 세게 쥐고 있는지 손가락 관절이 흐릿한 분홍색을 띨 정도였다.

로렌스는 에라스무스 목사에게 속삭였다.

"우린 아무런 해를 끼치지 않을 거라고 전해주십시오."

코사 부족민들이 모두 로렌스 일행을 경원시하는 가운데 소년이 위험을 무릅쓰고 그들 앞에 나선 이유가 무엇인지, 로렌스는 어느 정도 짐작이 되었다. 소년은 보기 안쓰러울 정도로 몸이 비쩍 말랐고 덤불 뒤에 숨은 꼬마도 그 나이 또래의 여느 아이들과는 달리 볼에 살이 없었다.

에라스무스가 고개를 끄덕이며 소년에게 다가가 코이 족 말로 몇 마디 해보았지만 말이 통하지 않았다. 좀더 간단한 의사소통이라도 시작하기 위해 에라스무스는 자기 가슴께를 손으로 탁 치고는 '에라스무스'라고 말했다. 그러자 소년은 자기 가슴을 치고 '디마니'라고 말했다. 서로 이름을 알게 되자 소년은 조금이나마 긴장이 풀린 모습이었다. 금방이라도 달아날 것 같더니 페리스가 조금 더 가까이 다가갔는데도 가만히 있었다. 페리스는 디마니에게 버섯의 일부를 떼어낸 조각을 보여주었다.

그러자 디마니가 꽥 하고 소리를 지르며 인상을 찌푸리고는 뒤로 물러났다. 그 버섯 조각은 낮에 쏟아지는 열기를 고스란히 받으며 가죽 가방에 들어 있던 것이라 악취가 엄청났다. 디마니는 머쓱하게 웃더니 다시 앞으로 다가왔다. 페리스가 버섯 조각을 손으로 가리킨 후 조개 목걸이를 대가로 내미는 시늉을 해 보였지만 디마니는 도통 이해가 되지 않는 표정이었다. 그래도 조개 목걸이는 몹시 탐이 나는지 더 가까이 다가와 조개껍데기를 엄지와 검지로 문질러보았다.

페리스는 살짝 고개를 돌리고는 그리 작지 않은 목소리로 로렌스와 에라스무스에게 말했다.

"이 냄새 고약한 버섯에 대한 대가로 귀한 조개껍데기를 얻는다는 것이 이해가 안 되는 모양입니다."

그러자 에라스무스가 뒤를 돌아보며 말했다.

"한나."

로렌스는 깜짝 놀랐다. 언제 개울을 건너왔는지 한나의 치맛자락 끝에서 맨발로 물방울이 뚝뚝 떨어지고 있었다. 한나가 다가가자 디마니는 허리를 펴고 조개 목걸이에서 손을 떼고는 뒤로 슬쩍 물러났다. 마치 나쁜 짓을 하다가 학교 선생님한테 들키기라도 한 아이 같았다. 한나는 목소리를 낮추고 천천히 분명한 발음으로 디마니에게 무슨 말인가를 했다. 그녀는 페리스에게서 버섯 조각을 받아 들고 단호하게 앞으로 내밀었다. 디마니는 얼굴을 찡그리면서 그 버섯을 받아 들었다. 그러자 한나는 디마니의 손목을 잡고 버섯을 페리스에게 건네주게 했다. 페리스는 버섯에 대한 대가로 조개 목걸이를 디마니에게 내주는 시늉을 했다. 그제야 디마니는 거래 내용을 이해한 표정이었다.

그때 덤불 뒤에서 꼬마의 목소리가 들렸다. 디마니는 덤불을 향해 윽박지르듯 한마디 하고는 한나에게 길게 무슨 말인가를 했다. 괴상하게 혀 차는 소리로 가득한 말이었다. 어떻게 저렇게 빠른 속도로 그런 발음을 연달아 내는 것인지 로렌스로서는 신기할 뿐이었다. 한나는 집중하느라 미간을 찌푸려가며 디마니의 말에 귀를 기울였다. 디마니는 버섯 조각을 집어 들고 무릎을 꿇더니 그 조각을 나무 밑동 가까이에 내려놓았다. 그러고는 버섯을 힘껏 뽑아 바닥에 던지는 시늉을 했다. 그리고 발뒤꿈치로 버섯 조각을 밟아 으깨려고 하는 순간, 페리스가 소리를 지르며 얼른 뛰어나갔다.

"안 돼, 안 돼!"

그 모습을 보고 디마니는 어이없다는 표정을 지었다.

한나가 로렌스에게 말했다.

"이 아이가 그러는데 그 버섯을 먹으면 소들이 병이 난대요."

그제야 로렌스는 디마니의 행동을 이해했다. 이곳에서 거대 버섯은 없애야 할 귀찮은 존재이니 코사 족은 보는 족족 뽑아 없앴을 것이다. 그러니 그 버섯을 찾기가 이렇게 힘든 것이다. 이 지역 부족민들은 생계를 위해 소를 키우고 있으니 그 버섯을 없애려 하는 게 당연했다. 쓸모없는 잡초 취급을 하며 수세대에 걸쳐 그 버섯을 제거해왔다면 이 부근에서는 찾기 어려울 텐데, 과연 어디로 가야 영국 공군 소속 용들에게 모두 먹일 만큼의 분량을 모을 수 있을지 로렌스는 걱정이 되었다.

한나는 그 버섯이 아주 가치 있는 물건이라는 뜻으로 버섯 조각을 손에 들고 쓰다듬는 시늉을 해 보였다. 그러더니 토렌스에게 물었다.

"대령님, 승무원들에게 솥을 가져오라고 말해주시겠어요?"

승무원들이 솥을 들고 오자 한나는 그 안에 버섯 조각을 넣었고 국자로 젓는 동작을 해 보였다. 디마니는 로렌스와 페리스를 미심쩍은 눈으로 쳐다보았으나, 이내 결심한 듯 손가락으로 하늘을 가리켰다. 그러고는 한쪽 지평선에서 맞은편 지평선을 향해 큰 호를 그렸다. 한나는 그것이 '내일'을 뜻하는 말이라고 통역해주었다. 그리고 디마니는 지금 그들이 서 있는 땅바닥을 가리켰다.

로렌스는 초조해하며 한나에게 물었다.

"버섯을 찾아다 줄 수 있을 것 같답니까?"

하지만 지금 디마니에게 그 질문을 하고 대답을 듣는다 해도 확실한 것이 아무것도 없으니, 한나는 그저 고개를 가로저을 뿐이었다. 로렌스가 말을 이었다.

"흠, 최선의 결과가 나오기를 바랄 수밖에 없겠군요. 내일 여기서 다시 보자고 전해주십시오."

그리고 다음 날 황혼이 깔릴 무렵 어제 보았던 코사 족 소년 디마니가 덤불을 지나 개울 앞으로 다가왔다. 디마니 뒤에는 아무것도 입지 않은 꼬마가 졸졸 따라오고 있었다. 그들 코사 족 형제는 작고 지저분한 개도 한 마리 데려왔는데 노란색에 갈색 점이 박힌 잡종견이었다.

디마니가 버섯 채집에 대한 대가를 놓고 로렌스와 협상을 하는 동안 그 개는 개울가에 꼼짝 않고 서서 테메레르를 향해 계속 캥캥 짖어댔다. 잠시 후 로렌스가 미심쩍은 표정으로 그 개를 쳐다보았다. 그러자 디마니는 로렌스에게서 버섯 조각을 받아 그 개의 코에 갖다 댔다. 그리고 무릎을 꿇고 개의 두 눈을 손으로 가렸다. 그동안 디마니의 동생이 들판을 가로질러 달려가 풀숲에 버섯을 숨기고 다시 개울가로 돌아왔다. 디마니는 개를 품에서 놓아주면서 날카로운 목소리로 명령을 내렸다. 하지만 개는 주인의 명령을 무시하고 테메레르를 향해 또다시 미친 듯이 짖어댔다. 당황한 디마니가 나뭇가지를 꺾어 들고 개의 궁둥이를 찰싹 때렸다. 잠시 나무란 뒤에 디마니는 다시 개에게 버섯이 들어 있던 가죽 주머니 냄새를 맡게 했다. 개는 마지못해 자리를 떠나 들판을 가로질러 뛰어갔고 잠시 후 입에 버섯 조각을 물고 돌아왔다. 개는 로렌스의 발치에 그 버섯 조각을 떨어뜨린 뒤 열심히 꼬리를 흔들었다.

디마니는 로렌스 일행이 멍청하지만 엄청난 부자임에 분명하다고 판단을 내린 모양이었다. 그 아이는 별보배조개 목걸이 대신 코사 족에게 있어 부의 원천인 소로 사례비를 받겠다고 말했다. 나름대로 머리를 굴려 협상 조건을 제시한 것이다.

로렌스가 한나에게 말했다.

"일주일 동안 우릴 위해 수고해주면 소 한 마리를 주겠다고 말해주십시오. 그 버섯을 다량으로 얻을 수 있는 곳으로 안내를 해주면 소를 더 많이 줄 것이고, 그렇지 않더라도 서운하지 않을 만큼 사례를 하겠다고 말입니다."

디마니는 고개를 끄덕이며 제안을 수락했다. 흥분한 기색이 역력했으나 침착하게 보이려고 무진 애를 쓰고 있었다. 디마니의 동생 시포는 속내를 숨기지 못하고 눈이 휘둥그레지면서 들뜬 표정으로 형의 손을 잡아당겼다. 그런 형제의 모습을 보며 로렌스는 자기가 이 지역 기준에서 터무니없이 높은 수고비를 내주게 된 것이 아닌가 하는 생각이 들었다.

디마니가 몸부림치는 개를 품에 안고 다가오자 테메레르는 얼굴 주변의 막을 늘어뜨리며 툴툴거렸다.

"거참 시끄럽네."

그 무례한 말에 대꾸라도 하듯 개는 더욱 앙칼지게 짖어댔다. 개는 주인의 품에서 벗어나 도망치려고 버둥거렸고 디마니도 테메레르를 몹시 두려워하는 모습이었다. 한나는 디마니를 안심시키려고 그 아이의 한 손을 잡아당겨 테메레르의 앞발을 살짝 쓰다듬게 했다. 위험할 것 없다고 안심시켜주기 위해서였는데 오히려 어마어마한 크기의 발톱으로 눈길이 쏠리게 만들고 말았다. 형의 등 뒤에 서 있던 시포는 그 발톱을 보고 더욱 겁을 먹었지만 디마니는 두려움을 다소 거두고 흥미를 보였다. 개는 버둥거림을 멈추고 디마니의 다른 쪽 팔에 꼭 들러붙어 있었다. 디마니는 처음처럼은 아니지만 여전히 불안한 표정이었고 고개를 크게 흔들어대면서 더 이상 가까이 다가오려 하지 않았다.

테메레르가 머리를 갸우뚱하며 말했다.

"발음이 아주 특이하네."

그러고는 소년들이 하는 말들 중에서 한 단어를 골라 흉내 내보았다. 똑같지는 않지만 에라스무스나 한나가 낸 소리보다는 비슷하게 들렸다. 그러자 디마니 뒤에 서 있던 시포가 까르르 웃더니 테메레르에게 그 단어를 다시 들려주었다. 테메레르는 몇 번 되풀이해보더니 말했다.

"아, 이제 된다."

거대한 목구멍의 깊숙한 곳에서 소리가 나오다 보니 혀 차는 발음과 섞이며 아주 괴상하게 들리기는 했지만 꽤 비슷했다. 디마니와 시포는 조금씩 마음을 놓기 시작했고, 마침내 테메레르의 등에 탑승하기로 했다.

예전에 실크로드를 지나면서 로렌스는 용의 몸에 가축을 싣는 법을 타르케에게 배웠다. 가축에게 아편을 먹여 그물에 넣고 그 그물을 안장 고리에 거는 방법이었는데 지금은 수중에 아편이 없으니 그 방법을 쓸 수가 없었다. 할 수 없이 로렌스는 낑낑거리는 개를 강제로 테메레르의 등에 싣고 가죽 끈으로 안장에 고정시켰다. 개는 가죽 끈을 벗어나 땅바닥으로 뛰어내리려고 발버둥을 쳤다. 그러다가 테메레르가 날개를 치며 이륙하자 몇 번 깽깽거리더니 이내 안장에 궁둥이를 붙이고 앉아서 입을 벌리고는 혀를 길게 빼물었다. 그리고 신나게 꼬리를 흔들어댔다. 주인보다 훨씬 즐거워하는 모습이었다. 디마니는 카라비너로 몸을 안장에 단단히 고정해놓았는데도 여전히 불안해하면서 안장 끈과 시포를 꽉 붙들고 앉아 있었다.

테메레르가 연병장 한구석의 공터에 착륙하는 모습을 보고 버클리는 우습지도 않은 농담을 하며 웃음을 터뜨렸다.

"아주 서커스를 하는구나!"

승무원들은 가죽 끈을 풀고 개를 연병장에 풀어놓았다. 개는 연병장을 이리저리 뛰어다니며 다른 용들에게 캥캥 짖어댔다. 용들은 호기심을 보이며 개를 내려다보았다. 그러다가 개가 머리를 가까이 들이댄 둘시아의 주둥이 끝을 콱 물었다. 둘시아가 약이 올라 쉭쉭거리자 개는 깨갱하더니 얼른 테메레르의 옆구리 쪽으로 도망쳤다. 테메레르는 짜증 나는 표정으로 개를 내려다보며 앞발 끝으로 슬그머니 밀어냈다. 하지만 개는 다시 뛰어와 테메레르의 옆구리에 찰싹 붙었다.

"그 개가 다치지 않게 조심해. 그런 개를 다시 얻어서 훈련하는 건 쉽지 않을 테니까."

로렌스가 주의를 주자 테메레르는 구시렁대면서도 개가 자기 옆에 웅크리고 누워 있게 내버려두었다.

그날 저녁 체너리는 연병장 한구석의 공터로 쫄뚝거리며 걸어 나와 비행사들과 함께 식사를 했다. 말로는 침대에 더 누워 있기 지겨워서라지만 실은 둘시아에게 다리가 많이 나았다는 것을 보여주고 안심시키기 위해서였다. 비행사들은 공터에 모닥불을 피워놓고 유쾌한 분위기 속에서 구운 쇠고기를 먹고 술을 진탕 마셨다. 비행사들이 담배 피울 준비를 하고 있는데 별안간 캐서린이 "오, 제기랄!" 하고 외치며 벌떡 일어나더니 공터 한옆으로 가서 구토를 했다.

최근에 캐서린은 계속 속이 좋지 않다고 했는데 이번에는 특히 심한 것 같았다. 비행사들은 캐서린이 민망해하지 않도록 점잖게 고개를 돌렸다. 잠시 후 캐서린은 모닥불 가에 둘러앉은 동료들에게 돌아왔다. 표정이 많이 어두웠다. 워렌이 와인 잔을 내밀었지만 캐서린은 고개를 가로젓고는 물로 입 안을 헹구고 바닥에 뱉어냈다. 그리고 비행사들을 둘러보며 무겁게 입을 열었다.

"흠, 신사 여러분. 제 무례를 용서해주시길. 요즘 이렇게 자꾸 속이 메슥거리네요. 앞으로도 계속 이럴 것 같으니 여러분도 알고 계시는 게 좋겠어요. 내가 조심성 없이…… 임신을 하고 말았습니다."

로렌스는 멍하니 입을 벌리고 캐서린을 쳐다보았다. 잠시 후 자신이 무례할 정도로 빤히 그녀를 쳐다보고 있음을 깨닫고는 얼른 입을 다물었다. 다른 비행사들의 표정을 살펴보고 싶었으나 실례가 될 것 같아 그럴 수도 없었다. 모닥불 주변에 둘러앉은 이 다섯 명의 남자 비행사들 중 누가 캐서린을 임신시켰단 말인가.

우선 로렌스보다 열 살 많은 버클리와 서튼은 캐서린에게 삼촌뻘이니 후보에서 제외해도 될 듯했다. 워렌도 로렌스보다 나이가 많았는데 매우 신중한 성격이라 지금 같은 상황에서 캐서린과 연애를 할 리 없었다. 워렌이 신경질적인 용 니티두스와 잘 지내는 것도 바로 그 진중하고 차분한 성격 덕분이었다. 로렌스보다 어린 체너리는 혈기 왕성하고 쾌활한 성격이며 별로 품위를 따지는 편이 아니라 다소 의심스러웠다. 게다가 미소를 지으면 꽤 잘생겨 보이는 얼굴이었고 가슴팍과 얼굴이 좁은 편이기는 하나 거칠고 자유로운 매력을 지닌 남자였다. 혈색이 좋지 못해 피부색이 누르께한 편이고 머리카락이 지푸라기처럼 곧고 누렇게 바래기는 했지만 캐서린과 연애를 했을 가능성이 제일 높았다. 물론 외모로만 따지자면 임모르탈리스의 비행사 리틀이 체너리보다 잘생겼다고 할 수 있었다. 리틀은 체너리와 나이가 비슷하고, 매부리코가 다소 걸리기는 하나 중국 도자기처럼 푸른 눈동자에 시인처럼 기다란 짙은 색 곱슬머리를 지니고 있었으니까. 그러나 로렌스가 알기로 리틀이 머리를 기르고 있는 것은 허영심 때문이 아니라 자주 자르기가 귀찮아서였다. 또한 리틀은 여색을 밝히기는커녕 금욕적인 생활을 하는 사람이었다.

캐서린의 직속 부관인 홉스 대위도 후보에서 완전히 배제할 수는 없었으나 가능성은 별로 없었다. 캐서린보다 한 살 어린 홉스는 열정이 넘치는 젊은이이기는 하나, 배에서 정사를 벌이다가 해군들에게 발각되었을 때 분노와 반발을 감당할 만한 그릇은 못 되었다. 로렌스도 몇 차례의 경험으로 그런 점을 잘 알고 있었다. 캐서린도 섣불리 부하와 동침했을 리 없었다. 그러니 캐서린을 임신시킨 것은 분명 이 다섯 명의 비행사들 중 한 명일 것이다. 로렌스는 곁눈질로 슬그머니 주변을 살폈다. 서튼과 리틀은 놀라서 얼이 빠진 표정이었고 나머지 비행사들은 기분 나쁠 정도로 의미심장하게 로렌스를 쳐다보고 있었다.

하지만 로렌스는 자기가 무슨 자격으로 그들의 시선에 반발하겠느냐는 생각이 들었다. 그도 분별없는 짓을 저질렀으니 할 말이 없었다. 그는 제인과의 일이 들통 날 경우 사람들 앞에서 뭐라고 말하고 어떻게 행동해야 할지 아직 생각해보지 않았다. 제인과 결혼하겠다고 말하면 아버지와 어머니가 어떤 반응을 보이실까. 도저히 상상하고 싶지 않았다. 제인은 로렌스보다 몇 살 연상이고 아이까지 딸렸다. 본인이 나라를 위해 공군으로 명예롭게 복무하고 있다는 점을 빼면, 제인은 크게 내세울 만한 집안 출신도 아니었다. 하지만 그들 사이가 드러나면 결혼은 피할 수 없을 터였다. 만일 로렌스가 제인과 결혼하지 않는다면 숙녀이자 전우인 제인의 명예를 더럽히는 것이고 제인은 물론 에밀리까지도 사교계의 따가운 시선을 받게 될 것이다.

앞으로 언제 그런 무시무시한 상황에 직면하게 될지 모르는데, 지금 이 자리에서 다른 비행사들에게 잠깐 오해를 받는 것이 무슨 대수겠는가. 이들 중에서 죄 지은 자만이 진실을 알 것이다. 그러나 일을 저지른 자가 끝끝내 죄를 고백하지 않는다면 로렌스를 비롯한 나머지 남자 비행사들은 세상의 비난과 호기심 어린 시선을 도리 없이 감내해야만 할 것이었다.

버클리가 포크를 내려놓으며 말했다.

"흠, 제기랄, 이런 일이 생기다니. 누구 아입니까?"

"아, 톰의 아이예요. 토머스 라일리 함장이요."

캐서린은 아무렇지 않게 대답했다.

어린 훈련생 투크가 차를 가져오자 캐서린은 "고마워, 투크"라고 말하고는 손을 내밀어 잔을 받아 들었다. 로렌스는 얼굴이 벌겋게 달아올랐다.

연병장에서 끊임없이 개 짖는 소리가 들려왔다. 로렌스는 마음이 혼란스러워 뜬눈으로 밤을 지새웠다. 라일리에게 캐서린의 임신 소식을 알려야 하나. 그러나 자기가 뭔데 그 일에 나선단 말인가.

동료로서 캐서린과 배 속 아기의 명예를 지켜줘야 한다는 책임감이 느껴졌으나, 캐서린 본인이 아무렇지도 않게 생각하고 있는데 제삼자인 로렌스가 나선다는 것도 우스운 일이었다. 캐서린은 사교계의 수군거림 따위는 아랑곳 않는 성격이었고, 그 일로 자신과 동료 비행사들의 명예가 실추되리라고는 생각하지 않을 것이었다. 하지만 세상 사람들이 다 비웃어도 라일리만은 그럴 자격이 없었다. 생각해보니 이번 항해가 끝나갈 무렵 라일리는 비행사들에게 한층 더 껄끄럽게 굴었는데, 아마도 양심의 가책 때문이었으리라는 의심이 들었다. 라일리는 여군의 존재에 대해 알고 난 후 경악했고 결코 찬성하지 않는 입장이었으니, 캐서린과 연애를 했다 해서 기존의 가치관마저 바뀌었을 리 없었다. 라일리는 그저 눈앞에 다가온 기회를 놓치지 않고 그 나름의 이득을 취한 것이다. 개인적인 연애사니 악랄하다고까지 말할 수는 없겠지만, 그것이 숙녀의 명예를 짓밟는 이기적인 행동임을 잘 알면서도 말이다. 강력히 비난받아 마땅한 짓이었다. 하지만 로렌스는 그 문제에 끼어들 입장이 아니었고, 잘못 처신했다가는 추문이 확대될 수도 있었다. 비행사 신분이니 라일리에게 결투를 신청할 수도 없었다.

아무리 생각해도 라일리에게 캐서린의 임신에 대해서는 알려야 할 것 같았다. 아무것도 모르는 상태로 그냥 지내게 둘 수는 없었다. 하지만 캐서린은 어렸을 때부터 공군 기지에서 자랐으니 제인 롤랜드와 비슷한 사고방식을 갖고 있을 것이었다. 제인 롤랜드는 자신이 미혼모라는 사실을 전혀 부끄럽게 여기지 않았다. 제인은 임신한 뒤로 아이 아버지를 볼 일이 별로 없었다고 했고, 그자가 에밀리와 특별한 관계라는 생각도 하지 않았다. 캐서린도 일반인들과는 다른 그런 인생관을 갖고 있을 것이다. 이번 일이 터지기 전까지 로렌스는 공군들이 갖고 있는 실용적인 인생관에 대해 깊이 숙고해본 적이 없었다. 그러나 라일리의 입장에서 찬찬히 헤아려보니 캐서린의 임신과 관련된 모든 역경을 감당해야 할 사람도, 캐서린과 아기에게 닥칠 모든 일을 책임져야 할 사람도 바로 라일리라는 쪽으로 생각이 점점 굳어졌다.

아침이 되었으나 로렌스는 확실한 결정을 내리지 못했다. 그는 마음에 근심만 가득한 채 침대에서 일어나 별 열의 없이 연병장으로 나갔다. 오늘부터 개를 데리고 버섯 탐색에 나서기로 했다. 승무원들이 이륙 준비를 하는 것을 보고 개는 누가 실어주기도 전에 테메레르의 등으로 뛰어 올라가 목 아래쪽에 자리를 잡았다. 로렌스의 전용 자리를 차지한 그 개는 승무원들에게 서두르라며 컹컹 짖어댔다.

"니티두스한테 태우면 안 되나?"

테메레르는 이렇게 툴툴거리고는 목을 돌려 개에게 조용히 하라고 쉭쉭 소리를 냈다. 이제 좀 친해졌다고 겁을 상실한 그 개는 테메레르에게 꼬리를 살랑살랑 흔들었다.

니티두스가 자기 몸에 개를 싣지 못하게 날개를 펼쳐 막으며 말했다.

"안 돼, 싫어. 나한테 태우지 마. 넌 나보다 몸집이 크니까 개 한 마리쯤 등에 얹어놔도 별로 무게도 못 느끼잖아."

실망한 테메레르는 얼굴 주변의 막을 축 늘어뜨리고 나직하게 알아들을 수 없는 말로 구시렁거렸다.

잠시 후 연병장을 박차고 날아오른 테메레르와 니티두스는 산맥을 가로질러 훨훨 날아갔다. 집도 몇 채 보이지 않는 이주민 마을 가장자리 구역을 넘어가자 암석슬라이드 현상(단층이나 갈라진 틈 위에 놓여 있던 기반암 일부가 아래쪽으로 급속히 이동하는 현상―옮긴이 주)으로 노출된 산비탈이 보였다. 두 용이 비탈의 덤불 위로 내려섰다. 몸집이 작은 니티두스는 큰 나무가 쓰러지면서 생긴 숲 사이의 빈 공간에 몸을 밀어 넣고 앉았지만 테메레르는 그럴 수가 없어서 고집 센 작은 관목들을 밟아 뭉개 착륙장을 만들어야 했다. 길고 가느다란 아카시아 가시들이 비늘 사이로 파고들어 살을 찌르는 바람에 테메레르는 수차례 이리저리 움찔거리다가 겨우 자리를 잡고 앉았다.

테메레르의 등에서 내려온 승무원들이 주변의 수풀을 칼로 쳐내고 천막을 세웠다.

승무원들이 야영 준비를 하는 동안 디마니의 개는 까불거리며 돌아다녔다. 개 짖는 소리에 놀란 꿩들이 머리를 간닥간닥 흔들며 숲에서 날아올랐다. 갈색에 흰색이 섞인 통통한 꿩들이었다. 그런데 갑자기 사방이 조용해졌다. 다리가 길고 날씬한 개도 한자리에 가만히 서서 주변을 경계했다. 지난번 코뿔소를 만났던 일이 떠올라 릭스 대위는 소총을 들어 올렸고 모두 움직임을 멈추었다. 잠시 후 나무 사이에서 모습을 드러낸 것은 한 무리의 개코원숭이였다. 그중 길고 심술궂은 얼굴에 진홍색 엉덩이가 털 밖으로 툭 튀어나온 제일 덩치 큰 회색 원숭이가 바닥에 궁둥이를 붙이고 앉아서 황달에 걸린 것 같은 노란 눈으로 로렌스 일행을 쏘아보았다. 그 원숭이는 곧 무리를 이끌고 다른 곳으로 천천히 이동했다. 어미의 털을 꼭 붙들고 안겨 있는 새끼 개코원숭이가 고개를 뒤로 돌리고는 호기심 어린 눈빛으로 로렌스 일행을 쳐다보았다. 잠시 후 개코원숭이떼는 완전히 모습을 감췄다.

야영지 주변에는 큰 나무가 별로 없고 성인 남자의 키보다 더 높이 자란 누런 풀들이 초록색 가시덤불 사이사이를 모두 메우며 자라고 있었다. 가느다란 나무 몇 그루가 구름처럼 뭉친 나뭇가지를 드리웠으나 넉넉한 그늘을 만들지는 못했다. 후텁지근한 공기를 채우고 있는 것은 먼지와 부스러진 풀, 마른 잎사귀였다. 덤불 속에서 작은 새들이 서로를 비웃듯 지저귀었다. 로렌스와 워렌, 승무원들, 디마니와 시포는 개 뒤를 쫓아 빽빽한 덤불 사이로 구불구불 걸어가기 시작했다. 개는 뒤엉킨 관목과 고목 사이사이를 잘도 빠져나갔다.

디마니는 어쩌다 한 번씩 개에게 훈계를 하거나 고함을 지를 뿐, 대부분은 알아서 가도록 내버려두었다. 디마니와 시포는 개 뒤에 바짝 따라붙으며 다른 이들이 감당하기 힘들 정도로 빠르게 움직였다. 가끔 개와 두 소년이 너무 앞서가서 모습이 보이지 않을 때도 있었다. 그럴 때면 두 소년은 어리고 맑은 목소리로 로렌스를 비롯한 공군들에게 빨리 오라고 재촉했다. 오후 서너 시쯤, 비틀거리며 덤불을 빠져나온 로렌스는 시포가 거대 버섯 하나를 손에 들고 자랑스럽게 서 있는 모습을 보았다.

그들은 저녁이 되어서야 야영지로 돌아왔다.

워렌은 포트와인을 한잔 따라 로렌스에게 건네며 말했다.

"우리끼리 할 때에 비해 훨씬 낫기는 하지만, 이런 속도라면 릴리를 비롯한 나머지 용들에게 먹일 분량을 모으기까지 일주일은 더 걸리겠습니다."

두 비행사는 야영지에 세워놓은 작은 천막 앞에서 오래된 나무 그루터기와 매끄러운 바위를 의자 삼아 앉아 있었다. 야영장으로 돌아오는 길에 개는 거대 버섯을 세 개 더 찾아냈다. 사람의 눈길이 닿지 않는 아주 구석진 곳에서 자라고 있던 것들이었다. 기분 좋게 버섯들을 받아 들기는 했지만 아직 턱없이 부족한 양이었다. 죽을 끓여 여러 날을 먹어야 병에 차도가 있는데 버섯 네 개로는 연병장에 기다리고 있는 용들이 한 입씩 마시기도 모자랄 것이었다.

로렌스가 피곤에 지친 목소리로 대답했다.

"예, 어쩌면 그보다 더 걸릴지도 모르죠."

오랜만에 장시간 걸어서 그런지 다리가 아팠다. 로렌스는 잔가지를 모아 피운 작은 모닥불 쪽으로 두 다리를 쭉 뻗었다. 푸른 나뭇가지에서 피어나는 연기가 그에게 최면을 거는 것만 같았다.

로렌스 등이 버섯을 찾으러 다니는 동안 테메레르와 니티두스는 산기슭의 땅을 꾹꾹 밟아 좀더 평평하게 다지고 나무와 덤불을 뽑아 야영지를 넓히며 무료한 시간을 때웠다. 테메레르는 가시를 곤두세운 얄미운 아카시아나무를 뿌리째 뽑아서 기슭 아래로 휙 던져버렸다. 저녁에 돌아온 로렌스가 내려다보니 아카시아나무가 커다란 흙덩이가 붙은 뿌리를 공중으로 뻗은 채, 기슭 아래 나무 두 그루 위에 꼴사납게 얹혀 있었다.

테메레르와 니티두스는 버섯을 찾으러 갔던 이들이 돌아오면 주려고 영양 두 마리를 잡아서 앞발로 잡고 있었다. 그런데 점심시간이 지나도 일행이 돌아오지 않자 유혹을 견디지 못하고 영양 두 마리를 죽여 다 먹고 말았다. 저녁때쯤 로렌스가 들어와보니 두 용은 야영지에 웅크리고 앉아 입맛을 다시고 있었고, 그 옆에는 핏자국만 남아 있었다. 테메레르가 말했다.

"미안해. 당신네들이 너무 늦게 오는 바람에 그만."

다행히 디마니가 그 숲에 넘치도록 많은 꿩을 잡는 법을 가르쳐주었다. 한 사람이 그물을 펼쳐 들고 기다리면 그물을 향해 여럿이서 꿩들을 몰아가는 방법이었다. 그렇게 해서 잡은 꿩들을 꼬챙이에 꿰어 모닥불에 굽고 얼리전스 호에서 가져온 건빵과 함께 먹으니 꽤 만족스럽게 끼니를 때울 수 있었다. 풀씨와 산딸기만 뿌려 구웠는데도 사냥 고기의 거친 맛이 훨씬 덜했다.

테메레르와 니티두스는 야영지 가장자리를 둘러싸고 길게 드러누웠다. 한밤중에 습격하러 올지도 모를 야생 동물들을 막기 위해서였다. 승무원 일부는 외투를 둘둘 말아 머리에 베고 용들이 밟아 뭉개놓은 덤불을 침대 삼아 잠을 청했고, 나머지 승무원들은 야영지 한구석에 모여 주사위를 굴리며 카드놀이를 했다. 그들이 내기 돈을 거는 소리, 이겼다며 좋아하는 소리, 졌다며 한탄하는 소리가 이따금씩 들려왔다. 디마니와 시포는 굶주린 늑대처럼 꿩과 건빵을 먹어 치웠다. 그러고 나자 살이 좀 오른 것 같기도 했다. 한나의 설득 끝에 두 아이는 선교회 소녀들이 직접 만든 헐렁한 범포 바지를 입었다. 에라스무스 목사는 한나의 발치에 앉은 두 소년 앞에 뻣뻣한 그림 카드 여러 장을 늘어놓았다. 그리고 카드에 그려진 여러 가지 사물을 손으로 가리키며 코사 족 말로 무엇인지 물었다. 한나가 수첩에 그 발음을 기록하는 동안 목사는 두 아이에게 달달한 간식을 상으로 주었다.

 워렌은 멍하니 앉아서 기다란 나뭇가지로 모닥불을 쿡쿡 찔렀다. 마침내 워렌과 둘이서만 조용히 얘기를 나눌 수 있게 되자 로렌스는 어색함을 무릎쓰고 캐서린의 일을 입에 올렸다. 로렌스의 질문에 워렌은 표정이 어두워지기는 했지만 담담하게 대답했다.

 "아뇨, 임신에 대해서는 나도 몰랐습니다. 참 난감한 상황이지요. 여기까지 와서 그런 일이 생기다니. 로렌스 대령이 데리고 있는 훈련생 여자아이는 아직 너무 어려서 릴리가 마지못해 그 아이를 받아들인다고 해도 비행사 노릇을 제대로 수행하기 힘들 겁니다. 게다가 에밀리가 릴리의 비행사가 되면 엑시디움의 차기 비행사는 누가 된단 말입니까? 나폴레옹이 영국 해협을 건너 쳐들어올 기회를 노리고 있는데 이런 상황에서 제인 대장이 또 아이를 낳을 수도 없는 노릇이고. 대장이 임신하지 않게 로렌스 대령이 조심하고 있으리라 믿고 있습니다만, 안 그렇습니까?"

워렌은 이렇게 묻더니 대답을 기다리지도 않고 덧붙였다.

"물론 제인 대장이 알아서 잘 하고 있겠지요."

대답하기 곤란한 질문인지라 로렌스는 딱히 할 말이 없었다. 제인은 로렌스와 동침을 하는 날이면 그날이 며칠인지 달력을 보고 점검하는 이상한 습관이 있었다. 지금 생각해보니 임신을 할까 봐 그런 모양이었다.

로렌스의 표정이 굳어지자 워렌은 오해를 했는지 엉뚱한 소리를 했다.

"아, 내 말을 곡해해서 듣지는 마십시오. 트집을 잡으려고 한 소리는 아닙니다. 우리 모두 항해 중에도 용들 때문에 경황이 없었고, 캐서린도 주의가 흐트러져서 그런 사고를 친 것 같습니다. 지난 몇 달간은 우리 모두에게 견디기 힘든 시간이었으니까요. 그나저나 캐서린이 걱정입니다. 휴직급을 받게 될 테니 먹고사는 것은 문제없겠지만 여성이 돈만 있다고 남부끄럽지 않은 생활을 할 수 있는 것은 아니지 않습니까. 그래서 전에 로렌스 대령에게 그 라일리라는 자가 어떤 사람인지 물어봤던 겁니다. 혹시라도 릴리가 죽으면 캐서린이 그자와 결혼을 하게 될지도 모르니까요."

"캐서린에게 가족은 없습니까?"

"없습니다. 가족이라 부를 만한 이도 없고요. 커서린의 아버지는 플루이타레라는 용을 탔던 잭 하코트 대위입니다. 안타깝게도 1802년 전투 중에 사망했지요. 그래도 그 무렵 잭은 캐서린이 릴리의 비행사로 내정되었다는 것을 알고 있었습니다. 캐서린의 모친은 플리머스 공군 기지 근처에 살던 여자인데 캐서린이 겨우 기어 다니기 시작했을 무렵 열병에 걸려 세상을 떠났습니다. 받아주겠다는 친척이 없어서 캐서린은 공군 기지에서 자라게 된 겁니다."

"지금 같은 상황에서…… 이런 말을 하는 것이 주제넘게 들릴지도 모르지만, 돌봐줄 친척이 없다면 더더욱 라일리에게 말을 해야 하지 않겠습니까?"

로렌스는 이렇게 묻고는 어색하게 덧붙였다.

"배 속의 아이에 대해서 말입니다."

"글쎄요, 그자가 아이를 위해 해줄 일도 없을 텐데요. 캐서린이 딸을 낳으면 공군 본부에서 쌍수를 들어 환영할 테니 라일리가 아이를 못 데려가겠지만, 아들을 낳으면 어떻게 될까요? 만일 라일리가 그 아이를 바다로 데리고 가면 어떻게 되겠습니까? 그 아이는 해군들 사이에서 사생아 취급이나 받으며 마음에 깊은 상처를 입겠지요. 아들을 낳더라도 라일리에게 알리지 말고 공군 기지에서 자라게 하면 어머니가 비행사니 새끼용을 배정받을 기회를 얻게 될 겁니다."

워렌이 자기 말을 제대로 알아듣지 못하고 딴소리를 하자 로렌스는 당황했다.

"제 말은 태어날 아이가 어떤 식으로든 사생아 취급을 받으며 자라게 할 필요가 없다는 겁니다. 라일리와 캐서린이 결혼을 하면 되잖습니까?"

그러자 워렌은 혼란스러운 표정으로 대답했다.

"아, 그게 말입니다, 로렌스 대령. 현실적으로 불가능합니다. 캐서린이 지상 근무만 하던 공군이라면 결혼을 할 수도 있겠지요. 하지만 지금 이 상황에서 결혼이라니, 맙소사. 더 길게 생각할 필요도 없습니다."

그리고 워렌은 그날의 성과물이 담긴, 뚜껑이 꽉 닫힌 상자를 턱

끝으로 가리켰다. 내일 아침 저 상자를 가지고 케이프타운으로 돌아가면, 케인스는 그 안에 든 버섯으로 제일 먼저 릴리를 치료하라고 결정을 내릴 것이다.

워렌이 말을 이었다.

"공군본부의 명령을 수행해야 하고 용도 돌봐야 하는데 캐서린이 라일리를 위해 편안하고 안락한 가정을 꾸밀 수 있겠습니까? 육 년에 한 번 서로를 볼까 말까 하는 생활을 하게 될 텐데요. 라일리는 지구 저쪽 끝으로 캐서린은 그 반대쪽으로 부임을 받아 갈 수도 있지요, 하하!"

자신이 제안한 바에 대해 워렌이 심드렁하게 웃어넘기자 로렌스는 마음이 편치 않았다. 워렌이 틀린 말을 한 것도 아니었으므로 더더욱 우울해졌다. 이렇다 할 대책을 세우지도 못한 채 로렌스는 뒤숭숭한 기분으로 누워 억지로 잠을 청했다.

9

열띤 논쟁을 벌이는 이들 사이로 캐서린이 목청을 높였다.

"케인스 박사, 도싯 박사의 제안을 대신할 계획이 있으면 말해주세요."

그동안 숲을 헤집고 다니면서 경험이 쌓이자 로렌스 일행이 채집하는 버섯의 수도 조금씩 늘어났다. 그렇게 모아진 버섯들을 니티두스가 매일 케이프타운으로 실어 날랐고 일주일 뒤 먼지투성이가 된 로렌스 일행은 기진맥진하여 케이프타운으로 돌아왔다. 와서 보니 릴리와 메소리아, 임모르탈리스가 그동안 버섯 죽을 먹으며 치료를 받고 있었다. 남은 버섯은 몇 개 되지 않았다. 용 의사들은 그중 두 개는 기름통에 넣고 두 개는 포도주통에 담갔으며 두 개는 종이와 방수포로 쌌다. 그런 뒤 치료약 만드는 법을 적은 종이를 동봉하여 버섯들이 든 통을 깔끔하게 포장했다. 로렌스 일행의 보고서를 받아 가기 위해 항구에서 기다리는 피오나 호가 버섯들을 싣고 영국으로 가져갈 예정이었다. 피오나 호는 조수가 바뀌면 곧장 출항하기로 되어 있었다.

성으로 들어온 로렌스와 공군들은 차분하게 가라앉은 분위기 속에서 조용히 점심을 먹었다. 버섯 여섯 개로는 영국에 있는 용을 세 마리 이상 살려내기 어려웠다. 도버의 용 의사들이 버섯 죽을 희석해서 쓰거나 몸집이 작은 용에게 먹인다면 여섯 마리 정도는 회복시킬 수 있을지도 몰랐다. 하지만 그것도 피오나 호가 세 가지 방법으로 포장한 버섯을 온전하게 영국에 가지고 갔을 때 가능한 얘기였다. 도싯은 버섯을 건조시켜 보관하는 방법도 써보고 싶어했지만 남은 버섯이 여섯 개뿐이라 그 방법을 적용할 수가 없었다.

워렌은 잔을 비우는 대로 곧장 빈 잔을 채우기 위해 한 손에 술병을, 다른 손에 잔을 쥐고 있었다. 그가 잔에 남은 술을 한 번에 털어 넣으며 말했다.

"그러니까 내 말은, 사람들을 더 고용하고 사냥개도 늘리지 않으면 더 이상 성과를 올리기 어렵다는 겁니다. 어디로 가야 그 버섯을 더 찾을 수 있을지도 모르겠습니다. 네마챈이 참 똑똑한 개이기는 합니다만, 숲이 지독하게 무성해서 하루종일 헤집고 돌아다녀봐야 버섯을 한두 개 찾을까 말까 합니다. 하루에 수십 개씩 찾아내도 모자랄 판인데 말입니다."

네마챈은 어린 소위들이 디마니의 개에게 붙여준 이름이었다. 요즘 시간이 남는 대로 고전문학 수업을 받고 있던 소위들이 작품에 나오는 용맹한 이의 이름을 따서 그런 과장된 이름을 지어준 것이다.

로렌스가 말했다.

"사냥꾼을 더 고용할 방법을 찾아보지요."

하지만 이미 보유하고 있는 사냥꾼마저 잃을지 모를 상황이었다. 약속한 일주일이 지나자 디마니는 사례비로 소를 받아가지고 동생 시포와 함께 고향 마을로 돌아가고 싶다는 뜻을 내비쳤다. 로렌스는 양심에 찔렸지만 여러 차례 디마니의 그런 눈빛을 보고도 모른 척했다. 그러다가 그는 성 부근의 축사로 디마니를 데리고 갔다. 그 축사 안 한쪽 구석에는 어미 젖소와 송아지가 있었다. 몸집이 크고 균형이 잘 잡힌 평온한 모습의 어미 젖소 옆에 태어난 지 육 개월 된 송아지가 풀을 뜯어먹고 있었다. 디마니는 축사 울타리의 널빤지 사이로 손을 집어넣어 조심스럽게 어미 젖소의 부드러운 갈색 털을 만져보았다. 기쁨을 감추지 못하는 표정이었다. 그러더니 그 옆의 송아지를 쳐다보면서 의문스러운 표정으로 로렌스를 올려다보았다. 로렌스는 어미 젖소와 송아지를 모두 주겠다는 뜻으로 고개를 끄덕여 보였다. 추가 보상을 받게 되자 디마니는 더 이상 항의하지 않고 버섯 채집을 계속하기로 동의했다. 로렌스는 어린아이에게 뇌물이나 건네주는 형편없는 인간이 되었다는 생각에 기분이 몹시 우울했다. 아무래도 디마니와 시포는 부모 없는 고아인 것 같았고 부모가 있다고 해도 방치되어 자라는 듯 보였다. 버섯 채집을 하는 동안 로렌스는 디마니의 마을에 두 아이를 기다리는 가족이 없으면 좋겠다고 바랐었는데 그런 생각을 했던 자신이 부끄럽게 느껴졌다.

도싯은 더듬거리면서도 단호하게 말했다.

"너무 느려요. 너무 느려서 큰일입니다. 게다가 우리가 몇 안 되는 그 버섯을 하나하나 뜯어 모으고 있으니 결국 이 주변에서 그 버섯은 하나도 남지 않게 되겠지요. 원주민들이 소를 키우느라 그 버섯들을 체계적으로 없애고 있으니 이 근처에는 거의 없을 겁니다. 얼마나 오랜 기간 동안 목동들이 그 버섯들을 뽑아왔는지는 아무도 모르잖습니까? 그러니 목동들의 손이 닿지 않는 곳을 찾아 내륙으로 들어가봐야 합니다. 어쩌면 내륙에는 그 버섯이 대량으로 자라고 있을지도……."

케인스가 말허리를 잘랐다.

"그것 참 대단한 추측이로군, 도싯. 그럼 어디를 뒤져야 좋을지 추천을 해봐. 여기서 얼마나 더 깊숙이 들어가야 될 것 같은가? 내가 알기로 원주민들은 오래전부터 아프리카 대륙 이곳저곳에서 목축을 해왔어. 그런데 이제 막 전염병을 떨치고 일어난 우리 용들을 데리고 근거도 확실치 않은 추측에 의존해서 야생 밀림으로 들어가자는 건가? 말이 되는 소릴 해야지……."

식탁을 사이에 두고 논쟁이 뜨겁게 달아올랐다. 도싯은 점점 심하게 말을 더듬어서 나중에는 거의 알아들을 수 없을 정도가 되었다. 막시무스의 의사 게이터스, 릴리의 의사 웨일리는 케인스의 주장에 동조하며 도싯에게 맞섰다. 마침내 듣다 못한 캐서린이 두 손을 식탁에 올려놓고 자리에서 일어났다. 그러자 다들 입을 다물었다.

캐서린이 말했다.

"다들 걱정하고 계시다는 것은 잘 압니다. 하지만 우리가 이곳에 온 목적은 우리 편대 소속의 용들을 치료하기 위해서가 아니었습니다. 얼마 전 영국에서 온 급보 내용을 이미 다들 알고 계시겠지만 올해 3월 이후로 아홉 마리 이상의 용이 죽었습니다. 지금쯤 몇 마리 더 죽었을 수도 있겠죠. 우리는 귀하디 귀한 용들을 계속 잃고 있습니다."

그리고 캐서린은 차분한 눈빛으로 케인스를 쳐다보며 물었다.

"내륙에서 버섯을 더 찾아낼 가능성이 얼마나 되겠습니까?"

케인스는 인상을 쓴 채 말이 없다가 잠시 후 무뚝뚝한 표정으로, 깊숙이 들어가면 그나마 좀 찾을 수 있을 거라고 대답했다. 캐서린은 고개를 끄덕였다.

"그렇다면 어느 정도 위험은 감수해야겠군요. 내륙으로 들어갈 수 있을 정도로 우리 용들이 많이 회복되었으니 정말 다행입니다."

최근 들어 겨우 다시 날아보려고 노력 중인 막시무스를 버섯 탐색대에 합류시키는 것은 아직 무리였다. 막시무스는 날개를 퍼덕이고 흙먼지를 일으키며 발을 굴렀지만 번번이 기진맥진하여 주저앉았다. 일단 공중에 뜨기만 하면 한동안은 그 상태를 유지할 수 있을 텐데 땅을 박차고 날아오르는 것조차 버거워했다. 케인스는 고개를 저으며 막시무스의 튀어나온 양 옆구리에 손을 대보았다.

"체중 회복이 들쑥날쑥하구나. 요즘 운동 제대로 하는 것 맞아?"

막시무스는 제대로 하고 있다고 우겼다. 케인스는 새로운 처방을 내렸다.

"흠, 비행이 안 되니 걷기라도 시켜야겠군."

그날부터 막시무스는 하루에 몇 바퀴씩 마을을 걷는 운동을 하기 시작했다. 산비탈을 올라갔다가는 소규모 산사태가 날 것이므로 경사가 거의 없는 평지를 걸어 다녔다.

하지만 아무도 걷기 운동을 반기지 않았다. 소형 범선만 한 몸집의 용이 산책 나온 애완견처럼 마을을 어슬렁거리고 돌아다니는 것도 우스운 일이었고, 무엇보다 땅바닥이 너무 딱딱하고 발톱 사이로 조약돌이 자꾸 끼는 바람에 막시무스가 괴로워했다. 버클리가 훈련생들을 시켜 쇠주걱과 칼, 부젓가락으로 발톱 주변의 단단하게 못이 박인 가죽 밑에서 조약돌을 끄집어내는 동안 막시무스가 우울한 얼굴로 중얼거렸다.

"처음엔 조약돌이 박힌 줄도 몰랐어. 깊이 박히기 전까지는 알아채기가 힘들더라고. 막상 발톱 사이에 조약돌이 박혔다는 느낌이 들면 아주 짜증이 나."

테메레르가 제안했다.

"차라리 수영을 하는 게 어때? 바닷물도 따뜻해서 아주 좋아. 수영하면서 고래도 잡을 수 있어."

막시무스는 기쁜 얼굴로 그 제안을 받아들였으나 어부들은 분통을 터뜨렸다. 특히 큰 어선 소유주들이 떼로 몰려와 항의했다. 버클리가 그들에게 말했다.

"곤란하게 만들었다니 미안합니다. 여러분을 제 용에게 데려다 드릴 테니까 바다에서 놀지 말라고 직접 말씀들 하세요."

그러자 어선 소유주들은 입이 딱 붙어버렸고 막시무스는 매일 항구 근처에서 즐겁게 물장구를 치며 운동을 했다. 아쉽게도 영리한 큰고래와 돌고래, 바다표범들은 막시무스 근처에 얼씬도 하지 않았다. 막시무스가 별로 좋아하지 않는 다랑어나 상어만 주변에 얼쩡거렸다. 막시무스는 먹이를 먹느라 발에 피와 고기가 붙어 있기 일쑤였는데, 그 냄새를 맡고 몰려든 상어 떼는 마구 흥분해서 날뛰다가 막시무스의 발에 턱턱 부딪치곤 했다. 한번은 막시무스가 그런 상어들 중 한 마리를 잡아서 친구들에게 보여주려고 연병장으로 들고 온 적이 있었다. 그 괴물 같은 상어는 몸길이가 팔 미터나 되었고 무게는 이 톤에 가까웠다. 분노로 일그러진 기다란 주둥이 안쪽에 날카로운 이빨이 가득했다. 막시무스의 앞발에서 놓여나자마자 상어는 연병장 바닥에서 마구 날뛰었다. 다이어와 다른 소위 두 명, 해병대원 한 명이 몸부림치는 상어의 꼬리에 맞아 바닥에 나뒹굴었다. 보다 못한 둘시아가 앞발톱으로 땅바닥에 꽉 찍어 누를 때까지 상어는 이를 박박 갈면서 몸을 비틀어댔다.

나이 많은 메소리아와 임모르탈리스는 매일 운동 삼아 단거리 비행을 했고 연병장에 돌아오면 따뜻한 땅바닥에 누워 햇빛 속에서 기분 좋게 잠을 잤다. 하지만 릴리는 기침이 멈추자마자 전에 둘시아가 그랬던 것처럼 기운이 넘쳐흘러 주체를 못 했다. 릴리는 당장 비행을 하러 가자고 고집을 부렸지만, 혹시라도 비행 중에 기침이나 재채기를 할 경우 지상에 있는 이들이 피해를 입을 수 있었다. 이 부근에서 근무하는 상급 육군 장교들에게 릴리의 비행에 대해 미리 알려야 하지 않겠느냐는 말들이 오갔다. 그러나 케인스는 그런 분위기를 무시하고 릴리를 진찰하더니 비행에 아무런 지장도 없을 거라고 단언했다.

"비행을 하는 편이 나을 겁니다. 이렇게 불안정한 심리 상태로 두는 것은 몸에도 좋질 않아요. 운동을 해서 흥분 상태에서 벗어나게 해야 합니다."

로렌스는 비행사들이 말은 안 해도 걱정하고 있다는 것을 잘 알았기 때문에 경치도 좋고 호젓한 해안선을 따라 바다 위를 날게 하는 편이 좋지 않겠느냐고 다시 한 번 제안했다. 그 코스로 운동하면 릴리의 몸에도 크게 무리가 되지는 않을 것이었다.

그러나 옆에서 듣고 있던 캐서린은 이마까지 벌게지며 말했다.

"이 일로 다들 나서서 시끄럽게 굴지 않았으면 좋겠어요. 쓸데없는 호들갑은 딱 질색이니까."

그러더니 캐서린은 릴리와 함께 둘시아, 체너리와 짝을 이뤄 버섯을 찾으러 가겠노라고 고집을 피웠다. 체너리도 다리가 완전히 나았다고 우기며 버섯 탐색대에 합류하겠다고 했고, 둘시아는 체너리가 두꺼운 망토를 입고 발에 보온용 벽돌을 댄 채 탑승해야 한다고 조건을 붙였다.

체너리가 말했다.

"한 사람이라도 더 버섯 찾는 일을 거들어야 합니다. 여러 팀으로 나눠 움직이면 더 넓은 지역을 탐색할 수 있잖습니까. 어차피 거대 버섯이 대량으로 자라는 곳을 찾는 게 목적이라면 굳이 그 개에게 의지할 필요도 없지요. 용들이 서로 가까운 거리를 유지하고 날아다니며 찾는 편이 낫습니다. 비행 중에 야생용 패거리와 맞닥뜨릴지도 모르니 우리 쪽에서는 한 마리라도 더 탐색대에 합류해야 한다 이겁니다. 그리고 우리와 함께 가는 코사 족 형제가 밀림에 위험한 동물들이 나타나면 경고를 해주겠지요."

로렌스는 디마니를 설득할 수 있게 도와달라고 에라스무스 목사와 한나에게 부탁했다. 그리고 그는 디마니의 환심을 사기 위해 별보배조개 목걸이를 내밀며 운을 떼었다. 그러나 디마니는 목청을 높여가며 절대로 싫다고 했다. 한나가 디마니의 말을 통역해주었다.

"그렇게 먼 곳까지 가고 싶지가 않대요, 대령님. 내륙은 용들의 땅이라 그 안으로 들어가면 잡아먹힌답니다."

"야생용들이 우리를 해코지할 이유가 없다고 전해주십시오. 우린 내륙에 잠깐 들어가서 버섯만 채집해서 나올 겁니다. 그리고 이제 우리 용들도 우리를 충분히 지켜줄 수 있을 만큼 회복되었습니다."

로렌스는 디마니에게 손짓하여 연병장에 있는 영국 용들의 멋진 모습을 보게 했다. 전염병에서 회복된 후 원래 목욕하는 것을 별로 즐기지 않던 나이 든 용들까지도 안장을 모두 벗고 따뜻한 바다에 들어가 몸을 씻었다. 승무원들은 비늘이 반짝거릴 때까지 솔로 몸통을 문질러주었다. 그리고 가죽 안장을 수선하고 기름을 발라 유연하게 만든 뒤 광을 냈다. 쥠쇠도 햇빛을 받아 반짝거렸다.

승무원들은 연병장도 깨끗이 청소하고 용들이 가래를 뱉는 데 썼던 구덩이도 흙으로 메웠다. 아직 가끔 기침을 하는 용들이 있기는 했지만 가래는 나오지 않았다. 용들이 염소를 잡아먹느라 핏자국이 몇 군데 남아 있기는 해도 이 정도면 공군 대장에게 선을 보여도 될 정도로 깔끔했다. 둘시아와 니티두스는 명상에 잠긴 표정으로 염소 뼈를 이빨로 잘근잘근 씹고 있었다. 릴리의 편대원 중 아직 체력이 완전하게 회복되지 않은 용은 막시무스뿐이었다. 막시무스는 여전히 항구 주변의 바다에서 수영을 계속하고 있었다. 홀쭉한 옆구리에 튀어나온 기낭이 몸통을 받쳐주고 있어서 물에 떠 있는 데는 무리가 없었다. 병을 앓느라 색이 바래졌던 진홍색 가죽은 바다의 넓은 잔물결 위로 쏟아지는 햇살을 받으며 차츰 색이 선명해지고 있었다. 나머지 용들은 모두 눈도 반짝거리고 기운이 넘치는 모습들이었다. 앓는 동안 왜소해진 체격을 회복하느라 식욕이 다시 살아나서 무시무시할 정도로 많이들 먹어댔다.

결국 디마니는 마지못해 로렌스의 제안에 동의했다. 어쩌면 한나를 통해 계속 거절의 뜻을 전하는 게 지긋지긋해졌는지도 모를 일이다.

체너리가 비행사들에게 말했다.

"사실 우리 모두 나서서 버섯을 찾으러 가야 하는 이유가 한 가지

더 있습니다. 그레이 중장님이 착한 분이라 우리한테 대놓고 말을 못하고 계셔서 그렇지 마을 사람들 항의가 대단한 모양입니다. 자기네 마을에 용들이 들어와 사는 것도 못 참을 지경인데 물가가 올라서 생활하기가 힘들다고 합니다. 용들의 먹이로 계속 공급해야 하니 소 값이 오르고 있어서 사람들은 쇠고기를 사 먹을 엄두도 못 낸다고 하더군요. 그러니 우리가 밀림으로 들어가서 용들에게 야생 동물을 사냥해서 먹도록 한다면 마을 사람들이 우리 때문에 혈압 오를 일도 없을 겁니다."

그것으로 결론이 났다. 막시무스는 성에 남아 체력을 좀더 보강하기로 했고 메소리아와 임모르탈리스가 막시무스 곁에 남아 잠을 자거나 먹이를 사냥해서 조달해주기로 했다. 나머지 용들은 모두 내륙으로 들어가는 것으로 결정났다. 테메레르와 릴리는 체력이 받쳐주는 한 내륙 깊숙한 곳까지 들어갈 것이고, 니티두스와 둘시아는 테메레르와 릴리 일행이 찾아낸 버섯을 받아 이틀에 한 번 꼴로 성을 왕복하면서 양쪽의 소식을 전해주기로 했다.

테메레르와 릴리, 니티두스, 둘시아에게 소속된 공군들은 늘 하던 대로 정신 사납고 빠르게 대충 짐을 꾸린 뒤 아침 해가 뜨자 밀림을 향해 출발했다. 항구에 정박해 있는 피오나 호가 파도에 밀려 위아래로 흔들거리고 있었다. 이튿날 영국으로 출발하기로 한 피오나 호는 갑판에서 출항 준비가 한창이었다. 바다 쪽으로 약간 나가서 정박해 있는 얼리전스 호의 모습도 보였다. 조금 있으면 당직 사관이 교대할 시간이었다. 교대 시간이 되면 종이 울리겠지만 지금은 조용하고 아무런 움직임도 없었다. 라일리는 요즘 들어 해변으로 올라오지 않았고 로렌스도 그에게 편지를 써 보내지 않았다. 로렌스는 얼리전스 호에서 고개를 돌리고 저 멀리 산맥을 바라보았다. 머릿속을 복잡하게 만드는 그 문제를 당분간은 떠올리고 싶지 않았다. 운명에 맡길 수밖에 없다는 생각이었다. 양이 얼마나 되든 버섯을 모아가지고 영국으로 돌아가야 하는데 그 무렵에는 굳이 로렌스가 말하지 않아도 캐서린의 일이 알려질 터였다. 어차피 얼리전스 호를 타고 영국으로 돌아가야 하니 진실을 감출 수도 없을 것이었다. 로렌스가 보기에 캐서린은 전보다 살이 찐 것 같았다.

릴리는 상당히 빠른 속도를 유지하며 날아갔다. 테이블 만이 저만치 뒤로 멀어지면서 테메레르의 등으로 바람이 한가득 스치고 지나갔다. 구름이 점점이 떠 있었는데 산을 넘어가자 구름 한 점 없이 날씨가 맑고 바람도 거의 없어 비행하기에 아주 좋았다. 편대원들과 다시 비행을 하게 되니 왠지 마음이 편안해졌다. 맨 앞에는 릴리, 제2열에는 니티두스와 둘시아, 제3열 가운데에는 테메레르가 날고 있어서 땅바닥에 다이아몬드 모양의 그림자가 드리워졌다. 그림자는 포도밭 위를 미끄러지듯 지나갔다. 깔끔하게 점선을 그리며 서 있는 붉은색과 갈색의 포도나무들. 이곳은 5월이면 초가을이라, 눈부시게 아름다운 가을 풍광이 펼쳐져 있었다.

테이블 만에서 북서쪽으로 오십 킬로미터쯤 날아가자 회색 화강암 지대가 나타났다. '파를' 지역이었다. 이쪽 방향으로 내륙에 가장 가까이 위치한 이주민 마을이었다. 테메레르 일행은 그곳에서 멈추지 않고 높이 솟아오른 산맥을 향해 계속 날아갔다. 배짱이 두둑한 이주민들이 마을과 고립된 곳에 만든 농장 몇 개가 눈에 띄었다. 그들은 산비탈의 습곡 지역을 끼고 비행을 계속했다. 들판이 갈색으로 변하고 있었다. 근처 농가들은 나무 사이에 있는 데다가 초록색과 갈색으로 지붕을 칠해서 망원경 없이는 눈에 잘 띄지 않았다.

정오를 지나자 산맥 사이로 또 다른 계곡이 하나 나타났다. 비행사들은 용들에게 물을 마시게 하고 항로를 논의하기 위해 착륙을 명했다. 삼십 분 전부터 경작지가 보이지 않고 있었다.

캐서린이 로렌스에게 말했다.

"한두 시간 더 날다가 버섯이 자랄 만한 곳에 내려서 찾아보죠. 그런데 하늘을 날아가는 동안 개가 그 버섯 냄새를 맡을 수 있을지 모르겠네요. 냄새가 굉장히 지독하기는 하지만요."

"아무리 훈련을 잘 받은 여우 사냥개라도 말 등에 탄 채로 암여우 냄새를 맡지는 못합니다. 개가 공중에서 버섯 냄새를 맡을 가능성은 거의 없다고 보는 게 좋을 겁니다."

그런데 뜻밖에도 이륙한 지 삼십 분쯤 지났을 때 개가 잔뜩 흥분해서 짖기 시작했다. 무모하게도 제 몸을 묶어놓은 안장의 가죽 끈마저 풀어버리려고 했다. 그동안 펠로우스는 디마니가 개를 아무렇게나 다루는 것을 보다 못해 직접 개를 훈련해왔다. 스코틀랜드의 사냥개 조련사를 아버지로 둔 덕분에 펠로우스는 개를 잘 다뤘다. 그는 개가 버섯 하나를 찾아낼 때마다 신선한 고깃덩어리를 상으로 주는 식으로 길을 들여놓았다. 그러니 개가 이 높은 곳에서 버섯 냄새를 맡고 흥분해서는 뛰어내리려고까지 하는 것이었다.

착륙하자마자 펠로우스는 개의 몸을 묶은 가죽 끈을 풀어주었다. 개는 테메레르의 옆구리를 타고 미끄러져 내려가 무성한 풀숲을 헤치며 날카롭게 경사진 산비탈을 향해 달려갔다. 그들이 착륙한 널찍한 골짜기는 사방이 산맥으로 둘러싸인 사발 모양이라서 공기가 아주 따뜻했고 가을이 다가오는데도 초목이 푸르게 우거져 있었다. 한

가지 이상한 점은 과일 나무들이 줄을 맞춰 서 있는 것처럼 보인다는 것이었다.

별안간 테메레르가 말했다.

"아, 버섯 냄새가 난다."

로렌스는 테메레르의 어깨를 타고 바닥으로 내려섰다. 공중에서 개가 흥분했던 이유를 곧 알 수 있었다. 버섯의 악취가 독기(毒氣)처럼 공기 중에 떠 있었다. 모습은 보이지 않고 개 짖는 소리만 공허하게 메아리를 치며 들려왔다.

"로렌스 대령님!"

페리스가 이렇게 외치고는 허리를 굽히고 덤불 밑을 지나 먼저 산비탈 쪽으로 뛰어가기 시작했다. 로렌스도 곧장 그 뒤에 따라붙었다. 이윽고 석회암 비탈에 나 있는, 덤불에 반쯤 가려진 구멍 하나가 눈에 들어왔다. 잠시 개 짖는 소리가 멈췄다. 조금 지나 그 구멍 밖으로 기어 나온 개의 입에 거대 버섯이 물려 있었다. 갓이 세 개인 그 버섯은 어찌나 큰지 개의 다리 사이로 축 늘어져 땅바닥에 질질 끌리고 있었다. 버섯 때문에 개가 걸음도 제대로 걷지 못할 정도였다.

개는 버섯을 바닥에 내려놓고 꼬리를 흔들었다. 바닥에서 높이 1.5미터 정도 되는 곳에 뚫려 있는 그 동굴은 바닥면이 아래로 기울면서 완만한 경사를 이루고 있었다. 안에서 풍겨 나오는 버섯의 악취는 실로 엄청났다. 로렌스는 동굴 입구에 커튼처럼 드리워진 덩굴과 이끼 덩어리를 걷어냈다. 걸레와 나뭇가지로 즉석에서 횃불을 만든 페리스가 앞장서서 동굴 안으로 들어갔고 로렌스가 그 뒤를 따랐다. 횃불에서 나오는 연기 때문에 눈이 따갑고 눈물이 났다. 동굴 저 끝에 작은 틈새가 있는지 그리로 굴뚝처럼 연기가 빠져나가고 있었다. 페리스가 도저히 믿을 수 없다는 표정으로 로렌스를 돌아보았다. 기쁨에 들뜬 표정이었다. 흐릿한 조명에 적응되자 로렌스도 동굴 안이 보이기 시작했다. 동굴 바닥은 작은 언덕 같은 이상한 모양이었는데, 무릎을 꿇고 바닥을 손으로 훑어보니 온통 거대 버섯으로 뒤덮여 있었다.

로렌스가 테메레르에게 말했다.

"일 분도 지체해선 안 돼. 서둘러 날아가면 피오나 호가 출항하기 전에 말을 전할 수 있을 거다. 혹시 출항했어도 멀리 가진 못했을 테니 쫓아가서 도로 항구로 불러들여. 아마 패터노스터 만(灣)도 돌아 나가지 못했을 테니까."

다들 숨 가쁘게 일을 진행했다. 용들이 동굴 앞 들판의 풀들을 밟아 다져놓자 승무원들은 테메레르와 릴리의 배 쪽 그물을 바다에 펼쳐놓고 가방과 상자에 들어 있던 물건들도 모두 쏟아버렸다. 그리고 그 안에 버섯을 가득 채웠다. 동굴 안에는 갓이 두세 개씩 달린 괴물처럼 커다란 버섯이 주로 자라고 있었으나 크림색의 작은 버섯과 검정색의 큰 버섯도 섞여 있었다. 지금은 분류할 시간이 없으니 일단 모두 쓸어 담았다. 니티두스와 둘시아가 버섯으로 채워진 자루들을 등에 잔뜩 매달고 먼저 이륙했다. 하늘에 비친 두 용은 자루를 주렁주렁 매달고 있어 왠지 모르게 둔탁해 보였다.

로렌스는 가방에서 해안선이 표시된 지도를 꺼내 피오나 호가 이미 출항했을 경우 택했을 법한 항로를 테메레르에게 보여주었다.

"피오나 호를 케이프타운 항구로 데려오자마자 넌 곧장 성으로 가서 사람들을 싣고 이리로 와. 비행이 가능하다고 하면 메소리아와 임모르탈리스도 데려오고. 그리고 서튼 대령을 통해 이 요청 사항을 전달하도록. 그레이 중장에게 성에 주둔 중인 육군은 물론 남아도는 인력을 전부 이리로 보내라고 해. 그들에게 용을 타고 오는 동안 시끄럽게 아우성치지 말라고 하고."

그물 옆에 앉아 승무원들이 그물 안으로 던져 넣는 버섯의 개수를 헤아리느라 입술을 달싹이며 손가락을 까딱거리던 체너리가 고개도 들지 않고 테메레르에게 말했다.

"차라리 술을 먹여서 데려오는 편이 나을 거다. 여기 도착한 뒤에도 술이 안 깨서 비틀거리면 찬물을 확 끼얹어 정신을 차리게 하면 되니까."

캐서린도 고개를 들며 한마디 보탰다.

"아, 나무통도 가져와. 케인스 박사가 버섯을 채집하자마자 기름과 와인에 담가 저장하는 편이 낫다고 할 경우에 한해서 말이야."

캐서린은 찬물에 적신 수건을 이마에 대고 나무 밑동에 걸터앉아 있었다. 그녀는 버섯 따는 일을 도우려고 동굴 안으로 들어갔다가 지독한 냄새를 견디지 못하고 두 번이나 토악질을 했다. 그 소리는 듣는 사람들에게도 여간 고역이 아니어서 로렌스는 캐서린을 설득해 동굴 밖에서 앉아 쉬게 했다.

테메레르가 고집스럽게 말했다.

"그렇지만 당신들만 남겨놓고 우리 용들이 모두 여길 떠나는 건 왠지 마음이 놓이질 않아. 전에 만났던 그 커다란 야생용이 또 나타나면 어떻게 하려고? 그 야생용 말고도 다른 용이 접근할 수도 있잖아. 사자가 공격할 수도 있고. 멀지 않은 곳에서 사자 소리를 들은 것 같기도 하단 말이야."

주변에서 들리는 소리라고는 나무 위에서 원숭이들이 울부짖는 소리와 새들이 지저귀는 소리뿐이었는데, 그나마도 아주 멀리서 들리고 있었다.

"우린 안전할 거다. 야생용이나 사자도 우릴 해치지 못해. 라이플 소총도 열두 자루 넘게 있고 혹시 습격을 받더라도 동굴 안으로 들어가서 피하면 되니까. 동굴 입구가 좁기 때문에 용은 물론이고 코끼리도 못 들어와. 그것들은 우릴 동굴 밖으로 끌어낼 수도 없어."

"그런데 로렌스, 릴리가 그러는데 캐서린이 배 속에 알을 갖고 있대. 그러니 캐서린만이라도 성으로 데리고 가는 게 좋겠는데, 당신이 같이 가지 않으면 캐서린도 안 가려고 할 거야."

테메레르는 남들에게 들리지 않게 한다고 고개를 숙이고 조용히 말했지만 몸집이 워낙 커서 안 들릴 수가 없었다. 테메레르가 얄팍한 수를 써가며 자기와 캐서린을 이곳에서 빼내 데려가려 하자 로렌스는 화가 났다.

"뭐라고? 뒷골목 변호사처럼 잔머리를 굴리다니. 릴리랑 네가 우릴 성으로 데려가려고 작당을 했구나."

테메레르는 교양 있는 용인지라 곧 자신의 잘못을 깨달았다. 하지만 릴리는 교양이나 핑계 따위는 집어치우고 무작정 캐서린을 졸랐다.

"제발, 응? 나랑 같이 가."

캐서린이 릴리를 달랬다.

"맙소사. 그만 칭얼대. 네 등에 타고 왔다갔다하느니 그냥 이 시원한 그늘에 앉아 있는 편이 나아. 내가 타지 않으면 네 몸에 두 명이나 더 태울 수 있잖아. 쓸데없는 짓 할 필요 없어. 싫어, 난 절대 안 갈 거야. 그러니 최대한 서둘러서 갔다 와. 지체하지 말고 출발하면 그만큼 빨리 돌아올 수 있을 거야."

승무원들은 두 용의 배 쪽 그물을 버섯으로 가득 채웠다. 버섯이 상할 수도 있기 때문에 지나치게 눌러 넣지는 않았다. 마침내 테메레르와 릴리가 마뜩찮은 표정으로 이륙했다.

체너리는 버섯의 수량을 기록한 수첩을 접고 고개를 들며 의기양양하게 말했다.

"거의 오백 개 정도 실어 보냈습니다. 대부분 통통하고 모양도 깨끗하군요. 항해 기간 동안 상하지만 않는다면 영국에 있는 용들에게 먹일 분량으로 충분할 겁니다."

로렌스가 페리스에게 말했다.

"코사 족 형제에게 수고비로 소떼를 내줘야겠군."

디마니와 시포는 동굴 입구 앞에 앉아 뿔피리를 불며 쉬고 있었다. 옆에서 에라스무스 목사가 어린이를 위한 교훈이 담긴 작은 책을 읽어주고 있었지만 아이들은 듣는 척도 하지 않았다. 에라스무스 목사가 코사 족 말로 책의 내용을 통역해서 들려주는 것은 이번이 처음이었다. 한나는 승무원들과 함께 버섯을 따고 있었다.

페리스가 땀으로 얼룩진 이마를 소매로 문질러 닦았다. 그는 버섯의 악취 때문에 입으로만 숨을 쉬면서 간신히 대답했다.

"알겠습니다, 대령님."

그때 도싯이 로렌스 곁에 다가와 서며 말했다.

"영국에서는 여기서처럼 버섯을 바로 따서 쓰는 게 아니기 때문에 더 많은 분량을 실어 가야 할 겁니다. 항해 중에 버섯의 약효가 줄어들 가능성도 있고요. 그럴 경우 버섯을 농축해서 써야 하니 여기에서보다는 버섯이 더 많이 필요하겠죠. 일단은 버섯 따기를 멈춰주세요. 지금 너무 많이 따놓으면 오늘 안에 성으로 다 실어 가지도 못할 겁니다."

처음 느꼈던 흥분이 조금씩 가라앉고 당장 용들의 몸에 실어 보내야 한다는 긴박감도 사라지자 승무원들은 서서히 작업 속도를 늦추었다. 다들 지쳐 있었고 악취를 참느라 얼굴빛도 좋지 않았다. 그중 몇몇은 동굴 밖으로 나와 풀숲에서 요란하게 구토를 하고 있었다.

천막은 전부 버섯을 싸는 자루로 사용해버렸고, 동굴 안에서는 냄새 때문에 잘 수가 없었다. 일단 동굴 입구 앞의 가시덤불을 칼과 도끼로 베어내고 그 가시덤불을 동굴 앞 공터 가장자리에 빙 둘러 쌓았다. 작은 야생 동물들이 공터 안으로 들어오지 못하게 막기 위해서였다. 승무원 몇몇이 마른 나뭇가지를 모아다가 모닥불을 지폈다.

로렌스가 말했다.

"페리스, 보초를 세우지. 일단은 좀 쉬다가 잠시 후부터 교대로 버섯을 따자고. 그렇게 하는 편이 좀더 효율적일 거다."

그들은 곧 다시 버섯을 따기 시작했다. 십오 분씩 교대로 동굴에 들어가 일을 했는데, 좁은 입구에서 흘러 들어오는 빛에 의지해 축축하고 어두운 동굴 안에서 버섯을 따고 있자니 그 짧은 시간도 길게 느껴졌다. 동굴 안에서는 버섯 냄새 말고도 풀 냄새가 섞인 축축하고 묘한 악취가 풍겼고 거기에 공군들이 동굴 밖에 쏟아낸 시큼한 토사물 냄새까지 흘러 들어왔다. 버섯을 뽑아낸 바닥이 뻑뻑하게 질척거리는 것이 아무래도 단순한 흙바닥은 아닌 듯했다.

로렌스는 버섯을 한가득 품에 안고 동굴 밖으로 비틀비틀 걸어 나와 기쁜 마음으로 신선한 공기를 마셨다. 그때 뒤따라 나온 도싯이 그를 불렀다.

"대령님!"

로렌스는 품에 안고 있던 버섯들을 바닥에 내려놓고 승무원들에게 분류하게 한 뒤 도싯을 돌아보았다. 도싯의 손에는 버섯이 아닌 네모난 흙더미가 들려 있었다. 풀과 진흙이 섞인 동굴 바닥의 일부였다. 로렌스가 잘 이해가 안 된다는 얼굴로 쳐다보자 도싯은 흙더미를 헤집어 보이며 말했다.

"이건 코끼리의 배설물입니다. 용의 배설물도 섞여 있고요."

로렌스가 그 말을 이해하기도 전에, 갑자기 에밀리가 떨리는 목소리로 높고 날카롭게 소리쳤다.

"북서쪽 약 22도 지점에서 무언가 날아오고 있다!"

승무원들은 그 말을 듣자마자 우르르 동굴 안으로 몰려 들어갔다. 로렌스는 에라스무스 목사와 디마니, 시포를 데리고 들어가려고 주변을 살펴보았다. 디마니는 동생 시포를 얼른 안아 일으키고는 동굴 안이 아니라 주변의 덤불 밑으로 쏜살같이 달아났다. 개도 두 소년을 따라갔다. 멀리서 개 짖는 소리가 두 번 더 들렸으나 디마니가 입을 틀어막았는지 잠시 낑낑거리다가 잠잠해졌다.

로렌스는 공군들이 모두 들을 수 있게 입가에 손을 모으고 외쳤다.

"버섯 내려놓고, 총 집어 들어!"

그도 버섯을 따서 옮기느라 한옆에 치워두었던 칼과 권총을 빼 들었다. 그런 뒤 한나의 손을 잡고 동굴 안쪽으로 데리고 들어갔다. 동굴 입구에 이미 소총병들이 자리를 잡고 엎드려 있었다. 동굴 안으로 들어온 이들은 깨끗한 공기를 마시려고 너도나도 입구 쪽으로 몰려섰다. 잠시 후 낯선 용이 착륙하면서 땅이 쿵 하고 울리자 그제야 다들 동굴 뒤쪽으로 물러났다. 용은 동굴 입구로 다가와 주둥이를 가져다 댔다.

 적갈색 몸통, 주둥이 위쪽에 돋아 나온 괴상한 엄니. 지난번에 숲에서 만났던 바로 그 야생용이었다. 용이 사납게 울부짖자 등유 냄새 같기도 한 느끼한 입 냄새가 동굴 안으로 훅 풍겼다. 오래전에 먹은 듯한 고기의 썩은 내도 희미하게 섞여 있었다.

 입구 옆에 서 있던 릭스가 소리쳤다.

 "현 위치를 고수하라! 발사 대기!"

 마침내 용이 자세를 바꾸고 입을 쩌억 벌리자 소총병들은 일제히 입 안의 부드러운 살을 향해 총을 쏘았다.

 야생용은 비명을 지르며 뒤로 물러났다. 약이 바짝 오른 용은 동굴 입구를 발톱으로 박박 할퀴었지만 발이 너무 커서 동굴 안으로 쭉 뻗어 들어오지는 못했다. 그저 입구의 바위를 발톱으로 잡아 뽑아낼 뿐이었다. 입구 주변의 작은 조약돌과 돌멩이들이 흔들거리고 동굴 천장에서 먼지가 비처럼 쏟아져 내렸다. 로렌스는 한나가 무사한지 살폈다. 한나는 비명도 지르지 않고 양어깨에 힘을 준 채 동굴 벽에 몸을 붙이고 서 있었다. 소총병들은 화약 연기 속에서 콜록거리고 기침을 하며 급하게 재장전을 했다. 적갈색 용은 입을 벌리고 다가오면 안 된다는 것을 알았는지 주둥이를 들이대는 대신 동굴 입구에 발톱을 쑤셔 넣고 마구 훑기 시작했다. 동굴 전체가 무너질 듯 덜덜 흔들렸다.

 로렌스는 칼을 빼 들고 입구 쪽으로 달려가 용의 발톱을 세게 내리치고 찔렀다. 살이 딱딱한 비늘로 덮여 있어서 칼날이 박히질 않았다. 워렌이 로렌스 바로 옆에 있었고 페리스는 동굴 안쪽 어두운 곳에 들어가 있었다. 바깥에서 또다시 용이 거세게 울부짖더니 발톱을 구부려 입구 안쪽에 넣고 모기라도 때려잡을 것처럼 무작정 휘둘렀다. 딱딱하고 윤기 나는 발톱 하나가 로렌스의 외투를 스치면서 배를 확 밀어 로렌스는 질척한 동굴 바닥으로 넘어졌다. 용이 구멍 밖으로 발톱을 빼내자 발톱 끝에 걸린 로렌스의 외투 솔기에서 초록색 실이 길게 풀려 나왔다.

로렌스는 워렌의 부축을 받아 비틀거리며 동굴 안쪽으로 몸을 피했다. 매캐한 화약 연기가 버섯 냄새와 섞이며 굉장한 악취를 만들어내서 마치 도살장에라도 들어온 듯 숨을 쉴 수가 없었다. 여기저기서 토악질하는 소리가 들려왔다. 배의 하갑판에 타고 포효하는 강풍 속을 항해하는 기분이었다.

적갈색 용은 곧장 공격을 재개하지는 않았다. 로렌스와 비행사들은 조심스럽게 입구 쪽으로 기어가서 바깥을 내다보았다. 용은 동굴 앞 공터에 앉아 소총의 사정거리에서 벗어난 채로 흐릿한 녹황색 눈을 가늘게 뜨고 동굴 입구를 노려보았다. 그리고 칼에 여기저기 찍힌 발톱을 혀로 핥더니 인상을 찡그리며 깔쭉깔쭉한 이빨 사이로 혀를 집어넣고 피 섞인 침을 카악 뱉어냈다. 크게 다치지는 않은 듯했다. 로렌스 일행이 지켜보는 동안 용은 머리를 쳐들고 다시 한 번 천둥 같은 분노의 고함을 내질렀다.

포수 캘로웨이가 로렌스 쪽으로 기어오며 말했다.

"대령님, 화약이나 섬광분을 병에 담아 던져 저 용을 놀라게 하면 물러나지 않을까요? 여기 화약 자루가 있는데……."

그러자 적을 이리저리 살피던 체너리가 말했다.

"반짝이는 조명탄과 폭발음 정도로는 저 예쁜이를 멀리 도망치게 만들지 못할 거다. 맙소사. 체중이 적어도 십오 톤은 나가겠군. 십오 톤짜리 야생용이 있을 줄이야!"

워렌이 말했다.

"거의 이십 톤에 육박할 것 같군요. 참 난감하네."

로렌스는 캘로웨이에게 지시했다.

"자네가 제안한 방법은 일단 보류하기로 하지. 섬광분과 화약으로는 저 용을 잠깐 놀라게 할 수는 있겠지만 그리 큰 효과를 보지 못할 것 같으니까. 차라리 우리 용들이 돌아올 때까지 이 안에서 기다리고 있다가 지원 사격을 하는 편이 나아."

워렌이 말했다.

"오, 맙소사! 니티두스나 둘시아가 제일 먼저 이리 돌아오면 어쩌지!"

더 길게 생각해볼 필요도 없었다. 니티두스와 둘시아는 비행사들이 위험에 처한 것을 알면 미친 듯이 싸우겠지만 저 적갈색 용에게 몸집 면에서 크게 밀릴 것이다.

캐서린이 물었다.

"우리 용들은 사람들을 잔뜩 태우고 올 겁니다. 그 무게 때문에라도 라이트급 용인 니티두스와 둘시아는 저 용에게 밀릴 수밖에 없……."

체너리가 말허리를 잘랐다.

"이런, 걱정을 사서 하지는 맙시다. 저 용은 덩치가 크기는 하지만 제대로 전투 훈련을 받은 용도 아닙니다. 메소리아와 임모르탈리스가 같이 오지 않더라도 우리 용 네 마리 정도면 저 용을 몰아내고도 남습니다. 그러니 우리 용들이 올 때까지 여기 조용히 앉아 있자고요."

도싯이 비틀거리며 다가와 말했다.

"로렌스 대령님, 저기…… 주의 깊게 좀 봐주셨으면 합니다…….
동굴 바닥이요……."

"그래."

조금 전에 도싯이 보여주었던 흙더미가 로렌스의 머릿속에 떠올랐다. 동굴 바닥에 깔려 있던 코끼리와 용의 배설물. 그렇게 큰 동물들이 이 동굴 안까지 들어와 변을 보았을 리는 없었다.

로렌스가 도싯에게 물었다.

"이 동굴 어딘가에 입구가 하나 더 있어서 그 입구를 통해 적이 우리를 공격할 수도 있다는 뜻인가?"

"아뇨. 그게 아니라 배설물이 바닥에 고루 퍼져 있다는 겁니다. 고의적으로요. 누군가가 여기서 거대 버섯을 재배하고 있는 것 같습니다."

그러자 체너리가 말했다.

"뭐? 사람들이 버섯을 재배한다고? 저 냄새나는 버섯을 길러서 뭐 하려고?"

"용의 배설물도 있었다고 했지?"

로렌스가 도싯에게 이렇게 묻는 순간, 동굴 앞쪽에 거대한 그림자가 드리워졌다. 다들 동굴 바깥으로 시선을 돌렸다. 용 두 마리가 적갈색 용 옆에 착륙하고 있었다. 그 용들은 적갈색 용보다 몸집이 작고 날씬했으며 밧줄로 만든 안장을 차고 있었다. 곧이어 가느다란 창을 든 흑인 남자 열두 명이 그 작은 용의 등에서 옆구리를 타고 바닥으로 뛰어내렸다.

적갈색 용에게 합류한 용과 흑인들은 소총의 사정거리에서 벗어난 채 자기네끼리 얘기를 나눴다. 잠시 후 그중 한 명이 동굴 입구 쪽으로 조심스럽게 다가와 큰 소리로 무슨 말인가를 했다. 로렌스가 돌아보자 에라스무스는 못 알아듣겠다는 뜻으로 고개를 저으며 한나를 쳐다보았다. 손수건으로 입과 코를 틀어막고 동굴 바깥을 내다보고 있던 한나는 손수건을 밑으로 내리더니 머뭇거리며 입구 쪽으로 몇 걸음 다가갔다. 그리고 잠시 후 적들의 말을 로렌스에게 전했다.

"밖으로 나오라고 하는 것 같아요."

그러자 눈에 잔모래가 들어가서 소매로 얼굴을 문지르던 체너리가 말했다.

"아, 물론 그렇겠죠. 저들은 우리가 바깥으로 나오길 간절히 바랄 겁니다. 그러니 저들에게 이렇게 전해주……."

체너리가 바깥의 적들에 대해 깊이 생각하지 않고 말하자 로렌스가 말허리를 잘랐다.

"저 용들은 안장을 차고 있으니 야생용이 아닙니다. 게다가 우리가 저들의 버섯 재배지를 무단으로 침입했으니 애초에 잘못은 우리에게 있는 것입니다. 논의를 통해 저들에게 버섯 값을 보상해야겠죠."

캐서린도 동의했다.

"주인이 있는 줄도 몰랐는데 일이 이렇게 꼬이다니 우리도 운이 참 없네요. 젠장맞을 버섯 값을 지불하고 당당하게 구입하는 편이 낫겠어요. 에라스무스 부인, 우리와 함께 나가서 저들에게 통역을 해주실 수 있으시겠어요? 부인께서 거절하셔도 저희는 충분히 이해할 수 있습니다."

그때 워렌이 캐서린의 소매를 잡으며 조심스럽게 말했다.

"잠깐. 아프리카 내륙으로 들어갔던 우리 용들이 모두 사라졌다는 사실을 잊으면 안 됩니다. 내륙으로 들어갔던 우편배달 용들과 탐험대도 생사를 알 수가 없고 케이프 식민지 북쪽 지역의 이주민 마을도 수도 없이 습격을 당했습니다. 저 용들이 야생용이 아니라면 저 흑인들이 범인일 겁니다. 확실해요. 그러니 저들을 믿어서는 안 됩니다."

한나가 바라보자 에라스무스 목사가 말했다.

"우리가 저들과 화해를 하지 못한다면 영국 용들이 이곳으로 돌아왔을 때 분명 싸움이 벌어질 겁니다. 영국 용들은 비행사와 승무원들을 지키려고 곧장 공격에 나설 테니까. 평화로운 분위기를 조성하는 것이 바로 우리 그리스도교인의 의무입니다."

그러자 한나가 고개를 끄덕이며 대답했다.

"갔다 올게요."

워렌이 나섰다.

"지금은 용들이 없으니 여기서 제일 연장자인 내가 서열상으로도 가장 높습니다. 그러니 내가 에라스무스 부부와 같이 가겠습니다."

그럴듯한 주장이었다. 계급 외에 따로 규정으로 정해진 것은 없지만, 공군에서 각 비행사의 서열은 보유한 용의 서열에 따라 정해지고 있었다. 계급에 따른 상하 관계를 엄격하게 준수하는 해군 출신 로렌스는 처음에는 공군의 그러한 지휘 체계가 무척 혼란스럽게 느껴졌다. 하지만 그것은 현실에 맞는 합리적인 방식이었다. 용들은 자기네 나름의 위계질서에 따라 움직이기 때문에, 전장에서는 리갈 코퍼를 타는 스무 살짜리 비행사가 윈체스터를 타는 서른 살 먹은 비행사보다 더 큰 권위를 가졌다. 다른 용들이 모두 리갈 코퍼에게 복종하기 때문이었다. 그런데 지금은 용들이 없으니 연장자인 워렌이 나서겠다는 것이었다.

초조하게 지켜보던 캐서린이 말했다.

"말 안 되는 소리 하지 말고……."

별안간 캐서린의 직속 부관 홉스가 끼어들었다.

"안 됩니다. 대령님들은 여기 계십시오. 그 이유는 말씀 안 드려도 잘 아실 겁니다. 목사님 부부만 좋다고 하시면 제가 페리스와 함께 두 분을 모시고 밖으로 나가겠습니다. 일이 잘 풀리면 저 흑인들 중 한 명을 이리로 데려와 대령님들과 얘기를 나누게 하겠습니다."

로렌스는 그 제안이 영 내키지 않았지만 캐서린을 다치지 않게 하려면 어쩔 수 없었다. 다른 비행사들도 홉스의 말에 반박하지 못했다. 비행사들은 미안해하는 얼굴로 입구 옆으로 물러났다. 소총병들이 동굴 앞 공터를 향해 소총을 겨누고 있는 가운데 한나가 입가에 손을 모으고 밖에 있는 흑인들에게 무슨 말인가를 외쳤다. 밖으로 나간다는 뜻인 것 같았다. 홉스와 페리스가 먼저 차례로 동굴 밖으로 나갔다. 두 사람은 언제든지 쏠 수 있게 권총의 총구를 밑으로 드리웠고 칼집에서 칼도 느슨하게 빼둔 상태였다.

흑인들은 뒤로 한 발 물러났다. 가볍게 쥔 창끝이 바닥을 향하고 있었지만 언제든지 창 자루를 뒤로 획 당겨 던질 준비가 되어 있는 모습이었다. 흑인들은 모두 키가 컸고 머리카락이 아주 짧았다. 피부가 어찌나 검은지 햇빛을 받자 푸르스름한 빛이 나는 것 같았다. 그들은 진한 보라색 천을 허리에 둘렀을 뿐 다른 옷가지는 입고 있지 않았다. 그 보라색 천 끝에는 금 구슬처럼 보이는 술 장식이 붙어 있었다. 그리고 가죽 샌들을 신었는데 발등을 노출시킨 채 허벅지 중간까지 가느다란 끈으로 묶어 고정시키는 구조였다.

흑인들은 곧장 공격 자세에 들어가지는 않았다. 홉스가 뒤를 돌아보며 손짓하자 에라스무스 목사가 동굴 밖으로 나와 아내의 손을 잡고 부축해주었다. 목사 부부는 홉스와 페리스가 서 있는 곳으로 걸어갔다.

한나는 천천히 또렷한 발음으로 말을 하면서 동굴 안에서 가지고 나온 버섯 하나를 그 흑인들에게 보여주었다. 그런데 갑자기 적갈색 용이 몸을 굽히더니 한나에게 머리를 들이밀며 말을 걸었다. 한나는 용을 똑바로 쳐다보았다. 그녀는 놀라기는 했지만 두려워하는 기색은 전혀 없었다. 그런데 용이 머리를 뒤로 젖히고 괴상하게 꺼억꺼억 소리를 냈다. 고함도 아니고 으르렁대는 것도 아닌, 로렌스가 일찍이 들어보지 못한 기묘한 소리였다.

흑인들 중 한 명이 앞으로 다가와 한나의 팔을 잡아당겼다. 그 흑인은 다른 쪽 손으로 한나의 목을 뒤로 젖히고는 이마로 내려온 머리카락을 손으로 밀어 올렸다. 낙인과 문신이 새겨진 한나의 이마가 드러났다.

놀란 에라스무스가 앞으로 달려 나갔고 홉스도 얼른 한나를 잡고 뒤로 끌어당겼다. 그 흑인은 선선히 한나를 놓아주고는 에라스무스 목사에게 한 걸음 다가서서 나지막하고 빠른 말투로 무슨 말인가를 하며 한나를 손으로 가리켰다. 부들부들 떨면서 뒤로 물러나는 한나를 페리스가 두 팔로 안아 부축해주었다.

에라스무스는 한나의 앞을 가로막아 보호하면서 상대에게 적의가 없음을 보이려고 두 손을 펼쳐 보였다. 그리고 침착하게 입을 열었는데 상대편 흑인들은 못 알아듣는 눈치였다. 에라스무스가 고개를 가로젓더니 코이 족 말로 다시 말했다. 이번에도 역시 통하지 않았다. 결국 에라스무스는 자기 가슴을 손으로 치고 더듬거리며 말했다.

"룬다."

그러자 적갈색 용이 으르렁거리며 적의를 드러냈다. 한나의 팔을 잡았던 흑인은 창을 세우더니 말릴 틈도 없이 에라스무스를 찔렀다.

홉스가 권총을 쏘아 그 흑인을 쓰러뜨렸다. 에라스무스는 약간 놀란 표정으로 가슴뼈에 박힌 창 자루를 쥔 채 비틀비틀 고꾸라졌다. 공포에 질린 한나가 비명을 내질렀다. 에라스무스는 고개를 돌리고 한나를 쳐다보며 손을 약간 들어 올렸지만 이내 바닥으로 쓰러지고 말았다.

페리스는 한나를 반쯤 들어 안다시피 하면서 동굴 쪽으로 데려갔다. 적갈색 용이 미친 듯이 달려들었고 그 용의 갈퀴 같은 발톱에 찔린 홉스가 피를 뿜으며 쓰러졌다. 페리스가 동굴 안쪽으로 한나를 밀어 넣자 안에서 기다리고 있던 이들이 그녀를 잡아서 안쪽으로 데리고 들어갔다. 적갈색 용은 또다시 동굴 입구로 달려들어 사납게 악을 쓰면서 미친 듯이 입구를 발톱으로 후벼 파고 동굴의 경사진 바닥을 긁어냈다.

한나에 이어 곧장 동굴 안으로 들어온 페리스가 그 충격에 비틀거리다가 뒤로 넘어지려는 찰나 로렌스가 그를 붙잡았다. 페리스의 셔츠와 얼굴에 가느다랗게 피가 흐르고 있었다. 옆을 돌아보니 캐서린과 워렌이 한나를 부축해주고 있었다.

바깥에서 들려오는 용의 울부짖음 때문에 로렌스는 목청을 높여 외쳤다.

"릭스 대위, 저 용에게 소총을 쏴! 캘로웨이는 조명탄을 몇 방 쏘고!"

소총병들이 또 한차례 일제 사격을 가했고 캘로웨이는 용의 얼굴에 대고 강렬한 푸른빛을 내는 조명탄을 터뜨렸다. 잠시 동안이지만 적갈색 용이 주춤했다. 다른 작은 용 두 마리가 다가와 날카로운 목소리로 무슨 말인가를 하자 적갈색 용은 옆구리가 들썩이도록 거센 숨을 몰아쉬더니 뒤로 물러나 공터 가장자리에 웅크리고 앉았다.

동굴 안을 메운 조명탄 연기가 가시질 않아 콜록거리며 로렌스가 신호 담당 장교에게 물었다.

"터너, 지금 몇 시쯤 됐지?"

터너는 기죽은 목소리로 대답했다.

"죄송합니다, 대령님. 모래시계를 뒤집어놓는 걸 깜박했어요. 제 짐작에는 오후 네 시가 조금 지났을 겁니다."

테메레르와 릴리가 여길 출발한 게 오후 한 시 전이었다. 케이프타운까지는 편도 네 시간이 걸리는데, 성에 도착하면 버섯을 내려놓고 사람들을 몸에 태워야 하니 여기까지 오는 데 네 시간도 넘게 걸릴 것이었다.

도싯이 동굴 안쪽 깊숙한 곳으로 한나를 데리고 들어갔다. 로렌스는 목소리를 낮추며 캐서린과 워렌에게 말했다.

"보초를 세우고 조금이라도 자두는 게 좋겠습니다. 저들이 동굴 안으로 못 들어오게 막을 수 있을 것 같기는 한데, 혹시 모르니까 미리 조금씩 자두고 만일의 사태에 대비해야 합니다."

그때 에밀리가 다가와 말했다.

"로렌스 대령님, 말씀 중에 죄송하지만 도싯 박사가 이 말을 전해

달라고 해서요. 동굴 뒤쪽에서 연기가 들어오고 있답니다."

가서 확인해보니 동굴 뒤쪽의 구멍에서 시커먼 연기가 새어 들어오고 있었다. 손이 닿지 않는 높이라서 로렌스는 프랫 준위의 넓은 어깨를 밟고 올라가 그 구멍으로 밖을 내다보았다. 용과 함께 온 흑인들이 로렌스 일행을 동굴 밖으로 몰아내려고 불을 피운 것이었다. 상황을 파악한 로렌스가 바닥으로 내려서자 로렌스의 안장 담당자 펠로우스와 캐서린의 지상요원 지휘관 래링이 다른 승무원들의 도움을 얻어 위로 올라갔다. 그들은 외투와 셔츠, 개인 하네스, 가죽 쪼가리 등으로 구멍을 틀어막으려 안간힘을 썼다. 그러나 구멍을 완전히 막을 수는 없었다. 이 안에 있다가는 시간이 갈수록 불리해질 게 분명했다. 동굴 안은 이미 숨 쉬기가 어려울 정도였고 점점 온도가 높아져서 악취도 극심해졌다.

로렌스가 동굴 앞쪽으로 돌아오자 캐서린은 목쉰 소리로 침착하게 말했다.

"이렇게는 오래 버티지 못해요. 할 수 있을 때 정면 돌파를 해서 숲으로 달아나는 수밖에 없어요."

밖을 내다보니 로렌스 일행이 야영지를 만들기 위해 베어냈던 가시덤불이 동굴 입구에서 아주 가까운 곳에 쌓여 있었다. 용들의 소행이었다. 그 용들은 총알을 막기 위해 동굴 입구 주변에 성인 남자의 키보다 더 높게 가시덤불을 쌓아놓고 그 뒤에 자리를 잡고 앉아 있었다. 탈출로가 막혀 있으니 저 덤불을 뚫고 숲으로 달아나는 것은 불가능했다. 그러나 대안이 없었다.

로렌스가 말했다.

"내가 부하들을 제일 많이 데리고 있고 소총병도 여덟 명이나 있으니 내가 부하들과 함께 제일 먼저 돌진하겠습니다. 나머지는 우리 뒤를 따라 나오십시오. 도싯, 우리가 길을 열 때까지 에라스무스 부인을 돌봐주도록. 프랫이 자네를 지원해줄 거다."

 탈출 순서를 서둘러 정한 뒤 나침반을 참조하여 숲에서 재집결할 장소도 결정했다. 로렌스는 목도리가 목에 제대로 감겨 있는지 확인하고 어둠 속에서 외투를 챙겨 입었다. 그리고 양어깨의 금색 견장을 바로잡았다. 모자는 어디에 떨어졌는지 보이지 않았다.

 "워렌, 체너리, 캐서린."

 로렌스는 비행사들의 이름을 부르며 악수를 나눴다. 페리스와 릭스는 사격 준비를 완료하고 동굴 입구에 엎드려 있었다.

 "제군들."

 로렌스는 이렇게 말하며 권총에 장전을 한 뒤 칼을 빼 들고 동굴 입구를 향해 달려 나갔다. 전우들이 하느님과 조지 왕의 이름을 소리 높여 외치며 그 뒤를 따랐다.

10

흑인들은 비틀거리는 로렌스를 거칠게 잡아 일으켰다. 두 다리가 말을 듣지 않았다. 흑인들의 손에 이끌려 다른 포로들 옆으로 떠밀려 간 로렌스는 앞으로 고꾸라졌다. 지금 저들은 로렌스를 비롯한 영국 공군들을 밧줄로 성기게 짠 그물 안으로 밀어 넣고 있었다. 그 그물은 영국 공군이 쓰는 배 쪽 그물과 흡사하게 생겼지만 재질이 훨씬 조악했다. 아무래도 사람이 아니라 짐을 실어 나르는 데 쓰이는 그물인 듯했다. 흑인들은 그 그물을 몇 번 획획 잡아당긴 후 적갈색 용의 배에 연결시켰다. 성긴 그물이라 틈새가 커서 그 안에 짜부라져 있는 공군들의 팔다리가 밖으로 삐져나와 공중에 달랑달랑 매달렸다. 그물을 배에 바짝 붙여 매달지 않아서 이륙한 후 적갈색 용이 별안간 고도를 낮출 때마다 그물이 온통 흔들리면서 속이 메슥거렸다.

흑인들은 영국인 포로들을 감시하는 보조를 따로 배정하지도 않았고 포로들에게 족쇄를 채워놓지도 않았다. 하긴 그물 안에서 꼼짝할 수가 없으니 그럴 필요도 없었다. 자세를 바꾸거나 얘기를 나눌 수도 없었다. 그물 맨 아래쪽에 들어간 로렌스는 거친 밧줄에 얼굴이 눌리고 이리저리 긁혀 상처가 났다. 다른 공군들의 몸에서 나온 피가 밑으로 줄줄 흘렀다. 그물이 큰 호를 그리며 흔들려서 몹시 어지러웠지만 그래도 그물 맨 밑에 있으니 숨이라도 제대로 쉴 수 있었다. 로렌스는 옆구리 쪽에 있던 다이어를 한 팔로 감아 위로 끌어당겼다. 그물의 간격이 고르지 않고 마구 흔들려서 잘못하면 몸집이 작은 다이어가 그물 사이로 떨어져 추락사할 우려가 있었다.

흑인들은 부상당한 공군도 그 그물 안에 함께 집어넣었다. 체너리 휘하의 하야트 중위가 로렌스의 팔에 기대 누워 있었는데 용의 발톱에 턱을 다쳐서 입에서 계속 피가 흘러 옷이 흥건히 젖어 들어갔다. 그날 밤 비행 중에 하야트는 숨을 거뒀다. 적갈색 용은 날갯짓을 멈추지 않았고 하야트의 시신은 그물 안에서 천천히 굳어갔다. 목을 돌릴 수도 없으니 주변에 있는 이들의 얼굴을 확인하기가 어려웠다. 그저 누군가의 장홧발이 그의 허리를 찍어 누르고 있고 또 누군가의 무릎이 그의 무릎에 바짝 닿아 있어 다리를 펼 수조차 없다는 것 외에는 아무것도 알 수가 없었다.

버섯 동굴을 뛰쳐나와 덤불을 헤치고 숲으로 달려나가던 순간 나무 위에서 그들 머리 위로 그물이 떨어졌다. 용 세 마리와 흑인들에게 둘러싸여 포로가 되던 와중에 로렌스는 한나의 모습을 얼핏 보았다. 한나는 산 채로 어딘가로 끌려가고 있었다. 그녀가 어떻게 되었을지는 상상만 해도 끔찍했다. 캐서린이라도 무사히 지켜줘야 한다는 책임감이 로렌스의 마음을 무겁게 짓눌렀다.

용들은 비행을 멈추지 않았다. 로렌스는 잠깐 잠이 들었다. 아니,

비몽사몽의 상태였다고 해야 옳았다. 거센 바람이 얼굴을 스치고 그물이 계속 흔들리자 마치 거센 역풍랑을 맞아 돛을 내리고 바람을 따라 빙빙 도는 군함을 타고 있는 것만 같았다. 새벽이 밝아올 무렵 적갈색 용은 속도를 확 늦추더니 날개를 컵처럼 구부리고 새처럼 활공하여 지상으로 내려갔다. 그리고 지상에 뒷발을 붙인 뒤 비틀거리며 몇 걸음 앞으로 더 나아가다가 두 앞발로 땅을 짚었다.

흑인들은 적갈색 용의 배에 매단 그물을 땅바닥에 늘어뜨리고 한쪽 매듭을 대충 풀어 그 안을 효율적이고 재빠른 손길로 뒤졌다. 그리고 창 밑동으로 포로들을 쿡쿡 찔러보고는 시체들을 끄집어냈다. 로렌스는 다리에 가해지던 압력이 비로소 사라지자 불이라도 붙은 것처럼 무릎이 확 뜨거워졌지만 그물 안이 비좁아서 다리를 살펴볼 수도 없었다. 고개를 들어 그물 안을 살펴보니 약간 떨어진 곳에 캐서린이 보였다. 그녀는 창백한 얼굴로 눈을 감은 채 바닥에 등을 대고 누워 있었다. 얼굴 한옆으로 피가 묻어 있고 외투의 소매도 두 군데 찢어지고 피투성이가 되어 있었으나 외투의 단추가 잘 잠겨 있고 땋은 머리도 풀리지 않았다. 당분간은 여자라는 사실을 적들에게 들키지 않을 것 같았다.

흑인들은 그곳에서 오래 머물지 않았다. 포로들의 얼굴에 대충 물을 뿌린 뒤 다시 그물의 매듭을 묶어 적갈색 용의 배에 설치된 안장 고리에 걸고 밧줄로 쭉쭉 당겨 고정시켰다. 그리고 다시 이륙했다. 낮이라서 견디기가 힘들었다. 그물 안에 담겨 있던 시체를 빼낸 터라 무게가 한결 가벼워져서 바람이 불거나 비행 방향이 조금만 바뀌어도 그물이 크게 흔들렸다. 공군들은 그동안 용을 타면서 속이 단련되어 있기는 했지만 이런 식으로 계속 날아가다 보니 너도나도 토악질을 해대서 토사물이 서로의 몸을 타고 줄줄 흘러내렸다. 시큼시큼한 냄새가 진동을 하자 로렌스는 가급적 입으로 숨을 쉬었고 속이 울렁거릴 때면 그물의 밧줄 사이로 고개를 돌리고 구토를 했다.

잠을 잘 수도 없었다. 그날 해가 떠 있는 동안 용들은 또다시 착륙했다. 이번에는 포로들을 한 번에 한두 명씩 그물에서 꺼내주었다. 그들은 축 늘어져 있는 포로들의 손목과 팔죽지, 발목을 인간 사슬처럼 줄줄이 묶은 뒤 공터 한옆에 서 있는 나무 두 그루 앞에 세워놓고 다시 한 번 묶었다. 그러고는 가죽 물주머니에 담긴 물을 포로들의 입에 차례로 부어주었다. 깨끗하고 맛있는 물이었다. 하지만 물주머니를 곧 다음 사람의 입으로 옮기는 바람에 갈증을 충분히 해소할 수가 없었다. 로렌스는 마지막으로 마신 한 모금을 바짝 마른 입안에 최대한 오래 물고 있었다.

목을 길게 빼고 나무에 묶인 전우들을 훑어보았다. 워렌이 보이지 않았다. 캐서린은 고개를 들어 로렌스를 쳐다보고는 고개를 살짝 끄덕여 보였다. 페리스와 릭스는 그럭저럭 괜찮아 보였고, 제일 끝 쪽에 묶여 있는 에밀리는 나무에 머리를 기댄 채 늘어져 있었다. 고개를 반대편으로 돌려보니 바로 옆에 다이어가 있고 그 옆에 체너리가 묶여 있었다. 체너리는 기진맥진하여 입을 벌린 채 머리를 한쪽 어깨에 늘어뜨리고 있었는데 얼굴은 온통 멍투성이였고 전에 다쳤던 자리가 쑤시는지 한 손으로 허벅지를 꽉 움켜잡은 모습이었다.

조금씩 정신이 들면서 로렌스는 여기가 강 근처라는 것을 알게 되었다. 묶여 있어서 돌아볼 수는 없지만 뒤쪽에서 물이 천천히 흐르는 소리가 들렸다. 그 소리를 들으니 참기 어려울 정도로 갈증이 났다. 그들이 있는 곳은 드문드문 풀이 자라고 있는 공터였다. 주변을 훑어보니 커다란 바위들이 공터 주변을 둘러싸고 있고 한옆에 시커멓게 그을음이 낀 불구덩이도 있었다. 정기적으로 이용하는 사냥용 야영지인 듯했다. 흑인들은 야영지 경계선 주변을 돌아다니며 바위 너머 공터 안으로 드리워진 덩굴과 푸른 나뭇가지를 잘라냈다.

적갈색 용은 불구덩이 한옆에 자리를 잡고 천천히 눈을 감으며 잠이 들었다. 적갈색 용과 함께 온 녹색 점박이 용과 고동색 용은 다시 날아올랐다. 그 두 용의 하복부는 옅은 회색이고 살짝 무지갯빛을 띠고 있어서 어둑어둑해지는 하늘로 날아오르자 곧 그 모습이 보이지 않았다.

다리가 긴 물떼새 한 마리가 공터 안에 들어와 바닥에 떨어져 있는 씨앗을 쪼아 먹으며 삐익삐익 울었다. 망치로 작은 종을 두드리는 것 같은 날카로운 금속성의 울음소리였다. 얼마 후 사냥을 나갔던 작은 용들이 축 늘어진 영양 네 마리를 잡아 가지고 돌아왔다. 그들은 그중 두 마리를 적갈색 용에게 바치고 한 마리는 자기네가 먹고 나머지 한 마리는 흑인들에게 내주었다. 적갈색 용은 영양을 쭉 찢어 맛있게 먹었다. 흑인들은 영양을 신속하게 칼로 잘라 미리 준비해둔 물이 펄펄 끓는 큰 솥에 집어넣었다.

잠시 후 그들은 불가 한옆에 모여 앉아 솥에 들어 있는 고깃국을 사발에 퍼 담아 손으로 집어 먹었다. 그중 한 명이 한 그릇 더 먹으려고 자리에서 일어나 솥으로 다가가던 순간 끓는 국물이 흘러넘치며 불꽃이 확 일었다. 흑인들의 시선이 그쪽으로 쏠린 틈을 타서 로렌스는 모닥불 맞은편 적갈색 용 바로 옆에 앉아 있는 한나를 흘끗 쳐다보았다. 한나는 고개를 숙인 채 두 손으로 사발을 쥐고 조용히 그 안에 든 음식을 먹고 있었다. 무자비한 납치 과정에서 머리카락이 마구 헝클어지고 비쭉 솟아올라서 마치 머리에 종을 쓰고 있는 것 같았다. 멍한 표정이었고 치마도 찢겨 있었다.

식사를 마친 흑인들은 찌꺼기가 담긴 사발을 포로들 앞에 내려놓았다. 육수에 곡물을 넣고 끓인 죽이었는데 남은 것은 얼마 되지 않았다. 손발이 묶인 채 엎드려 사발에 든 찌꺼기를 먹고 있자니 여물통에 코를 박은 돼지가 된 것 같아 수치스러웠다. 턱으로 죽이 뚝뚝 흘러내렸다. 로렌스는 눈을 질끈 감고 먹었다. 다이어가 사발에 든 죽을 남기자 로렌스가 타일렀다.

"남기지 말고 억지로라도 다 먹어. 저들이 언제 또 우리한테 먹을 걸 줄지 알 수 없으니."

"예, 대령님. 하지만 다시 그물에 담겨 날아가게 되면 지금 먹은 게 다 올라올 것 같아서요."

"그래도 먹어둬."

다행히 흑인들은 곧장 비행을 재개하진 않았다. 그들은 실로 느슨하게 짠 담요를 바닥에 깔더니 기다란 보따리를 그 위에 올려놓고 천을 풀었다. 로렌스는 그 안에 든 시체를 알아보았다. 에라스무스 목사를 창으로 찌른 뒤 홉스의 총에 맞아 죽은 자였다. 흑인들은 근처의 샘에서 길어온 물로 시체를 씻어내고 조금 전에 잡아온 영양의 가죽으로 시체를 쌌다. 장례식을 준비하는 모양이었다. 그들은 피 묻은 창을 시체 옆에 내려놓았다. 부장품인 듯했다. 흑인 한 명이 북을 가져와 두드렸고 나머지는 땅바닥에서 마른 나뭇가지를 주워 들거나 박수를 치고 발을 굴렀다. 그리고 단조로운 노래를 부르기 시작했다. 기나긴 울음 같은 노래였다. 앞 사람이 노래를 부르다가 숨을 들이쉬기 위해 멈추면 다음 사람이 노랫가락을 이어받았다.

어느덧 밤이 되어 사방이 깜깜해졌다. 흑인들은 계속해서 노래를 불렀다. 체너리가 눈을 뜨고 로렌스를 돌아보며 물었다.

"얼마나 멀리까지 끌려온 걸까요?"

"밤낮을 꼬박 북북동 방향으로 빠르게 날아왔다는 것은 알겠는데 그 이상은 잘 모르겠습니다. 저 큰 용의 비행 속도가 얼마나 될 것 같습니까?"

체너리는 적갈색 용을 찬찬히 살펴보더니 고개를 절레절레 저으며 대답했다.

"날개 길이가 몸길이와 같고 두께도 고만고만하니 13노트 정도 될 겁니다. 같이 온 라이트급 용 두 마리와 속도를 맞춰야 했을 테니까 14노트쯤 되었을지도 모르지요."

"그럼 여기는 버섯 동굴에서 사백팔십 킬로미터쯤 떨어진 곳이겠군요."

이 말을 하며 로렌스는 가슴이 철렁했다. 아무런 단서도 남기지 못한 채 사백팔십 킬로미터나 끌려오다니. 테메레르를 비롯한 영국 용들과 맞붙으면 저런 별 볼일 없는 용들은 상대도 되지 않았다. 하지만 로렌스 일행이 광활한 아프리카 대륙 어디로 끌려간 줄 알고 테메레르가 찾아오겠는가. 몰살당해 땅에 묻히기라도 한 것처럼 아무런 흔적도 남기지 못하고 끌려왔는데. 이대로라면 여생을 포로로 잡혀 살 수밖에 없을 터였다.

어렵게 탈출을 한다고 해도 곧 추격당할 것이고, 추격을 벗어나더라도 육로로 케이프 식민지까지 돌아가는 것은 불가능에 가까웠다. 밀림의 온갖 위험 요소를 극복하고 물과 먹을거리를 조달하면서 한 달 이상 서쪽으로 행군한다면 해안에 다다를 수도 있겠지. 그런데 어떻게 대양으로 나간단 말인가? 뗏목이나 통나무배 따위를 만들어 타야 하나? 제임스 쿡 선장이나 윌리엄 블라이 제독처럼 작은 배를 타고 망망대해를 헤치고 가는 것은 결코 쉬운 일이 아니었다. 그런 작은 배에 일행을 모두 태울 수 없으니 그중 몇 명만 데리고 가야 할 것이다. 강풍이나 위험한 해류를 간신히 피해 케이프타운 항구에 도착하면 지원군을 데리고 다시 나머지 탈출자들을 데리러 가야겠지. 이런저런 가능성을 염두에 두고 머리를 굴려보았지만 하나같이 실현 가능성이 희박했다. 그러나 이대로 내륙 깊은 곳으로 끌려갈수록 탈출 가능성은 점점 더 낮아질 것이었다. 테메레르도 로렌스와 공군들을 찾으러 허둥지둥 내륙으로 들어올 텐데. 그렇게 되면 테메레르마저 몹시 위험한 상황에 처하게 될 수도 있었다.

로렌스는 밧줄에 묶인 손목을 움직여보았다. 강한 삼을 단단하게 꼬아 만든 밧줄이라서 손목을 빼낼 여지가 전혀 없었다.

그때 다이어가 말했다.

"대령님, 저한테 주머니칼이 있습니다."

장례 의식은 점점 끝나가는 분위기였다. 작은 용 두 마리가 시체를 매장하기 위해 구멍을 팠다. 다이어의 주머니칼은 단단한 밧줄을 잘라내기엔 날이 너무 무뎌서 로렌스는 한참 칼질을 한 뒤에야 겨우 한쪽 팔을 밧줄에서 풀어낼 수 있었다. 손이 땀에 젖어 나무로 된 칼 손잡이가 자꾸만 미끄러졌고 밧줄을 자르느라 손을 구부려 칼을 쥐고 있자니 손가락에서 쥐가 났다. 마침내 밧줄에서 손목을 모두 빼낸 로렌스는 그 칼을 체너리에게 넘겨준 뒤 체너리와 다이어를 한데 묶은 밧줄 매듭을 풀기 시작했다.

나무 반대쪽에서 캐서린의 중위 한 명과 같이 묶여 있던 앨런이 서툴게 매듭을 잡아당기자 로렌스가 나지막하게 경고했다.

"가만히 있어, 앨런."

흑인들은 구덩이에 흙을 메우고 그 위에 봉분을 만들었다. 흑인들과 용들이 잠들었을 무렵, 공군의 절반 정도가 밧줄에서 풀려났다. 어둠 속에서 하마가 으워엉 하고 울어댔다. 가끔은 그 소리가 가까운 곳에서 들려왔는데 그럴 때마다 자고 있던 용들 중 하나가 머리를 들고는 귀를 기울이면서 나지막하게 으르렁거렸다. 그러면 공터 주변에서 밤의 소음이 일시에 잦아들곤 했다.

공군들은 더욱 서둘러서 남은 밧줄을 풀어냈다. 자유가 된 이들이 살금살금 기어와 아직 묶여 있는 동료들을 도왔다. 로렌스의 도움으로 속박에서 벗어난 캐서린은 손가락이 가늘어서 아주 바짝 묶여 있던 매듭도 신속하게 풀어냈다. 마지막으로 캐서린의 부하 펙까지 모두 풀어준 후 로렌스는 캐서린에게 속삭였다.

"다른 이들을 통솔해서 숲으로 데려가요. 날 기다리지 말고. 나는 가서 하나를 구해올 겁니다."

캐서린은 고개를 끄덕이며 주머니칼을 로렌스에게 건네주었다. 날이 너무 무뎌져서 쓸 수도 없게 되었지만 그래도 칼을 수중에 넣으니 심적으로 의지가 되었다. 캐서린을 비롯한 공군들은 야영지를 떠나 조용히 숲으로 도망쳤다. 페리스는 그들과 함께 가지 않고 살금살금 로렌스 곁으로 다가와 물었다.

"소총은요?"

로렌스는 고개를 가로저었다. 흑인들은 공군들의 라이플 소총을 빼앗아 다른 짐이 담긴 보따리에 담아놓았다. 그 보따리는 코를 골며 자고 있는 작은 용의 머리 옆에 놓여 있으니 그 안에서 소총을 꺼낼 방법이 없었다. 장례 의식을 치르며 카타르시스를 경험한 흑인들은 기진맥진하여 바닥에 늘어져 자고 있었다. 잠이 들었다고는 해도 그들 옆을 지나 소총이 든 보따리에 손을 댔다가는 발각될 수도 있었다. 간혹 잠든 흑인들이 코를 훌쩍거렸는데 긴장해서인지 그 소리가 백 배는 더 크게 들리는 듯했고 꺼져가는 모닥불에서 들려오는 타닥타닥 불꽃 튀는 소리도 벼락 치는 소리만큼이나 커다랗게 울리는 것 같았다. 로렌스는 무릎에 자꾸 힘이 빠지고 발걸음이 느려지더니 급기야 발끝이 바닥에 끌리기까지 했다. 할 수 없이 그는 손으로 잠시 바닥을 짚고 쉬었다가 다시 걸음을 옮겼다.

한나는 다른 흑인들과는 별도로 모닥불 한옆에 누워 있었다. 정확히 말하면 그 거대한 적갈색 용의 머리 바로 앞쪽이었는데 그 용은 앞발로 느슨하게 한나의 양옆을 가로막은 채 잠들어 있었다. 한나는 두 손을 머리 밑에 괴고 옆으로 웅크린 채 누워 있었다. 크게 다친 곳은 없는 것 같아 마음이 놓였다. 로렌스는 조심스럽게 다가가 얼른 한나의 입을 틀어막았다. 한나는 깜짝 놀라 움찔하면서 눈을 희번덕거렸으나 곧 그를 알아보고는 고개를 끄덕였다. 로렌스는 손을 치우고 한나를 부축하여 일으켰다.

그들은 소리를 내지 않고 천천히 거대한 용의 발톱 밖으로 빠져나왔다. 톱니처럼 깔쭉깔쭉한 주둥이 주변의 검은 뿔들이 붉은 모닥불에 비쳐 반짝거렸다. 적갈색 용은 깊고 고르게 숨을 쉬고 있었다. 규칙적으로 벌름거리는 코 안쪽에 분홍색 살이 살짝 보였다. 그들이 열 발자국, 그리고 열한 발자국을 내디뎠을 때 적갈색 용의 눈꺼풀이 살짝 올라갔다. 곧이어 용은 노란 눈을 번쩍 뜨며 그들을 노려보았다.

용이 몸을 일으키며 포효하자 로렌스가 한나를 페리스 쪽으로 밀치며 소리쳤다.

"도망쳐!"

로렌스는 다리가 말을 듣지 않아 뛸 수가 없었다. 소란에 잠이 깬 흑인 한 명이 로렌스에게 와락 달려들어 무릎을 잡고 바닥에 쓰러뜨렸다. 두 사람은 모닥불 옆에서 먼지를 일으키며 바닥에 나뒹굴었다. 지금 로렌스가 바라는 것은 오직 일행의 탈출을 돕는 것뿐이었다. 로렌스와 그 흑인은 마지막 라운드에 나선 권투 선수들처럼 피투성이가 된 채 비틀거렸다. 로렌스는 제대로 먹지도 마시지도 못하고 그물에 담겨 끌려오느라 체력이 크게 떨어져 있었고 그 흑인도 막 깊은 잠에서 깨어나 정신이 혼란스러운 상태라 둘 다 제 실력을 발휘하지 못했다. 로렌스는 그자의 등으로 달려들어 팔로 목을 휘감고 온 힘을 다해 죄었다. 동시에 창을 집어 들려 하는 또 다른 흑인을 장홧발로 걷어찼다.

페리스는 한나를 숲 쪽으로 확 밀었다. 미리 숲으로 도망쳤던 공군 중 열 명이 다시 돌아와 한나를 부축했고 일부는 로렌스를 도와주려고 달려왔다. 그 순간 적갈색 용이 소리쳤다.

"리타보!"

어떤 협박의 말인지는 알 수 없었으나 그 말을 들은 한나가 도망을 치다 말고 갑자기 멈춰 서더니 뒤로 돌아섰다.

적갈색 용은 페리스를 향해 돌진했고 페리스는 얼른 바닥에 엎드렸다. 그 순간, 한나가 소리를 지르고 한 손을 들어 올리며 그 앞을 가로막았다. 적갈색 용은 걸음을 멈추더니 페리스를 후려치려던 앞발을 한나 앞에 가만히 내려놓았다.

방심했다가 실수했음을 깨달은 흑인들은 다시 붙잡아 온 포로들을 모닥불 가까이에 묶어놓고 보초를 세웠다. 또다시 탈출하는 것은 힘들 듯했다. 이런 일이 흔한지 작은 용 두 마리는 도망친 영국 공군들을 너무나도 쉽게 다시 야영장으로 몰아왔다. 그 과정에서 놀란 영양 몇 마리가 우르르 뛰어 달아났지만 용들은 신경도 쓰지 않았다. 포로들을 몰아온 후에야 용들은 영양 한 마리를 잡아 야식으로 먹으며 기분을 풀었다. 용들이 놓친 포로는 캐서린의 소총병 케터링과 안장 담당자 펙, 베일즈뿐이었다. 그러나 펙과 베일즈는 다음 날 아침 일찍 기가 팍 죽은 채 비틀거리며 야영지로 돌아와 항복했다. 그들은 강을 건너려던 케터링이 하마에게 죽임을 당했다는 소식을 전해주었다. 그 둘의 창백하고 일그러진 표정을 보니 더 이상 듣지 않아도 상황이 어땠는지 짐작할 수 있었다.

한나는 검붉은 색 차가 담긴 컵을 두 손으로 꼭 쥐고 입을 열었다.

"리타보는 내 이름이에요. 어렸을 때 불렸던 내 이름."

원래 한나는 포로들에게 접근해서도 안 되고 얘기를 나눠서도 안 되었지만 그녀가 간곡히 청하자 흑인들은 로렌스를 그녀 옆에 끌어다 놓았다. 팔목과 발목이 밧줄에 묶인 로렌스는 절뚝거리며 끌려왔다. 창을 든 흑인 한 명이 로렌스가 한나에게 지나치게 가까이 접근하지 못하도록 감시했고, 적갈색 용도 로렌스의 움직임 하나하나를 경계하며 노려보았다.

로렌스가 한나에게 물었다.

"이들은 부인과 같은 부족 사람들입니까?"

"아뇨. 아마 내 부족과 사촌뻘 되는 관계이거나 동맹을 맺은 부족일 거예요. 확실히는 모르겠지만 저들은 내가 하는 말을 알아듣더라고요. 그런데…… 나는 저들이 하는 말을 확실하게는 못 알아듣겠어요."

한나는 그들을 내려다보고 있는 적갈색 용을 턱 끝으로 가리키며 말을 이었다.

"케펜체가 그러는데 자기가 내 증조할아버지래요."

로렌스는 당황했다. 저들이 하는 말을 잘못 알아들었거나 통역을 잘못 한 것 아니냐고 묻자 한나가 말했다.

"아뇨. 기억나지 않는 단어가 많아서 확실히 설명은 못 하겠지만 잘못 알아들은 건 아니에요. 어렸을 때 나는 많은 동족들과 함께 납치당해 팔려갔어요. 우리는 마을의 나이 많은 어른들을 모두 할아버지라고 불렀죠. 존경의 뜻으로요. 케펜체가 자기가 내 증조할아버지라고 한 것도 그런 맥락에서 한 말일 거예요."

"우리가 해악을 끼치려고 내륙에 들어온 게 아니라고 저 용에게 설명해주시겠습니까? 그저 버섯을 구하러 왔다고 말입니다……"

한나가 더듬거리며 그 말을 전했으나 케펜체라는 이름의 적갈색 용은 끝까지 듣지도 않고 경멸조로 코웃음을 쳤다. 그러고는 거대한 발톱이 붙은 앞발로 두 사람 사이를 가로막으며 로렌스가 한나에게 무슨 모욕적인 말이라도 한 것처럼 그를 쏘아보았다. 그 용이 명령을 내리자 흑인들은 즉시 로렌스를 질질 끌고 가서 나머지 포로들과 함께 묶어놓았다.

체너리가 로렌스에게 말했다.

"흠, 그래도 영 희망이 없는 건 아니군요. 에라스무스 부인이 저 용과 얘기를 나눌 수 있으니 우리를 풀어주라고 천천히 설득해볼 수도 있을 겁니다. 적어도 그동안은 우리도 목숨을 부지할 수 있겠죠.

사실 우릴 죽이려고 마음먹었다면 귀찮게 여기까지 끌고 오지도 않았을 겁니다."

도대체 무슨 이유로 포로들을 죽이지 않는지는 알 수 없었다. 그들은 심문조차 하지 않았고 용들은 자기네 소유인 듯한 소규모 부족의 영토를 벗어나 계속 날아갔다. 로렌스는 점점 머릿속이 혼란스러워졌다. 혹시 있을지도 모를 추격자들을 따돌리려고 같은 곳을 빙빙 돌고 있는지도 모른다는 의심이 들었으나 낮 동안 비치는 해의 위치와 밤에 보이는 남십자성의 위치로 짐작건대 그들은 계속 북북동 쪽으로 날아가고 있었다. 밤에 좀더 편한 곳에서 야영을 하거나 물을 마시기 위해 가끔 방향을 바꾸기는 했지만 궁극적으로 나아가는 방향은 북북동이었다.

다음 날 아침 일찍, 용들은 바닥의 진흙과 섞여 주황색 물이 흐르는 폭 넓은 강 옆에 착륙했다. 시끄러운 울음소리를 내며 강에 몸을 담그고 있던 하마들은 지상으로 내려온 용들을 보자마자 큰 물결을 일으키며 놀랄 만큼 재빠르게 물속으로 모습을 감췄다. 그러나 그중 한 마리가 앞뒤에서 몰아대던 작은 용 두 마리에게 붙잡혀 물 밖으로 끌려 나왔다. 흑인들은 공터에서 그 하마를 도살했다. 시간이 지날수록 한층 대담해진 흑인들은 포로들 중 몇 명을 풀어주고 지루한 노동을 돕게 했다. 로렌스의 훈련생 다이어와 캐서린의 훈련생 투크는 큰 사발을 들고 강과 공터를 왕복하며 물가에서 물을 퍼 날랐다. 강둑에서 자고 있던 커다란 악어가 잠이 깨서 초록색 눈으로 쳐다보고 있었기 때문에 두 아이는 겁을 먹고 불안하게 걸음을 떼놓았다. 용들은 악어 고기를 좋아하지 않았으므로 악어는 용을 전혀 두려워하지 않았다.

용들은 앞발을 베고 햇빛 속에 누워 꾸벅꾸벅 졸면서 가끔 꼬리를 획획 내저어 몰려드는 파리떼를 쫓았다. 한나는 케펜체의 귀에 대고 무슨 말인가를 하고 있었다. 케펜체는 얘기를 듣다 말고 별안간 몸을 일으키더니 따지듯이 한나에게 질문을 했다. 한나는 움찔하고 물러서면서 아니라는 뜻으로 고개를 가로저었다. 케펜체는 갑자기 입을 꾹 다물고 남쪽으로 시선을 돌렸다. 궁둥이를 바닥에 붙이고 앞발을 세운 채 꼿꼿이 앉아 있는 모습이 마치 붉은색 문장(紋章)의 용 그림 같았다. 잠시 후 케펜체는 천천히 다시 몸을 웅크리며 한나에게 말을 건네고는 눈을 질끈 감았다.

조심스럽게 다가온 한나에게 체너리가 말했다.

"흠, 저 용이 부인을 보내줄 것 같은지 물어보려 했는데 대답을 들을 필요도 없겠군요."

한나는 자고 있는 용들을 깨우지 않으려고 목소리를 낮추며 말했다.

"보내주지 않을 거예요. 일이 좀 꼬여버렸어요. 딸들 얘기를 했더니 케펜체가 가서 그 애들도 데려오겠다고 하네요."

그 말을 듣자 로렌스는 작은 희망이 생겼구나 싶었다. 하지만 곧 그런 생각을 하는 자신이 부끄러워졌다. 공군들을 도와주려고 용을 설득하던 한나가 그로 인해 더 큰 근심에 사로잡히게 되었는데 어찌 희망 따위를 머리에 떠올린단 말인가. 그러나 현실적으로 생각해보면 케펜체가 한나의 두 딸을 데리러 케이프타운으로 가면 테메레르를 비롯한 영국 용들은 로렌스 일행이 누구에게 붙잡혀 있는지 알게 될 것이었다.

로렌스가 말했다.

"저 용이 성으로 가서 따님들을 내놓으라고 요구해도 우리 쪽에서 순순히 내주지 않을 겁니다. 공군들과 그레이 중장이 따님들을 책임지고 잘 보호할 것이니 걱정하지 마십시오."

"대령님, 제 말을 제대로 이해하지 못하셨군요. 케펜체는 내 딸들을 데려오기 위해서라면 모든 식민지 마을을 공격하고도 남을 거예요. 식민지 마을에서 부려지는 노예들 중에 납치당한 그의 자손들이 섞여 있을 거라고 생각하거든요."

체너리가 끼어들었다.

"행운을 빌어줄 테니 어디 한번 마음대로 해보라고 하세요. 부인의 증조할아버지라는 저 용이 고향에서 다른 용을 몇 마리 더 데려온다 해도 희망성이 쉽사리 무너지진 않을 겁니다. 그러니 따님들에 대해서는 우려하지 않으셔도 됩니다. 성에는 후추탄은 물론이고 24파운드 포도 여러 문 있는 데다가 용 편대까지 주둔하고 있으니까요."

그리고 체너리는 명랑하게 덧붙였다.

"내 생각엔 저 용이 이대로 쭉 북쪽으로 가서 우릴 영국까지 데려가주지는 않을 것 같은데, 안 그렇습니까? 저 용이 부인을 그처럼 가깝게 여기고 있으니 부인께서 잘 설득해 볼 수도 있을 겁니다."

왜 케펜체가 자신이 한나의 증조할아버지라고 말했는지는 알 수 없었으나 그 용은 분명 한나의 집안 어른 행세를 하고 있었다. 한나는 케펜체가 알을 깨고 나오던 일이 어렴풋이 기억난다고 했는데 로렌스는 아무래도 잘 이해가 되질 않았다.

"또렷하진 않지만 기억나요. 내가 아주 어렸을 때였는데 케펜체가 부화하던 날 우리 부족 사람들은 며칠 동안 잔치를 벌였고 선물도 갖다 바쳤어요. 그 뒤로도 마을에서 케펜체를 자주 보았고요."

로렌스는 이제야 한나가 용을 두려워하지 않던 이유를 알게 되었다. 한나는 아홉 살 무렵 납치를 당해 노예로 팔려갔다. 그 나이까지 용과 함께 살았으면 용에 대한 본능적인 두려움은 없어지고도 남을 것이었다.

어렸을 때의 모습 그대로 한나를 기억하고 있는 케펜체는 그녀가 로렌스 일행을 풀어달라고 요구하는 것이 영국인들의 거짓말에 속아 넘어갔기 때문이거나 협박을 당해서일 거라고 여기며 더더욱 분노하고 있었다.

그런 기미를 알아챈 로렌스가 한나를 말렸다.

"더 이상 설득하려고 하지 마세요. 그러다가 저 용이 부인에 대한 호의마저 거둬들일까 봐 걱정됩니다. 위험을 무릅쓰면서까지 헛수고를 할 필요는 없습니다."

"케펜체는 나를 해치지 않을 거예요."

어린 시절의 자신감을 회복해서일까 그녀의 목소리는 확신에 차 있었다.

구운 하마 고기로 아침을 먹은 흑인들은 포로들을 도로 그물에 집어넣고 몇 시간 더 날아갔다. 그리고 어두워지기 직전에 어느 작은 농촌 옆에 있는 공터에 착륙했다. 공터에서 놀고 있던 원주민 아이들은 케펜체 일행을 보자 좋아라 소리를 지르면서 몰려들어 재잘거렸다. 아이들은 불안한 눈초리로 포로들을 흘끗거리기는 했지만 용을 두려워하는 기색은 전혀 없었다. 공터 저 끝에서 가지가 넓게 퍼진 자귀나무 한 그루가 시원한 그늘을 드리우고 있었고 그 밑에는 앞뒤를 분간할 수 없는 작은 오두막 한 채가 세워져 있었다. 바닥에서 일 미터 정도 높게 지어진 그 둥그런 오두막 안에는 커다란 용알이 하나 들어 있었다. 그 주변에 여자들이 모여 서서 절구에 든 곡물을 공이로 찧고 있었다. 케펜체와 동행한 작은 용 두 마리의 등에서 흑인들이 내려오자 여자들은 절구와 공이를 한옆으로 치우고 용알을 손으로 쓰다듬으며 무슨 말인가를 하더니 손님들을 맞이하기 위해 자리에서 일어났다. 그들은 케펜체 일행이 데려온 포로들을 호기심 어린 시선으로 바라보았다.

공터로 다가온 마을 남자들은 로렌스 일행을 납치한 흑인들과 악수를 나누고 케펜체를 비롯한 세 마리의 용에게 인사를 건넸다. 마을의 나무 한 그루에 정교하게 조각이 새겨진 코끼리 이빨이 걸려 있었는데 자세히 보니 그 끝을 잘라서 뿔나팔로 만든 것이었다. 마을 사람 중 하나가 그 뿔나팔을 집어 내려 입에 대고 불었다. 나팔 소리가 몇 차례 길고 공허하게 울려 퍼졌다. 그 소리를 듣고 또 다른 용 한 마리가 공터로 내려섰다. 체중이 십 톤 정도 되어 보이는 미들급 용인데 탁한 연초록색 바탕에 노란 점이 고루 박혀 있고 가슴과 양어깨에 빨간 점이 흩뿌려져 있었다. 주둥이 위와 아래에 튀어나온 기다란 앞니 두 개가 특히 눈에 띄었다. 마을 아이들은 새로 나타난 용에게 더욱 허물없이 대하면서 앞발을 잡고 매달리거나 꼬리로 기어 올라가 날개를 잡아당기기까지 했다. 성가실 텐데 그 용은 잘도 참으면서 자기네 마을을 방문한 케펜체 및 작은 용 두 마리와 얘기를 나눴다.

그들 용 네 마리는 용알이 들어 있는 오두막 주변에 둘러앉았고 로렌스 일행을 잡아온 흑인들도 마을 남자들과 함께 그 자리에 동석했다. 그중에는 마을 노파도 한 명 끼어 있었는데 옷차림이 다른 이들과 사뭇 달랐다. 노파는 갈대 마디 같은 긴 구슬로 장식된 동물 가죽 치마를 입었고 동물 발톱과 화려한 구슬로 만든 목걸이를 여러 겹 착용하고 있었다. 잠시 후 마을 여자들이 허연 김이 무럭무럭 피어나는 커다란 솥을 들고 왔다. 육즙이 아닌 우유에 곡물을 넣고 끓인 죽이었다. 그들은 죽 외에 소금에 절여 말린 고기와, 마을로 요리한 신선한 채소를 곁들여 점심을 때웠다. 고기는 조악해 보이긴 했지만 맵고 신 향이 어우러져 좋은 냄새를 풍겼다.

 흑인들은 포로들에게도 죽이 담긴 사발을 가져다주고 직접 손으로 떠먹을 수 있게 팔목의 밧줄을 풀어주었다. 마을 사람들이 모두 자기네 편이니 경계심을 다소 늦춘 것 같았다. 마을은 잔치 분위기를 띠기 시작했다. 그 틈에 한나가 케펜체에게서 벗어나 공군들 쪽으로 다가왔다. 케펜체는 용알 바로 옆의 상석에 앉아 큰 소 한 마리를 먹고 있었다. 마을 사람들은 케펜체가 소를 다 먹고 난 뒤에야 저녁 연회를 시작할 분위기였다. 케펜체가 소를 맛있게 먹어치우고 난 뒤 마을 사람들은 고기 찌꺼기를 모아 치우고 케펜체 앞에 흙을 뿌려 핏자국을 덮었다. 곧이어 특이한 복장의 노파가 자리에서 일어나더니 용알 앞으로 걸어와 손뼉을 치며 노래를 부르기 시작했다.

 흑인들은 다 같이 리듬을 타며 박수를 치고 북을 울렸다. 노파가 한 구절을 부르면 나머지 사람들이 후렴을 제창했다. 로렌스가 듣기엔 각 연이 모두 다르고 운율이나 정해진 양식도 없는 것 같았다. 한나는 시선을 땅바닥에 둔 채 노파와 마을 사람들이 부르는 노래에 귀를 기울이며 말했다.

 "저 노파는 용알에게 얘기를 해주고 있어요. 그의 삶에 대해서요.

저 용알에 든 용은 이 마을의 설립자인데, 사막을 지나 납치범들의 손길이 닿지 않는 이 살기 좋은 곳으로 마을 사람들을 이끌었다네요. 마을의 소들을 급습한 사자를 맨손으로 때려죽인 위대한 사냥꾼이었대요. 모두 지혜로웠던 그를 그리워하고 있으니 서둘러 자기네 곁으로 돌아오라고. 어서 이 마을로 돌아오는 것이 그의 의무라고 하는군요……."

로렌스는 도무지 무슨 소린지 알아들을 수가 없어 멍하니 마을 사람들을 쳐다보았다. 괴상한 옷을 입은 노파는 이 마을의 주술사였다. 노파는 노래를 마친 뒤 마을 남자들을 한 명씩 용알 앞으로 데리고 가 노래를 부르게 했다. 노래가 제대로 나오지 않는 이들에게는 격려의 말을 건네기도 했다.

한나가 로렌스에게 말했다.

"남자들은 저 용알에게 자기네가 그의 아들이라면서, 다시 그의 목소리를 듣고 싶다고 말하고 있어요."

마을 사람 중 한 명이 포대기에 싼 아기를 안고 용알 앞으로 나아가 아기의 작은 손을 용알 위에 얹었다. 한나가 그 모습을 보며 불안하게 떨리는 목소리로 말을 이었다.

"저 아기는 그가 죽은 뒤에 태어난 손자라고 하는군요. 저런 건 모두 이교도적인 미신에 불과하지요."

용들도 차례로 용알 앞으로 다가가 입을 열었다. 먼저 그 마을에 살고 있는 연초록색 용은 용알을 오랜 친구라고 부르면서 다들 간절히 기다리고 있으니 어서 돌아오라고 말했다. 약간 떨어진 곳에 서 있던 작은 용 두 마리도 용알 앞으로 다가가 사냥과 비행이 얼마나 재미있는지, 후손들이 번창하는 모습을 보는 것이 얼마나 보람 있는

지를 이야기했다. 하지만 케펜체는 아무 말도 하지 않았다. 보다 못한 주술사가 꾸짖고 달래자 마침내 케펜체는 깊게 울리는 목소리로 격려 대신 경고의 말을 하기 시작했다. 후손을 지키는 의무를 다하지 못해 겪어야 했던 슬픔에 대해. 외출했다가 돌아와보니 마을은 불에 타고 집도 모두 비어 있었더라는. 바닥에 쓰러진 자손들은 불러도 대답이 없고, 가축 떼를 노리는 하이에나들만 마을 안을 살금살금 돌아다니고 있었더라는…….

한나가 계속해서 통역해주었다.

"케펜체는 자손들을 계속 찾아다니다가 해변에까지 이르렀는데, 바다 위를 날아다니며 깨달았대요. 다시는 우릴 찾지 못할 거라는 것을……."

케펜체가 머리를 숙이고 소리 죽여 한탄했다. 한나는 자리에서 일어나 공터를 가로질러 걸어가 케펜체의 주둥이에 두 손을 얹었다.

다음 날 아침 용들과 흑인들은 굼뜨게 이륙 준비를 했다. 어젯밤 늦게까지 잔치를 벌이며 술을 마신 탓이었다. 작은 연초록색 용은 입이 찢어져라 연거푸 하품을 했다.

마을 사람들은 두 사람이 겨우 들 수 있을 정도로 엄청나게 큰 바구니 네 개를 들고 왔다. 골풀을 꼬아 만든 그 바구니 안에는 먹을거리가 가득했다. 딱딱하게 말린 연노랑 바탕에 검은 점이 박힌 작은 강낭콩, 적갈색 사탕수수, 노란색과 적자색을 띠는 작은 양파, 매운 맛이 나는 육포 등이었다. 그들은 바구니에 뚜껑을 덮고 나무껍질을 짜서 만든 거칠고 가느다란 밧줄로 단단히 감아 고정시켰다. 케펜체의 동행인 작은 용 두 마리가 머리를 낮추자 흑인들은 용들의 목에 바구니를 두 개씩 매달았다.

흑인들은 한 명씩 돌아가며 포로들을 감시했는데, 마을 경계선에서도 소년들이 소의 목에 다는 방울처럼 생긴 장치를 들고 보초를 서고 있었다. 그것은 탐욕스러운 노예무역의 희생자가 되지 않기 위한 조치였다. 해안에 살고 있는 아프리카 부족들은 부족 간 전쟁으로 잡은 포로를 노예 상인에게 팔아넘겼는데 그런 포로들만으로는 늘어나는 수요를 감당할 수가 없었다. 결국 원주민들은 영토 분쟁이라는 얄팍한 구실조차 내세우지 않고 상대 부족민을 납치하거나 습격하여 노예로 팔기에 이르렀다. 매년 점점 내륙 깊숙한 곳으로 그런 이들의 손길이 미치고 있었기 때문에 원주민 마을 사람들은 그렇게 외부인을 경계하며 살고 있었다.

하지만 이 마을은 외부의 침입을 방어하기 위한 목적으로 지어지지 않았기 때문에 습격을 받을 경우 오래 버티지 못할 것이었다. 마을의 집들은 진흙과 돌로 세운 벽에 지붕을 얹은 작고 야트막한 구조였다. 모양새가 예쁘기는 하지만 외부의 침입을 견뎌낼 수 없는 매우 취약한 구조였다. 요리용으로 피운 불의 연기를 배출하기 위해 원형으로 세운 벽의 사분의 일을 뚫어놓았으니 약탈자들에게 붙잡히거나 죽음을 당하기 십상일 터였다. 이 마을에는 신경 써서 지켜야 할 만한 재물도 없었고 재산이라고는 큰 아이들의 관리를 받으며 마을 경계선 너머에서 한가롭게 풀을 뜯고 있는 소와 염소, 그리고 농사에 적합한 들판뿐이었다. 마을 여자들과 나이가 많아 보이는 남자들 몇 명은 밝은 색 천을 몸에 두르고 상아와 금으로 된 멋진 장신구로 몸을 치장했다. 그러나 다른 부족들에게 약탈당할 만큼 대단한 부를 지닌 마을은 아니었다. 그러니 외부인들이 보기엔 온순하고 건강하며 살도 적당하게 오른 이 마을 주민들이야말로 진짜 돈이 되는 물건이었던 것이다. 주민들도 그 점을 잘 알기 때문에 불안해하며 외부 세력을 경계하고 있었다.

한나가 로렌스에게 말했다.

"아직까지 이 마을에서 납치된 사람은 없지만, 여기서 하루 비행 거리만큼 떨어진 어느 마을에서 어린애 세 명이 잡혀갔대요. 당시 한 아이가 근처에 숨어 있다가 몰래 달아나 마을에 알렸나 봐요. 다행히 조상들이—조상이란 그 마을의 용들을 말하는 거예요—날아가서 납치범들을 따라잡았다는군요."

한나는 잠시 말을 멈추고는 이상할 정도로 차분한 목소리로 덧붙였다.

"나를 납치했던 자들이 내 가족을 몰살한 것도 목격자를 없애기 위해서였어요. 내 가족들은 노예로 팔기엔 너무 늙었거나 너무 어렸죠. 결국 목격자가 모두 죽어버려서 케펜체는 나와 친구들이 어디로 끌려갔는지 알아내질 못했어요."

자리에서 일어난 한나는 몇 걸음 앞으로 걸어가 마을을 바라보았다. 다들 짐을 싸느라 부산한 모습들이었다. 어린아이들은 저희들 할머니 곁에서 놀고 있었고 젊은 여자들은 노래를 부르며 사탕수수를 공이로 빻아 가루를 내고 있었다. 한나가 입고 있는 목깃이 높은 짙은 색 치마는 찢어지고 몹시 더러워져 마을 여자들이 몸에 걸친 밝은 색의 깨끗한 천 쪼가리와 극명하게 대조되었다. 케펜체는 머리를 들고 초조한 눈빛으로 한나를 지켜보았다.

그 모습을 보고 체너리가 목소리를 낮추며 로렌스에게 말했다.

"저 케펜체라는 용은 반쯤 미쳐버린 게 틀림없습니다. 비행사와 승무원을 한순간에 잃어버린 격일 테니까요."

그는 고개를 절레절레 저으며 말을 이었다.

"참 난처하게 되었어요. 저 용은 절대로 에라스무스 부인을 놔주지 않을 겁니다."

"몰래 빠져나갈 기회를 찾으면 가능할지도 모르죠."

로렌스는 굳은 얼굴로 이렇게 말했으나, 속으로는 자신을 책망하고 있었다. 애초에 에라스무스 목사와 한나를 이 일에 끌어들이는 것이 아니었다.

케펜체는 일행과 함께 낮과 밤을 쉬지 않고 날아갔다. 물을 마실 때를 제외하고는 비행을 멈추지 않았다. 어마어마한 사막 지대, 적갈색 모래에 관목이 듬성듬성 자라는 메마른 땅, 풀 한 포기 자라지 않는 거대한 천연 염전이 차례로 지상에 펼쳐지자 로렌스는 가슴이 철렁 내려앉았다. 계속 북동쪽을 향해 내륙으로 들어가면서 점점 해안에서 멀어지고 있었다. 탈출해서 아군에게 구조될 가능성도 희박해지고 있었다.

마침내 불모지와 사막이 뒤로 멀어지고 초록색 나무와 무성한 풀이 자라는 누런 들판이 눈앞에 보였다. 아침 느지막이 로렌스와 공군들은 적갈색 용의 배에서 우르르 울리는 진동을 느꼈다. 용이 누군가에게 인사를 하느라 고함을 지른 것이다. 곧 하늘 위 어딘가에서 다른 용들의 대답 소리가 들렸다. 잠시 후 로렌스와 공군들은 놀라운 광경을 보게 되었다.

엄청난 수의 코끼리떼가 대초원을 가로질러 관목과 낮게 드리워진 나뭇가지를 밟으며 천천히 이동 중이었다. 자세히 보니 용 두 마리와 서른 명 정도 되는 원주민 남자들이 몇 걸음 뒤에서 코끼리들을 몰아가고 있었다.

 목동들은 딸랑거리는 종이 달린 기다란 막대기를 들고 있었는데, 코끼리가 뒤로 방향을 틀지 않고 앞으로 나아가도록 가끔씩 그 막대기를 흔들어가며 감독하고 있었다. 코끼리떼가 사백 미터쯤 뒤에 남겨놓은 붉은 점액이 섞인 배설물 주변에는 원주민 여자들이 모여 서서 그 배설물을 땅바닥에 고루 퍼뜨리며 어린 묘목을 심고 있었다. 일을 하는 동안 그들은 리듬을 타며 노래를 불렀다.

 케펜체와 두 용이 잠시 착륙하자 포로들도 바닥에 발을 딛고 서 있을 수 있었다. 로렌스는 육중하게 움직이는 살진 코끼리들을 바라보느라 눈앞에 가죽 물주머니가 다가와도 알아채지 못할 정도였다. 아프리카 코끼리에 대해 들어보기는 했으나 이렇게 큰 종류가 있다는 것은 그도 처음 알았다. 해군 시절 로렌스는 인도를 두 번 방문했었다. 그때 그는 마을의 늙은 세력가와 수행원들을 몸에 태우고 느릿느릿 걸어가는 무게 육 톤의 늙은 코끼리를 보고 강한 인상을 받았었다. 그런데 지금 저 코끼리떼는 인도에서 보았던 코끼리보다 체중이 두 배는 더 나갈 듯했고 니티두스나 둘시아와 몸집이 비슷했다. 입가에 돋아난 거대한 상아는 머리 위쪽으로 일 미터 이상 창처럼 날카롭게 뻗어나가 있었다. 그 거대한 코끼리 중 한 마리가 꽤 큰 어린 나무 한 그루를 머리로 받아 쓰러뜨리더니 나무의 윗부분으로 느릿느릿 걸어가 새로 돋아난 잎사귀를 한가롭게 뜯어 먹었다.

 코끼리를 모는 용들은 케펜체 일행과 잠시 얘기를 나누더니 곧 하늘로 날아올라 코끼리 두 마리를 무리에서 떨어뜨렸다. 상아의 길이로 보아 나이가 많은 코끼리인 듯했고 딸린 새끼도 없어 보였다. 케펜체와 작은 용 두 마리는 무리 뒤쪽의 바람 불어가는 방향으로 내몰린 늙은 코끼리들을 향해 날카로운 발톱을 휘둘러 단숨에 죽여버렸다. 비명을 내지를 틈도 주지 않았기에 나머지 코끼리들은 아무런 동요 없이 가던 길을 계속 갔다. 케펜체와 두 용은 흡족하게 중얼거리며 탐욕스럽게 코끼리 고기를 먹었다. 마치 맛있게 점심을 먹는 신사들 같은 모습이었다. 용들이 실컷 먹고 자리를 뜨자 풀숲에 숨어 있던 하이에나들이 고기 찌꺼기를 처리하러 슬금슬금 기어 나왔다. 밤새 그 부근을 하이에나가 낄낄거리며 짖고 돌아다녔다.

　케펜체 일행은 이틀을 더 날아갔고 한 시간에 한 번씩 다른 용들과 만나 멀리서 인사를 나눴다. 점점 더 많은 원주민 마을이 지상에 보였고 가끔은 흙과 바위로 벽을 세운 작은 요새도 볼 수 있었다. 이윽고 저 멀리 대초원의 불길처럼 거대하게 치솟고 있는 하얀 연기 기둥과 그 기둥을 향해 구불구불 이어지는 가느다란 은색 선이 나타났다.

　한나는 로렌스와 공군들에게 저 연기 기둥 아래로 이어지는 폭포가 천둥소리 나는 연기라는 뜻을 지닌 모시 오아 툰야라고 알려주었다. 케펜체는 곧장 연기 기둥을 향해 몸을 비스듬히 기울여 날아갔다. 귓가에는 계속 나지막하게 천둥 치는 듯한 소리가 들려왔다.

　들판을 따라 이어진 가느다란 은색 선은 곧 거대한 강이 되어 흘러갔다. 유속이 느리고 폭이 엄청나게 넓은 그 강은 수많은 지류로 갈라져 바위와 풀이 우거진 작은 섬을 지나 하얀 수증기가 기둥처럼 피어오르는 골짜기를 향해 나아갔다. 가운데가 쪼개진 달걀 껍데기 같은 그 골짜기로 강물이 천둥소리를 내며 쏟아져 내렸고, 하얀 수증기가 어마어마하게 생성되고 있었다. 폭포는 로렌스의 상상을 뛰어넘을 정도로 대단한 규모였다. 폭포가 떨어져 내리는 골짜기에서 하얀 물보라가 기둥처럼 솟아올라 그 아래쪽은 보이지도 않을 정도였다.

그리 폭이 넓어 보이지 않는 그 골짜기를 향해 케펜체는 급강하했다. 첫 번째 수증기 구름을 통과할 때 케펜체의 돋통에 무지개가 비치며 빛이 났다. 그물 맨 밑에서 짓눌려 있던 로렌스는 일주일간 면도를 못 해 텁수룩하게 자란 턱수염과 움푹 들어간 눈에서 물기를 닦아냈다. 케펜체가 고도를 낮출수록 골짜기 폭도 점점 넓어졌다.

폭포가 흐르는 절벽 아래 비탈면에는 수풀이 두성했고 절벽 중간 지점까지 보석처럼 아름다운 열대 밀림이 우거져 있었다. 절벽 중간부터 위쪽까지는 경사가 아주 가팔랐는데 윤기가 좌르르 흐르는 것이 대리석처럼 매끄러웠고 군데군데 마치 얽은 자국처럼 굴이 파여 있었다. 로렌스의 시선을 사로잡은 것은 그중에서도 산중턱을 깊이 파서 만든 아치형의 거대한 굴 입구였다. 입구 안쪽의 통로 너머에는 둥근 천장 아래 거대한 집회장이 마련되어 있었다. 자세히 보니 그 절벽은 바로 대리석으로 이루어진 것이었다. 군데군데 반점이 있는 매끈한 대리석에 수많은 상아와 금으로 이루어진 상감세공 기법의 환상적인 무늬가 새겨져 있었다.

아치형 통로로 들어가는 입구에는 화려한 색깔의 기묘한 추상 문양이 조각되어 있었는데 그 규모가 런던의 웨스트민스터 성당이나 성 바울 대성당을 훨씬 웃돌았다. 촘촘한 계단과 돌로 만들어진 난간은 폭포의 물보라에 젖어 있고 난간 너머 통로 안쪽으로 도시의 저택처럼 생긴 건물들이 보였다. 그중 한 건물은 규모가 대단히 커서 다른 작은 건물 다섯 채를 겹겹이 쌓아 올려야 비슷한 높이가 될 정도였다.
 케펜체는 다른 용들과 충돌하지 않기 위해 속도를 줄였다. 골짜기에는 어마어마한 수의 용들이 날아다니고 있었다. 그중 일부는 집회장을 바쁘게 드나들었고, 바구니나 보따리를 들어 옮기거나 등에 사람들을 잔뜩 태워 나르는 용들도 있었다. 어떤 용들은 굴 입구 바로 밑에 넓게 튀어나와 있는 바위에 누워 꼬리를 아래로 드리운 채 자고 있었다. 아치형 통로로 이어지는 계단과 집회장 안에는 원주민 남녀들이 이야기를 나누거나 일을 하고 있었다. 그들은 동물 가죽이나 남색, 빨강, 황토색 등 밝은 색 천을 몸에 걸치고 있어 고동색 피부가 더욱 눈에 띄었다. 대부분 정교하게 만든 금 목걸이를 차고 있었다. 아치형 입구에서 흘러나오는 흑인들의 말소리가 폭포의 물소리에 부드럽게 섞이며 골짜기에 울리고 있었다.

11

 케펜체는 바위 절벽에 뚫려 있는 수많은 작은 굴 중 한 곳으로 날아갔다. 입구가 좁아서 들어갈 수 없었으므로 입구 아래 튀어나온 바위에 뒷발을 올려 균형을 잡고 서서 공군들이 담긴 그물을 내던졌다. 공군들은 밧줄에 손발이 묶인 채 굴 바닥에 나뒹굴었다. 케펜체는 불쌍한 한나만 데리고 휙 날아갔고 공군들은 밧줄을 풀기 위해 비틀거리며 일어났다. 그런데 굴 안은 벽면이 매끈하고 날카로운 모서리가 하나도 없어서 밧줄을 끊을 수가 없었다. 결국 나이가 어려 손이 작아 고생 끝에 제일 먼저 밧줄을 풀어낸 다이어와 에밀리, 투크가 다른 이들의 밧줄도 풀어주었다.
 비행사들을 포함해 굴에 갇힌 공군들은 모두 서른 명 정도였다. 굴 안은 비좁지도 않고 견딜 수 없을 만큼 열악하지도 않았다. 딱딱한 바위로 된 바닥에는 마른 짚이 깔려 있고 낮 동안의 열기가 남아 있는 바깥과는 달리 굴 안은 시원하고 쾌적했다. 구석에 대소변용 구멍도 뚫려 있었다. 그 구멍은 하수도와 연결되어 있는 게 분명했지만 워낙 좁고 단단한 바위에 뚫어놓은 구멍이라 폭을 넓히고 탈출하는 것은 불가능했다. 굴 뒤쪽에는 작은 연못도 있었다. 깨끗한 물이 졸졸 흘러 들어오고 있는 그 연못은 깊이가 성인 남자의 허리까지였고 폭도 넓어서 헤엄을 칠 수 있을 정도였다. 연못이 있으니 적어도 갈증으로 죽지는 않겠구나 싶었다.

특이한 감옥이었다. 간수도 없고 철창도 없지만 탈출이 불가능한 천연 감옥. 굴 밖에는 계단도 없고 발밑으로는 입을 쩍 벌린 까마득한 절벽이 이어지고 있을 뿐이었다. 이 굴은 고딕 양식으로 지어진 건물처럼 천장이 높고 둥글었다. 바람도 잘 통하는 편이었고 작은 용 한 마리를 편안하게 수용할 수 있을 정도로 넓어서 로렌스 일행은 난쟁이가 된 기분이었다. 거인의 집에서 헤매고 돌아다니는 어린 아이가 된 것 같기도 했다. 승무원의 수도 많이 줄어 있었다.

도싯은 얼굴 한옆에 큰 찰과상을 입었지만 살아 있었다. 갈비뼈를 다친 것인지 숨 쉬기가 힘들어서인지 몰라도 도싯은 한 손으로 옆구리를 누르며 입을 열었다.

"프랫 준위는 죽었습니다, 대령님. 유감이지만 죽었다고 봐야 할 겁니다. 에라스무스 부인의 앞을 막아서다가 그 짐승 같은 용의 발톱에 허리 아래가 찢겨 나갔으니까요."

안타까웠다. 프랫 준위는 힘이 굉장히 센 편이라 쓸모가 많았고 말수가 적으며 유능했었다.

사망자의 수가 어느 정도인지 확실히 파악하기가 어려웠다. 홉스는 그들 눈앞에서 죽임을 당했고 로렌스는 체너리의 부하인 하야트 중위가 죽는 것을 직접 목격했다. 체너리의 직속 부관 리블리 대위는 릴리의 의사 웨일리가 비행 중에 그물 사이로 떨어지는 것을 보았다고 했다. 흑인들은 비행 초기에 그물에서 적어도 열두 구의 시체를 골라냈었다. 그물 안에 들어 있던 나머지 공군들은 먹은 것을 모두 토하고 정신이 혼미한 상태라 어두운 들판에 버려진 전우의 시체들을 제대로 확인하지 못했다. 버섯 동굴에서 뛰쳐나와 도망쳤을 때 적어도 몇 명은 탈출에 성공했으니 희망성에 로렌스 일행이 끌려간 방향 정도는 알려줄 수 있을 것이었다. 비행 중에 워렌을 보았다는 이가 아무도 없는 걸 보면 어쩌면 그도 탈출에 성공한 것이리라.
 캐서린이 말했다.
 "서튼 대령이 다른 용들과 함께 버섯 동굴로 왔다가 그대로 케이프 식민지로 돌아갔어야 할 텐데. 어차피 우리가 이렇게 깊은 내륙까지 끌려왔을 줄은 아무도 짐작하지 못할 거예요. 그런 상황에서 설불리 우릴 찾으러 나섰다가는 용들까지 다치게 만들 수 있어요. 우리 용들은 지금쯤 속이 까맣게 타들어가고 있겠네요. 버섯 동굴에 있던 우리가 흔적도 없이 사라졌으니. 어떻게든 우리 용들에게 말이라도 전할 방법을 찾아봐야겠어요. 그나저나 저 부족은 소총에 대해 알고 있는 것 같더군요. 상인들이 이곳까지 들어와 저들과 무기 거래를 하는 모양이에요. 여긴 상아로 벽을 세워도 될 만큼 상아가 많으니 상인들이 위험을 감수하고 들어올 만하겠죠."

 공군들은 조심스럽게 굴 입구 쪽으로 가서 골짜기를 내다보았다. 거대하고 장엄한 광경을 보고 느꼈던 감동이 아직 가시지 않은 상태였지만 폭포에서 멀리 떨어진 이쪽 구역으로 올수록 절벽의 화려함은 점점 덜해졌다. 로렌스 일행이 갇혀 있는 굴만 해도 폭포 쪽 굴과는 달리 대리석이 아닌 평범한 바위를 뚫어 만든 곳이었다. 물론 그 바위도 엄청 매끄러워서 원숭이도 기어 올라오지 못할 정도였지만.

체너리는 바닥에 엎드려 굴 입구 아래쪽을 살펴보며 손을 최대한 뻗어 바깥 벽면을 만져보았다. 그러더니 절망한 얼굴로 말했다.

"손가락 하나 걸 만한 자리도 없습니다. 등에 날개가 돋아나지 않는 이상 아무 데도 갈 수 없어요."

그러자 캐서린이 지극히 현실적인 말투로 말했다.

"쉴 수 있을 때 쉬어두는 편이 나아요. 다들 뒤로 좀 돌아서 있어요. 목욕이나 해야겠어요."

다음 날 아침 일찍 공군들을 잠에서 깨운 것은 적의 시선이 아니었다. 아무도 그들을 지켜보고 있지 않았다. 그들은 잔뜩 흥분한 말파리떼가 끊임없이 윙윙거리는 듯한 끔찍한 소음에 놀라 눈을 떴다. 이미 아침나절이라 하늘은 새파란 색이었지만 구불구불 굽이치는 이 협곡 안으로는 아직 해가 비쳐들지 않았고 굴 입구 근처의 매끈한 바위에는 희미한 안개가 끼어 있었다.

골짜기 맞은편 절벽에서 이상하게 움직이고 있는 용 두 마리가 눈에 띄었다. 그 용들은 둥글게 말린 두꺼운 회색 밧줄을 잡고 앞뒤로 왔다갔다 날아다니며 밧줄에 연결된 거대한 쇠 굴대를 회전시키고 있었다. 굴대의 끄트머리는 조금씩 파여 들어가는 굴 안쪽에 박혀 있었다. 말파리떼가 윙윙거리는 것 같은 소리는 바로 굴대에서 나는 것이었다. 돌풍에 먼지와 하얀 돌가루가 날리며 그 용들의 가죽에 얼룩덜룩하게 묻었다. 그들은 한 번씩 번갈아가며 머리를 옆으로 돌리고 세게 재채기를 하곤 했다. 그러면서도 리듬을 놓치지 않고 계속 쇠 굴대를 돌렸다. 굴대는 바로 착암용 드릴이었다.

곧이어 바위 쪼개지는 소리가 나면서 굴대가 구멍을 파고 들어갔다. 그 구멍에서 작은 돌멩이와 커다란 바위 들이 쏟아져 나와 구멍 밑에 매달아놓은 자루로 흘러 들어갔다. 두 용은 잠시 작업을 멈추고 드릴을 잡아 뺐다. 그러더니 한 마리가 드릴을 받쳐 들고 절벽 면에 붙어 있는 동안 다른 한 마리가 구멍에 몸을 들이밀고 안에 쌓인 바위와 돌멩이를 긁어냈다. 잠시 후 그들보다 몸집이 작은 세 번째 용이 내려와서 돌이 잔뜩 담긴 자루를 어딘가로 가져갔다. 그리고 두 용은 착암 작업을 다시 계속해나갔다.

용들이 드릴로 구멍을 파는 동안 그 위쪽에 이디 깊이 파인 굴 주변에서 수많은 흑인 석공들이 세부 조각을 하고 있었다. 줄에 매달린 석공들이 바위를 망치로 두들겨 깨는 소리가 떵— 떵— 울려 퍼졌다. 석공들은 벽면을 매끄럽게 다듬고 조각하면서 깨진 돌들은 굴 안으로 던져 넣었다.

오전 내내 부지런히 일하던 그들은 정오쯤 되자 작업을 중단했다. 용들은 거대한 드릴을 비롯한 작업 도구를 굴 안에 들여놓은 후 석공들을 몸에 태웠다. 석공들은 개인 하네스도 없이 용의 등과 날개, 앞뒤 다리로 획획 뛰어내려 삼을 꼬아 만든 밧줄을 붙잡거나 가죽에 매달렸다. 용들은 석공들을 태우고 골짜기를 훨훨 날아 좀더 깔끔하게 정돈된 구역으로 날아갔다.

로렌스 일행이 머무는 굴로는 아무도 찾아오지 않았다. 공군들이 가진 먹을거리라고는 주머니에 넣어둔 얼마 안 되는 건빵과 말린 과일뿐이었다. 한 사람의 배를 채우기에도 모자란 양이었다. 다들 그것을 모아 캐서린에게 주었다. 캐서린은 괜찮다고 했지만 도싯이 의사로서의 권위를 내세우며 먹으라고 권했다.

한결 조용해진 골짜기 맞은편에 용 몇 마리가 나타났다. 용들은 들고 온 나무들을 절벽 위 들판에 쌓았고 한 마리가 머리를 숙이더니 불을 뿜어 나무에 불을 붙였다. 가늘고 짧은 것이 그리 대단한 화염은 아니었다.

별로 관심을 보이지 않는 동료들에게 체너리는 경멸조로 나지막하게 말했다.

"참나, 저것도 화염이라고 뿜다니."

그러나 잠시 후 공군들에게 유감스러운 일이 발생했다. 다른 용 두 마리가 코끼리 서너 마리를 깔끔하게 도살한 고깃덩어리를 들고 그 모닥불 쪽으로 날아온 것이다. 용들은 긴 쇠꼬챙이에 고깃덩어리들을 꿰어 모닥불에 올리고 지글지글 구웠다. 마침 바람이 공군들이 머무는 굴 쪽으로 불고 있어서 로렌스는 두 번이나 손수건으로 입가에 흐르는 침을 닦아야 했다. 굴 뒤쪽으로 물러나 앉았지만 맛있는 냄새가 코를 찔러 견딜 수가 없었다. 용들은 살이 새까맣게 타고 뼈가 쪼개진 부위를 골라 골짜기 아래 밀림으로 던졌다. 그에 대답이라도 하듯 사자와 들개 들이 만족스럽게 으르렁 컹컹 짖어대는 소리가 들려왔다. 탈출을 가로막는 또 다른 장애물이 있음을 알게 되자 공군들의 심정은 한층 착잡해졌다.

그 후 두 시간쯤 지났다. 탈출하는 와중에도 터너가 모래시계를 챙긴 덕분에 시간을 알 수 있었다. 그 모래시계는 금이 살짝 가기는 했지만 제 기능을 발휘하고 있었다. 날이 어두워지기 시작하자 몸에 착용한 그물 안에 사람들을 잔뜩 태운 용들이 날아와 로렌스 일행이 갇혀 있는 곳 부근의 수많은 굴로 향했다. 그쪽 굴들은 모양이 비슷비슷하고 평범했다. 용들은 각 굴 아래쪽을 뒷발로 짚고 앞발톱으로 굴 위쪽의 튀어나온 부분을 움켜잡으며 중심을 잡았다. 그러자 등에 타고 있던 흑인들이 그물 고리를 풀고 안에 들어 있던 사람들을 굴 안으로 밀어 넣었다. 용들은 굴 안에 억지로 몸을 쑤셔 넣을 필요 없이 그렇게 서서 그물에 든 포로들을 굴 안으로 집어넣고 있었다. 승객들의 편안함 따윌 고려하지 않는다는 점만 빼면 로렌스가 중국에서 보았던, 수송용 안장에 사람들을 태워 나르는 용들과 하는 일이 비슷해 보였다.

포로 수송 작업이 끝나자 작은 용 한 마리가 어깨에 바구니를 잔뜩 짊어지고 골짜기를 가로질러 날아왔다. 용은 공군들이 갇혀 있는 곳 근처의 굴마다 차례로 들르며 바구니를 몇 개씩 안으로 넣어주었다. 마침내 용이 로렌스 일행이 갇혀 있는 굴 앞에 도착했다. 용의 등에는 원주민 남자 한 명이 타고 있었다. 그 남자는 굴 안을 날카로운 시선으로 훑어보더니 바구니 세 개를 끈에서 풀어 내려주고 다시 날아갔다.

바구니에는 건더기를 우유에 넣고 걸쭉하게 끓인 후 식혀서 덩어리로 만든 음식이 들어 있었다. 맛은 없지만 허기를 달랠 만했다. 물론 양은 충분치 않았다.

캐서린은 근처의 굴이 몇 개나 되는지 세어보며 말했다.

"열 명당 바구니 하나씩 배정해준 것으로 계산해보면 저쪽 큰 굴에는 오십 명 정도 갇혀 있을 거예요. 이쪽 구역에 갇혀 있는 포로의 수는 천 명 가까이 되겠어요."

체너리가 말했다.

"아주 뉴게이트(런던 서문에 있던 유명한 감옥—옮긴이 주)를 차려놓았군요. 그래도 뉴게이트의 감방보다는 습기가 덜하니 다행이죠. 저들이 우릴 팔아넘길까요? 프랑스가 점령한 항구가 아니라 케이프코스트 항구로 데려가 팔아준다면 참 좋을 텐데 말입니다. 물론 우리 바람대로 해줄 리가 만무하겠지만요."

다들 식사에 열중하고 있는데 별안간 다이어가 수심에 찬 목소리로 한마디 툭 던졌다.

"아마 우릴 잡아먹을걸요."

다이어의 높고 맑은 목소리가 굴 안에 날카롭게 울리고 잠시 침묵이 흘렀다. 당황한 로렌스가 말했다.

"우울하기 짝이 없는 추측이군, 다이어. 다시는 그런 말을 입 밖에 내지 말도록."

"아, 예, 대령님."

다이어는 놀라기는 했지만 크게 겁먹은 기색 없이 이렇게 대답하고 다시 죽 덩어리를 입에 넣었다. 어린 소위들 중 일부는 얼굴이 핼쑥했다. 그 소위들은 식사를 마친 지 일 분도 지나지 않아 또다시 배가 고파질 것이고 허기 때문에 두려움을 잊을 것이었다.

햇빛 한 줄기가 저 멀리 아득한 절벽 면을 따라 비치다가 가장자리 너머로 사라졌다. 협곡 안은 일찍부터 땅거미가 지기 시작했다. 푸른 하늘에는 아직 해가 비치고 있었지만 로렌스 일행은 달리 할 일도 없어서 누워 잠을 청했다. 불안한 마음으로 잠든 그들은 다음 날 아침 암흑 속에서 잠이 깼다. 드릴로 구멍을 뚫는 시끄러운 소리가 이상하게 작게 들린다 싶더니 다이어가 숨도 제대로 쉬지 못하고 로렌스의 귓가에 속삭였다.

"대령님, 대령님……."

케펜체가 그들을 내려다보고 있었다. 그 적갈색 용이 커다란 머리를 굴 입구 안으로 들이밀어 바깥의 빛과 소리가 차단된 것이었다. 같이 온 한나는 원주민 복장을 하고 있어서 처음엔 로렌스도 그녀가 누구인지 알아보지 못했다. 무게를 얹어놓지 않으면 바람에 날려가기라도 할 것처럼 케펜체는 한나에게 온갖 장신구를 달아놓았다. 화려한 귀고리, 뱀이 휘감은 듯한 모양의 팔찌, 쇠줄에 금 조각을 주로 하고 상아와 진녹색 비취, 루비를 간간히 끼워 만든 사치스러운 목걸이. 그 목걸이 가격만 해도 오만 파운드는 넘을 것 같았다. 머리에 두른 비단 터번 중앙에는 달걀만 한 에메랄드가 박혀 있고 그 주변은 온통 금으로 장식되어 있었다.

지금까지 로렌스 일행이 보았던 아프리카 여자들은 가슴을 드러낸 채 무릎까지 오는 가죽 치마를 입고 물을 긷거나 걸레로 계단의 물기를 닦는 일을 했다. 젊은 영국 장교들은 그녀들을 흥미로운 시선으로 쳐다보곤 했었다. 그녀들이 입은 것은 간소한 옷차림이고 한나가 입고 있는 저 옷이야말로 정식 복장인지도 몰랐다. 그게 아니라면 그녀가 다른 옷가지를 더 내달라고 요청한 것이거나. 한나는 민무늬의 하얀 면으로 된 긴 치마를 입고 화려한 색이 들어간 기다란 면을 어깨 주변에 감아 상체를 감싼 차림이었다.

공군 중 한 명이 다가가 한나의 팔꿈치를 부축해서 케펜체의 등에서 내려오도록 도와주었다. 굴 바닥에 내려선 한나가 입을 열었다.

"내가 걸음을 떼어놓을 수 있는 한 이보다 더 많은 장식을 착용하게 했을 거예요. 이 부족의 전통 의상이라는군요."

아무렇지 않게 그런 말을 하면서도 그녀의 표정은 어딘지 불안해 보였다. 잠시 뜸을 들이더니 한나는 나지막하게 말을 이었다.

"유감스럽게도 케펜체는 우리 쪽 대장을 왕에게 데려가려고 여기

온 거예요."

캐서린은 얼굴이 창백해졌지만 침착하게 말했다.

"내가 제일 상급자이니 나를 데려가면 됩니다."

그러자 체너리가 나섰다.

"저놈의 용 따위 악마한테나 가버리라고 해요. 로렌스, 우리 둘이 제비뽑기를 해서 누가 갈 건지 정합시다."

그리고 체너리는 바구니에서 골풀 한 줄기를 뽑아 반으로 부러뜨린 후 위쪽을 고르게 하여 쥐고 내밀었다.

로렌스가 뽑혔다. 케펜체의 발톱 안에 담겨 날아가면서, 로렌스는 전에 그물 안에 든 채 비행했을 때보다는 훨씬 편하다는 생각을 했다. 게다가 지금 자신의 모습은 왕 앞에 나서기에 크게 우세스럽지도 않았다. 굴 안에서 공군들은 시간이 남아돌았다. 낮 동안 열기가 상당하고 할 일도 없어서 로렌스는 굴 안에 있는 연못물에 외투와 반바지, 리넨 셔츠를 깨끗이 빨아 말려 입었다. 면도는 하지 못했지만 칼이 없으니 어쩔 수 없는 노릇이었다.

폭포의 우렁찬 물소리가 점점 크게 들려오고 발아래로 보이는 밀림이 점점 무성해지는가 싶더니 마침내 폭포에서 제일 가까운 골짜기의 거대한 집회장 입구에 도착했다. 안으로 이어지는 아치형 통로는 다른 굴의 통로에 비해 세 배 이상 넓었고 입구에는 기둥까지 세워져 있었다. 케펜체는 고도를 낮추면서 그 통로 안으로 들어가 발톱 안에 들어 있던 로렌스를 축축한 바닥에 확 굴렸다. 그런 뒤 한나를 조심스럽게 바닥에 내려놓았다.

이런 모욕쯤은 미리 예상하고 있었기에 로렌스는 새삼 화를 낼 것도 없이 바닥에서 몸을 일으켰다. 걱정이 앞서서 수치심은 오래가지 않았다. 큰 집회장 안의 오른쪽에는 얼마 전에 세워진 듯한 임시 작업장이 마련되어 있었다. 골풀로 만든 깔개 위에 로렌스 일행의 라이플 소총을 비롯해 일흔 자루 이상의 머스켓 소총이 쌓여 있었다. 그 소총들은 분해와 수리 과정을 거치고 있는 듯했다. 그 외에 6파운드 대포 1문도 그 옆에 놓여 있었다. 대포의 포신(砲身)은 쪼개지기는 했지만 떨어져 나가지는 않았고 옆에 큰 화약통도 하나 놓여 있었다. 머스켓 소총 한 자루를 분해하고 있던 몇몇 흑인들이 앞에 놓인 의자에 앉아 있는 한 남자에게 위협조로 사납게 질문을 했다. 로렌스에게 등을 보이고 앉은 그 남자는 기가 팍 죽은 모습이었다. 그자의 등에는 채찍에 맞아 찢어진 상처가 여섯 줄 나 있었는데 피투성이가 된 그 상처 위에 파리가 잔뜩 들러붙어 있었다.

 소총 수리 작업을 면밀히 감독하고 있던 젊은 남자가 집회장 안으로 들어서는 케펜체를 보고 다가왔다. 그 남자는 키가 컸고 왠지 슬퍼 보이는 얼굴을 하고 있었다. 속에 슬픔이 쌓여서 그렇다기보다는 광대뼈가 하운드 개처럼 튀어나와서 인상이 우울해 보이는 것이었다. 그 남자는 코가 조각처럼 우뚝했고 턱에는 검은 수염이 가늘게 나 있었다. 그를 호위하고 있는 전사들은 모두 가죽 치마를 입고 웃통을 벗은 채 짧은 창을 손에 쥐고 있었다. 그 젊은 남자는 거대한 고양잇과 동물의 발톱으로 장식된 두꺼운 금 목걸이를 착용하고 어깨에 표범가죽으로 된 망토를 걸치고 있어 다른 이들보다 신분이 확연히 높아 보였다. 외모만 봐도 대단한 권력자인 듯했고 눈빛도 예리했다.

 로렌스가 허리를 숙여 인사했지만 남자는 무시하면서 거대한 집회장의 왼쪽으로 시선을 돌렸다. 그쪽 방에 있던 큰 용 한 마리가 천천히 집회장으로 걸어 나왔다. 황금빛이 도는 구리색 몸통, 날개 안쪽에 고상한 보라색 줄이 나 있는 암컷 용이었다. 그 용은 십자군 전사처럼 전투 복장을 착용하고 있었다. 다른 부위에 비해 취약한 넓은 가슴에는 두꺼운 강철판을 댔고 복부에 촘촘한 사슬 갑옷을 걸쳤으며 척추를 따라 돌출된 각 돌기와 발톱에는 쇠 덮개를 씌웠다. 그 쇠 덮개에는 군데군데 피가 묻어 있었다. 한나는 로렌스에게 저 용이 바로 이 부족을 다스리는 모카찬 왕이며 저 젊은 남자는 모카찬 왕의 맏아들인 모슈슈라고 알려주었다.

암컷 용인데 여왕이 아니라 왕이라고? 로렌스는 머릿속이 혼란스러웠다. 용이 바로 앞에 앉았기 때문에 로렌스는 그 용의 성별이 암컷이라는 것을 똑똑히 알 수 있었다. 모카찬 왕은 스핑크스처럼 허리를 세우고 앉아 옆구리에 꼬리를 가지런히 가져다 대고는 차가운 호박색 눈으로 로렌스를 내려다보았다. 모슈슈 왕자는 부하가 가져온 나무 의자에 착석했다. 곧이어 나이가 지긋한 여인들이 왕자 뒤에 놓인 나무 의자에 줄줄이 앉았다. 그녀들은 모카찬 왕의 부인들이라고 했다.

케펜체는 존경의 뜻으로 머리 숙여 절을 한 뒤 로렌스 일행을 여기까지 잡아 오게 된 경위를 설명하기 시작했다. 한나는 대단한 용기를 발휘하여 중간중간 사실과 다른 부분들을 바로잡았다. 그러는 한편, 그녀는 케펜체가 하고 있는 말을 로렌스에게 통역해주었다. 케펜체는 로렌스 일행이 재배 중인 약재를 훔쳤다고 고했는데 그것은 사실 미미한 죄에 불과했다. 무엇보다 큰 죄는 로렌스 일행이 자기네 조상들을 이끌고 왕의 영토를 침범했다는 점이었다. 로렌스 일행의 조상이라 함은 바로 릴리의 편대에 소속된 용들을 지칭하는 것이었다. 뿐만 아니라 케펜체는 로렌스 일행이 이 부족과 적대 관계에 있는 부족들과 연합하여 자손들을 납치했다고도 고했다. 그 증거로 다른 부족을 잡아다가 노예 상인에게 팔아넘기는 것으로 악명 높은 룬다 족 남자 한 명이 로렌스 일행과 함께 있었다는 사실을 덧붙였다.

한나는 잠시 말을 멈추더니 떨리는 목소리로 로렌스에게 말했다.
"……내 남편을 말하는 거예요."

한나는 곧장 통역을 재개하지 못하고 옷자락 끝을 얼굴에 대고 눈물을 훔쳤다. 케펜체가 머리를 숙이고 걱정스러운 눈으로 한나를 내려다보며 나지막하게 무슨 말인가를 했다. 로렌스가 비틀거리는 그녀를 부축하려고 손을 내밀자 케펜체는 날카롭게 쉭쉭거리며 다가오지 못하게 했다.

"그 동굴에서 버섯을 딴 것은 병에 걸린 우리 용들을 위해 치료약으로 쓰기 위해서였습니다. 재배 중인 버섯인 줄은 몰랐습니다."

로렌스는 한나를 통해 이렇게 말했지만 그 외에 다른 사항에 대해서는 어떻게 항변해야 할지 알 수가 없었다. 복무 중인 장교들이 용 편대를 거느리고 내륙으로 들어왔으니 이 부족의 입장에선 영토 침입을 당한 것으로 여길 수 있었다. 입장 바꿔 생각해봐도, 누군가가 식민지 지역을 존중하지 않고 아무렇지 않게 침입했다면 영국과 네덜란드의 이주민들도 지금 이들처럼 놀라고 화가 났을 것이다. 영국의 용 편대가 케이프타운에 도착했을 때 이주민들이 그들의 독립성을 저해한다며 거세게 항의했던 것만 보아도 짐작할 수 있었다.

이 자리에서 노예무역의 정당성을 주장할 수도 없는 노릇이었다. 백인들이 하는 짓과 관련해서 몇 가지 세부적인 사항을 논박할 수 있을지는 몰라도 노예무역이 백인들에 의해 주도적으로 자행되고 있다는 사실만큼은 부정할 수 없었다. 그래도 로렌스는 한마디 하기는 했다.

"아뇨, 맙소사. 우리는 흑인들을 잡아먹지 않습니다."

하지만 그 이상 어떤 반박도 할 수가 없었다. 노예선 '종' 호 학살 사건. 보험금을 타기 위해 영국의 노예 상인들이 백 명이 넘는 노예들을 바다에 버린 그 사건이 갑자기 머릿속에 떠오른 것이다. 조국인 영국이 저지른 일에 대한 죄책감과 수치심으로 로렌스는 얼굴이 벌게졌다. 그런 모습을 보았으니 모카찬 왕과 모슈슈, 케펜체 등은 로렌스가 한 말의 진정성을 더욱 의심할 수밖에 없을 터였다. 지금까지 로렌스가 한 말도 전부 거짓이라 여길지 몰랐다.

로렌스는 자신은 노예상인이 아니라는 말만 되풀이했다. 물론 그런 변명은 통하지 않았다. 한나가 자신의 남편은 아무런 죄가 없다고 말했을 때도 마찬가지였다. 개인적으로 무죄를 주장해보았자 이 부족의 반감을 가라앉힐 수는 없었다. 전염병에 걸린 영국 용들을 위해 약을 찾으러 왔다는 말도 아무런 동정심을 불러일으키지 못했다. 이 부족은 영국 용들이 전염병에 걸린 것도 백인들이 저지른 죄에 대한 응보라 여기고 있었다. 이들은 영국인과 영국 용을 따로 구분해서 생각하고 있지 않았다. 로렌스가 어떻게 설명을 해도 이들의 반감은 점점 커져만 갔다.

모카찬 왕은 고개를 돌리고 꼬리를 휘저으며 명을 내렸다. 그러자 여인들이 로렌스를 집회장 안쪽으로 데려갔다. 그곳에는 높이가 로렌스의 무릎까지 오고 길이와 폭이 3.5미터 정도 되는 큰 탁자가 놓여 있었다. 여인들이 탁자의 나무 덮개를 접어 치우자 깊이 삼십 센티미터 정도의 진열 상자가 모습을 드러냈다. 그 커다란 진열 상자 안에는 아프리카 대륙이 특이한 모양으로 조각되어 있었다. 고도를 표시하기 위해 양각으로 조각한 거대한 지도였는데 황금 가루로 모래를, 청동으로 산맥을, 보석 조각으로 숲을, 은으로 강물을 표현해 놓았다. 무엇보다 로렌스를 당황스럽게 한 것은 희고 부드러운 깃털로 표시된 이곳 폭포 지역이었다. 이 지도로 보니 모시 오아 툰야 폭포는 아프리카 대륙의 남단인 케이프타운과 대륙 동쪽에 날카롭게 튀어나온 아프리카의 뿔 지역의 중간쯤에 있었다. 이렇게 깊은 곳까지 끌려왔음을 알게 되자 두려움이 엄습했다.

하지만 그들은 로렌스가 그 지점을 오래 보고 서 있게 내버려두지 않았다. 탁자의 다른 쪽 끄트머리로 끌려간 로렌스는 나머지 지도도 볼 수 있었다. 어두운 색으로 표시된 숲이 하나 있고 나머지 부분은 연한 색 밀랍으로 채워져 있었다. 처음에는 그 부분이 무엇인지 알아보지 못했는데 상대적인 위치로 짐작건대 아프리카 대륙 위쪽에 타원형으로 물이 차 있는 곳은 지중해이고 그 위쪽의 밀랍은 유럽 대륙을 나타내는 듯했다. 스페인과 포르투갈, 이탈리아 땅의 윤곽선은 모양이 잘못 잡혀 있었고 전체적으로 유럽 대륙의 크기가 일반 지도에서보다 훨씬 작았다. 영국은 지도 위쪽 한구석에 붙어 있는 작고 하얀 덩어리 중 하나로밖에 나와 있지 않았다. 알프스 산맥과 피레네 산맥의 위치와 모양은 비교적 정확했지만 라인 강과 볼가 강은 모양이 잘못되었고 로렌스가 알고 있는 것보다 폭과 길이도 훨씬 짧게 나타나 있었다.

"대령님한테 유럽 쪽 지도를 제대로 그려 넣으라고 하는군요."

한나가 이렇게 말을 옮기자마자, 모슈슈 왕자의 부하가 로렌스에게 철필을 내밀었다. 로렌스는 거부했다. 그러자 그 부하는 로렌스가 저능아라도 되는 것처럼 과장된 몸짓을 섞어가며 자기네 말로 지시 사항을 반복하더니 다시 한 번 철필을 로렌스의 손에 쥐여주려 했다.

로렌스는 손을 내저으며 말했다.

"죄송하지만 그럴 순 없습니다."

그 부하는 고함을 치더니 로렌스의 뺨을 후려쳤다. 로렌스는 입을 꾹 다물고 아무 말도 하지 않았으나 화가 치밀면서 심장박동이 확 빨라졌다. 한나가 고개를 돌려 다급한 어조로 케펜체에게 무슨 말인가를 했다. 하지만 케펜체는 고개를 가로저을 뿐이었다.

로렌스가 말했다.

"전시에 포로가 되었고 상황이 이러하니 어떤 종류의 질문에도 대답을 거부하겠습니다."

모슈슈 왕자가 고개를 절레절레 흔들었다. 모카찬 왕은 머리를 낮추고 로렌스를 사나운 눈빛으로 노려보았다. 모카찬이 머리를 가까이 들이민 덕분에 로렌스는 주둥이 주변을 자세히 볼 수 있었다. 주둥이 위쪽에 금테를 두른 상아 고리들이 귀고리처럼 박혀 있었다. 지금 보니 케펜체의 입 주변에 돋아 있는 것도 엄니가 아니라 보석 장식이었다.

모카찬은 로렌스의 얼굴에 대고 코웃음을 치더니 뜨거운 숨을 확 뿜으며 날카로운 이빨을 드러냈다. 하지만 테메레르와 늘 가까이서 지냈던 로렌스는 그런 모습에 이미 익숙해져 있어 그다지 큰 두려움을 느끼지 않았다. 모카찬은 로렌스를 매섭게 쏘아보고는 머리를 뒤로 당기며 냉랭하게 말했다.

"너희는 우리 땅에서 도둑질을 하고 내 자손들을 납치했다. 그러니 요구에 응하지 않으면……."

모카찬의 말을 통역하던 한나는 여기까지 말하다 말고 잠시 멈추더니 덧붙였다.

"대령님을 채찍질로 다스리겠다는군요."

"잔인한 고문과 학대로도 내 결심을 바꾸지는 못할 겁니다. 이런 꼴을 보시게 해서 죄송합니다, 부인."

로렌스의 대답을 들은 모카찬은 더욱 분노했다. 모슈슈는 왕의 앞발에 한 손을 대고 나지막하게 말을 건넸다. 그러나 모카찬은 몸을 부르르 떨면서 모슈슈의 손을 떨쳐냈다. 그리고 나지막하게 그르렁거리며 위협적으로 말했다. 한나가 그 말을 띄엄띄엄 통역해주었다.

"감히 우리 앞에서 학대라는 말을 입에 올리다니. 내 자손들을 납치하고 내 땅을 침입한 주제에……. 당장 우리 요구에 응하지 않으면…… 너희 동족들을 모조리 사냥하고 네 조상들의 알을 깨부숴버리겠다."

모카찬은 말을 마친 뒤 자기 등에 대고 꼬리를 탁 치며 명령을 내렸다. 케펜체는 앞발을 뻗어 한나를 잡아 쥐고 집회장 밖으로 빠져나갔다. 물러가면서 한나는 깊은 우려가 담긴 시선으로 로렌스를 바라보았다. 로렌스의 입장에선 그녀에게 못 볼 꼴을 보여주지 않아도 되니 차라리 잘되었다 싶었다. 왕의 부하들은 로렌스의 양팔을 꽉 잡고 외투와 셔츠 한가운데를 쭉 찢은 후 무릎을 꿇렸다. 누더기가 된 옷은 로렌스의 양어깨에 그대로 걸쳐 있었다.

로렌스는 통로 쪽에 시선을 고정했다. 통로의 입구 너머에는 지금까지 살면서 보았던 중에서 가장 아름다운 풍경이 펼쳐져 있었다.

폭포 너머 하늘에 낮게 떠 있는 아침의 태양. 거센 바람에 밀려가는 안개구름. 안개는 태양의 열기에 서서히 녹아내리고 있었다. 폭포를 이루어 떨어지는 빠른 물살은 새하얀 거품을 일으키며 절벽 위쪽까지 고함을 내질렀고 협곡의 절벽에 뿌리를 박은 나무들은 폭포를 향해 무성한 가지를 뻗고 있었다. 정면에서는 보이지 않는 무지개가 로렌스의 시야 가장자리에 비치며 얇고 환상적인 자태를 뽐냈다. 양옆에서 팔을 바짝 잡아당기자 로렌스는 어깨가 빠지는 듯 아팠다.

전에 로렌스는 앞돛대 선원들에게 채찍질 형을 선고했던 적이 있었다. 그 선원들은 채찍 열두 대를 다 맞도록 비명 한 번 내지르지 않았었다. 지금 로렌스는 채찍을 한 대씩 맞을 때마다 그때 일이 떠올랐다. 그러나 열 대째가 넘어가면서는 머릿속이 텅 비었다. 짐승처럼 아무 생각 없이 통증을 견딜 뿐이었다. 채찍질이 가해지는 중간중간에도 통증은 멈추지 않고 파도처럼 쓸려갔다가 다시 밀려오며 고통을 가중시켰다. 한번은 채찍이 빗나가서 로렌스의 오른팔을 잡고 있던 자의 손 가장자리에 맞았다. 채찍에 빗맞은 자는 큰 소리로 투덜거렸다. 로렌스에게 채찍질을 하고 있는 이는 독종이 아니었는지 피부를 찢어놓지는 않았다. 다만 같은 자리에 채찍을 맞다 보니 부은 곳이 터져서 옆구리로 피가 줄줄 흘러내렸다.

잠시 후 어떤 용이 로렌스를 다시 원래 있던 굴로 데려갔다. 완전히 정신을 잃지는 않았지만 극도로 긴장했던 탓에 목구멍이 쑤시고 아팠다. 차라리 다행이라는 생각이 들었다. 안 그랬으면 공군들이 로렌스를 부축하여 굴 바닥에 엎어놓았을 때 비명을 질렀을지도 몰랐다. 공군들이 찢어진 등에 손을 대지는 않았지만 로렌스는 온몸의 신경이 상처에 쏠리면서 극한 통증을 느꼈다. 아무 생각도 할 수 없는 상태가 지속되다가 점차 눈앞이 아득해지면서 의식을 잃었다.

잠시 후 입술에 물이 닿는 느낌이 들었다. 도싯이 의사의 권위를 내세우며 날카로운 어조로 로렌스에게 물을 마시라고 지시하고 있었다. 명령에 복종하는 습관이 몸에 밴 로렌스는 억지로 입을 벌리고 물을 받아 마셨다. 그리고 또다시 정신을 잃었다. 잿빛 열기가 온몸을 휘감아 질식할 것만 같았다. 물이 입술로 흘러드는 느낌이 들었다. 짭짤한 핏물이 입 안에 가득 차는 꿈을 꾼 것 같기도 했다. 그러다가 숨이 막혀 반쯤 정신을 차리고 보니 도싯이 차가운 육즙을 천에 적셔서 로렌스의 입 안에 흘려 넣고 있었다. 로렌스는 다시 잠이 들었고 열이 펄펄 끓는 가운데 꿈속을 헤맸다.

"로렌스, 로렌스."

의식이 몽롱한 그의 귓가에 테메레르의 목소리가 맴돌았다. 페리스가 로렌스의 귀에 대고 속삭였다.

"대령님, 정신 좀 차려보세요. 어서요. 대령님이 죽은 줄 아나 봐요……."

페리스의 목소리가 겁에 잔뜩 질려 있어서 로렌스는 안심을 시켜주려고 했으나 입에서 말이 나오질 않았다. 꿈이 저만치 물러가고 무시무시한 고함 소리가 들려왔다. 땅이 온통 흔들리는 느낌과 함께 모든 것이 시야에서 사라지고 로렌스의 의식은 편안한 암흑 속으로 서서히 빠져 들어갔다.

12

 정신을 차린 로렌스에게 에밀리 롤랜드가 깨끗한 물이 담긴 컵을 내밀었다. 도싯은 굴 바닥에 무릎을 꿇고 앉아 로렌스의 허리와 가슴께를 들어 올려주었다. 로렌스는 간신히 한 손을 뻗어 컵을 쥐고 입으로 가져갔다. 중풍 걸린 노인처럼 손이 부들부들 떨려 물이 옆으로 줄줄 흘렀다. 그리고 다시 엎드렸다. 지금 그는 짚더미 위에 셔츠 여러 장을 깔아놓은 짚 요에 웃통을 벗고 엎드려 있었다. 배가 몹시 고팠다.

 "조금씩 드세요."

 도싯이 이렇게 말하며 꾸덕꾸덕하게 식혀 둥그렇게 뭉친 죽 덩어리를 하나씩 건네주었다. 도싯과 에밀리는 로렌스를 옆으로 눕혀 음식을 먹기 편하게 해주었다. 로렌스는 두 팔을 마음대로 움직일 수가 없었다. 채찍질을 당한 자리에 딱지가 앉았지만 팔을 너무 많이 뻗으면 상처가 벌어져서 피가 흘러내렸다. 허겁지겁 죽 덩어리를 받아먹던 로렌스는 문득 비몽사몽간에 들었던 소리가 생각나 물었다.

 "테메레르는?"

도싯이 곧장 대답을 못하자 로렌스가 날카로운 어조로 재차 물었다.

"여기 왔었나?"

캐서린이 옆으로 다가와 꿇어앉으며 말했다.

"로렌스, 너무 심란해하지는 말아요. 벌써 일주일이나 앓아누워 있었어요. 테메레르가 오긴 했었는데 저 아프리카 용들이 쫓아버린 것 같아요. 아마 무사할 거예요."

도싯이 말했다.

"걱정은 그만 하고 이제 주무세요."

정신을 바짝 차리려고 애썼지만 로렌스는 정신이 혼미해지며 잠이 들었다.

다시 눈을 떴을 때, 바깥은 훤한 대낮이었다. 굴 안에는 에밀리와 다이어, 투크뿐이었다.

에밀리가 말했다.

"다들 들판의 노역장으로 끌려갔어요."

훈련생들은 로렌스에게 물을 가져다주었다. 그리고 로렌스가 고집을 부리자 세 훈련생은 그를 부축하여 굴 입구 쪽으로 데려갔다. 로렌스는 비틀거리며 걸어가 바깥을 내다보았다.

반대쪽 절벽에 금이 가 있고 용의 피가 불에 탄 자국처럼 시커멓게 묻어 있었다.

에밀리가 걱정스러운 눈으로 로렌스를 올려다보며 말했다.

"저 많은 피가 다 테메레르의 것은 아니에요, 대령님."

에밀리도 자세한 내용을 알지는 못했다. 테메레르가 어떻게 여기까지 찾아왔는지, 혼자 온 것인지, 상태는 어땠는지도 확실히 알 수가 없었다. 테메레르와 얘기를 나눌 시간도 없었다고 했다.

이 골짜기에는 수많은 아프리카 용들이 늘 날아다니고 있으니, 골짜기로 들어왔다고 해도 몸집이 크고 색깔도 흔치 않은 검정색인 테메레르는 곧 눈에 띄었을 것이다. 테메레르가 이 동굴 안으로 머리를 들이민 순간 골짜기의 모든 용들이 곧장 경계 태세에 들어갔을 게 분명했다.

지금까지 이 부족은 이 깊숙한 본거지까지 외부 용이 침입하리라고는 예상치 못했을 것이고 그렇게 방심한 틈을 타서 테메레르가 골짜기 안으로 들어올 수 있었을 터였다. 이제 공군들이 갇혀 있는 굴의 위쪽에는 전에 없던 보초가 세워져 있었다. 로렌스가 고통을 무릅쓰고 고개를 돌려 굴 위쪽 절벽을 살펴보니 보초 서는 용이 절벽 위에 앉아 기다란 꼬리를 밑으로 드리우고 있었다.

오후 늦게야 다른 공군들이 굴로 돌아왔다. 체너리는 로렌스를 위로하며 말했다.

"테메레르는 저놈들한테서 완전히 벗어났을 겁니다. 영국 공군 용들의 절반 이상이 테메레르의 속도를 따라가지 못하잖습니까. 그러니 분명 저 용들을 따돌렸을 겁니다."

로렌스는 그 말을 믿고 싶었다. 그러나 정신이 혼미한 상태에서 테메레르의 목소리를 들었던 것이 사흘 전이니 그사이 또다시 테메레르가 이 골짜기로 침입했을 수도 있었다. 기운이 남아 있는 한 테메레르는 그러고도 남을 녀석이었다. 어쩌면 공군들이 보지 못하는 곳에서 큰 부상을 입었을지도 모르고, 그보다 더 끔찍한 일을 당했을 수도 있었다.

다음 날 아침에도 흑인들은 다른 공군들만 들판으로 데려가고 로렌스는 남겨두었다. 공군들은 다른 전쟁포로들과 함께 코끼리를 사육하는 들판으로 끌려가 배설물을 바닥에 고루 퍼뜨리는 일을 하고 있었다. 포로들이 그 일을 하게 되자 원래 그 일을 맡아 하던 부족 여자들이 무척 좋아했다.

일을 하러 가기 전에 캐서린은 로렌스에게 단호하게 말했다.

"나 대신 나가겠다니 말도 안 되는 소리 말아요. 내가 그 일을 못할 이유 따윈 없어요. 저 부족 여자애들도 다 하는 일이고 대부분 나보다도 더 잘하고 있어요. 내가 여기 놀러온 것도 아니고 지금은 몸 상태도 좋아요. 전보다 훨씬 나아졌다고요. 로렌스 대령은 상처도 아물지 않았으니 도싯 박사의 말대로 푹 쉬어요. 저들이 곧 우릴 데리러 올 테니 어서 누워 있어요."

캐서린과 도싯의 뜻이 워낙 확고해서 로렌스는 어쩔 수 없이 어린 훈련생들과 함께 굴에 남았다. 다른 공군들이 들판으로 끌려간 지 한 시간쯤 지났을 때 작은 용 한 마리가 로렌스를 데리러 왔다. 용의 등에 탑승한 흑인이 로렌스에게 명령조로 말을 하며 손짓을 했다. 에밀리와 다이어는 용을 피해 로렌스를 굴 안쪽으로 데리고 가려 했지만 어차피 피할 수도 없었다. 그 작은 용은 영국에서 우편배달 일을 하는 용과 체격이 비슷해서 마음만 먹으면 얼마든지 굴 안으로 들어올 수 있었다. 로렌스는 비틀거리며 바닥에서 일어나 짚으로 된 요 위에 깔아두었던, 땀과 피로 얼룩진 셔츠 한 장을 집어 몸에 걸쳤다. 불명예스러운 모습으로 끌려가고 싶진 않았다.

용은 로렌스를 거대한 집회장으로 데려갔다. 도카찬 왕은 자리를 비운 듯했고 모슈슈 왕자의 감독 아래 주물 작업이 한창 진행 중이었다. 대장장이들은 녹인 쇠를 틀에 부으며 총알을 만들고 있었고 용 한 마리가 용광로 안에 폭이 좁은 화염을 규칙적으로 발사해서 석탄을 빨갛게 달궈놓고 있었다. 작업장에는 총탄 주조용 틀도 여러 개 갖춰져 있었고 바닥에는 머스켓 소총이 전보다 더 많이 쌓여 있었다. 총신 여기저기에 피 묻은 손자국이 선명했다. 소형 용 두 마리가 간간이 날개를 퍼덕여 공기를 순환시켰지만 작업장 안은 찌는 듯이 더웠다. 그래도 모슈슈는 만족스러운 얼굴이었다.

모슈슈는 로렌스를 다시 대형 지도 쪽으로 데려갔다. 그 지도는 지난번보다 더 세밀해졌고 서쪽에 새로운 지형이 추가되어 있었다. 흐릿한 색으로 표시된 빈 공간은 대서양인 듯했고 그 너머에는 아메리카 대륙의 대략적인 모양새가 잡혀 있었다. 아메리카 대륙 남쪽의 리오 항구가 제일 두드러지게 표시되어 있었고, 그보다 약간 북쪽에 서인도 제도의 섬들도 조각되어 있었다. 비행에 적용하기에는 정확도가 떨어지는 지도라서 로렌스는 그나마 마음이 놓였다. 이곳까지 납치되어 오는 동안 로렌스는 아프리카 용들이 케이프 식민지에 큰 위협이 되지는 않을 거라 생각했었으나 막상 이곳에 와서 보니 그 수효가 어마어마해서 계속 불안한 마음이었다.

한나도 그 자리에 불려와 있었다. 로렌스는 또 심문을 받게 되더라도 결코 굴복하지 않으리라 마음을 굳게 먹었다. 그러나 모슈슈 왕자는 모카찬 왕이 요구했던 사항을 반복하지도 고문을 가하지도 않았다. 대신 하인들에게 명해 로렌스에게 음료를 가져다주도록 했다. 으깬 과일에 물과 야자 과즙이 섞인 특이하고 달착지근한 음료였다. 그는 로렌스에게 무역을 비롯한 일반적인 것들을 주로 질문했다. 그리고 영국의 직조 공장에서 짠 것이 분명한 옥양목 한 필과 냄새만 맡아보아도 싸구려임을 알 수 있는 외국산 위스키 몇 병을 보여주며 말했다.

"너희는 이런 물건들을 룬다 족에게 팔고 있더군."

그리고 모슈슈는 머스켓 소총을 가리키며 물었다.

"저 무기도 너희가 파는 것인가?"

한나는 그 말을 로렌스에게 통역하며 티 나지 않게 설명을 덧붙였다.

"이들은 최근에 룬다 족과 전쟁을 했어요. 북서쪽 지역에서요."

여기서 이틀 동안 날아가면 당도하는 곳에서 얼마 전에 전투가 벌어졌고 이들이 룬다 족과 싸워 이겼다고 했다. 한나는 모슈슈에게 허락을 얻어 아프리카 지도 앞으로 걸어가 그 전투 지역이 어디인지 로렌스에게 보여주었다. 여기서 북서쪽 방향에 위치한 깊은 내륙 지역이었다. 그 지역에서 며칠만 더 날아가면 루안다와 벵겔라 항구였다.

로렌스가 말했다.

"왕자님, 이 주일 전까지만 해도 저는 룬다 족의 존재조차 몰랐습니다. 룬다 족이 이런 물건들을 사들였다면 해안 지역에서 포르투갈 상인들과 거래를 했을 가능성이 큽니다."

"그럼 너희 영국인들이 원하는 것은 오직 흑인 노예뿐인 것이냐? 아니면 우리한테서 다른 물건도 사들이냐? 너희가 훔친 버섯 약을 비롯해서 이런 것들도……?"

모슈슈가 고갯짓을 하자 옆에 있던 여인들 중 한 명이 입이 딱 벌어질 정도로 화려한 보석이 담긴 상자를 들고 왔다. 니잠(독립 전 인도 남부에 있던 하이데라바드 토후국 세습 군주의 칭호 ─ 옮긴이 주)도 그것을 보았으면 눈이 휘둥그레졌을 터였다. 금과 은으로 만들어진 상자에는 다이아몬드와 윤기 나는 에메랄드가 흔한 대리석 조각처럼 아무렇게나 담겨 있었다. 다른 여자는 구슬이 듬성듬성 꿰어진 철사를 꼬아 만든 꽃병을 조심스럽게 들고 왔다. 정교한 무늬를 형상화한 특이한 꽃병이었다. 또 다른 여자는 자기 키만 한 거대한 가면을 가져왔는데 짙은 색 나무를 깎아 만든 그 가면에는 상아와 보석이 박혀 있었다.

이런 보물들을 보여주는 의도가 유도 심문을 하기 위해서인지 알 수가 없었다.

로렌스가 말했다.

"상인이라면 왕자 전하께서 요청하시는 대로 해드릴 수도 있겠지만 저는 상인이 아닙니다. 우리 공군은 버섯 값을 지불할 용의가 있고, 물물교환으로 값을 치르라고 하셔도 기꺼이 응할 것입니다."

로렌스의 말에 모슈슈는 고개를 끄덕였다. 여인들이 보물들을 방 뒤쪽으로 가져갔다. 모슈슈는 서툴지만 알아들을 만한 영어 단어로 말했다.

"저런…… 대포도?"

그러고는 다시 자기네 말로 덧붙였다.

"아니면 너희가 바다를 건널 때 쓰는 배를 내줄 수 있겠나?"

상자에 담긴 보석 정도면 상선단을 통째로 구입하고도 남았다. 하지만 전시 상황에서 영국 정부가 그런 거래에 응할 리 없었다. 로렌스는 그의 권한 내에서 외교적 수완을 최대한 발휘해 답변을 내놓았다.

"배를 건조하는 일이 어렵기는 하지만 저 보석 정도면 충분히 살 수 있을 겁니다. 하지만 배를 몰 인력이 없다면 배를 구입해도 소용이 없겠지요. 우리 영국과 평화 조약을 맺으시면 전하를 위해 복무할 선원들을 고용해서 쓰실 수 있을 겁니다."

다행히 모슈슈는 그의 대답을 부정적으로 받아들이지 않았고 특별히 속임수를 쓰는 것 같지도 않았다. 인간인 그는 모카찬 왕보다 현대 무기의 필요성과 머스켓 소총의 위력을 더 절감하고 있었다. 백인 무기상과의 접촉을 시도하려는 것도 그 때문일 터였다.

모슈슈는 탁자에 한 손을 얹고 그 안에 들어 있는 지도를 응시하며 잠시 생각에 잠겼다. 그리고 마침내 입을 열었다.

"너는 이런 무기 거래에 관여하고 있지 않지만 너희 부족 중 몇몇은 무기 거래를 하고 있다. 그들이 누구인지, 어디로 가면 찾을 수 있는지 말해줄 수 있겠나?"

로렌스는 쭈뼛거리며 대답했.

"왕자 전하, 죄송합니다만 무기 거래에 종사하는 상인이 한둘이 아니라서 그들의 이름이나 소재지를 일일이 알 수가 없습니다."

최근 들어 아프리카 원주민과의 무기 거래가 금지되었다는 사실을 솔직하게 털어놓고 싶었지만 그런 말을 할 수는 없었다. 대신 로렌스는 그런 상인들을 조만간 찾아낼 수 있을 거라고 얼버무렸다. 모슈슈는 만족스러운 표정으로 그 말을 받아들인 후, 대놓고 위협하는 것보다 더 무시무시한 말투로 덧붙였다.

"우리라도 그런 상인들의 소재는 밝히기 어려웠을 것이다. 그나저나 우리 조상들의 마음을 달랠 길이 없으니 큰일이로군……. 케펜체는 포로로 잡은 너희들과 오래전 납치당한 그의 부족민들을 맞바꾸고 싶어한다. 그들을 맞교환할 수 있게 주선할 수 있겠나? 리타보 말로는 불가능할 거라고 하던데."

한나는 그 말을 로렌스에게 통역해주고는 조용히 덧붙였다.

"나와 함께 잡혀갔던 부족민들을 도로 찾아내는 건 힘들 거라고 내가 미리 말해뒀어요. 우리가 납치된 지 이미 이십 년이나 지났으니까요."

로렌스는 한나에게 자신 없는 말투로 말했다.

"조사를 해보면 생존자들을 찾아낼 수 있을지도 모릅니다. 매매 계약서도 남아 있을 것이고, 그들 중 일부는 처음 팔려갔던 곳에 아직 살고 있을 수도 있으니까요……. 그렇게 생각하지 않으십니까?"

한나는 잠시 뜸을 들였다가 대답했다.

"나는 집 안에서 주로 일했지만, 들판에서 일하던 노예들은 오래 살지 못했어요. 길어봐야 십 년이었죠. 대부분 몇 년밖에 못 살고 죽었어요. 생존자래봐야 노인들일 텐데 몇 명 살아남지 못했을 거예요."

한나가 하도 단호하게 말을 해서 로렌스는 반박할 수가 없었다. 그래도 그녀는 방금 그 말을 왕자에게 통역하지는 않았다. 로렌스 일행에게 왕자의 분노가 쏟아지지 않게 하기 위해서였다. 대신 한나는 팔려간 동족들을 도로 찾아오는 것은 불가능하다고 여러 차례 왕자를 설득했다. 고개를 절레절레 젓는 모슈슈에게 로렌스가 말했다.

"케이프 식민지에 있는 제 동료들과 연락할 수 있게 해주시면 우리의 몸값을 지불해드리겠습니다. 그리고 사절 한 명을 우리에게 붙여주시면 영국까지 동행해서 양국 간에 평화 관계를 수립할 수 있도록 하겠습니다. 또한 노예로 팔려갔던 케펜체의 자손들을 찾아 무슨 수를 써서라도 이리로 돌려보내겠다고 약속드리겠……."

"아니, 그 문제는 지금 내가 결정을 내릴 수 없다. 조상들께서 몹시 분노하신 상태다. 자손들을 빼앗긴 케펜체뿐만 아니라 아직 자손을 납치당하지 않은 다른 조상들도 화가 나 계시지. 아버지께서는 인간이었을 때에도 성격이 급하셨는데 용으로 환생하신 뒤에는 성격이 더 급해지셨다. 그 일이 있은 후 더욱더 그렇게 되셨고."

 자세한 설명을 해주지 않아서 그 일이라는 것이 무엇을 말하는지는 알 수가 없었다. 모슈슈가 시중드는 용들에게 지시를 내리자 그중 한 마리가 곧장 로렌스를 앞발로 쥐고 집회장 밖으로 나갔다. 로렌스는 한마디도 못 하고 끌려 나갔다.

 그 용은 공군들의 굴로 향하지 않고 폭포 위로 쭉 올라가더니 골짜기 너머 거대한 강이 흐르는 평평한 들판으로 날아갔다. 로렌스는 바구니처럼 구부린 용의 발톱 안에 달라붙어 지상을 내려다보았다. 강둑을 따라 걷는 거대한 코끼리떼가 보였다. 비행 속도가 너무 빨라서 코끼리떼 뒤를 따라가며 바닥에 거름을 퍼뜨리고 있는 사람들 중에 동료들이 끼어 있는지는 알 수가 없었다. 어느 정도 날아가자 폭포 소리가 점점 작아졌지만 멀리서도 골짜기 위에 떠 있는 하얀 수증기 구름은 계속 볼 수 있었다. 들판에는 길이 없었다. 일정한 간격을 두고 원형으로 쌓아놓은 돌무더기를 볼 수 있었는데 그것이 일종의 표지인 듯했다. 십 분 정도 날아가자 눈앞에 거대한 건물이 보였다.

 그 건물은 로마의 원형 경기장과 너무나도 닮아 있었다. 큰 돌을 정확한 크기로 잘라 쌓아서 각 돌을 이어 붙인 회반죽 자국이 겉으로 전혀 드러나지 않았고, 타원형으로 외벽을 쌓아 올렸으며 건물 아래쪽에는 몇 개 안 되는 입구가 뚫려 있었다. 입구 주변은 영국의 오래된 환상 열석처럼 석판을 겹쳐 쌓는 식으로 축조되어 있었다. 초원 한가운데 덩그러니 세워져 있는 그 건물은 고대의 유적지인 듯했는데 자세히 보니 사람들이 보트를 타고 와서 입구까지 걸어간 흔적이 남아 있었다. 주변의 강둑에 말뚝들이 박혀 있고 간소하게 생긴 보트 몇 척이 그 말뚝에 밧줄로 매여 있었다.

용은 곧장 외벽을 넘어 건물 안으로 들어갔다. 안으로 들어가보니 요즘도 사용되고 있는 곳임을 알 수 있었다. 외벽과 마찬가지로 건조회반죽 건축법으로 테라스를 쌓아 올렸고 관중석 위쪽에는 평평한 석판이 불규칙적으로 깔려 있었다. 관중석 중간 중간에 좁은 계단이 있고, 사람들이 앉을 수 있게끔 나무 의자와 발판이 놓여 있는 박스 모양의 특별석도 드문드문 보였다. 그 의자와 발판에는 아름다운 조각이 새겨져 있었다. 위쪽으로 갈수록 자리가 넓어지고 탁 트이면서 장식도 소박해졌고 단순하게 밧줄로 구역 표시가 되어 있었다. 중앙의 경기장에는 풀이 돋아나 있고 돌로 만든 대형 무대 세 개가 마련되어 있었다. 그중 세 번째 무대에 고개를 푹 숙인 채 묶여 있는 포로는 바로 테메레르였다.

로렌스는 그 무대에서 얼마 떨어지지 않은 곳에 아무렇게나 내던져졌다. 등의 상처가 벌어지면서 로렌스가 고통을 참느라 숨을 헐떡이자 테메레르는 기묘하게 목이 막힌 소리를 내지르며 울부짖었다. 테메레르의 주둥이에는 부리망 구실을 하는 끔찍하게 생긴 쇠 바구니가 씌워져 있었다. 쇠 바구니를 두꺼운 가죽 끈으로 머리에 고정시켜 신의 바람은커녕 입을 제대로 벌리지도 못하게 해놓았다. 목 위쪽에는 굵은 회색 밧줄 세 개가 연결된 두꺼운 쇠 목걸이가 채워져 있었는데 자세히 보니 그 밧줄은 삼이 아니라 철사를 꼬아 만든 것이었다. 쇠사슬이 땅에 박아놓은 쇠고리에 단단히 묶여 있어 테메레르는 옴짝달싹 못하고 있었다. 몇 센티미터밖에 목을 움직일 수 없었지만 테메레르는 최대한 길게 목을 빼고 그의 이름을 불렀다.

"로렌스, 로렌스."

로렌스가 곧장 테메레르 곁으로 가려 하자 그를 태우고 온 용이 앞발로 가로막았다. 로렌스는 억지로 허리를 펴고 똑바로 서려 애를 쓰며 소리쳤다.

"그러다가 다치니까 가만히 있어, 테메레르. 난 괜찮아. 힘들어 보이는데, 괜찮아?"

억지로 목을 움직이다가 테메레르가 다치기라도 할까 봐 걱정이 되었다. 크게 움직였다가는 목의 쇠 목걸이가 살을 파고들 것이었다.

"어, 아무렇지도 않아. 당신을 다시 봤으니까 됐어. 목을 움직일 수가 없어서 불편하긴 하지만. 아무도 내게 말을 걸어주지 않아서 상황이 어떻게 돌아가는 건지 당신이 무사한 건지 많이 다친 건 아닌지 알 수가 없었어. 지난번에 보았을 때 당신 상태가 너무 안 좋아 보여서 걱정 많이 했어."

입으로 나오는 말과 달리 테메레르는 고통스러워하며 숨을 헐떡였다. 테메레르는 천천히 뒤로 한 발자국 물러나 앉으며 쇠사슬이 허용하는 범위 내에서 머리를 약간 흔들었다. 목 주변에서 쩔그렁쩔그렁 소리가 났다. 봇줄에 매인 말 같은 모습을 하고도 테메레르는 용감하게 덧붙였다.

"음식을 먹을 때 성가시기는 해. 물을 마셔도 녹 섞인 맛이 나고. 하지만 그런 건 상관없어. 당신 정말 괜찮은 거야? 안색이 안 좋아 보여."

등의 통증 때문에 서 있기도 힘들 정도였지만 로렌스는 아무렇지 않게 대답했다.

"너를 다시 봐서 아주 좋구나. 정말 놀랐어. 네가 우릴 찾아낼 줄은 생각도 못 했는데."

테메레르는 화가 치미는지 목소리를 낮추며 말했다.

"서튼이 우릴 못 가게 말렸어. 아프리카 대륙을 아무리 헤집고 다녀도 당신들을 찾아내지 못할 테니 케이프타운으로 돌아가자고 하더라고. 그래서 헛소리 집어치우라고 했지. 아프리카 내륙에서 당신들을 찾아낼 가능성이 아무리 적다고 해도, 케이프타운으로 돌아가면 더더욱 못 찾게 되는 거잖아. 그래서 우리는 길을 물으면서……."

로렌스는 당황스러웠다.

"길을 물었다고?"

테메레르는 여기서 훨씬 남쪽에서 살고 있는 용들에게 백인들이 무더기로 잡혀가는 모습을 보았는지 물었다고 했다. 그중 목격자들이 있어서 물어물어 이곳까지 찾아온 것이었다. 그 용들은 아직 자손들을 납치당하지 않아서 테메레르에게도 적대적으로 굴지 않았다고 했다.

"맛있는 소들을 선물로 줘가며 길을 물었어……. 백인 이주민들이 키우는 소들을 허락도 없이 꺼내서 준 거니까 케이프타운으로 돌아가면 소 주인들에게 보상을 해줘야 해."

테메레르는 이곳을 빠져나가는 게 아무런 문제도 안 된다는 듯 자신 있는 말투로 말을 이었다.

"처음에는 우리가 원하는 바를 이해시키기가 좀 힘들었어. 다행히 그들 중 몇몇이 코사 어를 알아듣더라고. 그동안 내가 디마니랑 시포한테 코사 족 언어를 배워뒀거든. 그리고 북쪽으로 날아가면서 내륙의 용들이 쓰는 말도 조금씩 배웠어. 두르자크 어와 비슷한 부분이 많아서 별로 어렵지 않았어."

"이런 상황에 이런 걸 물어서 미안한데…… 버섯은 어떻게 됐지? 치료약으로 쓸 버섯 말이야. 무사히 싣고 갔어?"

"가져간 버섯은 전부 피오나 호에 실었어. 그걸로 양이 모자랄 것 같으면 메소리아랑 임모르탈리스가 동굴 안에 있는 나머지 버섯들을 더 옮길 거야. 그러니 서튼은 우리가 당신들을 찾으러 온 것에 대해 불평할 권리가 없어. 케이프타운으로 돌아가자는 명령은 말도 안 되는 것이었으니 들을 필요도 없었고."

테메레르는 반항아처럼 말을 맺었다.

로렌스는 더 이상 그 문제를 거론하지 않았다. 이런 상황에서 테메레르에게 더 이상 고민거리를 안겨주고 싶지 않았다. 테메레르가 서튼의 명령에 불복종하기는 했지만 결국 도저히 불가능할 것 같던 일을 해낸 것이니, 앞으로 누구든 그 문제를 걸고넘어진다면 로렌스도 가만히 듣고 있지 않을 것이었다. 무모할 정도로 위험한 모험을 택한 경우 목적을 달성하지 못하면 남은 것은 끔찍한 패배뿐이겠지만 테메레르는 빠른 속도와 오만에 가까운 자신감으로 목적을 이룬 것이다.

로렌스가 물었다.

"릴리랑 둘시아는 어디 있어?"

"들판 어딘가에 숨어 있을 거야. 내가 먼저 접근하기로 우리끼리 합의를 봤거든. 내가 덩치가 커서 당신들을 전부 다 몸에 태울 수 있으니까. 혹시 일이 잘못돼서 내가 붙잡히면 릴리랑 둘시아가 나서기로 했어."

테메레르는 초조하고 불안해서인지 꼬리를 약간 휘두르더니 애가 타고 자신 없는 목소리로 말을 이었다.

"그땐 단번에 성공할 줄 알았어. 일이 진짜로 잘못되리라고는 생각도 못 했거든. 이제 릴리랑 둘시아가 차후 작전을 짜야 할 텐데 내가 도와줄 수도 없게 됐어. 녀석들이 어떻게 이 일을 풀어나갈지는 나도 몰라. 둘이서 어떤 방법이든 생각해내겠지……."

테메레르가 불안해할 만했다. 얘기를 나누고 있는 동안 용들이 속속 그 원형 경기장 안으로 모여들었다. 용들은 배 밑에 달린 커다란 바구니와 등짝에 원주민 남녀와 어린아이 들을 태우고 날아와 관중석에 자리를 잡았다. 로렌스가 예상했던 것보다 용과 원주민 들의 수는 엄청나게 많았다. 중앙 무대에서 제일 가까운 관중석 맨 하단에는 짐승의 털과 보석으로 장식된 사치스럽고 아름다운 옷을 차려입은 부자들이 자리를 잡았다. 관중석 위로 갈수록 용과 사람들의 차림이 점점 소박해졌다. 경기장에 모인 아프리카 용들은 몸집과 모양새가 다양했고 로렌스가 알고 있는 품종은 하나도 없었다. 색깔이나 몸의 무늬가 비슷한 용들끼리 모여 앉아 있었다. 그들은 모두 로렌스와 테메레르를 적대적인 시선으로 쏘아보았다. 테메레르는 묶여 있는 상태에서도 최대한 얼굴 주변의 막을 펼치며 말했다.

"저렇게 노려볼 필요는 없잖아. 나를 사슬로 묶어놓은 것을 보면 저들은 겁쟁이인 게 분명해."

잠시 후 갑옷을 차려입은 용들이 전사들을 몸에 태우고 날아 들어왔다. 그들 대다수는 피 묻은 무기를 소지하고 있었다. 무기 소제를 게을리 해서가 아니라 일부러 자랑스럽게 그처럼 피가 묻은 무기를 들고 온 것이었다. 핏자국이 선명한 것으로 보아 얼마 전에 벌어졌다는 룬다 족과의 전투에서 막 돌아온 이들인 듯했다. 그들은 관중석이 아닌 원형 경기장 가장자리의 바닥에 줄을 맞춰 자리를 잡았다. 그동안 하인들은 경기장 중앙의 대형 무대에 사자와 표범 가죽을 깔고 나무 옥좌에도 비슷한 동물 가죽을 덮어 장식했다. 곧이어 사람들이 북을 가지고 들어와 두드리기 시작했다. 천둥처럼 우렁찬 북소리가 울려 퍼지며 모카찬 왕과 모슈슈 왕자가 입장했다. 모두 그리로 시선을 돌렸다.

전사들이 자루가 짧은 창을 방패에 대고 탕탕 두드렸고 용들은 고함을 지르며 경의를 표했다. 경기장 안에 거대한 환호성이 물결치는 가운데 왕족들이 관중석 하단 중앙의 높은 자리에 착석했다. 잠시 후 그 자리 바로 옆에 앉아 있던, 털 장식이 붙은 특이한 목걸이를 착용한 작은 용이 뒷다리에 힘을 주며 일어났다. 그 용이 헛기침을 하자 다들 일시에 입을 다물었다. 갑작스러운 침묵 속에서 용은 심호흡을 한 후 노래를 하기 시작했다. 부드러운 북소리에 맞춰 리듬도 없이 단조롭게 이어지는 특이한 노래였다.

테메레르는 가사를 알아들으려고 고개를 기울이며 귀를 쫑긋 세웠다. 잠시 후 테메레르가 로렌스에게 말을 건네려 하자 옆에서 지키고 있던 용이 사나운 눈빛으로 노려보며 제지했다. 테메레르는 당황해서 입을 다물었다. 해질 무렵이 되어서야 노래는 비로소 끝이 났다. 요란스러운 박수가 터져 나오고 단상 주변에 횃불이 켜지기 시작했다. 노래가 끝나자 다들 비로소 얘기를 나눌 수 있었다. 테메레르는 저 작은 용이 한 노래가 현재의 왕과 그 조상들의 공적, 그리고 이 경기장에 집결한 여러 부족들의 7대에 걸친 역사에 관한 것이라고 로렌스에게 말해주었다. 작은 용은 그 모든 역사를 머릿속에 기억해두고 있다가 이 자리에서 관중들에게 들려준 것이었다.

개회식이 마무리되자 성난 연설이 이어졌고 관중들은 고함을 지르고 방패에 창을 두드려가며 그 연설에 동조했다. 로렌스는 이 집회의 목적이 무엇일지 걱정이었다.

연사의 말을 듣고 있던 테메레르는 성질을 내며 중얼거렸다.

"저건 사실이 아니야."

그러던 중 회색 바탕에 검정색 무늬가 있는 미들급 용 한 마리가 연단에 올라와 테메레르의 맞은편에 자리를 잡고 서서 앞발로 테메레르를 가리키며 연설을 했다. 그 용은 호랑이 털로 장식하고 금테를 두른 두꺼운 목걸이를 착용하여 아주 화려해 보였다.

테메레르는 그 용의 말을 듣고 있다가 한마디 했다.

"난 너희 승무원은 필요 없어. 내 승무원이 있으니까."

지금 이 집회에서 테메레르와 로렌스는 외부 세력이 아프리카 대륙에 점점 큰 위협을 가하고 있다는 사실을 대변하는 명백한 증거 구실을 하고 있었다. 잠시 후 아주 나이가 많아 보이는 용 한 마리가 굳은 표정을 한 원주민 남자들의 호위를 받으며 연단에 올라섰다. 그 용은 날개의 발톱을 땅바닥에 질질 끌며 걸었고 두 눈은 백내장으로 혼탁해져 있었다. 그 용을 호위하는 남자들이 앉아 있던 관중석 하단의 박스 안 자리는 텅 비어 있었다. 비극적인 사건으로 가족을 모두 잃은 듯했다. 늙은 용이 힘겹게 단상으로 기어오르는 동안 아무도 입을 열지 않았다. 용은 부들부들 떨며 머리를 들고는 가늘고 힘없는 목소리로 슬픈 연설을 시작했다. 다들 숨소리조차 내지 않는 가운데 여인들은 어린 자식들을 가까이 끌어당겼고 용들은 각자의 자손들을 보호하듯 꼬리로 휘감았다. 그 용과 함께 나온 남자들 중 한 명이 조용히 눈물을 훔쳤다. 동료들은 그를 배려하여 못 본

척해주고 있었다.

늙은 용이 연설을 마치고 천천히 자리로 돌아가자 전사 몇 명이 단상으로 다가왔다. 그중 가슴팍에 근육이 발달한, 대장인 듯한 남자가 표범가죽으로 된 망토를 바닥에 패대기치며 단상에 올라갔다. 땀에 젖은 피부가 횃불에 반사되어 번들거렸다. 남자는 제일 높은 층의 관중석까지 다 들리도록 쩌렁쩌렁하게 울리는 목소리로 격렬하게 말을 쏟아냈다. 이따금 주먹으로 자기 손바닥을 치며 테메레르에게 손가락질을 하기도 했다. 그의 연설을 들으며 관중들은 굳은 표정으로 고개를 끄덕이고 동조의 함성을 질러댔다. 테메레르의 설명을 듣자니, 그 남자는 당장 조치를 취하지 않으면 저런 용들이 더 많이 이 땅에 몰려올 것이라며 경고하고 있다고 했다.

그날 밤은 참으로 길게 느껴졌다. 어린아이들이 지쳐 잠이 들자 용 몇 마리는 여자들과 아이들을 데리고 먼저 날아갔다. 경기장에 남은 이들은 관중석 아래쪽으로 내려와 앉았다. 그들은 이제 잔뜩 쉬어버린 목소리로 소리치고 있었다. 로렌스는 두려움을 잊을 정도로 극심한 피로를 느꼈다. 관중들은 폭언을 퍼부을 뿐 로렌스와 테메레르에게 돌을 던지거나 폭력을 행사하지는 않았다. 등이 간질거리고 욱신욱신하다가 불에 타고 있는 것처럼 따가워졌다. 등의 상처가 두려움을 느낄 힘마저 모두 빨아들이는 것 같았다. 쏟아지는 비난의 말들을 알아듣지 못해 차라리 다행이다 싶었지만 이렇게 서서 욕을 먹고 있는 것도 쉬운 일은 아니었다. 로렌스는 기죽지 않으려고 최대한 몸을 꼿꼿이 세우고 관중석 맨 위에 시선을 고정했다. 하지만 그저 멍하게 뜨고 있을 뿐 그의 눈은 아무것도 보고 있지 않았다. 그러다가 무언가가 로렌스의 눈을 사로잡았다. 놀랍게도 관중석

맨 윗자리에 둘시아가 다른 아프리카 용들과 섞여 앉아 있었다.

둘시아의 몸은 초록색 바탕에 연회색 반점이 박혀 있고 크기도 작은 편이라 저들과 섞여 있어도 크게 눈에 띄지 않았다. 게다가 아프리카 용들의 관심은 대부분 연사들에게 쏠려 있었다. 로렌스와 눈이 마주치자 둘시아는 몸을 일으키더니 남루한 회색 천을 앞발로 잡고 들어 올렸다. 처음에 로렌스는 그게 무엇인지 몰랐으나, 자세히 보니 신호용 깃발 모양으로 구멍 세 개가 뚫린 코끼리 가죽이었다. '내일'이라는 뜻이 담겨 있었다. 로렌스가 살짝 고개를 끄덕이자 둘시아는 곧장 어둠 속으로 날아올라 모습을 감췄다.

테메레르는 얼른 이 구속에서 벗어나고 싶어하며 초조하게 중얼거렸다.

"아, 녀석들이 얼른 와서 날 좀 풀어주면 좋겠어. 그렇지만 용들이 저렇게 많으니 섣불리 무모한 짓은 하지 말아야 할 텐데."

집회가 끝난 후 햇볕에 바짝 그을린 로렌스는 관중들이 뱉은 침을 온몸에 묻힌 채 굴로 돌아와 공군들에게 집회에서 있었던 일을 들려주었다.

"아! 아기가 또 움직이네!"

캐서린은 걱정스러운 듯 이렇게 말하며 굴 입구 쪽으로 걸어갔다. 절벽 위에서 보초 서는 용을 살피기 위해서였다. 용은 고개를 푹 숙인 채 잠들어 있었다. 멀리서 북소리가 계속 들려왔다. 전승 축하 의식이 밤늦게까지 이어질 모양이었다.

공군들은 별달리 준비할 것이 없어서 갖고 있던 술을 마시고 세수를 했다. 그런 일을 하면서도 행동에는 군기가 바로 서 있었다. 캐서린이 젖은 머리카락에서 물기를 짜내며 말했다.

"성가시게 아기가 또 움직이네요. 아, 제발 딸이어야 할 텐데! 앞으로 다시는 이처럼 경솔하게 임신을 하진 않을 거예요."

그녀는 아기를 달래려고 허리를 손으로 문질렀다. 요즘 들어 캐서린의 배가 두드러지게 나오기 시작했다. 반바지의 단추를 잠그기가 어려워지자 캐서린은 허리 쪽 솔기를 뜯어내고 가운데에 붕대 천을 댄 후 나무껍질에서 뽑아낸 가느다란 줄로 꿰매어 늘려 입었다. 그 위에 헐렁하게 셔츠를 걸쳤기 때문에 겉으로는 별로 표시가 나지 않았다.

집회 다음 날은 쉬는 날인지, 새벽에 석공들은 작업을 하러 오지 않았다. 덕분에 공군들은 모처럼 푹 잘 수 있었다. 그들을 들판으로 데려가 일을 시키던 용도 오지 않았고, 당연한 결과지만 죽을 배달해주던 용도 안 왔다. 결국 공군들은 종일 빈속으로 견뎌야 했다. 저녁이 되자 골짜기에 종일 날아다니던 수많은 용들도 각자의 보금자리로 돌아가고 세탁물 바구니를 머리에 얹은 원주민 여인들도 노래를 부르며 집회장으로 쓰이는 큰 굴로 들어갔다.

저 부족의 눈을 피해 탈출하려면 한밤중밖에는 기회가 닿지 않을 것이었다. 그러나 확실한 정보가 없는 상태라서 공군들은 해가 떠 있는 동안 긴장과 걱정을 떨칠 수가 없었다. 굴 입구를 내다보고 싶은 충동이 수도 없이 일었으나 그런 행동을 자주 했다가는 의심을 살 수도 있으므로 자제해야 했다. 해가 저물자 공군들은 더욱 정신을 바짝 차리며 침묵을 지켰다. 날이 어두워지자 멀리서 묵직한 돛이 바람에 펄럭이는 소리가 들려왔다. 릴리가 거대한 날개를 퍼덕이는 소리였다.

조금 있으면 굴 입구에 릴리가 머리를 들이밀 것이었다. 공군들은 그 소리가 좀더 가까워지길 기다렸는데 이상하게도 릴리는 가까이 오지 않았다. 대신 재채기 소리가 한 번, 두 번, 세 번 들리고 투덜거리는 듯한 기침 소리가 한 번 난 후 날개 치는 소리가 점점 멀어져갔다. 로렌스는 이게 무슨 일인가 싶어 캐서린을 바라보았다. 캐서린은 망설임 없이 굴 입구 쪽으로 걸어가 로렌스와 체너리에게 어서 와보라고 손짓을 했다. 뜨겁게 달궈진 프라이팬에 베이컨이라도 올려놓은 것처럼 희미하게 지글지글 타는 소리가 들렸고 강한 식초 냄새가 코에 와 닿았다. 자세히 보니 입구 가장자리부터 아래로 여기저기 릴리의 독액이 튀어 거품이 부글부글 끓어오르며 바위가 파여 들어가고 있었다.

캐서린이 굴 주변의 절벽에서 피어오르는 가느다란 연기들을 가리키며 나지막하게 말했다.

"저것 보세요. 우리가 절벽 밑으로 내려올 수 있게 손과 발을 디딜 곳을 만들어주었어요."

체너리는 낙관적으로 말했다.

"흠, 그럼 절벽을 타고 내려가는 것은 문제가 없겠군요. 다 내려간 다음엔 어떻게 해야 합니까?"

체너리와 달리 로렌스에겐 절벽을 타고 내려가는 것도 쉬운 일이 아니었다. 라간 호수 기지에서 셀레리타스 교관의 지휘하에 암벽 등반 훈련을 받긴 했지만 일반적으로 공군들이 훈련을 받는 시기보다 이십 년이나 뒤처져서 배운 터라 자신이 없었다. 암벽 등반은 공군들이 비행을 하면서 자신감 있게 용의 몸을 오르내리게 하기 위한 훈련 과정의 일부였다. 그 재미없는 훈련을 받는 동안 로렌스는 한

번에 손 하나 혹은 발 하나를 겨우 떼어놓으면서 딱정벌레처럼 느릿느릿 움직였을 뿐이었다. 그래도 그때는 안전장치 삼아 카라비너를 차고 있었지만 지금은 그것도 없지 않은가.

캐서린이 말했다.

"골짜기 아래로 내려간 뒤에는 폭포에서 최대한 멀어지는 방향으로 이동할 거예요. 그래야 저들의 영토 경계선을 벗어날 수 있을 테니까요. 경계선 너머에서 우리 용들이 기다리고 있을 겁니다."

피를 말리는 긴장의 연속이었다. 절벽을 타고 내려가려면 점점이 튄 독액이 절벽의 바위 안으로 스며들기를 기다려야 했다. 금 간 모래시계와 하늘의 남십자성이 대략적인 시각을 알려주고 있었으나 시간은 너무도 느릿느릿 흘러갔다. 로렌스는 터너가 혹시라도 모래시계를 뒤집지 않은 게 아닌가 싶어 두 번이나 옆을 돌아보았으나 그때마다 모래시계는 가득 차 있었다. 로렌스는 차라리 시계를 보지 않는 편이 낫겠다 싶어 눈을 감고 두 손을 겨드랑이 밑에 넣었다. 6월 첫째 주에 접어들면서 밤공기는 점점 서늘해졌고 한기마저 느껴졌다.

마침내 터너가 속삭였다.

"대령님, 아홉 시입니다."

독액이 쉭쉭거리며 스며드는 소리도 희미해졌다. 공군들은 나뭇가지 하나를 집어 입구 주변의 움푹 팬 곳에 넣어보았다. 바위는 오 센티미터 정도 푹 들어가 있었고 나뭇가지를 빼보니 끝에서 살짝 연기가 날 뿐이었다.

다이어는 입구 바깥으로 머리를 내밀고 절벽 위에 앉아 있는 용을 재빨리 살펴본 후 조용히 보고했다.

"꼬리를 움직이지 않습니다, 대령님."

캐서린은 손목에 천 쪼가리를 감으며 말했다.

"자, 이제 시작하죠. 페리스 대위, 자네가 앞장서. 모두 지금부터는 얘기를 나누거나 서로를 불러도 안 되고 속삭여서도 안 됩니다."

페리스는 절벽을 내려갈 때 방해가 되지 않게 장화를 벗어 끈으로 묶은 후 목에 걸고 등 뒤로 넘겼다. 그리고 굴 바닥에 깔려 있는 짚을 뭉쳐 셔츠의 소매 안쪽에 쑤셔 넣은 뒤 입구 밖으로 머리를 내밀었다. 그는 조심스럽게 절벽을 손으로 훑고는 다른 이들에게 고개를 끄덕여 보였다. 입구 바깥으로 다리를 뻗는가 싶더니 곧 페리스의 모습이 보이지 않았다. 로렌스는 위험을 무릅쓰고 입구 아래쪽을 살펴보았다. 페리스는 오 미터 정도 아래에서 내려가고 있었는데 날이 어두워서 절벽에 붙은 시커먼 점 정도로만 보였다. 나이가 어리고 근육이 유연해서인지 동작이 매우 빨랐다.

페리스는 손을 흔들지도 일행을 부르지도 않았다. 무사히 내려가고 있는 모양이었다. 다들 귀를 쫑긋 세운 채 때를 기다리며 터너가 관리하고 있는 모래시계로 시간을 확인했다. 십오 분, 그리고 이십 분이 지났다. 일이 잘못되지는 않은 듯했다. 체너리의 직속 부관 리블리가 입구 쪽으로 나아가 페리스와 비슷한 동작으로 밑으로 내려갔다. 이어서 소위들이 내려가고 중위들이 둘, 셋씩 짝을 지어 재빨리 절벽을 탔다. 릴리가 굴 주변에 독액을 고루 뿌려놓아서 손으로 잡고 발로 디딜 만한 곳은 충분했다.

체너리가 내려간 뒤 캐서린이 드류 중위와 함께 입구를 넘어갔다. 나이 어린 공군들도 대부분 다 내려가고 굴에는 마틴과 로렌스만 남았다.

보초의 눈에 띄지 않도록 노란 머리카락에 흙을 묻히고 물을 발라 시커멓게 만들어놓은 마틴이 조용히 말했다.

"제가 먼저 내려가서 발을 잡아드리겠습니다. 장화 이리 주십시오."

로렌스는 말없이 고개를 끄덕이며 장화를 벗어 주었다. 마틴은 그 장화를 자기가 신고 있던 장화와 한데 묶어 목에 걸었다.

마틴이 먼저 밑으로 내려가서 로렌스의 발목을 잡고 발을 디딜 자리로 이끌어주었다. 로렌스는 거친 바위를 발로 훑으며 발가락을 걸친 뒤 굴 입구를 넘어갔다. 입구 바로 아래를 더듬어보니 움푹 들어간 곳을 찾을 수 있었다. 하늘의 별빛이 밝지 않고 몸뚱이에 막혀서 발아래가 보이지 않으니 감각에 의존하며 움직일 수밖에 없었다. 볼에 닿는 바위가 얼음처럼 차가웠다. 물 밑에 들어와 있는 것처럼 숨소리가 너무 크게 들려서 다른 소리는 들리지도 않았다. 눈멀고 귀먹은 채 움직이는 기분이었다. 로렌스는 바위에 몸을 바짝 붙였.

마틴이 다시 발목을 잡고 옮겨주려 하자 로렌스는 본능적으로 겁이 났다. 그렇지만 이렇게 다른 사람이 내려오는 것까지 도와주는 일이 보통 힘든 게 아닐 거라는 생각이 들자 로렌스는 마음을 단단히 먹고 조심스럽게 발을 떼었다. 아무 일도 일어나지 않자 비로소 숨을 들이마시고 발을 밑으로 내렸다. 마틴이 발을 잡고 천천히 밑으로 당겨주었다. 발가락이 바위를 가볍게 스치다가 움푹 들어간 곳에 닿았다.

다른 발도 밑으로 옮긴 후 로렌스는 손을 밑으로 내려 짚었다. 일단 움직이기 시작하니 그다음은 비교적 수월했다. 그는 한곳에 오래 붙어 있기보다는 아무 생각 없이 계속 밑으로 내려갔다. 양어깨 사이의 가슴팍과 허벅지 안쪽이 거친 바위에 쓸려 따끔거렸고 손가락 끝도 불에 타는 것처럼 화끈거렸다. 움푹 팬 바위 안쪽에 독액이 아직 남아 있어서인지 거친 바위 면에 손끝이 쓸려서인지 알 수 없었다. 로렌스는 한 손으로만 잡고 절벽에 매달려 있을 자신이 없어서 손목에 묶어둔 천 조각으로 손가락 끝을 닦아낼 엄두도 내지 못했다.

옆을 돌아보니 둘시아의 안장 담당자 베일즈가 약간 아래쪽에서 내려가고 있었다. 몸집이 큰 베일즈는 천천히 조심해서 내려가는 중이었다. 지상요원들은 평소 전투에 투입되지 않기 때문에 등반 훈련도 그리 많이 하지 않았다. 그런데 잘 내려가던 베일즈가 갑자기 괴상한 신음 소리를 내며 손을 뒤로 확 잡아 빼더니 입을 딱 벌린 채 끄윽끄윽거렸다. 베일즈는 다시 바위를 움켜잡으려 했지만 손끝에서 살점이 떨어져 나가면서 하얀 뼈가 어둠 속에서 반짝였다. 결국 그는 버둥거리다가 두 팔을 벌린 채 밑으로 추락하고 말았다. 짧은 순간이지만 로렌스는 추락하는 와중에도 베일즈가 소리를 지르지 않으려고 이를 악무는 것을 보았다.

밑에서 나뭇가지 부러지는 소리가 났다. 로렌스의 발목을 잡고 있는 마틴의 손이 부들부들 떨리고 있었다. 로렌스는 바위에 붙어 선채 천천히 숨을 들이쉬고 내쉬었다. 고개를 돌려 절벽 위를 살펴볼 엄두도 나지 않았다. 지금 들통 나면 모두 끝장이었다. 절벽 위에서 보초를 서던 용이 소리를 듣고 내려와 앞발로 한 번만 훑어도 바위를 타고 내려가던 공군들은 모두 떨어져 죽고 말 테니까.

얼마 후 마음을 가다듬은 공군들은 다시 내려가기 시작했다. 로렌스는 베일즈가 매달려 있던 자리를 돌아보았다. 바위 표면이 반투명한 색으로 빛나는 것으로 보아 석영 암맥인 듯했다. 석영은 독액을 잘 흡수하지 못하니 움푹 팬 곳 안에 독액이 고여 있었을 터였다.

　잠시 후 용 한 마리가 밤하늘을 빠르게 가로지르며 날아갔다. 베일즈가 추락한 이후 시간은 얼마 흐르지 않았으나 아주 오랜 시간이 지난 것 같은 기분이었다. 용은 아주 높은 곳에서 날아갔다. 사방이 고요하여 로렌스는 바람과 날갯짓 소리만으로 그 움직임을 감지할 수 있었다. 차갑고 거친 바위를 잡고 내려오느라 살이 벗겨지고 손이 얼얼했다. 손바닥으로 아래쪽을 훑는데 부드러운 풀이 느껴졌다. 이제 몇 발자국만 더 떼면 경사가 덜 급한 산비탈이었다. 곧 발꿈치 아래 나무뿌리도 느껴졌다. 절벽을 거의 다 내려온 공군들의 발은 모두 흙투성이였다. 비탈에 자라는 관목이 발밑어 와 닿자 마틴은 로렌스의 발목을 탁탁 쳐서 신호를 보냈다. 그곳에서부터 마틴과 로렌스는 몸을 돌려 궁둥이를 비탈면에 대고 주르르 미끄러져 내려갔다. 잠시 후 비탈 아래에 이르자 두 사람은 목에 걸고 있던 장화를 도로 신었다. 아래쪽에서 빠르게 흐르는 물소리가 들렸다. 골짜기 아래쪽 밀림에는 야자나무가 무성하게 우거져 있고 거친 덩굴이 여기저기 늘어져 있었다. 흐르는 물의 깨끗하고 축축한 냄새, 신선한 흙, 나뭇잎에 매달려 부르르 떨고 있는 굵은 이슬방울. 셔츠가 밤이슬에 젖으면서 한기가 느껴졌다. 회갈색과 황토색으로 이루어진 위쪽 절벽과는 완전히 다른 세상이었다.

　사전에 합의한 대로 공군들은 골짜기 밑에 도착하는 즉시 소규모 단위를 이루며 폭포 반대쪽으로 이동하기 시작했다. 중간에 발각되더라도 최소한 몇 명만이라도 탈출할 수 있게 하기 위해서였다. 로렌스의 안장 담당자 중 하나인 윈스턴이 약간 앞쪽에서 다리를 쪼그렸다 폈다 하며 체조를 하고 있었다. 그 옆에는 신경이 예민한 앨런이 엄지 옆을 앞니로 잘근잘근 씹으며 할리와 나란히 서 있었다. 로렌스와 마틴은 그들 셋을 거느리고 재집결 장소를 향해 나아갔다. 흙은 부드럽고 초목은 물기에 젖어 있어서 처음에는 걷기가 편했는데, 얼마 후부터 바짝 마른 덤불과 덩굴이 펼쳐지면서 수도 없이 발부리가 걸려 넘어졌다. 특히 요즘 들어 부쩍 키가 자라기 시작한 앨런은 망아지처럼 팔다리가 길어지면서 걸음걸이가 어색해져 계속 비틀거리며 걸어갔다. 그러다 보니 어느 정도 소음을 낼 수밖에 없었다. 칼이 없어서 덩굴을 베어낼 수도 없으므로 한번씩 덩굴을 세게 잡아당기고 그 틈으로 지나가야 했는데, 그럴 때마다 덩굴 줄기와 주변의 나뭇가지가 삐거덕거렸다.

그러다가 갑자기 할리가 나지막하게 "앗!" 하더니 그 자리에서 얼어붙었다. 저 앞에서 그들 일행을 마주 보고 있는 눈알 두 개가 보였다. 고양이처럼 세로로 찢어진 초록색 눈이 어둠 속에서 빛나고 있었다. 표범이었다. 아무도 움직일 수가 없었다. 다행히 표범은 이내 고개를 돌리더니 고독하고 무심하게 수풀 너머로 사라졌다.

공군들은 강물을 따라 발걸음을 재촉했다. 어느 지점부터인지 밀림의 초목이 듬성듬성해지고 강물이 두 줄기로 나뉘는 지점에 이르렀다. 로렌스의 눈에 밀림의 경계선 끄트머리에 초조하게 앉아 있는 릴리와 테메레르의 모습이 보였다. 두 용은 좁은 강둑에 올라앉아 소리 죽여 말다툼을 하고 있었다.

테메레르는 목을 길게 빼고 밀림 안을 살피면서 침울하고 날카로운 어조로 중얼거렸다.

"독액이 잘못 튀었으면 어떻게 해? 굴 입구로 독이 확 튀어 들어가서 승무원들의 몸에라도 맞았으면?"

그 말에 릴리는 얼굴이 확 달아오르면서 주황색 눈에 힘을 주고는 화를 참으며 말했다.

"굴에 가까이 갔다가 들통 나서 절벽에 부딪친 누구보다는 나을 거다."

밀림을 주시하던 릴리는 젖은 산비탈 아래로 비틀거리며 내려오는 캐서린을 보고 머리를 앞으로 숙이며 물었다.

"캐서린, 캐서린. 괜찮아? 배 속의 알도 무사한 거지?"

캐서린은 릴리의 주둥이에 손을 대며 대답했다.

"배에 잘 넣어두고 있으니 걱정 마, 릴리. 그냥 좀 성가실 뿐이야. 어쨌든 널 다시 보니 너무 좋구나. 정말 영리하게 잘해줬어!"

릴리는 한층 밝아진 목소리로 말했다.

"응. 예상했던 것보다 훨씬 쉬웠어. 절벽 위에서 보초를 서며 졸고 있는 용만 빼면 달리 신경 쓰이는 용도 없었고."

테메레르도 다행이라고 중얼거리면서 로렌스의 몸에 코를 문질렀다. 테메레르는 아직 두꺼운 쇠 목걸이를 차고 있었다. 목걸이에 연결된 쇠사슬 끝이 시커멓게 녹아 붙은 것을 보니 릴리가 독액을 흘려 쇠사슬을 어느 정도 녹인 후 둘이서 같이 잡아당겨 끊어낸 모양이었다.

로렌스는 테메레르에게 말했다.

"에라스무스 부인만 여기 두고 떠날 수는 없어."

그때 둘시아가 날아와 그들 사이에 착륙했다. 둘시아의 등에는 한 나가 안장을 잡고 매달려 있었다.

그들은 신중하고 빠르게 케이프타운으로 날아갔다. 윤택한 시골 마을을 지나가면서 코끼리떼를 본 테메레르는 그중 몇 마리를 확 낚아챘다. 그 코끼리를 기르고 있는 작은 용들은 화가 나서 저주의 말을 퍼부었지만 테메레르가 한 번 고함을 내지르자 감히 쫓아오지 못했다. 릴리의 대응 방식은 더 매서웠다. 어느 마을을 지나갈 때 공터에 있던 헤비급 용 한 마리가 날아오르며 싸움을 걸자 릴리는 그 용 바로 옆에 있는 커다란 바오바브나무의 가지에 정확하게 독액을 쏘아 가지를 부러뜨렸다. 가지가 어깨를 치며 바닥으로 떨어지자 용은 깜짝 놀라며 물러났다. 그때 릴리가 뒤를 돌아보았으면 그 큰 용이 웬만한 나무줄기만큼 굵은 그 가지의 냄새를 맡아본 후 서둘러 공터에서 떠나는 모습을 볼 수 있었을 것이다.

공군들은 풀을 꼬아 만든 밧줄로 안장의 가죽 끈에 팔다리를 묶었다. 카라비너와 개인 하네스가 없으니 안장에 몸을 고정시키기 위해 그런 방법을 쓸 수밖에 없었다. 용들이 물을 마시러 잠시 착륙을 할 때마다 공군들은 비틀거리며 바닥으로 내려와 허벅지를 주먹으로 탁탁 두드렸다. 장시간 안장의 밧줄에 팔다리를 묶고 있다가 바닥에 내려서면 다리에 피가 확 돌면서 쩌릿쩌릿했다. 그들은 옅은 색 바위와 누런 먼지로 가득한 사막을 한 번도 쉬지 않고 단번에 건넜다. 용 세 마리가 큰 그림자를 드리우며 지나가자 비를 머금은 먹구름이 몰려오는 줄 알고 사막의 굴에 사는 작은 동물들이 밖으로 머리를 내밀었다. 테메레르는 체너리를 제외한 둘시아의 승무원 전원과 릴리의 승무원 일부를 등에 태우고 날아갔다. 그들 셋은 최대한 서두르고 있었다. 모시 오아 툰야에서 탈출한 지 엿새째 되던 날, 새벽이 밝아오기 한 시간 전에 그들은 산 넘어 식민지 이주민들이 살고 있는 좁은 해안 지역으로 날아 들어갔다. 곳곳에서 대포들이 붉은 불꽃을 내뿜으며 작렬하고 있었다. 모카찬 왕의 습격을 받은 것이다.

테이블 만을 가로질러 케이프타운 시내로 들어가면서 보니 테이블 산 정면에 몰려 있던 좁은 연기 기둥이 강풍에 밀려 만 안쪽으로 흘러 들어오고 있었다. 도시 전체에서 대포 소리가 요란하게 울렸다. 돛을 활짝 편 선박들은 바람 불어오는 방향을 향해 앞 다퉈 항구에서 빠져나가고 있었다. 희망성의 대포가 쉴 새 없이 포탄을 쏘았고 항구 쪽에서도 얼리전스 호가 현측의 대포를 계속 쏘고 있었다. 얼리전스 호의 갑판을 뒤덮은 회색 탄약 가루가 난간 너머로 흘러넘치며 바닷물 위로 떠갔다.

막시무스는 얼리전스 호 바로 위에서 비행하며 적들과 싸우고 있었다. 막시무스는 옆구리에 아직 살이 오르지 않아 수척했지만 적군의 용들은 자기네가 막시무스에게 체급 면에서 크게 밀린다는 것을 본능적으로 알아챘다. 그래서 가급적 막시무스의 공격 범위 안에 들어가지 않은 채로 주변을 날아다니며 기회를 엿보았다. 메소리아와 임모르탈리스는 막시무스의 측면을 지키고 있었고 니티두스가 그들 셋의 엄호를 받으며 적들을 괴롭히는 중이었다. 지금까지는 그 네 마리가 얼리전스 호를 잘 지켜왔지만 그런 상태를 오래 유지하긴 힘들 터였다. 그래도 탈출하는 이주민들을 배에 최대한 많이 태우기 위해 다들 버티고 있었다. 이주민들을 잔뜩 태운 보트들이 얼리전스 호 주변으로 속속 모여들었다.

테메레르와 릴리, 둘시아가 날아오는 것을 본 버클리가 막시무스의 등에서 신호를 보냈다. '여기는 우리가 지킬 테니 성으로 가서 다른 군인들을 구해오라'는 내용이었다. 테메레르와 릴리, 둘시아는 즉시 해변으로 방향을 돌려 적들에게 포위된 희망성으로 날아갔다.

성의 외벽에는 창을 든 적들이 쇠가죽과 강철로 만든 큰 방패를 덮어쓰고 엎드려 있었고, 외벽 앞 들판에는 산탄과 머스켓 총에 맞아 죽은 적들의 시체가 쌓여 있었다. 성 주변의 해자(垓子)에도 시체들이 둥둥 떠다녔다. 그 시체들은 모두 외벽을 넘어 성안으로 침입하려다가 실패한 자들이었다. 살아남은 적들은 대포에 맞아 무너진 근처의 집 뒤에 숨어 소총 공격을 피하는 한편, 성벽에 균열이 생겨 안으로 들어갈 수 있게 될 때까지 기다리고 있었다.

연병장에 끔찍하게 죽은 용의 시체가 쓰러져 있었다. 노란 바탕에 갈색 무늬가 있는 그 용은 두 눈이 뿌옇게 흐려졌고 몸통이 반쯤 터진 상태였다. 구형(球形) 포탄에 옆구리를 정통으로 맞아 추락한 듯했다. 그곳에서 구십 미터나 떨어진 풀밭 위에 피투성이가 된 노란 가죽 일부가 떨어져 있었다.

서른 마리가 넘는 적군의 용들이 높은 곳에서 휙휙 날아다니며 폭탄 대신 칼날이 잔뜩 들어 있는 자루를 바닥에 떨어뜨렸다. 삼각형 모양의 납작한 칼날들은 가장자리가 매우 날카로워서 바위에 콱 박힐 정도였다. 성의 안마당에 착륙한 후 로렌스는 마치 짐승의 이빨처럼 뾰족뾰족하게 바닥에 박혀 있는 칼날들을 확실하게 볼 수 있었다. 성안에는 죽은 아군의 수가 상당히 많았다.

모카찬 왕은 성의 대포 사정거리에서 벗어나 테이블 산의 비탈 아래 서 있었다. 모카찬은 굳은 표정으로 전장을 바라보며 자기네 부족민이나 용이 대포나 총에 맞을 때마다 날개를 퍼덕이며 안타까워했다. 모카찬은 나이가 많지 않은 용이라 전투 본능에 이끌려 전장까지 나와 있었다. 그의 측면에는 부족민들이 모여 있었고, 그중 일부는 성벽 앞과 테이블 산 비탈 아래쪽을 바삐 오가며 왕의 지시 사항을 전달하고 있었다. 모슈슈 왕자가 모카찬 왕 옆에 있는지는 확실히 알 수 없었다.

케이프타운 시내는 크게 파괴되지 않았다. 주로 공격을 받고 있는 곳은 희망성이었으니까. 그런데도 시내의 길거리는 텅 비었고 이주민들은 탈출하느라 난리였다. 성안 곳곳에 떨어져 있는 커다란 뭉우리돌 주변에 유혈이 낭자했다. 노란색 페인트를 칠한 붉은 벽돌들도 잔뜩 부서진 채 그 주변에 흩어져 있었다. 군인들이 성벽 위에서 땀을 뻘뻘 흘리며 대포를 쏘는 동안, 이주민 남녀와 아이들은 얼리전스 호로 탈출자들을 실어 나르는 보트가 항구로 얼른 다시 돌아오기를 기다리며 막사의 대피소에 웅크리고 앉아 있었다.

테메레르가 연병장에 착륙하자마자 한나는 안장 끈을 잡지도 않고 곧장 옆구리를 타고 바닥으로 뛰어내렸다. 테메레르 일행을 맞이하러 나온 그레이 중장은 말 한마디 없이 옆으로 휙 지나가는 한나를 보고 놀란 표정이었다. 로렌스가 바닥으로 내려서며 말했다.

"딸들을 데리러 달려간 겁니다. 그리고 중장님, 우리와 함께 이곳을 뜨셔야겠습니다. 얼리전스 호도 항구에서 오래 버티지 못할 겁니다."

그레이 중장이 물었다.

"그런데 아까 그 여자는 도대체 누군가?"

원주민 복장을 입고 있어서 한나인 것을 알아보지 못한 모양이었다. 로렌스의 대답을 들은 뒤 그레이 중장이 말했다.

"저 피에 굶주린 야만스런 짐승들이 대포 사정거리 밖에서 날고 있어서 후추탄까지 동원했지만 정통으로 맞힐 수가 없어. 저 용들을 막지 못하면 성벽도 곧 무너지고 말 걸세. 이 성은 공군 3개 편대에 해당하는 용들에게 맞설 수 있는 구조가 아니야. 저 용들은 대체 어디서 온 건가?"

로렌스의 대답도 기다리지 않고 그레이는 고개를 돌리며 명령을 내렸다. 그레이의 부관들은 아군을 조직적으로 후퇴시키기 위해 동분서주하고 있었다. 질서정연한 후퇴 방식의 전형이었다. 포병들은 대포의 화문을 틀어막아 못쓰게 만든 후 그 대포를 버리고 한 번에 몇 명씩만 뒤로 물러났는데, 그 와중에도 화약통을 해자 안으로 던져 넣어 적의 손에 넘어가지 않도록 했다. 펠로우스가 다른 지상 요원들과 함께 용들의 전투 장비를 가지러 성안으로 달려갔다. 그 장비들은 다행히 대장간 안에 온전히 보관되어 있었다. 잠시 후 배 쪽 그물과 여분의 카라비너 끈을 들고 연병장으로 달려 나온 지상요원들이 숨을 헐떡이며 테메레르와 릴리의 배 쪽 그물을 차례로 설치했다. 그동안 둘시아는 후추총으로 무장한 소총병들을 등에 태우고 날아올라 테메레르와 릴리를 엄호해주었다. 펠로우스가 로렌스에게 말했다.

"대령님, 갑옷은 우리가 들고 올 수 없으니 테메레르와 릴리가 직접 대장간으로 와서 들어 올려주어야 설치가 가능합니다."

"갑옷은 필요 없어."

아무래도 장기전으로 이어질 것 같지는 않았다. 지금은 피난민을 최대한 빨리 실어 나르는 게 관건이었다. 적들의 수중에 대포도 없으니 갑옷 없이 빠르게 날아 움직이는 편이 나았다.

테메레르는 배 쪽 그물에 육군들을 태우기 위해 몸을 쭈그렸다. 용에 익숙하지 않은 육군들은 쭈뼛거리다가 장교들이 날카롭게 명령하자 비틀비틀 걸어와 그물 안으로 들어갔다. 일부는 공포로 얼굴이 창백해져서 땀까지 줄줄 흘렸고 일부는 포탄 터지는 소리와 연기에 취해 멍한 얼굴이었다. 영국에 있을 때 펠로우스에게 지시해서 비단으로 만든 중국식 수송용 안장을 챙겨 왔어야 하는 건데. 로렌스는 후회가 막심했다. 지금 테메레르의 배 쪽 그물에는 서른 명 정도 태울 수 있지만, 수송용 안장이 있으면 한 번에 이백 명 넘게 실어 나를 수도 있었다.

위급 상황이니 로렌스는 다소 무리해서 배 쪽 그물에 오십 명 정도 태웠다. 얼리전스 호까지는 가까우니 그물이 버텨주기만을 바랄 뿐이었다.

"갔다……."

'갔다 오겠다'고 말하려던 로렌스는 둘시아가 날카롭게 소리치며 경고하는 바람에 말을 맺지 못했다. 적군의 용 세 마리가 쇠밧줄로 만든 그물에 코끼리만 한 크기의 뭉우리돌을 담아 와 그들 머리 위에서 떨어뜨린 것이다. 테메레르는 아슬아슬하게 뭉우리돌을 피해 하늘로 날아올라 부상을 피할 수 있었다. 그 뭉으리돌은 바로 옆에 있던 종탑으로 떨어졌고 아름다운 종이 쩔그렁 소리를 내며 박살났다. 돌은 그대로 성문을 향해 굴러가 내리닫이 격자문을 쓰러뜨린 뒤 그 주변의 회반죽이 말라붙은 돌과 벽돌 들을 부숴놓았.

테메레르는 얼리전스 호로 날아가 그물에 태워 온 육군들을 용갑판에 내려놓고 해안으로 다시 돌아갔다. 창을 든 적군들은 돌 파편이 사방에 흩어져 있는 좁은 통로를 지나 성안으로 돌격하고 있었다. 그레이 중장이 지휘하는 소총병들이 일제 사격을 했지만 적의 수가 너무 많아 감당이 되지 않았다. 적들은 대포가 설치된 곳을 둘러싼 후 그 대포를 맡고 있는 영국 포병대원들을 단숨에 창으로 찔러 죽이고 있돴다. 적들의 창끝이 붉은 피로 물들어감에 따라 발포 소리는 점점 줄어들었다. 적군의 용들은 마지막 대포 소리마저 잦아들 때를 기다리며 불길한 까마귀들처럼 떼를 지어 성 위를 맴돌았다.

테메레르는 몸을 일으켜 성의 지붕 위를 내려다보고는 그 위로 넘어 들어오려는 열두 명의 적을 앞발로 후려쳐 떨어뜨렸다.

로렌스가 으르렁거리는 테메레르에게 소리쳤다.

"테메레르, 대포! 적들이 끌고 가는 저 대포를 부숴!"

적들은 화문이 막히지 않은 대포 세 개를 확보하여 그중 하나를 안마당에 설치하고 테메레르와 릴리에게 발포하려 하고 있었다. 테메레르는 앞발을 뻗어 포가(砲架)를 잡고 대포는 물론 그 대포에 매달려 있는 적 여섯 명을 전부 흉벽 너머로 던져버렸다. 대포가 요란하게 물을 튀기며 해자로 빠졌다. 적들은 대포를 포기하고 물 밖으로 헤엄쳐 나왔다.

후퇴하는 아군을 얼리전스 호로 실어 가기 위해 테메레르 뒤쪽에 착륙한 릴리는 적들의 손에 들어간 두 번째 대포를 향해 독을 뿜었다. 그 대포는 치이익 소리를 내며 연기를 뿜었다. 금속 포신보다 나무 포가가 독에 더 빨리 녹았고 결국 포신은 땅바닥으로 떨어져 데굴데굴 굴러갔다. 포신에 맞은 적들이 우르르 넘어지면서 독이 벽돌과 흙바닥에 확 퍼졌다.

그런데 갑자기 땅바닥이 격렬하게 흔들렸다. 테메레르도 그 진동에 비틀거리다가 몸을 굽히고는 네 발로 안마당을 짚었다. 적들이 또 큰 뭉우리돌을 던진 것이었다. 안마당 뒤 구석진 곳이라 경계가 허술했던 외벽의 한 부분이 그 뭉우리돌에 맞아 무너졌다. 그곳으로 창을 든 적들이 물밀듯이 들어왔다. 그레이 중장의 부하들이 미처 대응하지 못할 정도로 재빠른 움직임이었다. 적들은 성의 무너진 입구를 지키고 있던 군인들에게 달려들었다. 테메레르의 등에 자리한 소총병들이 그자들에게 총을 쏘았지만 적의 수가 너무 많아 막을 수가 없었다. 창을 손에 쥔 적들은 총검을 든 성안의 육군들과 격렬하게 맞붙었다. 어느 순간부터 발포 소리가 거의 나지 않아 이상하게 조용해진 느낌이었다. 귀에 들리는 것이라고는 산발적으로 쏘아대는 머스켓 총과 권총 소리, 가쁜 숨을 몰아쉬며 백병전을 치르는 소리, 부상당한 자와 죽어가는 자가 내지르는 신음 소리뿐이었다.

 안마당은 완전히 혼란의 도가니였다. 후퇴로도 없고 전열도 무너졌다. 그런 와중에도 적군과 아군은 서로의 총칼을 피해 몸을 움직이며 상대를 쓰러뜨리고자 안간힘을 썼다. 말이나 소, 양 같은 가축들도 놀라서 비명을 지르며 마구 뛰어다녔다. 그 가축들은 이 전투가 장기화될 것에 대비해 그레이 중장이 성 안의 제2안마당에 모아둔 것들이었다. 그런데 대포 소리가 요란하게 울리고 용들이 하늘을 획획 날아다니자 겁을 먹은 가축들이 제2안마당에서 뛰쳐나와 연병장에 사방으로 흩어진 것이다. 닭떼는 날개를 치며 높은 곳에서 뛰어내리다가 다리나 목이 부러졌고 그중 몇 마리는 우연찮게 연병장의 울타리 너머로 빠져나가기도 했다.

 그 아수라장 속에서 로렌스는 디마니를 보았다. 디마니는 로렌스에게 받기로 했던 어미 젖소의 목걸이 줄을 잡고 이리저리 끌려 다니고 있었다. 미친 듯이 울며 내달리는 어미 젖소를 붙잡아 세우기엔 디마니의 체중이 너무 적었다. 어미 젖소는 전투가 한창인 제1안마당으로 디마니를 질질 끌고 갔고 송아지는 구슬프게 울며 그 뒤를 따랐다. 제1안마당과 그보다 규모가 작은 제2안마당 사이의 아치형 통로에서 머뭇거리며 서 있는 시포는 공포로 표정을 일그러뜨린 채 작은 주먹을 입에 대고 잘근잘근 씹고 있었다. 그러더니 갑자기 결연한 표정으로 형의 뒤를 쫓아 뛰어가서 어미 젖소의 발 뒤에 질질 끌리고 있는 밧줄로 손을 뻗었다.

바로 옆에서는 영국 육군 두 명이 적을 잡아 총검으로 찔러 죽이고 있었다. 그 육군 중 한 명이 허리를 펴고 입가에 튄 피를 닦더니 숨을 헐떡이며 시포와 디마니에게 소리쳤다.

"이 빌어먹을 도둑놈아! 우리 숨이 떨어질 때까지 못 기다리겠다 이거냐!"

그 군인의 칼이 시포에게 다가오는 순간 디마니는 젖소를 놓고 동생을 와락 껴안아 제 몸 밑에 깔고 엎드렸다. 총검이 번뜩이며 디마니를 내리쳤다. 말리거나 항의할 틈도 없었다. 그 군인들은 곧 다른 적을 맞아 싸우기 시작했고 피범벅이 된 두 아이는 땅바닥에 쓰러진 채 꼼짝도 하지 않았다. 어미 젖소는 성벽의 무너진 틈 사이를 지나 안마당을 벗어나더니 비틀비틀 도망쳤다. 송아지도 어미 뒤를 졸졸 따라갔다.

"마틴."

로렌스가 나지막하게 지시하자 마틴은 고개를 끄덕이며 할리의 어깨를 툭 쳤다. 마틴과 할리는 테메레르의 몸에서 내려가 전장을 가로질러 뛰어갔다. 그들은 디마니와 시포를 안고 돌아와 배 쪽 그물에 실었다. 디마니는 축 늘어져 있었고 시포는 형의 피를 뒤집어쓴 채 할리의 어깨에 기대어 소리 없이 울었다.

창을 든 적 몇몇이 막사 안으로 들어가 대피해 있던 이주민들을 공격하기 시작했다. 혼란스럽고 끔찍한 학살이 자행되었다. 적들은 여자와 어린아이들을 벽으로 밀쳐내고 남자들만 골라 가차 없이 창으로 찔러 죽였다. 그 와중에 일부 이주민들은 적군과 아군을 구분하지 않고 머스켓 총과 라이플 총을 마구 쏘아댔다. 얼리전스 호로 탈출자들을 옮겨 실은 빈 보트들이 항구 쪽으로 다시 돌아오기는 했지만 노를 쥔 선원들이 항구 안쪽으로 들어가려 하질 않았다. 키잡이가 그런 선원들에게 사납게 욕설을 퍼부어댔고 그 소리가 해변 안쪽까지 울려 퍼지고 있었다.

로렌스가 소리쳤다.

"페리스, 그쪽은 내가 맡겠다! 릭스, 자리 비워둬!"

로렌스는 페리스 대신 후퇴하는 육군들을 엄호하기 위해 테메레르의 등에서 내려왔다. 누군가 권총과 탄약 상자를 내밀었는데 그것들을 소지하고 있던 시체의 피가 끈적끈적하게 묻어 있었다. 로렌스는 종이 탄포를 꺼내 이로 뜯어 열고는 빈 탄약 상자를 어깨 너머로 던졌다. 그때 갑자기 적이 로렌스를 향해 달려들었다. 권총도 장전을 해두고 칼도 빼놓았지만 미처 반격을 할 틈이 없었다. 그 모습을 본 테메레르가 로렌스를 부르며 앞으로 확 달려들어 그 적을 발톱으로 후려쳤다. 그 바람에 배 쪽 그물 안으로 들어가려고 버둥거리고 있던 아군 세 명이 바닥으로 떨어지고 말았다.

테메레르가 로렌스의 안전에 과잉 반응을 나타내자 로렌스는 할 수 없이 승무원들의 보호를 받으며 지상요원들 뒤로 물러났다. 로렌스는 펠로우스에게 권총을 넘겨주고 테메레르 옆구리 쪽으로 걸어가 잔뜩 늘어난 배 쪽 그물에 후퇴하는 군인들을 싣는 일을 맡았다.

테메레르보다 덩치가 작은 릴리는 배 쪽 그물에 태울 수 있는 군인의 수도 그만큼 적어서 이미 그물을 가득 채우고 하늘로 날아오르고 있었다. 얼리전스 호로 날아가면서 릴리는 무너진 성벽을 넘어 안으로 들어오고 있는 적군들을 향해 독을 뿜었다. 독을 맞은 적들은 온몸이 오그라들면서 죽어 넘어졌고, 시체에서 지독한 냄새를 풍기는 연기가 피어올랐다. 독을 피해 살아남은 적들은 곧장 몸을 일으키고는 성벽의 파편을 가져다가 독이 떨어진 자리를 덮으며 계속해서 전진했다.

보트 쪽을 살피러 갔던 페리스가 숨을 헐떡이며 돌아왔다. 페리스의 셔츠에는 선홍색 피가 잔뜩 묻어 있고 팔에는 길게 상처가 나 있었다. 페리스는 팔을 허리띠로 묶어 지혈하며 말했다.

"대령님, 이주민들을 보트에 다 태웠습니다."

포병대원 몇 명이 적군의 용이 접근하지 못하게 불규칙적으로 대포를 쏘고 있기는 했으나, 이미 성의 안마당에는 아군이 거의 남아 있지 않았다. 테메레르는 아군의 대포를 확보하고 포탄을 쏘려고 하는 적군들을 앞발을 마구 휘둘러 죽였다. 얼리전스 호에 딸린 보트들도 이제 거의 모두 항구를 벗어난 상태였다. 보트의 선원들은 미친 듯이 노를 저으며 탈출자들을 얼리전스 호로 실어 가고 있었다. 막사 안은 온통 피바다였다. 흑인과 백인의 시체가 마구 뒤엉킨 가운데 해변으로 밀려온 파도가 그 안에 들어차면서 핏빛 거품이 부글부글 일었다.

"그레이 중장님을 탑승시켜. 그리고 터너, 후퇴 신호를 보내라."

로렌스는 이렇게 지시하고는 옆으로 돌아서며 한나에게 손을 내밀었다. 테메레르의 등에 태우기 위해서였다. 조금 전 페리스가 막사 안에서 한나와 그녀의 두 딸을 찾아 데리고 나온 것이다. 그을음으로 더러워진 소매 없는 원피스를 입은 두 여자아이는 어머니의 치맛자락을 꼭 붙잡고 있었다.

"고맙습니다만 안 태워주셔도 됩니다, 대령님."

로렌스는 그 말을 곧장 알아듣지 못했다. 머리를 다쳐서 헛소리를 하는 것이거나 보트가 모선으로 거의 다 떠났다는 것을 모르고 있는 듯했다. 하지만 한나는 단호하게 고개를 가로저으며 말을 이었다.

"케펜체가 올 거예요. 딸들을 찾은 후 이 성에서 기다리고 있겠다고 내가 약속했어요. 그래서 케펜체가 날 보내준 것이고요."

로렌스는 당황했다.

"부인, 멀리 배를 몰고 가면 그 용은 우릴 못 쫓아옵니다. 그러니 다시 붙잡힐까 봐 걱정하실 필요는……."

"아뇨, 우린 여기 남을 거예요. 우리 걱정은 안 하셔도 돼요. 저 원주민들은 우릴 해치지 않을 겁니다. 창에 여자의 피를 묻히는 것을 불명예로 여기는 사람들이니까요. 그리고 곧 케펜체가 올 것이고요."

얼리전스 호는 이미 닻을 감아올리고 있었다. 돛을 올리려면 하늘 위의 적들을 쫓아야 하기에 더욱 격렬하게 현측의 대포를 쏘고 있는 중이었다. 성의 총안이 있는 흉벽에서 끝까지 대포를 쏘고 있던 포병대원들도 마침내 대포를 버리고 일부는 테메레르 쪽으로, 일부는 항구에 대기 중인 마지막 보트를 향해 힘껏 뛰었다.

테메레르가 양옆을 번갈아 살피며 낮게 울리는 목소리로 말했다.

"로렌스, 이제 이륙해야 돼. 릴리 혼자 저렇게 많은 적들을 상대하게 할 수는 없어. 내가 가서 도와줘야 해."

얼굴 주변의 막을 완전히 세운 테메레르는 이미 가슴을 쫙 펴고 깊고 긴 숨을 들이켜며 신의 바람을 뿜을 준비를 하고 있었다.

릴리는 독을 쏘아가며 테메레르를 비롯한 탈출자들을 엄호했다. 근거리에서 그 독의 효과를 목격한 적들은 함부로 접근하지 못했지만 그들이 릴리를 빙 둘러싸고 한꺼번에 공격할 경우 지상에 거꾸러뜨릴 수도 있었다. 또한 적군의 용 일부가 릴리를 하늘 높은 곳으로 유도하고 나머지가 이륙 준비를 하느라 취약한 상태인 테메레르를 공격할 가능성도 있었다.

창을 든 적들은 백인들이 버리고 떠난 연병장을 지나 안마당으로 쏟아져 들어왔다. 그들은 테메레르의 공격 범위 내에 들어가지 않게 주의하면서 성의 외벽 안쪽을 따라 반원형으로 늘어섰다. 개별적으로는 큰 해를 입힐 수 없겠지만 창을 들고 한꺼번에 돌진한다면 테메레르도 할 수 없이 공중으로 몸을 띄워야 할 것이었다. 적군의 용들은 공중에서 릴리를 솜씨 좋게 몰아대는 한편 슬금슬금 고도를 낮추면서 테메레르의 등을 발톱으로 찍을 준비를 하고 있었다. 더 이상 한나를 설득할 시간이 없었다. 그녀의 얼굴을 보니 설득한다고 들을 것 같지도 않았다. 로렌스가 말했다.

"부인, 남편 분께서……."

한나는 말허리를 단호하게 잘랐다.

"내 남편은 죽었어요. 영국으로 돌아가면 내 딸들은 거지 취급을 받으며 살겠지만 이곳에 남으면 츠와나 족의 자랑스러운 자손으로 자랄 수 있어요."

로렌스는 뭐라 할 말이 없었다. 한나는 미망인이 되었고 영국에 의지할 사람도 없었다. 그가 무슨 권리로 그녀를 억지로 영국으로 데리고 간단 말인가. 로렌스는 한나의 치맛자락을 붙잡고 있는 두 여자아이를 바라보았다. 두려워할 기운마저 없을 정도로 극도로 체력이 떨어지고 수척한 모습들이었다.

뒤에 서 있던 페리스가 걱정스런 표정으로 로렌스와 한나를 번갈아 쳐다보며 말했다.

"대령님, 전원 탑승했습니다."

말없이 서 있는 로렌스에게 한나는 고개를 끄덕이며 작별을 고했다. 그녀는 둘째 딸을 들어 올려 안고 큰딸의 어깨에 한 손을 얹고는 총독 관저 쪽으로 걸어갔다. 그런 뒤 피투성이 시체들이 쓰러져 있는 곡선형 계단을 올라가 위에 덮개가 설치된 현관 앞에 이르렀다. 두 딸과 함께 현관 앞에 서 있는 한나는 분위기에 어울리지 않게 단정하고 품위 있는 모습이었다.

"출발!"

로렌스는 지시를 내리고는 돌아서서 테메레르의 등으로 올라갔다. 더 이상 지체할 수 없었다. 테메레르는 뒷다리를 세우고 일어나 날개를 퍼덕이며 힘찬 고함을 내질렀다. 불시에 신의 바람 공격을 당한 적군의 용들은 깜짝 놀라 확 흩어졌고 제일 가까이 있던 용은 고통스러운 울음을 울었다. 테메레르는 릴리, 둘시아와 함께 얼리전스 호로 날아갔다. 하얀 돛을 활짝 펼친 얼리전스 호는 이미 항구를 빠져나가 대서양으로 나아가고 있었다.

적군의 용들은 폐허가 된 성의 안마당으로 내려서며 이리 뛰고 저리 뛰는 소들을 낚아챘다. 한나는 두 딸을 품에 안은 채 등을 꼿꼿이 펴고 현관 앞 계단에 서서 하늘을 올려다보고 있었다. 잠시 후 만을 가로질러 희망성을 향해 거침없이 날아오는 케펜체의 모습이 보였다. 케펜체는 기쁨에 찬 목소리로 한나에게 소리치고 있었다.

제3부

라일리가 어색해하며 로렌스에게 물었다.

"제가 방해를 한 것은 아닌지 모르겠습니다. 갑판에 올라가 같이 한 바퀴 도 시겠습니까?"

문이 없으니 노크도 생략하고 직접 말을 걸 수밖에 없는 상황이었다. 얼리전스 호에는 피난민들이 많이 타고 있었고 그중에는 여성들도 많아서 그녀들을 조금이라도 편하게 해주기 위해 장교들은 대부분 선실을 양보하고 한 선실에 모여 지내고 있었다. 로렌스의 침대는 체너리와 버클리의 침대 사이에 놓여 있었고 그 사이에는 남루한 돛베가 드리워져 있었다.

로렌스와 라일리는 케이프타운을 탈출하는 과정에서 업무적 필요에 의해 다시 말을 하며 지내고 있었다. 얼리전스 호에서 육해공 장교들은 모두 합심해서 일하고 있었다. 일반적인 1급 군함보다 세 배나 더 큰 이 배에서 용 일곱 마리와 빽빽거리고 우는 아이들, 부상자들, 수백 명에 달하는 승객들을 제대로 관리 감독하려면 로렌스와 라일리가 서로 말을 하는 수밖에 없었다. 사전준비 없이 무자비한 맞바람을 맞으며 출항했기 때문에 자칫 잘못하면 바람이 불어가는 쪽의 해안으로 밀려갈 수도 있어 각별히 유의해야 했다. 얼리전스 호의 갑판에는 금속을 입힌 돌덩어리들이 어지럽게 흩어져 있었다. 적들이 얼리전스 호를 공격하느라 공중에서 떨어뜨린 돌이었다.

　탈출자들을 태우고 출항하느라 혼란스러운 와중에 로렌스는 라일리가 용갑판에 내려서는 용과 공군 들을 걱정스러운 눈으로 살피고 있다는 것을 알아챘다. 캐서린이 승무원들에게 큰 소리로 명령을 내리며 갑판에 내려서자 비로소 라일리는 굳은 표정을 풀었다. 그런데 캐서린을 몇 번 더 살펴보던 라일리의 얼굴에 당황하는 기색이 어렸고, 곧 설마 하는 표정으로 바뀌었다. 그리고 얼마 후 라일리는 배의 방향을 바꾸기 위해 용들에게 자리 이동을 요청해야겠다며 용갑판으로 올라왔다. 라일리의 요청에 따라 막시무스는 용갑판 앞쪽으로, 릴리는 막시무스 바로 뒤로, 테메레르는 좌측 난간 옆으로 옮아갔는데, 그 결과 용들 절반이 물에 빠지고 얼리전스 호는 한곳을 빙빙 돌게 되었다. 그것으로 라일리의 요청은 핑계일 뿐이고 실은 캐서린의 상태를 더 자세히 살펴보기 위해서였음을 로렌스는 확실히 알 수 있었다.

　갑판을 같이 돌자는 라일리의 제안에 로렌스는 "그러지"라고 대답하며 선실 밖으로 나갔다. 두 사람은 말없이 통로를 지나 갑판으로 연결되는 계단으로 향했다. 통로가 좁아서 일렬종대로 걸어가야 했으므로 아직은 편안히 대화를 나눌 분위기가 아니었다. 얼리전스 호에 잔뜩 탑승한 탈출자들이 햇빛을 쏘이고 체조를 할 수 있도록 라일리가 후갑판을 내주었기 때문에 두 사람은 그나마 덜 붐비는 용갑판으로 갈 수밖에 없었다. 흥미롭게 귀를 기울이고 있는 용들에게 신경 쓰지 않는 한, 조용히 대화를 나눌 만은 했다.

　용들은 대부분 축 처져 있었다. 테메레르와 릴리, 둘시아는 거의 쉬지도 못하고 장거리를 날아온 데다가 탈출이 마무리되고 긴장이 풀리자 기진맥진하여 늘어졌고, 막시무스는 앞 돛대의 밧줄이 윙윙 울리도록 깊게 코를 골며 자고 있었다. 얼마나 지쳤는지 용들은 모두 먹지도 않고 잠이 들었다. 사실 먹을 것도 거의 없었다. 영국으로 가는 도중에 안전해 보이는 항구에 들러 식량을 구입해야 했다. 잠시 후 용들이 잠에서 깨면 어쩔 수 없이 물고기로 저녁을 때우게 해야 할 판이었다.

　난간을 따라 걷던 라일리는 침묵을 깨고 주저하며 입을 열었다.

　"아무래도 벵겔라 항구에 들러 식수를 보충해야겠습니다. 그곳에 들르면 대령님이 편치 않아 하실 걸 잘 알지만 어쩔 수 없는 상황이라서요. 정 싫다고 하시면 세인트헬레나 섬에 들를까 생각 중입니다."

　세인트헬레나 섬의 항구는 노예무역항이 아니지만 그곳까지 가려면 항로에서 크게 벗어나야 했다. 로렌스는 라일리의 말에 사과의 뜻이 담겨 있음을 알았다.

　"그건 별로 좋은 생각이 아닌 것 같군. 세인트헬레나 섬까지 갔다가는 동풍에 휩쓸려 리오 항구까지 밀려갈 수도 있어. 전염병 치료약과 케이프 식민지 대참사에 관한 보고가 담긴 급보를 다른 배편에 먼저 영국으로 보내긴 했지만 우리 용 편대도 하루 빨리 영국으로 돌아가야 해."

　그 말에 라일리는 로렌스가 자신의 사과를 받아들였음을 알고 고마워하는 얼굴을 했다. 두 사람은 몇 차례 더 용갑판을 왔다갔다했다. 분위기가 좀더 편안해졌을 무렵 라일리가 말했다.

"그렇죠. 한시도 지체할 수 없는 상황인 것은 저도 잘 압니다. 캐서린이 고집을 피우기 전까지는 저도 얼른 영국으로 돌아가야 한다는 생각뿐이었으니까요. 그런데 로렌스, 솔직하게 말씀드리죠. 이런 말을 하는 저를 용서해주십시오. 지금 심정 같아서는 캐서린이 저와의 결혼에 동의해줄 때까지 역풍이라도 불어 배의 속력이 느려졌으면 좋겠습니다."

그 무렵 다른 비행사들은 라일리가 현실을 모르고 결혼을 고집한다며 투덜거리고 있었다. 체너리는 이렇게 말하기까지 했다.

"라일리 함장이 불쌍한 캐서린을 계속 귀찮게 한다면 우리들 중 누구라도 나서서 조치를 취해야 합니다. 도대체 어떻게 해야 그 사람이 말귀를 알아듣겠습니까?"

그러나 로렌스는 라일리의 심정이 이해가 되었다. 라일리는 캐서린이 당연히 결혼 승낙을 할 줄 알았을 텐데, 청혼을 받은 캐서린이 기뻐하기는커녕 거절을 하자 큰 충격을 받은 것이다. 그제야 라일리는 에라스무스 목사의 부재를 안타까워하는 눈치였다. 에라스무스 목사가 있었으면 결혼의 장점에 대해 신사적이고 온화하게 캐서린을 설득할 수도 있었을 테니까. 얼리전스 호의 군목 브리튼 목사는 맨정신으로도 다른 사람에게 도덕적인 조언을 해줄 만한 위인이 못 되었다.

라일리가 로렌스에게 말했다.

"그래도 브리튼은 성직자이니 그를 주례로 세우면 이 배에서 합법적으로 결혼식을 올릴 수가 있습니다. 그런데 캐서린이 내 말을 안 듣습니다."

라일리는 다소 기분 나빠하는 얼굴로 말을 이었다.

"제가 불한당이라서 싫다고 하는 것도 아니고 도대체 왜 그러는지 모르겠습니다. 관계를 갖기 전에 청혼하지 않아서 화가 난 것도 아닌 것 같고. 제가 무슨……."

라일리는 더 이상 말을 이어가지 않고 푸념조로 덧붙였다.

"어디서부터 이 일을 풀어나가야 좋을지 갈피를 못 잡겠습니다. 로렌스, 캐서린의 가족 중에 저와 결혼하라고 설득해줄 만한 사람이 없겠습니까?"

"없어. 아무도 없이 혼자 남았거든. 그리고 자네도 알다시피 캐서린은 공군 복무를 그만둘 수 없어. 릴리는 공군에 꼭 필요한 용이니까."

라일리는 마지못해 말했다.

"흠, 그 짐승을 맡아줄 다른 비행사가 없다면 어쩔 수 없겠죠."

로렌스는 용을 짐승이라 칭하면 안 된다고 말해주고 싶었지만 지금은 그럴 상황이 아니었다. 라일리가 말을 이었다.

"그게 문제가 아닙니다. 문제는 제가 임신한 캐서린을 버릴 만큼 형편없는 놈이 아니라는 거죠. 그레이 총독님에게 들었는데, 그레이 부인께서 친절하게도 캐서린의 후원자가 되어주시겠다고 했답니다. 정말이지 너무나도 관대하신 분들입니다. 그분들이 후원해주시면 영국에 돌아가서도 캐서린은 편히 지낼 수 있을 겁니다. 그분들은 최고의 사교계 인사들과 교분을 갖고 계시니까요. 물론 우리 둘이 결혼을 한 뒤에야 가능한 얘기겠지만요. 그런데 캐서린이 제 말을 도통 들으려 하질 않는단 말입니다."

"아마 자네 가족들이 반대할까 봐 걱정돼서 그런지도 모르지."

그 말은 그런 확신이 들어서가 아니라 라일리를 위로하려고 한 말일 뿐이었다. 캐서린은 라일리의 가족들이 어떤 생각을 하건 개의치 않을 성격이었다. 그것은 결혼을 한 뒤에도 마찬가지일 터였다.

"내 가족은 예의 바르고 품위 있는 사람들이라고 캐서린에게 말해두었습니다. 물론 캐서린이 그분들이 기대하고 있던 신붓감은 아니겠지만, 저는 경솔한 인사라는 소릴 듣지 않고 만족스럽게 결혼을 해도 될 만큼 재산도 충분히 갖고 있습니다. 캐서린이 아들만 낳는다면 제 아버지는 아주 좋아하실 겁니다. 형수가 지금까지 딸만 내리 낳았고 사 년 전에 막내딸을 낳은 뒤로 아직까지 임신 소식이 없거든요. 우리 가족은 세습 재산 문제도 고려하지 않을 수가 없는 상황입니다."

라일리는 답답하다는 듯 두 손을 들어 보이며 말을 맺었다.

로렌스는 캐서린을 찾아가 그 문제를 얘기했다. 그러자 캐서린도 라일리 못지않게 답답해하며 하소연했다.

"말도 안 되는 소리만 하잖아요. 내가 군복무를 그만뒀으면 하더라고요."

"내가 라일리에게 퇴역은 불가능하다고 말했습니다. 그 점은 체념하고 받아들이더군요. 그리고 캐서린, 세습 재산은 무시할 수 없는 중요한 문제예요."

"난 잘 모르겠어요. 그 재산은 그 사람 아버지 것이잖아요? 그게 나나 내 아이와 무슨 상관이죠? 게다가 그 사람한테는 형이 있고, 그 형의 아이들도 있잖아요?"

로렌스 역시 재산 상속이나 세습과 관련해서 피부에 와 닿을 정도로 자세히 알지 못했다. 그래서 그저 세습 재산은 아들에게만 물려주게 되어 있고 라일리의 조카들은 모두 딸이니 캐서린이 아들을 낳는다면 큰아버지의 뒤를 이어 그 집 재산을 받게 되어 있다고 대충 설명했다.

"그러니 하코트 대령이 결혼을 거부하면 배 속의 아이는 응당 물려받아야 할 세습 재산을 받지 못하게 되는 겁니다. 내가 알기로 집안에 아들이 없으면 그 집 재산은 먼 친척이 물려받게 될 겁니다. 그 친척은 라일리의 조카들이 궁핍하게 살든 말든 상관하지 않을 테고요."

"바보 같은 제도로군요. 말씀은 잘 알아들었어요. 나중에 내 아이가 커서 재산을 못 물려받았다는 것 때문에 속상해하면 그것도 불행한 일이겠죠. 그래도 나는 배 속의 아이가 딸이었으면 좋겠어요. 딸이라면 라일리에게 별로 쓸모없는 존재일 텐데 내가 굳이 그와 결혼할 필요가 있을까요?"

캐서린은 한숨을 푹 쉬더니 손등으로 이마를 문지르며 결연히 덧붙였다.

"아, 일이 이렇게 성가시게 될 줄이야. 봐서 나중에 이혼하면 되니까 결혼하죠 뭐. 딸을 낳으면 내 성을 붙여주겠어요."

배 안의 식량 부족으로 결혼 피로연에 내놓을 만한 요리를 만들 수 없는 형편이라 보급품을 다시 채울 때까지 결혼식을 잠시 연기하기로 했다. 이미 식수와 식량이 거의 다 떨어져가고 있어서 견디기 힘든 지경이었다. 라일리 함장은 어떻게든 항구에 입항하려 했다. 그러나 북쪽으로 이동하는 동안 아프리카 해안에 안전한 항구는 한 군데도 보이질 않았다. 할 수 없이 공군들이 빈 물통을 밧줄로 묶고 용들의 몸에 실어 해변에서 물을 떠 와야 했다. 라일리가 해변 쪽을 주시하는 동안 용들은 삼십여 킬로미터를 날아 해변에 도착했고 바다로 흘러드는 이름 없는 강이 있는지 살펴보았다.

1807년 6월 15일 아침, 벵겔라 항구로 나아가는 동안 선체가 시커멓게 그을고 해적도 창피해서 달지 않을 정도로 지저분한 돛을 단 작은 배 두 척이 얼리전스 호 옆을 스쳐 지나갔다. 케이프 식민지에서 이주민들을 태우고 탈출한 배인 듯했다. 그 작은 배 두 척은 세인트 헬레나 섬이 있는 방향으로 가고 있었다. 얼리전스 호는 정선(停船)을 요청하지 않았다. 이 배에도 물과 식량이 부족한 형편이고, 무엇보다 그 배들이 얼리전스 호를 피해 멀찍이 달아나고 있었다. 자기네가 갖고 있는 식량이나 선원들을 빼앗길까 봐 그러는 모양이었다.

라일리는 그 배들이 수평선 너머로 멀어져가는 모습을 지켜보며 차분하게 말했다.

"유능한 선원 열 명만 내주면 값을 후하게 쳐주려고 했는데."

그는 두 배에서 깨끗한 식수를 공급받을 경우 무엇을 내주려 했는지는 말하지 않았다. 어느새 잠이 깬 용들은 갈증이 나서 이슬이라도 먹으려고 돛을 핥았다. 다들 음식과 물을 절반밖에 공급받지 못한 상태였다.

멀리 보이는 육지에서 연기가 피어오르고 있었다. 얼리전스 호는 축축한 나무를 한데 모아놓고 모닥불이라도 피우는지 계속해서 검은 연기가 치솟고 있는 벵겔라 항구 쪽으로 다가갔다. 대양으로 나갔다가 끌려 들어온 듯한 선박들이 해변에 엎어져 있었다. 다른 부분은 모두 불에 타고 단단한 용골과 늑재만 남아 있었다. 마치 모래사장으로 끌려 올라와 죽음을 맞은 고래의 거대한 갈비뼈 같았다. 네덜란드 이주민들이 운영하는 공장의 방어 시설도 무너진 상태였다.

생명의 흔적이라고는 보이지 않았다. 총안을 지키는 자도 없었다. 테메레르를 비롯한 용들은 혹시라도 있을지 모를 위험 신호를 감지하기 위해 신경을 곤두세웠다. 얼리전스 호는 보트 여러 척에 빈 물통을 잔뜩 싣고 해변으로 보냈다. 선원들은 물통을 가득 채운 뒤 있는 힘껏 노를 저어 서둘러 모선으로 돌아왔다. 라일리의 선실로 들어온 웰스 대위가 불안한 얼굴로 보고했다.

"일주일 전에 공격을 당한 것 같습니다. 몇몇 집에 들어가봤는데 음식이 온통 썩어 있는 상태였고 요새 안에 남아 있는 음식도 심하게 부패되어 있었습니다. 항구 뒤쪽 들판에 큰 무덤이 하나 보이더군요. 백 명 이상 사망한 듯합니다."

라일리가 말했다.

"케이프타운에서 우릴 습격했던 놈들은 아닐 거다. 불가능해. 그 용들이 그렇게 빠른 속도로 여기까지 날아오는 게 가능할까?"

그러자 의자에 앉아 손가락으로 지도를 짚어보고 있던 캐서린이 끼어들었다.

"일주일도 안 되는 시간에 이천삼백 킬로미터를 날아올 수 있겠냐고요? 여기까지 날아와서 곧장 습격을 감행할 작전이었다면 그렇게 무리해서 전속력으로 날아올 리가 없죠. 그럴 필요도 없었을 테고요. 모시 오아 툰야 폭포에는 케이프타운을 공격했던 용들과 비슷한 규모로, 혹은 그보다 열 마리쯤 더 많은 대규모 기습단을 조직해도 될 만큼 용이 많았어요."

캐서린은 라일리의 배려로 의자에 앉아 있었다. 라일리는 캐서린에게 영국으로 돌아갈 때까지 고물 쪽의 큰 선실을 쓰라고 했고 캐서린은 어쩔 수 없이 그 제안을 받아들였다. 그래서 지금 캐서린은 그 선실에 있던 의자를 이 방에 끌고 들어와 앉아 있는 것이었다.

체너리가 말했다.

"흠, 재수 없는 까마귀처럼 이런 말을 해서 미안하지만, 내 생각에 이곳 벵겔라를 공격한 놈들은 곧장 루안다로 갔을 겁니다."

벵겔라를 떠나 하루 더 항해한 끝에 얼리전스 호는 루안다 항구 근처에 도착했다. 둘시아와 니티두스는 순풍을 타고 빠르게 날개를 치며 해변으로 날아갔다가 여덟 시간 후, 캄캄한 어둠 속에서 돛대 위에 불을 밝힌 채 기다리고 있는 얼리전스 호로 돌아왔다.

체너리는 동료들이 내준 잔을 받아 그로그 주를 쭉 들이켜며 말했다.

"완전히 초토화됐습니다. 개미 새끼 한 마리도 안 보이더군요. 식수 보급을 차단하기 위해서인지 우물마다 용의 배설물이 잔뜩 차 있었습니다."

재앙의 규모가 어느 정도인지 조금씩 실감이 나기 시작했다. 케이프타운뿐만 아니라 아프리카 최대 항구인 벵겔라와 루안다까지 파괴된 것이다. 적의 목적이 주요 항구를 장악하는 것이었다면 각 항구 사이에 위치한 지역들을 우선적으로 정복했을 것이고, 단순히 항구 파괴가 목적이었다면 오랜 시간을 들여 항구 이외의 지역을 정복할 필요가 없었을 것이다. 벵겔라와 루안다 등에는 공군이 배치되어 있지 않으니 원주민 전사들을 잔뜩 실은 아프리카 용들은 아무런 저지도 받지 않고 곧장 목표물을 향해 날아와 그들의 분노를 유발한 불운한 식민지 마을을 마음껏 짓밟아놓은 것이다.

워렌이 조용히 말했다.

"놈들이 대포와 포탄을 싹 쓸어 갔습니다. 화약 창고에 들어가보니 탄약 상자도 텅 비어 있더군요. 그것도 다 가져간 모양입니다. 남아 있는 무기라곤 하나도 없었습니다."

영국으로 돌아가는 내내 폐허가 된 해안에서 피어오르는 검은 연기를 볼 수 있었다. 전에 보았던, 시커먼 선체에 더러운 돛을 단 작은 배 두 척이 생존자들을 잔뜩 싣고 또다시 안전한 항구를 찾아 느릿느릿 나아가고 있었다. 얼리전스 호는 입항은 엄두도 못 내고 용들의 단거리 비행에 의존하여 해안 지역에서 깨끗한 식수를 공급받으며 나아갔다. 이 주일 후 얼리전스 호는 케이프코스트 항구에 도착했다. 네덜란드의 지배를 받고 있는 벵겔라와 루안다와 달리 케이프코스트는 영국령이므로 라일리는 입항하여 사망자의 규모를 파악하기로 결정했다. 그곳 요새는 다른 항구의 요새에 비해 오래되었지만 훨씬 규모가 크므로 그 안에 생존자가 남아 있을 수도 있었다.

케이프코스트 항구의 본부로 사용되던 성은 돌로 지어진 것이라 지붕이 불에 타서 구멍이 뚫린 것을 제외하고는 비교적 온전하게 남아 있었다. 바다 쪽으로 고정시켜놓았던 대포들은 내륙에서 공격해 들어온 적들을 막아내지 못했다. 아프리카 용들은 그 대포들은 물론, 안마당에 쌓여 있던 구형 포탄도 모조리 가져갔다. 바람과 해류의 변화에 따라 움직여야 하는 얼리전스 호는 내륙을 가로질러 날아오는 아프리카 용들의 속도를 따라잡지 못했기에 각 항구들이 한바탕 분탕질을 당한 후에야 입항할 수밖에 없었다. 케이프코스트 항구도 공격당한 지 최소한 삼 주가 지난 것으로 파악되었다.

라일리는 선원들을 동원해서 무덤을 파고 시체의 수를 헤아리는 서글픈 작업을 진행했다. 로렌스와 비행사들은 두 팀으로 나뉘어 사냥을 나섰다. 얼리전스 호에 탑승한 이들 모두에게 공급할 수 있을 만큼 충분한 양의 야생동물을 잡지 않으면 안 되었다. 한 팀은 북쪽의 수목이 무성한 산비탈로 가고 한 팀은 폐허가 된 마을 주변 지역으로 향했다. 창고에 보관 중인 돼지고기의 양이 급격히 줄어들면서 용들이 배를 주렸기 때문에 신선한 고기를 먹게 하는 것이 무엇보다 시급했다. 릴리의 편대에 소속된 용들 중 물고기를 좋아하는 용은 테메레르뿐이었다. 하지만 테메레르도 이곳까지 오는 동안 물고기에 주니가 났는지 "부드러운 영양 고기 먹고 싶어. 기름이 좔좔 흐르는 코끼리 고기가 최고지"라고 중얼거리곤 했다.

사냥을 시작한 테메레르가 몸집이 작고 털 색깔이 붉은 들소 두 마리를 잡아먹고 허기를 달래는 동안 소총병들은 들소 여섯 마리를 총으로 쏘아 잡았다. 테메레르가 얼리전스 호로 충분히 들고 갈 만한 양이었다.

테메레르는 까다로운 신사처럼 들소의 뿔로 이빨 사이를 쑤시며 말했다.

"맛이 좀 거칠기는 하지만 나쁘지는 않아. 꿍쑤가 들소 고기에 말린 과일을 넣고 스튜 요리로 만들어주면 좋겠는데."

그러더니 갑자기 얼굴 주변의 막을 곤두세우며 속삭였다.

"저기 누가 오고 있어."

숲에서 희미하게 사람 목소리가 들렸다.

"맙소사, 거기 백인 맞죠?"

곧 때에 절고 지친 기색이 완연한 남자들이 공터로 비틀비틀 걸어 나왔다. 그들은 공군들이 내주는 그로그 주와 브랜디를 허겁지겁 받아 마셨다. 그들의 대장인 듯한 리버풀의 조지 케이스라는 자가 말했다.

"거의 포기 상태였는데 소총 소리가 들리더라고요."

케이스와 그의 사업 파트너인 데이비드 마일스, 그리고 몇 안 되는 부하들은 이곳에서 탈출하지 못했다고 했다.

마일스가 말했다.

"그 괴물들이 착륙한 뒤로 우리는 계속 숲에 숨어 있었습니다. 그것들은 미처 출항하지 못한 배들을 붙잡아 도망치지 못하게 부수거나 불에 태워버렸습니다. 우리는 가진 총알도 얼마 없어서 거의 절망 상태였습니다. 이대로 일주일만 더 지났으면 저것들도 다 굶어 죽었을 테니까."

로렌스는 곧장 알아듣지 못하다가 마일스의 안내로 숲속의 임시 축사 안을 들여다보고는 그 말뜻을 알 수 있었다. 축사 안에는 사슬과 족쇄로 결박당한 이백 명가량의 흑인 노예들이 들어차 있었다.

"값도 다 치르고 사들인 겁니다. 구입한 다음 날 노예선에 싣고 여길 떠났어야 했는데 뭉그적거리다가 이 꼴이 되고 말았지요."

마일스는 이렇게 말하며 역겨워하는 표정으로 바닥에 침을 뱉었다. 몹시 여위고 굶주린 얼굴에 입술이 갈라 터진 노예 한 명이 물 좀 달라는 뜻으로 손을 내밀었다.

축사 안에서 풍기는 악취는 끔찍스러울 정도였다. 기력이 쇠하기 전에 노예들은 축사 안에 작은 변소 구덩이를 몇 개 파놓기는 했지만 발목마다 족쇄가 채워져 있고 옆 사람과 사슬로 연결되어 있다 보니 마음대로 몸을 움직일 수가 없어 바닥이 온통 그들의 배설물로 뒤덮여 있었다. 그곳에서 사백 미터쯤 떨어진 곳에 바다로 흘러 들어가는 개울이 하나 있었다. 케이스와 마일스, 그리고 그의 부하들은 갈증에 시달리거나 크게 배를 곯은 것 같지는 않았다. 축사에서 스무 걸음도 채 떨어져 있지 않은 곳에 불구덩이가 하나 있고 먹다 남은 영양 고기가 꼬챙이에 꿰어져 있었으니까.

케이스는 선심이라도 쓰듯 말했다.

"우리를 배에 태워주시면 마데이라에 도착하는 즉시 뱃삯을 지불해드리겠습니다. 아니면 지금 이 자리에서 저것들을 구입하셔도 좋고요. 싸게 쳐드리죠."

로렌스는 욕이 나오려는 것을 간신히 참았다. 마음 같아서는 당장 케이스를 때려눕히고 싶었다. 테메레르도 화가 나서 씩씩거리더니 앞뒤 눈치 볼 것 없이 앞발로 축사 문을 잡아 뜯어 멀찌감치 던져버렸다.

로렌스가 굳은 표정으로 지시를 내렸다.

"블라이스, 저들의 몸에 채워진 족쇄와 사슬을 모두 끊어주도록."

"예, 대령님."

블라이스는 대답과 동시에 도구를 가지러 뛰어갔다. 노예상인들은 기겁을 했다.

"세상에! 이게 무슨 짓이오?"

마일스가 이렇게 소리쳤고 케이스는 고소하겠다고 악을 썼다. 하는 짓으로 보아 고소하고도 남을 자들이었다. 로렌스는 그들을 돌아보며 나지막하고 차가운 목소리로 말했다.

"댁들을 이곳에 남겨두고 갈 테니 이제부터 이 흑인 신사 분들과 그 문제에 대해 논의해보든가."

그러자 노예상인들은 입이 딱 붙었다. 축사 안의 흑인들을 풀어주는 데 꽤 오랜 시간이 걸렸다. 흑인들은 쇠로 된 족쇄와 사슬로 발목이 줄줄이 연결되어 있고 네 명씩 밧줄로 목이 한데 묶여 있었다. 그중 일부는 발목의 족쇄에 굵은 막대기까지 끼워져 있어 제대로 서 있기조차 힘든 상태였다.

블라이스가 족쇄를 끊어내는 동안 테메레르는 그 흑인들과 얘기를 나눠보려 했으나 완전히 다른 언어를 쓰는 부족이라 말이 통하지 않았다. 그 흑인들은 머리를 낮게 드리우고 말을 거는 테메레르를 몹시 두려워했다. 용과 친족 관계를 맺고 있는 츠와나 부족이 아닌 모양이었다.

로렌스가 조용히 펠로우스에게 일렀다.

"저 흑인들에게 고기를 내줘."

펠로우스가 들소 고기를 내밀자 흑인들은 통역이 없이도 그 뜻을 알아들었다. 흑인들 중 그나마 기운이 좀 남아 있는 자들은 불구덩이에 불을 피운 뒤, 에밀리와 다이어, 시포가 나눠주는 건빵을 받아 쇠약해진 동족들에게 우선 먹게 했다. 그러나 흑인들은 족쇄와 사슬에서 벗어나자마자 몸이 잔뜩 쇠약해진 상태인데도 불구하고 그 자리에서 도망치기 시작했다. 들소 고기를 꼬챙이에 꿰기도 전에 절반 이상의 흑인들이 숲으로 모습을 감춰버렸다. 고향으로 돌아가는 것이리라. 그들이 얼마나 먼 곳에서, 어느 방향에서 끌려왔는지는 알 길이 없었다.

노예상인들을 등에 태우는 동안 테메레르는 엎드려 앉으면서도 혐오감이 치밀어 올라 얼굴 주변의 막을 빳빳하게 세웠다. 등에 올라탄 뒤에도 노예상인들이 계속 구시렁거리자 테메레르는 머리를 뒤로 돌리고 이빨을 드러내며 사납게 내뱉었다.

"로렌스에 대해 그따위 말을 또 지껄였다간 네놈들을 버리고 갈 줄 알아. 자신이 한 짓이 부끄럽지도 않은 거냐? 수치심도 모를 만큼 분별력이 없으면 입이라도 닥치고 있어."

테메레르의 승무원들도 그 노예상인들을 경멸의 눈빛으로 바라보았다. 벨 준위는 노예상인들을 임시 가죽 끈으로 안장에 고정시켜 주면서 "배은망덕한 놈들" 하고 중얼거렸다.

테메레르는 훌쩍 날아 얼리전스 호의 갑판에 착륙했다. 노예상인들이 테메레르의 등에서 내려와 다른 승객들 사이로 모습을 감추자 로렌스는 치솟았던 화가 다소 가라앉았다. 다른 용들은 사냥을 통해 꽤 많은 동물들을 잡아 왔다. 막시무스는 코끼리 다섯 마리를 잡아 그중 세 마리를 먹어치운 뒤 작은 코끼리 두 마리를 가지고 돌아왔다. 막시무스가 코끼리 맛이 끝내준다고 하자, 테메레르는 두 마리를 누구 코에 붙이겠냐며 한숨을 쉬었다. 라일리는 그 코끼리 두 마리를 결혼 피로연에서 쓰기로 결정했다. 지금까지 경황도 없고 준비도 안 되어 있어서 결혼식을 미뤄왔지만 더 이상 미룰 수가 없었다. 시간을 더 끌었다간 신부가 흔들리는 배에서 걷기도 힘들 만큼 배가 불러올 것이기 때문이었다.

결혼식 준비 과정이 정신 사납게 진행되었다. 평소 예의를 우습게 알던 체너리도 브리튼 목사가 맑은 정신으로 주례를 서는 것이 좋겠다고 판단했는지 결혼식 전날 밤 브리튼의 귀를 잡아끌고 용갑판에 데려다놓았다. 그리고 둘시아에게 브리튼이 선실로 돌아가지 못하도록 지키라고 했다. 그 결과, 아침이 밝았을 때 브리튼은 술이 완전히 깨어 멍한 얼굴로 앉아 있었다. 캐서린의 훈련생들은 브리튼이 되잖은 핑계를 늘어놓으며 선실로 돌아가 술을 퍼마시지 못하도록 깨끗한 셔츠와 아침식사를 용갑판으로 가져왔고 그자리에서 외투의 먼지까지 털어 입혀주었다.

그런데 캐서린은 드레스를 입으려 하지 않았다. 라일리는 신부가 드레스를 안 입고 나타나리라고는 생각조차 하지 못하다가, 바지와 외투 차림으로 나타난 신부를 맞을 수밖에 없었다. 그런 모양새는 처음 보는지라 그레이 부인을 비롯해 케이프타운의 나이 지긋하고 점잖은 부인들은 하나같이 당황해서 얼굴을 붉혔다. 브리튼 목사도 혼란스러운 표정이었고, 술을 마시지 않은 때보다 더 말을 더듬으며 성경 구절을 읽어 내려갔다. 결혼식을 마무리 지으며 브리튼은 하객들을 향해 '이 결혼에 반대하는 이가 있으면 지금 말하라'고 했다.

캐서린이 몇 번이나 주의를 주었건만 릴리는 용갑판 가장자리 너머로 머리를 쭉 내밀어 다른 하객들을 경악게 하며 물었다.

"말해도 돼요?"

"아니, 안 돼!"

캐서린의 말에 릴리는 투덜거리며 한숨을 쉬더니 무시무시한 주황색 눈으로 라일리를 내려다보며 말했다.

"알았어, 그럼 딱 한마디만 할게. 라일리 당신 말이야, 캐서린한테 잘해주지 않으면 내가 바다로 던져버릴 테니 그리 알아."

결혼 생활의 시작이 그리 상서롭지는 않았지만, 피로연에 나온 코끼리 요리는 끝내주게 맛있었다.

1807년 8월 10일 새벽, 마침내 얼리전스 호는 영국 해협으로 들어섰다. 좌현 앞쪽에 영국 땅이 시커먼 덩어리로 모습을 드러낸 순간, 배의 망꾼은 리저드 포인트 앞바다에서 불빛이 보인다고 소리쳤다.

과연 어둠 속에서 불빛 몇 개가 동쪽을 향해 나아가고 있었다. 봉쇄 작전을 수행 중인 영국 군함들은 아니었다. 라일리는 갑판의 불을 끄고 남동쪽으로 방향을 돌리라고 지시한 후 지도를 주의 깊게 살폈다. 아침이 밝아올 무렵에 다시 보니, 그 불빛들은 르아브르로 향하는 프랑스 배 여덟 척이었다. 상선 여섯 척에 그 상선들을 호위하는 소형 범선 두 척. 나포할 경우 합법적인 전리품으로 삼을 수 있었다. 사정거리 안으로만 들어오면 곧장 대포를 쏴서 압도할 수 있겠지만 지금 그 배들은 얼리전스 호에서 백 킬로미터 떨어진 곳에 위치해 있었다. 그쪽에서도 얼리전스 호를 보았는지 돛을 몇 개 더 펼치고 빠르게 배를 몰아 얼리전스 호와의 간격을 벌리기 시작했다.

난간에 기댄 채 라일리 옆에서 그 배들이 멀어져가는 모습을 보고 있던 로렌스는 생각에 잠겼다. 얼리전스 호는 영국을 출항한 이래 내부 청소를 제대로 하지 않아 배 밑바닥이 쓰레기로 차 있었다. 그러니 돛을 있는 대로 다 펼쳐봤자 속도는 8노트를 넘지 못할 것이다. 그에 비해 저 앞의 상선과 호위함은 11노트의 속도로 달아나고 있었다.

허리를 세우고 그 배들을 바라보고 있던 테메레르가 흥분해서 얼굴 주변의 막까지 부르르 떨며 말했다.

"저 배들을 잡을 수 있어. 적어도 오후까진 확실히 잡을 수 있을 거야."

라일리가 망원경을 눈에 대고 전방을 살피며 말했다.

"보조돛을 달았군."

호위하고 있던 상선단을 먼저 앞으로 보내놓느라 일부러 속도를 늦추고 있던 맨 뒤의 소형 범선이 본격적으로 속도를 높이기 시작한 것이다.

로렌스가 말했다.

"이 바람을 타고 날아가서 저 배들을 잡는 건 쉽지 않은 일이야, 테메레르. 넌 가능할지 몰라도 다른 용들은 안 돼. 게다가 지금 이 배에는 너희 몸에 씌울 갑옷도 없어. 그러니 저 배들은 못 잡아. 억지로 잡는다고 해도 이 배에는 선원 수가 모자라서 전리품을 영국 항구까지 제대로 끌고 갈 수도 없어. 날이 어두워지면 저 배들은 기회를 봐서 모두 도망치고 말 거다."

테메레르는 한숨을 푹 쉬고는 앞발 위에 머리를 얹으며 다시 엎드렸다. 라일리가 망원경을 접어 넣고 명령을 내렸다.

"웰스, 북북동으로 배를 돌려."

"예, 알겠습니다."

웰스는 맥 빠진 목소리로 대답하고는 부하들에게 방향 전환을 지시했다. 그때 갑자기 상선단을 이끌던 소형 범선이 움직임을 멈추더니 남쪽으로 방향을 틀었다. 망원경으로 보니 그쪽 선원들이 삭구를 미친 듯이 잡아당기고 있었다. 배 여덟 척이 모두 방향을 남쪽으로 돌린 것을 보니 저지 섬을 지나 그랑빌로 가려는 듯했다. 로렌스는 저들이 왜 갑자기 항로를 남쪽으로 바꿨는지 알 수가 없었다. 봉쇄 작전 중인 영국 군함과 맞닥뜨리지 않은 이상 저럴 리가 없는데. 방금 전까지는 못 보고 있다가 지금 와서 갑자기 영국 군함을 보았다는 것도 말이 안 되었다. 그래도 혹시 영국 군함을 보고 저러는 것이라면 봉쇄 작전 중인 영국 함대 전체가 강풍 때문에 영국 해협 깊숙한 곳까지 밀려 들어왔다는 얘기인데.

어쨌든 얼리전스 호로서는 잘된 일이었다. 저 배들의 뒤를 쫓을 필요 없이 옆으로 치고 들어갈 수 있게 된 것이다.

"조금 더 두고 보기로 하지."

라일리는 웰스에게 이렇게 말한 후 차분하게 상황을 조망하다가 그 프랑스 배들 쪽으로 배를 몰아가라고 지시했다. 다들 말은 안 해도 기뻐하는 기색이 역력했다. 아직 보이지는 않지만 저 배들의 방향을 돌리게 만든 영국 군함이 빠르게 다가오기만을 바랄 뿐이었다! 그 영국 군함이 비록 소형 범선에 불과하다고 해도 이쪽에 있는 대형 군함 얼리전스 호를 보면 더욱 용기를 내어 분발할 것이다. 추적이 최고조에 이르렀을 때 수평선에 모습을 드러내고 대형 군함으로서의 위용을 과시하기만 해도 얼리전스 호는 저쪽에서 오고 있는 영국 군함과 저 프랑스 배들을 나눠 가질 수 있었다.

로렌스와 라일리는 망원경으로 바다 위를 열심히 살폈지만 영국 군함은 보이지 않았다. 일정한 시간차를 두고 하늘 높이 날아올라 바다 위를 살피던 니티두스가 갑판으로 내려서며 숨 가쁘게 보고했다.

"배가 아니라 용들이 오고 있어!"

그들은 눈에 힘을 주고 망원경을 들여다보았다. 하지만 하늘에 구름이 끼어서 조그맣게 날아오는 점들은 잘 보이지 않았다. 그래도 빠른 속도로 프랑스 배들을 향해 날아오고 있는 것만은 확실했다. 한 시간이 채 지나지 않아 프랑스 배들은 또다시 방향을 틀었다. 뒤에서 불어오는 바람에 밀려 해안에 충돌할 위험을 무릅쓰고라도 프랑스 해안에 배치되어 있는 포병대의 보호를 받으려고 하는 것 같았다. 얼리전스 호와 프랑스 배들의 거리는 이제 오십 킬로미터로 좁혀졌다.

테메레르는 주변을 살펴보며 물었다.

"이제 이륙해도 돼?"

릴리를 비롯한 편대의 용들 모두 흥분한 상태였다. 얼리전스 호의 움직임에 방해가 되지 않게 엎드려 있기는 했지만 다들 목을 길게 빼고 목표물에 시선을 고정하고 있었다.

로렌스는 망원경을 접어 넣고 고개를 돌리며 지시했다.

"페리스, 전투 승무원들을 모두 테메레르에게 탑승시켜."

에밀리가 망원경을 받아 치워놓기 위해 손을 내밀자 로렌스가 내려다보며 말했다.

"에밀리, 탑승을 완료한 후 다이어와 함께 페리스 대위를 도와 망을 보도록."

"예, 대령님!"

에밀리는 높은 목소리로 대답하고는 망원경을 받아 치웠다. 캘로웨이가 에밀리와 다이어에게 권총 한 자루씩을 쥐여주었고 펠로우스는 개인 하네스를 입히고 끈을 당겨 묶어주었다. 준비를 마친 두 아이는 곧장 테메레르의 등으로 올라갔다.

둘시아와 니티두스는 이미 날아올랐고 메소리카와 임모르탈리스가 이륙 대기 중이었다. 테메레르와 릴리의 승무원들이 탑승하고 있는 모습을 보며 막시무스가 툴툴거렸다.

"왜 내가 마지막이어야 하는지 모르겠네."

버클리가 말했다.

"그거야 네놈이 툭하면 삐치기나 하는 굼벵이라서 그렇지. 용갑판이 좀 비어야 네 몸에 안장을 싣고 끈을 채울 수 있을 것 아니냐. 얌전히 앉아 있어. 그래야 다른 용들도 빨리 이륙할 수 있을 테니까."

먼저 날아오른 편대원들을 향해 막시무스가 소리쳤다.

"내가 도착할 때까지 전투를 끝내면 안 돼!"

힘찬 날갯짓 소리와 함께 막시무스의 깊게 울리는 목소리가 뒤로 멀어졌다. 날개를 활짝 편 테메레르는 먼저 출발한 다른 편대원들을 확 앞지르며 날아갔다. 이번만은 로렌스도 속도를 늦추라고 하지 않았다. 가까이에 지원군이 있으니 일단 빠른 속도로 날아가 저 프랑스 배들을 한곳에 잡아두어야 했다. 그러는 동안 다른 용들과 얼리전스호가 다가와 협공을 한다면 적들을 쉽게 무력화시킬 수 있었다.

테메레르가 목표물에 거의 도달했을 때 맨 앞 소형 범선 위쪽에 있던 구름이 확 흩어지면서 하늘에서 대포라도 터진 듯 불꽃이 일었다. 그리고 섬뜩한 붉은 화염이 뿜어져 나왔다. 등줄기의 돌기에서 나온 안개처럼 옅은 수증기와 연기를 흩뿌리며 이스키에르카가 급강하하고 있었다. 이스키에르카는 맨 앞 소형 범선의 뱃머리를 가로질러 활 모양으로 불을 뿜었다. 뒤따라온 아르카디와 야생용들도 성질난 고양이떼처럼 길게 울부짖으며 프랑스 배들의 머리 위로 휙휙 날아다녔다. 야생용들은 프랑스 배들을 향해 알아들을 수 없는 말로 야유를 퍼부으며 악을 써댔다. 대포 사정거리 내에 들어갈 정도로 고도를 크게 낮춘 그 비행은 얼핏 무모하게 보였지만 실은 명확히 계산된 것이었다. 움직임이 너무 빨라 프랑스 선원들은 대포를 쏘아 맞힐 수 없었고 요란한 날갯짓에 배의 돛이 연신 부르르 떨리고 있었다.

이스키에르카와 야생용들이 미친 듯이 옆으로 스치고 지나가자 테메레르는 이게 무슨 일인가 싶어 "으음" 하고 한마디 내뱉고는 정지 비행을 했다. 이스키에르카는 맨 앞 소형 범선 주변을 빙글빙글 돌면서 당장 항복하라고 소리쳤다. 안 그러면 모조리 불태워버릴 것이며 그 말은 결코 허풍이 아니라고 사납게 으르렁댔다. 이어서 보란 듯이 그 배의 바로 앞 바다에 불을 확 뿜었다. 소름끼치는 치이익 소리와 함께 바다에서 수증기가 기둥처럼 솟아올랐다.

 소형 범선이 곧장 배에 단 깃발을 내리자 나머지 배들도 그 뒤를 따라 항복했다. 로렌스는 처음 이 프랑스 배들을 보았을 때 운 좋게 나포하더라도 영국의 항구까지 몰고 갈 선원이 부족해서 걱정했었는데 지금 보니 전혀 걱정할 필요가 없었다. 야생용들이 익숙한 솜씨로 전리품들을 몰아가고 있었던 것이다. 키잡이들에게 날카롭게 소리치며 뱃머리를 툭툭 쳐서 영국 쪽으로 방향을 돌리게 하는 그 모습은 마치 양떼를 몰고 가는 양치기 개들 같았다. 야생용들 중 몸집이 제일 작은 게르니와 레스터가 상선들을 호위하던 소형 범선 두 척에 각각 내려앉자 불쌍한 프랑스 선원들은 죽을 만큼 겁에 질렸다.

 목표물로 향하던 도중에 나포 작업이 모두 끝나버리는 바람에 얼리전스 호는 방향을 돌리고 도버로 나아가기 시작했다. 잠시 후 얼리전스 호의 뱃머리 쪽에 착륙한 그랜비는 로렌스와 악수를 나누며 기운 빠진 목소리로 말했다.

 "아, 모두 이스키에르카가 꾸민 짓입니다. 해군들이 전리품을 다 차지하는 꼴을 두고 볼 수가 없으니 야생용들을 부추겨서 일을 벌인 게 분명합니다. 야생용들을 들쑤셔서 영국 해협 주변을 몰래 순찰 돌게 하면서 전리품으로 삼을 적국의 배를 찾아내게 한 뒤, 야생용이 목표물이 보인다고 알려주면 그제야 방금 생각났다는 듯이 직접 나포하러 가는 게 어떠냐고 꼬드기는 것일 테지요. 이제 저 녀석들은 선원들만큼이나 전리품을 몰고 가는 데 익숙해져 있습니다. 저들 중 한 마리만 배에 올라타도 선원들은 꼼짝 못하고 하녀처럼 순순히 말을 잘 듣거든요."

야생용들은 두르자크 어로 신나게 노래를 부르며 공중에서 장난질을 치고 있었다. 그런데 이스키에르카는 굳이 릴리의 편대원들 사이를 비집고 들어오더니 테메레르가 낮잠 잘 때 즐겨 눕곤 하는 우현 쪽 자리를 차지했다. 이제는 전처럼 몸집이 작지도 않았다. 몇 개월 못 본 사이에 부쩍 자라서 몸통이 뱀처럼 아주 길게 쭉 뻗어 있었다. 이스키에르카는 테메레르만큼 긴 몸통을 아무렇게나 눕혔고 밑에 무엇이 깔려 있든 상관하지 않았다.

"너까지 앉을 자리는 없는데. 도버까지 그냥 날아가지 왜 굳이 여기 내려앉고 난리냐."

테메레르는 이렇게 투덜거리며 이스키에르카가 등에 얹어놓은 몸통을 코로 밀어 치웠고 그 밑에 깔린 발도 잡아 뺐다.

이스키에르카는 가소롭다는 듯 꼬리 끝을 가볍게 휘저으며 받아쳤다.

"너나 날아서 가."

그리고 의기양양하게 덧붙였다.

"난 아침 내내 비행을 한 데다가, 내 전리품들 옆에 머물러야 하니까. 저게 다 몇 척인지 알아?"

"우리 모두의 전리품이야."

그러자 이스키에르카는 잘난 체를 하며 말했다.

"원칙대로라면 나눠야겠지만 너희는 느지막이 와서 구경만 했잖아."

사실 그 말이 옳았으므로 테메레르는 반박하지 못하고 뿌루퉁해져서 입을 다물었다. 이스키에르카는 코끝으로 테메레르를 툭 치더니 숫제 부아를 질렀다.

"내 비행사가 얼마나 멋진지 좀 봐봐."

그 말에 가엾은 그랜비는 몹시 당황했다. 지금 그랜비는 우스꽝스러울 정도로 화려한 차림새였다. 외투에는 금단추와 금장식이 붙어 있고 허리에 찬 칼자루도 금도금이 되어 있었으며 칼자루 끝에는 커다란 다이아몬드까지 박혀 있었다. 그랜비는 최대한 그 칼자루가 남들 눈에 띄지 않도록 숨기고 있었다.

귀까지 새빨개진 그랜비가 중얼거렸다.

"전리품을 낚으러 갈 때마다 제가 이렇게 차려입지 않으면 이스키에르카가 며칠 동안 토라져 있거든요."

궁금해진 로렌스가 물었다.

"지금까지 몇 척이나 나포했나?"

"아…… 다섯 척입니다. 본격적으로 나선 뒤로 이번처럼 여러 척을 한꺼번에 잡기도 했습니다. 이스키에르카가 불을 한 번만 확 뿜어도 선원들은 곧장 깃발을 내리고 항복하더군요. 경쟁자도 별로 없었습니다. 아직 모르고 계시겠지만, 현재 해군들은 봉쇄 작전을 수행하는 것도 버거워하는 실정입니다."

그 소식에 얼리전스 호에 타고 있는 해군과 공군 모두 경악했다. 그랜비가 계속해서 말했다.

"순찰 나오는 프랑스 용들이 수시로 우리 군함들을 괴롭히고 있습니다. 어떻게 된 일인지, 무슨 이유에서인지는 모르지만 해변을 따라 배치된 프랑스 용의 수가 백 마리는 더 늘어난 것 같습니다. 그놈들은 우리가 순찰을 쉬는 틈을 노리고 날아와 봉쇄 작전을 수행 중인 우리 군함에 폭탄을 떨어뜨리곤 합니다. 우리 쪽은 용의 수가 부족해서 계속 지켜보고 있을 수가 없기 때문에 해군들이 대포를 쏘아가며 그 프랑스 용들을 물리치고 있지요. 이제 릴리의 편대가 돌아왔으니 한시름 놓았습니다."

옆에서 테메레르가 나지막하게 중얼거렸다.

"다섯 척이나 나포했다니."

도버에 도착해서도 테메레르의 기분은 좀처럼 나아지지 않았다. 특히, 절벽 위쪽 튀어나온 곳에 세워진 거대한 누각 앞에 이스키에르카가 새치름하게 똬리를 틀고 앉자 테메레르는 더욱 속이 상한 모습이었다. 돌로 지어진 그 누각은 이미 새까맣게 그을렸고 이스키에르카의 등줄기를 따라 난 돌기에서 발산되는 수증기 때문에 벽면에는 물이 맺혀 있었다. 여름이라서 그 안에 들어가면 그대로 삶아질 만큼 더울 테지만, 누각을 배경으로 앉아 있는 붉은색과 보라색이 섞인 몸통의 이스키에르카는 아주 멋져 보였다. 이스키에르카는 테메레르에게 이게 바로 자신의 누각이라고 말하며, 공터 맨바닥에서 자는 게 불편하다면 안에 들어와서 자게 해주겠다고 선심 쓰듯 말했다.

테메레르는 가슴을 펴고 아무렇지도 않은 척 말했다.

"됐어, 고맙지만 사양하지."

공터로 돌아간 테메레르는 속상한 마음을 달래려고 펜던트를 둔지르기 시작했으나 이내 걷어치웠다. 그러고는 뿌루퉁한 얼굴로 날개 밑에 머리를 집어넣고는 바닥에 엎드렸다.

케이프 식민지에서 대량 살상 발생
수천 명 사망! 케이프코스트 파괴!
루안다와 벵겔라 초토화!

전체 사망자 수 파악에는 다소 시일이 걸릴 것으로 예상된다. 아직 확실한 수치가 나오지 않았기 때문에 영국 제도 전역에 살고 있는 이번 희생자들의 친척과 채권자들은 대참사의 규모가 어느 정도인지 알 수 없어 몹시 걱정하고 있다. 대참사의 희생자 중에는 신분이 높은 이주민들도 일부 포함되어 있는데 그동안 그들의 수익 증대에 공헌해온 사업 기반도 대부분 파괴되었다. 확실한 정보를 얻지 못한 상태이므로 혹시라도 용감한 오지 탐험가와 고상한 선교사들까지 살해된 것은 아닌지 우려된다. 아프리카에서 프랑스와 영토 경쟁을 벌이다 보니 우리 영국은 어쩔 수 없이 네덜란드 왕국 소유의 식민지까지 손을 대게 되었고 그로 인해 양국의 사이가 소원해졌으나 이번 사태로 가까운 친척을 잃은 네덜란드 가문들과 공감대가 형성되기 시작했다.

우리는 부지불식간에 잔인하고 야만적인 짐승들의 습격을 받아 지옥을 방불케 하는 끔찍한 피해를 입고 말았다. 그 짐승들은 우리 그리스도교인들이 정직한 노동으로 일군 결과물을 시기한 아프리카 부족들이 기른 것이다. 이제 우리 모두 애도의 목소리를 하나로 모아야 할 때다…….

로렌스는 브리스틀 항구를 지나며 구입한 그 신문을 접어 커피포트 옆에 던져버렸다. 역겨운 풍자만화를 밑으로 가게 해서 던진 것이다. '아프리카'라는 글씨 아래 덩치가 비대하고 뻐드렁니가 난 용들이 그려져 있고, 그 옆에는 나체의 원주민들이 검은 얼굴에 흡족한 웃음을 지어가며 여자와 어린아이 들을 그 용의 입 안으로 몰아넣기 위해 창으로 위협하고 있었다. 가엾은 희생자로 묘사된 백인들은 두 손을 모으고 기도를 하는 모습이었고 그들 입에서 나온 말풍선에는 '오, 너희는 동정심도 없느냐?'라고 적혀 있었다.

로렌스는 테메레르에게 말했다.

"제인을 만나러 갔다 올게. 네가 많이 힘들지만 않으면 오늘 오후에 런던으로 같이 갔으면 하는데."

테메레르는 어린 수소 한 마리를 앞발로 잡고 장난감 다루듯 어르고 있었다. 도버 기지에 도착해서 소 세 마리를 먹어치운 뒤라 이 어린 수소를 먹을까 말까 망설이고 있는 중이었다.

"알았어. 런던에 가는 건 좋은데, 대신 일찍 출발했으면 좋겠어. 가는 길에 우리 누각이 어떻게 지어져 있는지 보고 싶어. 이제 격리 구역에 접근하지 못할 이유가 없으니까."

얼리전스 호보다 먼저 영국에 도착한 다른 배들이 아프리카에서 벌어진 대규모 학살에 관한 정보를 전했으나 가장 자세한 소식은 얼리전스 호를 통해 퍼져나간 듯했다. 얼리전스 호가 도착하기 전까지 영국에서는 아프리카 해안을 대규모로 습격한 무자비한 적의 정체가 무엇인지 파악조차 못 하고 있었다. 로렌스와 캐서린, 체너리는 그들이 겪은 바를 적어 넣은 급보를 시에라리온 항구 부근에서 얼리전스 호 곁을 지나는 다른 배편에 먼저 영국으로 보냈다. 그 뒤로 마데이라에서도 다른 배에 같은 급보를 한 번 더 실어 보냈다. 하지만 결국 그 배들은 얼리전스 호가 도버에 입항하기 며칠 전에야 영국에 도착하여 급보를 상부에 전달했다. 공식적인 급보에 아무리 자세한 내용을 적었어도 급보를 써 보낸 지 한 달 이상 지났으니 상부에서는 그 중간에 일어난 일들에 대해서도 알고 싶어했고 광범위한 대참사에 대해서도 더욱 상세히 알고자 했다.

그러나 제인은 이미 알고 있는 사실을 곱씹는 것으로 시간을 낭비할 생각이 없었다.

"해군본부에 불려 가면 의원들 앞에서 계속 심문을 당할 테니 나까지 같은 질문을 할 필요는 없겠지. 로렌스와 캐서린, 체너리 모두 출석해야 하지만 캐서린은 특수한 사정이 있으니 빠져도 좋아."

제인의 말에 캐서린이 얼굴을 붉히며 대답했다.

"아뇨, 말씀은 감사하지만 참석하겠습니다. 특별 취급을 받고 싶진 않습니다."

"아, 우린 특별 취급은 전부 받아들여야 해. 그래야 우리한테 의자라도 내줄 테니까. 그런데 안색이 너무 안 좋군. 요즘도 헛구역질이 계속 나나?"

로렌스가 보기에 제인은 전보다 훨씬 좋아진 모습이었다. 은색 머리카락이 더 늘긴 했지만 얼굴에 살도 오른 것이 근심이 줄어들고 엑시디움과 다시 비행을 하게 된 때문인 듯했다. 양볼은 바람과 햇볕에 건강하게 탔고 입술은 살짝 갈라져 있었다. 그에 비해 캐서린은 햇볕에 피부가 바닷가재처럼 그을리긴 마찬가지였으나 눈 밑이 푸르스름했고 핏기가 하나도 없었다.

"자주 그렇지는 않습니다. 이제 뭍에 올라왔으니 괜찮아질 겁니다."

솔직한 대답이 아니었다. 같이 항해를 하고 온 로렌스는 캐서린이 수시로 배의 난간 너머로 머리를 내밀고 구역질하는 모습을 보았다.

제인은 고개를 가로저으며 말했다.

"임신 칠 개월이었을 때 나는 살면서 제일 살이 많이 올랐었어. 그런데 자네는 체중이 너무 안 나가 보이는군. 몸 관리 잘해야 해, 캐서린. 임신 칠 개월의 표준 체중까지는 올려야 한다고."

"톰이 런던에 있는 의사에게 진찰을 받아보라고 하더라고요."

"무슨 소리. 지금 자네에게 필요한 건 믿을 만한 산파야. 나를 봐준 산파가 도버에서 아직 일을 하고 있으니 그 여자 주소를 가르쳐줄게. 그 산파 정말 마음에 들었어. 그 산파 덕분에 스물일곱 시간 동안 진통을 했고 에밀리를 낳았지."

제인은 노장이 추억의 전쟁터를 돌아보듯 편안한 얼굴로 무시무시한 말을 하고 있었다.

"아."

"말해봐, 자네 요즘……."

제인이 여자들만의 얘기를 입에 올리자 로렌스는 얼른 의자에서 일어나 제인의 책상으로 걸어갔다. 그는 그녀들이 나누는 대화를 듣지 않으려고 애쓰며 책상 위에 놓인 영국 해협 지도에 시선을 집중했다.

처음 얼핏 봤을 때 그 지도는 그리 큰 압박으로 다가오지 않았다. 하지만 찬찬히 살펴보니 지도에 표시된 상황은 불길하기 짝이 없는 것이었다. 영국 해협에 면한 프랑스의 해안선에 군 병력의 배치 상태를 나타내는 표시물이 놓여 있었는데, 푸른색은 육군 중대를, 흰색은 각 용을 나타내는 것이었다. 브레스트와 셰르부르에는 각각 오만 명의 육군이 모여 있고 칼레에는 이만 오천 명 정도가 배치되어 있었다. 그 사이사이에는 용 이백 마리가 흩어져 있었다.

두 여군이 하던 얘기를 끝마치고 책상 쪽으로 다가오자 로렌스가 제인에게 물었다.

"이 병력 배치, 확실한 겁니까?"

"실은 더 심각해. 나폴레옹이 지금 지도에 나타나 있는 것보다 더 많은 용을 보유하고 있거든. 지도에 표시된 건 공식적으로 알려진 수치일 뿐이야. 포이스 대장은 우리 쪽에서 항구를 봉쇄하고 있으니 그렇게 많은 용들에게 먹이를 제대로 조달하기 어려울 거라고 주장하고 있고, 해군본부에서는 용이 물고기를 싫어하니 계속 가축을 먹이로 대기 힘들 거라고 하고 있어. 하지만 그건 실정을 몰라서 하는 소리야. 가축 값이 천정부지로 치솟으니까 프랑스 용들은 직접 물고기를 잡아서 먹고 있거든. 돈에 환장한 영국 어부들까지 해협을 건너가 프랑스 공군에게 그날그날 잡은 물고기를 팔고 있는 상황이지. 차라리 잘됐어. 지금처럼 심각한 상황이 아니었으면 해군본부 나리들은 자네들을 화이트홀(런던의 관청 소재 지역 — 옮긴이 주)에 줄잡아 한 달은 붙잡아두고 아프리카에서 있었던 일에 대해 꼬치꼬치 심문을 해댈 테니까. 그렇지만 지금은 긴급 상황이니 하루 이틀만 견디면 심문이 끝날 거야."

캐서린이 나간 뒤 로렌스는 잠시 더 사무실에 머물렀다. 제인이 잔에 술을 채워주며 말했다.

"지금 자네 모습을 보니 해변에서 한 달은 푹 쉬어줘야 할 것 같군. 정말 고생 많이 했어, 로렌스. 같이 점심 할까?"

"다음에 하죠. 테메레르가 아직 해가 떠 있을 때 런던으로 가자고 하더라고요."

사실 그것은 변명일 뿐이었다. 로렌스는 제인과 얘기를 나누고 싶었으나 무슨 말을 어떻게 꺼내야 할지 알 수가 없어서 멍하니 서 있기만 했다.

제인은 화제를 돌렸다.

"그건 그렇고, 에밀리의 훈련 평가를 좋게 써줘서 정말 고마워. 공군본부의 포이스 대장에게 편지를 보내 에밀리와 다이어를 소위로 진급시키는 일을 마무리 지었어. 사실 그 진급에 대해 말들이 많을지도 모른다고 생각했는데 자네가 평가서를 잘 써줘서 문제없이 잘 처리됐어. 훈련생으로 들일 아이들은 아직 안 정했지?"

로렌스는 마음을 굳게 먹고 입을 열었다.

"정했습니다. 허락해주신다면 아프리카에서 데려온 아이들을 훈련생으로 쓰고 싶습니다."

케이프타운을 탈출한 후 수주일 동안 디마니는 열이 올라 헛소리를 하며 병상에 누워 있었다. 총검에 찔린 옆구리는 겉에 딱지가 앉았지만 그 안에 물이라도 찬 것처럼 크게 부풀어 올랐다. 시포는 형이 너무 걱정돼서 입을 꼭 다문 채 줄곧 병상을 지켰다. 한번씩 자리에서 일어나 물이나 오트밀 죽을 가지고 와서 형의 입에 한 스푼 한 스푼 떠 넣곤 했다.

우현 쪽으로 아프리카 남부 해안이 빠른 속도로 멀어져가자 두 아이를 돌려보내는 것이 점점 어려워졌다. 그리고 한참 시일이 지난 어느 날 얼리전스 호 소속 군의관 라클레프는 로렌스에게 디마니가 고비를 넘기고 회복 중이라고 알려주었다.

"잘 치료해주신 덕분이죠."

로렌스는 이렇게 말했으나 속으로는 두 아이를 어떻게 해야 할지 고민이 되었다. 벵겔라를 지나면서부터는 영영 돌려보낼 수가 없게 된 것이다. 그런 눈치를 채고 라클레프가 말했다.

"이런 종류의 치명상은 장기간 치료를 받지 않으면 생명에 지장이 있을 수도 있습니다. 지금은 그저 편안하게 쉬게 해줘야 합니다."

라클레프는 이렇게 상처가 심하니 그냥 두면 죽을 게 뻔한데 어떻게 애를 돌려보낼 생각을 하는지 모르겠다고 중얼거리며 그 자리를 떠났다.

디마니는 부상을 극복해내려는 의지가 강했고 나이가 어려서 그런지 회복도 비교적 빨랐다. 몸 상태가 호전되면서부터는 고비를 넘기느라 빠졌던 살도 곧 다시 올랐고 그 뒤로 체중이 더 늘었다. 적도를 가로지르기 전에 디마니는 몸이 많이 좋아져서 병실을 나올 수 있었다. 로렌스는 디마니와 시포를 일반 승객들이 머무는 구역에서 지내게 했다. 두 아이가 함께 쓰도록 큰 그물 침대를 걸어주고 작은 커튼도 설치해주었다. 하지만 디마니는 다른 승객들에 대한 경계심을 늦추지 않고 밤에 잘 때도 동생과 번갈아가며 보초를 섰다.
 케이프타운을 탈출한 이주민들은 그들의 재산을 파괴한 원주민들이 '카피르 족'일 것이라 생각했고 두 아이를 그 부족 출신으로 여기며 잡아먹을 듯이 노려보았다. 그러니 디마니로서는 이주민들을 경계할 수밖에 없었다. 로렌스가 이주민들에게 디마니와 시포는 그들을 공격한 부족 출신이 아니라고 설명했지만 아무 소용이 없었다. 백인들은 흑인들이 그들과 같은 공간에서 머물고 있다는 사실만으로도 몹시 불쾌해했다. 특히 나이 지긋한 가게 주인들과 농장노동자들은 디마니와 시포 때문에 자신들에게 배정된 공간이 이십 센티나 줄었다며 짜증을 부렸다.
 어른들이 그러자 이주민의 아들들도 디마니와 시포에게 일부러 시비를 걸고 드잡이를 하기 시작했다. 하지만 그 드잡이는 오래가지 않았다. 최근까지 병상에 누워 있기는 했지만 디마니는 부모도 없이 어린 동생을 거두며 수년간 직접 사냥을 해서 먹고살아온 아이였다. 필요에 따라서는 사자와 하이에나까지 잡아 저녁거리로 삼았다. 그러니 학교 앞마당에서 저희끼리 치고받는 싸움밖에 해보지 않은 백인 아이들은 디마니의 상대가 안 되었다. 그러자 백인 아이들은 한층 더 유치한 방법으로 코사 족 형제를 괴롭혔다. 몰래 꼬집고 뾰족한 물건으로 찌르고 두 아이가 자는 그물 침대 옆에 진흙이나 쓰레기를 놓아두거나 바구미를 교묘하게 이용해서 괴롭히는 식이었다. 견디다 못한 디마니와 시포가 용갑판에 올라와 테메레르의 옆구리에 기대어 자는 모습을 세 번째 보았을 때, 로렌스는 두 형제를 갑판 아래 좁은 침실로 돌려보내지 않기로 결정했다.
 디마니와 시포에게 테메레르는 유일하게 익숙한 존재이면서 코사 족 언어로 대화를 나눌 수 있는 상대였다. 테메레르와 함께 지내는 시간이 많아질수록 두 형제는 용에 대한 두려움을 점점 떨쳐냈다. 무엇보다 테메레르 옆에 있으면 집요하게 괴롭히는 백인 아이들이 가까이 오지 못하니 디마니와 시포는 계속 테메레르 주변에 머물렀다. 두 형제는 어린 장교들처럼 테메레르의 등을 오르내리며 놀았고 어느새 영어도 조금씩 늘었다. 얼리전스 호가 케이프코스트 항구를 떠나고 얼마 지난 뒤 디마니는 로렌스에게 다가왔다. 그 아이는 나름대로 긴장해서 손으로 난간을 꼭 붙잡고 있었지만 애써 침착한 목소리로 물었다.

"이제 우리는 당신의 노예인 건가요?"

로렌스가 충격을 받아 멍하니 쳐다보자 디마니가 눈을 치켜뜨며 말했다.

"시포를 다른 데로 팔아버릴 생각은 말아요. 그랬다간 가만히 있지 않을 거예요."

그러나 그런 운명이 된다 해도 자기 자신과 동생을 지킬 만한 힘이 없음을 잘 알기에 디마니의 목소리에는 절망이 깃들어 있었다.

납치범으로 오해를 받은 로렌스는 한방 세게 얻어맞은 느낌이었다.

"아니. 절대 그런 일 없을 거다. 너희는……."

하지만 두 아이에게 어떤 지위를 부여해야 할지 알 수가 없어 로렌스는 말문이 막혔다. 그는 우물쭈물하며 말을 맺었다.

"너희는 노예가 아니야. 그리고 너희 둘을 절대 떨어뜨려놓지 않겠다고 약속하마."

하지만 디마니는 별로 안심한 표정이 아니었다. 그러자 옆에서 듣고 있던 테메레르가 속 시원히 결론을 내렸다.

"당연히 노예가 아니지. 너희는 내 승무원이니까."

물론 그것은 테메레르의 타고난 소유욕에서 나온 발상이었다. 사실 흑인을 공군 승무원으로 받아들이는 것은 전례가 없는 일이었다. 하지만 로렌스는 달리 해결 방안이 없다는 것을 인정할 수밖에 없었다. 지금까지 두 아이가 치료약을 찾는 데 지대한 공헌을 했으니 남부끄럽지 않은 자리를 주는 것은 어찌 보면 당연한 일이었다.

출신이나 교육 수준으로 본다면 디마니와 시포를 신사라고 말할 수는 없겠지만, 로렌스가 보기에 시포는 유순하고 착한 아이였다. 반면에 디마니는 지나치게 독립적이었고 호전적이지는 않지만 돼지처럼 고집이 세서 특히 자신의 태도를 바꾸려는 사람에게는 더욱 완강하게 버티며 말을 듣지 않았다. 이 코사 족 형제를 친족들이 살고 있는 고향에서 끌어내어 세상에서 설 자리가 없게 만들어버린 장본인은 바로 로렌스였다. 그리고 현실적으로 그들을 아프리카 남부로 돌려보낼 수도 없게 되었으니, 영국 공군의 이익을 위해 지대한 공헌을 한 두 형제의 인생을 로렌스가 책임질 수밖에 없었다.

로렌스의 얘기를 듣고 제인이 말했다.

"관례에 따라 비행사는 원하는 훈련생을 뽑을 수 있어. 물론 잡음이 좀 일기는 하겠지. 관보에 진급자와 훈련생 명단이 실리자마자 열 가문 이상이 항의를 해댈 것이고. 그래도 지금 그 두 형제는 훈련생이 되기에 부족함이 없고, 자네도 훈련생 교육을 잘 시킨다는 명성이 자자한 사람이니 난 걱정 안 해. 반대하는 작자들 입장에선 흑인이 헤비급 용을 타는 게 못마땅하겠지. 헤비급 용을 타게 되면 죽지 않는 이상 소위, 중위, 대위로 착착 진급을 할 수 있으니까."

"디마니와 시포는 이번 우리 임무에 큰 공헌을 했으니 훈련생 자격이 충분하다고 생각합니다. 테메레르도 이미 그 아이들을 자기 승무원으로 받아들였고요."

"그래. 입만 살아서 트집이나 잡는 작자들은 자네에게 그 두 소년을 하인으로 삼으라고 하거나 기껏해야 지상요원으로 쓰라고 하겠지. 하지만 그런 작자들은 엿이나 먹으라고 해. 그 소년들을 훈련생으로 쓰게. 그리고 출신 성분을 문제 삼는 자가 있으면 그 애들이 아프리카 추장의 아들이라고 말해. 어차피 아프리카로 가서 사실 여부를 조사할 사람도 없으니까. 그 애들을 훈련생 명부에 넣어주지. 별 탈 없이 넘어가길 바라는 수밖에. 그리고 세 번째 훈련생을 추천해도 될까? 테메레르 정도면 훈련생을 셋은 둬도 되잖아."

로렌스가 동의하자 제인은 고개를 끄덕이며 말했다.

"좋아. 고든 대장의 막내 손자를 훈련생으로 받아들여. 그럼 그가 자네의 결정을 꽉꽉 지지해줄 거야. 안 그랬다간 흑인 애들을 훈련생으로 받았다고 항의 편지를 쓰고 목청을 높여가며 자네를 비난하겠지. 퇴역한 공군 대장만큼 시간이 남아도는 이가 또 없으니까."

훈련생이 되었다는 말에 시포는 무척 기뻐했지만 디마니는 여전히 의심을 풀지 않는 눈빛으로 물었다.

"우리가 급보를 챙기는 건가요? 용을 타고요?"

"심부름도 해야 돼."

하지만 로렌스는 심부름이 무엇인지 설명하기가 참 난감했다. 그러자 옆에 있던 테메레르가 설명해주었다.

"사람들이 별로 재미 없어하는 사소하고 지루한 일이야."

그래도 디마니는 의심을 완전히 거두지 않았다.

"사냥하러 갈 시간도 주는 건가요?"

"그건 좀 곤란한데."

로렌스는 디마니가 왜 여기서 사냥을 하겠다는 것인지 당혹스러 웠지만 좀더 얘기를 나눠보니 그런 질문을 하는 디마니의 입장을 이해할 수 있었다. 디마니는 누군가 자기에게 먹을 것과 입을 것을 준다는 것을 믿지 못하는 것이었다. 원래 훈련생은 급료를 받지 않는 신분이고, 두 형제를 후원해줄 가족도 없기 때문에 로렌스가 그 비용을 모두 대주기로 했다.

로렌스가 말했다.

"우린 너희를 굶겨 죽이지는 않을 거다. 배에서 뭘 사냥했는데?"

"쥐요."

로렌스가 자세히 설명해보라고 하자 디마니는 쥐를 잡아 주면 제 분업자들이 좋아했다고 대답했다. 그러나 해군 중위들은 쥐를 비상식량으로 생각하고 있으므로 얼리전스 호에서 쥐의 수가 확 줄자 애석해했을 것이었다.

"육지에 올라와서도 사냥을 했어요. 어젯밤엔 이렇게 생긴 작은 쥐 두 마리를 잡았고요."

말을 맺으며 디마니는 손으로 기다란 귀 모양을 만들어 보였다. 도버 기지에는 용이 많아서 그 냄새 때문에 쥐들이 별로 없는데 용케 잡은 듯했다.

"도버 기지의 연병장 근처에서? 다시는 그러지 마. 함부로 사냥을 다니다가는 밀렵 죄로 잡혀갈 수도 있어."

디마니가 그 주의사항을 따를 것인지는 확신할 수 없었지만 달리 방법이 있는 것도 아니었으므로 그저 잘 알아들었으리라 믿을 수밖에 없었다. 로렌스는 디마니와 시포를 에밀리와 다이어에게 데려다주고 앞으로 훈련생으로서 해야 할 일을 가르쳐주도록 지시했다.

도버 기지에서 이륙한 테메레르는 곧 격리 구역에 도착했다. 골짜기가 바람막이 역할을 해주는 구석진 자리에 누각이 세워져 있었다. 누각 안에는 바짝 마르고 기력이 쇠한 채 간간이 기침을 하는 옐로리퍼 두 마리와 기진맥진한 작은 그레일링 한 마리가 누워 자고 있었다. 그 그레일링은 '셀록시아'라는 이름의 암컷 용이었다. 로렌스가 같은 그레일링 품종인 볼리에 대해 아는 바가 있는지 묻자 셀록시아의 비행사 믹스 대령이 씁쓸하게 말했다.

"지브롤터 항로를 날고 있을 겁니다. 다시 건강이 확 나빠지지 않았다면요. 대령의 공로를 트집 잡으려는 것은 절대 아닙니다. 대령 일행이 최선을 다해주었다는 것은 하느님도 아실 테니까요. 다만 해군본부에서 우편배달 용들을 무슨 수레처럼 취급하니 속이 상한다 이겁니다. 떨어진 바퀴를 끼웠으니 다시 굴러가라 이거죠. 용들이 겨우 몸을 추스르고 일어났는데 충분히 쉴 틈도 주지 않고 즉각 공군 기지를 따라 순환 근무를 시작하라고 지시하더군요. 셀록시아는 그린란드를 경유해서 핼리팩스까지 왕복했고 북위 50도 지점의 바다에 정박 중인 용 수송선까지 배달을 나갔습니다. 그 용 수송선은 파도가 칠 때마다 뱃머리로 얼음물이 밀려 들어와서 갑판에서 제대로 쉴 수도 없었어요. 그러니 셀록시아가 저렇게 다시 기침을 하게 될밖에요."

믹스는 셀록시아의 주둥이를 손으로 쓰다듬었다. 그 작은 용이 재채기를 하는 모습은 너무도 애처로워 보였다.

그래도 누각의 바닥이 편안하고 따뜻해서 다행이었다. 석판 아래 장작을 때서 바닥 전체를 뜨끈하게 데우고 일부 개방된 벽을 통해 장작에서 나오는 연기가 밖으로 배출되고 있었다. 우아하거나 화려하지는 않지만 단순하고 실용적인 건축물이었다. 내부가 그리 넓지 않아서 테메레르가 들어가 눕기엔 비좁아 보였다. 테메레르는 시무룩하게 그 누각을 쳐다보았다. 그곳에 오래 머물고 싶어하지 않는 눈치였다. 승무원들이 땅에 발을 디딜 새도 없이 테메레르는 그 누각을 뒤로하고 다시 날아올랐다. 김이 새는지 얼굴 주변의 막을 축 늘어뜨린 채.

로렌스는 이 더운 여름에 바닥이 절절 끓는 누각에 누워 있는 아픈 용들에 대해 언급하며 테메레르를 위로했다.

"제인 대장한테 들었는데 지난겨울에는 땅바닥이 너무 축축하고 차가워서 한 번에 열 마리씩 그 안에 들어가 지냈다는구나. 그 누각 덕분에 용 열 마리 이상이 목숨을 건졌다고 의사들이 말하더라."

테메레르는 퉁명스럽게 대꾸했다.

"그래, 도움이 됐다니 나도 기분 좋네."

영국을 떠나기 전에는 다른 용들을 도울 수 있어서 흡족해하더니 지금은 속이 상한 표정이었다. 테메레르가 덧붙였다.

"저 언덕은 왜 저렇게 못생겼지. 저기 있는 언덕도 그렇고. 다 마음에 안 들어."

예전에는 경치가 조금만 특이해도 신기해하며 로렌스에게 저것 좀 보라고 했었는데 지금은 다 짜증이 나는 모양이었다.

아래로 보이는 언덕들은 간격이 불규칙하고 무성한 잔디로 뒤덮여 있어 모양이 특이하긴 했다. 테메레르의 어깨에 앉아 전방을 주시하던 에밀리가 아래를 내려다보며 "앗!" 하고 외마디 소리를 질 렀다. 그러다가 아차 싶었는지 얼른 입을 다물었다. 경솔하게 굴었 다는 생각에 당황한 모습이었다. 이윽고 테메레르도 날갯짓이 느려 지더니 "엇!" 하고 놀라움을 표시했다.

그 골짜기의 언덕은 바로 용들의 무덤, 전염병을 앓다 죽은 용들 이 묻혀 있는 곳이었다. 용의 뿔과 척추 돌기가 잔디 위로 여기저기 튀어나와 있었다. 흙이 일부 무너져 내린 곳에는 하얀 턱뼈도 보였 다. 아무도 입을 열지 않았다. 안장에 걸어놓은 카라비너에서 경쾌 하게 딸그랑 소리가 나자 앨런은 얼른 허리를 굽히고 그 부분을 손 으로 잡아 쥐었다. 그들은 푸른 잔디가 우거진 무덤 위로 조용히 날 아갔다. 테메레르의 그림자가 죽은 용들의 척추와 해골 위로 잔물결 처럼 흘러갔다.

테메레르가 런던 기지에 착륙하자 승무원들은 조용히 바닥으로 내려와 차례로 짐 보따리를 공터 한옆에 쌓아놓았다. 착륙한 후 누 가 배 쪽 그물을 내릴지를 놓고 유쾌하게 실랑이를 벌이곤 했던 안 장 담당자들도 이번만은 입을 다물었고 윈스턴과 포터가 말없이 걸 어가 배 쪽 그물을 풀었다.

분위기가 가라앉자 로렌스는 일부러 목청을 높이며 지시했다.

"페리스, 정돈을 마친 후 모두들 내일 점심식사 때까지 휴가를 쓰 라고 해. 긴급한 임무가 하달되지 않는 이상 집합 명령은 없을 것이 다."

"예, 대령님. 감사합니다."

페리스는 그다지 즐거워하는 표정이 아니었다. 그래도 휴가 얘기가 나오자 다들 일하는 속도가 약간은 빨라졌다. 휴가를 나가 밤늦게까지 술을 진탕 마시고 놀면 의기소침한 상태에서 어느 정도 벗어날 것이다.

로렌스가 머리 쪽에 기대서서 주둥이를 쓰다듬어주자 테메레르는 "누각이 쓸모가 있었다니 나도 기뻐"라고 말하고는 몸을 웅크렸다.

"자, 뭐라도 좀 먹자. 점심을 간단히 때우고 책을 읽어줄게."

로렌스가 철학책은 물론 수학책까지 읽어주겠다고 했지만 테메레르는 전혀 기분이 나아지지 않는 모습이었다. 그런데 먹이를 깨작거리던 테메레르가 갑자기 얼굴 주변의 막을 쫑긋 세우고 고개를 들었다. 그리고 앞발로 얼른 소를 움켜잡았다. 구르다시피 펄쩍펄쩍 뛰며 공터에 착륙한 볼리가 자욱한 먼지 속에서 다가오고 있었다.

"템레르!"

볼리는 명랑하게 소리치고는 테메레르의 어깨를 머리로 툭 쳤다. 그리고는 테메레르가 쥐고 있는 소를 반짝거리는 눈으로 쳐다보았다. 제임스 대령이 볼리의 등에서 바닥으로 미끄러져 내려오며 테메레르에게 말했다.

"그 소 내주지 마. 먹이 먹은 지 십오 분도 안 지났어. 내가 하이드 파크에서 우편물을 기다리고 있는 동안 이 녀석은 통통하게 살이 오른 양을 먹어치웠거든. 잘 다녀오셨습니까, 로렌스? 보기 좋게 피부가 잘 탔네요. 우편물 여기 있습니다."

로렌스는 기뻐하며 편지 꾸러미를 받아 들었다. 맨 위에 있는 편지는 로렌스에게 온 것이었고 나머지는 승무원들의 것이었다.

"페리스."

로렌스는 나머지 편지를 페리스에게 넘겨주고 부하들에게 나눠주게 한 뒤 제임스에게 말했다.

"고맙습니다, 제임스. 그동안 잘 지냈습니까?"

전에 믹스의 말을 듣고 걱정했었는데 볼리의 상태는 그렇게 나빠 보이지 않았다. 콧구멍 주변이 다소 헐어 있고 목소리가 쉬긴 했지만 볼리는 테메레르에게 신나게 떠들어대고 있었다. 최근에 먹은 양과 염소 고기에 대한 얘기도 하고, 전염병이 돌기 시작한 초기에 암컷 용과 짝짓기를 해서 알을 하나 얻었다는 얘기도 자세히 늘어놓았다.

테메레르가 말했다.

"와, 그것 참 잘됐다. 언제 부화해?"

볼리는 환한 얼굴로 대답했다.

"11월."

옆에서 제임스가 로렌스에게 말했다.

"볼리는 11월이라는데 용 의사들은 정확히 언제가 될지 모르겠다고 하더군요. 아직 껍질이 딱딱해지지도 않았어요. 그런데 저주받을 해군본부 놈들은 알이 언제쯤 부화할 줄 알고 벌써부터 그 알의 비행사가 될 소년을 물색 중이더라고요."

제임스와 볼리는 인도로 갈 예정이라고 했다.

"날씨만 좋으면 내일이나 모레쯤 출발할 겁니다."

제임스의 말에 테메레르가 고개를 들고 물었다.

"제임스 대령님, 제 편지를 좀 전해주시겠어요? 중국으로요."

제임스는 뜻밖의 요청을 받고 당황해서 머리를 긁적였다. 로렌스가 알기로 영국 용들 중에서 글을 쓸 줄 아는 건 테메레르뿐이었다. 공군들도 대부분 편지 쓰는 게 습관이 되어 있지 않았다.

제임스가 말했다.

"인도의 봄베이까지는 배달이 가능해. 그곳에서 중국으로 가는 상선에 편지를 전할게. 하지만 그 상선들도 광둥(廣東)까지밖에 못 가."

"광둥의 중국인 행정관한테 편지를 건네주기만 하면 내가 원하는 곳까지 편지를 가져다줄 거예요."

테메레르가 자신하는 데는 그만한 이유가 있었다. 중국 관료는 테메레르의 편지를 황실의 편지와 동급으로 취급할 것이었다.

제임스는 아무래도 상관없다는 얼굴이었지만 로렌스는 미안해하며 말했다.

"개인적인 부탁 때문에 업무에 지장이 생기면 안 될 텐데요."

"아, 그런 건 걱정 마세요. 나도 그렇고, 의사들도 볼리의 가슴 안쪽에서 아직 소리가 나고 있어 신경이 쓰이는데 해군본부에서는 전혀 걱정 안 하더라고요. 그래서 나도 시간만 맞추면 된다는 식으로 편하게 일하기로 했어요. 시간이 남으면 볼리랑 항구에서 며칠씩 쉬면서 먹이도 실컷 먹게 하고 잠도 푹 재울 겁니다."

말을 마친 제임스는 볼리의 옆구리를 손으로 탁 치고는 다른 공터 쪽으로 걸어갔다. 그레일링 품종의 소형 용 볼리는 충성스런 하운드 개처럼 제임스 뒤를 졸졸 따라갔다. 몸집이 코끼리만 한 하운드 개가 있다면 그 모양새가 꼭 볼리 같을 것이다.

편지는 어머니에게서 온 것이었다. 수신자 부담으로 몰래 보낸 것이 아니라 무료 배달로 온 것으로 보아 아버지 앨런데일 경이 로렌스에게 편지 보내는 것을 허락한 모양이었다. 전에 로렌스가 보낸 편지에 대한 답장이었다.

네 편지로 아프리카에서 일어난 참사에 관한 소식을 전해 듣고 우리는 큰 충격을 받았단다. 신문에 난 기사보다 여러 가지로 더 심각한 상황이었다는 것을 알고, 우리는 그 참사에서 희생당한 그리스도교인들에 대해 안타까운 마음을 금할 길 없었다. 하지만 아프리카 용과 그곳 흑인들이 백인들에게 가한 무자비한 폭력과 학살은 어찌 보면 최후의 심판일이 되어서야 죄의 대가를 치르는 게 아님을 보여주는 것이라는 생각도 든다. 하느님의 뜻에 어긋나는 사악한 짓을 하고 있는 노예상인들과 식민지 이주민들이 죽어서가 아닌 이 세상에서 그 대가를 치른 것이지. 네 아버지 앨런데일 경께서도 이번 사태가 노예무역제도 폐지 법안이 부결된 것에 대한 하느님의 심판이라고 여기신단다. 특히, 영국에서 노예무역제도 폐지 법안이 통과되었다면 츠와나 부족(내가 철자를 제대로 쓴 것인지 모르겠다만)의 분노를 어느 정도 가라앉힐 수 있었을 것이라는 네 설명에 네 아버지는 아주 흡족해하고 계셔. 이번 참사로 악독한 노예무역이 끝을 보았으니, 지금껏 노예라는 이름으로 고통 받으며 살아온 불쌍한 사람들이 앞으로는 인간적인 삶을 보장받을 수 있는 길이 열리기를 바랄 뿐이다.

그리고 유감스럽게도 어머니는 이런 말로 편지를 끝맺었다.

……작은 장신구 하나를 동봉한다. 예뻐서 사기는 했는데 별로 쓸 일이 없네. 나는 네 아버지를 통해 네가 어느 어린 숙녀의 교육에 관심을 갖고 있다는 말을 들었다. 그 아이가 이 선물을 마음에 들어했으면 좋겠구나.

그것은 금 안에 석류석을 박아 넣은 예쁜 목걸이였다. 어머니는 아들 셋에 손자가 넷이고 손녀는 한 명뿐이었다. 아마 손녀가 하나 더 생긴 것으로 생각하는 모양이었다. 선물까지 보낸 것을 보면 로렌스가 행간의 뜻을 읽어주기를 바라고 있는 것이 분명했다.

발톱 하나도 다 감지 못할 길이였지만 테메레르는 그 목걸이를 이리저리 살피면서 탐내는 눈빛으로 말했다.

"아주 멋지다."

"그래."

로렌스는 축 처진 목소리로 대답하고는 에밀리를 불러 그 목걸이를 건네주며 말했다.

"우리 어머니가 네게 이걸 전해달라고 하시더구나."

"정말 친절하신 분이네요."

에밀리는 약간 의아해하기는 했지만 무척 기뻐하며 선물을 받았다. 그리고 손바닥 위에 그 목걸이를 올려놓고 황홀하게 바라보더니 잠시 후 조심스럽게 물었다.

"그분께 감사 편지를 보낼까요?"

"내가 답장을 쓰면서 네가 고마워하더라는 말을 적어넣을게."

에밀리의 감사 편지를 받으면 어머니는 무척 기뻐하시겠지만 오해가 더욱 커질 수도 있었다. 그렇게 되면 아버지 앨런데일 경이 사생아로 태어난 에밀리를 손녀로 받아들여 책임지고 후원하겠노라고 나설 수도 있었다. 에밀리에 대해 걱정할 필요 없다는 것을 아버지에게 어떻게 이해시켜야 할지 로렌스로서는 난감할 따름이었다.

어머니에게 보낼 편지를 쓰면서 로렌스는 무슨 말을 어디부터 어떻게 써야 할지 갈피를 잡을 수가 없었다. 부모님의 마음을 혼란스럽게 하지 않기 위해 일단 사실만 적어 내려갔다. 선물을 잘 받았고 에밀리에게 전해주었으며 그 애가 고마워하더라는 말을 적었다. 하지만 이 편지를 지금 바로 보낼 경우 어머니는 로렌스가 답장을 받자마자 에밀리에게 선물을 전해주었다는 것을 알게 될 것이고, 그렇게 되면 로렌스가 정기적으로 딸인 에밀리와 연락하고 있는 것으로 알 테니 쓸데없는 오해만 한층 더 깊어질 수 있었다. 이 상황을 제인에게 어떻게 설명해야 할지 생각해보았다. 아마 제인은 재미있어하면서 호탕하게 웃어넘길 것이다. 원래 남들이 뭐라고 생각하든 개의치 않는 성격이니까. 로렌스는 편지를 쓰다 말고 가만히 생각에 잠겼다. 제인은 미혼모이니 사교계의 기준에서 볼 때 존경받을 만한 여자는 아니었다. 물론 제인이 결혼을 하지 않고 에밀리를 낳은 것은 공군의 특성상 충분히 있을 수 있는 일이지만, 현재로서는 여군의 존재가 국가적 기밀 사항인 만큼 로렌스는 제인이 미혼모가 된 전후사정을 어머니에게 솔직하게 말할 수가 없었다.

15

"제인, 나와 결혼해주겠습니까?"

제인은 사무실 의자에 앉아 장화를 신다 말고 깜짝 놀라 로렌스를 올려다보았다.

"흠, 아니. 결혼하면 남편에게 순종하겠다는 서약을 해야 하는데, 그럼 아무래도 자네에게 명령을 내리기가 편치 않을 거야. 어쨌든 청혼해준 것에 대해서는 고맙게 생각하겠어."

그리고 그녀는 일어서서 로렌스에게 따뜻하게 입을 맞춘 후 외투를 입었다. 밖에서 누군가 머뭇거리며 문을 두드리는 바람에 로렌스는 더 이상 말을 할 수가 없었다. 제인의 훈련생이 와서 기지 문 앞에 마차가 대기 중이니 바로 나가야 한다고 알려주었다.

막사 건물을 나서면서 제인은 이마에 튄 진흙을 소매로 문질러 닦으며 말했다.

"어서 도버로 돌아갔으면 좋겠어. 이곳 런던은 아주 진흙수렁이나 다름없으니 말이야."

런던은 숨 막힐 듯 덥고 습기가 엄청났다. 게다가 이 작은 기지에서 풍겨 나오는 용의 배설물 냄새와 농가의 앞마당 같은 퀴퀴한 냄새가 뒤섞여 세계에서 제일 고약한 악취를 풍기고 있었다.

로렌스는 더위에 대해 이런저런 말로 맞장구를 치며 습관적으로 그녀에게 손수건을 내밀었다. 기분이 묘했다. 조금 전 그의 청혼은 깊은 생각 끝에 나온 게 아니라 충동적으로 한 말일 뿐이었다. 제인에게 그런 식으로 청혼할 생각은 아니었다. 적어도 아직까지는. 게다가 마치 거절당하고 싶다는 듯, 지나가는 말로 결혼해주겠냐고 묻다니. 그런데도 막상 거절을 당하자 로렌스는 마음이 심란했다. 전혀 편치가 않았다.

제인이 말했다.

"그들이 우릴 점심시간 이후까지 붙들고 있을 것 같군."

그들이란 해군본부 위원회 의원들을 말하는 것이었다. 그것은 대단히 낙관적인 예상이었다. 로렌스는 사실 며칠은 붙잡혀 있으리라 예상하고 있었다. 나폴레옹이 사전 경고도 없이 당장 영국으로 쳐들어오지 않는 이상 의원들은 비행사들을 잡아놓고 계속 심문을 하려 들 테니까.

제인이 말을 이었다.

"해군본부 위원회로 가기 전에 엑시디움을 살펴봐야겠어. 어젯밤에도 아무것도 먹질 않더라고. 오늘은 조금이라도 먹게 달래봐야지."

제인이 잠을 깨우자 엑시디움은 눈도 뜨지 않고 중얼거렸다.

"잔소리 안 해도 돼. 배가 많이 고프니까."

엑시디움은 제인이 쓰다듬어주자 손에 코끝을 갖다 대기는 했지만 여전히 비몽사몽이었다. 케이프타운에서 피오나 호가 실어온 버섯을 제일 먼저 투약 받았을 텐데도 엑시디움은 전염병에서 빨리 회복하지를 못하고 있었다. 버섯이 영국에 도착했을 무렵 이미 전염병이 중증으로 치달았기 때문이었다. 엑시디움이 일 년 이상 머물렀던 격리 구역의 모래 구덩이에서 기지의 공터로 다시 나온 것은 몇 주밖에 되지 않았다. 그런데도 엑시디움은 런던까지 제인을 태우고 가겠다고 고집을 부렸다. 테메레르가 제인과 로렌스를 같이 태우고 가겠다고 했지만 그 용은 말을 듣지 않았다. 그렇게 자존심을 세운 덕에 결국 엑시디움은 이렇게 지쳐 늘어져 있는 것이다. 어제 오후에 런던에 도착했는데 그때부터 지금까지 내리 잠만 자고 있었다.

"내가 옆에 있는 동안 조금이라도 먹어. 그래야 내가 마음이 놓이지."

제인은 이렇게 달래며 특별히 갖춰 입고 온 제일 좋은 외투와 바지에 피가 튀지 않도록 공터 가장자리 쪽으로 물러났다. 런던 기지의 가축담당자들이 깔끔하게 도살한 양고기를 들고 와 엑시디움의 코앞에서 그 고기를 잘게 자른 후 딱딱한 관절 부분을 빼고 살코기만 입 안에 넣어주었다.

로렌스는 제인의 곁을 떠나 바로 옆에 있는 공터로 걸어갔다. 이른 시간인데도 테메레르는 부지런을 떨며 모래서판 두 개를 앞에 놓고 발톱으로 편지를 쓰고 있었다. 주된 내용은 치명적인 전염병과 치료약에 관한 것으로, 해먼드를 대리수령인으로 하여 중국에 있는 모친 룽티엔치엔에게 보내는 것이었다. 영국을 휩쓸었던 전염병이 중국에서도 발병할 수 있으므로 위험성과 대책을 사전에 알려주기 위해서였다.

"거기 '용(龍)'자를 잘못 썼어. 꼭 '치(鴟)'자 같잖아."

테메레르는 모래서판에 적힌 글씨를 편지지에 옮겨 쓰고 있는 비서들에게 엄격하게 말했다. 비서라 함은 에밀리와 다이어, 디마니, 시포를 말하는 것이었다. 에밀리와 다이어는 '소위'라는 고귀한 계급으로 진급했는데도 글씨 쓰기 수업에서 여전히 벗어나지 못했다며 툴툴거렸고, 디마니와 시포는 세상 어느 누구보다도 힘들어하며 중국 글자를 익히고 있는 중이었다.

문득 로렌스는 저 두 코사 족 형제의 일을 마무리 짓고 난 후에 청혼을 할걸 하는 생각이 들었다. 다른 이들이 수시로 드나드는 사무실에서 그런 개인적인 얘기를 꺼낼 게 아니라 아무에게도 방해받지 않고 둘만 있을 때 청혼을 했어야 했다. 어젯밤 용들을 모두 재우고 막사로 돌아와 제인과 단둘이 있었으니 그 때 청혼을 하는 게 도리가 아니었을까 싶었다. 아니면 머릿속을 혼란스럽게 하는 온갖 복잡한 문제들을 해결하고 수 주일이 지난 뒤에 얘기를 꺼내야 했거나. 찬찬히 생각해본 끝에 그는 자신이 진심으로 우러나서 제인에게 청혼을 한 것이 아니었음을 확실히 깨달았다.

제인이 로렌스의 청혼을 무미건조하게 간단히 거절한 것은 앞으로도 대면할 때마다 그가 불편해하지 않도록 배려하는 차원이었다. 만일 다른 여자에게 거절을 당했다면 로렌스는 그것을 사적인 관계의 끝으로 간주했을 터였다. 그처럼 청혼한 사람이 무안해하지 않도록 제인이 자연스럽게 거절했는데도 로렌스는 기분이 울적했다. 결혼을 하는 것이 좋다고 캐서린을 설득하다 보니 자신도 모르게 결혼을 하고 싶어진 것이 아닐까. 아니면 이대로 지내는 것이 제인에 대한 도리가 아니라는 생각에 양심이 찔려서일까.

테메레르는 모래서판에 한 줄을 쓰고 앞발을 들어 올려 에밀리가 그것을 종이에 옮겨 적게 했다. 그리고 로렌스를 흘끗 쳐다보며 물었다.

"지금 가는 거야? 늦어?"

"그래."

테메레르는 머리를 숙이고 로렌스의 표정을 주의 깊게 살폈다. 로렌스는 테메레르의 주둥이에 손을 얹으며 말했다.

"신경 쓸 것 없어. 아무것도 아니야. 나중에 얘기해줄게."

"아무래도 거기 안 가는 게 좋을 것 같은데."

"그럴 수는 없어."

그리고 로렌스는 옆을 돌아보며 말했다.

"에밀리, 오늘 오후에는 엑시디움 옆에 있어. 잘 설득해서 조금이라도 더 먹게 해."

"예, 대령님. 애들도 데려갈까요?"

이제 열두 살이 된 에밀리는 자기보다 어린 디마니와 시포를 애 취급하고 있었다. 자기를 애라고 부르자 디마니는 고개를 들고 눈을 치켜떴다.

"오후마다 이 애들에게 영어로 읽고 쓰는 법을 가르치고 있거든요."

에밀리가 이렇게 덧붙이자, 로렌스는 그 결과가 어찌될지 사뭇 걱정되었다. 에밀리의 필체는 뒤엉킨 실처럼 아주 엉망이었다. 그러나 로렌스는 그것도 디마니와 시포의 운명이려니 여길 수밖에 없었다.

"테메레르를 더 도와줄 일이 없으면, 그렇게 해."

로렌스가 에밀리에게 이렇게 지시하자 테메레르가 말했다.

"괜찮아. 거의 다 끝났어. 책은 다이어가 읽어줘도 돼. 그런데 로렌스, 남은 버섯이 좀 있을까? 내 편지에 동봉해서 보내고 싶은데."

"있을 거야. 도싯 말로는 스코틀랜드의 동굴에서 그 버섯을 재배하는 데 성공했대. 그러니 만약을 위해서라고 해도 남은 버섯을 굳이 보관해둘 필요는 없겠지."

낡은 마차 안은 비좁고 후텁지근해서 견디기 힘들었다. 공군 기지 근처인데도 도로 포장 상태가 엉망이라 마차는 계속 덜컥거리며 나아갔다. 평소 참을성이 별로 없는 체너리는 땀을 줄줄 흘리면서도 긴장해서 입을 굳게 다물고 앉아 있었고 캐서린은 초조해서라기보다는 속이 안 좋아서 얼굴이 창백했다. 결국 절반쯤 갔을 때 캐서린은 숨통이 졸리는 듯한 목소리로 잠깐 세워달라고 하더니 마차에서 내려 길옆에 먹은 것을 토해버렸다.

"아, 이제 좀 덜 울렁거리네요."

캐서린은 이렇게 말하며 마차에 다시 올라 뒤로 기대어 앉았다. 목적지에 도착해서 마차에서 내릴 때 캐서린이 휘청거리자 로렌스는 부축해주려고 팔을 내밀었다. 하지만 캐서린은 안마당에서 건물까지는 몇 걸음 안 걸어도 된다며 사양했다.

"들어가기 전에 포도주라도 한잔 마실래요?"

로렌스가 나지막하게 제안했지만 캐서린은 고개를 저었다.

"아뇨. 브랜디 약간이면 충분해요."

그리고 캐서린은 휴대용 술병을 꺼내 입술만 축였다.

잠시 후 제인과 로렌스, 캐서린, 체너리는 회의실로 들어갔다. 새로 임명된 해군본부 위원회 수석의원과 의원들이 비행사들을 맞이했다. 로렌스 일행이 영국을 떠나 있는 동안 정거는 가톨릭교도 해방 문제로 갈등을 빚었고 결국 내각이 재구성되었다. 토리 당이 다시 집권하면서 윌리엄 헨리 캐번디시 벤팅크(포틀런드 공작 3세)가 수상이 되었고, 멀그레이브 경이 해군본부 위원회 수석의원으로 임명되었다. 지금 탁자의 상석에 앉아 있는 멀그레이브 경은 묵직하게 늘어진 턱살에 심각한 표정, 밑으로 살짝 내려간 코가 인상적이었다. 참고로, 토리 당은 공군을 중요하게 생각하지 않는 자들의 집합소였다.

넬슨 경도 그 자리에 와 있었다. 거만하게 앉아 있는 다른 의원들과는 달리 넬슨은 비행사들이 회의실 안으로 들어오자마자 자리에서 일어섰다. 그러자 다른 의원들도 마지못해 의자에서 일어났다. 넬슨은 앞으로 걸어 나와 로렌스의 손을 잡고 따뜻하게 악수를 나누며 다른 비행사들을 소개시켜달라고 청했다.

캐서린을 소개받자 넬슨은 한쪽 다리를 굽히고 예를 갖춰 인사했다. 그리고 미소를 지으며 말했다.

"감탄을 금할 수가 없네. 나 자신이 초라해질 정도야, 캐서린 하코트 대령. 대령에 관한 보고서를 늘 읽고 있어. 사람들이 하도 칭찬을 해서 나 자신을 꽤 대단하다고 여기고 있었는데 실은 그게 아니란 걸 알았지. 대령은 내가 지금까지 보아온 어떤 군인보다도 더 대단한 용기를 지녔더군. 이런, 이렇게 계속 세워두는 결례를 범하다니. 마실 걸 좀 내줌세."

주근깨가 하얀 반점처럼 두드러지도록 얼굴이 새빨개진 캐서린이 말했다.

"아…… 아뇨, 무슨 그런 말씀을. 아닙니다, 각하. 다른 군인들도 다 하는 일을 하고 있을 뿐입니다. 제 동료 비행사들이 안 하는 일을 제가 하는 것도 아니고요."

음료를 거절하는 것인지 찬사를 부정하는 것인지 알 수 없는 애매모호한 답변이었다.

멀그레이브 경은 넬슨 경에게 선수를 빼앗기자 표정이 굳어졌다. 경비병이 의자를 끌고 와 캐서린 앞에 놓아주었고 나머지 비행사들도 그 옆에 놓인 의자에 앉았다. 의원들도 비행사들을 마주보며 착석했으나 군사법원 같은 경직된 분위기는 아니었다.

비행사들은 생각만 해도 지긋지긋한 아프리카에서의 일들을 개략적으로 이야기했다. 버섯 동굴 앞에서 폭포까지 아프리카 용에게 붙잡혀 날아간 기간에 대해, 체너리는 10일 걸렸다고 했고 로렌스는 12일, 캐서린은 11일이라고 진술했다. 그 차이를 논하는 데만 한 시간이나 소요되었다. 결국 비서관들이 지도를 여러 장 가져와 탁자에 펼쳐놓았으나 지도마다 아프리카 대륙의 크기가 다르게 기재되어 있어 혼란이 가중되었다. 로렌스는 네 번째 지도를 내려다보다가 고개를 들고 제안했다.

"수석의원님, 이 부분에 대해서는 용들에게 물어보는 게 정확할 것 같습니다."

그리고 폭포로의 여정 중간쯤에 사막이 하나 있었다는 것, 그곳까지 9일이 걸리지 않았다는 것에는 로렌스와 체너리, 캐서린 모두 의견 일치를 보았다. 로렌스가 말했다.

"테메레르라면 각 지점 간의 거리가 어느 정도인지 정확하게 알고 있을 겁니다. 그리고 우리가 끌려간 곳을 그대로 따라온 것이 아니기 때문에 그 사막의 경계선이 어디쯤인지, 큰 강의 위치가 어디인지도 알 겁니다."

멀그레이브는 앞에 놓인 보고서를 검지로 뒤적거리며 내키지 않는 표정으로 말했다.

"흠, 그 문제는 일단 제쳐두고 용들의 반항 행위에 대한 논의로 넘어가도록 하지. 내가 알고 있기로 용 세 마리가 케이프타운으로 돌아가자는 서튼 대령의 명령을 무시하고 반항 행위를 했다는데 사실인가?"

제인이 대답했다.

"흠, 그걸 반항 행위라고 말할 수 있을지 모르겠습니다. 우선, 용 세 마리 모두 비행사들이 납치되었다는 것을 알고도 곧장 내륙의 야생 지역으로 날아가지 않고 서튼 대령의 말을 끝까지 경청했습니다. 그 정도면 군기가 놀랄 만큼 잘 들어 있는 겁니다. 보통 이상의 자제심이 아니고서는 불가능한 일이죠."

탁자 끝 쪽에 앉은 팔머스턴 경이 입을 열었다.

"그렇다면 그런 행동을 무어라 칭해야 하는지 알고 싶군. 아주 대놓고 명령을 위반……."

제인이 속에서 치밀어 오르는 화를 가라앉히며 말허리를 잘랐다.

"아…… 체중이 이십 톤이나 나가는 용을 지시에 따르게 하려면 타당한 말로 설득해야 합니다. 그리고 용이 명령을 거부할 정도로 비행사를 소중히 생각하지 않았다면 처음부터 어떤 명령에도 따르지 않았을 겁니다. 그러니 그런 부분에 대해서는 불평해봤자 소용없습니다. 바람이 불지도 않는데 앞으로 나아가지 않는다고 군함에 명령 불복종 죄를 적용할 수 없는 것처럼 말이죠. 용을 관리하는 일도 그런 맥락에서 생각해야 합니다."

로렌스는 탁자만 내려다보고 있었다. 그가 중국에서 본 용들은 비행사나 관리자 없이도 완벽하게 자기 제어를 하며 행동했다. 그러니 지금 제인의 항변이 완전히 옳다고 볼 수는 없었다. 테메레르와 릴리, 둘시아의 행동이 반항이 아니면 무엇이겠는가. 로렌스가 보기엔 용을 스스로 판단하고 결정할 능력이 없는, 그저 관리의 대상일 뿐인 생물로 여기는 것이 더욱 모욕적이었다. 테메레르는 자신의 의무가 무엇인지 명확하게 알고 있었고 서튼의 명령이 따를 만한 것이 아니라는 판단 하에 그 명령을 거부한 것이었다. 분명 테메레르는 그런 명령을 거부하는 것이 충분히 타당하고 자연스러운 일이며, 나중에 구차하게 설명할 필요도 없는 일이라고 생각했을 터였다. 오히려 비행사를 잃은 마당에 케이프타운으로 귀환하라는 명령에 순순히 따르는 행동이 비정상이라 여길 것이다. 그렇다고 해서 테메레르가 스스로의 행동에 무책임한 용도 아니었다.

그러나 여기서 그런 생각을 입 밖에 냈다가는 그렇잖아도 공군에 적대적인 감정을 지니고 있는 이 의원들은 발끈해서 용들을 처벌부터 하려 들 터였다. 그러니 지금 제인의 말에 반박하는 것은 현명한 처사가 아니었다. 제인과 의원들 간에 말씨름이 이어지는 동안 로렌스는 입을 꾹 다물고 있었다.

결국 아무런 결론을 내지 못한 채 제인이 의원들에게 말했다.

"그 문제에 대해서는 세 용에게 충분히 알아듣도록 타이르겠습니다. 그 정도로 만족이 안 되신다면 그 용들을 군사법원에 세우시든지요. 그게 현명한 일인지 쓸데없는 시간 낭비인지는 여러분이 더 잘 아시겠죠."

넬슨도 거들었다.

"여러 의원들께 한 말씀 드리자면, 승리가 모든 허물을 덮는다는 말을 이 문제에 적용해야 합니다. 그 용들을 꾸짖는 것은 그리 좋지 못한 생각입니다. 납치된 비행사와 공군들을 무사히 구해내 왔으니 결과적으로 잘한 일 아닙니까?"

갬비어 제독이 빈정댔다.

"퍽이나 잘한 일이죠. 결국 우린 주요 식민지를 잃었고 아프리카 해안의 항구들도 모조리 파괴되었으니, 아주 칭찬할 만한 행동이지 뭡니까."

제인이 말했다.

"용 일곱 마리가 백 마리도 넘는 아프리카 용들에게 맞서 아프리카의 식민지를 지켜낼 수 있으리라 생각하는 사람은 아무도 없을 겁니다. 우리 용 세 마리가 결국 납치된 공군들을 구해낸 덕분에 우리는 그 공군들을 통해 식민지를 공격한 부족과 용들에 대한 정보를 얻었으니 그나마 다행인 것이지요."

갬비어는 곧장 반박하지 못하고 코웃음을 치더니 보고서에 기재된 내용 중 사소하게 어긋나는 부분들에 대해 캐묻기 시작했다. 그러나 회의가 계속 이어질수록 갬비어와 팔머스턴의 질문 의도가 서서히 드러났다. 그들은 포로가 되었던 공군들이 츠와나 족을 도발해서 식민지 공격을 유도한 것인지, 그리고 그런 잘못을 덮으려고 거짓말을 하는 것인지를 캐내려고 이런저런 질문을 던지고 있었던 것이다. 하지만 계속 질문을 던져도 공군들이 어떻게 적을 도발한 것인지 그 방법이나 동기를 알아내지 못하자 결국 갬비어는 비꼬듯이 덧붙였다.

"츠와나 족을 그처럼 분노케 한 것은 바로 노예무역이지. 하지만 아프리카 원주민들은 아주 먼 옛날부터 부족끼리 전쟁을 했고 패배한 부족을 노예로 삼아왔어. 유럽인들이 아프리카 해안에 상륙하기 훨씬 전부터. 그러니 노예무역에 반대하는 영국인들이 이번 공격을 유도한 것이라는 의심이 생길 수밖에. 로렌스 대령, 자네라면 이 주제에 대해 할 말이 많겠지. 내가 경솔한 말을 한 건 아닌 것 같은데."

로렌스는 간단하게만 대답했다.

"아뇨, 지금 분명히 경솔한 말을 하신 겁니다."

그런 교묘한 유도심문에는 대응할 가치조차 못 느꼈다.

제인이 말했다.

"그런 말도 안 되는 가설을 증명하려고 우리 시간을 이렇게 낭비하게 하다니 기가 막히는군요. 버섯을 채집하려다가 십여 명의 공군이 죽었고 수십 명이 강제로 끌려갔습니다. 포로가 된 공군들은 말도 통하지 않는 곳으로 끌려가 참을 수 없는 모욕을 당했어요. 그런데도 공군들이 츠와나 족의 용들을 부추겨서 십여 마리씩 팀을 이루어 주요 식민지 지역을 공격하게 했다고요? 그 폭포에 사는 아프리카 용들은 백 마리가 넘는다는데 그런 용들이 마음만 먹으면 하룻밤만에 해안의 식민지를 파괴하고도 남지 않겠습니까?"

사소한 부분을 지루하게 따지고 들어가는 질문이 그 뒤로 한 시간 남짓 더 이어졌으나 결국 의원들은 비행사들에게서 어떤 자백도 받아내지 못했다. 편대 소속의 용을 한 마리도 잃지 않았으므로 이 비행사들을 군사법원에 세울 공식적인 근거도 없었고, 만일 케이프 식민지를 잃은 책임을 묻고자 한다면 비행사들이 아니라 그레이 중장을 물고 늘어져야 할 터였다. 그러나 그레이 중장에게 대한 책임 추궁에는 일반적인 공감대가 형성되지 않을 것이다. 결국 로렌스를 비롯한 비행사들은 좌절한 의원들이 투덜거리며 불평하는 소리를 들고 앉아 있을 수밖에 없었다.

의원들은 빼앗긴 항구를 탈환하기 위한 몇 가지 방안을 내놓았으나 하나같이 실현 가능성이 없었다. 제인은 조직화된 공군력을 보유한 적이 있는 곳에서는 식민지 구축 노력이 수포로 돌아간 경우가 많다며 그 예를 언급했다. 아메리카 대륙에서도 스페인 공군들의 공격으로 로어노크가 파괴되었고, 인도의 마이소르도 결국 영국의 손아귀에 들어오지 못했다.

제인이 날카롭게 덧붙였다.

"케이프타운의 요새가 이번 참사로 완전히 파괴되지 않았다고 해도 그 요새의 방어력을 강화하려면 이십 톤의 쇠와 여섯 개의 용 편대를 배에 실어 그리로 보내야 합니다. 그리고 1급 군함 수준의 대포와 2개 용 편대를 케이프타운에 상주시켜야 하겠죠. 얼마나 많은 군인을 그곳에 주둔시켜야 할지, 매달 지급해야 하는 보급품의 양이 얼마나 될지에 대해서는 굳이 말씀드리지 않겠습니다. 게다가 적들이 바보가 아닌 이상 북쪽에서 내려오는 우리 보급선(補給船)들을 우선적으로 공격할 겁니다."

식민지 재탈환 문제는 더 이상 논의할 필요도 없었다.

넬슨이 말했다.

"의원님들, 내가 보기에도 제인 롤랜드 대장의 주장은 반박할 여지가 없습니다. 나도 그렇게 비관적으로 생각하고 싶지 않지만, 지난 백 년간의 식민지 개척 노력이 수포로 돌아간 게 사실입니다. 그러나 현재 상황에선 군 병력의 절반을 따로 떼서 아프리카로 보낼 수가 없습니다. 용과 군인들을 아프리카로 보내려면 용수송선을 쓸 수밖에 없는데 지금 해군은 영국 해협을 봉쇄하고 지키기도 힘든 실정입니다. 그러니 용수송선을 아프리카로 보내는 것은 불가능하다고 봐야합니다.

그리고 우리 영국이 케이프 식민지를 재탈환하지 못하고 하다못해 아프리카 대륙에 근거지를 만들지 못한다고 해도 크게 걱정할 필요는 없습니다. 아프리카 용들이 백인들에게 적대적이니 우리가 빼앗긴 지역을 유럽의 다른 나라가 차지할 가능성은 없을 겁니다. 프랑스도 꿈을 못 꿀 테고요. 나폴레옹이야 발길만 닿는다면 칼레에서 북경까지 정복하러 가고도 남을 사람이지만 그러기 위해 해군을 가동시킨다면 바로 우리 해군의 먹이가 되겠지요.

말 나온 김에 몇 마디 더 하겠습니다. 식민지 파괴와 재산 및 인명 손실에 대한 애통함은 이제 그만 거두는 게 좋습니다. 전략가의 관점에서 볼 때, 케이프 식민지를 차지하는 데서 오는 이익보다 그곳을 방어해야할 필요가 없어졌다는 데서 오는 이익이 더 큽니다. 우리는 이 회의실에서 아프리카의 광대한 해안을 따라 요새를 강화하고 순찰을 늘리는 일이 얼마나 비용이 많이 들고 어려운지 이미 수차례 논의한 바 있습니다. 우리가 뺏긴 지역을 프랑스가 차지한다면 지금까지 우리가 부담했던 비용과 어려움을 그들이 떠안는 셈이 되는 것이지요."

로렌스는 넬슨의 주장에 반박하고 싶은 생각은 없었지만 왜 해군 본부가 프랑스 측이 케이프 식민지를 공격할지 모른다며 걱정해왔는지 잘 이해가 되지 않았다. 로렌스가 알기로 프랑스는 케이프 식민지를 욕심낼 이유가 없었다. 물론 케이프타운이 대단히 가치 있는 항구 도시이긴 하지만 프랑스는 이미 아프리카 동쪽 해안 부근의 '일 드 프랑스(프랑스 섬이라는 뜻 — 옮긴이 주)'를 확보했다. 해군력이 부족한 프랑스로서는 이미 보유한 그 섬을 지키는 것만도 버거운 일일 터였다.

멀그레이브는 한참 동안 말없이 코끝만 내려다보고 있다가 입을 열었다. 그가 제인의 계급을 말할 때 내키지 않아하는 기색이 역력했다.

"제인 롤랜드 대장, 영국 해협 부근에 병력은 어떻게 배치되어 있나?"

"팰머스에서 미들스브러에 이르기까지 전투 가능한 용 여든세 마리가 배치되어 있습니다. 추가로 투입 가능한 용이 스무 마리 더 있는데 그중 헤비급 용이 열일곱 마리, 롱윙이 세 마리입니다. 그 외에 카지리크와 셀레스티얼이 한 마리씩 있습니다. 또한 라간 호수 기지에서 훈련 중인 새끼용 열네 마리도 위급 시에 투입 가능합니다. 그리고 북해 쪽 해안을 따라 용 몇 마리를 배치해 두었습니다. 전투가 하루 이상 이어질 경우 그 용들에게 먹이를 조달하는 게 어려울 듯합니다만, 불가능하지는 않을 겁니다."

넬슨도 제인에게 질문을 던졌다.

"나폴레옹이 지난번 도버 전투 때처럼 공중 수송선으로 또다시 영국 해협을 건너올 경우, 우리가 승전할 가능성은 얼마나 된다고 보나?"

"나폴레옹이 그중 절반을 바다에 떨어뜨릴 각오를 하고 쳐들어온다면 나머지 절반을 영국의 해변에 내려놓을 수도 있을 겁니다. 하지만 저 같으면 절대 그런 짓을 하지 않아요. 바다에서 우리 용들을 피해 해변에 공중 수송선을 내려놓는다고 해도, 민병대가 즉각 대포로 공격할 테니까요. 전에 일 년 정도 여유 시간을 벌 수 있으면 좋겠다고 말씀드린 바 있습니다. 그 시간이 결코 길지는 않았습니다만, 이제 우리 용들도 병을 떨치고 일어났고 릴리와 테메레르까지 돌아왔으니 프랑스와의 공중전에서 밀리지 않을 겁니다."

"좋아. 그런데 그 버섯은 잘 지키고 있는 건가? 도둑맞을 가능성은 없겠나? 불미스런 사건이 있었다고 들었는데……."

"그게, 그 불쌍한 녀석을 비난하지는 말아주십시오. 아직 열네 살밖에 안 된 어린 비행사라 자기가 데리고 있는 윈체스터의 병중이 심해지자 이성을 잃었던 모양입니다. 이런 말씀을 드리기가 좀 뭣합니다만, 초기에 용 의사들이 버섯의 효과를 시험해보기 위해 일단 소량으로 치료를 시작한 탓에 치료약으로 쓰이는 버섯의 양이 그리 많지 않다는 헛소문이 돌았습니다. 물론 그 뒤로 우리는 용들의 목구멍으로 버섯 죽을 들이부었죠. 나중에 그 소년 비행사는 버섯을 훔친 일을 자백하고 용서를 구했습니다. 그 일로 누가 피해를 입은 것도 아니었고요. 혹시라도 누가 또 버섯을 훔치려는 유혹에 시달릴까 봐 우리는 버섯이 보관된 창고 앞에 보초를 세워두었습니다. 지금까지 그 주변을 어슬렁거리는 자는 한 명도 없었습니다."

"그래도 또 도둑질을 당할지 모르는 일이잖나? 보초를 더 세우든가 방비 시설을 만들든가 해야 하는 것 아닌가?"

"영국과 우리 식민지에 있는 용들 모두에게 그 버섯을 지급한 덕분에 남은 버섯이 거의 없어서 훔칠 것도 없을 겁니다. 라간 호수에서 그 버섯들을 재배 중이라서 영국왕립협회의 회원들이 연구용으로 몇 개 가져가긴 했습니다만. 어쨌든 버섯 재배지가 공군 기지 한가운데 있는데 누가 과연 버섯을 훔칠 생각을 할지 저도 참 궁금합니다."

"알겠네."

넬슨은 다른 의원들을 돌아보며 말을 이었다.

"여러분 최근 유감스런 사건들이 줄지어 일어나긴 했습니다만, 현재 우리는 전염병 치료약을 확보한 상태입니다. 전염병이 더 퍼져 나가더라도 걱정할 것 없습니다."

조용히 대화를 듣고 있던 로렌스는 무언가 이상하다는 낌새를 채고 질문을 했다.

"말씀 중에 죄송합니다만, 그 전염병이 유럽 대륙으로 퍼져나갈 가능성이 있다는 말씀입니까? 프랑스에 발병한 용이라도 있습니까?"

넬슨이 대답했다.

"그러길 바라고 있지. 지난번 영국을 정찰하러 들어왔다가 붙잡힌 플랑 비트 품종의 스파이 용을 이틀 전에 프랑스로 돌려보냈네. 조만간 프랑스 용들이 전염병에 걸렸다는 소식이 들려오길 기대하고 있어."

그러자 갬비어가 말했다.

"그쪽 공군 기지도 피투성이 난장판이 될 게야. 자기가 데리고 있는 용들이 모두 콜록거리며 피를 토하면 그 코르시카 놈이 어떤 표정을 지을지 직접 보지 못하는 게 한이지."

그 말에 다른 의원들은 고개를 끄덕이며 동의를 표했다.

로렌스는 충격을 금할 수가 없었다. 옆 자리에 앉은 캐서린도 경악하여 얼굴에서 핏기가 싹 가시며 손등을 입에 갖다 댔다. 로렌스는 숨이 턱 막히는 기분을 느끼며 입을 열었다.

"아니…… 어떻게 그런 짓을……."

로렌스는 작은 몸집의 소비뇽을 아직도 똑똑히 기억하고 있었다. 당시 로렌스는 전염병에 감염된 테메레르가 기침과 각혈을 하게 될지도 모른다는 걱정에 사로잡혀 있었다. 그 무시무시했던 검역 구역에서의 일주일 동안, 소비뇽이 테메레르 곁에 있어 로렌스는 그나마 위안을 받았었다.

제인은 벌떡 일어서며 소리쳤다.

"그 따위 희망을 품다니, 빌어먹을! 그래서 이스트본의 격리 구역을 폐쇄하지 않고 그 스파이 용을 그 구역으로 보낸 것이로군요. 소름이 끼칩니다. 다음엔 역병 환자를 태운 배를 프랑스 항구로 보내거나 프랑스의 상선이 구입할 곡물에 독을 섞으시겠군요? 어떻게 이런 끔찍하고 형편없는 짓을……."

그러자 분노한 멀그레이브는 허리를 꼿꼿이 펴고 제인에게 명령했다.

"그만 이 회의실에서 나가게."

갬비어도 주절거렸다.

"도대체 어떻게 생겨먹은 여자가……."

"뭐가 어쩌고 어째, 갬비어? 당신 이리 와서 그 말 다시 한 번 해봐."

제인은 이렇게 말하며 허리춤에 찬 칼로 손을 뻗었다. 곧 회의실 안은 고성과 비웃음이 오가며 아수라장이 되었다. 문 밖에 서 있던 해병대원들이 무슨 일인가 하며 조심스럽게 문을 열고 안을 들여다보았다.

로렌스가 넬슨에게 말했다.

"이럴 수는 없습니다, 각하. 전에 테메레르를 만나 직접 얘기도 나눠보셨으니 용이 생각할 줄도 모르는 이성 없는 생물이 아니라는 걸 잘 아실 것 아닙니까? 함부로 도살해도 되는 짐승이 아니란 말입니다……."

그러자 팔머스턴이 비웃었다.

"계집처럼 정에 약하고 어리석기는……."

갬비어와 워드도 맞장구를 쳤다.

"……이건 뭐, 적도 아니고."

소란스러운 가운데서도 넬슨은 로렌스의 말에 대답했다.

"우린 주어진 기회를 충실히 이용해야 했네. 이번 전염병으로 영국의 공군력이 프랑스에 비해 많이 약화되었으니 그 차이를 메워야지."

해군본부 위원회 의원들이 공군 측과 상의도 없이 비밀리에 소비농을 프랑스로 돌려보낸 것은 분명 이런 반대를 예상했기 때문일 것이었다. 하지만 이 정도로 비난을 당할 줄은 몰랐는지 의원들은 크게 당황했다. 게다가 제인이 목청을 높이며 소리치자 의원들은 인내심의 한계에 도달한 모습들이었다.

제인이 고함을 질렀다.

"일을 저질러놓고 며칠이나 지난 지금에서야 내게 통보하다니! 참으로 한심하고 멍청해서 할 말이 없군요. 나폴레옹이 머저리가 아닌 이상, 전염병이 퍼져나가는 걸 알자마자 용들의 병증이 더 깊어지기 전에 영국을 쳐러 올 겁니다. 그럼 여러분은 내게 롱윙 두 마리와 셀레스티얼 한 마리를 주축으로 도버를 지켜내라고 하겠죠. 아직 방어 준비도 제대로 갖추지 못했는데 나폴레옹의 침입을 받으면 빌어먹을 영국 해협은 로튼 거리(런던 하이드 파크의 승마도로—옮긴이

주)처럼 뚫려버릴 거라 이겁니다!"

멀그레이브가 자리에서 일어나 경비병에게 손짓하여 회의실 문을 열라고 지시했다. 그리고 냉정한 목소리로 제인에게 말했다.

"그러니 자네를 어서 도버로 보내줘야겠군."

제인이 항의를 계속하려 하자 멀그레이브는 "그만 나가봐"라는 말로 그녀의 입을 틀어막고는 영국 해협 방어를 위한 공식 명령서를 내밀었다. 제인은 그 명령서를 잡아채서 마구 구겨지게 움켜쥐고는 폭풍처럼 사납게 회의실 밖으로 나가버렸다.

창백한 얼굴에 입술이 검붉은 색이 되도록 이를 악물고 있던 캐서린은 체너리의 부축을 받아 그 방을 나섰고 로렌스도 밖으로 나갔다. 뒤따라 나온 넬슨은 복도를 걸어가고 있는 로렌스의 팔을 붙잡아 세우고 한참 동안 얘기를 했다. 머릿속이 복잡해진 로렌스는 처음에는 넬슨의 말이 귀에 잘 들어오지 않았다. 한마디로, 넬슨은 코펜하겐으로 원정을 나가 덴마크 함대를 공격해서 잡아끌고 올 계획이라고 했다.

"자네와 테메레르가 우리와 함께 해주었으면 좋겠네, 로렌스 대령. 최소한 일주일쯤 영국 해협 방어 임무를 다른 용들에게 맡기고 올 수만 있다면 말이지."

로렌스는 이 상황에서 어떻게 아무렇지 않게 그런 부탁을 할 수 있는지 어이가 없어서 넬슨을 가만히 쳐다보았다. 머리가 무겁고 멍했다. 넬슨은 테메레르를 만나 얘기를 나누었다. 그러니 용이 지능이 없는 생물이 아니라는 걸 확실히 알고 있을 것이다. 물론 넬슨이 전염병을 프랑스로 퍼뜨리는 이 잔인한 작전을 주동한 것은 아니겠지만, 그는 그 작전에 반대도 하지 않았다. 만일 해군본부 내에서 발언권이 센 넬슨이 반대했으면 그 작전은 절대 이행될 수 없었을 것이다.

로렌스가 아무 대답도 하지 않자 분위기가 더욱 무겁게 가라앉고 긴장이 감돌았다. 잠시 후 넬슨은 다소 거만한 투로 말했다.

"긴 항해를 마치고 돌아온 지 얼마 되지 않았는데 이런 심문까지 받았으니 무척 피곤하겠군. 나도 이런 심문이 애초에 쓸데없는 시간 낭비라는 걸 잘 알고 있네. 내일 다시 얘기하기로 하지. 자네가 도버로 돌아가기 전에 봐야 하니 내일 아침에 런던 기지로 찾아가겠네."

로렌스는 모자 끝에 손을 대고 인사를 하며 돌아섰다. 할 말이 없었다.

해군본부 건물을 나와 거리로 들어섰으나 여전히 가슴속이 답답하고 비참했다. 아무것도 눈에 들어오지 않았다. 그런데 누군가 갑자기 그의 팔꿈치에 손을 댔다. 깜짝 놀라 돌아보니 누추한 차림의 키 작은 남자 하나가 옆에 서 있었다. 로렌스의 표정이 얼마나 절망적이었는지 그 남자는 그를 위로해주려는 듯 괴상한 이를 드러내고 미소를 지어보였다. 그리고는 로렌스의 손에 서류 묶음을 찔러주고 앞머리를 쓸어 올리더니 서둘러 가버렸다.

로렌스는 멍한 상태에서 그 서류를 펼쳐보았다. 총액이 일만삼백 파운드에 달하는 손해배상 청구서였다. 케이프코스트에서 구해준 노예상인들이 노예 한 명당 오십 파운드씩으로 계산해서 이백여섯 명에 해당하는 돈을 물어내라고 로렌스에게 소송을 제기한 것이었다.

테메레르는 서쪽으로 한껏 기울어진 저녁 햇살을 받으며 잠들어 있었다. 로렌스는 테메레르를 깨우지 않고 맞은편 소나무 그늘 밑,

거친 통나무 의자에 걸터앉아 고개를 푹 숙였다. 그의 손에는 깔끔하게 둘둘 말린 중국 종이가 쥐어져 있었다. 다이어가 건네준 그 종이에는 붉은 도장이 찍혀 있었다. 테메레르의 편지였다. 그 편지는 룽티엔치엔에게 전해지지 못할 것이다. 편지가 전해지면 아직 중국 궁정의 내부 인사와 연락이 닿고 있을지 모를 리엔이 전염병에 대한 정보를 입수하게 될 것이니, 보나마나 해군본부에서 미리 손을 써서 테메레르의 편지를 중간에서 가로챌 게 분명했다.

공터는 비어 있었다. 몇 명을 제외하고 승무원들은 대부분 휴가를 즐기러 나가고 없었다. 나무들이 줄지어 늘어선 곳 너머에 있는 작은 대장간에서 안장 걸쇠를 두드리고 있는 블라이스의 망치질 소리가 들려왔다. 금속성의 그 가느다란 소리는 강을 따라 들려오던 아프리카 새의 괴상한 울음소리와 무척 닮아 있었다. 바람이 불자 공터의 먼지가 확 일면서 피와 구리 냄새가 풍겼다. 시큼한 토사물 냄새를 연상케 하는 냄새. 아직도 로렌스는 아프리카에서 포로로 잡혀갈 때 얼굴을 짓누르던 밧줄의 느낌을 잊을 수가 없었다. 이제 그 자국은 사라지고 없지만 아직도 그 자국이 남아 있는 것처럼 느껴져 그는 초조하게 뺨을 비볐다. 밧줄에 눌리고 벗겨졌던 부분이 다소 거칠어지긴 했지만 별다른 느낌은 없었다.

잠시 후 제인이 걸어왔다. 그녀는 멋진 외투와 목도리를 벗어버린 모습이었고 셔츠에는 핏자국이 묻어 있었다. 제인은 로렌스 옆에 앉아 남자처럼 다리를 벌리고 양 무릎에 팔꿈치를 대더니 고개를 푹 숙였다. 뒤로 땋아 내린 머리는 풀리지 않았지만 얼굴 주변에 잔 머리카락이 빠져나와 있었다.

로렌스가 물었다.

"하루 휴가를 내도 되겠습니까? 런던에 있는 제 사무 변호사를 만나봐야 해서요. 오래 걸리진 않을 겁니다."

"하루 휴가라."

막사 뒤로 햇살이 비추고 있고 한기라곤 없는데도 제인은 두 손을 마주대고 비볐다.

로렌스가 나지막하게 물었다.

"프랑스 군이 소비뇽을 따로 격리시키지 않을까요? 소년 비행사는 우리 쪽 격리 구역을 목격했으니 소비뇽을 보자마자 병에 감염된 상태라는 걸 알아챘을 겁니다. 다른 용들에게 병이 퍼져나가게 내버려둘 리가 없어요."

"아, 해군본부에서는 그것도 다 염두에 두고 일을 진행시켰어. 방금 그 얘기를 듣고 오는 길이야. 소비뇽의 비행사를 먼저 보트에 태워 고향으로 돌려보내고 한참 후 소비뇽에게 비행사를 파리 교외의 공군 기지로 돌려보냈다고 말했다나봐. 그 작은 용은 곧장 날아올라 그 공군 기지로 향했겠지. 사실, 그 기지는 우편배달 용들이 주로 머무는 곳이거든. 아, 정말이지 너무도 추악한 짓이야. 그 기지에서 프랑스의 우편배달 용들이 십오 분 간격으로 이륙과 착륙을 하고 있으니 곧 프랑스 전역으로 병이 퍼질 테지."

"제인, 나폴레옹의 우편배달 용들은 비엔나로도 비행을 나갑니다. 러시아와 스페인은 물론 프러시아로도 가죠. 우리와 동맹 관계인 프러시아의 용들은 지금 프랑스 군의 사육장에 갇혀 있습니다. 절박한 순간에 우리가 약속했던 지원군을 보내지 못해 프러시아가 프랑스에게 정복당했으니까요. 그리고 프랑스 용들은 이스탄불로도 비행을 나가는 걸로 알고 있습니다. 이스탄불 용들이 그 병에 감염되면 전세계로 퍼져나가는 것은 시간문제일 겁니다."

제인은 입가에 씁쓸한 조소를 띠며 말했다.

"그래, 정말 교활한 전략이지. 그러니 해군본부 내에서도 그 작전에 반대한 이가 아무도 없었을 테고. 현재 유럽에서 제일 약한 공군력을 보유하고 있는 영국은 곧 제일 강력한 공군력을 보유한 나라가 될 거야."

"살상을 통해서 말이죠. 그 작전은 대규모 학살이라고 말할 수밖에 없습니다."

전염병으로 인한 용들의 떼죽음은 유럽에서 끝나지 않을 것이었다. 반년 간 중국에서 영국으로 돌아오느라 수차례 들여다보았던 지도가 로렌스의 머릿속에서 펼쳐졌다. 그와 테메레르가 이동했던 경로를 따라 서서히 죽음의 그림자가 퍼져나가리라 생각하니 머리가 아찔했다. 한편 생각해보면 참으로 대단한 전략이었다. 공군력을 상실한 중국은 보병과 기병만으로 영국의 포병대를 당해내지 못할 것이다. 인도의 내륙 지역도 영국의 손아귀에 들어올 것이고 일본도 마찬가지다. 병든 용을 잉카로 보낼 경우, 금이 넘치는 전설의 잉카 도시들도 영국 차지가 되겠지.

"해군본부가 주도해서 만든 역사서에는 그 비열한 작전에 훨씬 대단한 이름이 붙을 거야. 용이 뭐 대단한 존재라도 되냐고 생각하는 자들이니, 적국의 항구에 정박 중인 군함 수십 척을 태우는 셈 칠 테고."

그 말에 로렌스는 고개를 푹 숙였다.

"전쟁이란 게 원래 이런 거로군요."

제인은 피곤에 지친 목소리로 대꾸했다.

"아니, 정부와 해군본부가 승리를 거머쥐는 방식이 이런 것이지."

제인은 양 무릎에 손을 얹고 몸을 일으키며 말을 이었다.

"도버로 가는 우편배달 용을 타야 해서 그만 가볼게. 아무래도 늦을 것 같아서 엑시디움한테 먼저 도버로 돌아가 있으라고 했어. 그럼 내일 밤에 도버에서 보자고."

제인은 로렌스의 어깨에 잠시 손을 얹은 후 그의 곁을 떠났다.

로렌스는 한참 동안 꼼짝하지 않고 있다가 고개를 들었다. 어느새 테메레르가 잠에서 깨어 그를 바라보고 있었다. 어둠 속에서 세로로 찢어진 푸른 눈이 희미하게 빛났다.

"무슨 일인데?"

테메레르의 물음에 로렌스는 나지막하게 상황 설명을 해주었다.

격분하는 대신 테메레르는 웅크리고 앉아 조용히 경청했다. 로렌스가 말을 마치자 테메레르가 물었다.

"이제 어쩌지?"

테메레르의 담담한 반응에 오히려 로렌스가 당황했다. 그는 생각 끝에 대답했다.

"우선 도버로 돌아가서……."

테메레르는 머리를 치켜들며 말했다.

"그거 말고."

그리고 한참 입을 다물었다가 다시 말했다.

"내 말뜻은 그게 아니야."

또다시 거북한 침묵이 흘렀다.

로렌스가 말했다.

"어쩔 수 없어. 벌써 소비뇽을 프랑스로 보냈으니 이제 와서 항의 해봐야 소용도 없고."

무력감이 밀려와 로렌스는 말을 이어나가기 힘들었다.

"이제 나폴레옹이 언제 쳐들어올지 모르는 상황이 되었으니 영국 해협 쪽을 지켜보고 있어야……."

테메레르가 목소리를 높이며 로렌스의 말을 가로막았다.

"아니! 그럴 것 없어!"

목에서 울려나온 무시무시한 공명이 퍼져나가며 주변의 나무들이 부르르 떨렸다. 테메레르가 말을 이었다.

"프랑스에 치료약을 갖다 줘야 돼. 그 버섯을 어떻게 손에 넣지? 필요하다면 아프리카로 되돌아가……."

"반역죄를 저지르겠다는 게로구나."

그 말을 하며 로렌스는 이상하게 아무 느낌이 없었다. 지금 이 상황이 도무지 현실 같지가 않았다.

"그래. 영국 정부와 해군본부가 용을 한낱 짐승 따위로 취급하면서 성가신 쥐를 박멸하듯 죽이려고 드니 나도 더 이상 그들의 뜻에 따라 움직일 생각 없어. 나더러 복종하라고 하지 마. 가만히 있으라고도 하지 말고……."

"그건 반역이란 말이다!"

테메레르는 입을 다물고 로렌스를 바라보았다. 로렌스는 기운 빠진 목소리로 말을 이었다.

"반역. 절대 저질러서는 안 되는 죄야. 지금 영국 정부를 이끄는 당은 내가 지지하는 당도 아니고 조지 왕은 병들고 미쳤지만, 그래도 나는 그 왕을 모시고 있는 신하야. 너와는 달리 나는 왕에게 충성

을 맹세했어."

둘 다 한참 말이 없었다. 나무 뒤에서 시끌벅적한 소리가 들려왔다. 시내로 나가 술을 마시고 돌아오는 승무원들이 '쾌활하고 사랑스럽고 몸매도 잘 빠진 창녀라네'라는 노래를 소리 높여 부르고 있었다. 그들은 와자지껄한 웃음소리와 함께 막사 안으로 몰려 들어갔다. 그들의 손에 들려 있던 랜턴 불빛도 어둠 속으로 사라졌다.

테메레르는 씁쓸하게 말했다.

"알았어, 그럼 나 혼자 갈게."

거의 속삭이듯이 말해서 로렌스는 그 말을 바로 알아듣지 못했다. 테메레르가 조금 더 크게 덧붙였다.

"혼자라도 갈 거야."

로렌스는 숨을 훅 들이마셨다. 그 순간 머릿속에서 모든 것이 명확해졌다. 제인이 청혼을 거절한 것이 새삼 다행이란 생각이 들었다. 결혼을 약속했다면 제인에게 더 큰 고통을 줄 뻔했다. 로렌스는 분연히 앞으로 걸어 나가 테메레르의 옆구리에 손을 대며 말했다.

"너 혼자서는 안 돼."

16

로렌스는 최대한 간결한 말투로 제인에게 편지를 썼다. 어떤 사과의 말로도 부족할 터였다. 그렇다고 공감을 이끌어내는 식으로 글을 써서 그녀를 모욕하고 싶지는 않았다. 편지 말미에 그는 이렇게 덧붙였다.

…… 그리고 한 가지 명확히 해둘 점은, 이런 생각을 갖고 있는 자는 저 혼자뿐이며, 그런 생각을 휘하의 장교나 승무원, 그 외에 어느 누구에게도 알린 적 없고 그들에게 어떤 도움도 받지 않았다는 것입니다. 저 자신에 대해서는 어떤 변명도 하지 않을 것이고, 제 행동과 관련된 모든 비난은 저 혼자 감당할 것입니다. 이번 일로 상부에서 다른 무고한 이들을 무조건 유죄로 몰아 처벌을 하는 일이 없기를 바랄 뿐입니다. 저는 이 일을 감행할 결심을 굳히자마자 이 편지를 쓰기 시작했습니다. 그리고 편지를 접자마자 그 결심을 실행에 옮기려 합니다.

이미 인내의 한계를 넘었기 때문에 더 이상 참고 있을 수가 없습니다. 상황은 심히 유감스러운 쪽으로 기울어졌습니다만 그럼에도 불구하고 제 진심을 믿어주시기를 부탁드립니다.

근배.

로렌스는 그 편지를 두 번 접고 특별히 신경 써서 봉투에 넣고 봉인한 뒤, 깔끔하게 정돈해둔 야영용 침대 위에 수신인 주소가 보이도록 올려놓았다. 방을 나온 그는 줄줄이 누워 코를 골며 자고 있는 부하들 사이를 지나 막사 밖으로 나왔다. 그리고 공터 가장자리에서 꾸벅꾸벅 졸며 보초를 서고 있던 부하에게 말했다.

"포티스, 그만 들어가서 자. 난 테메레르를 데리고 한바퀴 돌고 오겠다. 당분간은 조용히 비행을 할 시간도 없을 것 같으니까."

"알겠습니다, 대령님."

선잠이 깨어 눈에 핏발이 선 채 나오는 하품을 주체하지 못하던 포티스는 로렌스의 지시에 두말없이 막사로 향했다. 많이 취한 것 같아 보이진 않았는데 잠이 쏟아져서 그런지 걸음걸이가 휘청거리고 있었다.

아직 아홉 시가 채 되지 않았다. 한두 시간 뒤에는 여기를 뜰 계획이었다. 로렌스는 제인에게 쓴 편지를 페리스가 미리 읽어보지 못하도록 단단하게 봉인해놓았지만 그래도 걱정을 떨칠 수가 없었다. 혹시라도 페리스가 몰래 편지를 읽어본다면 충격 때문에 편지 전달이 한 시간쯤 지연될 수도 있었다. 그래도 맹렬한 추격이 뒤따르기는 마찬가지일 테지만.

현재 런던 기지에는 우편배달 용이 다섯 마리 있고 국회 의사당 근처에도 몇 마리가 더 있었다. 그 용들은 영국에서 가장 속도가 빨랐다. 그들은 라간 호수를 향해 날아가는 테메레르를 머지않아 따라잡을 것이고 나중에 해변까지 쫓아올 수도 있었다. 또한, 도버와 에든버러에 이르기까지 해변 곳곳에 포진해 있는 포병대가 테메레르의 진로를 방해할 것이었다.

테메레르는 초조한 기색을 숨기느라 몸을 웅크린 채 얼굴 주변의 막을 곤두세우며 로렌스를 기다리고 있었다. 아홉 시경, 로렌스가 목 아래쪽에 탑승하자 테메레르는 곧장 날아올랐다. 램프와 랜턴 불, 만여 개의 굴뚝에서 피어오르는 쓴 연기, 템스 강을 천천히 오가는 배의 불빛이 들어찬 런던이 저만치 멀어지고 공허하게 스쳐지나가는 바람 소리가 들렸다. 로렌스는 눈을 감았다. 잠시 후 어둠에 적응이 되자 눈을 뜨고 나침반을 보며 테메레르에게 방향을 알려주었다. 어둠 속에서 북북서 방향으로 육백사십 킬로미터를 날아가는 비행이었다.

기분 전환을 위해 잠깐씩 날아오르는 경우를 제외하고 테메레르와 단둘이 이렇게 오래 비행하기도 참 오랜만이었다. 임무 수행을 하는 동안에는 둘이서 비행할 기회가 거의 없었다. 로렌스의 체중도 얼마 안 되고 최소한의 안장만 착용한 상태라 테메레르는 몸을 쭉 펴고 고도를 한껏 높이며 공기가 희박해지는 지점까지 가볍게 날아올랐다. 어두컴컴한 지상 위로 흐릿한 구름층이 보였고 밤하늘을 날아가는 새들도 가끔 보였다. 얼굴 주변의 막을 축 늘어뜨리고 날아가는 테메레르의 등을 바람이 스치고 지나가며 휘파람 소리를 냈다. 8월 중순이지만 고도가 높다 보니 추위가 느껴져 로렌스는 가죽 외투를 바짝 여미고 양손을 겨드랑이 밑에 집어넣었다. 테메레르는 첨종 모양으로 날개를 힘껏 퍼덕이면서 아주 빠른 속도로 날고 있었다. 테메레르의 어깨 너머로 보이는 세상은 뿌옇기만 했다.

새벽이 가까워 올 무렵, 로렌스는 기괴한 불빛이 서쪽 끝의 지평선을 밝히고 있는 광경을 보았다. 마치 태양이 서쪽에서 떠오르기도 하려는 듯한 모습이었다. 간간이 그 빛이 흩어지면서 시커먼 연기가 피어올랐다. 맨체스터의 제분 공장들이었다. 일곱 시간도 채 안 되는 시간 동안 이백육십 킬로미터를 날아왔다. 비행 속도는 이십 내지 이십오 노트 정도였다.

새벽이 밝아오자마자 테메레르는 말없이 고도를 낮추고 작은 호숫가에 착륙했다. 그리고 호수에 머리를 집어넣은 채 물을 꿀꺽꿀꺽 들이마셨다. 목구멍으로 물이 격하게 넘어가는 소리가 들렸다. 몸을 일으키고 숨을 몰아쉰 후 물을 조금 더 마신 테메레르는 등에 탄 로렌스에게 탁한 목소리로 말했다.

"아, 아니야. 안 피곤해. 그렇게 심하게 힘들진 않아. 목이 많이 말랐던 것뿐이야."

말은 그렇게 했지만 온 몸을 떨고 있었다. 잠시 후 테메레르는 눈을 껌벅이더니 평소의 침착한 목소리로 물었다.

"바닥에 잠깐 내려줄까?"

"아니, 괜찮아."

로렌스는 그로그 주가 담긴 휴대용 술병을 소지하고 있었고 주머니에 약간의 건빵도 들어 있었으나 아무것도 입에 대고 싶지 않았다. 갈증도 식욕도 일지 않았다.

"아주 빠르게 날더구나, 테메레르."

"응, 그랬지. 아! 이렇게 좋은 날씨에 단둘이 고속으로 비행을 하니까 아주 상쾌하네. 기분이 정말 좋아."

그러나 테메레르는 슬픔이 담긴 눈으로 로렌스를 돌아보며 덧붙였다.

"당신이 우울해하는 것 같아서 걱정돼, 로렌스."

로렌스는 테메레르의 용기를 북돋워주는 말을 해주고 싶었지만 그럴 수가 없었다. 지난 밤 그들은 노팅엄셔를 지나왔다. 그 지역에 위치한 아버지의 집 위를 지나왔을지도 모른다. 로렌스는 테메레르의 목 비늘을 쓰다듬으며 나지막하게 말했다.

"이제 다시 이륙하자. 날이 밝으면 남들 눈에 더 띌 거야."

테메레르는 고개를 푹 숙인 채 대답이 없더니 다시 힘을 주고 날아올랐다.

그 뒤로 일곱 시간쯤 더 날아간 테메레르는 점심시간쯤 라간 호수 기지에 도착했다. 예의를 차리거나 사전 경고도 하지 않고 곧장 먹이 먹는 곳으로 급강하한 테메레르는 가축 담당자들이 올 때까지 기다리지도 않고 우리에서 소 두 마리를 꺼냈다. 소들은 너무 놀라 비명을 지르지도 못했다. 테메레르는 훈련장이 내려다보이는 선반 모양 바위 위에 그 소들을 올려놓고 미친 듯이 목구멍 안에 쑤셔 넣었다. 한 마리를 목구멍 안으로 다 넘기지도 않은 상태에서 두 번째 소를 입에 넣고 씹어댔다. 허기가 가신 테메레르는 마침내 안도의 한숨을 푹 내쉬며 거하게 트림을 했다. 그리고는 까다로운 신사처럼 피 묻은 발톱을 혀로 깨끗이 핥았다. 그런데 옆에서 누군가 쳐다보고 있었다. 테메레르는 제 발이 저려 움찔했다.

그 바위 한옆에 셀레리타스가 저물어가는 햇볕을 받으며 누워 있었다. 눈을 반쯤 감고 있는 셀레리타스는 테메레르와 로렌스를 훈련시킬 때에 비해 확 늙어보였다. 그의 지도를 받으며 훈련을 받던 것이 삼 년도 채 지나지 않았건만 아득히 먼 옛날 일인 것처럼 느껴졌다. 반짝반짝 빛나던 연한 비취 색 반점은 뜨거운 물에 빤 세탁물처럼 윤기가 사라졌고 황금색 몸통은 색깔이 많이 어두워져서 청동색으로 변해 있었다. 셀레리타스는 쉰 소리로 콜록콜록 기침을 하며 테메레르에게 말했다.

"몸이 많이 길어졌구나."

"네. 이제 막시무스만큼 길어요. 정확히 말하면, 막시무스보다 많이 짧지는 않아요. 그리고 내 품종은 셀레스티얼이에요."

테메레르는 살짝 뻐기듯 말을 맺었다. 1805년 테메레르와 로렌스는 프랑스의 도버 침공 때문에 이 훈련장을 떠나야 했다. 당시엔 테메레르의 품종에 대해서도, 신의 바람 같은 특별한 능력이 있는지도 몰랐었다. 그저 막연히 임페리얼 품종일 거라고 추측했었다. 임페리얼은 아주 훌륭한 품종이긴 하지만 셀레스티얼처럼 그 수가 얼마 없을 정도로 진귀하진 않았다.

셀레리타스가 말했다.

"그래, 나도 들었다. 여긴 무슨 일로 온 거냐?"

"아, 그게요······."

테메레르는 기세가 한풀 꺾인 모습이었다. 로렌스는 얼른 카라비너를 풀고 바닥으로 내려서며 대신 대답했다.

"제가 말씀드리겠습니다, 교관님. 지금 우리는 버섯 몇 개를 가져오라는 지시를 받고 런던에서 오는 길입니다. 버섯이 어디에 보관되어 있는지 아십니까?"

수상쩍은 낌새를 채기 전에 얼른 버섯을 확보하고 이곳을 떠나야 했다.

셀레리타스는 콧방귀를 뀌며 대답했다.

"여기서는 그 버섯들을 용알이라도 되는 듯이 애지중지하며 키우고 있어. 아래층 목욕탕에 내려가 봐. 버섯 재배장 지휘관인 웩슬러 대령에게 말하면 안내를 해줄 거다."

그리고 셀레리타스가 호기심어린 눈으로 돌아보자 테메레르는 양심의 가책 때문에 기가 죽어서 몸을 웅크렸다. 아무런 의심 없이 친밀하게 대해주고 있는 옛 훈련 교관 앞에서 거짓말을 했다는 티를 내지 않으려니 어지간히 힘든 모양이었다. 로렌스도 그런 테메레르를 여기 두고 목욕탕으로 가고 싶지 않았지만 시간이 없었다. 테메레르가 다른 승무원 하나 없이 로렌스와 단둘이 온 것을 셀레리타스가 수상쩍게 생각할 수도 있었다. 게다가 아무리 낯 두꺼운 거짓말쟁이라 할지라도 반역이라는 어마어마한 죄를 저지르면서 속내를 오랫동안 감추는 것은 매우 어려운 일이었다.

기지 건물로 들어간 로렌스는 낯익은 통로를 따라 걸어갔다. 기분이 묘했다. 모퉁이를 돌아가자 공동 식당에서 유쾌한 소음이 들려왔다. 무척 반가웠지만 이제 저들과 함께할 수 없는 처지가 되었다는 생각에 거리감이 느껴졌다. 홀에는 하인들이 한 명도 없었다. 점심 식사 시중을 드느라 하인들 모두 바쁘게 일할 시간이었다. 홀에서 로렌스가 본 자는 깨끗한 냅킨을 한 더미 들고 지나가는 키 작은 소년뿐이었다. 그 소년은 로렌스를 한번 흘끗 보고 지나갔다.

로렌스는 웩슬러 대령을 찾아가지 않았다. 정식 명령서도 가져오지 않은 자의 말을 믿어줄 리 없었다. 로렌스는 곧장 좁고 습기 찬 계단을 내려가 목욕탕으로 향했다. 탈의실로 들어간 그는 서둘러 장화와 외투를 벗어 선반에 올려놓고 칼을 그 옆에 내려놓았다. 그리고 바지와 셔츠는 그대로 입은 채 수건을 한 장 들고 거대한 타일로 장식된 수증기 가득한 목욕탕 안으로 들어갔다. 꾸벅꾸벅 졸고 있는 자들이 탕 안에 있었지만 수증기 때문에 얼굴이 또렷이 보이지 않았다. 로렌스는 걸음을 재촉했다. 아무도 그에게 말을 걸지 않았다. 그런데 목욕탕 끝에 있는 쇠문 앞까지 걸어갔을 때 바닥에 누워 있던 자가 얼굴을 덮은 수건을 옆으로 치우며 말을 걸었다. 로렌스와 안면이 있는 자는 아니었다. 두껍고 뻣뻣한 코밑수염 끝으로 물방울이 뚝뚝 떨어지고 있었고, 나이를 짐작할 수가 없었다.

"죄송하지만……."

그 순간 로렌스는 긴장해서 몸이 굳었다.

"예?"

"저 안에 들어갈 거면 들어가자마자 바로 문 좀 닫아주십시오."

그자는 이렇게 말한 후 도로 얼굴에 수건을 덮었다.

로렌스는 또 다른 커다란 목욕탕으로 연결되는 그 쇠문을 연 뒤에야 그자의 말뜻을 알 수 있었다. 문을 열자마자 거대 버섯의 지독한 냄새가 확 풍겼다. 거름으로 뿌려진 용의 배설물 냄새까지 섞여 있어 악취가 대단했다. 로렌스는 얼른 그 안으로 들어가 쇠문을 닫은 뒤 손으로 얼굴을 가리며 입으로 숨을 깊이 들이쉬었다. 그 안에서 목욕을 하는 이는 아무도 없었다. 그 방 뒤쪽을 따라 연철로 된 창살이 세워져 있고 그 안쪽 벽감에 용알 여러 개가 보관되어 있었는데 용알마다 물방울이 맺혀 반짝거렸다. 벽감 아래 바닥에 놓인 나무통에 용의 적갈색 배설물이 섞인 시커멓고 비옥한 흙이 담겨 있고, 그 통 안에 동그란 단추처럼 생긴 버섯들이 자라고 있었다. 수증기 너머로 살펴보니 어린 해병대원 둘이서 그 창살 앞을 지키고 있었다. 몹시 괴로워하는 얼굴들이었다. 방 안의 강한 열기로 인해 얼굴이 붉은색 해병대 외투만큼이나 새빨갛게 익어 있었고, 하얀 바지에는 외투에서 녹아내린 붉은 염료가 얼룩덜룩하게 묻어 있었다. 지루하게 보초를 서던 그들은 로렌스를 보자 기분 전환 거리라도 찾았다는 듯 반가운 표정을 지었다. 로렌스는 그들에게 고개를 끄덕여 보이며 말했다.

"버섯 몇 개를 가져오라는 명령을 받고 도버 기지에서 오는 길이다. 저 통 하나를 꺼내오도록."

해병대원들은 미심쩍어하는 얼굴로 머뭇거렸다. 둘 중 나이가 더 들어 보이는 병사가 말했다.

"지휘관께서 직접 오셔서 허락해주지 않으시면 버섯을 꺼내드릴 수가 없습니다."

"이런, 내가 받은 명령서에는 그런 말이 안 적혀 있던데. 예외적인 경우라고 생각하고 지휘관에게 직접 가서 확인을 해봐. 지휘관에게는 내가 미리 얘기를 해뒀어."

그리고 로렌스는 나이가 어려보이는 병사에게 말했다.

"자네가 지휘관에게 가서 확인하고 올 때까지 여기서 기다리겠네."

그 병사는 살았다 싶었는지 얼른 쇠문을 열고 밖으로 나갔다. 그러자 나이 들어 보이는 병사는 바깥바람을 쏘일 기회를 빼앗겼다는 생각에 성질이 난 표정이었다. 로렌스는 그 나이 든 병사의 허리춤에 창살문을 열 수 있는 열쇠가 달려 있는 걸 보고 일부러 어린 병사를 밖으로 내보낸 것이었다.

로렌스는 쇠문이 닫히기를 기다렸다. 쇠문은 천천히 닫혔다. 지금 그는 마치 바람을 타고 천천히 움직이는 군함을 탄 것만 같았다. 헌측을 적선 쪽으로 향하고 적선의 고물이 시야에 들어오기를 기다리는 그 기분. 쇠문이 짤가닥 닫히는 순간, 로렌스는 앞에 서 있는 병사의 귀 아래쪽을 주먹으로 후려쳤다. 그 병사는 인상을 찡그리며 동료를 부르려고 쇠문 쪽으로 고개를 돌렸다. 하지만 두꺼운 쇠문은 이미 닫혔고 젊은 병사는 멀찌감치 걸어갔을 터였다.

그 나이 든 병사는 비틀거리며 한쪽 무릎을 꿇고 쓰러지더니 놀란 표정으로 입을 벌리고 로렌스를 쳐다보았다. 로렌스는 한 번 더 그자의 얼굴을 주먹으로 세게 강타했다. 손가락마디에서 우두둑 소리가 나고 그 자의 광대뼈와 턱을 따라 흘러나온 피가 로렌스의 손에 묻었다. 그 병사는 바닥에 길게 몸을 뻗으며 잠잠해졌다. 거칠게 숨을 쉬고 있는 것을 보니 죽지는 않은 듯했다. 로렌스는 떨리는 손을 진정시킨 후 그 병사의 허리춤에서 열쇠를 빼내어 창살문을 열었다.

창살 안쪽에 놓인 나무통은 큰 나무 물통을 반으로 자르고 그 안에 흙을 채운 것이었는데 크기는 제각각이지만 대부분 폭이 넓고 무게도 많이 나갔다. 로렌스는 그중 제일 작은 나무통에 가지고 들어온 수건을 덮어씌웠다. 목욕탕을 가득 채운 습기 때문에 수건은 뜨끈하게 젖어 있었다. 로렌스는 그 나무통을 들고 쇠문을 열고 나와 서둘러 목욕탕을 가로지른 뒤 탈의실로 들어갔다. 여전히 아무도 없었다. 하지만 점심식사가 시작된 지 한참 지난 시간이라 실컷 배를 채운 군인들이 식당을 빠져나오는 소리가 들렸다. 저들 중 누구라도 로렌스의 앞을 가로막을 수 있었다. 지휘관에게 허락을 받으러 나간 젊은 해병대원이 농땡이를 치지 않고 의무에 충실한 성격이라면 로렌스는 더욱 더 이 건물을 빠져나가기 힘들 터였다. 로렌스는 서둘러 장화를 신고 젖은 옷 위에 외투를 걸쳤다. 그리고 나무통을 어깨에 얹은 뒤 다른 쪽 손으로는 난간을 꽉 잡으며 계단을 올라갔다. 무모한 짓이었으나 이제 와서 실패할 수는 없었다. 홀 안으로 들어선 그는 서둘러 모퉁이를 돌아가면서 옷매무새를 가다듬었다. 차림새가 흐트러져 있지 않으면 이곳 군인들의 시선을 끌지 않을 수도 있었다. 그러나 나무통의 악취만은 막을 수가 없었다. 수건을 덮어놓았지만 악취가 계속해서 풀풀 풍겨 나왔다.

식당 홀의 소음은 한층 줄어 있었다. 가까운 쪽도 쪽에서 떠드는 소리가 들렸다. 지저분한 접시를 든 하인 두 명이 로렌스의 곁을 스쳐 지나갔다. 전방을 가로지르는 복도에는 공군 중위 두 명이 애들처럼 유쾌하게 소리를 지르며 한 방에서 그 다음 방으로 마구 뛰어다니고 있었다. 그리고 다음 순간 뒤에서 달려오는 소리가 들렸다. 묵직한 군화를 신은 자들이 고함을 질러댔다. 그것은 장난치며 떠드는 소리가 아니었다.

로렌스는 주변 눈치를 보는 것을 그만두고, 일 분마다 한쪽 어깨에서 다른 쪽 어깨로 나무통을 옮겨 얹으며 미친 듯이 내달렸다. 마침내 그는 선반 모양 바위에 도착했다. 당황한 셀레리타스는 그제야 의심이 났는지 진한 초록색 눈으로 로렌스를 가만히 쳐다보았다.

갑자기 테메레르가 숨도 쉬지 않고 빠르게 말했다.

"죄송해요. 제가 거짓말을 했어요. 프랑스 용들이 병으로 다 죽지 않도록 우린 저걸 프랑스로 가져갈 거예요. 다른 사람들한테는 이게

다 제 고집대로 한 일이고 로렌스는 아무 잘못 없다고 말해주세요."

그리고는 나무통을 진 로렌스를 앞발로 움켜잡고 날아올랐다.

그들이 이륙하자마자 공군 다섯 명이 막사 밖으로 달려 나왔고 미친 듯이 경고의 종을 울려댔다. 봉화가 오르고 훈련장에 있던 용들이 연기처럼 날아올랐다. 테메레르는 로렌스를 목 아래쪽에 올려놓을 새도 없이 힘차게 날갯짓을 하며 소리쳤다.

"무사한 거지?"

"어서 가기나 해!"

로렌스는 갖고 있던 여분의 안장 끈으로 나무통을 테메레르의 발톱에 묶었다. 테메레르는 더욱 속도를 높이며 훨훨 날아갔고 뒤에서는 다른 용들이 맹렬하게 따라왔다. 로렌스와 안면이 없는 용들이었다. 날씬한 몸통의 앵글윙이 윈체스터 몇 마리를 거느리고 테메레르를 쫓고 있었다. 테메레르를 막지는 못하겠지만 속도가 빠른 용들이니 지원군이 더 올 때까지 진로를 방해할 수는 있을 터였다.

테메레르가 물었다.

"로렌스, 고도를 더 높일 건데 춥지 않겠어?"

아직 해가 지지 않았고 고도도 별로 높지 않았지만 로렌스는 옷이 다 젖은 상태라 몸에 한기가 느껴졌다. 하지만 그는 외투를 단단히 여미며 대답했다.

"괜찮아."

테메레르는 산꼭대기에 걸린 구름 덩어리 안으로 돌진했다. 안개 같은 작은 물방울이 쥠쇠는 물론, 밀랍과 기름을 바른 안장가죽과 테메레르의 반짝이는 비늘에까지 잔뜩 들러붙었다. 용들은 서로에게 소리를 질러 위치를 확인하면서 속도를 바짝 높였다. 안개구름

속으로 따라 들어온 용들은 형체만 흐릿하게 보였고, 그들의 목소리는 괴상하게 메아리쳤다. 테메레르는 유령처럼 모습이 보이지 않는 용들에게 쫓기며 구름 안에서 고도를 높여갔다.

그리고 탁 트인 하늘을 배경으로 우뚝 솟아 있는 하얀 산이 갑자기 눈앞에 나타났다. 테메레르는 준비했던 신의 바람을 쏟아냈다. 산 위쪽에 단단하게 얼어붙어 있던 얼음과 눈이 거대한 망치로 얻어맞은 것처럼 무너져 내리기 시작했다. 테메레르가 산의 정면을 따라 거의 수직으로 고도를 높이는 동안 로렌스는 자기도 모르게 몸을 떨며 안장 끈을 바짝 쥐었다. 곧 이어 안개구름을 빠져나온 용들은 천둥 같은 고함 소리와 갑작스런 눈사태에 놀라 뒤로 날개를 치며 물러났다. 일주일 치 눈보라가 한꺼번에 닥친 것처럼 어마어마한 눈과 얼음이 산 아래로 쏟아져 내리고 있었다. 윈체스터들은 모두 비명을 지르며 눈사태를 피해 참새 떼처럼 사방으로 흩어졌다.

산봉우리를 넘어가자 로렌스는 테메레르에게 소리쳤다.

"남쪽, 남쪽으로 가!"

추적자들과의 간격은 크게 벌어졌지만 해안을 따라 봉화가 계속 오르고 있었다. 그 봉화는 원래 적의 침입을 알리는 데 사용되는 것이라 지금까지는 남쪽에서 북쪽을 향해 켜지곤 했는데 이번에는 반대 방향으로 오르고 있었다. 곧 영국의 각 공군 기지에 주둔 중인 용들이 경계 태세에 들어갈 것이고 그 용들은 이유는 모르지만 일단 도주 중인 테메레르를 막으려 할 터였다. 공군 기지 위쪽을 가로지르는 것은 너무도 위험했다. 양쪽 기지 사이를 지나다가 진로를 방해받고 붙잡힐 수도 있었다. 다른 곳보다 경계가 허술한 북해 해안 지역을 따라 에든버러 쪽으로 이동해야 했다. 그리고 유럽 대륙으로

빠르게 건너가기 위해서는 가급적 최단거리 항로를 택해야 했다. 테메레르는 이미 지친 기색이 역력했다.

머잖아 밤이 될 것이다. 줄잡아 세 시간 후엔 어두워질 테니 그때까지만 버티면 된다. 세 시간. 로렌스는 소매로 얼굴을 문질러 닦은 후 몸을 바짝 움츠렸다.

비행 속도가 점점 느려지더니 시계태엽이 풀리듯 테메레르의 날갯짓이 눈에 띄게 약해지기 시작했다. 로렌스는 시야가 미치는 범위 내에서 눈에 힘을 주고 전방을 살펴보았다. 지상에 목동이 피워놓은 모닥불이나 횃불은 물론 작은 빛 하나 보이지 않는 걸 확인한 후 그가 말했다.

"고도 낮춰, 테메레르. 좀 쉬고 가야겠다."

라간 호수 기지에서 날아오른 지 여섯 시간 후, 비로소 테메레르는 땅에 발을 디딜 수 있었다.

아직 스코틀랜드를 벗어나지 못한 것 같았다. 아니면 노섬벌랜드 지역이거나. 어쨌든 에든버러와 글래스고에서 훨씬 남쪽에 있는 어느 얕은 골짜기인 것만 확실했다. 근처에서 물이 졸졸 흐르는 소리가 들렸지만 너무 피곤해서 찾으러 갈 기운도 없었다. 로렌스는 갑자기 배가 고파져서 게걸스럽게 건빵을 전부 먹어치웠고 남아 있는 그로그 주를 모두 마셨다. 그리고 테메레르의 목 아래 움푹 들어간 부분에 몸을 기대고 움츠렸다. 테메레르는 날개를 바닥에 축 늘어뜨리고 아무렇게나 목을 뻗은 채 착륙하자마자 잠이 들었다.

로렌스는 옷을 모두 벗어 테메레르의 옆구리에 붙여놓았다. 용의 체온으로 옷을 말리기 위해서였다. 로렌스는 외투를 입고 몸을 바짝 웅크린 채 잠을 잤다. 산 속이라 바람이 차가워서 몸이 으슬으슬 추워졌다. 테메레르의 뱃속에서 꾸르륵 꾸르륵 소리가 났고 잠결에 몇 차례나 몸을 움찔거렸다. 작은 동물들이 멀리 달아나는 소리와 작은 발로 달가닥달가닥 뛰어가는 소리가 들렸으나 테메레르는 깨지 않고 계속 잤다.

눈을 뜨니 어느덧 아침이었다. 테메레르는 입가에 붉은 피를 묻힌 채 사슴을 잡아먹고 있었는데, 그 옆에는 죽은 사슴이 한 마리 더 놓여 있었다. 테메레르는 사슴 고기를 꿀떡 삼키고 걱정스러운 눈으로 로렌스를 내려다보았다.

"오랜만에 날 것으로 먹으니까 맛있네. 조그맣게 찢어 줄 테니까 당신도 먹어. 아니면 직접 칼로 자를래?"

"아니, 괜찮으니까 너 다 먹어. 난 너만큼 힘든 노동을 한 것도 아니니까 아직 견딜 만해."

주변을 둘러보니 어제 지쳐 쓰러져 잠든 곳에서 열 발자국 떨어진 곳에 작은 개울이 흐르고 있었다. 로렌스는 그리로 걸어가 얼굴을 물로 북북 문질러 씻었다. 그리고 테메레르가 햇빛 잘 드는 바위에 널어놓은 옷을 입었다. 그 옷은 바짝 말라 있었지만 테메레르의 발톱에 찍혀 약간 찢어진 상태였다. 하지만 긴 외투 안에 입을 옷이니 상관없었다.

로렌스는 테메레르가 아침을 다 먹을 때까지 기다렸다가 개울가의 모래 위에 북해의 해안선과 유럽 대륙을 그려 보여주며 설명했다.

"요크 남쪽으로 내려가는 건 너무 위험해. 산맥을 넘어가면 인가가 많거든. 낮이든 밤이든 우릴 보는 사람이 있을 거야. 그러니까 밤을 틈타 스카버러 부근 해변에 있는 산으로 날아갔다가 거기서 바다를 건너 네덜란드로 가자. 네덜란드 해변에는 인가가 별로 없으니 즉각 공격을 받지는 않을 거야. 그리고 해변을 따라 프랑스로 가는 거다. 프랑스 군이 예고도 없이 대포를 쏴서 우릴 격추시키지 않기만을 바라야지."

프랑스의 됭케르크 지역으로 날아 들어가며 로렌스는 공격할 뜻이 없음을 알리기 위해 찢어진 셔츠를 막대 끝에 묶고 세차게 흔들었다. 아래 쪽 항구에 정박한 프랑스 군함들은 테메레르를 보자마자 미친 듯이 흥분하며 경계 태세에 들어갔다. 테메레르가 단번에 발레리 호를 침몰시켰다는 소문이 익히 퍼져 있을 테니 그럴 만도 했다. 테메레르가 대포의 사정거리 밖에서 높은 고도를 유지하며 날고 있는데도 그 군함들은 쓸데없이 대포를 쏴댔다.

곧 프랑스 용들이 구름처럼 날아왔다. 이미 그중 몇 마리는 기침을 하고 있었다. 보아하니 그 용들은 비폭력적으로 대화를 나눌 분위기가 아니었다. 테메레르는 일단 그 용들을 향해 고함을 질러 뒤로 물러나게 한 뒤 소리쳤다.

"Ârret! Je ne vous ai pas attaqué, il faut que vous m'écouter, nous sommes venus pour vous apporter du médicament(멈춰! 나는 싸우러 온 게 아니란 말이다. 내 말 잘 들어. 우린 치료약을 전해주려고 온 거다)."

제일 먼저 날아온 프랑스 용들은 테메레르 주변을 맴돌면서 웅성거렸고 뒤이어 기지에서 날아오른 용들은 도전적으로 고함을 질렀다. 그 두 무리의 용들은 무척 당황하고 있었다. 그들의 등에 탄 비행사들은 확성기로 소리치며 얘기를 주고받더니 신호를 보냈다. 그러자 프랑스 용들은 테메레르의 양 옆에 여섯 마리씩 자리를 잡고 앞뒤를 들어막은 뒤 천천히 지상으로 착륙시켰다. 넓고 쾌적한 목초지에 착륙하자마자 프랑스 용들은 서로를 밀치며 뒤로 물러났다. 두려워 떨지는 않지만 잔뜩 경계한 모습들이었다. 비행사들이 바닥으로 내려서자 그 용들은 걱정하며 웅성거렸다.

로렌스는 나무통을 안장에 고정시켰던 끈을 풀고 자신의 몸을 묶은 카라비너도 풀었다. 테메레르의 안장 양 옆으로 기어오른 프랑스 공군들이 로렌스에게 권총을 겨누었다. 그중 눈이 작은 젊은 장교 하나가 프랑스 억양이 강하게 들어간 영어로 소리쳤다.

"항복해라!"

"이미 했잖소."

로렌스는 피곤에 지친 목소리로 대답하며 그 장교에게 나무통을 내밀었다. 장교는 악취 때문에 질겁하면서 당황스런 얼굴로 그 나무통을 쳐다보았다.

"기침 치료약이오. la grippe, des dragonnes.(용들이 걸린 감기 말이오.)"

로렌스는 이렇게 말하며 콜록거리고 있는 용들을 손으로 가리켰다.

그 장교는 의심 가득한 표정으로 그 나무통을 받아 들고 밑으로 내려갔다. 그 나무통을 소중한 보물 다루듯 하진 않았지만 적어도 막 다루진 않았다. 프랑스 공군들은 그 나무통을 들고 본부로 걸어갔다. 이제 저들이 올바른 판단을 내리기를 기다리는 수밖에 없었다. 갑자기 피로가 한꺼번에 밀려들었다. 안장 끈을 잡고 밑으로 내려가던 로렌스는 손에 힘이 빠지면서 1.5미터를 남겨두고 바닥으로 떨어졌다.

"로렌스!"

테메레르가 다급히 소리치며 고개를 숙여 로렌스를 살폈다. 또 다른 프랑스 장교 하나가 앞으로 다가와 로렌스의 팔을 잡고 일으켜 세우더니 목에 차가운 총구를 갖다 댔다. 화약가루가 닿아 까끌까끌한 느낌이 들었다.

로렌스는 그 장교가 혹시라도 테메레르에게 총을 쏠까 봐 기침이 터져 나오려는 것도 간신히 참고 말했다.

"난 괜찮아, 테메레르. 아무렇지 않으니까 걱정할 필요 없……."

로렌스는 더 이상 말을 잇지 못했다. 프랑스 공군들이 사방에서 그를 에워싸더니 목초지를 가로질러 잔뜩 긴장한 채 대기하고 있는 프랑스 용들 쪽으로 끌고 간 것이다. 끌려가는 로렌스의 모습을 보며 테메레르는 항의의 뜻으로 나지막하게 울부짖었다.

17

로렌스는 됭케르크 공군기지의 본부 건물 맨 아래층에 위치한 불편하기 짝이 없는 독방에서 밤을 보냈다. 그 감방은 후텁지근하고 공기도 잘 통하지 않았다. 벽 위쪽에 촘촘하게 창살이 박힌 창문 밖으로 황폐한 연병장이 내다보였다. 바람이 불 때마다 먼지가 그 창문을 통해 감방 안으로 훅 들어왔다. 간수 역할을 하고 있는 경비병들이 로렌스에게 묽은 죽과 물을 약간 내주었다. 바닥에는 침대 대신 얇은 짚이 깔려 있었다. 주머니에 돈이 좀 있으니 뭐라도 사서 먹으면 조금은 편하게 지낼 수 있겠지만 굳이 몸 편할 짓을 하고 싶지도 않았다.

간수들은 로렌스의 돈을 빼앗지는 않았지만 먹을 것을 사다 줄 생각도 없어보였다. 가끔씩 차갑고 적대적이며 의심에 찬 시선으로 쳐다볼 뿐이었다. 그 간수들이 나누는 대화는 단어가 그리 어렵지 않은 일상적인 말들이라 프랑스어 실력이 시원찮은 로렌스도 어느 정도 알아들을 만했다. 용에게 치명적인 전염병의 특성과 발병력에 대한 정보가 프랑스 내에 쫙 퍼진 모양이었다.

그들은 프랑스 용들에게 고의적으로 전염병을 퍼뜨린 영국을 도저히 용서할 수 없다고 했다. 이 간수들은 모두 지상요원 출신의 늙은 공군이었고, 대부분 나무 의족을 착용하거나 팔이 없었다. 한직에서 일하고 있는 그들은 군함에 배치 받은 요리사만큼이나 시간이 남아돌았다. 로렌스가 알고 있는 요리사들은 음료 한 잔을 내주는 대가로 악마의 뇌물마저 받아 챙길 자들로, 결코 뇌물을 거절하는 법이 없었다.

그러나 로렌스는 굳이 저 간수들에게 뇌물을 써가며 음료를 사다 마실 생각이 없었다. 그럴 필요도 못 느꼈다. 그는 감방에 들어가자마자 외투를 바짝 여미고 지저분한 짚 위에 드러누워 꿈도 꾸지 않고 긴긴 잠을 잤다. 그리고 다음날 아침, 간수들이 땡그렁 소리와 함께 죽이 담긴 그릇을 감방 바닥에 내려놓는 바람에 잠에서 깼다. 창문으로 들어온 햇빛이 바닥에 네모 모양으로 비치고 있었고 그 네모 안은 창살 그림자 때문에 세로로 줄이 쫙쫙 그어져 있었다. 로렌스는 식욕도 없어서 도로 눈을 감고 잤다.

그날 오후 무렵, 간수가 거칠게 잡아 흔들어 로렌스를 깨운 뒤 다른 방으로 데려갔다. 로렌스는 기다란 탁자 너머에 굳은 표정으로 앉아 있는 상급 장교들 앞에 섰다. 그 장교들은 버섯의 정체와 전염병의 특성, 그 버섯을 프랑스로 가져온 이유가 무엇인지 물었다. 로렌스는 몇 번이나 같은 질문에 반복해서 대답을 해야 했다. 서툰 프랑스어로 더듬거리는 로렌스에게 장교들은 빨리 좀 말하라고 재촉했다. 로렌스가 속도를 빨리 하려다가 말실수를 하자 장교들은 쥐를 문 고양이처럼 말꼬리를 잡고 늘어지며 괴롭혔다.

하긴 영국 측으로부터 전염병 전파라는 치명적인 공격을 당했으니 로렌스를 병의 전파를 가속화하기 위해 들어온 공작원으로 의심할 만도 했다. 도저히 참기 힘들 정도로 볶아치던 장교들은 마침내 영국 군함이 영국 해협에 어떤 식으로 배치되어 있는지, 도버의 병력은 어느 정도 되는지를 물었다. 피로에 절어 있는 상태에서 쉴 새 없이 대답을 하다 보니 로렌스는 하마터면 그 질문에 답을 할 뻔했다. 정신이 번쩍 든 로렌스가 단호하게 답변을 거부하자 프랑스 장교들 중 하나가 말했다.

"알다시피 우린 너를 스파이로 간주하고 교수형에 처할 수 있다. 넌 용에 국기도 달지 않고 군복도 입지 않은 채 이 나라에 들어왔으니까……"

"협상 깃발 대신 셔츠를 흔들어댄 게 불만이면 셔츠나 한장 새로 내주든가. 그리고 프랑스 스파이 취급을 받느니 영국 스파이로 교수형을 당하겠소."

냉소적인 유머를 구사한 죄로 채찍질을 당하지 않을까 하는 생각이 머릿속을 스쳤다. 한참 후 그들은 로렌스를 도로 감방에 끌어다 놓았다. 로렌스는 차갑게 식어버린 죽을 먹은 후 창밖을 내다보았다. 아무것도 보이지 않았다. 겁이 나진 않았으나 몹시 피곤했다.

심문은 일주일간 계속되었다. 그런데 그 기간 중에 로렌스가 가져온 버섯 하나를 시험 삼아 투약 받은 용이 병중에 차도를 보이기 시작하자, 장교들은 조금씩 의심을 떨치더니 다소 경계하면서도 당황스럽고 고마워하는 분위기로 바뀌었다. 버섯이 확실한 치료약임이 밝혀진 뒤에는 로렌스의 행동을 어떻게 해석해야 할지 몹시 혼란스러워했다. 이런 저런 형식으로 질문을 해대던 장교들은 로렌스가 오직 용들의 목숨을 살리기 위해 치료약을 가져온 거라고 대답할 때마다 이렇게 물었다.

"그래. 하지만 왜?"

다른 대답을 얻어내지 못한 그 장교들은 결국 로렌스를 현실감 없이 의협심만 넘치는 자로 규정지었다. 그렇지만 그들의 그런 결론에 대해 로렌스는 반박할 수가 없었다.

간수들의 태도도 많이 부드러워져서 가끔 빵이나 닭고기 스튜를 사식으로 넣어주곤 했다. 감방에 갇힌 지 일주일째 되던 날 간수들은 로렌스의 다리에 족쇄를 채운 뒤 그 기지 안에 잡혀 있는 테메레르에게 데려다주었다. 다행히 테메레르는 나름대로 대우를 받고 있었고, 감시하는 용이라고는 프티 슈발리에 한 마리뿐이었다. 테메레르와 거의 비슷한 체격의 그 프랑스 용은 바다에 계속 콧물을 흘리고 있었다. 나무통 하나에 든 버섯으로는 이미 감염된 용 모두를 치료하기에 역부족일 터였다. 브르타뉴의 버섯 전문가들이 그 버섯을 받아가서 재배 실험에 착수했다고는 하나 다량으로 수확할 때까지는 시간이 필요할 테니, 병든 용들은 앞으로도 몇 달은 꼬박 병을 앓아야 할 터였다.

프랑스와 영국은 힘겨루기를 하느라 상대방과 동맹을 맺은 국가들로 그 전염병을 퍼뜨릴 가능성이 있었다. 그렇다고 해도 이제 양국이 모두 치료약을 보유하고 있으니 동맹국들도 그 치료약을 받아쓸 수 있을 것이고, 따라서 궁극적인 비극은 막을 수 있게 된 것이었다.

"나는 잘 지내고 있어. 여기 쇠고기도 맛이 좋더라고. 사람들이 소를 요리해서 갖다주고 있어. 프랑스 용들은 그래도 요리한 고기를 기꺼이 먹어보려 하더라. 여기 발리디우스가······."

테메레르가 이름을 언급하며 옆에 있는 프티 슈발리에에게 고개를 끄덕여 보이자 그 용은 재채기로 대답을 대신했다. 테메레르가 말을 이었다.

"…… 고기에 와인을 넣어 졸인 요리를 먹어보는 게 어떻겠냐고 의견을 내놓아서 그렇게 만든 요리도 먹어봤어. 난 당신이 늘 마시는 그 포도주가 그렇게 맛이 있는 건지 처음 알았어. 고기에 넣으니까 향이 아주 좋더라고."

이 덩치 큰 용들을 위해 프랑스인들이 과연 몇 병이나 되는 포도주를 써야 했을까. 그 많은 양을 감당하려면 포도의 품질이 별로 좋지 않았던 해에 만들어진 포도주를 썼을 가능성이 높았다. 로렌스는 포도주를 요리에 섞는 것에 만족하지 않고 그 둘이 순수하게 포도주를 마시는 취향이라도 갖게 될까 봐 은근히 걱정이 되었다.

"편안히 잘 지내고 있는 걸 보니 마음이 놓이는구나."

로렌스는 이렇게만 말하고 자신이 머물고 있는 독방에 대해서는 언급하지 않았다.

테메레르는 적잖게 뻐기는 투로 말했다.

"응. 그런데 이곳 사람들이 나더러 대형 용들하고 교미해서 알 다섯 개를 낳게 해달라고 청하더라고. 그중 한 마리는 불을 뿜는 용이 래. 물론 그럴 수 없다고 했지. 이들은 그 알들에게 프랑스어를 가르칠 것이고 그럼 그 알에서 나온 용들이 영국의 내 친구들을 공격하게 될 거잖아. 그런데 내가 싫다고 하니까 오히려 놀라는 얼굴들이었어."

로렌스가 걱정했던 문제들 중 하나가 바로 그것이었다. 치료약을 전해주었다는 이유로 프랑스 인들이 자신들을 변절자로 여기고 있다는 것을 새삼 확인하게 되자 로렌스는 기분이 더욱 울적해졌다. 로렌스와 테메레르가 변절자답게 행동하지 않으니 프랑스 측에서는 오히려 이상하게 보고 있는 것이었다. 테메레르가 잘 지내는 것을 보니 기쁘기는 했으나 독방으로 돌아가는 로렌스의 마음은 무겁기만 했다. 테메레르는 영국보다 여기서 지내는 편이 나을 거란 생각이 들었다. 분명 더 행복하게 지낼 수 있을 것이었다.

"셔츠와 바지를 주신다니 감사드립니다. 내 지갑에 들어 있는 돈으로 충분할지 모르겠습니다. 달리 필요한 것은 없습니다."

로렌스의 말에 드 기네가 말했다.

"그 옷은 내가 사드리는 것이니 부담 갖지 마세요. 그리고 당장 다른 방으로 옮겨 드리겠습니다. 손님을 이렇게 무례하게 대하다니 제가 다 부끄럽습니다, 무슈."

드 기네는 고개를 돌려 어깨 너머로 차갑게 간수들을 쏘아보았다. 문 앞에서 귀를 쫑긋 세우고 감방 안을 들여다보고 있던 간수들은 움찔해서 뒤로 물러났다.

로렌스는 고개를 살짝 숙이며 조용히 말했다.

"친절하신 말씀입니다만 내가 받은 대접에 대해서는 아무 불만 없습니다. 여기까지 나를 만나러 와주신 것만도 고마운 일이지요."

지난번 로렌스와 드 기네는 지금과는 완전히 다른 상황에서 만났었다. 드 기네는 나폴레옹의 대사로, 로렌스는 영국 왕의 대리인 자격으로 중국의 연회에 참석했었다. 정치적으로는 적이었지만 드 기네는 혐오감을 불러일으키는 사람이 아니었다. 드 기네가 프랑스 인이라는 것을 몰랐다면 로렌스는 그와 즐겁게 얘기를 나누고 친분을 쌓았을 수도 있었다. 중국에 도착하기 전, 로렌스는 드 기네의 조카인 장 클로드를 살려준 적이 있었다. 장 클로드는 전투 중에 테메레르의 등에 올라탔다가 포로가 되었는데 로렌스는 그를 죽이지 않고 프랑스로 돌려보냈던 것이다. 그런 인연이 있기 때문에 개인적으로 드 기네는 로렌스에게 무척 호의적이었다.

드 기네가 이렇게 이른 시각에 됭케르크까지 와준 것도 그런 호의에서일 터였다. 이곳에서 로렌스는 테메레르가 순순히 말을 듣도록 만들기 위한 도구일 뿐, 대단히 중요하다거나 계급이 높은 포로도 아니었다. 게다가 드 기네는 요즘 눈코 뜰 새 없이 바쁠 터였다. 중국과의 깊은 유대 관계 형성이라는 애초의 목적에는 실패했지만 중국에 머무는 동안 드 기네는 괄목할 만한 성과를 올렸다. 바로 리엔을 설득해서 나폴레옹의 뜻에 동조하게 만들고 프랑스로 데려온 것이었다. 그 공로를 인정받아 드 기네는 외교부의 높은 자리로 승진했다. 예전에 그 소식을 들었을 때 로렌스는 자신이 알고 있는 그 사람인가 싶어서 직급보다는 드 기네라는 이름에 더 관심이 갔었다. 지금 보니 손에 화려한 반지를 끼고 있고 비단과 리넨으로 만든 우아한 외투를 입은 것이, 부귀영화를 누리며 살고 있는 게 확실해보였다.

"여기서 이렇게 심한 고초를 겪으셨는데 셔츠와 바지 정도로는 어림도 없지요. 오늘 이렇게 찾아온 이유는 개인적으로 감사 인사를 드리고 싶어서이기도 하고, 무엇보다 나폴레옹 홪제께서 프랑스 전체가 고마워하고 있다는 말을 전하라고 하셔서입니다."

로렌스는 할 말이 없었다. 영국 정부의 뜻을 거스르고 치료약을 가져온 일로 프랑스의 황제에게 보상을 받느니 차라리 이 독방에서 벌거벗고 족쇄를 찬 상태로 굶어죽는 편이 나았다. 하지만 테메레르의 운명이 마음에 걸려 함부로 말을 할 수가 없었다. 지금 프랑스에는 로렌스와 테메레르에게 감사하기는커녕 증오와 저주를 퍼붓고 있을 존재가 있기 때문이었다. 바로 리엔이었다. 소문으로 듣자 하니 리엔은 나폴레옹의 큰 신임을 받고 있다고 했다. 테메레르가 고통스러워하는 모습을 보면 그 용은 무척이나 고소해할 것이었다. 리엔이 테메레르에게 묵은 원한을 풀지 못하게 하려면, 지금은 일단 프랑스 황제의 감사 인사를 순순히 받아들여야 했다.

그것은 즉각 효과를 나타냈다. 드 기네가 독방을 나가자마자 간수들은 로렌스를 위층의 깨끗한 방으로 옮겨주었다. 간소하지만 눈이라도 시원하게 지낼 수 있는 방이었다. 창밖으로 탁 트인 항구와 유쾌하게 펄럭이는 하얀 돛들이 내다보였다. 그리고 아침 무렵, 로렌스는 새 셔츠와 바지를 건네받았다. 아주 질이 좋은 리넨과 양모 소재에 비단 실로 바느질을 한 옷이었다. 그 외에 깨끗한 긴 양말과 리넨 속옷도 받았다. 오후에는 멋진 외투가 도착했다. 낡아서 찢어지고 더러워진 로렌스의 외투를 충분히 대신할 만한 것이었다. 검은 가죽을 잘라 만든 그 새 외투는 밑단이 장화 끝보다 아래로 내려왔고 단추는 순금이라 매우 물러서 동그랗던 모양이 벌써 약간 일그러져 있었다.

파리로 출발하기 전 다시 로렌스와 만났을 때 테메레르는 그의 차림새를 보고 아주 흡족해했다. 기분이 좋아진 테메레르는 장교들의 지시로 로렌스가 자기 등이 아닌 포 드 시엘에게 올라탔을 때도 크게 불만을 터뜨리지 않았고, 파리로 가게 된 것에 대해서도 만족스러워했다. 다만, 그 포 드 시엘이 로렌스를 태우고 휙 날아가 해코지라도 할까 봐 그 작은 용을 사납게 노려보며 미리 기를 죽여 놓았다. 사실, 장교들이 로렌스를 포 드 시엘에게 태운 것은 테메레르와 비행 속도를 맞추기 위해서였다. 만일 로렌스를 테메레르에게 태웠으면 속도 차이 때문에 다른 용들이 옆에서 호위하기가 힘들었을 터였다. 테메레르는 속도를 많이 내지 않았는데도 간간이 포 드 시엘보다 두 배 이상 앞서갔고 그러다가 아차 하고 다시 되돌아와 로렌스에게 말을 건네곤 했다. 지금 그들을 호위하고 있는 프랑스 용들은 대부분 전염병에 걸린 상태라 센 강이 보이는 곳까지 왔을 땐 거의 기진맥진해 있었다.

마지막 평화시기였던 1801년 이후로 로렌스는 파리에 와보지 못했다. 그리고 이렇게 용의 등에 올라 앉아 파리 시내를 내려다보는 것은 처음이었다. 익숙한 도시는 아니었지만 파리의 전경이 크게 달라졌다는 것만은 알아챌 수 있었다.

무엇보다 도심을 향해 곧게 뻗어나간 대로가 눈에 띄었다. 주변에 있던 중세풍의 낡은 골목을 때려 부수고 폭을 넓힌 것이었는데, 아직 절반 이상 포장이 안 된 상태였다. 튈르리 궁전에서 시작된 그 대로는 바스티유까지 넓은 폭을 유지하다가 기존의 샹젤리제 거리로 이어졌다. 그 대로의 폭은 베이징의 자금성 앞에 있는 거대한 광장의 절반 가까이 되고 길이는 훨씬 길어서, 샹젤리제 거리가 시골길처럼 좁아 보일 정도였다. 용들이 그 대로 위를 날면서 도로 포장용 석판을 길에 내려놓고 있었다.

그리고 에투알 광장에는 엄청난 크기의 개선문이 세워지고 있었다. 건축가들은 나무로 만든 실물 크기의 모형을 옆에 세워놓고 본 작업을 절반 정도 진행하고 있었다. 그런 공사에 비하면 센 강의 제방 공사는 상대적으로 단조로운 것이었다. 인부들은 제방 한 옆을 깊이 파고 바닥에 자갈을 깐 뒤 회반죽을 발라 새로운 하수구를 만들고 있었다. 파리 변두리에 새로 쌓아올린 성벽 너머에는 엄청난 규모의 도살장들이 들어서 있고 그 도살장 옆 광장에는 사람들이 쇠꼬챙이에 꿴 소들을 불 위에서 지글지글 굽고 있었다. 그리고 그 옆에 용 한 마리가 쇠꼬챙이를 앞발로 잡고 마치 구운 옥수수를 먹듯 소를 뜯어 먹고 있었다.

바로 밑으로 훨씬 넓어진 튈르리 궁전의 정원이 보였다. 센 강의 강둑에서 강변으로 400미터 정도 규모를 넓힌 그 정원은 방돔 광장 가장자리까지 뻗어나가 있었다. 그리고 튈르리 궁전 오른쪽에 면한 강둑에는 돌과 대리석을 소재로 하여 로마 양식으로 건축 중인 거대한 용 누각이 하나 있었다. 그 누각 옆 안마당에는 푸른 잔디가 깔끔하게 깔려 있고 그늘진 곳에서 리엔이 누워 꾸벅꾸벅 졸고 있었다. 높은 곳에서 내려다보니 가늘고 하얀 것이 마치 정원 뱀 같았다. 경의를 표하기 위해 일정한 거리를 두고 주변에 흩어져 누워 있는 프랑스 용들 사이에서 리엔의 하얀 몸통은 단연 눈에 띄었다.

호위하는 용들은 테메레르와 로렌스를 튈르리 궁전 쪽으로 데리고 내려갔다. 그들이 착륙한 곳은 리엔이 자고 있는 광장이 아니라 튈르리 궁전 앞에 있는 또 다른 광장이었다. 그 광장에는 테메레르를 위해 급하게 나무와 돛베로 세워 올린 임시 용 누각이 있었다. 로렌스는 테메레르가 그 용 누각 안에 들어가 자리를 잡는 것을 보지도 못하고 드 기네의 손에 이끌려 튈르리 궁전 안으로 들어갔다. 드 기네는 미소를 짓고 있었지만 로렌스의 팔을 꽉 잡았고 경비병들도 머스켓 소총을 잡은 손에 힘을 준 상태였다. 귀한 손님 대접을 받고 있지만 포로 신분을 완전히 면한 것은 아닌 모양이었다.

드 기네는 로렌스에게 숙소로 쓸 방을 보여주었다. 그 방은 왕자에게나 어울릴 만한 곳으로 눈을 감은 채 오 분 정도 아무렇게나 걸어 다녀도 벽에 부딪치지 않을 정도로 넓었다. 비좁은 숙소에 익숙한 로렌스는 그 방을 보고 감탄스럽기보다는 짜증이 났다. 침실용 변기에서 화장대까지의 거리가 너무 멀어 성가셨고 침대는 너무 푹신푹신한 데다가 이 더운 날씨에 치렁치렁한 장식까지 달려 있었다. 그림이 그려진 높은 천장 아래 홀로 서 있자니 별 볼일 없는 연극에 출연한 배우처럼, 비웃음어린 시선을 한몸에 받고 있는 기분이었다.

방 안 분위기가 영 거북해서 로렌스는 구석으로 걸어가 책상 앞 의자에 앉았다. 책상 뚜껑을 열자 여러 장의 종이와 품질 좋은 펜, 잉크가 들어 있었다. 잉크병을 열어보니 채워 넣은 지 얼마 안 되는 것인지 냄새가 깨끗했다. 로렌스는 잉크병 뚜껑을 천천히 도로 닫았다. 영국을 출발하기 전에 여섯 통 정도 편지를 쓸 일이 있었으나, 이제 써 보낼 수도 없는 입장이었다.

바깥이 어둑어둑해지고 있었다. 창밖으로 강둑에 있는 리엔의 누각이 보였다. 알록달록한 빛을 내는 수많은 랜턴들이 그 누각을 비추고 있었다. 인부들은 모두 돌아갔는지 보이지 않았고 리엔 혼자 누각 앞 계단 맨 위에 누워 있었다. 날개를 깔끔하게 등에 대고 접은 채 물에 비치는 빛을 바라보고 있는 리엔은 마치 형체 없이 윤곽만 남아 있는 존재 같았다. 한참 동안 별다른 움직임이 없던 리엔이 고개를 돌려 길 쪽을 바라보았다. 어떤 남자가 넓은 길을 따라 리엔을 향해 걸어오고 있었다. 그 자는 호위병들을 누각의 계단 아래쪽에 세워두고 누각 안으로 들어갔다. 호위병들이 입고 있는 제복에 랜턴의 붉은 빛이 비치고 있었다.

다음날 아침, 로렌스가 식사를 마쳤을 때 드 기네가 찾아와 한층 더 친절하고 관대한 태도로 그를 테메레르가 있는 곳으로 데리고 나갔다. 드 기네는 온순한 인상의 경비병 한 명만 로렌스에게 붙여놓았다. 로렌스가 다가가 옆에 앉자 테메레르는 꼬리를 휙휙 저어 초조한 기색을 드러내며 투덜거렸다.

"리엔이 나한테 초대장을 보냈어. 그 의도가 뭔지는 모르겠지만, 리엔과 얘기를 나누러 갈 생각 따윈 전혀 없어."

중국 글자가 달필로 적혀 있는 그 초대장은 두루마리 모양이었고 붉은색에 금색이 섞인 끈으로 묶여 있었다. 펼쳐보니 적혀 있는 글자는 그리 많지 않았다. 테메레르의 해석에 따르면, 한낮에 일곱 기둥 누각에서 룽티엔샹과 만나 함께 차를 마시며 휴식을 취할 수 있다면 좋겠다는 내용이라고 했다.

"거짓이 담긴 것 같진 않은데. 화해의 뜻으로 초청한 것인지도 모르지."

말은 그렇게 했지만 로렌스는 둘 사이에 화해가 이루어질 가능성이 별로 없다는 것을 누구보다 잘 알았다.

테메레르가 착 가라앉은 목소리로 말했다.

"아니, 그럴 리 없어. 내가 초대에 응한다고 해도 맛도 없는 차를 내올걸. 적어도 나한테는 그런 차를 주겠지. 나는 예의 없는 놈으로 보이지 않으려고 억지로 그 차를 마셔야 될 테고. 아니면 리엔은 얼핏 듣기엔 아무렇지 않지만 실은 내 속을 긁어대는 말을 할지도 몰라. 그럼 나는 이리로 돌아오면서 그 말을 곱씹으며 화를 삭여야 하겠지. 어쩌면 나를 자기 누각에 붙잡아놓고 누군가를 시켜 당신을 죽이려 들지도 몰라. 그러니까 당신은 경비병이랑 꼭 같이 다녀. 그리고 저 궁전 안에 있는 동안 누군가 죽이려고 들면 큰 소리로 나를 불러. 필요하다면 저런 벽쯤은 단번에 무너뜨릴 수 있어."

그 말에 드 기네는 표정이 굳어지며 이 임시 누각을 내려다보고 있는 튈르리 궁전의 견고한 돌 벽을 흘끗 돌아보았다. 그리고 애써 태연하게 말했다.

"진심으로 말하는데, 너와 로렌스 대령이 프랑스에 보여준 관대함을 모르는 이는 여기 없어. 무엇보다 마담 리엔은 그 버섯 치료약을 제일 먼저 투약 받은 용 중 하나거든······."

그러자 테메레르는 뿌루퉁하게 내뱉었다.

"음."

드 기네는 아무렇지 않게 말을 이어갔다.

"······그러니 우리 프랑스가 너와 로렌스 대령을 진심으로 환영하고 있다는 것을 알아주었으면 좋겠구나."

"허튼 소리 마세요. 그런 말 안 믿습니다. 리엔이 진심으로 고마워할지 어떨지는 모르겠지만, 아무튼 난 리엔이 싫어요. 차도 필요 없고 그 누각에 초대 받아 가기도 싫다고 전하세요."

나지막하게 말을 마친 테메레르는 리엔의 생활에 질투가 나는지 꼬리를 움찔거렸다.

드 기네는 헛기침을 할 뿐, 더 이상 테메레르를 설득하려 하지는 않았다. 그는 로렌스를 돌아보며 말했다.

"초대에 응할 수 없게 되어 유감이라고 전해야겠군요. 그리고 내일 아침에 황제께서 대령을 직접 만나 프랑스를 대표해 고맙다는 말을 하고 싶다고 하시니 알현 준비를 하고 계십시오. 전쟁 중이라 편치 않은 분위기에서 만나게 되어 마음이 아프다고 전해 달라 하셨습니다. 그리고 대령과 테메레르를 포로가 아닌 형제로서 환영한다고도 말씀하셨습니다."

그는 세련되면서도 의미심장한 말투로 말을 맺었다. 프랑스에서 로렌스와 테메레르는 더 이상 포로가 아니라는 뜻이 그 말에 담겨 있었다.

친절하고 예의바른 드 기네는 로렌스가 고개를 끄덕이기만 하면 되도록 편안하게 그런 제안을 하고 있었다. 로렌스는 역겨워하는 표정을 보이지 않기 위해 고개를 돌렸으나 테메레르는 거리낌 없이 말했다.

"우리를 포로 취급하지 않겠다고 한 거라면, 우리가 원할 경우 프랑스에서 나가게 해줄 수도 있겠군요. 우리가 당신들을 위해 영국에 있는 친구들과 맞서 싸워주길 바라는 모양인데, 그럴 일은 결코 없을 겁니다."

드 기네는 불쾌해하는 기색 없이 미소를 지으며 말했다.

"황제께서는 너와 대령이 그런 불명예스런 행동을 하게 만들지는 않으실 거다."

듣기 좋은 말이었지만, 해군본부의 귀족들이 하는 말을 믿을 수 없듯 나폴레옹이 했다는 그 말도 신뢰할 수 없었다. 드 기네는 우아하게 일어서며 말을 이었다.

"다른 볼일이 있어서 이만 실례해야겠습니다. 잠시 후 라살 중사와 그의 부하들이 대령을 점심식사가 마련된 곳으로 안내해드릴 겁니다. 그럼 천천히 얘기 나누세요."

지금 그는 로렌스와 테메레르가 곰곰이 생각해볼 시간을 주기 위해 전략적으로 자리를 비워주는 것이었다.

드 기네가 떠난 뒤에도 로렌스와 테메레르는 한참 동안 말이 없었다. 마침내 테메레르는 땅바닥을 발톱으로 박박 그으며 수치심 어린 목소리로 말했다.

"전투에 참여하지 않더라도 여기 머무는 건 안 되겠지? 당신이랑 중국으로 돌아가고 싶은데, 그럼 유럽의 상황은 달라지지 않을 것이고. 만일 여기서 살게 되면 리엔이 당신을 해치지 못하게 내가 지켜줄 수 있어. 나는 도로 포장하는 일을 돕거나 책을 쓰면서 살면 될 거야. 여긴 꽤 괜찮은 곳인 것 같아. 정원이나 길을 걸어 다니면서 사람들과 만날 수도 있고."

로렌스는 두 손을 내려다볼 뿐 말을 할 수가 없었다. 테메레르를 슬프게 만들고 싶지도, 괴로워하게 만들고 싶지도 않았지만 버섯을 가지고 영국을 떠나는 순간부터 그는 군인으로서 자신의 운명이 이미 정해졌다는 것을 알고 있었다. 로렌스가 나지막하게 말했다.

"테메레르, 난 네가 여기서 원하는 직업을 갖고 살았으면 좋겠어. 중국으로 가겠다고 하면 나폴레옹도 널 보내줄 거야. 하지만 난 영국으로 돌아가야만 해."

테메레르는 당황했다.

"하지만 돌아가면 교수형을 당할 텐데……."

"그렇겠지."

"안 돼! 절대 안 돼, 로렌스……."

"난 반역죄를 저질렀어. 반역자에 겁쟁이라는 오명까지 쓰고 싶진 않으니까 나를 말릴 생각은 마."

로렌스는 시선을 옆으로 돌렸다. 아무 말도 못하고 부들부들 떨고 있는 테메레르의 모습을 차마 볼 수가 없었다. 로렌스가 차분히 말을 이었다.

"우리가 한 일에 대해서는 후회 안 해. 처음부터 죽을 각오를 했던 것이니까. 그렇지만 변절자로 구차하게 삶을 이어가고 싶진 않아."

테메레르는 덜덜 떨며 뒤로 주저앉아 멍하니 정원을 바라보았다. 그러다가 마침내 입을 열었다.

"우리가 여기 머물거나 중국에 가서 살면 사람들은 우리가 편하게 살고 싶어서 보상금을 받아 챙기려고 프랑스에 치료약을 가지고 온 거라고 수군대겠지. 우릴 겁쟁이라고 비웃을 테고. 사람들은 우리가 싸움을 피해 이리로 도망쳐 온 거라고, 그러니까 결국 나폴레옹이 영국과의 전쟁에서 이기고 말 거라고 떠들어댈 거야. 자기네 생각이 틀렸다는 것을 절대 인정 안 할 테지. 우리는 영국에서의 행복한 삶을 포기하고 잘못된 일을 바로잡기 위해 여기에 온 건데."

로렌스는 본능적인 판단에 따라 영국으로 돌아가겠다고 한 것이지, 그렇게 복잡한 생각은 하진 않았다. 사실, 그는 남들이 뭐라 생각하고 떠들어대든 상관없었다.

"사람들이 어떤 식으로 생각할지는 나도 짐작이 돼, 테메레르. 그런 편견을 바꾸긴 어렵지. 애초에 남들 눈치를 봤으면 이 일을 하지도 못했을 거다. 나는 정치적인 제스처를 취하려고 돌아가려는 게 아니야. 그냥 그렇게 행동하는 것이 옳으니까. 비록 적국에 치료약을 가져다주는 짓을 했지만 그래도 아직 내게 남아 있는 명예가 있다면 지키고 싶어. 그래서 돌아가려는 거야."

"난 명예 따윈 상관 안 해. 썩어빠진 작자들이 다스리는 영국에서 계속 살아야 할 내 친구들의 삶이 걱정될 뿐이야. 전염병을 일부러 퍼뜨리는 짓을 한 귀족들도 자기네가 얼마나 부끄러운 짓을 한 것인지 알아야 하는데, 절대 그걸 깨달을 리 없겠지. 결국 편리한 핑계를 대면서 자기네 잘못을 정당화하려 들 테니까."

테메레르는 고개를 푹 숙이며 말을 이었다.

"그래. 나폴레옹에게 여기 머물 생각이 없다는 걸 확실히 전하자. 만일 그가 우릴 놓아주지 않으려한다면 여길 탈출해서라도 영국으로 돌아가는 거야."

로렌스는 테메레르가 그렇게 나오자 움찔했다.

"그건 안 돼, 테메레르. 너까지 돌아갈 필요는 없어. 넌 중국으로 가는 편이 나아. 영국으로 돌아갔다간 죽을 때까지 사육장에서 살아야 해."

"아! 물론 그렇겠지! 그럼 왜 나한테는 중국으로 도망치라고 하면서 당신은 안 간다는 건데? 결국 이번 일은 나 때문에 일어난 거잖아. 내가 아니었으면 당신은 버섯을 훔쳐내올 생각도 못했을 테니까, 안 그래?"

그런 생각을 하자 더욱 화가 치미는지 테메레르는 격앙된 목소리로 말을 이었다.

"영국에서 당신을 교수형에 처하려 한다면, 나도 같이 죽여야 할 거야. 나도 반역을 저질렀으니까. 그리고 내가 살아 있는 한 당신이 죽게 내버려 둘 수 없어. 만일 영국 귀족들이 나를 처형하지 않겠다고 하면, 그들이 생각을 바꿀 때까지 국회 의사당 앞에 드러누워 시위라도 할 거야."

다음 날 아침, 로렌스와 테메레르는 정원을 가로질러 리엔의 거대한 누각이 위치한 광장으로 걸어갔다. 로렌스를 호위하고 있는 제국 수비대는 기다란 검정색 샤코(깃털 술이 앞에 달린 군모—옮긴이 주)를 머리에 쓰고 파란 외투를 입고 있어 멀리서 보기에는 근사한 차림새였지만 실제로는 비 오듯 땀을 흘리고 있었다. 리엔은 강둑에 앉아 센 강을 오르내리는 배들을 평온한 시선으로 바라보고 있다가 로렌스와 테메레르가 걸어오자 점잖게 고개를 숙여 인사했다. 그러나 테메레르는 고개를 빳빳이 들고 목구멍 깊숙한 곳에서 으르렁거리는 소리를 냈다.

그 모습을 보고 리엔은 고개를 절레절레 저었다.

테메레르가 곧바로 받아쳤다.

"날 보고 고개 저을 필요 없어. 남들 앞이라고 친한 척하기 싫거든. 난 원래 누굴 속이는 짓 따윈 안 해."

"우리가 친한 사이도 아니고 서로를 믿을 수 있는 사이도 아니라는 걸 네가 그렇게 잘 아는데 내가 어떻게 널 속일 수 있겠니? 그런 점을 잘 알고 눈치도 있다면 속을 일도 없겠지. 다만 네 상스러운 태도 때문에 지금 분위기가 몹시 어색해졌다는 건 알고 있는지 모르겠구나."

테메레르는 조그맣게 구시렁대며 가급적 제국 수비대 가까운 곳에 자리를 잡고 앉았다. 로렌스를 내려다보며 지켜야 했으므로 제국 수비대가 불안해하든 말든 상관하지 않았다. 차가 나오자 테메레르는 미심쩍어하며 킁킁 냄새를 맡은 후 인상을 찡그렸다. 술잔을 받아든 로렌스는 싫은 내색 없이 잔에 담긴 차가운 실러리 샴페인을 마셨다. 강물과 공원에 우거진 초목에서 시원한 바람이 불어왔다. 대리석이 깔린 커다란 누각은 공기가 잘 통해 쾌적했고 보이지 않는 어딘가에서 물이 돌 위로 꿀꿀 소리를 내며 흘러갔다. 아직 오전인데도 날씨가 무척 더웠다.

갑자기 제국 수비대원들이 차려 자세를 취했다. 고개를 돌려보니 나폴레옹이 호위병과 비서관들을 거느리고 누각으로 이어지는 길을 따라 걸어오고 있었다. 비서관 중 한 명은 걸어오면서도 열심히 편지를 받아 적고 있었다. 나폴레옹은 편지 말미에 들어갈 작별의 말을 불러주면서 누각의 계단을 올라왔다. 2열종대로 도열해 있는 제국 수비대 사이를 지나 발을 질질 끌며 걸어온 나폴레옹은 로렌스의 어깨를 잡고 양 볼에 입을 맞추었다.

로렌스는 조그맣게 "폐하"라고 말하며 인사를 했다. 전에 그는 덤불 아래 숨어서 잠깐이지만 나폴레옹을 본 적이 있었다. 란트그라펜베르크 언덕 정상에서 예나의 들판을 내려다보고 서 있던 나폴레옹의 모습은 대단히 인상적이었다. 무자비할 정도의 선견지명을 지닌 나폴레옹은 먹이를 덮치기 직전의 매처럼 프러시아 군 야영지를 응시하고 있었다. 지금은 그때보다 살이 쪄서 얼굴선이 둥글어지고 인상도 좀 더 부드러워보였다.

"자, 같이 좀 걸을까."

나폴레옹은 이렇게 말하며 로렌스의 팔을 잡고 강가로 이끌었다. 그런데 같이 걷는 게 아니라 나폴레옹은 로렌스를 강가에 세워놓고 그 뒤로 왔다 갔다 하면서 말을 걸었다.

"파리를 새로 단장하고 있는데 자네가 보기엔 어떤가?"

나폴레옹은 길을 닦느라 참새 떼처럼 이리저리 날아다니는 용들을 향해 손을 흔들어 보인 뒤 말을 이었다.

"내가 설계하고 있는 이 도시를 공중에서 본 사람은 자네 말고는 거의 없어."

"멋지더군요, 폐하. 이 도시의 모든 것이 거대해지겠다는 생각이 들었습니다."

파리의 멋진 모습에 로렌스는 유감을 느꼈다. 이런 규모의 대공사는 전제 군주가 아니면 할 수 없는 일이었고, 나폴레옹이 하는 일이 그렇듯 낡은 것을 타파하면서 저돌적으로 새로운 도시를 만들어가고 있었다. 그렇게 해서 만들어지는 결과물이 흉측하고 꼴사나웠으면 좋았을 텐데, 솔직히 로렌스가 보기에도 공사 후의 모습이 훨씬 나았다.

나폴레옹은 로렌스의 대답에 만족한 듯 고개를 끄덕였다.

"수준이 높아지고 폭도 넓어진 국민성을 보여주는 상징적인 곳으로 만들 생각이야. 사람들이 용을 두려워하지 않게 만들려고. 용에 대한 두려움은 수치스러운 것이며 용에 대한 잘못된 미신은 역겨울 뿐이지. 이성적으로 생각해보면 그렇게 살 필요가 없어. 용을 겁내는 것은 그렇게 습관이 들어서일 뿐이니, 그런 습관을 타파하면 되는 거야. 충분히 가능해. 왜 파리가 베이징보다 못한 도시여야 하나? 난 파리를 세상에서 제일 아름다운 도시, 용과 사람 모두에게 최고로 멋진 도시로 만들 계획이라네."

"고귀한 야망이로군요."

"하지만 자네는 내 생각에 동의하지 않고 있군. 여기 남아서 완성된 이 도시의 모습을 볼 생각이 없다는 것 다 아네. 영국의 과두정치 체제가 용을 어떻게 취급하는지, 얼마나 부도덕한 짓을 저질렀는지 뻔히 보았음에도 말이지."

속내를 꿰뚫는 나폴레옹의 말에 로렌스는 움찔했다. 나폴레옹은 설득이 아닌 선언에 가까운 말들을 이어갔다.

"돈이 국가를 움직이는 원동력이라고 해도 그 기저에는 도덕과 명예가 깔려 있어야 해. 부와 안전이 전부가 아니란 말이지."

로렌스는 사람들의 목숨과 자유를 희생시켜가면서 탐욕스럽게 영광과 권력을 추구하는 나폴레옹의 지배 방식을 그리 높이 평가하지 않았지만, 지금 나폴레옹의 말은 대화가 아닌 독백에 가까워서 뭐라고 반박할 수도 없었다. 나폴레옹은 로렌스가 반박도, 대꾸도 하지 않는데도 개의치 않고 철학과 경제를 폭넓게 아우르며 계속 말을 이어갔다. 그는 과두정치의 어리석음은 물론, 부르봉 왕가의 폭정과 자신의 통치 방식의 차이점에 대해 로렌스의 이해 범위를 넘어서는 철학적인 논거를 들어가며 상세히 이야기를 해나갔다. 부르봉 왕가의 왕들은 하나같이 폭군에 기생충이며 미신에 의존하여 권력을 유지하려했고 개인적인 쾌락만을 추구했으며 아무런 미덕도 갖추지 못했지만, 자신은 공화국의 수호자이며 이 나라를 섬기는 자라고 했다.

폭포처럼 쏟아지는 말들을 조용히 듣고 있던 로렌스는 나폴레옹이 이야기를 마무리하자 입을 열었다.

"폐하, 저는 군인이지 정치가가 아니라서 대단한 철학 같은 건 갖고 있지 않습니다. 그저 제 나라를 사랑하고 있을 뿐입니다. 제가 치료약을 갖고 여기 온 이유는 그리스도 교인이자 인간으로서 마땅한 도리를 하기 위해서였습니다. 그리고 이제 영국으로 돌아가는 것이 제 의무입니다."

나폴레옹은 미간을 찌푸리며 불쾌한 얼굴로 로렌스를 쳐다보았다. 언뜻 폭군처럼 험악한 표정이 어렸으나 그는 곧 그런 표정을 거두고 로렌스의 팔을 힘주어 잡았다.

"의무에 대해 뭔가 착각하고 있군. 영국으로 돌아가는 건 목숨을 헐하게 내던지는 일일 뿐이야. 좋아, 자네는 그렇게 죽는다고 쳐. 자네 용은 무슨 죈가? 그 어린 용은 자네를 위해 목숨 바쳐 군 복무를 해왔고 사랑과 믿음을 주었어. 질투나 사리사욕 없이 무조건 자네를 지지해주고 도와주었지. 저 용이 있기 때문에 오늘날 자네도 있는 거야. 비록 우연이지만 알에서 깨어난 저 용이 자네에게 마음을 주지 않았다면, 지금 자네는 어떤 삶을 살고 있을 것 같나?"

아마도 바다에서 해군으로 복무 중이거나 휴가를 나와 집에 머물고 있을 것이다. 에디스와 결혼을 해서 첫 아이를 낳고 영국의 자그마한 사유지에서 살고 있겠지. 처녀 때 성은 갈맨이지만 결혼을 해서 에디스 울비가 된 그 여자가 사 개월 전 첫 아이를 낳았다는 소식을 로렌스도 전해 들었다.

그리고 아마 꾸준히 진급해서 해군 장성급이 되었을 것이다. 어쩌면 영국 해협 봉쇄 작전에 투입되어 군함을 타고 브레스트나 칼레 주변을 지키고 있을지도 모른다. 봉쇄 작전은 지루하기는 하지만 꼭 필요한 일이니까. 순조롭고 정직한 삶. 크게 영화를 볼 일은 없겠지만 반역죄를 저지르는 일은 결코 없었을 것이다. 로렌스는 더 이상 바라는 것도 없었다. 그가 꿈꾸던 삶은 딱 그런 것이었다.

하지만 그런 순수하고 편안한 삶은 이미 오래전에 신화처럼 아득히 멀어졌다. 그런 삶을 살지 못하게 된 것을 후회하겠지. 아니, 이미 후회하고 있었다. 그러나 집 앞 정원에서 햇볕 아래 잠들어 있는 테메레르가 없는 삶이란 로렌스에게 이미 아무런 의미가 없었다.

나폴레옹이 말했다.

"자네는 야망이라는 질병을 앓고 있지 않구먼. 생각했던 것보다 더 괜찮은 사람이군. 명예롭게 퇴역해서 자유롭게 살도록 해주겠네. 큰 재산을 내주는 식으로 자넬 모욕하고 싶진 않아. 프랑스의 시골 지역에 작은 집 한 채와 소떼를 내줄 테니 저 용이랑 가서 편안하게 살게. 자네가 원하지 않는 일을 억지로 강요하진 않을 테니까."

로렌스가 옆으로 비켜서려 하자 나폴레옹은 손에 더욱 힘을 주고 그의 팔을 잡으며 날카롭게 말을 이었다.

"저 용을 영국 정부의 손에 넘기면 양심의 가책이 조금이라도 덜어질 것 같은가? 자네 용은 사육장에서 장기간 감금되다시피 살게 될 걸세. 영국 정부는 자네를 처형한 뒤에도 자네 용에겐 그 사실을 말해주지 않을 테니까."

그 말에 로렌스는 움찔했다. 그가 틈을 보이자 나폴레옹은 한층 더 집요하게 파고들었다.

"필요하다면 그들은 자네 이름으로 테메레르에게 거짓 안부 편지를 보내는 일도 서슴지 않을 걸세. 영국 정부가 능히 그런 짓을 할 수 있다는 걸 자네도 잘 알고 있겠지. 그들은 자네 편지랍시고 가짜 편지를 가져와 저 용 앞에서 큰 소리로 읽어줄 걸세. 그 편지 내용은 이렇겠지. 나는 잘 지내고 있고 늘 네 생각을 한다. 그러니 너도 얌전히 말 잘 듣고 지내라. 그럼 자네 용은 굳이 철창 안에 가둬놓지 않아도 사육장에서 도망칠 생각도 못하고 계속 자네를 기다리겠지. 자네가 교수형을 당한 뒤에도 수년 동안 그렇게 기다릴 거야. 식욕이 떨어지고 건강도 나빠지면서 점차 영국 정부로부터 버림을 받을 것이고. 자네 용이 그렇게 비참한 삶을 살게 만들고 싶은 건가?"

로렌스는 그 말이 나폴레옹의 이기적인 계산에서 나온 것임을 잘 알았다. 프랑스 용과의 교미는 테메레르가 단호히 거절했으니 포기했다고 해도, 테메레르를 영국으로 돌려보내지 않는 것만으로도 프랑스로서는 이득인 셈이었다. 그리고 좀 더 시간을 두고 프랑스에서 살게 하면 언젠가는 로렌스와 테메레르를 설득할 수 있을지 모른다는 생각도 하고 있을 터였다. 그처럼 냉정하고 비인간적인 계산에서 나온 조언이기에 로렌스는 편안하게 받아들일 수가 없었다. 하지만 나폴레옹의 조언에 사심이 담겨 있는지 여부는 중요하지 않았다. 그 조언은 틀린 구석이 하나도 없었으니까.

로렌스는 간신히 입을 열고 떨리는 목소리로 말했다.

"폐하, 테메레르가 여기에 남도록 잘 좀 설득해주십시오……. 하지만 저는 영국으로 돌아가야 합니다."

언덕 꼭대기를 향해 장시간 달려온 사람처럼 숨이 찼다. 버섯을 훔칠 결심을 하고 런던 기지의 공터를 날아올랐던 그 순간부터, 쉴 새 없이 언덕을 달려 올라온 것과 다름없었다. 그리고 이제 언덕의 정상에 올라 가쁜 숨을 내쉬고 있는 것이다. 더 이상 할 말도, 들을 말도 없었다. 로렌스의 결심은 확고했다. 벽이 트인 개방형 누각 안에서 걱정스럽게 기다리고 있는 테메레르를 돌아보았다. 영국으로 돌아가 투옥되느니 테메레르의 앞발 안으로 달려 들어가 함께 도망쳐버릴까. 그러다가 죽는대도 별 차이 없을 터였다.

나폴레옹은 로렌스가 마음을 돌리지 않을 것임을 알고 그의 팔을 놓았다. 그리고 미간을 찌푸린 채 몇 걸음 더 서성대다가 돌아서며 말했다.

"무슨 말로도 그 결심을 무너뜨릴 수 없겠군. 자네가 레굴루스 장군(포에니 전쟁 당시 국가의 안위를 위해 죽음의 자리를 찾아간 로마의 장군—옮긴이 주)처럼 결정을 내렸으니, 그 뜻을 존중해주겠네. 이제부터 자네는 자유야. 하고 싶은 대로 하게. 그리고 한 가지 더. 내 친위대가 자네를 칼레까지 호위할 것이고, 아첸다레가 이끄는 편대가 휴전 깃발을 달고 자네를 영국까지 바래다줄 걸세. 그렇게 되면 프랑스가 명예를 아는 자를 알아보고 대우할 줄 아는 나라라는 것을 전세계가 알게 되겠지."

용 열네 마리가 한꺼번에 착륙하자 칼레의 공군 기지는 몹시 붐볐다. 전염병에 감염되어 기침이 계속 나오자 아첸다레는 지치고 신경이 곤두서서 까탈을 부렸다. 로렌스는 혼란스러운 연병장에서 시선을 돌렸다. 그저 이곳을 어서 떠나고 싶었다. 무의미한 예식도 끝났고 모든 준비가 다 된 상태였다. 항구에는 독수리가 그려진 깃발과 반짝반짝 빛나는 쇠사슬, 상쾌한 푸른색 군복을 입은 프랑스 군인들의 모습이 보였고, 영국으로 가기에 알맞은 바람이 불고 있었다. 이번 문제를 놓고 이미 프랑스와 서신을 주고받은 상태라 영국에서도 로렌스가 건너오리라는 것을 알고 있었다. 영국 해변에는 용들이 사슬과 족쇄를 준비하고 기다리고 있겠지. 제인이나 그랜비가 그 자리에 와 있을지도 모른다. 로렌스의 죄에 대해서만 알고 로렌스라는 인간에 대해서는 아는 바 없는 낯선 자들이 기다리고 있을 수도 있다. 지금쯤은 가족들도 그가 저지른 일에 대해 들어 알고 있을 것이다.

드 기네는 탁자에 펼쳐놓았던 아프리카 지도를 둘둘 말아 치웠다. 조금 전 로렌스는 전염병 치료약인 버섯이 대량으로 자라는 동굴의 위치를 드 기네에게 알려주었다. 치료약을 직접 들고 와 프랑스에

전해준 일에 비하면 버섯 동굴의 위치를 알려준 것쯤은 죄라고 할 수도 없을 것이다. 버섯 전문가들이 재배를 시작했지만 수확이 실패할 가능성도 있기 때문에 나폴레옹은 이대로 기다리고 있을 수 없다며 당장 아프리카로 원정대를 보내기로 했다. 칼레 항구에는 지금 날씬한 소형 범선 두 척이 아프리카로 떠날 준비를 하고 있었고, 라로셸 항구에서도 세 척이 아프리카로 출발할 예정이었다. 나폴레옹 입장에서는 그중 한 척이라도 영국 해군의 봉쇄를 뚫고 목적지에 도착해서 버섯을 훔치든 협상으로 얻어내든, 필요한 양을 확보해서 돌아오기만을 바라고 있을 것이다. 로렌스는 저 배를 타고 가는 프랑스인들이 아프리카에서 포로로 붙잡히지 않기를 바랐다. 그러나 그들이 포로가 된다 해도 전염병 치료에는 큰 지장이 없을 것이다. 이미 치료약이 무엇인지 알았으니 속도는 느리더라도 재배를 통해 점점 양을 늘려갈 수 있을 테니까. 더 이상 전염병으로 죽는 용은 없을 것이다. 무미건조한 분위기 속에서도 로렌스는 그런 생각을 하며 다음을 달랬다.

　막판에 매수하고 설득하려 들까 봐 걱정했었는데, 드 기네는 그의 마음을 헤아려 굳이 말을 시키지 않았다. 그저 먼지 묻은 브랜디 병을 꺼내와 한잔 가득 따라주며 말했다.

　"양국의 평화를 위하여."

　로렌스는 예의상 입술만 축였고, 가져다 놓은 지 한참 되어 차갑게 식어버린 요리엔 손도 대지 않았다. 하인이 요리 접시를 내가자 로렌스는 테메레르를 보러 연병장으로 나갔다.

　테메레르는 시끌벅적한 분위기에 휩싸이지 않고 연병장 한구석에 조용히 웅크리고 앉아 영국 해협을 바라보고 있었다. 이곳에서는 도버의 하얀 절벽이 또렷하게 잘 보였다. 로렌스는 테메레르의 옆구리에 기대어 눈을 감았다. 심장 박동 소리가 마치 소라 껍데기에 귀를 댔을 때 들려오는 파도 소리 같았다.

"여기서 편히 살아. 나를 위해서나 네 대의를 위해서 살아야 할 필요는 없어. 그런 건 맹목적인 충성심에 불과해."

로렌스의 말에 테메레르가 잠시 뜸을 들이다가 대답했다.

"내가 여기서 살겠다고 하면, 당신도 영국으로 돌아가서 나 때문에 억지로 원치 않는 일을 하게 된 것뿐이라고 상부에 보고할 수 있어?"

"맙소사, 그건 안 되지."

로렌스는 놀라서 기대고 섰던 몸을 바로 세웠다. 가슴이 철렁했다. 테메레르가 왜 이런 질문을 하는 것일까.

"내가 여기서 기다리고 있으면 당신이 영국으로 건너가 상부에 그렇게 보고할 거라고, 나폴레옹이 내게 말했어. 그럼 그들이 당신 목숨을 살려줄 거라고. 하지만 난 그에게 당신은 그런 보고를 할 수 있는 사람이 아니라고 말했어. 그러니 당신도 더 이상 나를 설득할 생각 마. 영국 정부가 당신을 교수형 시키려고 벼르고 있는 판에 내가 여기서 속수무책으로 구경만 하고 있을 것 같아?"

로렌스는 고개를 푹 숙였다. 아무리 설득을 한대도 테메레르는 얌전히 프랑스에 머물지는 않을 것이었다. 하지만 로렌스는 진심으로 테메레르가 프랑스에서 머물기를, 그 누구보다 행복하게 살기를 바랐다.

로렌스는 나지막하게 말했다.

"그렇다면 나와 같이 영국으로 돌아가더라도 무작정 사육장 안에서 날 기다리지 않겠다고 약속할 수 있겠어? 내가 널 보러 찾아가지 않으면 새해가 되기 전에 영국을 떠나."

그러나 로렌스는 영국 정부가 미가엘 축일(9월 29일)이 오기 전에 자신을 교수형에 처할 것임을 분명히 알고 있었다.

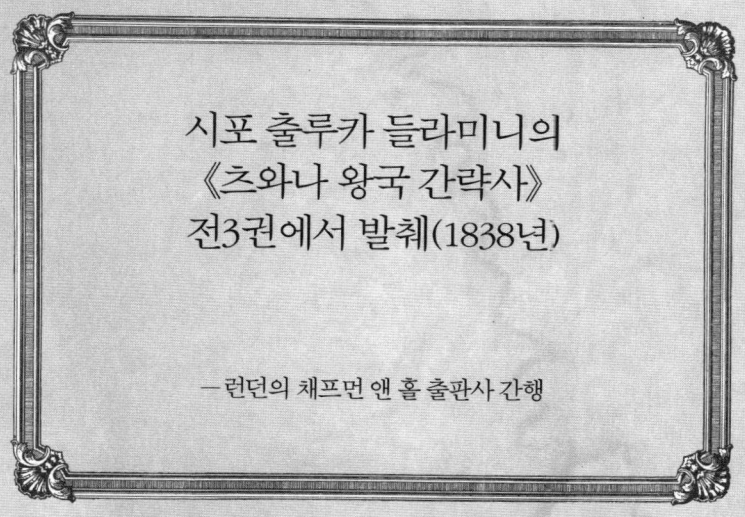

시포 출루카 들라미니의
《츠와나 왕국 간략사》
전3권에서 발췌(1838년)

— 런던의 채프먼 앤 홀 출판사 간행

본 간략사는 츠와나 왕국의 기원부터 현재에 이르기까지의 역사, 수도인 모시 오아 툰야의 실지 답사 내용, 몇 가지 흥미로운 고유 풍속에 관한 간단한 기록을 담고 있다.

부족 역사가들에 따르면 기원 후 천 년을 즈음하여 츠와나 족과 소토 족의 점진적인 통합으로 느슨한 연맹 왕국이 탄생했다. 그것이 바로 츠와나 왕국의 기원이다. 이후 주민들이 남쪽과 동쪽으로 이동하면서 왕국의 영토는 아프리카 대륙의 남부 지역 전체를 아우르게 되었다. 당시 주민들이 이동한 이유가 정확히 무엇인지는 아직까지도 밝혀지지 않았다. 왕국 내 인구와 용의 수효가 늘어나면서 새로운 사냥터와 영토가 필요했기 때문인 것으로 추정될 뿐이다.

　이와 같은 대이동이 거의 완료된 직후부터 초기 형태의 코끼리 농장이 발달하기 시작했다. 기존의 유목 생활로는 굶주림을 면하기 어려웠기 때문일 것이다. 상아조각기술 연구자료를 보면, 당시 코끼리 사육 계획의 성공으로 코끼리를 소처럼 온순하게 길들이고 야생 코끼리에 비해 몸집도 크게 만들 수 있었음을 알 수 있다. 주민들은 코끼리의 엄니를 재산으로 간주했고 한 세대 내에 가장 크게 자란 한 쌍의 엄니에 정교한 조각을 하여(당시에는 형식적인 의미의) 왕에게 진상했다…….

　이 부족들이 한 왕국 내에서 결속할 수 있었던 것은 서로 혈연관계인 데다가 비슷한 언어와 관습, 종교의식을 갖고 있기 때문이었다. 그중에서도 '용 환생'이라는 풍습은 단일 부족으로서는 감당하기 힘들고 많은 노동력을 필요로 하는 코끼리떼 공동 관리를 원활히 하기 위해 탄생한 것으로 보인다……. 17세기 이후부터 금과 상아에 대한 수요가 늘어나면서 시작된 중앙 집권화는 수십 년 간 아프리카 내륙 지역으로 확대되었다. 특히, 노예 거래량이 최고조에 이르면서 보다 공격적으로 노예 확보에 나선 부족들이 용의 영토까지 침투해 들어오자 중앙 집권화의 필요성은 더욱 높아졌다. 18세기 중반부터 금과 상아의 수요 급증에 따른 채금 사업(채금 작업은 최소한 열 마리의 용이 협력할 때 생산성이 제일 높은데, 개별 부족이 보유하고 있는 용의 수는 열 마리가 안 되기 때문에 츠와나 왕국의 지휘 하에 여러 부족이 협력해서 생산성을 높일 수 있었다)과 상아 무역이 급속히 발전하기 시작했다. 특히 19세기 초부터 연간 무게 6만 파운드에 달하는 상아가 해안 지역으로 운송되었는데, 상아를 구입하여 바다 건너 멀리 가져다 파는 일을 했던 유럽 상인들은 그 상아가 그들의 내륙 진입을 막고 있는 용들이 자기네에게 판 것임을 전혀 알지 못했다.

모시 오아 툰야에 관하여

모시 오아 툰야 폭포는 보는 이마다 감탄을 연발하게 할 정도로 대단히 아름다운 경치를 자랑하지만 인간이 정착해서 살기엔 불편한 곳이다. 인간은 협곡 사이로 쉽게 이동할 수 없기 때문이다. 그리고 자연 상태 그대로라면 야생 용들에게도 편안한 안식처가 될 수 없는 곳이다. 지금은 아름다운 경치를 구경하기 위해 혹은 종교적인 이유로 이곳을 방문하는 이들이 종종 있지만, 초기 소토-츠와나 족이 이곳으로 이동해 왔을 때는 미개발 지역이었고 그 일대는 아무도 거주하지 않았다. 소토-츠와나 족은 재빨리 이곳을 정식 수도로 선언하고 부족들을 하나로 묶는 근거지로 삼았다……. 용 조상들은 보다 안락한 보금자리를 확보하기 위해 최초로 폭포 사이의 바위 절벽에 굴을 파는 작업을 시작했는데, 지금도 절벽 아래 쪽 가장 성스럽고 거친 굴 안에는 그 유물이 남아 있다……. 훗날 그 착암 기술은 효과적인 채금 작업을 위한 토대가 되었다…….

여기서 환생 풍습에 대해 조금 더 자세히 언급하고자 한다. 선교사들은 악의는 없으나 그리스도교에 대한 열정 대문에 소토-츠와나 부족의 환생 풍습을 단순한 이교도적 미신으로 매도, 폄하했고 선교사들에게서 받은 정보로 기사를 낸 영국 신문은 그리스도교적 신앙

의 실천을 위해서는 그런 풍습을 시급히 뿌리 뽑아야 한다고 주장했다…….

그들은 츠와나 왕국 주민이 믿고 있는 환생 풍습이 불교나 힌두교의 교리와 비슷하다는 것을 알아채지 못한 것이다. 츠와나 왕국 주민들은 인간이란 원래 환생하는 존재라고 믿었다. 누군가 그런 이교도적 신앙이야말로 순전히 상상의 산물에 불과하다는 점을 알리기 위해, 데니스 씨가 제안한 방법대로 환생 대기 중인 용알 하나를 훔쳐 야생 밀림에 버려둔 뒤 알에서 부화한 새끼 용이 전생에 대한 기억을 전혀 갖고 있지 않다는 사실을 증명해보일 수도 있다. 하지만 츠와나 왕국 주민은 그것을 자연스런 결과로 받아들이기보다는, 관리를 잘못하고 신앙심이 부실하여 용알을 낭비한 것이며 그로 인해 돌아가신 조상님의 영혼을 욕보이고 말았다고 주장할 것이다.

밀림에 버려져 야생용으로 부화한 그 용은 츠와나 왕국 주민의 관점에서 볼 때 인간에서 환생한 용이 아닌 가축인 소와 다를 바 없는 존재이다. 즉, 그 용을 자기네 풍습이 잘못 되었음을 보여주는 반증으로 여기지 않는 것이다. 조상의 영혼이 용알 안에 깃들게 하려면 용알을 집 안에 놓아두고 세심하게 달래면서 필요한 의식을 수행해야 한다. 그 풍습의 본질은 용이 인간의 환생임을 굳건히 믿는 것이다. 그 풍습을 뿌리 뽑기 힘든 이유는 츠와나 왕국의 인간과 용이 하나같이 환생을 확고히 믿고 있기 때문이기도 하지만 부족 내에서 환생이라는 개념이 현실적으로 매우 중요한 역할을 하기 때문이다.

용 조상들은 인간에게 엄청난 노동력과 군사력을 제공하고, 부족의 역사와 전설의 저장고 역할까지 수행한다. 덕분에 츠와나 왕국은 문자화된 자료가 아닌 구전으로 후세에 역사를 전할 수 있다. 아울러, 츠와나 왕국에 소속된 각 부족들은 용 조상이 낳은 알을 부족 공동의 재산으로 여기고 관리하면서 주로 신분이 높은 자를 용으로 환생시키는 데 사용한다. 알맞은 용알을 필요로 하는 부족에게 전해주는 복잡한 통신망이 존재하고 있어서 먼 곳에 사는 부족과 용알을 교환하는 일도 흔히 일어난다. 그런 통신망이 있기 때문에 이곳저곳에 흩어져 사는 부족들이 고립되지 않고 연계된 생활을 할 수 있는 것이다. 단순한 믿음에 근거하여 이루어지는 풍습이므로 용들 사이에 혈족 관계가 있는지 여부는 중요하지 않으며, 정략결혼처럼 이루어지는 용알 교환을 통해 부족들은 서로 먼 친척 관계를 형성하고 유대를 한층 돈독히 유지할 수 있게 된다.

소토 족 지도자인 모카찬 1세(인간)는 생전에 개척한 영토가 그리 많지 않았다. 그러나 그가 개척한 영토는 소토-츠와나 부족이 기존에 보유하고 있던 영토의 가장자리에 위치해 있고 남쪽의 코사 족 영토와도 맞닿아 있는 등 입지 조건이 좋아서, 츠와나 왕국은 나날이 그 수가 늘어가는 케이프 식민지의 네덜란드 이주민 마을에 대한 정보를 간접적으로나마 접할 수 있었고, 네덜란드 인들에게 포위 공격을 당한 동 아프리카 해안의 모노모타파 왕국(짐바브웨의 후손들)과도 연락을 주고받을 수 있었다.

19세기에 접어들면서 모카찬 1세(인간)의 아들 모슈슈 1세(인간)의 주도로 모노모타파 왕국과의 폭넓은 교류가 이루어지게 되었다. 모슈슈는 어린 나이지만 대단히 지혜로워서, 1798년의 공습 중에 모카찬 1세(인간)가 서거한 이후 어느 부족과 연지를 돈독히 하는 것이 실질적인 이득인가를 재빨리 간파했다. 그의 지혜가 어찌나 뛰어난지 오늘날까지도 '모슈슈'라는 이름은 지혜로운 자의 대명사로 인식되고 있다. 1798년 모슈슈는 아버지를 환생시키기 위해 모노모타파 왕실과 협상을 벌여 그쪽 왕실 계열의 대형 용알 하나를 입수했다. 당시 모노모타파 왕실은 동쪽 해안으로 밀려드는 포르투갈 금 사냥꾼들의 압박으로 무너져가고 있었기 때문에 그 사냥꾼들과 싸우기 위해서는 모슈슈의 금과 군사력 지원이 필요했다. 이에 모슈슈는 이웃 부족인 츠와나 부족과 협상을 벌여 모노모타파 왕실이 필요로 하는 바를 제공하고 그 대형 용알을 입수한 것이다……

모슈슈가 성년이 되어 다른 부족 지도자들의 인정을 받고 그 대형 알에서 매우 강력한 용이 탄생하자, 소토 족은 단시일 내에 츠와나 왕국이 소유한 남단 지역 내에서 제일 강력한 부족으로 도약했다. 모카찬 1세(용)는 모슈슈의 기획으로 진행된 연합 공습 과정에서 이웃 부족의 용 조상들을 별 어려움 없이 수하로 두게 되었고, 금과 보석이 묻혀 있는 미개발 광산 몇 개를 확보할 수 있었다. 부와 명성을 꾸준히 드높여간 덕분에 1804년 소토 족은 남부에서 가장 으뜸가는 부족으로 인정받으며 본거지인 모시 오아 툰야를 차지했고 모카찬 1세(용)는 츠와나 왕국의 왕으로 등극했다.

그 무렵 타 부족을 납치해 노예로 팔아 온 자들은 수년간에 걸쳐 체계적으로 대륙 안쪽으로의 진입을 시도하고 있었고, 마침내 츠와나 왕국의 영토에까지 손길을 뻗치기 시작했다. 그 결과 소규모 왕국들은 대규모 왕국의 보호를 받으며 납치 행위에 대해 통일된 목소리를 내면서 납치범들을 단호하게 물리치고자 자발적으로 츠와나 왕국을 따르게 되었다. 모슈슈는 그 기회를 놓치지 않고 그 지도자들에게 충성의 맹세를 하도록 조심스럽게 권유했다. 다른 때 같으면 자존심 때문에 거부했을 지도자들은 기꺼이 충성을 맹세했다. 1807년 케이프타운 및 노예무역항구에 대한 대규모 습격을 계기로 모카찬 1세(용)의 형식적, 실질적 지배 구조가 확립되었으므로 츠와나 주민들은 그 해를 츠와나 왕국의 건국 연도로 삼고 있다…….

지은이의 말

 이 소설을 집필하면서 수많은 서적을 참조했지만, 그중에서도 특히 식민지화되지 않은 아프리카 대륙의 역사를 집중 조명한 유네스코(UNESCO)의 《아프리카 일반사(General History of Africa)》, 바실 데이빗슨(Basil Davidson) 교수의 《아프리카 문명 재고(African Civilization Revisited)》가 매우 큰 도움을 주었습니다.

 또한 아프리카 관련 전문 지식을 알려주고 끝도 없이 이어지는 제 질문에도 일일이 답을 해주신 보츠와나 오코방가 델타의 커 앤 다우니(Ker & Downey) 캠프장 가이드 분들, 그리고 오쿠티 캠프장의 관리자 폴 모로셍(Paul Moloseng) 씨에게도 깊이 감사드립니다.

 지금까지 쓴 테메레르 시리즈 중에서 이번 《상아의 제국》이 가장 집필하기 힘들었습니다. 성심성의껏 독자 교정을 봐주신 홀리 벤튼, 사라 부스, 앨리슨 피니, 셸리 미첼, 조지아나 패터슨, 메레디스 로저, L. 살콤, 켈리 타케나카, 레베카 터쉬넷 씨에게 진심으로 고맙다는 말씀을 드리고 싶습니다. 또한 내 소설을 담당하는 훌륭한 편집자 베시 미첼, 엠마 쿠드, 제인 존슨, 그리고 내 에이전트 신시아 맨슨 씨께도 감사드립니다.

   그리고 내가 가장 아끼는 독자이며 사랑하는 남편 찰리에게도 언제나 그렇듯 고맙고 사랑한다는 말을 전하고 싶습니다.

나오미 노빅

옮긴이의 말

중국, 이스탄불, 프러시아를 거쳐 다시 영국으로 돌아온 테메레르와 로렌스는 이제 태고의 땅 아프리카로 향한다. 실제로 아프리카 남부 지방에 존재했던 츠와나 왕국이 4권에서는 용을 조상으로 섬기는 풍습을 가진 나라로 나온다. 아프리카 토속 신앙의 특성을 고려해볼 때, 용이 인간으로 환생한다는 츠와나 왕국의 풍습은 작가의 상상력의 산물이기는 하지만 충분히 개연성 있게 다가온다.

현재 아프리카에는 백인과 아랍계를 제외하고 3천여 소수 부족이 살고 있다. 아프리카인들 중에는 요즘도 전통적인 부족 종교를 믿는 이가 많은데, 그 종교들은 조상을 숭배하며 죽은 선조의 영혼을 섬기는 공통점을 갖고 있다. 그러니 이 소설에서 츠와나 왕국 사람들이 용인 모카찬 왕과 케펜체를 죽은 조상의 환생으로 여기는 것은 실제 아프리카 전통 신앙과 맥락을 같이 하고 있다고 보는 것이 타당할 것이다.

　나오미 노빅은 4권부터 본격적으로 실제 역사를 바꿔나가기 시작하고 있어 남은 테메레르 시리즈에 대한 기대감도 배가되고 있다. 트라팔가르 해전에서 전사한 것으로 역사에 기록되었던 넬슨 제독은 이 소설에서 부상을 극복하고 살아나 테메레르 및 윌버포스의 정적이 된 인물로 등장한다.

　그리고 실제로 서구 열강의 폭력에 무자비하게 희생되었던 아프리카 원주민들은 이 소설에서 토착 용들의 지원으로 백인들을 몰아내고 주체적으로 왕국을 이끌어가는 모습을 보여준다. 서양 세력에 의해 무너진 것으로 역사에 기록되어 있는 잉카와 마야 문명도 이 소설에서는 붕괴되지 않은 것으로 나오고 있다. 작가의 상상이 더욱 폭넓게 적용되면서 한층 더 발전해나가고 있는 테메레르 시리즈, 역시 기대를 저버리지 않는 훌륭한 작품이다.

　4권에서는 특히 눈에 띄는 등장인물은 윌리엄 윌버포스와 나폴레옹이다.

　테메레르 시리즈 2권과 3권에 잠깐 언급되었던 윌리엄 윌버포스는 4권 1부에서 본격적으로 등장한다. 21살의 나이에 하원의원에 당선되어 평생 노예무역제도 폐지와 사회적 약자의 인권 보호를 위해 몸 바쳐 일한 윌버포스는 오늘날까지도 '영국의 양심'이라 불리며 올바른 정치인의 귀감이 되고 있다. 그를 주인공으로 한 영화도 만들어졌는데 얼마 전 우리나라에서 개봉한 〈어메이징 그레이스〉가 바로 그것이다.

노예무역제도 폐지론을 주장하는 윌버포스와 용권(龍權) 신장론을 주장하는 테메레르는 4권에서 정치적 동맹 관계를 맺게 된다. 영국 용들이 노예와 다름없는 생활을 하고 있다고 생각하는 테메레르는 윌버포스와의 동맹을 통해 용들의 생활과 처우를 개선하고자 하는 것이다. 하지만 영국 용들의 전염병을 비롯한 시급한 문제들을 먼저 해결해야 했기에 4권에서는 별다른 성과를 거두지 못한다. 뒤이어 출간될 5, 6권에서 테메레르가 어떤 식으로 용권을 드높여갈지 무척 기대된다.

그리고 나폴레옹은 3부에 직접 등장하여 튈르리 궁전에서 로렌스와 얘기를 나눈다. 그 장면에서 나폴레옹은 독재자의 면모를 얼핏 보이기도 하지만 포로가 된 적의 명예까지도 존중해줄 줄 아는 통 크고 카리스마 있는 모습을 보여주고 있어 대단히 매력적으로 느껴졌다. 주인공 로렌스가 영국인이라는 이유로 나폴레옹을 끝까지 악한 인물로만 묘사했다면 이 소설이 단조로워졌을 텐데, 나오미 노빅은 어느 한 쪽에 치우치지 않은 균형 잡힌 시각으로 이야기를 다채롭게 이끌어가고 있다.

지금까지 나온 테메레르 시리즈를 보면 유럽과 아시아, 아프리카에서 용들이 살아가는 모습이 확연히 다르다.

유럽 용들은 공군에 소속되어 정부로부터 군함과 다를 바 없는 대우를 받으며 살고 있다. 문화생활은 전혀 없이 권리를 주장할 줄도 모르고 자신들이 그보다 나은 대접을 받을 권리가 있다는 것을 자각하지 못한다.

이에 반해 아시아 용들은 인간과 동등하게 살아간다. 신분이 높은 용도 있고 낮은 용도 있으며 각자 직업을 갖고 일을 해서 벌어먹고 산다. 글을 읽고 쓸 줄 아는 것은 물론이다. 유럽과 마찬가지로 비행사와 평생 유대관계를 맺고 살아가지만 보다 주체성이 강한 모습을 보여주고 있다.

그리고 아프리카 용들은 환생이라는 풍습을 통해 자손인 인간들을 보호하고 돌봐주는 조상으로 등장한다. 그리고 아프리카 남부를 지배하는 츠와나 왕국의 왕은 인간에서 환생한 용 모카찬이다. 물론 아프리카의 모든 부족이 그런 풍습을 따르는 것은 아니지만, 이 소설에 언급된 부분만 보자면 아프리카 용들은 유럽이나 아시아의 용들과는 비교할 수 없을 정도로 높은 지위를 누리고 있는 것이 분명하다.

뒤로 갈수록 흥미를 더해가는 테메레르 시리즈! 이 시리즈가 마무리될 때까지 용을 타고 비행하는 꿈을 계속 꿀 수 있으니 너무나도 행복하다.

공보경

연대표

1806년 12월 18일경 ···· 테메레르와 로렌스는 야생용 스무 마리와 이스키에르카, 프러시아 군인 천여 명을 이끌고 영국의 던바에 도착한다. 와서 보니 영국 용들은 원인 모를 전염병으로 죽어가고 있다.

1806년 12월 말 ········ 앨런데일 경이 윌리엄 윌버포스를 대동하고 로렌스를 찾아와 노예무역제도 폐지를 위한 정치적 지원을 요청한다.

1807년 1월 초 ········· 런던 기지에서 열린 파티에서 로렌스는 넬슨 경과 에라스무스 목사를 만난다.

1807년 1월 중순 ······· 테메레르가 소속된 용 편대와 비행사, 승무원들은 전염병 치료약을 구하기 위해 라일리 함장이 지휘하는 얼리전스 호를 타고 아프리카로 출발한다. 에라스무스 목사의 가족들도 동행한다.

1807년 3월 초 ········· 아프리카의 케이프 식민지에 도착한 테메레르 일행은 본격적으로 치료약을 찾는 일을 시작한다. 우여곡절 끝에 치료약을 찾아내지만 양이 많지 않아 고민한다.

1807년 5월 ············ 테메레르와 릴리, 둘시아, 니티두스는 치료약을 대량으로 확보하기 위해 내륙으로 들어간다. 잠시 용들이 자리를 비운 사이 로렌스를 비롯한 공군들은 아프리카 내륙의 부족에게 납치당해 모시 오아 툰야로 끌려간다.

1807년 6월 첫째 주 ···· 테메레르, 릴리, 둘시아는 케이프타운으로 귀환하라는 서튼 대령의 명령에 불복종하고 납치당한 비행사와 공군을 구출하기 위해 내륙으로 향한다. 로렌스 일행은 아프리카 용들의 손아귀에서 벗어나고자 필사의 탈출을 감행한다.

1807년 6월 중순 ········ 자손들을 노예로 잡아가는 백인들에게 분노한 츠와나 부족의 아프리카 용들은 식민지 항구 지역을 집중 공격한다. 케이프타운을 탈출한 얼리전스 호는 벵겔라, 루안다, 케이프코스트를 지나 영국으로 향한다.

1807년 8월 10일 ······ 얼리전스 호는 영국의 도버 항구에 입항한다. 해군본부로 소환된 비행사들은 공군 용들의 명령 불복종 건과 아프리카 용들의 식민지 습격 건과 관련하여 심문을 받는다. 그 과정에서 로렌스와 비행사들은 해군본부 측이 전염병에 감염된 스파이 용 소비뇽을 일부러 프랑스로 돌려보냈다는 사실을 알게 된다.

1807년 8월 중순 ········ 테메레르는 전염병이 유럽 각국은 물론 전세계로 퍼져 나갈 것이라며 버섯을 훔쳐서라도 프랑스로 가져가겠다고 말한다. 로렌스는 그런 짓은 반역죄에 해당한다며 말리지만 고민 끝에 테메레르의 뜻에 동조하고 프랑스로 향한다.

테메레르 4 상아의 제국

초판 1쇄 발행 2008년 4월 1일
초판 21쇄 발행 2020년 9월 20일

지은이 나오미 노빅
옮긴이 공보경

발행인 이재진 단행본사업본부장 신동해 편집장 김경림
표지디자인 석운디자인 본문디자인 최미영
마케팅 이현은 문혜원 홍보 최새롬 박현아 권영선 최지은
국제업무 김은정 제작 정석훈

브랜드 노블마인 주소 경기도 파주시 회동길 20 ㈜웅진씽크빅 단행본사업본부
주문전화 02-3670-1595 팩스 031-949-0817
문의전화 02-3670-1024 (마케팅)
홈페이지 www.wjbooks.co.kr
페이스북 www.facebook.com/wjbook
포스트 post.naver.com/wj_booking

발행처 ㈜웅진씽크빅
출판신고 1980년 3월 29일 제406-2007-000046호

한국어판 출판권 ⓒ 웅진씽크빅, 2008
ISBN 978-89-01-07931-8 (04800)
      978-89-01-06837-4 (세트)

노블마인은 ㈜웅진씽크빅 단행본사업본부의 브랜드입니다.
이 책의 한국어판 저작권은 Eric Yang Agency를 통한 Ballantine Books사와의 독점 계약으로
㈜웅진씽크빅에 있습니다.
저작권법에 의해 한국 내에서 보호를 받는 저작물이므로 무단 전재와 무단 복제를 금합니다.

※ 도서의 국립중앙도서관 출판시도서목록은 서지정보유통지원시스템 홈페이지(http://www.seoji.
nl.go.kr)와 국가자료공동목록시스템(http://www.nl.go.kr)에서 이용하실 수 있습니다.
   (CIP제어번호 : CIP2008000858)

※ 잘못 만들어진 책은 구입하신 곳에서 바꿔드립니다.
※ 책값은 뒤표지에 있습니다.